Von Charlotte Roth sind bereits folgende Titel erschienen:
Als wir unsterblich waren
Als der Himmel uns gehörte
Weil sie das Leben liebten
Bis wieder ein Tag erwacht
Wenn wir wieder leben

Über die Autorin:
Charlotte Roth, Jahrgang 1965, ist Berlinerin, Literaturwissenschaftlerin und seit zehn Jahren freiberuflich als Autorin tätig. Mit ihrem Roman »Als wir unsterblich waren«, der auf einem Stück ihrer eigenen Familiengeschichte basiert, erfüllte sie sich einen langgehegten Traum, und der Roman wurde zum Bestseller. Charlotte Roth hat Globetrotter-Blut und zieht mit Mann und Kindern durch Europa, hält an ihrem Koffer in Berlin aber unverbrüchlich fest.

CHARLOTTE ROTH

WIR SEHEN UNS UNTER DEN LINDEN

ROMAN

Die den Kapiteln vorangestellten Zitate
entstammen drei Liedtexten von Wolf Biermann,
aus: Wolf Biermann. Und als wir ans Ufer kamen. /
Bildnis einer jungen Frau. / Und wenn ich tot bin.
Abdruck mit freundlicher Genehmigung des Autors.

Die den Kapiteln vorangestellten Zitate
entstammen Gedichten von Inge Müller,
aus: Inge Müller. Daß ich nicht ersticke am Leisesein.
Gesammelte Texte. Hrsg. von Sonja Hilzinger.
Abdruck mit freundlicher Genehmigung des Aufbau Verlags, Berlin.

Besuchen Sie uns im Internet:
www.knaur.de

Vollständige Taschenbuchausgabe April 2019
Knaur Taschenbuch
© 2019 Knaur Verlag
Ein Imprint der Verlagsgruppe
Droemer Knaur GmbH & Co. KG, München
Alle Rechte vorbehalten. Das Werk darf – auch teilweise –
nur mit Genehmigung des Verlags wiedergegeben werden.
Ein Projekt der AVA International
Autoren- und Verlagsagentur, www.ava-international.de
Redaktion: Dr. Gisela Menza
Covergestaltung: ZERO Werbeagentur, München
Coverabbildung: Lee Avison/Trevillion Images
Satz: Adobe InDesign im Verlag
Druck und Bindung: CPI books GmbH, Leck
ISBN 978-3-426-52235-6

2 4 5 3 1

*Für unsere Freunde
Sue, Kelly und Beatrice*

*Dieser Roman spielt in Berlin.
Nur in Berlin.
Und doch in drei Städten.
In der Swing tanzenden, um ihre Freiheit kämpfenden
Metropole der Weimarer Republik.
In der weltweit verhassten Machtzentrale des Naziterrors.
Und in einer geteilten Stadt.*

»*Untern Linden, untern Linden*
geh'n spazier'n die Mägdelein.
Wenn du Lust hast anzubinden,
Dann spaziere hinterdrein.
Fängst du an bei Café Bauer,
Sagt sie dir noch: ›Ich bedauer‹,
Doch dann am Pariser Platz
Schwupp, da ist sie schon dein Schatz.

Untern Linden promenier ich
Immer gern vorbei,
ach ist die Passage schwierig
Und die Schubserei.
Auf 'ner Kilometerlänge
Siehst du nichts als Menschenmenge
Und inmitten
Hält beritten
Stolz die Polizei.
Menschen siehst du dorten
Aus den fernsten Orten.
Hamburg, Köln und auch von Wien,
Mal auch einen aus Berlin.
Doch das Allernett'ste,
Süßeste, Kokett'ste
In dem Rahmen
Sind die Damen,
Die vorüberzieh'n.«

Heiß geliebter Berliner Schlager seit 1913.
Text von Rudolf Bernauer,
geflohen aus dem Dritten Reich, zwanzig Jahre später.

1945

Die Wohnung in der Adalbertstraße, zwei Stuben und Küche im obersten Stock, war ihre Höhle. Als kleines Kind – vier Jahre war sie damals gewesen – hatte Suse sich vorgestellt, sie und ihre Eltern wären drei Bären aus einer Geschichte, die ihre Mutter ihr vorgelesen hatte. Die drei Bären hatten auf drei Stühlen um den Küchentisch gesessen und beim Suppelöffeln Abzählreime aufgesagt, wie der Vater, die Mutter und Suse es taten, sie hatten in drei Betten nebeneinander geschlafen und sich im Dunkeln Geschichten erzählt. Im Sommer waren sie zum Picknicken in den Wald gewandert, hatten aus Astlöchern Honig und aus Buschwerk Waldmeister gesammelt, und im Winter hatten sie sich mit ihrem Mensch-ärgere-dich-nicht-Brett an den Kachelofen gesetzt, in dessen Rauchabzug Bratäpfeln krachend die Schale platzte.

Und sie waren glücklich gewesen, die drei Bären in ihrer Höhle, so glücklich, wie drei Bären – ein großer mit Brille, ein mittlerer im rosa Kleid und ein kleiner, der an ihren Händen hüpfte – überhaupt nur sein können, bis das böse Goldlöckchen gekommen war und das ganze Glück kaputt gemacht hatte.

Das böse Goldlöckchen hatte gelbe Haare wie das Mädchen auf den Plakaten im Glaskasten. Als Kind hatte Suse vor diesem gelbhaarigen Bösen solche Angst gehabt, dass sie in Tränen ausgebrochen war und sich die Ohren zugehalten hatte.

»Nun komm schon«, hatte die Mutter sie gedrängt. »Du wirst doch wohl wissen wollen, wie es ausgeht.«

Aber gerade das hatte Suse ganz und gar nicht gewollt.

Ihre Mutter hatte darüber gelacht. Sie lachte damals immer, war fröhlich, redete auf den Vater ein, er solle das Leben nicht so schwer nehmen. »Was bist du nur für ein komisches Liebchen«, sagte sie zu Suse. »Ich hätte mich als Kind vor den Bären gefürchtet, aber doch nicht vor dem niedlichen Goldlöckchen.«

An den Bären war nichts zum Fürchten, fand Suse. Die lebten friedlich ihr Leben und taten niemandem etwas zuleide.

Das Bilderbuch, eine prächtige Ausgabe, die von Kiepert am Knie stammte, hatte Großmutter Konya zu Suses Geburtstag geschickt, und ihre Mutter wünschte sich, dass Suse es gern mochte. Aber Suse mochte es nicht gern. Wild entschlossen hatte sie nach ihrem dicksten Buntstift gegriffen und versucht, das Goldlöckchen, das den Stuhl des Bärenkindes zerbrach, seine Schüssel mit Haferbrei leer aß und sich in sein Bett legte, zu übermalen.

Ihre Mutter hatte ihr das Buch weggerissen. »Was ist denn mit dir los? Die Großmutter hat es gut gemeint, sie wollte dir eine Freude machen, und du verdirbst die schönen Bilder.«

Suse hatte nicht aufhören können zu weinen. Sie wusste das noch, obwohl es zwölf Jahre her war. Das Bärenkind, das nichts ahnend in sein Zuhause kam und seinen Stuhl zerbrochen, seinen Teller leer und sein Bett besetzt fand, hatte ihr entsetzlich leidgetan, und die Angst, auch in ihre Wohnung in der Adalbertstraße könne sich eine böse Zerstörerin einschleichen, hatte sie wie eine Welle überrollt.

Ihr Vater hatte sie verstanden. Er verstand sie immer – oder besser, er hatte es immer getan, solange sie ein Kind gewesen war. Er hatte den Arm um sie gelegt und ihr versichert: »In unsere Wohnung kommt kein Goldlöckchen. Wir haben ja ein Schloss an der Tür und lassen nur Leute herein, die wir bei uns haben wollen. Tante Hillchen. Eugen und Sido. Niemanden, der uns Böses will.«

Jetzt war Suse kein Kind mehr. Sie wurde in diesem Jahr sechzehn, ging aufs Gymnasium, konzentrierte sich auf die Schule, solange es Lehrer gab und Räume, die für den Unterricht benutzt werden konnten. Den Westflügel mit der Aula hatte eine Brandbombe in einen hohlen Riesenzahn verwandelt, und in ihrer Klasse, in der einst dreiundzwanzig Jungen und sieben Mädchen gesessen hatten, waren sie nur noch zu sechst. Man bekam kaum Schreibpapier und für einen Bleistift, der bis auf den letzten Stummel angespitzt war, keinen Ersatz. Auf der Landkarte mit den Fähnchen wurden am Morgen Lügen eingetragen, und wohin Herr Kurth, der Erdkundelehrer, verschwunden war, durfte niemand fragen.

»Geh trotzdem hin«, sagte der Vater. »Versuch an jedem Tag, an dem sie dich lassen, etwas zu lernen. Schule ist das Wichtigste, Suse. Vergiss das nicht.« Ihr Vater war Lehrer. Er war Lehrer gewesen, bis sie ihn nicht mehr gelassen hatten, und im Innern war er es wohl noch immer.

Ein Lehrer ohne Schüler.

Suse hatte wahrhaftig andere Sorgen als halb vergessene Kindergeschichten, und das Buch mit dem Goldlöckchen, das sie einst in solchen Schrecken versetzt hatte, war längst in einer Kiste auf dem Hängeboden und dann anderswohin verschwunden. Dennoch packte sie jeden Tag auf dem Heimweg die alte Angst.

Es war kalt und wurde schon dunkel, Wind, der ihr entgegenpfiff, biss sich in ihren Wangen fest. Dennoch lief ihr der Schweiß unter dem Mantel, den Tante Hille ihr zurechtgenäht hatte und der nicht mehr richtig warm hielt. Sie lief die lange Friedrichstraße hinunter, und mit jedem Schritt, den sie ihrem Zuhause näher kam, schwoll die Angst. Immer größer und schwerer hing sie Suse vom Rücken, wollte sie zurückhalten, vor dem Schrecken bewahren, der in ihrer Wohnung auf sie wartete. Dennoch lief Suse weiter, schneller und schneller, wie in der Hoffnung, es ließe sich noch etwas verhindern. Wir haben ein Schloss an der Tür, versuchte sie sich zu beruhigen, wir lassen keinen, der uns Böses will, herein.

Wie von selbst bekamen ihre Gedanken einen Rhythmus, formten sich zu Abzählreimen wie die, die sie früher beim Essen aufgesagt und über die sie sich und die Mutter vor Lachen ausgeschüttet hatten:

*Keiner, der
Böses will,
Darf zu uns
Herein.*

Mit der Mutter zu lachen war schön. Es war wie ein Aufatmen, weil wieder einmal nichts passiert war und auch nichts passieren würde, weil Suses Hirn –»das hast du von deinem Vater, ihr seid meine zwei Schwarzseher« – alles überzeichnete, weil, falls es an der Tür schellte, niemand als Eugen oder Tante Hille davorstehen würde. Nur kam Eugen nicht mehr oft, und Tante Hille hatte einen Schlüssel. Suse sprang von einem Hügel aus Schneematsch in den nächsten, und mit dem Platschen ihrer Sohlen hallten die Silben des Abzählreims:

*Keiner, der
Böses will,
Darf zu uns
Herein.*

Es würde Bratkartoffeln geben. Spätestens wenn sie den Absatz im dritten Stock erreichte, würden Schwaden des Duftes ihr entgegenquellen. Die Mutter war eine lausige Köchin. »Ich kann Stullen schmieren, alles andere macht meine Schwägerin«, pflegte sie zu sagen, aber ihr, nicht Tante Hille, gelang es noch immer, Kartoffeln, Eier und irgendeine Art von Fett aufzutreiben. Seit sie alle ständig Hunger hatten, schmeckten ihre Bratkartoffeln köstlich. Suse würde an der Tür der Wernickes vorbeiflitzen, und wenn Frau Wernicke den Kopf in den Spalt steckte und irgendetwas keifte, würde sie so tun, als hätte sie nichts bemerkt.

Suse fiel ins Rennen. Endlich erreichte sie die Straßenecke, *Patzenhofers Destille*, wo sie früher mit den Eltern eingekehrt war, wenn sie von einem Ausflug heimgekommen waren. »Jemand Lust auf dicke Bockwurst mit Erbsen?«, hatte die Mutter gefragt. »Wochenende mit euch ist zu schön, um es am Herd zu vergeuden.« Sie hatten sich über die dampfenden Teller hergemacht und sich wie Könige gefühlt, hatten beim Essen ein Spiel gespielt, das *Ich packe meinen Koffer* hieß, und sich die Reisen ausgemalt, die sie eines Tages wieder machen wollten, an die Ostsee und anderswohin.

»Ich packe in meinen Koffer Suses blaues Badekostüm.«
»Das ist zu klein.«
»Dann eben ein neues. Und einen großen Spaten für die Sandburg.«

Später hatte Suse sich bei *Patzenhofer* manchmal Fassbrause holen dürfen, für die Eugen ihr einen Groschen in die Hand gedrückt hatte: »Sei ein Schatz, Kleinmensch, geh und kauf dir an der Ecke Brause. Dein Vater und ich haben zu reden, da können wir kein Fräulein Naseweis, das lange Ohren macht, brauchen.«

Suse hatte die Emaillekanne aus der Küche geholt und war losgelaufen. Sooft Eugen mit ihm zu reden hatte, legte sich die Stirn des Vaters in Falten, und sie wollte es ihm nicht noch schwerer machen. Irgendwann hatten sich die Falten in seiner Stirn nicht mehr geglättet, und wenn Eugen jetzt überhaupt noch kam, sagte er Dinge wie: »Mit dir darüber zu reden war doch müßig« oder »Der, der weiß, wann es zu spät war, bin ja wohl ich.« Die Mühe, Suse einen Groschen für *Patzenhofer* zuzustecken, machte er sich längst nicht mehr, und dass es dort noch Fassbrause gab, bezweifelte Suse. Es gab ja nirgends mehr etwas. Zumindest aber war *Patzenhofer* nicht ausgebombt.

Die Adalbertstraße mit ihren vom Schneeregen geschwärzten vierstöckigen Häusern war eine der wenigen, die noch aussah wie vor dem Krieg. Als hätte der Krieg um sie einen Bogen gemacht. »Das bleibt bis zum Schluss so«, sagte Suses Mutter, wenn sie hinter den verdunkelten Fenstern unter dem Küchentisch kauerten und sich aneinander festhielten, während die Dielen bebten und die Scheiben in den Rahmen rasselten. »Es lässt uns aus. Wir sind noch da, wenn der Spuk vorbei ist.«

Suse ballte im Laufen die Fäuste. Es würde so kommen, und es würde nicht mehr lange dauern. Man durfte das nicht sagen, aber jeder wusste es. Die Angst vor dem Ende war überall spürbar, in vielsagenden Blicken, im Murmeln mit gesenkten Köpfen, im jäh verstummenden Geflüster. Aber Suse und ihre Eltern gehörten nicht zu denen, die vor dem Ende Angst hatten. »Wir müssen nur durchhalten«, sagte der Vater. »Wenn es vorbei ist, wird alles gut. Dann bauen wir uns ein neues Land auf, eines, in dem sich alle Menschen an dem einen Leben, das sie haben, freuen können.«

Er hatte das schon vor bald vier Jahren gesagt, als der Krieg gegen die Sowjetunion begonnen hatte, und die Mutter hatte lachend erwidert: »Sich am Leben freuen – Und so etwas kann mein Teufel-an-die-Wand-Maler?«

Der Vater hatte gelächelt und die Arme um die Mutter gelegt. »Ich kann es, seit ich an einem Frühlingsmorgen Unter den Linden dich getroffen habe.«

»Du hast mich nicht getroffen.« Die Mutter hatte ihn geboxt und sich in seine Arme geschmiegt. »Du Blindschleiche bist frontal in mich hineingestolpert.«

Es tat Suse gut, sich daran zu erinnern, auch wenn solche Momente zwischen dem Vater und der Mutter selten geworden waren. Es gab sie noch. Bärenglücksmomente zwischen ihnen allen dreien. Nichts würde passieren, das ihnen etwas anhaben konnte, all das Schlimme, Bedrohliche würde bald ein Ende haben.

»Und dann«, hatte der Vater gesagt, »dann liegt es an uns, dass etwas wie das hier nicht wieder geschieht. Bildung müssen wir den Leuten geben. Wenn sie Zugang zu Bildung haben, haben sie Zugang zur Wahrheit. Sie sind in der Lage, die Lügen von Rattenfängern zu durchschauen, und werden nie mehr einem in die Falle gehen.«

Zu den Silben des Abzählreims rannte Suse die Straße hinunter.

Keiner, der
Böses will,
Darf zu uns
Herein.

Sie erreichte die Tür. Eine große, hölzerne Flügeltür, deren rechter Flügel sonst geschlossen war, weil keine Fuhrwerke mehr durch den Gang kutschieren mussten, um Geschäfte und Werkstätten im Hinterhof zu beliefern. Die Papierhandlung war verrammelt worden, der Inhaber im Krieg erfroren. *Stalingrad.* Wenn der Vater das aussprach, klang es ein bisschen, wie wenn der Geschichtslehrer, der die verlogenen Fähnchen in die Landkarte pinnte, von der geheimen Wunderwaffe sprach.

Heute stand der rechte Türflügel offen. Beide Flügel. Etwas war anders als sonst, das bemerkte Suse, noch ehe sie das Haus betrat. Es roch nicht nach Bratkartoffeln. Aber das tat es vor dem Absatz im dritten Stock ja nie.

Durch den Flur, in dem jedem Schritt ein Echo antwortete, eilte sie zur Treppe. Aus Gewohnheit drückte sie auf den Lichtschalter, obwohl die durchgebrannte Birne seit bestimmt einem halben Jahr nicht ersetzt worden war. Dass die Wohnungstüren einen Spalt breit offen standen, sah sie dennoch, und trotz des schwindenden Lichts war sie sicher: Nicht nur Greeve, der Blockwart, auf der rechten Seite, sondern auch Omi Lischka auf der linken, deren Enkel Otti wie ein großer Bruder mit Suse gespielt hatte, presste das Gesicht zwischen Tür und Rahmen und spähte durch die Ritze.

Sie eilte die Treppe hinauf. Würdigte die Türspalten, in denen je ein Auge blitzte, keines Blickes. Während sie die Stufen erklomm, dabei zwei auf einmal nahm, glaubte sie, in ihrem Rücken Gekicher zu hören.

Im zweiten Stock würde es nicht so schlimm sein. Frau Schmidtke, deren Mann im zweiten Kriegsjahr gefallen war, hatte mit vier Kindern und zwei ausgebombten Schwestern zu viel zu tun, um sich um andere zu scheren, und rechts wohnten die Dombröses, die niemandem übelwollten. Lutz Dombröse hatte im Krieg – nicht in diesem, sondern im letzten – einen Lungenflügel und ein Bein verloren, er betrieb von daheim einen Handel mit Briefmarken, und seine Frau Lotte war Schaffnerin bei der Straßenbahn. Wenn sie Schicht hatte, führte Suse ihr Fritsche, den Dackel, aus oder holte ihrem Mann die Zeitung. Zum Dank brachte Lotte Dombröse ihnen manchmal eine Stiege Birnen aus dem Schrebergarten mit. »Die isst dein Vater doch so gern, Susannchen.«

Die Dombröses gehörten nicht zu den Leuten, die gafften, wenn anderen Unglück geschah. Im Haus ging Gemunkel um, Lutz sei Sozialdemokrat gewesen, habe in pazifistischen Kreisen verkehrt. Auch war er es gewesen, der sich nach dem Vorfall im Keller bei Blockwart Greeve für den Vater eingesetzt hatte, obwohl der ihn selbst auf dem Kieker hatte.

Suse lief über den Absatz und wollte schon auf die nächste Stufe steigen, als rechts die Tür aufsprang. Lotte Dombröses Hand schoss heraus und packte sie am Arm. »Komm rein, schnell«, zischte die Frau ihr zu, während sie sie in den dunklen Flur ihrer Wohnung zerrte. Es roch nach dieser Seife, die nur alte Leute benutzten, und nach einem der Gerichte, die alte Leute sich kochten. Suse setzte zum Protest an, aber Lotte Dombröse presste ihr eine Hand auf den Mund. »Sei doch still«, flüsterte sie. »Die sind bei euch oben. Da kannst du jetzt nicht rauf.«

Suses Herz wurde hart wie eine Faust und begann, in dumpfen Schlägen gegen ihre Brust zu hämmern. Vor ihrem geistigen Auge zogen die Bilder aus dem Buch auf – der zerbrochene Stuhl am Boden, das Gesicht des kleinen Bären, der mit seiner Kiepe heimkommt und seine Höhle zerstört findet.

»Komm schon. Musst dich verstecken.« Lotte Dombröses zu Löckchen gedrehtes Haar war zerzaust und ihr Gesicht wachsbleich. Sie zog Suse in Richtung Stube. Auf dem grünlichen, abgewetzten Sessel saß ihr Mann mit einer Decke über den Knien. Über dem einen Knie und dem leeren Hosenbein. Der Volksempfänger war eingeschaltet, spielte irgendeine plänkelnde Musik. »Da runter.« Lotte schnaufte, wies auf das Sofa. »Bleib liegen, bis sie weg sind. Rühr dich nicht.«

Suse stand wie gebannt, starrte auf den fadenscheinigen Stoff des Polsters, an dem Hundehaare klebten. Wo war Fritsche, der Dackel?

»Wenn sie kommen, setz ich mich da hin und verdeck dich«, flüsterte Lotte Dombröse. »Niemand kriegt dich zu sehen. Wir passen auf dich auf.«

Suse hörte den Hund aus der Küche winseln. Vielleicht war es dieses Geräusch, das sie aus ihrer Trance schreckte. Da oben in der Wohnung waren keine Bären aus Kindergeschichten, sondern ihre Eltern. »Ich muss nach Hause.« Sie riss sich los und rannte aus dem Zimmer, hörte Lotte schreien und ihren Mann mit heiserer Stimme rufen: »Großer Gott, doch nicht das arme Kind!«

Ohne sich umzudrehen, rannte sie durch den Flur, sah an der Wand ein Bild, das ein Trugbild sein musste, und stieß vor Schrecken den Schirmständer um. Gleich darauf vergaß sie es wieder und stürmte aus der Tür.

Nachbarn von oben und unten waren im Treppenhaus zusammengelaufen, hatten sich aus der Deckung gewagt und glotzten offen, ohne Scham. Ihre Gesichter wischten vorbei, die meisten bekannt, manche fremd. Wer in Berlin noch intakte Räume bewohnte, nahm ausgebombte Verwandte auf. Im Haus schienen doppelt so viele Leute zu wohnen wie vor Ausbruch des Krieges, aber wenn man nicht in den Luftschutzkeller ging, wenn man sich für sich hielt, bekam man wenig davon mit.

Anfangs, als feststand, dass er sich im Keller nicht mehr blicken lassen durfte, hatte der Vater Suse und die Mutter gedrängt, ohne ihn zu gehen: »Das kann ich nicht erlauben, Ilo, ihr dürft nicht meinetwegen euer Leben gefährden.«

Suse und die Mutter hatten ihm nicht zugehört, sondern Decken, Kissen, Bücher und Spielkarten unter den Küchentisch getragen, um sich für die Dauer des Alarms dort einzurichten. In der *Sirene*, der Zeitschrift, die der Reichsluftschutzbund verteilte, hatte gestanden: »Wenn Sie im Fall von Feindbeschuss Ihre Wohnung nicht rechtzeitig verlassen können, suchen Sie Schutz unter Treppen oder Möbelstücken.«

Einmal, als der Vater verzweifelt begonnen hatte, an der Mutter zu zerren, hatte diese sich ruhig umgedreht und zu ihm gesagt: »Lass den Unsinn, Volker. Entweder wir schaffen es alle, oder wir schaffen es nicht. In einer Welt, in der du nicht mehr bist, will ich auch nicht mehr sein, und unsere Suse wollen wir in solcher Welt ja wohl kaum zurücklassen.«

Danach hatte der Vater nichts mehr gesagt, und der Platz unter dem Küchentisch war ihr Luftschutzraum geworden. Die Hausgemeinschaft, in der Suse aufgewachsen war, hatte sich geteilt in *Wir* und *die Anderen*. Die Anderen – angeführt von Ilse Wernicke, die den Mann bei der SS und das Gehör in jedem Winkel hatte – standen jetzt da wie ein Pulk, durch den sich Suse ihren Weg bahnen musste. Sie wichen ihr nicht aus, machten ihr keinen Platz, sondern bewegten sich erst, als Suse sie mit den Ellbogen beiseitestieß. Der Blick von Frau Schmidtke traf sie, geradezu lechzend. Standen sie alle auf der anderen Seite, gab es außer den Dombröses niemanden mehr, dem sie trauen durften?

Sie rannte die Stufen hinauf. Von den Gaffern kam keiner mit, nur die Blicke glaubte sie zu spüren, die sich in ihren Rücken bohrten.

Am Fuß der letzten Treppe sah sie die Tür ihrer Wohnung, die weit offen stand, und die Männer in schwarzen Mänteln, die davor warteten. Keine Hausbewohner, keine Ausgebombten.

Gestapo.

Woran man sie erkannte, hatte Suse niemand erklärt, doch es gab keinen Zweifel.

»Die sind zu anderen gekommen, die kommen irgendwann auch zu dir«, hatte Eugen gesagt, damals, als er Suse noch Groschen für Fassbrause gegeben hatte, damit sie keine langen Ohren machte. Suse war mit der Emaillekanne losgezogen, aber das, was aus dem Zimmer hallte, ließ sich auch mit kurzen Ohren nicht überhören.

»Glaubst du, dich verschonen die?«, hatte Eugen geschrien. »Weil du so nett mit deiner rosa Brille aus dem Wolkenkuckucksheim schaust?«

»Ich bin nur ein Lehrer«, hatte der Vater erwidert, obwohl er längst nicht mehr gelehrt, sondern auf dem Tisch in der Stube Lampenschirme geklebt hatte. »Warum sollten sie sich für einen kleinen Lehrer die Mühe machen?«

»Sag mal, bist du so blöd, oder tust du nur so?«, hatte Eugen gebrüllt. »Du verdammter Traumtänzer, denk wenigstens an Ilo und an das Kind, das du ihr unbedingt machen musstest!«

»Ich denke immer an die beiden. Ich habe Ilo mein Wort gegeben, dass ich die Familie nicht in Gefahr bringe.«

Suse hatte weiter nichts hören wollen und war zu *Patzenhofer* gelaufen. Sie wäre auch jetzt gern fortgelaufen, aber diese Möglichkeit gab es nicht. Ihre Schritte wurden schwer und steif, doch sie musste weitergehen. Auf die Männer zu, in ihre geschändete Höhle, zu dem zerbrochenen Stuhl, dem zerwühlten Bett und dem leeren Teller.

Einer von ihnen stand im Hausflur, ein Zweiter lehnte im Türrahmen und war nur zur Hälfte sichtbar. Sie waren nicht die Einzigen, dessen war Suse sich sicher. Stufe um Stufe näherte sie sich, und die Männer rührten sich nicht. Auch nicht, als sie den Absatz erreichte. Dem, der draußen stand, war sie schon so nah, dass ihr sein Geruch in die Nase stieg. Duft nach Leder und etwas Käsiges, das von der Haut stammte. Sie hätte nicht sagen können, ob er jung oder alt war, blond oder dunkel, ob er eine Brille oder einen Schnurrbart trug. Nur den Mantel sah sie. Schwarz, bis zur Wade. Sie wollte an ihm vorbei.

»Halt.« Der Arm schnellte wie eine Schranke vor Suse in die Höhe.

»Ich muss da rein.« Ihre Stimme klang fremd. »Ich bin Susanne Engel. Ich wohne hier.«

Der Mann nahm den Arm nicht weg. Der andere drehte den Kopf nach ihm. »Schwierigkeiten?«

»Ach, was.« Der Mann, der sie aufhielt, sprach, als schliefe er im Stehen ein.

Der andere sagte noch etwas, das Suse nicht verstand. Diese zwei hatten keine Bedeutung, sie standen nur Wache oder führten irgendein Protokoll. Es war wie bei den drei Bären: Die wirklichen Zerstörer waren tief in die Höhle eingedrungen, in die Küche, wo sich das Leben abspielte. In der Stube nahmen die Kisten mit den Arbeitsmaterialien des Vaters sämtlichen Platz ein, aber in der Küche standen die drei Betten der Familie Seite an Seite. Am Tisch reihten sich drei Stühle, und am Herd verteilte die Mutter Bratkartoffeln auf drei Teller.

Die Küche lag am Ende des Korridors, und in ihr Fenster fiel Licht, bis die Sonne verschwand. Das war schön, wenn man noch lesen wollte und keine Lampe eingeschaltet werden durfte. Von ihrem Platz aus konnte Suse hineinsehen, bis zum Herd, auf dem in der Pfanne etwas verkochte. In einer Säule, die oben zur Wolke zerfloss, stieg Qualm auf. Davor stand Tante Hille, der

Verschwendung ein Graus war, und rührte keine Hand, um das Essen in der Pfanne zu retten.

Wie Suse befürchtet hatte, waren die Männer in die Höhle eingedrungen. Zwei standen im Korridor und hielten sich an der Wand. Der Dritte dagegen hatte sich im Eingang der Küche aufgebaut, vielleicht vier Schritte von Tante Hille entfernt. Wo sich ihre Eltern befanden, konnte Suse nicht sehen. Sicher saß ihr Vater mit Büchern und Schreibzeug am Tisch, und ihre Mutter stand oder lief herum, weil sie – wie Tante Hille sagte – Hummeln im Hintern hatte. Aber solange von ihnen nichts zu hören war, bestand Hoffnung, dass sie ausgegangen waren. Der Vater ging nie aus. Aber die Mutter besuchte manchmal Großmutter Konya oder traf sich mit ihr und ihrer Schwester in der Stadt. Vielleicht hatte sie dieses Mal den Vater mitgenommen, nur dieses eine, einzige Mal. Sie waren nicht hier. Nur die harmlose Tante Hille war hier, die sich an Vorschriften hielt und keinen Menschen störte.

Suses Gedanken klangen wie ein Gebet. Aus dem Teil der Küche, den sie nicht überblicken konnte, kam kein Geräusch, also war nicht auszuschließen, dass der Vater mit der Mutter gegangen war. Warum denn nicht? Vielleicht machten sie einen Spaziergang. Von hier bis Unter den Linden war es nicht mehr als eine halbe Stunde zu Fuß. Früher waren sie da oft hingegangen, im Café *Kranzler* einen Mokka trinken, wenn Hille auf Suse aufpasste, die Mutter eine Prinzessin in ihrem rosa Kleid und selbst der Vater flott, mit Stock und Hut – »Mach's dir hübsch mit Tante Hillchen, Liebchen, bis zum Abendbrot sind wir wieder bei dir«.

Früher, früher, früher.

Das alles war so lange her, es war schon nicht mehr wahr. Das *Kranzler* war ausgebombt, und Unter den Linden waren die Eltern nicht mehr gewesen, seit die Sache mit Sido passiert war. Der Vater würde hier sein. Er war immer hier. Machte mit zerkautem Bleistift Notizen in seine Kladde, schlug in Büchern nach, ging nirgendwohin.

Der Qualm von den verbrennenden Kartoffeln quoll in Schwaden in den Korridor. Tante Hille drehte sich um und wollte die Pfanne vom Herd nehmen, doch der Gestapo-Mann herrschte sie an: »Stehen bleiben. Probier das noch mal, und es knallt.«

Tante Hille erstarrte, zog die Schultern hoch, machte sich klein.

Erst jetzt sah Suse, dass der Mann ein Stück Papier in der Hand hielt, einen abgerissenen Zettel, den er zwischen zwei Fingern baumeln ließ. »Was das ist, wollen wir wissen. Woher das kommt.«

Etwas regte sich im unsichtbaren Teil des Raumes, zu erkennen nur an dem Schatten, der über die Rauten der Bodenfliesen huschte. Tante Hille duckte den Kopf noch tiefer zwischen die Schultern. Ihre Lippen bewegten sich. »Nein, nein«, glaubte Suse zu hören. »Nein, nein, nein.«

Wieder zuckte der Schatten.

Die arme Tante Hille, die doch immer nur kam, um zu helfen, gab ein Wimmern von sich. Instinktiv wollte Suse zu ihr laufen, doch der Mann, der sie aufgehalten hatte, versetzte ihr einen Stoß, der sie zurücktaumeln ließ. Schmerz und Überrumpelung raubten ihr den Atem. Sie presste die Hände auf die Brüste, konnte nicht fassen, dass jemand ihr mit Absicht wehgetan hatte. Als sie ansetzte, um noch einmal zu versuchen, in die Wohnung zu gelangen, gerieten ihr die Schritte verzagt. Der Mann hob wieder den Arm, und sie blieb stehen wie von selbst.

Von Neuem sah sie durch den schmalen, lichtlosen Korridor bis in die Küche, wo jemand die Lampe eingeschaltet hatte. Tante Hille stand noch immer mit dem Rücken zum Herd. Etwas hinter ihr knackte. Vermutlich war mittlerweile alles Bratgut verkohlt, und die Glut fraß sich durch die Reste, um gleich darauf Flammen zu schlagen.

Der Gestapo-Mann wedelte noch einmal mit dem Zettel, dann öffnete er die Finger, sodass das Papier zu Boden segelte. Seltsam langsam, als hätte jemand die Zeit angedickt, damit sie nicht so schnell floss. In Tante Hilles Rücken knackte es noch einmal, und eine orangerote Lohe schoss durch den Qualm empor. Tante Hille drehte sich um, griff nach der Pfanne, wie sie es Hunderte von Malen getan hatte, und zog sie vom Gas.

Die Hand des Mannes fuhr in die Manteltasche und fischte etwas heraus. Im Licht der Flamme blitzte der Lauf der Pistole, der auf Tante Hilles Brust gerichtet war. Die fuhr herum, sah die Waffe und schlug die Hände vor den Mund. Vielleicht schrie jemand. Vielleicht war es Suse selbst.

»Ich habe das geschrieben!« Über die Bodendielen waberte im flackernden Licht ein Schatten, und die Stimme ihres Vaters klang wie aus Metall. »Das Blatt stammt von mir, und ich hab's auch verteilt. Nur ich. Lassen Sie meine Familie aus dem Spiel.«

Der Schatten schoss ins Sichtfeld, und der Körper des Vaters folgte wie ein dunkler Blitz. Er packte Tante Hille von vorn, umfasste mit beiden Händen ihre Schultern und wollte sie zur Seite reißen, doch im selben Augenblick krachte der Schuss.

Suse sah sie fallen. Ganz langsam, als hätte jemand die Zeit angedickt, glitten sie am Herd hinunter. Tante Hilles schneeweißes Gesicht starrte Suse an, bis ihr Hinterkopf auf die Fliesen prallte und der Leib des Vaters sie unter sich begrub. Auch das Blut floss langsam. Es sickerte dem Vater über den Rücken, durchtränkte den Stoff seiner Hausjacke, und nur ein dünnes Rinnsal tropfte auf den Boden.

Wieder schrie jemand. Suse konnte es nicht sein, denn aus ihrer Kehle kam kein Laut. Stattdessen setzte in ihrem Kopf eine Melodie ein, das Pling-Pling einer Spieluhr, die sie am Tag ihrer Einschulung hier, in der Küche, auf den Boden geschleudert hatte.

»Suse, liebe Suse, was raschelt im Stroh?
Das sind die lieben Gänschen, die hab'n keine Schuh.«

»Die brauch ich nicht mehr. Ich bin jetzt ein großes Mädchen.«

»Und ob du das bist. Ein Schulmädchen. Wollen wir Gerti Sing-Gans in die Kiste auf den Hängeboden legen? Dann weißt du, wo sie ist, falls sie doch noch einmal für dich singen soll.«

»Die ist für Babys. Die soll nicht mehr für mich singen.«

»Dann vielleicht für mich, mein Schatz. Vielleicht einmal, wenn du auf deiner eigenen Straße unterwegs bist, für mich.«

Mit aller Kraft wünschte sich Suse, der Vater möge sich umdrehen, damit ihr Blick seinem Blick noch etwas sagen konnte. Aber er drehte sich nicht um. Durch das Zirpen der Kindermelodie drangen die Schreie der Mutter. Über die Fliesen, auf denen das Blut nur eine dünne Spur zog, rutschte sie auf Tante Hille und den Vater zu und warf sich über sie. Die graue Hausjacke, die an den Ellbogen dünn gescheuert war, hatte der Vater getragen, solange Suse denken konnte.

Erster Teil

April 1928

»Dass ich dich lieb hab,
Wird es zu lesen sein,
In Blätter gestanzt,
Ins Meer gepflanzt,
In den Wind geschrieben?«

Inge Müller

1

Der Vorhang war nachtblau und von vorn betrachtet übersät mit goldenen, wie frisch am Himmel aufgezogenen Sternen. Von hinten, von der Bühne aus gesehen, ließ sich jedoch erkennen, wie die Goldfäden der Sterne vernäht worden waren, und damit verpuffte der himmlische Effekt.

Das ist es, was mit mir nicht stimmt, dachte Ilo. Mir fällt immer auf, wie die Dinge von hinten aussehen, und prompt ist der Hokuspokus verpufft. Als Kind war sie mit Maman und Marika in einer magischen Nummer im Chat Noir aufgetreten. Ohne Absicht war sie vor den Tisch getreten, auf dem der Zylinder des Magiers stand, hatte an einer Lade im Boden des Hutes gerüttelt, und herausgesprungen war das weiße Kaninchen.

»Dieses Kind ist eine wandelnde Entzauberung«, hatte Maman gestöhnt, und das traf vermutlich den Nagel auf den Kopf. Von den Goldsternen des Wintergartens, die auch an der blauen Glaskuppel wie am nächtlichen Firmament prangten, schwärmte das *Tageblatt* wie die *Volks-Zeitung*. Auf der Terrasse, wo Speisen serviert wurden und der billigste Platz sechs Mark kostete, drängten sich die Besucher, und selbst die Stehplätze im Entree waren morgens wie abends ausverkauft. Die Berliner liebten das Theater unter dem Sternenhimmel, es gehörte zu den gefeierten Bühnen Europas, und Schauspieler, Sänger, Tänzer, Artisten, kurz Gaukler jeder Couleur rissen sich darum, hier aufzutreten. Gewiss war Ilo die Einzige, die sich vor ihrer ersten Vorstellung gewundert hatte, warum man eine gläserne Kuppel, die Sternenlicht in den Saal hätte strömen lassen, mit Platten vernagelte, um künstliche Sterne aus Glühbirnen an die Decke zu hängen.

Daran gab es ja nichts zu wundern. Echte Sterne waren einfach unzuverlässig, und zur Matinee konnte man sie gleich ganz vergessen.

Der Vorhang hob sich wieder, und der Lichtstrahl des Schwenk-Scheinwerfers traf Ilos Gesicht. Wie auf ein Zeichen nahm sie den Rock ihres Kleides links und rechts beim Saum und vollführte mit zierlich gekreuzten Fesseln einen Knicks. Der Applaus toste in Wellen, wurde leiser, als der Vorhang sich senkte, ebbte aber nicht ab. Wenn das Publikum ein weiteres Heben forderte, würde Ilo nicht drum herumkommen, ihnen eine Zugabe zu bieten. Hinter der blauen Wand riefen Leute zu rhythmischem Klatschen ihren Namen: »Ilo Konya, Ilo Konya!«

»Du bist ein Glückskind, weißt du das?« Sidonie, ihre Freundin, die im Hintergrund mit drei aprikosenfarbenen Zwergpudeln auftrat, obwohl sie Hunde nicht ausstehen konnte, schnitt eine Grimasse. »Mit dem Silberlöffel im Mund geboren bist du, nach dir schreien sie sich die Hälse rau, während sie sich von unsereiner nicht mal den Namen merken.«

»Das stimmt doch nicht«, sagte Ilo, wusste aber, dass es doch stimmte. Ihr war in den Schoß gefallen, wofür Mädchen wie Sidonie kämpften. Ihre Mutter entstammte einer eingefleischten Theaterfamilie und war selbst ein gefeierter Revuestar, ihr Vater ein Fabrikant von Schiffsturbinen, der für die Welt der Bühne schwärmte. Sie hatte mit vier ihre erste Tanzstunde erhalten, war mit fünf zum ersten Mal aufgetreten und hatte mit sieben, kurz vor Ausbruch des Krieges, an Maria Moissis Schauspielschule eine Ausbildung begonnen. Jetzt – mit zweiundzwanzig – bestritt sie die Zugnummer der Matinee im Wintergarten, und am Abend trat sie mit Mutter und Schwester in Hollaenders Kabarett-Revue im Großen Schauspielhaus auf.

Die drei Konyas. Sie waren angesagt, beliebt, konnten sich vor Engagements nicht retten.

Die Wohnung, die die Familie im feinsten Teil Charlottenburgs bewohnte, erstreckte sich über zwei Stockwerke und die Bodenkammern fürs Personal. Bald wöchentlich fuhr Maman mit beiden Töchtern zum Hausvogteiplatz, um sie bei den Meistern der Haute Couture rundherum einzukleiden. Sie hatten keine Sorgen, hatten sogar die Inflation überstanden, ohne auf Trinkschokolade, Champagner, Südfrüchte und Leberpastete zu verzichten, während andere ihren Wochenverdienst auf Karren durch die Stadt gezogen und gegen ein Brot getauscht hatten. Eugen, der Agent, der alle Konya-Frauen betreute und mit ihnen als Conférencier auftrat, arrangierte derzeit für Ilo ihren ersten Film.

Und wenn ich müde bin?, durchfuhr es Ilo.

Wie Mamans Antwort darauf ausgefallen wäre, hätte sie auswendig vorbeten können: »Du bist zu jung, um müde zu sein. In deinem Alter hat man Energie genug, um Bäume auszureißen.«

Ilo mochte Bäume gern. Wenn sie die schmächtigen umzäunten Linden auf Berlins Prachtboulevard sah, wünschte sie sich ein Blechkännchen Wasser, um sie zu gießen.

Der Applaus schwoll wieder an, und die Bühnenarbeiter schickten sich an, die Sternennacht des Vorhangs noch einmal in die Höhe zu kurbeln. Willi Brandeis, der im Orchestergraben das Ensemble dirigierte, tauchte unter dem Saum am Bühnenrand auf. »Was willst du singen, Püppchen? *Märchen aus der Puszta?*«

Ilo nickte. Ihr war das eine so recht wie das andere, sie probte täglich und war auf alle Stücke aus ihrem Repertoire mustergültig vorbereitet. »Talent ist etwas, auf das die Schwätzer von der Presse fliegen«, behauptete Maman. »Dass Erfolg in unserem Beruf zu neunzig Prozent auf Schweiß und knochenharter Arbeit beruht, das macht sich nicht gut auf deren Hochglanzseiten.«

Mit kaum hörbarem Rauschen glitt der Vorhang in die Höhe, und Ilo stellte sich in Positur. Sie legte den Kopf leicht schräg und senkte die Lider, wie es Maria Moissi zufolge einer ungarischen Schönheit zukam, die von ihrer fernen Heimat träumte. Das Lied war ursprünglich für Ilos Schwester Marika geschrieben worden, die über kräftigere Farben und üppigere Formen verfügte, wie sie in den Köpfen der Leute zu einer Ungarin gehörten. Da sie damit jedoch erfolglos geblieben war und Eugen die lasziv-sentimentale Weise zu schade zum Wegschmeißen fand, hatte er sie kurzerhand Ilo vererbt.

Die stand blass, blond und rosa vor dem Orchestergraben und begann zu singen, sobald der letzte zerschmelzende Ton des Geigenvorspiels verklungen war. Wie die Versammelten den Atem anhielten, konnte sie förmlich hören. Am Abend kamen alle möglichen Leute ins Varieté – Touristen, Nachtschwärmer, Geschäftsleute auf der Durchreise und junge Männer auf Brautschau. In der Matinee aber saßen ihre hartgesottenen Verehrer, die, die sich eigens frei nahmen oder von weit her anreisten, um sie zu sehen.

»Bei der jüngsten Konya ballt sich das ungarische Erbe allein in der Stimme«, schrieben die paar Kritiker, die die leichte Muse nicht als unter ihrer Würde erachteten. »Dem zarten Persönchen traut man die Puszta nicht zu, doch in der Kehle brodelt pure Paprika.«

Was Unsinn war. Wie so vieles. Das beschworene ungarische Erbe der Konya-Geschwister stammte vom Vater, dem Schiffsturbinen-Fabrikanten, dessen Wurzeln ins kaiserlich-königliche Budapest reichten. Von ihm hatte Ilo den zarten Bau und das helle Haar. Ihre Mutter hingegen, von der die brachiale, in Ilos fragilem Körper so verblüffende Stimmgewalt stammte, war ein waschechtes Berliner Theaterkind. Im Quintett mit ihren Cousinen war sie allabendlich im Apollo-Theater aufgetreten, bis das Kino dem Apollo und dann der Krieg der ganzen Epoche die Luft abgedrückt hatte. Kein Tropfen Blut in ihren Adern war ungarisch, aber die Leute brauchten nur schwarzes Haar und glutvolle Augen zu sehen, schon hatten sie sich ihren Reim gemacht.

»In der großen Stadt
Bewundern sie meine Schönheit
Und lassen mich kalt.
Doch in der Ferne, in der Weite der Puszta,
Wartet einer, den ich nie vergesse.«

Ilo sang das Lied zu Ende, vollführte ihren artigen Knicks und sandte unartige Blicke ins Publikum. Wie das funktionierte, hatte Maria Moissi, Berlins begehrteste Schauspiellehrerin, ihr beigebracht, und Maman hatte es unterfüttert: »Das ist es, was Männer wollen, Schätzelchen. Und es sind Männer, die das Geld in den Westentaschen haben, die Eintrittskarten kaufen, die Champagner bestellen. Was es zu bedeuten hat, brauchst du kleine Unschuld vom Lande nicht zu wissen, solange du weißt, wie man es macht.«

Ilo war nicht vom Lande, und dass man in Berlin am Theater aufwachsen und eine Unschuld bleiben konnte, bezweifelte sie. Wenn ein Spielleiter zu ihr sagte: »Schau mal ein bisschen dreckiger drein«, dann wusste sie, dass das Dreinschauen nicht nur mit den Augen, sondern ebenso mit den Beinen stattzufinden hatte, dass eins aus dem Schlitz im Kleid gestreckt werden musste, während die Wimpern plinkerten. Aber vielleicht hatte die Mutter ja doch recht, und Ilo hatte von Tuten und Blasen keine Ahnung. Sie hätte zum Beispiel nicht zu sagen vermocht, was Männer an ausgestreckten Mädchenbeinen in Netzstrümpfen so aufregend fanden. Von künstlichen Wimpern, die beim Augenschließen ein Geräusch zu machen schienen, ganz zu schweigen.

Sie wusste auch nicht, wo und wie die Puszta war, ob es dort hübsch war oder grässlich, und wie es sich anfühlte, einen Mann zu kennen, den man nie vergaß. Es war nicht ihre Aufgabe, das zu wissen, sondern nur, den Zuschauern das Gefühl zu geben, es wisse niemand so tief, so schmerzlich und allumfassend wie sie.

Der Applaus prasselte auf Ilo nieder wie ein Regenguss. Draußen aber war Sonne, ein Frühlingsmorgen, und auf einmal verspürte sie einen wilden Drang, der künstlichen Nacht zu entkommen und in die Helligkeit des Tages zu fliehen. Sie drehte sich um, noch ehe der Saum des Vorhangs den Boden erreichte, und rannte über die Bühne davon.

Sidonie klebte sich an ihre Fersen. »He, he, was hast du's denn so eilig, du weißt doch noch gar nicht, ob du fertig bist.«

»Ach, sei's drum. Es wird schon keiner dran sterben, wenn ich's ausnahmsweise bei der einen Zugabe belasse.«

»Was ist denn los mit dir?« Vor der Tür der Garderobe, die sie sich teilten, blieben die beiden stehen.

»Nichts.«

»Erzähl keinen Quatsch.« Sidonie sperrte die Tür auf, ohne Ilo aus den Augen zu lassen. »Ich habe heute schon mindestens drei Witze gerissen, über die du nicht gelacht hast, und das kommt mir spanisch vor, das bist nicht du.«

Ilo gab sich geschlagen. Sidonie war ihre Freundin seit den Tagen bei Maria Moissi. Sie hatten dieselben Erfahrungen, auch solche, die sich nicht in Worte fassen ließen, und wenn jemand Ilo kannte, dann Sido. Sie selbst war sich ein Rätsel, und manchmal fragte sie sich, ob es überhaupt etwas an ihr zu kennen gab.

»Ich weiß es doch auch nicht«, sagte sie. »Mir geht heute alles auf die Nerven, ich kann diesen blöden Vorhang und die grinsenden Gesichter dahinter nicht mehr sehen.«

»Deine Probleme möcht ich haben.« Sido winkte die Garderobefrau, die herbeigeeilt kam, um Ilo zu helfen, zurück. »Ist schon gut, Selma, wir wursteln uns heute mal allein durch.« Dann schob sie Ilo in die Garderobe, folgte und verriegelte hinter ihnen die Tür. »Du bist ziemlich undankbar. Aber das weißt du selber, richtig?«

Ilo nickte. Ihr Blick wanderte durch den Raum. Vorhin, als sie die Garderobe verlassen hatte, hatte auf ihrem Schminktisch ein einziges Durcheinander geherrscht. Jetzt lag alles wohlgeordnet, jeder Augenbrauenstift an seinem Platz und Ilos private Habe – ein vormals zerknülltes Taschentuch, ein Etui mit Visitenkarten und ein Textbuch – säuberlich gestapelt in einem Korb. Sogar das Fenster war geöffnet worden, um den tranigen Geruch der Schminke zu vertreiben. Um diese Dinge kümmerte sich Selma, auf deren Einstellung Eugen eigens deshalb bestanden hatte. »Ich will, dass du dich auf deine Laufbahn konzentrierst«, hatte er zu Ilo gesagt. »Alles andere wird für dich erledigt, das lass meine Sorge sein.«

Ilo ließ sich auf den Stuhl vor dem Schminktisch fallen. Aus dem Spiegel sahen ihr blassblaue Augen entgegen, die ihr riesig vorkamen und nicht ihr gehören konnten. Kein normaler Mensch hatte derart gigantische Augen und keine blasse, blonde Berlinerin so schwarze Wimpern. Ihre Maskenbildnerin Mine, die ebenfalls Eugen aufgetrieben hatte, hätte aus einer afrikanischen Greisin einen jungfrischen Eskimo machen können.

Wenn mir mein von Mine geschminktes Gesicht verloren gehen und es im Fundbüro abgegeben werden würde, würde ich es nicht finden, durchfuhr es Ilo. Es würde dort liegen bleiben, und niemand würde es als das seine erkennen und mit nach Hause nehmen. »Ich glaube, bei mir tickt es heute wirklich nicht richtig«, sagte sie zu Sido.

»Das tut es allerdings nicht«, erwiderte diese und schenkte ihnen aus einer Kristallkaraffe Wasser, Eis und Zitronenschnitze in zwei Gläser. »Wenn du nicht aus unerfindlichen Gründen meine spezielle Freundin wärst, könnte ich es ziemlich schwer erträglich finden, mir dein Gejammer anzuhören. Du wirst ein Star, Ilo. Oder nein, du bist schon einer, du bist eine von diesen Knospen, die gar nicht mehr zu platzen bräuchten. Du hast alles, wovon ich träume und was ich nicht bekommen kann.«

»Natürlich kannst du es bekommen«, sagte Ilo, wollte nett sein und kam sich verlogen vor. »In der *Eleganten Welt* hat gestanden, du bist hübscher als ich.«

»Aha.« Sido setzte sich an ihren Schminktisch und begann, sich das dichte, kinnkurz geschnittene Haar auszubürsten. »Deshalb muss ich mit kläffenden Flohteppichen Ringelreihen spielen, während sich nach dir die halbe Stadt verschmachtet, sobald du den Mund aufmachst und deine Schnulze trällerst. Wen kratzt es da noch, was in der *Eleganten Welt* steht? Und seit wann liest du eigentlich die *Elegante Welt*, seit wann liest du überhaupt eine Zeitung?«

»Ich hab's nicht gelesen«, gestand Ilo. »Meine Mutter hat es vor ein paar Tagen beim Frühstück entdeckt und sich schrecklich darüber aufgeregt. Ich dachte, sie reißt Eugen den Kopf ab.«

»Und Eugen?« Sidos Stimme bekam etwas Lauerndes.

Ilo zuckte die Schultern. »Hat sich nicht viel daraus gemacht. Du kennst ihn doch.«

»Allerdings, das tue ich, und deshalb brauchst du dir für mich nichts aus den Fingern zu saugen. Also, was hat Eugen gesagt? Dass er den Fritzen von der *Eleganten Welt* eigens instruiert hat, dieses Zeug zu schreiben, weil im glorreichen zehnten Jahr der Republik nach Mädchen, die hübsch sind, kein Hahn mehr kräht?«

Das traf beinahe wortwörtlich zu. Sido kannte nicht nur Ilo, sie kannte auch Eugen, der für Ilo ein Buch mit sieben Siegeln war. Sie verstand sich auf Menschen, war nicht nur hübscher, sondern auch klüger als Ilo und hätte das verdient, was Ilo besaß. Nur war ihre Mutter eben kein gefeierter Revuestar, sondern eine vermögenslose Hausfrau, die ihrer Tochter ein glamouröseres Leben gegönnt hatte, und ihr Vater war kein Fabrikant von Schiffsschrauben, sondern Kassierer in einer Bank gewesen, ehe er sich in den Krieg gemeldet hatte und vor Ypern gefallen war. Ihre Mutter hatte in einem Kinderheim Wäsche gewaschen und sich die Butter vom Brot gekratzt, um ihrer Tochter den Unterricht bei Maria Moissi zu bezahlen. Ein Jahr nach Kriegsende war sie mit den Zahlungen jedoch so weit ins Hintertreffen geraten, dass die Moissi Sidonie vor die Tür gesetzt hatte.

»Wirf das Handtuch, Mädchen. Weiter als bis zur Komischen Alten bringst du's ohnehin nicht, und für die hast du nicht das richtige Gesicht.«

Die meisten hätten das Handtuch geworfen. Sidonie Teitelbaum warf keines, sondern biss sich durch. Sie war vierzehn gewesen, kaum zwei Jahre älter als Ilo, aber sie hatte ihr Leben wie eine Erwachsene angepackt. Hatte sich bei einer der unzähligen Kleinkunstbühnen ein Engagement besorgt, der Mutter unter die Arme gegriffen und sich in dem bisschen Zeit, die ihr blieb, beigebracht, was immer ihr von Nutzen schien, vom Bauchreden bis zur Hundedressur. Wenn an dem, was Ilos Mutter redete, etwas Wahres war, wenn Erfolg auf Schweiß und harter Arbeit beruhte, hätte Sido auf dem Gipfel stehen müssen.

Aber auf dem stand sie nicht. Statt ihrer erklomm Ilo den Gipfel, die nicht einmal sicher war, ob sie sich etwas daraus machte. Dass die arme Sido den Sprung an die großen Häuser schließlich geschafft hatte, verdankte sie der Tatsache, dass Eugen fand, sie bilde zu Ilo einen nützlichen Kontrast. »Wer vorn Erregung bieten will, braucht im Hintergrund Ruhe, etwas Angenehmes für die Augen, das weder ablenkt noch stört.«

Sido band sich ihr knisterndes, glänzendes Haar aus dem Gesicht, zog einen Tiegel mit Fett heran und langte hinein, um sich abzuschminken. Ilo sah ihr zu, erfasste ihr beinahe klassisches Profil mit der kleinen, geraden Nase, die runden Schultern, den harmonischen, einladend weiblichen Körper, den Sido mit täglichem Turnen geschmeidig hielt. Ob die Zeitungsleute nun von Eugen instruiert waren oder nicht, sie hatten recht, Sidonie war hübsch, sie war rundherum entzückend, und es war kein bisschen fair, dass Frauen wie sie über Nacht nicht länger en vogue waren.

»Das ist nicht über Nacht passiert«, hatte Eugen widersprochen. »Schon nach dem Krieg hat keiner mehr die braven Töchterchen mit ihren überfütterten Mutterschößen sehen wollen.« Nach dem Krieg war Eugen achtzehn gewesen, aber Ilo bezweifelte nicht, dass er bereits damals alles gewusst hatte, was sich zu wissen lohnte. »Und nach der Inflation erst recht nicht. Die Frau der Endzwanziger ist mager und morbide, sie ist der Sex, der vom Tod weiß und daran zugrunde geht. Sie sieht aus wie ein Mann und schlägt sich wie einer, aber dass sie, wenn die Lichter ausgehen, keiner ist, macht sie unwiderstehlich.«

»Es tut mir leid«, murmelte Ilo.

»Muss es nicht«, erwiderte Sido und setzte ihrem linken Auge brutal mit einem fettgetränkten Wattebausch zu. Bläuliche Farbe troff ihre Wange hinunter, als hätte sie sich die Tränen gefärbt. »Auch wenn es mir manchmal schwerfällt, es zu glauben – es ist nicht deine Schuld.«

An der Tür klopfte es.

»Nein, danke, Selma, wir kommen zurecht«, rief Ilo.

Durch das Holz der Tür war ein Gemurmel zu hören, dann klopfte es erneut, diesmal schärfer.

»Das ist nicht Selma, sondern Eugen«, sagte Sido, rieb sich mit wütender Hast die Wange sauber und warf den Wattebausch auf den Tisch.

Ilo stand auf und ging zur Tür, doch statt sie zu öffnen, prüfte sie, dass der Riegel vorgeschoben war. Dabei bestand daran kein Zweifel. Wäre die Tür nicht verriegelt gewesen, hätte Eugen nicht gezögert, sie zu öffnen.

»Bist du da drinnen eingeschlafen, Ilona? Ich würde so langsam gern fahren, mir hängt der Magen in den Kniekehlen.«

»Fahr ohne mich«, sagte Ilo.

»Und was sollen bitte die Sperenzchen? Wir haben dafür keine Zeit, deine Mutter erwartet uns in diesem neuen Palast der Gigantomanie, wo sie um jeden Preis ein Restaurant ausprobieren möchte, das ihr bei ihrem Coiffeur als *entzüüückend* angepriesen worden ist.«

Er sprach das »ü« spitz aus und zog es in die Länge. Warum Ilo beim Ausprobieren des entzückenden Restaurants zwingend dabei sein musste, erklärte er nicht. Er erklärte so etwas nie, und niemand fragte danach. Ilo schon gar nicht.

»Ich komme nach«, sagte sie. »Zu Fuß. Sind ja nur ein paar Schritte.«

»Das halte ich für keine gute Idee. Vor der Tür lauern die Geier, und du hast keine Ahnung, mit wem du sprechen darfst und mit wem nicht.«

»Dann spreche ich eben mit gar keinem. Ich bitte dich, Eugen. Mir rauscht der Kopf, ich brauche ein bisschen frische Luft.«

»Kopfschmerzen?« Eugens Tonfall schlug um. »Du brütest doch wohl nichts aus, wir haben am Montag den Termin bei der UFA.«

»Nein, keine Sorge«, versicherte Ilo hastig. »Mit mir ist alles in Ordnung, ich will mir nur ein bisschen die Beine vertreten.«

»Wirklich?«

Ilo nickte, was Eugen nicht sehen konnte.

»Dann geh in drei Teufels Namen zu Fuß«, sagte er. »Aber beeil dich, nicht, dass deine Mutter mir die Hölle heiß macht und ich dich am Ende suchen muss.«

»Bestimmt nicht«, versprach Ilo. Ihre Mutter würde Eugen nicht die Hölle heiß machen – allen Menschen, die in der Stadt herumliefen, vom Briefträger bis zur Kostümbildnerin, aber nie im Leben Eugen.

»Wir sehen uns dann gleich in diesem Haus Vaterland. Das Restaurant heißt *Csárdás*.«

»Ja, danke. Bis gleich.«

»Wir bestellen schon die Entrees.«

»Für mich nur etwas Leichtes bitte. Suppe und Kompott genügt.«

Er brummte noch etwas darüber, dass sie vernünftig zu essen und ihre Leistungsfähigkeit zu erhalten hatte, und würde Ilo ganz bestimmt nicht nur Suppe und Kompott bestellen, aber immerhin ging er. Es war nicht so, dass Ilo nicht mit ihm zusammen sein wollte. Sie war so gut wie immer mit ihm zusammen, und daran gab es nichts auszusetzen, nur verspürte sie heute aus heiterem Himmel diesen Wunsch, allein zu sein.

Aus dem Spiegel starrten sie noch immer die grotesk vergrößerten Augen an. »Vielleicht beneide ich dich ja genauso wie du mich«, entfuhr es ihr.

»Du mich?« Sido drehte sich nicht nach ihr um, sondern betrachtete ebenfalls ihr Spiegelbild.

»Du träumst von dem, was ich habe«, sagte Ilo. »Aber mir fällt nicht einmal etwas ein, von dem ich träumen könnte.«

»Ist das dein Ernst?« Jetzt drehte Sido sich doch um, und Ilo tat es ihr nach, und ihre Blicke trafen sich.

Ilo nickte. »Du solltest der Star der Revue sein, nicht ich. Du liebst das alles hier, während ich mir nicht einmal sicher bin, ob ich es mag.«

Sido sah sich in der Garderobe um, ließ den Blick über die Fotografien an den Wänden schweifen, die Publikumslieblinge des Wintergartens zeigten, und starrte dann wieder auf die Schminkutensilien vor ihr auf dem Tisch.

»Ja«, sagte sie endlich, »ich liebe das alles. Schon wenn ich ins Theater komme und dieser Duft nach Schweiß und Staub und Farbe mir entgegenschlägt, geht mir das Herz wie ein Pumpenschwengel, wenn ich dieses Geraschel aus den Kulissen höre, das Gewisper aus dem Souffleurkasten, das Schrammeln aus dem Graben, wo das Orchester seine Instrumente stimmt. Ich liebe die Aufregung, wenn der Vorhang sich hebt, die selbst nach Jahren nicht vergeht. Im Scheinwerferlicht glänzt selbst der Staub, und jedes Mal wartet eine neue Chance, jedes Mal bricht dieser Gedanke sich Bahn: Werde ich heute über mich hinauswachsen?

Werde ich heute eine Sekunde lang nicht mehr die langweilige Sido aus Schlorendorf sein, sondern eine Zauberin, eine Heldin – werde ich eine Sekunde lang etwas tun, das mich zu den Sternen erhebt?«

»Ach, Sido!« Ilo stand auf, trat hinter die Freundin und hängte ihr die Arme um den Hals. »Ich wünschte wirklich, das alles, was ich habe, hättest du. Wenn du davon sprichst, komme ich mir furchtbar schäbig vor, weil ich es nicht zu schätzen weiß.«

Leise lachte Sido auf, schob einen Ärmel von Ilos rosa Kleid über den Ellbogen hoch und kitzelte sie in der Armbeuge. »*You're my special girlfriend.*« Das war aus einem Lied, das sie zusammen gesungen hatten, bis Eugen befunden hatte, Ilo solle es alleine singen und Sido nur noch im Hintergrund mit Pudeln hampeln. Sie sagten es sich trotzdem noch oft: *Du bist meine besondere Freundin.*

»Manchmal frage ich mich das auch«, fuhr Sido fort und kitzelte Ilo. »Warum bekommt nicht der ein Geschenk, der es sich am meisten wünscht, warum wird das Schönste, das uns das Leben zu bieten hat, wahllos verstreut, egal, ob der, in dessen Schoß es landet, es überhaupt brauchen kann? Und dabei denke ich nicht einmal an deine Laufbahn am Theater, weil ich auf die verzichten kann, selbst wenn es mich ab und zu wurmt. Der Griff nach den Sternen ist eben für mich nicht gemacht, die Moissi hatte schon recht, mehr als die Komische Alte steckt nicht in mir. Und solange man mich die spielen lässt und mir meinen Appel und mein Ei dafür zahlt, bin ich im Grunde recht glücklich damit.«

Und genau darum beneide ich dich, stellte Ilo fest. Sie selbst war nicht unglücklich. Warum auch? Sie wurde umsorgt, gehätschelt, umschwärmt, Menschen wie Selma waren eigens abgestellt, um ihr jeden Wunsch von den Augen abzulesen, und vor dem Bühnenausgang wartete eine Traube aus Männern, die sich darum rissen, dasselbe zu tun. Am Theater sagte man ihr eine glorreiche Zukunft voraus, und über das, was die Leinwand für sie in petto hielt, kursierten wilde Spekulationen. Die Tage des Stummfilms waren gezählt, und wenn sich der brandneue Ton erst überall durchgesetzt hatte, mochte ihre Stimme einen Siegeszug um die Welt antreten.

So sagte es Eugen.

So sagten es ihr Gesanglehrer, ihr Abendspielleiter und manchmal, wenn sie gut aufgelegt war, sogar ihre Mutter. Sie war gar nicht so selten gut aufgelegt mit Ilo, es war Marika, an der sie ständig etwas herumzunörgeln hatte.

»Und womit bist du nicht glücklich?«, fragte sie Sido. »Was ist das Schönste, das dir das Leben zu bieten hat und das in meinen Schoß nicht hätte fallen sollen?«

»Das weißt du doch.«

Ja, Ilo fürchtete, es zu wissen, und doch wollte sie es Sido sagen hören, weil es sonst so schwer zu glauben war.

»Eugen«, sagte Sido. »Dass der Kerl, für den ich die ewige Seligkeit hinschenken würde, meine beste Freundin liebt, ist nicht so leicht zu schlucken.«

»Gibt's die denn, die ewige Seligkeit?«

»Keine Ahnung. Ich würde auch die unewige hinschenken.«

»Und Eugen liebt mich nicht. Eugen liebt niemanden.«

»In der *Illustrierten* steht, eure Verlobung stünde unmittelbar bevor.«

»Ja, das steht da. Eugen fand, es wäre an der Zeit …«

»Ihn zu heiraten?«

»Nein, mich privat ein bisschen interessanter zu machen, Klatsch und Tratsch ins Spiel zu bringen, Gerüchte zu streuen.«

»Das heißt, ihr heiratet gar nicht?«

Ilo zuckte zusammen und musste lachen, obwohl sie nichts komisch fand. »Gott bewahre. Nein. Eugen meint, eine Heirat wäre der Todesstoß für meine Karriere. Gerede soll's geben. Aber bloß keinen Nagel mit Kopf.«

»Und du bist damit zufrieden?«

Ilo zuckte die Schultern. »Was verstehe ich denn davon? Eugen wird dafür bezahlt, dass er mich berät, also halte ich mich an seinen Rat.«

»Das meinte ich nicht«, sagte Sido.

»Was dann?«

»Wenn ich Eugen heiraten könnte, wäre mir ziemlich egal, ob das der Todesstoß für meine Karriere wäre. Ich würde ihn heiraten und wäre vermutlich eine ganze Weile lang nicht mehr als ein schmachtendes kleines Frauchen, das an nichts anderes denkt als ihren Mann und vor lauter Glück nicht zu ertragen ist. Aber ich habe ja auch keine Karriere, die der Rede wert wäre, und werde irgendwann einen Mann brauchen, der mich versorgt. Du hingegen könntest problemlos einen Mann versorgen, aber auf dein Geld hat Eugen es nicht abgesehen. Er mag mit leeren Taschen geboren sein, aber er ist ja auf dem besten Weg, das zu ändern.«

Abrupt stand Ilo auf. Plötzlich war sie sicher, nicht länger zu ertragen, wie Sido von Eugen sprach. Außerdem schmolz ihre Zeit wie eine Kugel Vanilleeis in der Waffel, ihr mühsam erkämpftes bisschen Zeit in der Frühlingssonne. »Ich muss gehen«, sagte sie zu Sido. »Die anderen warten mit dem Essen auf mich, und meine Mutter bekommt schlechte Laune, wenn man sie warten lässt.«

Sido sagte nichts.

Unschlüssig trat Ilo von einem Fuß auf den andern, suchte auf dem Tisch nach ihrer Tasche, um festzustellen, dass sie sie schon unter dem Arm trug. »Ich sollte dich fragen, ob du nicht mitkommen willst, aber ...«

»Aber du hast keine Lust dazu«, fiel ihr Sido ins Wort. »Ist schon gut, zieh los und genieße, was immer du dir in den Kopf gesetzt hast. Um die gute alte Sidonie mach dir keine Sorgen. Die versteht das. Dazu ist sie doch da.«

2

Vor dem Bühnenausgang lauerte eine Traube aus Verehrern und Zeitungsreportern und versperrte Ilo den Weg.

»Ich begleite Sie, Fräulein Konya.«

»Lassen Sie mich ein Taxi für Sie rufen.«

»Was halten Sie von Mittagessen im *Adlon*? Der neue Fischkoch dort ist ein Meister, dem gelingen die Seezungen so zart, dass sie mich an die Fesseln Ihrer Füßchen denken machen.«

Ilo gab sich alle Mühe, ihr schüchternes Mädchenlächeln aufzusetzen, bedauernd Worte der Ablehnung zu hauchen und sich dabei ihren Weg zu bahnen. Zwar gelang es ihr, sich an den Männern, von denen mehrere mit blitzgewitternden Kameras auf sie zielten, vorbeizuschieben, aber abschütteln ließ sich die Meute nicht. Sie folgte ihr wie ein Kometenschweif und bombardierte sie ohne Pause mit immer gleichem Gesäusel:

»Sie sehen heute entzückend aus, Fräulein Konya.«

»Sie sehen immer entzückend aus.«

»Sie werden entzückend aussehen, solange Sie leben, und ich werde sterben, wenn Sie morgen nicht mit mir ausgehen.«

Ilo hastete die Friedrichstraße hinunter, schlug Haken und Bögen, um dem entgegenkommenden Strom von Passanten auszuweichen. Das Heer ihrer Verfolger wurde sie damit nicht los. Es klebte an ihren Fersen wie ein Bündel Schatten, vollzog jede ihrer Bewegungen mit und verfiel keinen Atemzug lang in Schweigen. Vom Summen und Singen der Straße, auf das sie sich gefreut hatte, bekam sie nichts mit. Sie sah das Gewirr, die Energie, mit der alles in der großen Stadt vorwärts strebte, die hastenden Leute, die sich schlängelnden Radfahrer, die Automobile, Busse und Straßenbahnen, aber sie hörte sie nicht, weil die Wortsalven, die die Männer von hinten auf sie abfeuerten, alles übertönten.

Als sie in den Prachtboulevard Unter den Linden einbog, überkam sie eine Traurigkeit, wie sie sie nie gekannt hatte. In

Friedrich Hollaenders Kabarett-Revue *Bei uns um die Gedächtniskirche rum* spielte sie die mit Spreewasser getaufte Berliner Göre, besang Charme und Chuzpe der Hauptstadt und hatte in Wahrheit doch von Berlin so wenig Ahnung wie von der Weite der Puszta und unvergesslichen Männern. Sie war nie am Wannsee baden gegangen, hatte sich nie ans Schaufenster eines Kaffeehauses gesetzt, um Zeit zu vertrödeln und Passanten zuzuschauen, war nie durch das Gewimmel der Straßen geschlendert, ohne ein Ziel zu haben, einen Termin, der schon drängte.

Allabendlich sang sie in schwärmerischen Tönen:

*»Berlin, du bist meen Liebeslied,
Mal Dur und ooch mal Moll«*

Doch in Wahrheit kannte sie Berlins Lied überhaupt nicht, hatte nie gehört, wie die Stadt es vor sich hin summte, geschweige denn dazu getanzt. Auf der Straßenterrasse vor dem Café *Kranzler* saßen Leute in der Sonne, genossen Getränke und Tortenstücke, ließen den lieben Gott einen guten Mann sein. Im Vorbeilaufen sah Ilo eine Frau, die in ihrem Alter sein musste, jedoch vor ihrer Kaffeetasse, allein an ihrem Tisch, so viel älter, reifer und lebendiger wirkte.

Sie rannte noch schneller, stürmte in Richtung Prinz-Heinrich-Palais und Neue Wache die Straße hinunter, als bestünde die geringste Chance, die Verfolger loszuwerden. Doch selbst wenn sie sie abschüttelte – was versprach sie sich davon? Ihr blieb kaum Zeit, ihr Tag war wie ein Netz mit engen Maschen, aus dem es kein Entrinnen gab. Den jungen Mann, der ihr entgegenkam, sah sie gerade noch rechtzeitig, um ihm auszuweichen. Im ersten Augenblick nahm sie an, er müsse betrunken sein, weil er im Gehen zu schwanken schien. Dann, als sie höchstens noch drei Schritte von ihm entfernt war, erkannte sie jedoch, dass es sein Gepäck war, das ihn aus dem Gleichgewicht brachte: Unter einem Arm trug er eine Aktentasche, die bis zum Platzen mit etwas gefüllt war, das nach Wackersteinen aussah, unter dem anderen einen lächerlich hohen Stapel Bücher, in dem beständig eines zu verrutschen drohte.

Im nächsten Moment schwenkte Ilo wie geplant nach links, um nicht in ihn hineinzulaufen. Sie hatte vor, sich durch eine Lücke im Strom zu fädeln, doch der junge Mann machte ihr einen Strich durch die Rechnung, indem er gerade, als sie zum Seitschritt angesetzt hatte, ebenfalls nach links ausscherte. Um die Richtung noch einmal zu ändern, war es zu spät. Statt an ihm vorbeizupreschen, prallte sie frontal in ihn hinein.

Ilo war zierlich, leichtgewichtig, doch durch die tägliche Anstrengung der Proben bis in die Zehen mit Muskeln bepackt. Der junge Mann hingegen war geradezu zart und offenbar nicht sonderlich sicher auf seinen zwei Beinen. Mit ihrem Schwung warf sie ihn hintüber. Der Bücherstapel kippte ihm endgültig aus dem Arm und verteilte sich polternd über das Pflaster. Menschen sprangen zur Seite. Etliche schimpften, einer zeigte dem am Boden liegenden Mann, der noch immer die Tasche mit den Wackersteinen umklammert hielt, einen Vogel. Ilo taumelte zur Seite, fing sich ab und blieb stehen. Einer ihrer Verfolger lief in sie hinein und entschuldigte sich mit einem blumigen Wortschwall.

Die Übrigen fielen in das Geschwafel ein. Am liebsten hätte Ilo sich die Hände auf die Ohren gepresst. Sie betrachtete den jungen Mann, der wie ein Käfer auf dem Rücken lag und nach der verlorenen Brille tastete. Eine Idee sprang sie an, ein Teufelchen, das sie schon ritt, ehe sie darüber hätte nachdenken können. Sie war Schauspielerin. Etwas anderes hatte sie nicht gelernt.

»Großer Gott, Heiner!«, rief sie und schlug beide Hände vor den Mund. »Da siehst du mal, wie stürmisch ich werde, wenn ich auf dem Weg zu dir bin, Liebling – da geht gleich alles mit mir durch.«

Sie kniete auf dem Pflaster nieder, zog den Kopf des jungen Mannes ohne Federlesens in ihren Schoß und setzte ihm die Brille, die sie von der Straße aufgelesen hatte, behutsam auf die Nase. Sie hatte runde, aus dünnem Draht gerahmte Gläser, ein Wunder, dass sie nicht zerbrochen waren. Sein Haar war schwarz, schwer, völlig unfrisiert. Sie strich ihm eine Strähne aus der Stirn und betastete sein Gesicht, das nur aus schmalsten Flächen und kantigen Knochen zu bestehen schien. Bekam er nie etwas zu essen? Und was machte man mit so einem Gesicht, wenn man lächeln wollte? Hier und jetzt wollte er ganz gewiss nicht lächeln. Der arme Kerl hatte sichtlich nicht den geringsten Schimmer, wie ihm geschah.

»Hast du dir wehgetan, Liebster?« Ilo raufte sich die Haare, zerstörte die von Mine perfekt gelegte Frisur. »Herrgott, was bin ich nur für ein Tollpatsch, aber ich wollte eben so schnell wie möglich zu dir.«

»Bitte machen Sie sich doch nicht solche Vorwürfe«, stammelte der Mann. »Es war meine Schuld, ich hätte besser aufpassen müssen, und es ist ja auch gar nichts passiert.«

Ilona hörte das Klicken der Blitzlichter, doch ihr Ziel hatte sie erreicht: Die Reporter würden noch eine Weile lang versuchen, sich gegenseitig die besten Bilder von dem unvermuteten Liebespaar unter der Nase wegzuschießen, aber die Heerscharen, die gehofft hatten, sich selbst als Teil des Liebespaars zu etablieren, begannen schon, sich zu zerstreuen.

»Verehrtes Fräulein Konya, hätten Sie nur rasch ein Momentchen?« Ein vierschrötiger Mensch mit Schirmmütze, den Ilo von der *BZ am Mittag*, der angeblich schnellsten Zeitung der Welt, kannte, langte nach ihrer Schulter und ging neben ihr in die Hocke. »Sie werden verstehen, dass die neueste Entwicklung Ihr Publikum überraschen wird. Hieß es nicht, Ihre Verlobung mit Eugen Terbruggen stünde unmittelbar bevor?«

Als ein Zweiter ebenfalls die Hand nach ihr streckte, kreischte Ilo so schrill, wie sie konnte, auf. »Heiner, hilf mir! Ich weiß nicht, was all diese Leute von mir wollen, sie lassen mich einfach nicht in Ruhe.«

Der junge Mann fuhr zusammen. Sein Körper kam Ilo vor wie ein Bündel Knochen, das er vor Benutzung erst einmal sortieren musste. Nachdem er es aber sortiert und sich auf dem Pflaster aufgesetzt hatte, kam Leben in ihn. »Was fällt Ihnen denn ein?«, fuhr er den *BZ*-Reporter an. »Lassen Sie sofort die Dame los, und entschuldigen Sie sich.« Seine Stimme war sanft, gebot keine Autorität. Dass der Reporter dennoch zurückwich, war wohl eher der Überrumpelung geschuldet.

Der andere, der versucht hatte, sich vorzudrängen, bei der *BZ* aber auf Granit gebissen hatte, witterte Morgenluft. »Ich sehe das genau wie Sie, Herr Wie-war-doch-gleich-der-Name? Die Kollegen von der *BZ* sind der Ansicht, mit Nassforschheit regiert man die Welt, aber es gibt ja auch Menschen, die Manieren haben. Gestatten, dass ich mich ebenfalls vorstelle? Lothar Wels, *Berliner Tageblatt*, sehr erfreut. Ich habe das doch richtig verstanden? Die Verlobung, über die ganz Berlin sich Grimms Märchen zusammenspekuliert, findet tatsächlich statt? Nur ist der Glückspilz von einem Bräutigam nicht Eugen Terbruggen, sondern Sie?«

Der junge Mann straffte den Rücken, räusperte sich und ergriff die dargebotene Hand. »Volker Engel. Student der Pädagogischen Akademie und im Fach Geschichte Gasthörer an der Friedrich-Wilhelms-Universität.«

Jetzt war es der *Tageblatt*-Reporter, der überrumpelt zurückwich. Kurz entschlossen packte Ilo den Gasthörer im Fach Geschichte unter den Achseln und bemühte sich, ihn in die Höhe zu hieven. »Komm, Heiner, lassen wir uns den schönen Tag nicht verderben. Sollen die doch schreiben, was sie wollen.« Sie hätte ihn in ihre Angelegenheiten nicht hineinziehen dürfen, hätte ihn zumindest jetzt wieder aus den Klauen lassen müssen. Aber sie wollte nicht. Etwas an alledem machte ihr Spaß wie lange nichts mehr.

Vermutlich begriff er noch immer nicht, was sie von ihm wollte. Sie begriff es auch nicht. »Meine Bücher«, wies er sie diskret hin, als sie einander endlich gegenüberstanden. Sie half ihm, sie einzusammeln. Er wehrte sich, erlaubte ihr aber schließlich, ihm die Tasche abzunehmen, damit er sich den schiefen Turm von Pisa wieder unter den Arm klemmen konnte.

Das Gewicht ließ sie seitwärts schwanken. »Du lieber Herr Gesangverein. Was hast du denn darin geladen?«

»Bücher«, erwiderte der Student der Pädagogischen Hochschule und sah sie an, wie sie ihn ansah. Hörte nicht auf damit. So wie sie nicht aufhörte. Die Reporter knipsten und kritzelten auf Blöcke. Aber Ilo und der junge Mann, der eine Wagenladung Bücher mit sich herumschleppte, hörten nicht auf. Seine Augen hatten etwas Rundes, Zerbrechlich-Ernstes wie die Brillengläser, die sie umgaben. Ein bisschen wie die Knopfaugen ihres Steiff-Bären, fand Ilo.

Als die Zeitungsleute wie ein Trupp grinsender Honigkuchenpferde ihres Weges zogen, standen Ilo und der Student noch immer einander gegenüber auf der Straße. Er hielt seinen Stapel unter dem Arm, sie seine fast platzende Tasche. Sie hätte dringend gehen müssen. Ihre Mutter würde inzwischen schäumen, Marika hätte es auszubaden, und Eugen rannte wahrscheinlich bereits die gesamte Länge von Unter den Linden hinauf und hinunter, um Ilo zu suchen. Was sie hier machte, war nicht fair. Aber das hielt sie nicht ab.

»Einen Kaffee?«, fragte sie.

Der Student klopfte auf den Bügel über der Nasenwurzel, um sich die Brille zurechtzurücken. »Das hätte ich auch fragen wollen. Ich wusste nur nicht …«

»Schon gut«, sagte sie. »Wohin gehen wir?«

»Ich fürchte, ich muss gestehen, dass ich mich nicht sehr gut auskenne.« Wieder klopfte er auf den Brillenbügel, dann wies er hinüber nach dem Prinz-Heinrich-Palais. »Ich gehe immer nur zu den Vorlesungen, wissen Sie? Für Studenten gibt es wohl eine

Mensa, aber ich bringe mir Brote von zu Hause mit. Und dann weiß ich auch nicht, ob das etwas wäre, so eine Mensa, für eine junge Dame wie Sie?«

Ilo musste an sich halten, um nicht laut herauszulachen. Vor Freude. Nicht aus Hohn. Sie hatte keine Ahnung, was eine Mensa war, aber sie wäre mit ihm auch in eine Gefängniskantine gegangen. »Kommen Sie.« Sie hakte sich bei ihm ein, wodurch sie beide keine freie Hand mehr hatten, um ihre Bücherlast zu stützen. »Wenn einem Unter den Linden nichts Besseres einfällt, geht man ins *Kranzler*. Einverstanden?«

Jetzt lächelte er. Und das dünne Gesicht taugte doch dafür. »Ja, natürlich. Ja, sehr gern.«

Während sie zusammen das kurze Stück Weges zurückgingen, das Ilo eben noch auf der Flucht vor ihrem Gefolge hinuntergerannt war, schien die Welt sich verändert zu haben. Alles lachte jetzt. Es lachte Ilo an, und es sang mit solchem Schwung sein Lied, dass man im Tanzschritt dazu gehen konnte. Selbst mit einem Dutzend Büchern unter dem Arm. Flüchtig kam ihr in den Sinn, dass ihr Portemonnaie noch immer auf dem von Selma aufgeräumten Schminktisch lag und sich in der Handtasche, die sie an die Büchertasche gequetscht trug, nichts als eine Tüte Mentholbonbons gegen Heiserkeit befand, doch es entschlüpfte ihr auch gleich wieder. Wenn man mit einem Herrn zum Kaffeetrinken ging, brauchte man schließlich kein Geld. Ilo brauchte nie Geld. Sie wusste weder, wie viel sie verdiente, noch, wie viel sie besaß.

»Hierher?« Beim Anblick der voll besetzten Terrasse des *Kranzlers*, wo zwischen den Tischen die Kellner wie emsige Ameisen wimmelten, glich ihr Begleiter einem verschreckten Reh.

»Waren Sie noch nie hier?«

»Ich fürchte, ich bin nicht sehr weltgewandt.«

»Nein, wohl nicht«, sagte Ilo und dachte: Andernfalls wäre ich jetzt nicht mit dir hier. »Nur keine Feigheit vor dem Feind. Gebissen wird im *Kranzler* höchstens in Eclair und Baiser.«

Er merkte auf und musterte sie von der Seite. »Sie sind so schlagfertig.«

»Das ist mein Beruf.«

»Oh«, entfuhr es ihm, und sie konnte verfolgen, wie es hinter seiner hohen Stirn arbeitete.

»Ich bin Ilona Konya«, sagte sie.

Wieder verzog sich sein schmaler Mund zum Lächeln, und die fast runden Augen bekamen Winkel und Fältchen. »Ilona. Das ist sehr schön. So wie Sie.«

War es möglich, dass er ihren Namen nie gehört hatte? Gab es so wundervolle Menschen, die hinter irgendwelchen wundervollen Monden lebten, tatsächlich?

»Mein Name ist Volker Engel«, sagte er, und Ilo dachte: Engel. Einer, der Revuen schreibt, hätte sich das nicht besser ausdenken können. »Sie können aber gern weiter Heiner zu mir sagen. Es macht mir nichts aus.«

»Gott bewahre, nein. Heiner ist unser oberster Beleuchter, es war nur der erste Name, der mir eingefallen ist.« Sie wandte sich ihm zu, zuckte entschuldigend, so gut es mit der Büchertasche ging, mit den Schultern. »Seien Sie mir nicht böse. Ich wusste mir anders keinen Rat, um diese Leute loszuwerden.«

»Was wollten die von Ihnen?«

Er lebte wahrhaftig hinter dem Mond, und spontan wünschte sich Ilo, er würde sie dorthin mitnehmen. »Ich bin Schauspielerin«, sagte sie. »Revuegirl. Wenn mein Agent nicht dabei ist, um sie zu vertreiben, folgt mir die Meute auf Schritt und Tritt. Ich kenne es gar nicht mehr anders, und es gehört ja auch zu meiner Arbeit. Heute aber habe ich mir einfach gewünscht, für eine kleine Weile meine Ruhe zu haben.«

»Das verstehe ich«, sagte Volker Engel. »Ich hoffe, ich störe Sie nicht?«

»Nein, Sie nicht«, rief sie schnell. »Wollen wir uns setzen?«

»Ich fürchte, es ist alles besetzt.«

»Das ändert sich gleich. So viel Sitzfleisch hat Unter den Linden kein Mensch.« Kaum hatte sie ausgesprochen, entdeckte sie auch schon einen Herrn in Geschäftsanzug, der sich von seinem Tisch mit dem geleerten Bierglas erhob. Ilo ließ Volker Engel stehen, schlängelte sich durch die Reihen und warf eine Nasenlänge vor einer bläulich ondulierten Dame die Büchertasche auf die Tischplatte.

»Na, hören Sie mal«, empörte sich die Dame, in deren Windschatten zwei weitere auftauchten. »Wir warten schon bedeutend länger als Sie junges Ding.«

»Das ist schon möglich, und es tut mir leid«, sagte Ilo. »Aber ich habe zum Warten kein Talent.«

Ehe eine der Damen noch ein Wort herausbrachte, trat ein Kellner hinzu und verbeugte sich. »Welche Ehre, Fräulein Konya. Ich sah Sie erst letzte Woche im Schauspielhaus, Sie waren göttlicher denn je. Wie kann ich Ihnen behilflich sein?«

»Ein zweiter Stuhl wäre himmlisch, ich würde es Ihnen nie vergessen.« Ilo schenkte ihm ein Lächeln, setzte sich und winkte Volker Engel. Kurz zögerte er, hatte die drei Damen offenbar bemerkt und focht einen Kampf mit seiner guten Erziehung aus. Dann aber gab er sich einen Ruck und machte sich daran, seinen schiefen Turm zwischen den Kaffeehausbesuchern hindurch zu balancieren.

Er stach heraus. Erst jetzt bemerkte Ilo, wie eigentümlich er gekleidet war: Sakko und Hose in einem Farbton zwischen Schlamm und Regenwolke gehörten nicht zum selben Anzug und hatten nicht nur bessere Tage, sondern womöglich ein besseres Jahrhundert gesehen. Das Sakko war ihm zu weit und die Hose zu kurz. Um sein Sporthemd hätte kein Schlips gehört, doch er hatte sich einen um den zu weichen Kragen geknotet und bis oben hin zugezerrt. Köpfe drehten sich nach ihm, und Ilo hätte ihn abschirmen und vor der Häme der Blicke schützen wollen. Er aber schien sie nicht einmal zu bemerken.

Was er wohl gern trank? Auf keinen Fall wollte Ilo von der kostbaren gestohlenen Zeit etwas auf diese Frage verschwenden. »Zwei Mokka«, sagte sie zu dem Kellner. »Und bitte – bringen Sie uns zwei Cognac dazu.«

»Ist Remy Martin recht?«

»Warum nicht?«

Widerstrebend zog der Kellner seines Weges, und Volker Engel erreichte den Tisch und blieb unschlüssig stehen.

»Stellen Sie Ihre Bücher einfach auf den Boden«, sagte Ilo und tat mit der Tasche dasselbe. »Bestellt habe ich schon. Ich bin ein voreiliges Mädchen, bei mir kommt der Krähwinkler Landsturm nicht nach.«

Er sagte nichts. Setzte sich auch nicht hin.

»Stört Sie das?«

Volker Engel schüttelte den Kopf. »Wie sollte mich an Ihnen etwas stören? Es ist nur so …«

»Nur wie?«

»Dass ich Ihnen etwas gestehen muss.«

Ich dir auch, dachte Ilo und wusste nicht, was.

»Ich habe kein Geld. Nur zwanzig Pfennige für die Stadtbahn nach Hause.«

»Du liebe Zeit!« Ilo lachte auf.

»Es ist mir sehr peinlich.«

»Das muss es nicht. Sie haben ja zwanzig Pfennige mehr als ich.«

Sie lachte noch, als der Kellner kam und die Mokkatassen und Cognacschwenker mit einer Schale Kleingebäck vor ihnen abstellte. Mühsam nahm sie sich zusammen, entschuldigte sich, ihr Begleiter habe seine Börse vergessen, und sie sende ihm gleich morgen früh zwei Terrassenkarten für den Wintergarten mit persönlicher Widmung, wenn er sie heute anschreiben lasse. Mit einem verächtlichen Blick auf Volker Engel winkte der Kellner ab. Fräulein Konya und ihr Begleiter seien selbstverständlich Gäste des Hauses. Die Karten nehme er allerdings gern.

Erst als er gegangen war, wagte Volker Engel sich zu setzen. »Ich bin wohl wirklich das Gegenteil von einem Mann von Welt«, sagte er.

»Das macht nichts. Trinken wir darauf.«

Sie hob ihren Schwenker, und er tat es ihr nach, doch statt zu trinken, sah er sie durch das Glas mit der Flüssigkeit, die in der Sonne funkelte, an. Ich möchte meine Hände um diese Sekunde schließen, dachte Ilo, und sie in einen Kanarienvogelkäfig setzen, damit sie tagaus, tagein für mich singt.

»Sie müssen nämlich wissen«, erklärte Volker Engel halb verlegen, halb stolz, »ich bin in meiner Familie der Erste, der die höhere Schule besucht hat, und nun auch der Erste, der studiert.«

»Und wenn Sie nicht der Erste wären, dann wären Sie der Eifrigste«, sagte Ilo und nickte in Richtung des Bücherstapels. Ihr Bruder Felix hatte auch ein paar Jahre lang mal dieses und mal jenes zu studieren behauptet, aber mit einem Buch, geschweige denn mit einer solchen Unzahl hatte ihn Ilo nie gesehen.

Dafür sah sie jetzt, was Volker Engels Lächeln so unwiderstehlich machte. Sein Mund wurde kleiner dabei, nicht größer. Beinahe spitz, als gäbe sein Lächeln dem Leben einen Kuss. »Ich werde Lehrer«, sagte er. In Ilos Elternhaus verkehrten Filmproduzenten und Bankdirektoren, Schallplattenstars und Industrielle, aber sie hatte noch keinen mit einer solchen Inbrunst seinen Beruf nennen hören.

Ausgerechnet Lehrer. Schon das Wort klang nach Brillengläsern, Kreide an den Fingern und ausgefranstem Hemdkragen. Also nach Volker Engel. Sie musste wieder lachen und schüttelte den Kopf. Es klang nach ihm. Und auch wieder nicht.

»Lehrer sind wichtig«, sagte er, als wollte er hier und jetzt mit dem Unterricht beginnen. »Vor allem Lehrer, die mit den Bedürfnissen der Arbeiterklasse vertraut sind, weil sie ihr selbst entstammen, und die sich deshalb auf solche Schüler einstellen können. Erst wenn die Arbeiterklasse in ihrer Gesamtheit die Gelegenheit erhält, sich umfassend und fundiert zu bilden, wird es möglich …« Er brach ab. »Ich langweile Sie.«

»Nein, tun Sie nicht«, sagte Ilo und wünschte sich eine ganze Voliere voller singender Sekunden. »Sie werfen nur Perlen vor die Säue, ich verstehe kein Wort von dem, was Sie da reden. Und Ihr Mokka wird kalt.«

»Oh.« Er nahm die kleine Tasse, trank und konnte gerade noch den Kopf zur Seite drehen, ehe er eine Tröpfchensalve wieder ausprustete.

»Zu heiß?«, fragte Ilo.

»Zu stark«, sagte er. Ihre Blicke trafen sich. »Bitte entschuldigen Sie. Allem Anschein nach ist da mehr als angewandte Algebra und mittelalterliche Geschichte, in dem ein Mensch aus der Arbeiterklasse Unterricht braucht. Im Trinken von Bohnenkaffee zum Beispiel.«

Ilo fiel nichts zu sagen ein. Sie schob seine Tasse beiseite und legte ihre Hand über seine. Er drehte seine Hand um und hielt ihre fest.

»Ilona«, sagte er. »Ilona.«

Ilo nickte.

»Ich muss Ihnen noch etwas gestehen.« Seine Fingerspitze, die über ihren Handrücken strich, machte Pause. »Ich bin Kommunist. Ist das für Sie ein Problem?«

3

Dass der Tag kommen würde, hatte Hiltrud Engel seit Jahren gewusst. Als er da war, erschrak sie trotzdem. Wie wenn das Gas zur Neige ging und kein Geld für den Zähler da war: Man sah das Ende nahen, man stellte sich darauf ein, aber wenn das Licht ausging, war es trotzdem dunkel.

»Ich habe für Sonntag jemanden zum Kaffee eingeladen«, hatte ihr Bruder Volker gesagt. *Jemanden*. Als könnte sich nicht jeder Dummkopf an den Fingern abzählen, dass es sich bei einem solchen *Jemand* um ein Mädchen handelte, das mit dieser unschuldig klingenden Bemerkung in ihr Leben einmarschieren würde wie eine feindliche Armee. Nur dass die Armeen in den meisten Fällen irgendwann abzogen, während das Mädchen sich einnisten und in ihrer Welt nichts so lassen würde, wie es zehn Jahre lang gewesen war.

Es war gut gewesen, fand Hiltrud. Nicht einfach, aber sie hatten sich eingerichtet. Vor dem Krieg hatte sie vier Brüder und zwei Schwestern gehabt, eine Mutter, die in den zwei Stuben mit Küche herrschte wie ein Feldwebel auf dem Kasernenhof, und einen Vater, dem bei den Mahlzeiten die guten Stücke zuerst vorgelegt wurden. Erst wenn er genug hatte, wurden die Reste weitergereicht. Als Nächster kam Heinrich an die Reihe, der Erstgeborene, auf den die Eltern stolz waren, obwohl er nach Hiltruds Meinung wenig taugte. Danach ging der Teller nicht an Ernst, den Nächstältesten, wie es sich gehört hätte, sondern an Gertrud, das Prinzesschen des Hauses.

»Die Gertrud ist hübsch, die muss essen, damit sie's bleibt und einen ordentlichen Kerl abkriegt«, sagte der Vater. Zu gut Deutsch hieß das, dass er Gertrud verscherbeln wollte. Der Vater war Arbeiter, hatte bei AEG Glühlampen gefertigt wie die meisten Leute, die in den Mietskasernen rund um Meyers Hof an der Ackerstraße wohnten, und sein Aufseher war ein junger Mensch gewesen, der auf die Gertrud ein Auge geworfen hatte.

»Der kann sich was leisten, da gibt's Wurst in der Suppe.« So einen wollte der Vater für sein Prinzesschen.

Nach Gertrud fand sich manchmal noch ein Bissen für Ernst und noch seltener einer für Dieter, aber ehe der kleine Volker,

Hiltrud und das arme Schnuffeken dran gewesen wären, war die Platte leer. Sie bekamen aber jeder ihren Teller voll Stampfkartoffeln. »Lass ich euch vielleicht hungern?«, pflegte der Vater zu fragen. »Na, seht ihr. Also hört auf zu heulen.«

Volker und Hiltrud heulten nicht, höchstens Schnuffeken manchmal, aber dagegen ließ sich nichts tun.

Als der Krieg kam, meldeten Heinrich und Ernst sich freiwillig, und Dieter wurde ein Jahr später eingezogen. Den Vater aber, der darauf brannte, seinem Kaiser zu dienen, wollten sie beim Militär nicht haben – zu alt, zu krumm geschuftet, ausgemustert. Weil der Vater sich damit nicht abfinden wollte, versuchte er am Schlesischen Bahnhof, wo ein Zug voller Soldaten nach Osten abging, auf einen Wagen aufzuspringen, rutschte ab und stürzte zwischen Bahnsteig und Zug. »Zu Weihnachten sind wir wieder zu Hause!«, riefen die Soldaten, aber das schaffte nur eine Handvoll und erst zu Weihnachten vier Jahre später.

Der Vater dagegen war Weihnachten 14 tatsächlich zu Hause. Ein paar Leute, die dabeigestanden und gewinkt hatten, hatten ihn vom Gleis gezogen. Er war gewesen wie eine zerbrochene Gliederpuppe, der man die Schnüre abgeschnitten hatte. Arbeiten konnte er nicht mehr. Nur auf der Eckbank in der Küche sitzen und auf den Lauf der Welt schimpfen. Weil so viele Männer fehlten, stellte die AEG stattdessen die Mutter und Hiltrud ein, aber das war der Augenblick, in dem Hiltrud beschloss, dass sie so nicht weitermachen wollte. Sie wollte für sich, für ihren kleinsten Bruder Volker und für ihr liebes Schnuffeken ein anderes Leben, eine Platte mit den besten Stücken, von dem sie sich nehmen durften, was ihnen schmeckte.

Sie legte von ihrem Lohn etwas beiseite und meldete sich zu einem Kurs in der Lette-Schule an. Der Vater schimpfte zwar herum, aber er war nicht mehr fähig, es ihr zu verbieten, und nachdem erst für Dieter, dann für Ernst und zuletzt für ihren Kronprinzen Heinrich der Brief mit der Aufschrift »Gefallen für

Kaiser und Vaterland« gekommen war, konnte es auch die Mutter nicht mehr. Der einstige Feldwebel war eine gebrochene Frau, die sich in alles fügte, was Hiltrud für die Familie beschloss.

Hiltrud ließ sich zur Schneiderin ausbilden und bekam anschließend eine Anstellung im Warenhaus Tietz am Alexanderplatz. In der Ausbesserung. Was sie an Lohn nach Hause brachte, war nicht die Welt, aber weil sie sparsam zu wirtschaften verstand und es nur noch fünf Mäuler zu stopfen gab, reichte es hin. Die Gertrud hatte geheiratet. Nicht ihren Aufseher, sondern einen Kerl, der soff und sie anschließend durchprügelte, aber sie war aus dem Haus, und wie man sich bettete, so lag man. Schnuffeken aß wie ein Spatz. Hiltrud hielt das Geld mit eiserner Hand zusammen, und was übrig blieb, schanzte sie ihrem Liebling Volker zu.

Der war nicht wie die anderen. Schlau war er, las Bücher und brauchte schon mit sieben Jahren eine Brille. Weil die Eltern sich nicht kümmerten, hatte sich Hiltrud das Sonntagskleid der Mutter angezogen und war zu Volkers Lehrer gegangen. »Mein Bruder muss auf die höhere Schule. Wir haben kein Geld. Sie müssen uns helfen.«

Der Lehrer, wohl selbst ein Linker, verwies sie an die jungen Sozialisten. Das waren Krawallmacher, die schon einmal fast die ganze Ackerstraße in Brand gesteckt hatten, und mit solchen, die alles umstürzen wollten, hätte Hiltrud lieber nichts zu tun gehabt. Immerhin halfen sie ihr aber mit Volker, besorgten ihm Bücher, Hefte, ein Stipendium zum Besuch des Köllnischen Gymnasiums. Als Volker später zum Kommunistischen Jugendverband wechselte, der sich ständig mit der Polizei anlegte, hatte Hiltrud noch einmal Bedenken angemeldet: »Das passt doch gar nicht zu dir. Du bist der Letzte, der sich darum reißt, sich zu prügeln und in Lokalen alles kurz und klein zu schlagen.«

Volker hatte gelächelt und schon wie ein freundlicher Lehrer ausgesehen, der einem leicht zurückgebliebenen Kind etwas erklärt. »Kommunist wird man ja nicht, weil man sich prügeln und Dinge zerschlagen will, Hillchen. Kommunist wird man, weil man den Menschen ein besseres Leben wünscht.«

Hiltrud war nur zur Volksschule gegangen und hatte von Kommunisten keine Ahnung, aber der Verdacht, dass sie ihrem klugen Bruder über die Beweggründe von Menschen etwas hätte beibringen können, ließ sich nicht abschütteln. Auf sich beruhen ließ sie es trotzdem, weil sie wusste, dass Volker in diesen Fragen nicht auf sie hören würde. Er war erwachsen und hatte eine Zulassung zum Studium erhalten. Auf die Universität ging er. Wie die Söhne von Bonzen und Junkern.

Mit all dem, was er in seinen Kopf hineinstopfte, konnte Hiltrud ihm natürlich nicht helfen. Aber sie sorgte dafür, dass es ihm an nichts fehlte, dass seine Kleider gewaschen und gebügelt waren, wie es sich für einen Studenten gehörte, dass er täglich eine kräftige Mahlzeit, Butterbrote für die Pause und am Sonntag ein Stück Kuchen bekam. Aus Kartoffelkisten zimmerte sie ihm einen Schreibtisch, den sie in die Stube stellte, damit er einen ruhigen Platz zum Lernen hatte, und sie begann sogar, Zeitung zu lesen. Wenn sie etwas entdeckte, von dem sie meinte, es könnte für ihn von Interesse sein, schnitt sie es für ihn aus.

»Denkst du gar nicht ans Heiraten?«, wurde sie von Zeit zu Zeit von einer ihrer Kolleginnen gefragt, die an nichts anderes dachten. Hiltrud stellte sich die Frage selbst, sie hatte als Kind so gern mit den kleinen Geschwistern gespielt und sich zusammenfantasiert, wie sie einmal selbst Kinder haben würde. Letztlich kam sie jedoch zu dem Schluss, dass sie genauso dran war wie eine verheiratete Frau, wenn nicht sogar besser: Sie hatte eine Wohnung, wie sie wohl kaum eine größere bekommen hätte, sie versorgte einen übellaunigen Mann, an ihrem Rockzipfel hing Schnuffeken, die immer ihr liebes Baby bleiben würde, und zur Krönung hatte sie Volker, auf den sie stolzer war, als sie auf jeden Sohn hätte sein können.

Weshalb hätte sie sich wünschen sollen, etwas zu ändern? Es gab schlechte Zeiten, die Inflation, die Wochen, in denen Gertrud sich zu ihnen flüchtete, doch im Großen und Ganzen führten sie ein gutes Leben. Wenn Geld und Zeit es erlaubten, radelten sie und Volker an Sommersonntagen zum Baden an die Havel, oder sie gingen auf eine Weiße mit Schuss und eine Bouillon in die Restauration *Zum Sparschwein*. Waren sie knapp, saßen sie bis spätnachts in der Küche und spielten Offiziersskat. Eines Tages würde Volker Lehrer sein, ein angesehener Mann, vor dem die Leute den Hut zogen, und sooft er eine Prüfung bestanden hatte, kochte Hiltrud ihm sein Lieblingsessen: Kohlrouladen.

Und dann stand dieser Volker, ihr über alles geliebter Bruder, vor ihr und erklärte, er habe für den Sonntag zum Kaffee ein Mädchen eingeladen. »Du brauchst nicht zu backen, Hillchen«, sagte er. Kein Mensch sonst sagte Hillchen zu ihr. Sie war eine stämmige Frau in einer Küchenschürze oder ihrem Kittel von Tietz, aber für Volker war sie sein Hillchen. »Wir wollen nicht, dass du Mühe hast, wir besorgen etwas vom Konditor.«

Wir.

Er hielt ihr einen Beutel mit dem Aufdruck eines ihr unbekannten Geschäfts hin. Der Duft, der daraus aufstieg, verriet ihr auf der Stelle, was darin war: Bohnenkaffee. Wann hätte man sich in ihrem Haushalt nicht mit Gerstenkaffee begnügt, und wann hätte jemand für einen gewöhnlichen Sonntag *etwas vom Konditor* besorgt? Das gab es bei Hiltrud Engel nicht mal zu Weihnachten. Sie war eine gute Köchin, legte am Herd mehr Eifer an den Tag, als ihre Mutter es je getan hatte, und ihr Gebäck machte ihr im ganzen Haus niemand nach.

»Ist mein Käsekuchen für dein Fräulein vielleicht nicht gut genug?«, fragte sie.

»Unsinn, Hillchen. Dein Käsekuchen ist der beste der Welt, aber Ilona möchte nicht, dass du ihretwegen in der Küche stehst.«

»Wo soll ich denn sonst stehen? Auf dem Hof vielleicht?«

Er lachte. »Du sollst mit uns Kaffee trinken und ratschen. Ilona kommt nicht her, um sich den Bauch vollzuschlagen, sondern weil sie dich kennenlernen will, weil sie sehen möchte, wie ich lebe.«

»Ilona.«

»Ja, so heißt sie.« Verklärt schloss er halb die Augen, und Hiltrud stellte einmal mehr fest, was für ein hübscher Junge er war. Hübsche Jungen brachten irgendwann Mädchen nach Hause. Besondere Jungen begnügten sich nicht mit einer Ilse oder Hete, sondern trieben eine Ilona auf. Das alles war zu verkraften. Schlimm war nur, dass anständige Jungen es ernst meinten. Und wenn Hiltrud überhaupt einen Jungen kannte, der anständig war, dann war es ihr Bruder Volker.

Diese Ilona würde nicht verschwinden, es sei denn, sie selbst bekam Volker satt und brach ihm damit das Herz. Hiltrud erwischte sich dabei, dass sie sich ebendas wünschte, noch ehe sie das Mädchen kannte. Sie buk einen Käsekuchen, in den sie zu den üblichen zwei Eiern ein drittes gab und der ihr seit Jahren zum ersten Mal misslang. Sie buk zusätzlich Spritzgebäck, das zu mürbe geriet und in der Schale zerbröckelte. Zum Kaffee hatte sie echte Sahne gekauft und bei Tietz eine versilberte Zange für den Würfelzucker. Es war erst Sonntag und von ihrem Lohn nichts mehr übrig, doch dass dieses Fräulein, das Ilona hieß und Bohnenkaffee trank, über Volkers Heim die Nase rümpfte, würde sie nicht zulassen.

Am liebsten hätte sie Kuchen und Kekse auf den Abfall geschüttet und getan, was sie Volker verboten hatte: etwas vom Konditor besorgt.

Um Punkt drei, wie Volker es angekündigt hatte, hörte sie seinen Schlüssel im Schloss. »Hier sind wir, Hillchen! Pünktlich wie die Maurer, wie du immer sagst.«

Um den gedeckten Tisch in der Küche reihten sich nur drei Stühle: einer, von dem Hiltrud aufstand, um die Ankömmlinge zu empfangen, und zwei für Volker und Ilona. Der Vater wollte mit Besuch nichts zu tun haben, war auf der Ofenbank sitzen geblieben und wetterte vor sich hin. Die Mutter hatte sich neben ihn gesetzt. Sie war einst eine so herrische Frau gewesen, doch jetzt agierte sie nur noch wie ein Schatten ihres Mannes. Schnuffeken hatte ihren Kinderstuhl mit festgeschraubtem Tablett, in den sie sich freiwillig setzte, sooft Hiltrud kein Wachstuch, sondern das richtige Tischtuch aufdeckte, das sie mit einer Borte in Blautönen bestickt hatte. Es war nicht so, wie der Vater sagte, dass Schnuffeken im Kopf eine Sickergrube hatte und nichts lernen konnte. Dass sie Hiltrud Wäsche sparte, wenn sie nicht auf das frische Tischtuch sabberte, hatte sie durchaus gelernt.

Sie war nicht immer so gewesen. Zur Welt gekommen war sie als gesundes, rosiges Kindchen und auf die Namen Irmtraud Ilse getauft worden. »Und dann hat sie die Krankheit gekriegt«, hatte die Mutter erzählt. »Ich hatt ja schon den Dieter an mir kleben, wieder was unterwegs und kein Geld. Wie hätt ich denn wegen jedem Schnupfen zum Arzt laufen sollen?«

Der Schnupfen von Schnuffeken kam mit einem Fieber daher, dass Hiltrud, die fünf gewesen war, Angst gehabt hatte, das kleine Schwesterchen mit den blau funkelnden Äuglein würde von innen wie ein Stück Kohle verglühen. Obendrein hatte sich der winzige Körper so weit hintübergekrümmt, wie es nicht einmal der Artist gekonnt hätte, der auf dem Rummelplatz aufgetreten war. Als die verkrümmten Glieder zu zucken begannen, war Hiltrud geflüchtet. Dafür schämte sie sich bis heute.

Sie war hinunter in den Hof gelaufen und hatte geglaubt, sie würde Schnuffeken, die damals noch Irmtraud Ilse hieß, nie wiedersehen. Höchstens tot im zu teuren Sarg wie den kleinen Arthur von nebenan. Als aber der Vater sie eingefangen und am Ohr zurück in die Wohnung gezerrt hatte, war Schnuffeken noch am Leben gewesen. Nach und nach hatte das Zucken der Glieder sich beruhigt, war das Fieber gesunken, der verkrampfte

Körper erschlafft. Im Grunde hätte man sagen können, Schnuffeken sei wieder gesund geworden, denn irgendwann stand sie aus dem Bett auf, aß mit ihnen in der Küche und ging mit den anderen zum Spielen in den Hof. Wenn sie lachte, funkelten ihre Augen. Nur der Schnupfen, das ständige Schniefen, hörte nicht auf. Und das, was der Vater die Sickergrube im Kopf nannte.

»Obendrein hab ich jetzt noch eine Idiotin am Hals«, hatte der Vater gesagt, und so nannte er Schnuffeken bis heute, wenn er überhaupt von ihr sprach: die Idiotin. Tante Erna, die schon lange nicht mehr lebte, hatte ihr jedoch den Namen Schnuffeken verpasst. Das klang netter, fand Hiltrud und verbesserte jeden, der etwas anderes sagte. Schnuffeken gehörte zur Familie, sie war Hiltruds Kindchen, und anders als andere tat sie niemandem etwas zuleide. Jetzt, als sie den Schlüssel im Schloss hörte, griff sie nach ihrem Löffel und begann, fröhlich auf das angeschraubte Tablett einzutrommeln. Sie war immer fröhlich, wenn jemand kam, mochte jeden gern und nahm niemandem etwas übel.

Hiltrud zog die Kaffeemütze von der Kanne, prüfte, ob sie noch warm war, und verließ mit langsamen Schritten die Küche. Volker und das Mädchen, das er mitgebracht hatte, standen bereits im Korridor, und er nahm ihr Mantel und Tasche ab. Der Mantel war leicht, aus einem weißen, schwingenden Chiffon. Wozu brauchte man so was? Draußen schien die Maisonne, und der dünne Stoff hätte sowieso nicht gewärmt und schon gar keinen Regen abgehalten.

Unter dem Mantel trug das Mädchen ein puderblaues Kostüm, das auf den ersten Blick aussah wie die, die mit Preisschildern zum Ohnmächtigwerden im Warenhaus Tietz auf der Stange hingen. Hiltrud aber war vom Fach. Dass dieses Kleidungsstück nie auf einer Stange gehangen hatte, erkannte sie auf einen flüchtigen Blick. Es war maßgeschneidert – der Dame Ilona auf den makellos zierlichen Leib.

Hiltrud hatte Schlimmes erwartet. Jetzt aber stand sie wie angewurzelt in der Küchentür und sah etwas, das jede schlimmste

Erwartung übertraf. Das Püppchen, das sich da von ihrem Bruder aus der Verpackung schälen ließ, war nicht hübsch oder niedlich, wie es so junge Dinger ja meistens waren. Sie war vollkommen. Kein Menschenwesen, das nun einmal mit Unebenheiten, mit krummen Beinen, Pusteln auf den Wangen, eingerissenen Nägeln herumlief, sondern das Werk eines Künstlers, der alles gegeben hatte, um dieser einen Schöpfung Perfektion zu verleihen. Wie konnte man auf so schlanken Beinen durch die Härte des Lebens stapfen, wie mit so schmalen Händen zupacken, wie so zarte Haut rauem Wetter aussetzen, ohne dass die aufplatzte?

All diese Fragen waren müßig und gingen Hiltrud nichts an. Es gab nur eine Frage, die zählte, und die lautete: Was wollte diese Kreatur aus einer anderen Welt von ihrem Bruder Volker?

Ihr Bruder Volker strahlte. »Hillchen, wie schön. Schau, Ilo, das ist sie nun also – meine viel zitierte Schwester, der ich alles verdanke, was ich bin.«

Du bist noch gar nichts, dachte Hiltrud, während ihr glühende Hitze in die Wangen stieg. Und wenn du nicht aufpasst, wird diese Person dir alles verderben, was du hättest werden können.

»Und Hillchen – das ist Ilona. Ilo genannt, was zu ihr passt, weil sie so klein und fröhlich und immer in Bewegung ist. Ein Ilo-Floh.«

Er lachte. Ihr Bruder, der künftige Lehrer, benahm sich wie der dümmste Trottel in der Volksschule. Das Mädchen, das an alledem schuld war, streckte Hiltrud die Hand hin, an deren Finger ein Ring mit einem einzelnen Stein glänzte. »Vielen Dank für die Einladung. Ich habe mich so darauf gefreut, Sie kennenzulernen.«

Dann wird dir die Freude gleich vergehen, dachte Hiltrud. Sie dachte an die Eltern auf der Ofenbank und an Schnuffeken mit der laufenden Nase, eine scheinbar erwachsene Frau, die mit einem Löffel auf das Tablett eines Kinderstuhls eindrosch und dazu unartikuliert krakeelte, an den rußgeschwärzten Herd, die krumm getretenen Dielen, den verdorbenen Käsekuchen und die speckige Kaffeemütze. Dass sie hier nicht hergehörte, dass die

Sache mit Volker ein Fehlgriff war, musste diese Ilona spätestens im Hausflur begriffen haben. Sie würde nicht wiederkommen. Hiltrud würde beim Schlachter anschreiben lassen, um Volker Kohlrouladen zu kochen, und in ein paar Tagen oder im schlimmsten Fall Wochen hätte er die Schlappe verschmerzt.

»Wollen wir Hiltrud und Ilo sagen?« Das Mädchen lächelte ihr entgegen. Sie hatte helle Augen, schillernd und so klar wie Wasser, so als könnte man ihnen auf den Grund sehen, nur um festzustellen, dass dahinter noch ein Grund lag. »Mir kommt es vor, als würde ich Sie schon lange kennen und schrecklich gern mögen. Alles, was Volker von Ihnen erzählt hat, war so, dass ich Sie am liebsten umarmen möchte.«

Leute machten beim Sprechen Fehler, verhaspelten sich, flochten ähhh und emm ein oder suchten nach Worten. Nicht so dieses Mädchen. Ihre Rede floss ohne den kleinsten Holper dahin, an den richtigen Stellen betont und so leicht, als würde sie singen. Eingelernt. Hatte sie diese Sätze vor dem Spiegel geübt, um bei Volkers Familie Eindruck zu schinden? Um ein Haar hätte Hiltrud gelacht. Stattdessen zuckte sie mit den Schultern, drehte sich um und ging zurück in die Küche. »Der Kaffee wird kalt«, sagte sie, ohne den Kopf zu wenden.

Das Mädchen, das Ilo genannt werden wollte, ging zu den Eltern, um ihnen die Hand zu schütteln, als wäre überhaupt nichts Verdrehtes daran. Mit ihrem tanzenden Schritt durchquerte sie die Küche, um Schnuffeken zu begrüßen, ließ sich von ihr den Löffel reichen, lachte hell auf und krakeelte mit ihr im Duett. Hiltrud hätte dazwischenfahren und die Fremde, die ihre Familie für ihr Amüsement missbrauchte, von ihrer Schwester wegreißen wollen. Schnuffeken strahlte, gab selige Glückslaute von sich und versprühte Spucketröpfchen, die auf Ilonas Wangen landeten.

»Ich wäre Ihnen dankbar, wenn Sie das bleiben lassen würden«, sagte Hiltrud so hoheitsvoll, wie sie konnte. »Sie sind in einer Stunde verschwunden, aber meine Schwester glaubt, es ist

Ihnen ernst mit ihr. Sie wird darauf warten, dass Sie sie wieder besuchen, und wenn Sie nicht kommen, weint sie. Sie ist ein Mensch, wissen Sie? Sie hat ein Herz wie Sie auch.«

»Aber es ist mir doch ernst mit ihr!«, rief Ilona. »Und ich besuche Sie so oft, wie Sie es mir erlauben. Am liebsten morgen gleich wieder und übermorgen auch.«

»Und was wollen Sie bei uns?«, entfuhr es Hiltrud. »Sie werden mir ja wohl nicht erzählen, dass das hier die Umgebung ist, die Sie gewohnt sind.«

»Es ist die Umgebung, die Volker gewohnt ist«, sagte Ilona. »Und was zu Volker gehört, will ich kennenlernen. Ich will es erleben. Am liebsten will ich selbst dazugehören.«

Ich will, ich will, ich will.

Sicher hatte sich niemand die Mühe gemacht, der Göre beizubringen, dass da draußen, in der echten Welt, niemand danach fragte, was man wollte. Volker trat zu ihr und legte ihr den Arm um die Schultern. »Du gehörst ja dazu. Zu mir und zu meiner Familie. Was meinst du, wollen wir uns setzen und Hillchens berühmten Käsekuchen probieren? Sie hat sich nicht davon abbringen lassen, zu deinen Ehren zu backen.«

»Das ist so nett von Ihnen«, sagte Ilona. »Für mich hat noch nie jemand einen Kuchen gebacken. Noch nie.«

Hiltrud hätte ihr sagen wollen, dass sie den Kuchen für ihre Familie gebacken hatte, nicht für sie, aber etwas saß ihr in der Kehle fest. Ilona griff nach dem lächerlichen Handtäschchen, das Volker noch immer für sie hielt, und zog ein Bündel bedruckter Karten heraus. »Ich habe auch etwas für Sie. Mit einem selbst gebackenen Kuchen kann es nicht mithalten, aber ich dachte, Sie freuen sich vielleicht ein bisschen.«

Sie legte eines der Billetts auf Schnuffekens Tablett. »Es sind Karten für meine neue Revue nächsten Freitag im Wintergarten. *Baumblüte in Werder.* Natürlich am Abend, nicht in der Matinee, ich weiß ja, dass Sie tagsüber arbeiten müssen.«

Schnuffeken packte die Karte mit beiden Händen und rieb sie sich über die Wange. Dabei strahlte sie mit halb geschlossenen Augen. Wie Volker, durchfuhr es Hiltrud. Eigentlich war daran nichts Verwunderliches, schließlich waren die beiden Geschwister, aber sie hatte noch nie darüber nachgedacht.

»Ich würde mich sehr freuen, wenn Sie kommen«, sagte Ilona zu Schnuffeken. Soweit Hiltrud wusste, hatte vor ihr nie jemand Schnuffeken gesiezt. Sie ging zur Ofenbank, überreichte je eine Karte an die Eltern und kam dann zum Tisch, wo sie die verbleibende Karte Hiltrud hinhielt. »Ich habe Ihnen einen Tisch auf der Terrasse reservieren lassen. Was Sie verzehren, geht selbstverständlich aufs Haus.«

Ohne Begreifen drehte Hiltrud die Karte in den Händen. Wintergarten. Von den Stars, die dort auftraten, schwärmten die Ladenmädchen bei Tietz. Eine, Alice, hatte das Bild eines rauchenden, pomadisierten Schönlings in der Umkleidekabine angepinnt. *Eugen Terbruggen.* Handsigniert. Hiltrud hatte keine Ahnung, wer der Kerl war, und sie legte auch keinen Wert darauf, es zu erfahren. Volker kam um den Tisch herum und legte den Arm um sie wie zuvor um Ilona. »Freust du dich? Das hast du dir doch immer gewünscht, mal ins Theater zu gehen.«

Sie blickte zu ihm auf – fragend, wütend und doch nicht in der Lage, ihn zurechtzuweisen.

Er lächelte. »Ilo ist Schauspielerin. Und Sängerin und Tänzerin noch dazu.«

Hiltrud machte sich frei. »Der Kaffee wird kalt«, sagte sie noch einmal und schenkte die Flüssigkeit, die in der Tat kalt war, so heftig in die Tassen, dass sie auf das frische weiß-blaue Tischtuch schwappte. Schnuffeken, die Kuchen aussabberte, hätte keine größere Schweinerei anrichten können.

Während sie ihren Kaffee tranken und sich den misslungenen Kuchen hineinzwangen, sprachen so gut wie ausschließlich Ilo und Volker. Als sie sich endlich erhoben, um sich zu verabschieden, atmete Hiltrud hörbar auf. Die Person würde gehen. Volker würde sie zur Bahn bringen müssen, aber sobald er wieder da war, würde Hiltrud ihm erklären können, dass sie nicht zu ihm passte, dass er sie sich aus dem Kopf schlagen musste, ehe sie ihn unglücklich machte und womöglich die Familie obendrein. Es würde nicht leicht werden. Aber irgendeinen Weg musste es geben, um ihm begreiflich zu machen, was er im Grunde doch selbst wissen musste.

Volker kam zu ihr und küsste sie auf die Wange. »Danke für alles, Hillchen. Du bist die Beste. Wartet nicht mit dem Essen auf mich, ja?«

»Warum sollten wir warten?« Hiltrud warf einen Blick nach der Wanduhr, die neben dem Abreißkalender vom vergangenen Jahr hing. »Um Viertel vor sieben will Vatern seine Kartoffeln, bis dahin wirst du ja wohl zurück sein.«

»Ilo und ich essen bei Küpertz. Wir haben da noch eine Besprechung, ein paar organisatorische Dinge für die letzte Woche im Wahlkampf. Kinderspeisung statt Panzerkreuzer. Thälmann hat in seiner Rede wieder betont, wie wichtig es ist, dass wir damit in den Straßen vertreten sind.«

Fassungslos starrte Hiltrud ihn an. »Du nimmst *sie* mit zu deinen Kommunisten? In die Kaschemme vom Küpertz?«

Küpertz, ein krummes Männchen, das lispelte und mit bitterbösen Augen in die Welt stierte, betrieb das Parteilokal. Ins *Sparschwein*, wo die Sozialdemokraten saßen, ging Volker nur noch mit Hiltrud, weil die sich weigerte, in Küpertz' Räuberhöhle einen Fuß zu setzen.

»Ich nehme Ilo überallhin mit«, sagte Volker, löste sich von Hiltrud und ging zu der anderen. »Wohin wir gehen, gehen wir zusammen, Ilo und ich. So ist es von jetzt an. Und wenn ich mir für mich selbst etwas wünschen darf, wird es so für immer sein.«

4

Als der enge knallgrüne Wagen, den Volkes Stimme wenig originell Laubfrosch getauft hatte, am Rinnstein der stillen Straße zum Stehen kam, ertappte sich Eugen bei einem tiefen Seufzen. Er sah zur Seite, über das weitläufige Gelände, in dessen Mitte sich das größte Filmatelier Europas erhob, und verspürte Erleichterung, als wären die Sorgen, die er seit Wochen mit sich herumschleppte, mit einem Schlag von ihm abgefallen.

Eugen konnte sich nicht helfen, er liebte Neubabelsberg. Wenn es einen Ort gab, der alle Vorzüge, derer Berlin sich rühmte – Vielfalt, Kühnheit, Fortschritt, Denken in großen Dimensionen –, in sich vereinte, dann war es das Anwesen der UFA, das einer abgeschlossenen Stadt glich und in dem so herrliche Filme wie Fritz Langs *Metropolis* und Wilhelm Murnaus *Nosferatu* entstanden waren. Zumindest hatte die UFA – Deutschlands Filmunternehmen Universum-Film-AG – all diese glorreichen Eigenschaften in sich vereint, ehe ihr im letzten Jahr das verdammte Geld ausgegangen war und sie sich wie eine Hure an den Erznationalisten Hugenberg verkauft hatte.

Eugen brachte für Politik an und für sich nicht viel Interesse auf. Wäre es nach ihm gegangen, so hätte die Bande im Reichstag ihre Arbeit machen sollen und ihn sich in Ruhe um die seine kümmern lassen. Was ihn jedoch in namenlose Wut versetzte, war jeder Versuch der Politik, auf Film und Theater Einfluss zu nehmen, sie für sich zu vereinnahmen und zu missbrauchen. Kunst musste frei sein, damit Begabung, nicht Mittelmaß blühte, wild wie Unkraut in jede Richtung wucherte, das war Eugens feste Überzeugung. Als blutjunger Habenichts war er 1919 dabei gewesen, nach der Revolution, als Deutschland kein Kaiserreich mehr gewesen war und noch keine Republik und im Niemandsland zwischen den Zeiten alles möglich war.

»Eine Theaterzensur findet nicht länger statt«, hatten die Revolutionäre verkündet. »Die Theaterzensur ist aufgehoben.«

Damals war *Anders als die anderen* entstanden, ein Film mit kleinstem Budget, in nicht mehr als einer Handvoll Drehtagen und mit einer Handlung, die gegen Sitte, Moral und das Gesetz verstieß – die Geschichte eines Mannes, der Männer liebte.

Was für ein Moment war das gewesen, was für ein beflügelnder, verheißungsvoller, jedes scheue Talent aus seinem Versteck lockender Moment. Als Regieassistent oder eher als besserer Kabelträger hatte Eugen einen Platz in der Mannschaft dieses genialen kleinen Films ergattert. Wenn er es bedachte, wozu er sich nur selten Zeit nahm, hatte er sich nie irgendwo so zu Hause gefühlt wie in dieser kurzen Zeit am Drehort eines Films. Ein Jahr später war die Zensur wieder eingeführt und *Anders als die anderen* verboten worden. Von den talentierten Schauspielern machte so mancher seinen Weg, aber natürlich interessierte sich niemand für den Zwanzigjährigen, der die Kabelrollen durch die Gegend geschleppt hatte.

Ich komme wieder, hatte sich Eugen geschworen, und jetzt, fast zehn Jahre später, stand er erneut vor den Toren der UFA. Ja, seither hatte Hugenbergs stinkendes Drecksgeld hier Einzug gehalten, und die nationalistische Propaganda, zu der der rechtsradikale Medienzar seine Verlage benutzte, war auch in Babelsberg spürbar. Aber die Filmfabrik, die sich den Ehrennamen *Europas Hollywood* verdient hatte, war längst zu selbstbewusst, zu gefestigt, um sich ernsthaft ihre Richtung vorschreiben zu lassen. Zudem hatten Hugenbergs Deutschnationale ebenso wie die von ihm hofierten Schreihälse von der Hitler-Partei bei den Wahlen eine Schlappe eingefahren und würden demnächst in der Versenkung verschwinden.

Eugen hingegen war entschlossen, genau das nicht zu tun. In den zehn Jahren, die seit *Anders als die anderen* vergangen waren, hatte er sich einen Namen gemacht. Zwar hatte er Umwege gehen und sich vor Leuten wie Eva Konya, die er bei sich Majestät nannte, zum Affen machen müssen, aber dergleichen blieb in der Branche kaum jemandem erspart. In der Regie hatte er zunächst nicht Fuß fassen können, doch stattdessen kannte man ihn als Agenten, der ein messerscharfes Auge für weibliche Talente und eine todsichere Hand bei deren Führung hatte.

Das würde sich jetzt als Trumpf erweisen. Ein Regisseur, der ihn hinzuzog, tat sich einen Gefallen, seine Erfahrung als Conférencier war ebenfalls von Nutzen, und er hatte einen Film in sich. Viele Filme, eine nicht abreißende Flut von Filmen, die sprudeln würde, sobald man ihm erlaubte, das Ventil zu ziehen. Diesen einen aber sah er praktisch schon fertig vor sich.

Ilo in der Hauptrolle, als eine dieser stillen, verträumten alltäglich daherkommenden Frauen, die keine Ahnung hatten, wie unirdisch schön sie waren und die Ilo am besten spielte. Sobald der Tonfilm, an den Eugen fest glaubte, Babelsberg erobert hatte, würde der Kontrast zwischen der Zartheit ihrer Gestalt und der Wucht ihrer Stimme für dieselbe Sensation sorgen, die sie jetzt auf der Bühne erzielte, aber in diesem einen Film, den er praktisch für sie erdacht hatte, würde sie auch tonlos glänzen.

Bis vor ein paar Wochen hatte alles noch ausgesehen, als könnte unmöglich etwas schiefgehen. Nach zehn Jahren des Kampfes hatte er sein Ziel zum Greifen nah vor sich gesehen und geglaubt, er müsse nur noch die Hände danach ausstrecken. Jetzt saß er hier, neben Sido in deren Laubfrosch gequetscht, und spürte nach der vorübergehenden Erleichterung von Neuem das nervöse Zittern, das ihm aus den Schultern bis in die Fingerspitzen lief.

Sido war eine unglaublich nette Person. Ein echter Kamerad. Still saß sie hinter dem Steuer und ließ Eugen Zeit für seine Gedanken. Außerdem war sie patent, hatte Autofahren gelernt und sich das kleine Auto beschafft, weil sie begriffen hatte, dass Beweglichkeit ihr einen Vorteil brachte. Sie kümmerte sich um alles selbst, von welcher jungen Schauspielerin konnte man das schon behaupten? Die, die Eugen in seiner Laufbahn betreut hatte, verließen sich in sämtlichen praktischen Fragen auf ihn. Kein Wunder, durchfuhr es Eugen, während er Sidos hübsches, aber wenig ausdrucksstarkes Profil musterte. Die anderen sind gefragt und können es sich leisten, aber eine wie Sido muss strampeln, wenn sie nicht weg vom Fenster sein will.

Das Leben war nicht fair. Aber nur Idioten wie dieser Volker Engel glaubten, es gäbe irgendeinen Anspruch darauf, dass es das war.

»Danke, dass du mich hergefahren hast, Sido«, sagte er und spürte sein Gewissen, wozu kein Grund bestand. Er hatte ihr keine Versprechungen gemacht, ihr für ihre Hilfe keine Gegenleistung angeboten.

»Das geht in Ordnung«, sagte sie. »Ich fahre gern Auto. Und ich habe ja sonst nichts zu tun.«

»Sido …«

Sie hatte die Hände noch um das Steuerrad geschlossen, sah geradeaus, als hätte sie auf die Straße zu achten. »Schon gut, Eugen. Ich weiß ja: Wenn sich etwas ergibt, eine kleine Rolle, für die ich passen würde, wirfst du meinen Namen ins Gespräch. Mehr kannst du nicht tun, und schon das ist weit mehr, als ich erwarten darf, denn du bist ja nicht mein Agent.«

»Sido …«, begann er noch einmal.

Sie biss sich auf die Lippe und schüttelte den Kopf. »Nun geh schon, sonst verpasst du noch deinen Termin.«

»Es wird nicht lange dauern.«

»Und wenn doch, mach dir keine Sorgen. Ich warte. Wie gesagt, habe ich ja sonst nichts zu tun.«

Sie hatten sie aus der Revue geworfen. Ohne den Zauber von Ilo Konya brauchte kein Mensch deren stillen Schatten, der mit Pudeln spielte. Das Leben war wirklich nicht fair, und wenn es in Eugens Macht gestanden hätte, hätte er daran etwas geändert.

Aber er war kein mondsüchtiger Träumer wie Volker Engel, er kannte seinen Platz und seine Grenzen.

Mit der Rechten öffnete er die Autotür, mit der Linken langte er hinüber und klopfte ihr aufs Knie, das trotz der frühsommerlichen Wärme von einem adretten Tweedrock bedeckt war. Es kam ihm vor, als tätschele er ein Pferd, und sein Gewissen meldete erneut Protest an. Sie war ein feiner Kerl. Irgendwo hätte es eine Schiedsstelle geben sollen, die dafür sorgte, dass feine Kerle nicht leer ausgingen.

»Es ist wirklich in Ordnung. Ich drücke die Daumen, dass alles genauso läuft, wie du es dir wünschst. Die UFA-Leute wären ja verrückt, dich nicht zu engagieren, ob nun mit Ilo oder ohne.«

Eugen drehte sich um und küsste sie auf die Wange. »Dein Wort in Gottes Ohr. Danke.«

Sie hielt ihn für eine Art Gott. Dass es Frauen gab, die ihn anhimmelten und am Bühnenausgang um Autogramme bettelten, war ihm weder neu, noch scherte es ihn. Das mit Sido war etwas anderes. Erstaunlicherweise schien sie den schwierigen Patron, der er war, tatsächlich gern zu mögen.

Er schwang sich aus dem Wagen und machte sich in langen Schritten auf den Weg, auf die gigantische Atelierhalle zu, die erst vor einem guten Jahr in Betrieb genommen worden war. Wenn man wollte, konnte man im Innern des mächtigen Baus die komplette Welt eines Films bis ins Detail nachgestalten. Die Vorstellung, auf der Beleuchterbrücke zu stehen und auf eine solche Szenerie hinunterzublicken, setzte den Film in Eugens Kopf von Neuem in Gang, spulte Szenen von ihm ab, die von starken Hell-dunkel-Kontrasten auf hohen nächtlichen Fassaden lebten. So etwas schwebte ihm vor: ein großer Straßenfilm, wie Gruner und Pabst sie gedreht hatten, sämtliche Verlockungen, sämtliche Verführungen, Gefahren und Abgründe einer Straße in der Großstadt wie in dem Brennglas konzentriert.

Wenn der Film auf die Leinwand der Kinos kam, würde kein Mensch mehr glauben, dass die gesamte Fülle in der aus Pappmaschee errichteten Straße eines Studios gedreht worden war, und gerade das gefiel Eugen: die Illusion, die wirklicher war als die Wirklichkeit, die Lüge, die die Banalität sogenannter Wahrheit hinter sich ließ.

Die Frau, die ihm, umringt von drei quasselnden, fuchtelnden Herren im Anzug, entgegenkam, gefiel ihm auch. Carola Neher. Sie war in aller Munde. Am Schiffbauerdamm probte sie derzeit für das neue Stück von Bertolt Brecht, das schon jetzt als Sensation galt, und parallel führte sie offenbar bei der UFA Gespräche über Filmverträge. Ihr Mann, ein schwindsüchtiger Verseschmied namens Klabund, starb irgendwo in der Schweiz vor sich hin, aber davon ließ sich die Neher nicht abbringen, ihre Karriere zu verfolgen.

Recht so, durchfuhr es Eugen. Ein echtes Theaterblut.

Während sie sich ihm näherte, mal nach links ein Lachen erwiderte, mal nach rechts einen Klaps auf vorwitzige Finger austeilte, stellte Eugen fest, wie sehr sie ihn an Ilo erinnerte. Dabei war Ilo eine zarte, blonde Elfe, die Neher dagegen eine kräftig-sportliche Brünette und gewiss einen halben Kopf größer. Aber das, was sie gemeinsam hatten, war stärker als sämtliche Unterschiede: ihre Wirkung, Ausstrahlung, Anziehungskraft, das, was sich auch dann nicht beschreiben ließ, wenn man es mit hübschen französischen Worten wie Charme belegte. Carola Neher und Ilona Konya verfügten über etwas, das man nicht erlernen konnte, weil es nichts Verkrampftes, Bemühtes haben durfte, weil es immer wirken musste, als wäre es federleicht.

Auf eine wie Ilo oder die Neher wartete ein Agent, ein Regisseur, ein Theaterleiter oder Filmproduzent sein ganzes Leben. Auch Eugen hatte gewartet. Als Eva Konya ihn engagiert hatte, hatte er sich geehrt gefühlt, denn die Familie gehörte zur Substanz des Berliner Theaterlebens. Der Arbeit hatte er allerdings mit mehr Skepsis als Freude entgegengesehen. Eva Konya, Ihre Majestät, galt als selbstherrlich und herrschsüchtig, und bei Licht betrachtet war sie ein in die Jahre gekommenes Revuegirl, die selbst in ihren besten Zeiten eher durch laszive Attraktivität als durch Können Erfolge gefeiert hatte. Und ihre Tochter Marika war schlicht ein trauriger Fall – eine, die alle Attribute einer schönen Frau besaß, ohne dass man zu sagen vermochte, warum sie keine war.

Gänzlich glanzlos.

Unter den Cousinen befand sich der eine oder andere nette Hüpfer, aber etwas Besonderes war nicht dabei. Bei den Ansprüchen, die Ihre Majestät bezüglich Gage und Behandlung stellte, würde es eine Herkules-Aufgabe werden, die Sippe zu vermitteln, und Eugen hatte mit dem Gedanken gespielt, bedauernd abzusagen.

Dann aber hatte er die Jüngste, Ilona, gesehen, und alle Gedanken in der Richtung waren verflogen. Seither hatte er all seine Energien, seine Ideen, seine Kraft in den Aufbau dieser einen Künstlerin investiert. Ihre Majestät nahm es ihm nicht übel. Sosehr Eva Konyas Kontrollsucht ihm an den Nerven zerrte, was das Theater betraf, hatte sie ein bald ebenso scharfes Auge wie er. Dass ihre ältere Tochter völlig talentlos war, brauchte er ihr nicht erst zu erklären und auch nicht, dass in der jüngeren eine Ausnahmebegabung steckte.

Carola Neher zog samt ihrer aufgeregten Begleiter an ihm vorüber. Während die Männer ihn ignorierten, grüßte die Schöne ihn mit einem Lächeln, und sekundenlang wünschte sich Eugen, sie, nicht Ilona, wäre sein Schützling gewesen. Ihr Mann lag im Sterben. Sie aber absolvierte pflichtbewusst ihre Termine und alle nötigen Flirts mit wichtigen Leuten. Ilo dagegen pfiff auf alles, was sie zusammen erreicht hatten, um kuhäugig im Café zu sitzen und einen abgerissenen Niemand anzumachen, der Unter den Linden in sie hineingestolpert war.

Die Neher war schlau, wohingegen sich Ilona wie eine Pute betrug, die selbst zum Hupfen im Ensemble zu blöd gewesen wäre.

Aber sie war Ilona Konya. Und blieb es. Hätte ihm hier und jetzt jemand angeboten, sie gegen die Neher, die Berger, die Weigel zu tauschen, hätte er kehrtgemacht und seine törichten Wünsche für verrückt erklärt.

Es gab keine andere. Nur Ilona.

Die große Halle verfügte über mehrere Nebengebäude, in denen außer Trocken-, Schneide- und Lagerräumen auch Büros und Sitzungszimmer untergebracht waren. In einem vorgebauten Pavillon befand sich eine Kantine, die vor allem von Stab und Statisten genutzt wurde, in die sich gelegentlich aber auch ein Regisseur auf eine kurze Pause setzte. Dorthin hatten die Männer, die über seine Zukunft entschieden, ihn heute bestellt. Bei ihrem ersten Treffen im April hatte Ernst Correll, der Produktionsdirektor der UFA, ihn noch in seinem luxuriösen Büro empfangen, in dem ein Kühler mit Champagner und Platten hauchfeinster Kanapees bereitstanden.

Eugen war lange genug im Geschäft, um zu wissen, dass die Verpflegung eines Gastes Auskunft über die Wertschätzung gab, die man diesem entgegenbrachte. Nachdem Correll und den Herren Gerron und Finke, die ebenfalls anwesend waren, klar geworden war, dass Ilona Konya sich nicht nur verspätete, sondern nicht mehr kommen würde, war der Champagner ungeöffnet geblieben.

Eugen hatte Ausreden erfunden, hatte fantasiert, beteuert, vertröstet. Hatte neue Termine ausgemacht und sie absagen müssen, hatte Ilona bestürmt, zu erpressen versucht und sich vor ihr zum Bettler gemacht, an ihre Mutter appelliert und Sido Teitelbaum um Hilfe gebeten. Alles vergeblich. Ilona hatte das wichtigste Treffen ihres bisherigen Lebens sausen lassen, um mit Volker Engels schwachsinniger Schwester in den Zoo zu gehen.

Beim nächsten Mal machte sie sich nicht einmal mehr die Mühe, überhaupt eine Erklärung abzugeben, sondern tauchte einfach nicht auf.

Diesen letzten Termin hatte Correll ihm gar nicht mehr geben wollen. Auch vor ihm hatte Eugen die verhasste Rolle des Bettlers spielen müssen, und der Produktionsleiter hatte sich erst breitschlagen lassen, als er noch einmal Ilo als Trumpfass ausspielte.

»Also schön. Wenn Sie sicher sind, dass wir dieses Mal nicht wieder unsere Zeit verschwenden, machen wir einen letzten Versuch.«

Eugen war sicher. Obwohl ihm auch diesmal nicht gelungen war, Ilona zu präsentieren. Er musste die Herren nur dazu bringen, ihm zuzuhören. Schließlich war er Ilonas Agent. Er war berechtigt, in ihrem Namen Verträge abzuschließen, dazu brauchte sie persönlich nicht anwesend zu sein. Und er hatte einen Film im Kopf. Wenn sie ihm die Chance gäben zu erklären, wie er sich die weitere Zusammenarbeit nach Ilonas Debüt vorstellte, würde er ihnen zeigen, was er anzubieten hatte, und sie würden ihren Ärger über die paar verpatzten Termine vergessen.

Zumindest versuchte er, sich das einzureden. Ich bin sicher, beschwor er sich. Wer an sich selbst nicht glaubte, konnte von anderen nicht erwarten, dass sie es taten. Vielleicht war das überhaupt bisher das Problem gewesen. Er hatte sich zu sehr auf Ilona verlassen und zu wenig auf sich selbst.

Schwungvoll stieß er die Tür der Kantine auf, warf seinen Schal über die Schulter zurück und sah sich um. Der Raum war um diese Zeit, lange nach Mittag, doch noch vor der Zeit, in der Filmleute zu Abend aßen, nicht gut gefüllt. Um einen Tisch scharte sich eine Gruppe Beleuchter, die aus dickem Porzellan etwas löffelten. Zwei oder drei Statistinnen saßen allein vor ihren Tellern, und in der Ecke hinter der Theke erkannte er Correll, dessen Stellvertreter Finke und den imposanten Kurt Gerron.

Gerron war ein Phänomen. Er war es, den Eugen für sich gewinnen, mit dem er arbeiten wollte. Wenn jemand äußerlich für eine Laufbahn als Schauspieler ungeeignet schien, dann war es dieser Mann. Seine Leibesfülle war grotesk, er schien die Männer an seinen Flanken mit seiner bloßen Präsenz zu erdrücken, und wenn er stand, fragte man sich unwillkürlich, ob er in der Lage war, diese Massen zu bewegen. Er hatte irgendeine Krankheit oder Verletzung, die diese Ausuferung des Körpers verursachte, aber was für einen anderen ein Fluch gewesen wäre, wurde bei Kurt Gerron zu Kapital.

Er spielte Kabarett, sang und brachte den gewaltigen Leib zum Tanzen, machte eine dieser wilden, völlig unwahrscheinlichen Karrieren, für die das Berlin ihrer Jahre das ideale Pflaster war. In seinen Rollen nahm er sich eine Bosheit, einen beißenden Sarkasmus heraus, die man jedem schöneren Mann übel angekreidet hätte, die bei ihm aber Teil seines Charismas waren. Binnen Kurzem wurde er für den Film entdeckt, erwies sich als Kassenmagnet und hatte vor zwei Jahren sein Debüt in der Regie gegeben. Auch für den Film, in dem Ilo debütieren sollte, eine erotisch aufgeladene Komödie, war er als Regisseur vorgesehen. Eugen hatte vor, sich während der Dreharbeiten so eng wie möglich an ihn zu halten, eine Verbindung zu entwickeln, die dann, bei seinem eigenen Film, in eine gleichberechtigte Partnerschaft münden würde.

Offiziell ging es darum, Ilo, die zum ersten Mal vor der Kamera stand, zu führen. Gerron aber würde rasch merken, dass ihre Talente sich ergänzten wie füreinander geschaffen.

Der Raum war schlicht möbliert. Dunkle Holztische mit weißen Decken, auf dem Tresen eine Platte mit Obstkuchen, um den Wespen schwirrten. Eugen wusste, er hätte den Treffpunkt als Beleidigung empfinden sollen, aber er konnte sich nicht helfen, er fühlte sich hier in seinem Element. Alle vier Wände waren bedeckt mit Fotos, die UFA-Stars in ihren Glanzrollen zeigten, es roch nach Schminke und dem Naphtalin, mit dem die Kostüme vor Motten geschützt wurden, und durch die Luft schwirrten Worte wie *Szene, Nahaufnahme, dritte Klappe*. Er hob die Hand zum Gruß. Da von den Herren niemand aufstand, ging er schnurstracks zum Tisch und setzte sich ebenfalls.

»Wo ist Fräulein Konya?«, fragte Correll ohne Begrüßungsfloskel. »Pudert sich die Nase?«

Der Mann war beleibt, flachgesichtig, mit schweißig glänzender Haut. In seinem eng sitzenden Zweireiher wirkte er eher wie der Direktor einer Kleinstbank, der in die Rüstung zu investieren hoffte, als wie der Mann, dem der Übergang des deutschen Films zum Ton anvertraut war. Eugen gestand sich, dass er den Produktionsdirektor, der selbst noch gar keinen Film produziert hatte, nicht mochte. »Fräulein Konya ist verhindert«, sagte er. »Aber das soll uns nicht abhalten, Nägel mit Köpfen zu machen. Als ihr Agent bin ich für sie zeichnungsberechtigt. Das hätte mir natürlich gleich bei unserer ersten Zusammenkunft einfallen sollen, aber es kam mir gar nicht in den Sinn.«

»Ach«, sagte Correll, »tat es das nicht?«

»Und was«, fragte Gerron mit seiner für den Körper seltsam leichten, spitzen Stimme, »hat nun den Sinnesblitz bei Ihnen bewirkt?«

Gerron hatte schöne Augen, die aus den Fleischwülsten des Gesichts ganz unbehelligt und umso schöner starrten. Unter dem Blick glaubte Eugen sich zu winden. »Ich bin darauf gekommen, als mir klar wurde, dass Ilona sich heute im Schauspielhaus leider wieder nicht freimachen kann«, war alles, was er dazu herausbrachte. »Ich habe mich kurz mit ihr abgesprochen, und wir sind uns einig, dass ich die Verträge für sie unterzeichnen soll.«

»So«, sagte Correll, »sind Sie das?«

Finke, die graue Eminenz, sah aus wie ein Chorknabe, der auf seinen Einsatz wartete.

»Ich hätte vorab noch eine Frage«, übernahm wieder Gerron das Wort. »Wenn sich herausstellen sollte, dass Sie sich ganz so einig letztlich doch nicht waren – wer spielt dann das Telefonfräulein Lisbeth in meinem Film? Sie?«

Correll lachte schallend, Finke hüstelnd. Eugen hatte das Gefühl, als sänke unter seinen Füßen sein Schiff und ihm bliebe nicht mehr als ein Augenblick, um ins Rettungsboot zu springen. »Ich habe Ihnen ein Konzept mitgebracht«, sagte er, warf seine Mappe auf den Tisch und wollte die Blätter herausziehen. »Vielleicht wollen Sie sich das einmal ansehen, ehe wir über Ilonas Verpflichtung sprechen, es könnte der große Abgesang des Stummfilms werden, den wir alle uns wünschen …«

Correll nickte Finke zu. Der langte über den Tisch und hielt Eugens Hand auf, ehe er die Bogen mit seinem Filmkonzept erwischte. Sein Einsatz war gekommen. »Wir haben uns nicht zu diesem Treffen bereitgefunden, um über etwaige künftige Projekte zu sprechen«, sagte er, »sondern um Ihnen mitzuteilen, dass wir uns für die Rolle der Lisbeth in *Das Mädchen am Telefon* für Hilde Jennings entschieden haben.«

»Für die Jennings? Mit dieser Schnute und den Kleinmädchen-Bäckchen? Aber die hat doch die Ausstrahlung eines Rauschgoldengels!«

»Ach«, warf Kurt Gerron hin, »das muss kein Nachteil sein. Diese Engel gefallen schließlich den Leuten, und Weihnachten kommt ja immer wieder.«

Erneut lachten Correll und Finke, als hätte der Fleischberg einen genialen Witz gerissen. Eugen hatte schon den Mund geöffnet, suchte händeringend nach einer Wendung, die seinen Fall ins Bodenlose aufhalten würde, doch er hatte noch keine Silbe ausgesprochen, als ihm seine Stimme den Dienst verweigerte.

Er durfte das nicht. Wenn er aus diesem Raum auf seinen zwei Beinen und mit halbwegs geradem Rücken hinausgehen, wenn er sich je wieder selbst im Spiegel ansehen und seine eigene Gegenwart ertragen wollte, durfte er kein Wort mehr sagen. Sich nicht länger demütigen lassen, sondern aufstehen und gehen. Wenn er einen kümmerlichen Rest seiner Würde behalten wollte, musste er seinen Traum in den Wind schreiben und durfte an eine Laufbahn bei der UFA nie wieder einen Gedanken verschwenden.

Er stopfte das Skript zurück in die Mappe, ohne darauf zu achten, ob die Blätter knickten, und verschloss die Schnalle.

»Hat es Ihnen die Sprache verschlagen?«, fragte Finke.

»Ich denke, das hat es«, erwiderte Eugen und stand auf. »Haben Sie Dank für die kostbare Zeit, die Sie meiner Wenigkeit geopfert haben. Ich werde Sie nicht noch einmal belästigen. Schönen Tag.«

Er drehte sich um. Sein Körper kam ihm vor wie eins der störrischen Pferde, mit denen er hatte fertigwerden müssen, als er vor Jahren Reitunterricht genommen hatte. Er hatte Unterricht in allem genommen, von dem er glaubte, es könnte ihm eines Tages nützlich sein, Reiten, Fechten, Tanzen, man musste das, wenn man es wirksam auf eine Leinwand bringen wollte, ja selbst einmal gemacht haben. Jetzt war all das für die Katz gewesen. Schritt um Schritt trieb er sich vorwärts wie einen sturen Gaul, der sich nicht bewegen wollte, und verließ den Raum, ohne sich umzudrehen.

5

Es hatte zu regnen begonnen. Sommerregen, der im Grau etwas Leuchtendes hatte. So weit wie Eugens Erinnerung zurückreichte, hatte er in Bildern gedacht, hatte das, was er sah, sofort vergrößert und in Schwarz-Weiß-Töne aufgelöst auf der Leinwand gesehen. Er hatte die Sprache der Bilder verstanden, ohne sie je zu erlernen. Der zarte graue Regen, den die kleinste Ahnung von blassgoldenem Sonnenlicht leuchten ließ, wäre ein kraftvolles Symbol gewesen, um in ein tragisches Ende eine Spur nahezu mystischer Hoffnung zu legen.

Seine Erinnerung reichte zurück bis zu seinem ersten Besuch in einem Kino, 1913, vor dem Krieg, damals noch in einem Hinterzimmer, in dem Stühle aufgereiht standen und Sahnebonbons verkauft wurden. *Der Student von Prag.* Der mittellose Balduin verkauft sein Spiegelbild, um in eine Welt aufzurücken, in die er nicht gehört. Die in Bildern erzählte Geschichte hatte Eugens Leben verändert, jenes graue, belanglose Leben, in das jäh ein Strahl Sonne gefallen war. Er war vierzehn Jahre alt gewesen und hatte sein Spiegelbild verkauft, um in die Welt des Films hinaufzuschweben. Jetzt hatte man es ihm vor die Füße geworfen, und mit dem Gewicht an den Fersen schleppte er sich in sein graues, belangloses Leben zurück.

Die Tür des grotesk grünen Autos schwang auf, ehe er sie erreichte. Sidonie hatte ihn kommen sehen. Am liebsten wäre er nicht eingestiegen. Er schämte sich vor ihr, er schämte sich vor der ganzen Welt, aber Erdspalten, die sich auftaten und erbärmliche Menschenwürmer verschluckten, gab es nicht. Wenn er etwas hasste, dann waren es Allüren. Er stieg ein. Sido griff über ihn hinweg und zog die Autotür zu.

Der Motor lief bereits. Sie fragte ihn nichts, sondern fuhr an und verließ in hohem Tempo Babelsberg. Fuhr nach Potsdam hinein, ins holländische Viertel, hielt in einer stillen Straße unter den überhängenden Zweigen einer Platane an. Aus dem Kartenfach zwischen den Sitzen zog sie eine zerkratzte Feldflasche und hielt sie ihm hin. »Cognac«, sagte sie. »Ein guter.«

Eugen fackelte nicht, setzte die Flasche an und trank den Cognac wie Wasser in einem gierigen Zug. Das Getränk brannte ihm in der Kehle, brannte eine Schleuse nieder. Ehe die Tränenflut losbrach, hatte Sidonie ihm die Flasche abgenommen und die Arme um seinen Rücken gelegt.

Eugen waren weinende Leute peinlich, er wusste nie, wie er mit ihnen umgehen sollte. Über junge Schauspielerinnen brach das heulende Elend unentwegt herein, doch das bedeutete nicht, dass er sich daran gewöhnt hatte. Von sich selbst kannte er den Drang zu weinen nicht. Der Mann, der an Sidonie Teitelbaums Schulter lag und sich die Seele aus dem Leib schluchzte, war ihm völlig fremd, und doch schien er mehr er selbst zu sein als jede Version, die er von sich kannte. Das Innerste von Eugen, das er aus dem Film, der er selbst war, im Schneideraum hätte entfernen lassen.

Sidonie strich ihm über Kopf und Nacken. Er konnte sich nicht erinnern, dass ihn eine Frau je so berührt hatte. Gegen die Windschutzscheibe des Laubfroschs prasselte Regen. »Diese Leute schneiden sich ins eigene Fleisch«, sagte sie. »Wenn ihnen klar wird, was sie von dir hätten haben können, werden sie angekrochen kommen, aber dann ist es zu spät.«

»Ja, dann ist es zu spät.« Eugen wusste, dass niemand angekrochen kommen würde, aber es tat gut, dass Sido davon überzeugt war. Dass er für einen einzigen Menschen mehr war als ein Versager, der an seinem eigenen Größenwahn gescheitert war.

»Es ist wegen Ilo«, sagte er, hatte Mühe, nicht zu schniefen, und suchte vergeblich nach einem Taschentuch. »Sie wollen nicht mich, sondern Ilo, die ganze Welt will nicht mich, sondern Ilo, und wenn ich ihnen Ilo nicht bringen kann, habe ich meine Schuldigkeit getan und kann zum Teufel gehen.«

Sie hielt ihm eines hin. Blütenweiß und adrett wie alles an ihr. »Mich will auch niemand ohne Ilo«, sagte sie. »Das ist ziemlich schwer hinzunehmen, aber Ilo kann nichts dafür. Sie muss jetzt frei sein, verstehst du?«

»Frei sein?« Eugen verstand überhaupt nichts. Wer, der besaß, was Ilo hatte, brauchte noch irgendetwas anderes?

»Das war sie noch nie«, sagte Sido. »Sie hat von klein auf das getan, von dem ihre Maman ihr gesagt hat, es wäre das Beste für sie, und jetzt entdeckt sie, dass das, was das Beste für ihre Maman ist, ganz und gar nicht das Beste für sie sein muss. Dafür braucht sie Zeit, Eugen.«

»Und du meinst, wenn sie diese Zeit hatte – dann kommt sie zurück?«

Er konnte sich nichts anderes vorstellen. Alle Visionen, die er von seiner Zukunft hatte, alle Wünsche, Pläne, Absichten hingen an Ilo. Alle Träume. Gerade eben noch hatte er geglaubt, sein einziger Traum sei in einer Kantine der UFA gestorben. Jetzt musste er zu seinem Entsetzen begreifen, dass es so einfach nicht war.

»Kann ich davon noch etwas haben?«, fragte er und wies auf die Flasche, die auf dem Deckel des Kartenfachs stand.

Sido gab sie ihm. »Trink sie leer. Wenn du mehr brauchst, steige ich aus und suche eine Likörhandlung.« Als er die Flasche ansetzte, sagte sie: »Nein, Eugen, ich glaube nicht, dass Ilo zurückkommt. Ich kann es nicht wissen, sie weiß es ja selbst nicht, aber ich glaube es nicht. Sie hat das Angebot des Wintergartens für die neue Spielzeit abgelehnt.«

»Sie hat was?«

»Das neue Angebot abgelehnt. Sie will im Wintergarten nicht mehr auftreten. In der Hollaender-Revue macht sie zumindest weiter, bis ihr Vertrag erfüllt ist, und auch das nur, weil Marika so sehr geweint und sie angebettelt hat. Das Schauspielhaus hat wohl deutlich gemacht, dass Marika sich keine Chancen auf weitere Beschäftigung ausrechnen darf, wenn es *die drei Konyas* nicht mehr gibt.«

Die Konya-Damen waren also genauso erledigt wie Sido und er selbst. Ihre Majestät würde schäumen, doch sie war es, die glimpflich davonkommen würde: Ihr Made-im-Speck-Leben würde niemand ihr nehmen, sie hatte ihre Erfolge gefeiert und ein Alter erreicht, in dem sie den Schein wahren und sich würdevoll von der Bühne zurückziehen konnte. Ihre Erstgeborene hingegen war nichts als ein Sternchen, das vom Himmel geknallt war, noch ehe es daran gestanden hatte. Und wie stand es um ihn? Etwa ebenso?

»Warum weiß ich davon nichts?«, blaffte er Sido an, die nichts dafür konnte. »Bin ich eigentlich noch der Agent dieser Damen, oder hielt man es nur nicht für nötig, mir mitzuteilen, dass ich abgehalftert bin?«

»Ilo wollte es dir selbst sagen«, erwiderte Sido. »Sie hat nur noch nicht den Mut aufgebracht, weil es ihr so leidtut und sie ein schlechtes Gewissen hat.«

»Und wer kann sich von ihrem Gewissen etwas kaufen?« Er hatte keinen vermögenden Vater im Rücken, der ihm die Wünsche von den Augen las, auch keine Aussicht auf eine profitable Heirat. Er stand vor dem Nichts. Seine sündhaft teure Wohnung am Viktoria-Luise-Platz, die er liebte, würde er keine drei Monate mehr halten können.

Sido legte ihre Hand auf seine. »Es ist nicht gegen dich gerichtet, Eugen. Ilo sagt, sie braucht einfach keinen Agenten mehr, sie möchte allein herausfinden, was sie mit ihrer Zukunft anfangen will.«

»Und das alles für diesen Volker Engel?« Er starrte Sido an, als müsste in ihrem Gesicht auf seine Fragen eine Antwort stehen. »Was hat der denn an sich, was sieht sie in ihm? Ich bin ihm zweimal begegnet, aber alles, was ich entdecken konnte, war ein bleiches, dünnes Gestell, das einen Konfirmandenanzug trägt und Vorträge zu so mitreißenden Themen wie dem Einfluss der Ernährung auf die Geistesleistung von Arbeiterkindern hält. Ist das ein Mann, Sido? Ich dachte, es wäre ein neues Mittel zur Einschläferung.«

»Er ist echt«, sagte Sido.

»Wie bitte?«

»Er ist echt, das ist es, was Ilo an ihm gefällt. Er verstellt sich nie, sondern kann gar nichts anderes sein als er selbst. Er kennt keine Häme, verspottet niemanden, sondern nimmt alles und jeden ernst. Sie sagt, sie fühlt sich von ihm gemeint. Sie selbst, als Ilona, nicht als beliebiger Körper, der die Kostüme schneller wechselt als eine Kleiderpuppe und jeden Abend eine andere spielt. Ich mag ihn auch gern, Eugen. Er ist einfach ein netter Mann, und du hast es nicht nötig, deinen Rivalen kleinzureden.«

»Wieso nennst du ihn meinen Rivalen?« Er griff nach der Flasche mit dem Cognac, aber die war leer.

Sido öffnete die Tür und stieg aus dem Auto. »Ich weiß, dass du Ilo liebst«, sagte sie. »Ich weiß, dass du sie so sehr liebst, wie eine Frau nur geliebt werden kann, und wenn du mich fragst, ist meine Freundin Ilo die dümmste Frau auf der Welt, weil sie ein solches Glück nicht beim Schopf gepackt hat. Aber du fragst mich nicht. Und Ilo fragt mich erst recht nicht. Sie liebt Volker Engel, und sie ist glücklich mit ihm. Jetzt besorge ich uns was zu trinken. Ich beeile mich.«

Sie lief los, und er sah ihr nach. Im Laufen knotete sie sich zum Schutz vor dem Regen ein blaues Kopftuch mit kleinen weißen Blumen um, das mit ihrem Sommerkostüm harmonierte. Jäh fühlte er sich von aller Welt verlassen, in einen Abgrund aus Einsamkeit gestoßen, ausgerechnet er, der immer überzeugt gewesen war, sich selbst genug zu sein und Menschen nicht besonders zu mögen.

Menschen bis auf Ilo. Und Ilo mochte er ja nicht. Er war süchtig nach ihr. Das Gift in seinem Blut war ein ätherisch zartes rosa gewandetes Mädchen mit klaren, kalten, wie in Eis geschnittenen Zügen und einer Stimme, um gegen Stürme anzubrüllen. Ilona Konya, seine Entdeckung, sein wundervolles Fest der Gegensätze. Sie liebte diesen Engel, weil er echt war? Er liebte sie, weil sie nicht echt zu sein brauchte, weil eine mit ihren Gaben sein konnte, was immer sie wollte. Er verstand sie nicht. Und er war nicht sicher, ob der Schmerz weniger unbarmherzig in ihm gewütet hätte, wenn er es getan hätte. Dass man daran nicht starb, das sagte sich so leicht. Auf der Bühne, auf der Leinwand starben Leute ständig an nichts anderem. Die meisten dieser Geschichten hatte Eugen so lächerlich gefunden, dass er nicht einmal darüber hatte lachen können.

Jetzt stand er vor seiner eigenen und fand sie lächerlicher als alle übrigen zusammen. Eugen Terbruggen, selbst erklärter Filmmogul der Zukunft – abgesägt von einem Langweiler im Konfirmandenanzug. Weil er so gottverdammt echt war. Solchen Schwachsinn konnte man sich gar nicht ausdenken.

Sido hielt ihr Versprechen. Mit einer Flasche in jeder Hand kam sie die Straße hinuntergerannt und blieb vor dem Auto stehen. Eugen brauchte eine Weile, bis ihm einfiel, dass sie keine Hand frei hatte und er ihr die Tür öffnen musste. Regen, der stärker geworden war, wehte ins Wageninnere und traf sein Gesicht. Sido atmete schwer, gab ihm die Flaschen und stieg ein. Ein badischer Riesling und ein Single Malt aus Argyll, der ein Vermögen gekostet haben musste. »Der Whisky ist für dich. Ich halte mich an den Wein, der macht mich besoffen genug.«

Eugen sagte nichts. Sah sie nur an und wusste nicht, wie er ihr danken sollte.

Sie entnahm dem Kartenfach zwei fingerhohe metallene Becher. »Die Sitze kann man nach hinten stellen. Dann ist es bequemer. Ich mache das manchmal, wenn mir alles über den Kopf wächst. Parke irgendwo am Straßenrand, lehne mich zurück und höre zu, wie mir der Regen aufs Dach prasselt.«

Sie stellte die Sitze um, und er füllte die Becher. Einander gegenüber, die Gesichter keine Armlänge voneinander entfernt, lagen sie und tranken. »Du musst dir nicht noch um deine Zukunft Sorgen machen«, sagte Sido. »An der Sache mit Ilo ist nichts zu ändern, aber du bist ein großer Agent, du bist gefragt, und das bleibst du auch. Ich bin in der Theaterwelt zwar nur ein kleines Licht, aber was geredet wird und wer im Kurs steht, bekomme ja auch ich mit. Du fällst auf die Füße, Eugen. Unter den Mädchen, die bei uns angesagt sind, gibt es keine, die dich nicht mit Kusshand engagieren würde. Von den Jungs ganz zu schweigen. Der hübsche Hans Otto aus Hamburg, was hältst du von dem? Er hat mich neulich im *Romanischen* gefragt, ob es Sinn hätte, sich bei dir zu bewerben.«

Ihre Stimme brachte ihn zu sich zurück. Ohne Frage hatte sie recht. Er verlor nicht über Nacht den Ruf, den er sich erarbeitet hatte, weil ein gerade erst erblühtes Talent das Handtuch warf, und dieser Otto war ein begabter Bursche, der ihm bereits mehrmals durch seine Wandelbarkeit aufgefallen war. Das Leben erstreckte sich leer und öde ohne Ilo. Aber es würde nicht brotlos, nicht ohne Herausforderung und Erfolg für ihn sein.

»Warum tust du das für mich, Sido?«

»Das weißt du doch selbst.«

»Aber ich bin ein Schwein«, sagte er. »Ich habe dich benutzt, ich hätte jeden benutzt, wenn es mir geholfen hätte, mir einen Platz beim Film unter den Nagel zu reißen.«

»Ich weiß«, sagte Sido.

»Und trotzdem?«

Sie nickte.

Der Tag war schwarz. Aber das Gefühl, ihn auf keinen Fall überleben zu können, löste sich auf.

»Ich nehme dich an Bord«, sagte er. »Als dein Agent kann ich ganz anders für dich agieren, die richtigen Leute kontaktieren, sehen, was sich tun lässt.«

»Das brauchst du nicht«, erwiderte sie. »Du bist mir nichts schuldig.«

Eugen beugte sich über das kleine Stück, das sie trennte, hinweg und schloss die Arme um sie. »Ich will es aber«, sagte er und meinte es ernst.

6

April 1929

Volker und Ilo saßen im Café *Kranzler*, tranken Mokka und aßen gedeckten Apfelkuchen. Es war nicht so warm wie im vergangenen Jahr, leichter Regen fiel, doch von ihrem Platz am Fenster konnten sie die Straße genauso gut überblicken wie von der Terrasse. In beide Richtungen zogen Menschen vorbei, und es war faszinierend zu beobachten, wie allein die Geschwindigkeit, die sie an den Tag legten, einen Splitter ihrer Geschichte erzählte.

Geschäftsleute hetzten gegen den Wind, dass Haar und Rockschöße flogen.

Damen beim Bummel, oft zu zweit, oft untergehakt, blieben vor jedem Schaufenster stehen, die eine, um Waren, die andere, um ihr Ebenbild in der spiegelnden Scheibe zu bewundern.

Liebespaare tändelten, Kinder trieben Reifen, ein einzelner Herr mit Melone führte einen Dachshund aus.

»Darüber wollte Eugen einen Film drehen«, rutschte es Ilo heraus.

»Worüber?«

»Über die Leute, die Unter den Linden spazieren gehen. Er wollte sich fünf oder sechs herausgreifen, die zufällig zur selben Zeit am selben Ort sind, ihre Geschichten miteinander verflechten und dann wieder lösen.«

»Das ist schön«, sagte Volker.

Eine kleine Weile schwiegen sie, weil Eugen, der einen Film drehen wollte, ein heikles Thema war. Sie würden später ohnehin noch auf diese heiklen Dinge zu sprechen kommen müssen, doch nicht sofort, nicht jetzt, wo sie gerade erst eingetroffen waren. Ilo wusste wenig, das sie so gern tat, wie mit Volker um einen Cafétisch zu sitzen, der so winzig war, dass ihre knochigen

Knie aneinanderstießen und ihre Hände zwischen Tassen und Tellern keinen Platz hatten, es sei denn, die eine auf der andern.

Und wenn einer von ihnen Cafétisch sagte, dann meinten sie einen Tisch im *Kranzler*.

»Das hätte ich dir längst einmal sagen wollen«, beendete Volker das Schweigen. »Wie schön Unter den Linden ist – das habe ich ohne dich gar nicht gewusst. Ich habe immer gemacht, dass ich so schnell wie möglich in die Universität kam, wie so ein Brauereipferd mit Scheuklappen, das nicht nach links und rechts sieht. Das war eben ein Reitweg für Hochwohlgeborene, habe ich mir gedacht, und später, als Reitwege aus der Mode kamen, haben sie sich ihre Prachtstraße daraus gemacht. Was geht das mich an? Aber seit ich dich habe, geht es mich plötzlich so viel an. Ich sehe die Menschen, sehe, wie schön sie sind, und möchte sie am liebsten alle umarmen. Und dann denke ich, dass es gerade so doch sein muss, dass man für die Menschen doch nicht kämpfen kann, wenn man sie nicht liebt.«

Ilo lachte. Aus einem Liedtext hätte sie sich das mit der Bemerkung »Das ist zu tief in den Kitschtopf gegriffen« streichen lassen, aber an Volker wirkte es nicht kitschig, sondern echt. Alles war echt an Volker, er hatte nicht das mindeste Talent zur Verstellung, und dass sie lachte, was sämtliche ihrer Bekannten in Zorn versetzt hätte, machte ihm nichts aus. Das rührte daher, dass er niemandem etwas unterstellte, keinen Hintergedanken, keine böse Absicht. Wenn sie lachte, schloss er daraus, dass sie fröhlich war, und war auch fröhlich. Umso mehr, wenn er selbst es war, der ihr den Grund dazu gegeben hatte.

Sie sahen sich an, hieben beide gleichzeitig die Gabeln in den Apfelkuchen und schoben einander Bissen in den Mund. Sie mussten lachen, weil das Stück, das Ilo Volker reinstopfte, viel zu groß war und zur Hälfte auf den Tisch plumpste. Ein Kellner kam, das Gesicht ob der Schweinerei pikiert verzogen, doch als er sah, um wen es sich bei der Übeltäterin handelte, machte er kehrt und schickte einen Küchenjungen, um den Tisch abzuwischen. Sie war immer noch Ilona Konya. Hier mehr als anderswo. In der Silvesternacht hatte sie mit Alfred Braun von der Funk-Stunde Berlin in der oberen Etage auf dem Balkon gestanden und nach seiner Ansprache mit einem Lied das neue Jahr begrüßt:

»Glück, das mir verblieb,
Rück zu mir, mein treues Lieb.
Abend sinkt im Hag,
Bist mir Licht und Tag.«

Das Lied war unglaublich schön, fand Ilo. Es stammte aus Erich Korngolds Oper *Die tote Stadt*, doch das Berlin, das zu ihren Füßen lag, in dessen Schnee sich glitzernd die Leuchtreklamen spiegelten, war eine Stadt voller Leben, und ihre ganze Zukunft, jeder Tag, den sie vor sich hatten, schien mit zu glitzern. Nie zuvor hatte Ilo einen Auftritt so genossen. Es war kein verkleidetes Puszta-Püppchen, das sang, keine künstlich berlinernde Göre, keine wie der Sarotti-Mohr gewandete angebliche Sultanstochter, sondern sie selbst, Ilona, die Ton um Ton für ihren Volker sang: *Bist mir Licht und Tag*.

Unten waren die Menschen stehen geblieben und hatten ihr lange applaudiert, ehe sie sich über die Linden, deren Lichter langsam verblassten, zerstreuten und Volker und Ilo ihrem eigenen Gruß für das neue Jahr überließen.

Es war vielleicht ihre glücklichste Nacht gewesen, eine in einer Kette aus glücklichen Nächten, die nie abriss. So seltsam war das: Ihr Bund schien ringsum nur Missfallen und Bedenken, erhobene Brauen und Gezeter auszulösen. Seine Schwester, ihre Mutter, Eugen, alle sahen ihr persönliches Unglück darin, dass Ilo Konya und Volker Engel sich gefunden hatten. In ihrem Weg häuften sich Steine. Doch wenn sie zusammen waren, erschien alles nur noch halb so schwierig, dann höchstens noch zu einem

Viertel schwierig, dann zu einem Achtel, und schließlich vergaßen sie die Schwierigkeiten ganz.

So wie Schnuffeken, fiel ihr ein. Volkers Schwester konnte sich vor Kummer die Augen ausweinen, doch wenn nur jemand ein freundliches Wort an sie richtete, vergaß sie alles und brach vor Lebensfreude in Gelächter aus. Schnuffeken war auch die Einzige, die in der Liebe zwischen Volker und Ilo keine Katastrophe sah. Sie hatte Ilo sofort in ihr Herz geschlossen, und sooft sie Hiltruds eifersüchtiger Bewachung entfliehen konnte, lief sie zu ihr und warf sich ihr in die Arme.

Volker legte die Gabel nieder und nahm ihre Hände. »Was war das denn?«, fragte er mit einem Lächeln in der Stimme. »Du warst auf einmal meilenweit weg.«

»Oh, entschuldige. Nein, meilenweit weg war ich nicht, nur eine Etage höher und vier Monate zurück. Ich hab an Neujahr denken müssen und mich in der Erinnerung wohl verlaufen.«

»Du siehst schön aus, wenn du dich in der Erinnerung verläufst«, sagte Volker. »Du siehst immer schön aus, in der Neujahrsnacht, als du gesungen hast, am schönsten. Oder heute am schönsten. Oder ach, ich weiß es nicht. Früher habe ich gedacht, es sollte doch Männern nicht so wichtig sein, ob Frauen schön sind, aber du ...«

»Mir ist es wichtig, dass du mich schön findest«, rief Ilo, nahm ihm die Brille ab, an der etwas von der Apfelkuchendecke klebte, und gab einem seiner Augen einen raschen Kuss. »Ich finde dich ja auch schön. Sogar dein komisches Hemd.« Sie zupfte an einer der zu langen Kragenecken. »Sag mir, musst du jetzt gleich wieder weg? Warten deine Genossen bei eurem Köpernitz auf dich?«

»Bei Küpertz? Ja, sie warten sozusagen. Du weißt ja, dass wir uns immer donnerstags treffen, um die Artikel für die Zeitung und die Aktionen für die nächste Woche zu besprechen. Aber es ist ja alles so friedlich zurzeit, es geht so schön voran, fast könnte es einem vorkommen, als hättest du sogar uns in der Partei Glück gebracht. Ich habe mir gedacht, vielleicht lasse ich heute einmal ein Treffen ausfallen. Gustav und Erich planen, über das Geleit zu reden, mit dem wir den Genossen in der Künstlerkolonie zu Hilfe kommen wollen. Dort drüben sind wieder einmal die Nazis zugange, und du weißt ja, bei so etwas können sie mich nicht so richtig gebrauchen.«

Mit »so etwas« war eine Saalschlacht gemeint, genauer eine wilde Schlägerei, bei der das Mobiliar einer Kneipe zu Bruch ging und nur wenige mit blauen Augen davonkamen. In der vor zwei Jahren eröffneten Künstlerkolonie in Wilmersdorf wohnten Schriftsteller, Maler, Komponisten und Schauspieler, die von der Hand in den Mund lebten und über die billigen Quartiere froh waren. Ilo kannte selbst Kollegen, die dort hingezogen waren, doch ehe sie Volker begegnet war, hatte Ilo darüber nie nachgedacht. Die Kolonie lag wie eingepfropft mitten in einem zutiefst bürgerlichen, konservativen Bezirk, dessen Bürger sich mit den linken Bohemiens in ihrer gehobenen Wohngegend nicht anfreunden mochten.

Da aber die bürgerlichen Parteien die Wahlen des letzten Jahres verloren hatten und seither ein Sozialdemokrat die Regierungskoalition anführte, wurde die Kolonie sogar noch erweitert. Die meisten Proteste dagegen verliefen zivil, doch eine Splitterpartei, die sich ausschließlich durch Gewalt und Geschrei hervortat, wollte sich damit nicht begnügen. Sie bildeten Rotten, fielen in Lokale und Geschäfte des Viertels ein, schlugen wahllos Leute zusammen und zerstörten ihr Eigentum. Da viele Bewohner der Kolonie Volkers Partei angehörten, schickte seine Ortsgruppe Einsatzkommandos, die den Angreifern – Nazis genannt – Paroli bieten sollten. Parteiselbstschutz Berlin Wedding nannte sich die Organisation, die diese Kommandos stellte. Eine mit Knüppeln bewaffnete Abordnung holte gefährdete Genossen von U- oder S-Bahn ab und begleitete sie bis nach Hause.

Insgeheim war Ilo allerdings der Ansicht, dass die meisten von Volkers Genossen sich genauso gern prügelten wie diese Nazis. Auch Hiltrud, die mit ihr kein Wort wechselte, beschimpfte die

Kommunisten als Krawallmacher, aber bei Volker war Ilo sicher, dass ihm dergleichen widerstrebte. Er wollte mit Worten überzeugen, Menschen klüger machen und ihnen zu Glück verhelfen. Manchmal ertappte sie sich dabei, dass sie seine politische Betätigung nicht ganz ernst nehmen konnte. Er war viel zu zart besaitet, viel zu gutgläubig und vertrauensselig, er wäre an dem harten, schmutzigen Geschäft der Politik zerschellt. Auf der anderen Seite liebte sie ihn dafür, dass ihm diese Dinge so wichtig waren, dass er nicht nur ein besseres Leben für sich selbst, sondern eine bessere Welt für alle erstrebte.

Sie war froh, dass ihr Liebster Lehrer wurde, nicht Politiker. Er hätte im Herbst sein Examen ablegen können, doch er fand, er sei noch nicht bereit, müsse vor allem im Fach Geschichte noch mehr lernen. Also hatte er noch ein Studienjahr angehängt, das er zu finanzieren hoffte, indem er Privatschülern Unterricht gab. In der elterlichen Wohnung konnte er bleiben, solange er wollte, seine Schwester war selig, ihn bei sich zu haben, und so sparte er an seinem Unterhalt. Ilo hatte auch diese Gewissenhaftigkeit an ihm gefallen. Jetzt aber kam sie nicht umhin, sich vorzustellen, wie viel leichter alles gewesen wäre, hätte er sein Examen in der Tasche gehabt.

Sie nahm seine Hand. »Ich würde mich freuen, wenn du heute nicht zu dem Treffen gehst«, sagte sie. »Es gibt etwas, das ich mit dir besprechen muss.«

»Ich mit dir auch.« Seine Augen waren dreieckig, kurzsichtig und strahlend, und beim Lächeln wurde sein Mund nicht breiter, sondern schmaler. »Willst du noch einen Mokka? Noch ein Stück Kuchen?«

»Du sollst nicht dein Geld für mich ausgeben.«

»Ach komm.« Er zog seine abgewetzte Börse aus der Hosentasche. »Mein Lateinschüler hat für den ganzen Monat im Voraus bezahlt, und ich mache dir so gern eine Freude. Einen Likör? Den mit Pfirsichgeschmack so wie neulich?«

Sie schüttelte den Kopf. »Neulich war neulich, und heute ist es gut, wie es ist.« Mit der Fingerspitze zeichnete sie die Sehnen seiner langen, knochigen Hände nach. »Nur hier mit dir sitzen. Zusammen sein. Reden.«

Jäh begriff sie, dass es so ihr Leben lang sein würde. Dass sie ihm durch und durch vertraute. Wenn sie Geld hatten, würden sie sich manches leisten, zusammen reisen, ausgehen, im *Kranzler* die Kuchenauswahl hinauf und hinunter probieren. Hatten sie kein Geld, so würde es gut genug sein, beisammenzusitzen. Durch Wälder zu spazieren, in Seen zu schwimmen, Berlin beim Erwachen zuzuschauen, eine Tüte Brausepulver mit Orangengeschmack zu teilen. Es würde alles gut sein. Auch was das betraf, was sie ihm zu sagen hatte.

»Ilo«, sagte er, »das, was du mir vorhin erzählt hast, das von dem Film, den Eugen mit dir drehen wollte, das hat mich ins Grübeln gebracht. Ich verstehe ja nun leider von Filmen nichts und kann dir deshalb nichts raten. Aber so, wie du es mir beschrieben hast, klang es wirklich schön.«

»Ja, das tut es«, erwiderte Ilo. Eugen hatte wunderbare Ideen, Instinkt, Gespür, alles, was nötig war. Er hätte ein großer Filmemacher werden sollen, und es tat ihr in der Seele weh, dass sie es ihm verpatzt hatte.

»Ich will, dass du das weißt«, begann Volker. »Zu den Männern, die ihren Frauen den Beruf verbieten, gehöre ich nicht. Meine Mutter hat arbeiten müssen, weil sonst nicht alle satt geworden wären, und ja, vielleicht war ich ein bisschen stolz bei dem Gedanken, dass meine künftige Frau es einmal besser haben würde. Aber wenn du gern weiter auftreten möchtest, wenn du mit Eugen diesen Film drehen möchtest – ich wüsste nicht, was ich dagegen haben sollte. Darüber, dass du mehr Geld verdienst, als ich je zusammenbringen werde, rümpfen ein paar der Genossen die Nase, aber ich denke, das ist nur recht und billig, wo du doch so vielen Leuten eine Freude machst. Hillchen sagt, dich wird es eines Tages stören, du wirst jemanden wollen, der dir etwas bieten kann. Wird das so sein? Ich kann mir das nicht vorstellen. Du und ich, das hat doch nichts mit Geld zu tun, und solange es dich nicht stört, stört es mich erst recht nicht.«

»Das ist nicht so. Das wird nie so sein.«

»Nicht wahr? Das habe ich Hillchen auch gesagt. Sie hat geschimpft, ich habe Watte im Kopf, und ich kann ja wohl nicht in die Zukunft sehen, aber ich bin mir sicher: Die Zukunft, die du und ich vor uns haben, ist schön. Wir machen sie uns schön.«

»Ja, Volker. Wir machen sie uns schön.«

»Und wirst du mit Eugen diesen Film drehen – über die Leute, die Unter den Linden spazieren gehen?«

»Nein, das werde ich nicht. Es ist nicht das, was ich will. Ich bin gar keine Schauspielerin, egal, was alle Welt redet. Von klein auf habe ich immer eine andere sein müssen, in eine andere Haut schlüpfen. Vielen Leuten macht das gewaltigen Spaß – meiner Mutter, Eugen, Marika, Sido, ich bin umgeben von Leuten, denen es Spaß macht. Aber mir macht es keinen Spaß. Ich hatte keine Zeit, mich selbst kennenzulernen, und seit ich mir durch dich begegnet bin, stecke ich viel zu gern in meiner eigenen Haut.«

Er drehte ihre Hand um und küsste sie genau in die Mitte der Handfläche, in die kleine Grube, die weich und voller Empfindung war. »Ich will, dass du in deiner Haut steckst und keine andere bist. Eine andere könnte ich nicht einmal halb so lieb haben. Auch nicht, wenn sie so schön ist wie du, und auch nicht, wenn ich mir Mühe gebe.«

Sie lachte. »Die andere hätte dich ja auch nicht mal halb so lieb. Schicken wir die anderen dahin, wo der Pfeffer wächst, ja?«

Ihre Augen lachten sich an.

»Als die Funk-Stunde mich für diese Silvesterübertragung engagiert hat, habe ich gemerkt, dass es das ist, was ich will«, fuhr Ilo fort. »Singen. Ich weiß, für die Opernbühne reicht es bei mir nicht, aber wenn ich ein Lied singe, das ich selbst in mir spüre, eines wie das von Korngold, dann kann ich Menschen erreichen. Verstehst du, was ich meine?«

Volker rieb sich die Stirn. »Ich fürchte, nicht. Aber ich mag es, wenn du das Lied von Korngold singst. Und mich erreichst du damit.«

»Ich habe mir überlegt, ob ich nicht Eugen anbieten soll, in diesem einen Film für ihn zu spielen«, sagte Ilo, die sich mit jedem Wort glücklicher fühlte, trotz all dem Schweren, das noch vor ihnen lag. »Um ihm die Tür zu öffnen, denn wenn er einmal den Fuß drinnen hat, schafft er den Rest allein. Ich habe mir auch überlegt, ob ich die nächste Saison nicht noch in der Revue im Schauspielhaus spielen sollte, damit Marika mehr Zeit hat zu zeigen, was sie kann.«

In die Pause, die sie machte, sagte Volker: »Ich finde, das ist eine gute Idee. Du bist so nett, du würdest niemanden gern im Stich lassen. Bring alles zu einem guten Abschluss. Und hinterher bist du nur noch du, und ich bin ich, wir treffen uns Unter den Linden, und du singst: *Glück, das mir verblieb*.«

Das Herz in Ilos Brust wurde ein kleines Tier, das Sprünge vollführte. Für jedes Wort, jeden Blick, jede Berührung einen Freudensprung. Zugleich schämte sie sich, weil sie die anderen nun eben doch im Stich lassen würde, und war traurig, weil sie wusste: Weder ihre Mutter noch ihre Schwester würden ihr verzeihen, und ihr Vater und Felix würden gegen das, was die Mutter bestimmte, nicht aufbegehren. Sie würde ihre Familie verlieren. Und konnte trotzdem nichts anderes als glücklich sein.

»Ich hätte es gern so gemacht«, sagte sie. »Wenn man selbst so viel geschenkt bekommt, will man denen, die man lieb hat, auch etwas schenken, nicht wahr? Aber es geht nun einmal nicht. Ich kann es so, wie ich es gewollt hätte, nicht machen.«

»Warum denn nicht, mein Allerallerliebstes?«

»Weil es eben nicht geht. Weil ich ein Kind krieg, Volker. Wir haben jetzt für drei zu denken und für drei zu sorgen. Für dich und mich und das Kind.«

Zweiter Teil

Juni 1952

*»Ja, was wird aus unseren Träumen
In diesem zerrissenen Land?
Die Wunden wollen nicht zugeh'n
Unter dem Dreckverband.«*

Wolf Biermann, Als wir ans Ufer kamen

7

Der Saal hatte etwas von einem Fest aus verlorener Zeit, von der sich kein Mensch mehr sicher war, ob sie je wirklich existiert hatte. Das Parkett hätte ewig gebohnert, das Mobiliar poliert und die Spinnweben in den Winkeln der deckenhohen Fenster entfernt werden können, ohne dass der Raum seine angestaubte Müdigkeit verloren hätte, seine Gestrigkeit, seinen verblichenen Glanz. Sanne fiel das Atmen schwer. Als laste die Vergangenheit des Raumes, die niemand erwähnte, mit ihrem ganzen Gewicht auf ihrer Brust.

Sie saß in der dritten Reihe. Der gesamte vordere Block war für Absolventen und ihre Angehörigen reserviert und so gut wie voll besetzt. Lediglich die beiden Plätze zu ihrer Linken, die ihrer Familie zugedacht waren, und eine Reihe von dreien ganz vorn waren leer. Sanne gab sich Mühe, nicht enttäuscht zu sein. Dass Hille nicht konnte, so gern sie gekommen wäre, hatte sie gewusst, doch wenn sie ehrlich zu sich selbst war, hatte sie mit Eugen gerechnet. Sie hatte ihm gesagt, er solle sich die Mühe sparen, sie wisse, wie viel er um die Ohren habe, und der ganze Unsinn mit der Zeremonie sei ihr nicht wichtig. Er war es, der widersprochen und beteuert hatte, er könne sich wenig vorstellen, das ihm wichtiger wäre.

Etwas von dem wenigen musste ihm dazwischengekommen sein.

Und wo um alles in der Welt war Birgit Ahrendt? In den vergangenen Monaten hatte Sanne mit der Freundin nur noch wenig Kontakt gehabt, was zum größten Teil an den anstrengenden Vorbereitungen für das Examen lag. Sanne hatte tagelang die Sonne nicht gesehen, hatte hinter zugezogenen Gardinen über dem Schreibtisch gebrütet und nicht gewusst, ob Morgen oder Abend, Donnerstag oder Dienstag war. Für Freunde war da keine Zeit geblieben. Nicht einmal für Thomas, der zwischen seinen Eltern neben den leeren Plätzen saß und ihr zum Gruß kurz zunickte. Von Birgit ganz zu schweigen. Sanne hatte angenommen, dass die beiden sie verstehen würden, weil es ihnen ja nicht anders erging.

Es gab noch einen kleineren Teil. Der war komplizierter, ließ sich nicht so leicht erklären. Seit sie zusammen Trümmer, aus denen noch schwarzer, beißender Rauch quoll, aus einstigen Wohnstraßen geschaufelt hatten, waren Sanne und Birgit Freundinnen gewesen, so weit es bei dem Leben, das sie in der Wüstenei des zerstörten Landes zu führen versuchten, möglich war. Sie hatten sich zusammen um eine Zulassung zur Oberschule bemüht. Dass Birgit zwei Jahre älter war als Sanne, war im allgemeinen Durcheinander, in dem es von Kreide und Papier bis zur Bestuhlung am Nötigsten fehlte, nicht aufgefallen. In der Pause kotzten gut zwei Drittel der Schülerinnen die Schulspeisung aus, weil sie die ganze Portion auf leeren Magen hinuntergeschlungen hatten. Das Wichtigste war, Räume nutzbar zu machen und Lehrer zu bekommen, bei denen feststand, dass sie keiner Nazi-Organisation angehört hatten. Die Geburtsdaten von Schülern zu prüfen wurde zweitrangig. Birgit und Sanne bestanden die Prüfung zur Erlangung der Hochschulreife am selben Tag.

Anschließend hatten sie beide Studienplätze an der einstigen Friedrich-Wilhelms-Universität, die jetzt Humboldt-Universität hieß, ergattert, Birgit nicht ganz so problemlos wie Sanne, doch nach einer gesonderten Befragung zu ihrer politischen Einstellung hatte es schließlich geklappt.

»Ich wollte eigentlich gar nicht Lehrerin werden«, hatte Birgit gesagt, als sie die ersehnten Benachrichtigungen endlich in den Händen hielten.

»Was denn dann?«

»Ich weiß nicht. Ich hätte gern länger überlegt.«

»Zum Überlegen haben wir keine Zeit«, hatte Sanne gesagt, und Biggi hatte gelacht. »Wie immer hast du recht, meine Freundin von der schnellen Truppe. Versuche ich mich also als Lehrerin, schaden wird das ja nicht.«

Sie hatte Deutsch und Geschichte als Fächer gewählt, Sanne Geografie und Staatsbürgerkunde.

Sie waren zusammen zur Aufnahmefeier gegangen, hatten zusammen das Gelöbnis der Studenten gesprochen, mit dem die Universität acht Monate nach Kriegsende eröffnet worden war. Neu-, nicht wiedereröffnet. Sieben Fakultäten in zerbombten Gebäuden, die einen sauberen, ganz neuen Anfang wagen wollten: »Jahre großen Leidens und schwerer Schuld unseres Volkes liegen hinter uns. Jetzt endlich können wir uns erheben in rechter Freiheit auch zur wissenschaftlichen Arbeit zum Nutzen und Segen für unser Volk und die Menschheit. Wir Studenten, die wir in dieser Notzeit studieren dürfen, werden mit unserer ganzen Kraft darum ringen, dass die Wissenschaft nie wieder zum Werkzeug politischer Verbrecher erniedrigt wird. Die Zukunft wird unsere Zukunft sein.«

Als sie hinterher mit dem ersten Glas Sekt ihres Lebens im Lichthof standen, der noch immer von einer rußgeschwärzten Fassade voller hohler Fenster flankiert wurde, hatte Biggi ein wenig nervös gelacht. »Ein ganz schöner Batzen, den wir uns da vorgenommen haben, was? Mir macht so aufgeblasenes Gerede immer Muffensausen.«

»Um Gerede geht es nicht«, hatte Sanne erwidert. »Wir müssen das schaffen. Ein neues Land aufbauen, in dem nie wieder ein Faschist einen Fuß in die Tür bekommt. Dafür studieren wir, darum müssen wir mit ganzem Einsatz kämpfen. Willst du das denn nicht auch?«

»Will ich das auch? Gute Frage. Ehrlich gesagt hatte ich gedacht, ich hätte endlich Zeit, noch ein bisschen jung zu sein. Feiern, tanzen gehen, über die Stränge schlagen. Reisen. Irgendwo an einem sonnenüberfluteten Strand liegen und das alles vergessen, Krieg, Zerstörung, Tod.«

»Dafür haben wir keine Zeit«, hatte Sanne gesagt, wie sie es so oft zu Birgit sagte. »Wir dürfen es niemals vergessen, keinen Tag lang. Und so jung sind wir sowieso nicht mehr.«

»Genau das ist mein Problem«, hatte Biggi gesagt, ihren Sekt ausgetrunken und Sanne mit sich gezogen, weil sie unbedingt irgendwen begrüßen und kennenlernen musste. Am Anfang wollte sie das ständig: Bekanntschaften machen, an Gruppen und Kreise Anschluss finden. Mit der Zeit bemerkte sie jedoch, dass sie mit ihrer Art überall aneckte, dass die Studienkameraden sich vor ihr zurückzogen. Sanne hatte sich nicht zurückgezogen. Nicht gleich. Zu stark wirkte die Erinnerung an die Tage zwischen den Trümmern, als sie in einer wüsten, zu kalter Asche zerfallenen Welt allein gewesen war, bis Biggi sich ihr mit ihrem Schubkarren zugesellt hatte.

Sanne riet ihr, zu den Gruppenabenden der FDJ zu kommen, wo mehr oder minder ihr gesamter Jahrgang versammelt war, aber das wollte Biggi nicht. »Sei mir nicht böse, du Liebe, aber um mich stundenlang selbst zu beweihräuchern, weil die Quote der Arbeiterkinder bei den Medizinstudenten erfolgreich erhöht worden ist, und anschließend über die Anbringung von SED-Wimpeln auf den Toiletten zu debattieren, ist mir mein Abend zu schade. Weißt du, dass es hier allmählich aussieht wie bei den Nazis? Von der Decke bis zum Boden ist alles verhängt, nur die Fahnen sehen ein bisschen anders aus.«

Sanne war damals wütend gewesen und hatte sich eine Weile lang für sich gehalten. Aber Biggis Überschwang war wie eine warme Welle, der sich selbst dann schwer widerstehen ließ, wenn sie einem auf die Nerven ging. In einer Arbeitsgruppe hatten sie wieder zusammengefunden. Sie hatten gemeinsam gelernt, auch wenn Biggis Mangel an Eifer Sanne abschreckte, hatten Bücher getauscht, waren miteinander in die Mensa gegangen. Die Verstimmung zwischen ihnen schien vergessen, doch wie bei einem Loch im Hemd, das nicht geflickt wird, hatte sich die Kluft kaum merklich verbreitert. Birgit hatte sich einer Handvoll Studenten angeschlossen, die im Foyer gegen die Aufhängung von Fahnen zum Gründungstag der DDR protestierten. Angeblich waren zwei der beteiligten Studenten seither verschwunden.

»Wenn sie dieses Land ablehnen, können sie ja wohl kaum erwarten, dass es ihnen länger das Studium finanziert«, hatte Sanne gesagt. »Du kannst froh sein, dass sie dich nicht erwischt haben. Was hast du überhaupt gegen unsere Fahnen? Mir erzählst du, du hast mit Politik nichts am Hut, aber zu diesem Aufstand, der vermutlich von faschistischen Kreisen unterstützt wird, rennst du hin. Warum? Bist du in einen von denen verliebt?«

Birgit war ständig in jemanden verliebt oder wünschte sich, es zu sein. Das hatte sie anfangs zueinandergeführt – ihre Einsamkeit, ihre Sehnsucht, sich an einem Menschen festzuhalten. Sie waren sechzehn und achtzehn Jahre alt gewesen, aber Sanne war inzwischen erwachsen geworden und hatte diesen kindischen Drang, sich an irgendwen zu klammern, abgelegt. Bei Biggi dagegen war es zunehmend schlimmer geworden. In der Fakultät wurde bereits darüber getuschelt: »Die macht für jeden, der ihr im Hof Guten Morgen wünscht, die Beine breit.«

Zu der Sache mit der Demonstration hatte sie gesagt: »Es sind nicht eure Fahnen, gegen die ich etwas habe, sondern Fahnen überhaupt. Ich finde, politische Symbole gehören nicht in eine Universität, und wir sollten in unserm Denken frei sein.«

»Wir sind doch frei.«

Biggi hatte gelacht. »Wir haben noch nicht mal angefangen, es zu lernen, Kleine.«

Vielleicht hatte es an Thomas gelegen, der Birgit nicht ausstehen konnte, oder daran, dass sie ihr letztes Schulpraktikum nicht in derselben Schule absolvierten. In jedem Fall hatten sie sich im

Abschlusssemester kaum noch gesehen. Sanne wollte über die Gründe nicht länger nachdenken. Es kam nun einmal vor, dass Leute sich auseinanderentwickelten, und die Welt ging davon nicht unter. Sie wollte nur wissen, warum Birgit nicht auf ihrem Platz in der ersten Reihe saß, um ihre Urkunde für das bestandene Staatsexamen entgegenzunehmen. Kam sie zu spät? Die Pünktlichste war sie noch nie gewesen, aber die Ansprache des Dekans hatte bestimmt eine halbe Stunde gedauert, und der Kreisleiter der FDJ sprach inzwischen auch schon seit gut zehn Minuten. Dass sie die Dreistigkeit besaß, jetzt noch aufzutauchen, konnte sich Sanne nicht einmal bei Birgit vorstellen.

Sie warf einen Blick hinüber zu Thomas, doch der sah starr und konzentriert geradeaus. Er konnte Gerhard Scherbaum, den Kreisleiter, nicht leiden, was nur verständlich war, denn der Posten hätte ihm selbst zugestanden. Dass er nur zum Stellvertreter gewählt worden war, nagte zu Recht an ihm. Thomas war FDJ-Mitglied der ersten Stunde, ebenso wie Sanne. Sie hatten sich vor zwei Jahren auf dem ersten Deutschlandtreffen der Jugend kennengelernt.

Gerhard Scherbaum dagegen war, was seine Vergangenheit anging, ein allzu unbeschriebenes Blatt. Thomas traute ihm nicht. »Ich behalte ihn ihm Auge«, hatte er gesagt, und genauso sah er jetzt, wo er regungslos auf die Bühne des Festsaals starrte, auch aus. Als registriere er jede Bewegung des Mannes und mache sich im Kopf Notizen. Mit ihm über Birgit zu sprechen wäre sinnlos gewesen, und außerdem setzte jetzt der Applaus ein. Gleich darauf begann die Verleihung der Urkunden.

Der Dekan schüttelte Gerhard die Hand, trat neben ihn vor das Pult und verlas den ersten Namen: »Paul Aller.«

Paul, klein und rund, erhob sich gemächlich aus seiner Bankreihe und spazierte ohne Hast nach vorn auf die Bühne. Applaus brandete auf, der den für Gerhard um ein Vielfaches übertönte. Paul war beliebt, der Witzbold des Jahrgangs. Nicht der Fleißigste, aber immerhin hatte er bestanden. Der Dekan und der Kreisleiter schüttelten ihm nacheinander die Hand, dann trottete er mit seiner Urkunde auf seinen Platz zurück. Seine Eltern, die links und rechts von ihm saßen, sahen aus wie er: klein, rund, vergnügt und so, als hätten sie es miteinander schön. Unter den Rippen, da, wo es ihr manchmal beim Lachen wehtat, verspürte Sanne einen Stich.

Die Nächste im Alphabet war Birgit. Jeden Moment würde auffallen, dass sie nicht da war.

»Heinz-Günther Bach.«

In der Mitte der Reihe erhob sich der lange Günther und drängelte sich mit einer gemurmelten Entschuldigung an Sanne vorbei. Sie hatten sie ausgelassen. Sie hatten Birgits Namen aus der Liste entfernt.

War es möglich, dass sie durchgefallen war?

Aber dann hätte sie ja wohl Sanne davon erzählt, Verstimmung hin oder her, Birgit Ahrendt war doch keine, die mit etwas hinterm Berg hielt. Außerdem war sie zwar faul, aber schlau. Obwohl sie alles schleifen ließ, gehörte sie zum oberen Drittel des Jahrgangs. Sie war nicht durchgefallen. Sie war von der Liste verschwunden, als hätte sie gar nicht existiert.

Die aufgerufenen Namen, der Applaus und die Gratulationen von Dekan und Kreisleiter verschwammen in Sannes Ohren zum Rauschen. Thomas' Namen erkannte sie nicht heraus, sah nur, wie er sich zwischen seinen Eltern erhob und den ungewohnten Schlips zurechtrückte, wie der Vater ihm kurz auf den Arm klopfte, ehe er ihn gehen ließ. Thomas' Vater war ein strenger, verbitterter Mann, der mit dem Gürtel über seine Familie geherrscht hatte und den man sich lächelnd nicht vorstellen konnte. Jetzt aber wirkte er stolz, geradezu verklärt. Thomas war der Erste in seiner Familie, der einen Studienabschluss erreichte. Das, was sich unter Sannes Rippen vergraben hatte, stach wieder zu.

Reiß dich zusammen.

Sie klatschte für Thomas, der in seiner feierlichen Kleidung dort vorn auf der Bühne seltsam fremd aussah, doch zugleich solide und verlässlich. Ohne Scheu ergriff er die Hand des Dekans und schüttelte sie herzhaft. Sein Ergebnis lag im Mittelfeld, und seine Stellung an einer neu eröffneten Oberschule im Prenzlauer Berg war ihm seit Wochen sicher. Auch ihm war der Stolz anzumerken. Sogar seinem Erzfeind Gerhard reichte er mit ein paar freundlichen Dankesworten die Hand, und als er die Bühne verließ und zu seinem Platz zurückkehrte, sandte er Sanne ein Lächeln.

Die klatschte noch immer. Bemerkte es erst und hörte erschrocken auf, als Rosi Schulz, die vor ihr saß, sich grinsend umdrehte. »Mach ruhig weiter. Wir finden ja alle, dass Thomas Dankert der tollste Mann der ganzen Fakultät ist. Aber er ist ja leider vergeben.«

In Sannes Kopf setzte das Rauschen wieder ein. »Wo ist Birgit Ahrendt?«

»Psst!« Rosi presste einen Finger auf die Lippen und verlegte sich aufs Flüstern, während der Dekan den nächsten Kandidaten aufrief. »Die Biggi haben sie rausgeschmissen. Wusstest du das nicht? Ich dachte, du bist immer wie ein Schießhund über alles informiert, und so weit, wie die sich aus dem Fenster gehängt hat, war das ja nur eine Frage der Zeit.«

Sanne fiel keine Antwort ein, Rosi zuckte die Schultern und wandte sich wieder der Bühne zu. Applaus verstummte. Unter dem Rauschen lauerte Stille.

»Susanne Rosa Engel.«

Mechanisch stand sie auf, stakste in steifen Schritten auf die Bühne und streckte die Hand nach dem Papier, das der Dekan ihr entgegenhielt. Er strahlte und ließ eine Flut von Worten auf sie niederprasseln:

»Fräulein Engel verlässt unser Institut mit einer Gesamtnote von Eins-Komma-Null als Beste ihres Jahrgangs. Darüber hinaus hat Fräulein Engel während ihres gesamten Studiums an der Gestaltung der sozialistischen Gesellschaft aktiv mitgewirkt.

Als Gruppenleiterin der Freien Deutschen Jugend hat sie ihre Bereitschaft zur Verteidigung des Sozialismus sowie ihre antifaschistische, antiimperialistische Haltung klar und unumstößlich an den Tag gelegt ...«

Die Worte versickerten im Hintergrund. Stattdessen hörte Sanne Musik. Das Pling-Pling einer Spieluhr und leicht kratzigen, gedämpften Gesang.

»Suse, liebe Suse, was raschelt im Stroh?
Das sind die lieben Gänschen, die hab'n keine Schuh.«

Die Gänschen im Stroh waren verbrannt. Wohin die kratzige Stimme verschwunden war, wollte Sanne sich nicht fragen.

»Liebes Fräulein Engel, ich gehe wohl kaum zu weit, wenn ich hier erkläre, dass es Studenten wie Sie sind, die uns für unseren Kampf und unsere Arbeit entlohnen. Studenten wie Sie beweisen, dass sich das Kind eines Arbeiters hinter niemandem zu verstecken braucht ...«

Lehrer, dachte Sanne. Mein Vater war Lehrer.

»... sondern dass es sein Potenzial entfaltet, wenn man ihm nur die Chance dazu gibt. Mit Ihnen, liebes Fräulein Engel, erhält unsere DDR eine Lehrerin, die bestens geeignet ist, eine neue Generation in eine friedliche, glückliche Zukunft zu führen und ihr das Rüstzeug auf den Weg zu geben, für ein einiges, sozialistisches Deutschland zu kämpfen. Ich gratuliere Ihnen von Herzen und erlaube mir anzufügen, dass Ihr Vater, Volker Engel, den faschistische Schlächter ermordet haben, vor Stolz auf seine Tochter platzen würde, wenn er heute hätte hier sein dürfen.«

Sanne wurde schwindlig. Der Dekan drückte ihr eine aufgeklappte Schatulle mit einer Medaille in die Linke, und Gerhard von der Kreisleitung ergriff ihre frei gewordene Rechte.

Wo war Birgit Ahrendt? Zu Hause bei ihren Eltern, diesen leicht verwahrlosten, nicht ganz zurechnungsfähigen Künstlern? Warum hatte sie sich nicht gemeldet, hatte Sanne nicht um Hilfe gebeten, wie konnte sie so einfach aus ihrem Leben verschwinden?

»Suse, liebe Suse, was raschelt im Stroh?«

»Ist Ihnen nicht wohl, Fräulein Engel? Hat die Freude Sie überwältigt?«

Was der Dekan sonst noch sagte und was Gerhard ausrief, hörte Sanne nicht mehr. Sie spürte nur, wie die beiden ihr links und rechts unter die Achseln griffen und sie abfingen, ehe ihre Beine unter ihr nachgaben und Schwärze sich um sie schloss.

8

»Und Sie haben das öfter, sagen Sie?« Der Arzt war sanft und routiniert, hatte ihren Blutdruck gemessen, Herz und Puls abgehört und ihr mit einer Art Taschenlampe in die Augen geleuchtet.

»Nicht allzu oft. Eigentlich eher selten.«

»Waren Sie aufgeregt wegen der Zeremonie? Haben Sie gestern Nacht schlecht geschlafen? Herzlichen Glückwunsch zum Staatsexamen übrigens.«

Sanne bemühte sich um ein Lächeln. »Danke. Ja, das ist gut möglich. Ich nehme an, ich war ziemlich aufgeregt.« Sie fühlte sich besser. So schnell, wie diese Ohnmachtsanfälle kamen, so schnell vergingen sie auch wieder und hinterließen nichts als einen schalen Geschmack. Sie lag auf einer mit grünlichem Samt bezogenen Couch in irgendeinem Sprechzimmer. Als sie zu sich gekommen war, hatten sich in dem Zimmer erregte, durcheinanderredende Menschen gedrängt, aber der Arzt, den jemand von der Uni gerufen haben musste, hatte sie in seiner ruhigen Art alle hinausgeschickt.

Alle einschließlich Thomas, der protestierte: »Ich bleibe bei ihr. Fräulein Engel ist meine Verlobte.«

»Bitte gehen Sie trotzdem. Ihrer Verlobten können Sie im Augenblick ja nicht helfen, die ist derzeit bei mir in den besseren Händen.«

Sanne war ihm dankbar gewesen. Sie wusste nicht, warum Thomas sich auf einmal als ihren Verlobten bezeichnete, und hatte nicht die Nerven, darüber zu diskutieren. In ihr brannte anderes. Sie wäre gern aufgestanden und auf dem schnellsten Weg nach Hause gegangen.

Der Arzt zog ein Fieberthermometer aus ihrem Mund und las es ab. »An Ihrer Stelle würde ich mir keine allzu großen Sorgen machen«, sagte er. »Soweit ich es auf den ersten Blick beurteilen kann, sind Sie gesund. Sehr groß und ein wenig überschlank, aber gesund. Bekommen Sie genug Fleisch? Einen Eisenmangel, der so etwas verursachen kann, haben wir bereits in den Jahren nach dem Krieg gehäuft beobachtet, und zurzeit kommt das wieder alle naselang vor.«

»Warum denn?«, fragte Sanne. Der Krieg war vorbei. Dafür, dass er ein für alle Mal hinter ihnen lag, dass alle Bürger des Landes ein friedliches, menschenwürdiges Leben frei von Angst führen konnten, hatten sie diese sieben Jahre lang gekämpft.

»Warum, fragen Sie?« Der Arzt sah sie an. Er hatte blaue, wie verwaschene Augen und eine hohe Stirn, aus der der ergraute Haaransatz zurückwich. Ende vierzig mochte er sein. So alt wie ... An dieser Stelle brach der Strom ihrer Gedanken regelmäßig ab. »Weil die Leute nicht genug zu essen haben«, fuhr der Arzt fort. »Nicht genug Nahrhaftes. Fleisch, gute Fette, frisches Gemüse, daran fehlt es. Die Läden sind schon am Vormittag leer, und wer keine Zeit hat, sich von sieben Uhr morgens in Schlangen zu stellen oder zum Einkaufen in den Westen zu fahren, muss zusehen, wie er seinen Körper bei Kräften hält.«

»Es ist nicht einfach.« Sanne setzte sich so abrupt auf, dass der Schwindel zurückkehrte und sie sich den Kopf halten musste.

»Das sage ich ja. Sich alle Nährstoffe, die ein Mensch braucht, zu verschaffen und dabei mit dem bisschen Lohn auszukommen, ist nicht einfach. Schon gar nicht für die, die sich keine Prämien erarbeiten können und Familie zu ernähren haben.«

»Das meine ich nicht!«, fuhr Sanne ihn an. Sie wusste, wovon er sprach. Besser, als ihr lieb war. Ohne Eugen, der ihnen bald wöchentlich aushalf, hätten sie zu dritt mit dem, was Hille im HO-Bekleidungshaus in der Rathausstraße verdiente, und den paar Pfennigen aus Sannes Stipendium auskommen müssen. Hille war gut in dem, was sie machte, aber um die begehrten Prämien für die Übererfüllung des Plans zu erlangen, hätte sie länger arbeiten müssen, und dazu fehlte ihr die Zeit. An schlechten Tagen, die sich in letzter Zeit wieder mehrten, konnte sie überhaupt nicht zur Arbeit gehen.

Das alles ging diesen Arzt nichts an. Es war notwendig, Opfer zu bringen, ohne Opfer ging gar nichts, und wenn man in Frieden und Sicherheit in seiner Wohnung leben konnte, hatte man keinen Grund, sich über ein paar kleine Opfer aufzuspielen.

»Es ist nicht leicht, Regale ständig gefüllt zu halten und sämtliche Bedürfnisse auf einmal zu befriedigen«, sagte sie barsch. »Das habe ich gemeint. In den Zonen der Westalliierten werden die Leute mit knallbunten Waren überhäuft, die ihnen den klaren Blick vernebeln und sie käuflich machen. Wir aber haben aus eigener Kraft aus Ruinen etwas aufbauen müssen und haben dafür schon vieles erreicht. Die Menschen stehen in Lohn und Brot, sie haben ein Dach über dem Kopf, und niemand muss hungern. Vor allem kann jeder seine Kinder in gute Schulen schicken, es gibt Bücher und Lehrmaterialien für alle, die Begabten werden gefördert. Wer das Zeug dazu hat, kann studieren, egal, ob arm oder reich. Ist das nicht mehr wert als Schokolade und Bohnenkaffee und was weiß ich, was für Luxusartikel sonst noch in den Läden fehlen?«

Der Arzt mit den verwaschenen Augen sah sie unverwandt an.

»Ich bin hier, um mir Gedanken zu Ihrer Gesundheit zu machen«, sagte er ruhig, »nicht zu Ihrer politischen Geisteshaltung.«

»Bildung ist wichtiger als Petticoats und Hosen mit Steppnähten!«, herrschte sie ihn an. »Hätte die Regierung der Weimarer Republik sichergestellt, dass alle Menschen Zugang zu Bildung haben, hätten sie sich nicht von den Nazis einlullen lassen, stünden wir jetzt nicht mit den Trümmern da. Und mit den Reparationen an die Sowjetunion. Und mit leeren Regalen, über die sich vermutlich die, denen wir all das zu verdanken haben, am lautesten mokieren.«

Zorn überkam sie, den sie allzu gut kannte. Zorn auf diejenigen, für die sie kämpfte, für die sie Tag und Nacht noch qualmende Trümmer in eine lachhaft kleine Karre geschippt und fortgeschafft hatte, damit unter einer Gesteinswüste wieder Raum zum Leben entstand. Zorn auf die, für die sie half, ein Netz von politischen Strukturen aufzubauen, das funktionierte, durch dessen Maschen nicht wieder Mörder schlüpfen konnten. Zorn auf die, die damals die Augen verschlossen und den Mund gehalten hatten, weil es ihnen ja gut ging, weil sie ihren Kaffee und obendrauf ihre Sahne hatten, Reisen machen durften, sich ein Radio leisten konnten, auf die, die damals geschwiegen hatten und jetzt krakeelten, sie wären sich für Kneipp-Malzkaffee zu fein, sie hätten das Recht, nach Italien zu reisen und blaue Hosen zu tragen wie im Westen.

Sie hielt sich den Kopf. Schloss die Augen, hinter denen die Welt sich drehte. Als sie sie wieder öffnete, hatte der Arzt aus seiner Tasche einen Rezeptblock gezogen und kritzelte etwas darauf. »Ich schreibe Ihnen ein Tonikum auf«, sagte er. »Nehmen Sie es ein paar Wochen lang, gönnen Sie sich ein bisschen Erholung, und wenn die Beschwerden anhalten, kommen Sie in meine Praxis, und wir machen ein paar Untersuchungen.« Er riss das Rezept vom Block und reichte es ihr. Die Adresse der Praxis war oben aufgedruckt. »Sie können natürlich auch zu Ihrem Hausarzt gehen. Es war nur ein Angebot. Vermutlich brauchen Sie ohnehin keinen weiteren Termin.«

Er hieß Norbert Winkler. Er war nett, versuchte, ihr zu helfen, und Sanne fühlte sich elend, weil sie ihn angeschrien hatte. »Es tut mir leid«, sagte sie. »Ich wollte nicht unfreundlich sein.«

Er war nie unfreundlich zu anderen Leuten gewesen, nicht einmal zu denen, die ihn behandelt hatten, als wäre er kein Mensch. »Wenn man jemandem freundlich begegnet, gibt er die Freundlichkeit irgendwann zurück«, hatte *er* gesagt und gegen jeden Beweis daran geglaubt. *Seine* Menschenliebe war unverbrüchlich gewesen, aber *er* war nicht mehr da.

»Halb so schlimm.« Der Arzt schloss seine Tasche und reichte Sanne die Hand. »Alles Gute für Sie. Wie gesagt, ich glaube nicht, dass Sie mich noch einmal brauchen. Solche Kurzohnmacht kann ja auch durch seelische Erschütterung ausgelöst werden, das ist bei einer großen Freude nicht weniger möglich als bei einem großen Schrecken.«

Sanne verabschiedete sich und wankte aus dem Zimmer. Vor der Tür, auf dem Gang, wartete Thomas, trat von einem Fuß auf den anderen.

»Na endlich, Sanne. Was war denn bloß los?« Er packte sie an den Armen, so fest, dass es ihr fast wehtat. In seinem Gesicht stand Sorge. Sie kannte ihn so gar nicht. Für gewöhnlich hatten sie beide ihre Gefühle im Griff. »Bist du schwanger?«

Danach hatte der Arzt sie anfangs auch gefragt. Natürlich nicht, wollte sie ausrufen, denn wenn jemand die Antwort selbst wissen musste, dann war es Thomas. Dass sie das letzte Mal miteinander geschlafen hatten, lag drei Monate zurück. Es war nicht einfach, eine Gelegenheit zu finden, auch wenn Thomas seit dem Auszug seiner Schwester ein eigenes Zimmer bewohnte, und während der Examensvorbereitung war sowieso keine Zeit dafür gewesen.

Aber sie sagte davon nichts. Ungläubig hörte sie sich stattdessen fragen: »Und wenn ich es wäre?«

Er ließ sie los, umfasste seine Stirn, schüttelte den Kopf. Als er wieder aufblickte, lächelte er und legte locker einen Arm um sie.

»Und wenn du's bist? Na ja, dann lässt es sich ja nun nicht mehr ändern. Geplant war das so schnell noch nicht, aber was soll's? Kommt es eben ein bisschen früher als gedacht. Meine Stellung habe ich sicher, und mit einer Wohnung kann uns doch bestimmt dein Onkel helfen, was? Wenns nicht gleich klappt, wohnen wir halt für den Anfang erst mal bei meinen Eltern. Ist vielleicht ganz gut, so kann meine Mutter dir das eine oder andere beibringen mit so einem Würmchen, wo du doch keine kleinen Geschwister hast.«

Die Vorstellung hatte etwas von einem Albtraum. Kaum hatte Sanne zu Ende gedacht, erschrak sie zum zweiten Mal an diesem Tag vor sich selbst. Wie konnte sie so abfällig über Thomas' Angebot urteilen, wie an nichts als Enge und unerwünschte Nähe denken, an den Menschengeruch in der kleinen Wohnung, den sie nicht besonders mochte, an das mürrische Gesicht seiner Mutter und die Bemerkungen seines Vaters beim Zeitunglesen, die sie ein wenig dümmlich fand?

Stattdessen hätte sie Thomas' Lächeln beachten sollen, die Art, wie er sie auf einmal ansah, den neuen Ton in seiner Stimme. Er war nicht entsetzt, sondern schien geradezu beglückt. Er wollte ein Kind mit ihr. Familie. Eine Wohnung mit drei Stühlen um einen Esstisch, drei Betten, die nebeneinanderstanden …

Sanne schüttelte sich. Schüttelte dabei seinen Arm ab und konnte sich nicht hindern. »Ich krieg kein Kind«, sagte sie. »Ich geh arbeiten. So wie du. Oder ich versuch, noch ein Jahr Ausbildung dranzuhängen.«

»Warum denn das?« Thomas war sichtlich verwirrt. »Und warum erzählst du mir erst, du bist schwanger, und dann bist du es am Ende doch nicht?«

»Ich hab dir das nicht erzählt«, sagte Sanne. »Ich hab nur wissen wollen, was wäre, wenn.«

Seine seltsame, wie herbeigezauberte Wärme verflog. »Ich wäre dir dankbar, wenn du dir solche Spielchen nicht angewöhnen würdest«, sagte er. »Mir hat bisher an dir gefallen, dass du dazu im Gegensatz zu den meisten Mädchen nicht neigt. Außerdem habe ich mich schon genug erschrocken, als du da vorn am Pult einfach weggekippt bist.«

»Tut mir leid, wenn ich dir die Feier verdorben habe«, erwiderte sie. »Ich habe es nicht absichtlich gemacht.«

»Das weiß ich doch. Aber das mit dem Kind hätte nicht sein müssen, was? Und was hat dieser Wichtigtuer im weißen Kittel jetzt überhaupt festgestellt? Ich meine, man fällt doch nicht aus heiterem Himmel um.«

»Es war nur die Aufregung«, sagte Sanne. »Und vielleicht Eisenmangel. Ich soll mehr Fleisch essen.«

»Verstehe. Und was sollte das mit dem Jahr Ausbildung, das du dranhängen willst? Du wirst mir ja wohl nicht erzählen wollen, dass du mit deinem Einser-Examen deine Stellung nicht schon in der Tasche hast. So funktioniert das bei uns nicht. Nicht in der Deutschen Demokratischen Republik. Wir produzieren keine Studenten, weil Vati ein dickes Bankkonto hat und Söhnchen sich zu fein ist, sich die Hände schmutzig zu machen. Wer sich bei uns einen Studienplatz verdient, der wird gebraucht, auf den wartet eine Position. Ich wette, Dekan Walther hat dir mitgeteilt, wo du hinkommst, noch ehe du vor der ganzen Versammlung umgekippt bist.«

»Erweiterte Oberschule Max Planck«, sagte Sanne. »Dekan Walther hat es mir schon vor drei Tagen gesagt.«

»Sieh an.« Thomas pfiff durch die Zähne, und Sanne glaubte, eine Spur Neid wahrzunehmen, in seinem Pfeifen, in seiner Miene, sie wusste nicht, in was. »Da darf man dann ja wohl gratulieren. Dem Gerede in der Fakultät zufolge schicken sie zu Max Planck nur Spitzenleute, weil da eine Modellschule zur Begabtenförderung aufgebaut werden soll – so wie die neue Modell-Grundschule, die sie in Mitte planen.«

Sanne hatte dasselbe gehört. »Ich gratuliere Ihnen«, hatte der Dekan gesagt. »Die Max-Planck-Oberschule wird in nicht allzu ferner Zukunft zu den bedeutendsten Lehranstalten unseres sozialistischen Deutschland gehören. Schon jetzt werden die Lehrkräfte, die dort unterrichten, handverlesen. In die Auguststraße schicken wir nur das Beste vom Besten. Und Sie gehören dazu.«

Sie hatte sich die Lage der Schule auf dem Stadtplan angesehen und einen Termin vereinbart, um sich vorzustellen. Jetzt sagte sie zu Thomas: »Ich glaub, ich nehm die Stelle nicht an. Ich möcht mich als Sonderpädagogin ausbilden lassen.«

»Wie bitte?«

»Als Sonderpädagogin«, wiederholte Sanne.

»Das ist nicht dein Ernst.« Er legte ihr die Hand auf die Stirn. »Du musst wirklich krank sein. Du bekommst auf einem Silbertablett eine tolle Stellung serviert und willst stattdessen in die Hilfsschule? Kinder unterrichten, die höchstens bis drei zählen können und unartikulierte Laute von sich geben?«

»Ich hatte so eine Tante«, bemerkte Suse in Gedanken weit weg. »Als Kind mochte ich sie schrecklich gern. Sie hat immer gelacht, wenn jemand kam, sie liebte Gesellschaft.«

»Ich dachte, du willst dich für den Aufbau des Bildungssystems einsetzen? Dafür, Kindern aus der Arbeiterschaft eine Chance zu geben, die nie eine hatten.«

»Meine Tante ist dann gestorben«, sagte Sanne. »Vielleicht hätte sie lesen lernen können. Wer weiß?«

»Was ist mit dir los?«, fragte Thomas. »Das bist doch nicht du. Es kommt mir vor, als wärst du noch immer halb in Ohnmacht.«

Sanne kam es auch so vor. »Hast du das mit Birgit gewusst?«, fragte sie. Natürlich hatte er es gewusst. Er saß in der Kreisleitung, versäumte nie eine Sitzung.

Er schwieg lange. Sein Blick schien ihr stechend. »Was immer Birgit Ahrendt jetzt auslöffeln muss, hat sie sich selbst eingebrockt«, sagte er dann. »Und du tust gut daran, die Sache auf sich beruhen zu lassen.«

»Birgit ist doch keine Sache. Sie ist …«

»Und die fixe Idee mit dieser Zusatzausbildung schlägst du dir besser auch aus dem Kopf. Ich dachte, wir waren uns darüber einig, dass wir unsere Plätze dort ausfüllen, wo unser Land uns braucht.«

Ja, darüber waren sie sich einig gewesen, darüber würden sie sich immer einig sein. Nichtsdestotrotz war ein Mensch, den sie sieben Jahre gekannt hatte, verschwunden, und die Zeiten, in denen Menschen einfach spurlos verschwanden, waren vorbei. »Ich will nur wissen, wo Birgit ist«, sagte sie. »Dass es ihr gut geht.«

»Was soll das heißen, dass es ihr gut geht? Vertraust du auf einmal deinem Staat nicht mehr, hat diese Person dich mit ihrem imperialistischen Gedankengut infiltriert? Hier bei uns ist ihr kein Haar gekrümmt worden. Sie ist bei denen, die sie bezahlt haben. Beim amerikanischen Geheimdienst, nehme ich an. Im Westen.«

»Aber du hast doch gesagt, sie muss auslöffeln, was sie sich eingebrockt hat«, rief Sanne, verstummte dann aber abrupt. Sie waren nicht allein, standen auf einem Gang des Universitätsgebäudes, und ständig kam jemand vorbei, der sie mit unverhohlener Neugier anstarrte.

»Das muss sie doch auch«, sagte Thomas gedämpfter. »Möchtest du vielleicht im Westen leben, dich dort vor den Karren des Kapitalismus spannen lassen und in ein paar Jahren mit ihm in den Abgrund sausen, während es bei uns ständig aufwärts geht? Hast du vergessen, auf welcher Seite du stehst?«

Birgit war also aus freien Stücken gegangen. Sie hatte den Staat, der für ihre Ausbildung bezahlt hatte, verraten und war in den Westen abgehauen. Sanne fühlte sich betrogen. Das Mädchen, neben dem sie stundenlang Steine schaufelnd geschwiegen hatte, weil es keine Worte gab, hatte ihr von ihren Ideen, von dem Verrat, den sie plante, kein Wort gesagt. Hatte ihre Freundschaft, die immerhin sieben Jahre überdauert hatte, nur in Sannes Kopf existiert?

»Sanne«, sagte Thomas, »falls du dir noch immer über diese Person den Kopf zerbrichst – sie ist es nicht wert. Ich wollte es dir nicht sagen, um dich nicht noch mehr zu verletzen, aber vielleicht ist es besser, wenn du es weißt.«

»Es ist immer besser, wenn man etwas weiß«, fuhr Sanne auf. »Du hast doch kein Recht, es mir zu verschweigen.«

»Birgit Ahrendt hat sich einer faschistischen Organisation angeschlossen.« Zwei Studenten mit Aktentaschen unter den Armen kamen den Gang herunter und verlangsamten ihren Schritt, sahen aus, als würden sie die Ohren spitzen. Thomas beugte sich vor und flüsterte dicht an Sannes Ohr: »KgU nennen sie sich. Kampfgruppe gegen Unmenschlichkeit. Hübscher Deckname, was? Darunter verbergen sich die übelsten faschistischen Elemente, die da drüben wieder aus ihren Löchern kriechen. Und die Amis bezahlen das. Ohne mit der Wimper zu zucken.«

»Das kann nicht sein«, stammelte Sanne. Sie hatte sich über Birgits politische Sorglosigkeit oft geärgert, aber von einer Faschistin war sie so weit entfernt wie die Erde vom Mond. Sie war bei Sanne zu Hause gewesen, hatte sich wochenlang mit ihr ein Bett geteilt, bis ihre Eltern eine Wohnung gefunden hatten. Die Nächte waren schwarz und kalt gewesen, und im Grau des Morgens waren sie aneinandergeklammert erwacht.

»Es ist aber so.« Thomas strich über ihr Haar. »Es tut mir leid für dich, Sanne, ich weiß, du hast ihr vertraut, aber ich frage mich wirklich, wie du so dick mit ihr sein konntest, ohne den kleinsten Verdacht zu schöpfen. Was hast du denn gedacht, was ihr Vater unter Hitler gemacht hat? Ein Schriftsteller. Und dann weder im Exil noch im Widerstand. Das lag doch auf der Hand, dass da etwas oberfaul war.«

Sanne hatte Birgits Vater als einen phlegmatischen Mann erlebt, der alles schleifen ließ und dem Leben kaum gewachsen war. Birgit hatte ihr leidgetan, weil ihre Eltern ihr wie große

Kinder am Rockzipfel hingen, aber das, was Thomas da vor ihr ausbreitete, hätte sie diesen zwei geradezu willenlosen Leuten niemals zugetraut.

»Du musst wachsam sein, Sanne. Das weißt du doch. Die Riesenmasse Nazis ist nicht einfach so verschwunden, sondern lauert noch unter der Oberfläche. So wie Unkraut. Sobald es Morgenluft wittert, sprießt es wieder hervor, bereit, uns von Neuem zu überwuchern. Bei dir hatte das verdammte Kroppzeug leichtes Spiel, das muss man leider so sagen. Du hast ihm ja Tür und Tor und dein Herz geöffnet.«

»Du meinst, Birgit hat mich ausgehorcht?«

»Und ob sie das hat. Was denkst du denn? Durch dich kam sie schließlich an Informationen über deinen Onkel, du warst sozusagen ihr direkter Draht ins Kultusministerium. Warst du denn niemals misstrauisch?«

»Sie war meine Freundin.«

»Das heißt gar nichts. Wir müssen jedem misstrauen. Darin, sich zu tarnen und arglose Leute zu bespitzeln, sind Nazis doch von jeher Meister.«

Das Bild einer alten Frau blitzte vor Sanne auf, das zerfurchte Gesicht in einen Türrahmen gepresst, der Mund fast geifernd, die Augen vor Erregung geweitet. *Line Lischka*. Thomas hatte recht. Die freundliche, Zuckerstangen verschenkende Großmutter hatte sich perfekt getarnt, um Menschen, die ihr vertrauten, zu bespitzeln.

»Ich glaube, ich gehe jetzt besser nach Hause, Thomas.«

»Ich begleite dich.«

Sanne schüttelte den Kopf. »Das ist nett von dir, aber ich wäre jetzt gern eine Weile allein. Und deine Eltern werden ja auch warten und mit dir feiern wollen.«

Zweifelnd sah er sie an. »Und wenn dir wieder übel wird?«

»Ich fahre mit der S-Bahn«, sagte Sanne. »Die ist um diese Zeit brechend voll, da wird mir zur Not schon jemand helfen.«

Er kämpfte mit sich, doch am Ende des Gangs standen tatsächlich seine Eltern und warfen immer wieder ungeduldige Blicke zu ihnen herüber. Nach kurzer Zeit gab er auf. »Also schön. Wann sehen wir uns?«

»Ich weiß noch nicht. Ich melde mich. Oder ich komme ins *Tanja*.«

Das *Tanja* war die HO-Gaststätte in der Tucholskystraße, in der ihre FDJ-Gruppe und der halbe Kreis sich trafen. Sanne machte sich nichts aus Kneipenbesuchen, aber da im *Tanja* so gut wie jeder verkehrte, war es ein geeigneter Treffpunkt, um Nachrichten auszutauschen und Dinge zu besprechen, für die keine Versammlung erforderlich war. Für eine Mark fünfzig bekam man eine Pilz-Soljanka und für vierzig Pfennige obendrein ein Glas Bier, beides ohne Marken.

»Wann? Morgen Abend?«, fragte Thomas.

»Lass uns das abwarten«, sagte Sanne. »Wir laufen uns schon über den Weg.«

Er suchte in ihrem Gesicht nach etwas, das er offenbar nicht fand. Schließlich langte er in die Brusttasche seines Sakkos und zog seinen druckfrischen, noch nicht angebrochenen Satz Lebensmittelmarken heraus. Durch geschicktes Falten und Reißen trennte er einen Streifen ab und hielt ihn Sanne hin. »Wenn du ins *Tanja* gehst, bestell dir was Anständiges. Ein Fleischgericht. Ich will nicht, dass du mir krank wirst.«

Sanne war so gerührt, dass sie nicht wusste, was sie sagen sollte. Er war selbst dürr wie eine Zaunlatte, hatte ständig Hunger und hätte seine Fleischmarken dringend gebraucht. Auch würde seine Mutter alles andere als erfreut sein, wenn sie erfuhr, dass er das begehrte Papier verschenkt hatte.

Fast scheu strich ihr Thomas noch einmal über das Haar. »Nur damit du das weißt: Wir könnten das trotzdem machen, wenn du willst.«

»Was könnten wir trotzdem machen?«

»Heiraten. Auch wenn du nicht gleich ein Kind kriegst. Als Lehrer haben wir bevorzugtes Anrecht auf eine Wohnung, und wenn dein Onkel ein bisschen nachhilft ...«

Eugen war gar kein Onkel, und Sanne hatte ihn nie so genannt.

»Und sobald wir in die Gewerkschaft eintreten, können wir beim FDGB ja auch Ferienplätze beantragen. Kleine Hochzeitsreise. An die Ostsee vielleicht.«

Sie versuchte zu lächeln. »Das besprechen wir ein andermal, ja? Nicht ausgerechnet heute.«

Sie reckte sich und gab ihm einen flüchtigen Kuss, der in der Grube zwischen Hals und Kiefer landete. »Danke für die Marken.« Dann hob sie die Linke und ballte sie zur Faust. »Freundschaft.« Der Gruß der FDJ. Es hatte etwas Albernes, selbst seine engsten Freunde so zu grüßen, aber es war ein Zeichen, und Zeichen waren wichtig.

Wer die Zeichen kannte, hing nicht im luftleeren Raum.

9

Sanne verließ das Gebäude durch den Haupteingang, das klassizistisch-pompöse Portal, das im Krieg kaum beschädigt worden war. Darüber hing jetzt ein Plakat von Walter Ulbricht, der dem Zentralkomitee der SED vorstand. »Vater der DDR«, nannte ihn das *Neue Deutschland*. Tage vor Kriegsende war er mit einer Gruppe weiterer Antifaschisten aus dem Exil in der Sowjetunion gekommen und hatte in dem zerstörten Land die zerschlagene Kommunistische Partei zu neuem Leben erweckt. Die Anfänge verliefen kümmerlich. Die Besten waren tot, ermordet, im Innern zerbrochen, in alle Winde verstreut. Ulbricht hatte es dennoch geschafft, die Überlebenden zu sammeln und ihnen Mut zu verleihen. Er hatte den Sozialdemokraten die Hand zum Neuanfang gereicht, und 1946 waren KPD und SPD zu einer einigen

Partei der Arbeiter – der Sozialistischen Einheitspartei Deutschlands – vereinigt worden.

»Ein Adonis ist er nicht gerade«, hatte Birgit über das Bild des dicklichen, bebrillten Ulbricht gelästert. Aber Ulbricht, der diesen Staat mit unermüdlichem Einsatz aufbaute, hatte den Platz über dem Portal der Universität verdient. Ohne ihn gäbe es vermutlich in der Hauptstadt gar keinen Universitätsbetrieb mehr, nur das rasch aus dem Boden gestampfte Gegenstück im Westen, das sich Freie Universität nannte, obwohl Forschung und Lehre von den Amerikanern kontrolliert wurden. War Birgit jetzt dort, um ihr Examen abzulegen? Die Gedanken an sie ließen sich nicht abschütteln, sosehr Sanne sich bemühte.

Am geschmiedeten Tor war ein Banner befestigt: »*Hier studierte Karl Marx, der Begründer des Wissenschaftlichen Sozialismus.*« Drei Schritte weiter hing vom Dach eines Seitenflügels eine gigantische Fahne, von der Stalins grimmiges Gesicht auf die Straße hinuntersah. »*Josef Stalin, der Befreier Europas.*«

Ganz unrecht hatte Birgit nicht: Wie viel politisches Propagandamaterial rund um die Uni zu finden war, war Sanne zuvor nie aufgefallen. Was blieb der DDR jedoch anderes übrig, wo die westliche Seite sich nicht scheute, die Menschen von morgens bis abends mit Propaganda und Hetze gegen den sozialistischen deutschen Staat zu beschallen? Ihr von den Amerikanern betriebener Rundfunksender RIAS streute den Bürgern Sand in die Augen und war schuld daran, dass allein in diesem Jahr schon wieder weit über hunderttausend Menschen das Land in Richtung Westen verlassen hatten. Fachkräfte. Ärzte und Wissenschaftler. Leute, die dringend gebraucht wurden, um das Leben für alle zu verbessern.

Die DDR hatte keine Wahl, sie musste dem etwas entgegensetzen. Ob die dicht gehängten Riesenplakate der richtige Weg waren, erschien Sanne zwar fraglich, aber davon verstand sie nichts. Besser, sie ließ die Zuständigen ihre Arbeit tun und tat selbst die ihre. Sie war Lehrerin. Seit heute war sie Lehrerin. So lange hatte sie darauf hingearbeitet, und jetzt kam es ihr nicht einmal wirklich vor.

Sie fuhr mit der S-Bahn bis zum Ostbahnhof, der früher Schlesischer Bahnhof geheißen hatte, und ging den Rest des Weges zu Fuß. Die Boxhagener Straße lag schläfrig still. In den letzten Kriegstagen, nachdem Hilles Wohnung im Wedding ausgebombt worden war, waren sie hier einquartiert worden. Zuerst zur Untermiete, neun Personen in zwei Zimmern, später, als die Hauptmieter umgesiedelt worden waren, hatten sie die Wohnung behalten dürfen. Seither hatte sich hier so gut wie nichts verändert. Die Häuser waren hoch und alt, die Fassaden geschwärzt. Der Milchladen an der Ecke war jetzt ein Konsum, dessen Schaufenster leer und halb blind in den Nachmittag gähnte. Daneben befand sich die Likörfabrik, deren Tür verrammelt war, und neben dieser wiederum eine kleine Glaserei. Im selben Aufgang – Nummer siebzig – wohnte Sanne.

Zu ihrer Erleichterung lag die Wohnung im zweiten Stock. Die Vorstellung, noch einmal ganz oben zu wohnen, hatte Herzbeklemmungen bei ihr ausgelöst, das Gefühl, in einer Falle ohne Ausweg zu sitzen. Im zweiten Stock hingegen kam sie zurecht. Sie hatte das kleinere der beiden Zimmer für sich und ihren Schreibtisch unter einem Fenster zum Hof. Dort war es trostlos, düster, zwischen Mülltonnen züchteten Mieter Kartoffeln in Kohlekisten, und darüber trocknete verschossene Wäsche. Aber es war auch still, und niemand störte Sanne, wenn sie sich auf ihre Bücher konzentrierte. Sie empfand kein Verlangen nach Schönheit. Was ihr wohltat, waren Ruhe und Sicherheit.

Ehe sie ihren Schlüssel ins Schloss schob, klingelte sie. Sie hatten sich das angewöhnt, damit niemand plötzlich im Raum stand und die Übrigen erschreckte. »Ich bin da«, rief sie leise, schob die Tür auf und fand sich Eugen gegenüber. Der Duft, der ihr entgegenschlug, war unverkennbar. Bohnenkaffee. Und eine Süße wie von gerösteten Mandeln.

»Wir haben auf dich gewartet«, sagte Eugen. »Der Kaffee ist allerdings kalt.« Galant nahm er Sanne die Jacke ab, die so viel Aufwand nicht wert war, und hauchte ihr einen Kuss hinters Ohr. »Aber der Cognac nicht, der hat genau die richtige Temperatur. Herzlichen Glückwunsch, Kleinmensch. Oder nein, mit diesem albernen Kosenamen ist jetzt endgültig Schluss, wo du in derart erwachsener Weise dein Ziel erreicht hast.«

»Du weißt doch noch gar nicht ...«

»Doch«, sagte Eugen, »ich weiß es schon. Mit Bestnote bestanden. Deshalb bin ich aus dem Haus der Ministerien sofort hierhergerast und habe ein paar Kleinigkeiten mitgebracht, um dich zu feiern. Bitte entschuldige, dass ich nicht zur Verleihung gekommen bin. Ich hasse es, dich zu enttäuschen, aber es kam etwas dazwischen, dem ich mich unmöglich entziehen konnte.«

Er setzte an, es ihr zu erklären, doch im selben Moment tauchte Hille im Türrahmen der Küche auf. Sie hatte sich freigenommen wie immer, wenn es zu gefährlich erschien, Sannes Mutter allein zu lassen. In der Wohnung über ihnen wohnte Barbara Ziegler, die ihren Sohn Benno allein aufzog und häufig einsprang. Sie arbeitete in einer Putzkolonne, hatte meist Nachtdienst und tagsüber Zeit, doch es gab auch Tage, da kam als Betreuung für die Mutter nur Hille infrage. Sie trug ihre Küchenschürze mit den verblichenen Sonnenblumen, und an ihrer Wange klebte Teig.

»Mein Susannchen. Ich hab Bienenstich gebacken.«

Als Kind hatte Sanne den mit in Butter und Zucker gerösteten Mandeln bestreuten Blechkuchen lieber gegessen als schmucklosen Käsekuchen, weshalb für Hille bis heute feststand, dass es ihr Lieblingskuchen war. Wo hatte sie die Zutaten aufgetrieben? Zucker und Butter waren rationiert, und soweit Sanne sich erinnerte, hatte sie Mandeln seit Weihnachten in keinem Geschäft mehr gesehen. Sie hatte sich ein Kochbuch gekauft, ausgerechnet Hille, die im Leben nie ein Rezept benutzt hatte. *Schmalhans kocht trotzdem gut.* Darin stand aufgelistet, womit man dieses und jenes, das nicht zu haben war, ersetzen konnte. Orangeat zum Beispiel mit kandierten Möhren. Beim Christstollen letztes Weihnachten hatte Sanne kaum einen Unterschied bemerkt.

Unvermittelt schob sich Hille an Eugen vorbei und warf Sanne die Arme um den Hals. »Ich wusste, dass du es schaffst«, presste sie heraus, ehe sie in Tränen ausbrach.

Sie weinten alle drei selten, Sanne, ihre Mutter und Hille. Es kostete zu viel Energie, und es änderte nichts. Von Zeit zu Zeit aber bekam eine von ihnen einen solchen Anfall, gegen den man nichts machen konnte, nur abwarten, bis er vorbei war. Einen Grund dafür brauchten sie nicht zu nennen, denn keiner wollte ihn hören.

Hille beruhigte sich, und sie gingen alle in die Küche, um kalten Kaffee und den Cognac zu trinken, den Eugen mitgebracht hatte. Keinen Goldbrand, wie ihn Hille zum Preis von fast fünfzehn Mark zu Silvester erstanden hatte, sondern irgendetwas Französisches. »Ich weiß, das ist indiskutabel«, entschuldigte er sich. »Und ich toleriere so etwas sonst auch nicht, aber heute, fand ich, ist eine Ausnahme erlaubt.«

Der Küchentisch war hergerichtet, als hätte Sanne Geburtstag. In der Mitte stand der Kuchen, umgeben von sämtlichen Kerzen für die Stromsperre, und daneben lag ein eingewickeltes Geschenk. »Nur eine Kleinigkeit«, sagte Hille. »Ich wäre so gern zu deiner Feier gekommen, aber deine Mutter …«

»Ich weiß, Tante Hille.«

Sannes Mutter saß nicht in der Küche. Wenn es ihr so schlecht ging wie zurzeit, brauchte sie meist all ihre Kraft, um den Tag durchzustehen, war am Nachmittag völlig erschöpft und legte sich in dem Zimmer, das Hille mit ihr teilte, schlafen. Es war nicht immer so. In guten Zeiten saß die Mutter oft mit ihnen auf, sie hörten Radio oder spielten Karten.

»Ich wäre auch gern gekommen«, sagte Eugen und schenkte Cognac in drei Gläser, aus denen sie sonst Wasser tranken. »Ich war schon in Hut und Mantel, als ich zurückgerufen wurde, weil

Becher mich unbedingt in der Kommission für Erziehung brauchte.«

Johannes R. Becher war so etwas wie Eugens Vorgesetzter. Er war Präsident des Kulturbundes zur demokratischen Erneuerung Deutschlands, der faktisch das gesamte kulturelle Leben der DDR regelte und für den Eugen als Sekretär tätig war. Die Kommission für Erziehung leistete entscheidende Arbeit für das Schulwesen, und normalerweise war Sanne dankbar, wenn Eugen davon berichtete. Heute aber wollte sie nichts hören, ehe sie sich nicht über etwas anderes Klarheit verschafft hatte.

»Meine Freundin Birgit Ahrendt«, begann sie. »Die, die du nicht mochtest – die ist in den Westen gegangen.«

Eugen hob die Hand über seinen Teller, um Hille zu hindern, ihm ein Stück von dem Bienenstich aufzulegen. Er hatte erstaunlich schöne Hände, stellte Sanne fest. Schlank und elegant. Künstlerhände. Aber das war ein Klischee. Er wandte sich ihr zu und betrachtete sie. In seinem Blick stand keine Frage. Er wusste Bescheid.

»Thomas meint, sie ist auf mich angesetzt worden. Von der KgU.«

»Dein Thomas ist ja ein wackeres Kerlchen, aber das Verhältnis zwischen Reden und Denken hängt bei ihm in permanenter Schieflage.« Ohne den Blick von ihr zu wenden, probierte er seinen Cognac, stellte das Glas dann aber mit geradezu angewidertem Ausdruck weg.

»Das ist doch wohl nicht dein Ernst«, platzte Sanne los. »Birgit sollte mich aushorchen, du wusstest davon und wolltest es mir verschweigen?«

Eugen ließ sich nicht aus der Ruhe bringen. »Koscher war mir die Dame nie, wie du weißt. Du magst dich daran erinnern, dass ich dir verschiedentlich abgeraten habe, die Freundschaft mit ihr zu vertiefen. Aber du bist ein freier Mensch, Sanne. Wir alle sind frei, und wenn ein freier Mensch in sein Verderben rennen will, gibt das niemandem das Recht, ihn zu retten. Den Wunsch, dir zumindest die Tragweite deiner Eselei zu ersparen, hatte ich allerdings, dessen bekenne ich mich schuldig. Wenn du meinst, du müsstest mir dafür den Kopf abreißen – tu dir keinen Zwang an.«

»Natürlich nicht.« Sanne wandte sich ab, starrte auf die glänzende Decke ihres Kuchenstücks. »In Ordnung, ich habe mich wie eine Idiotin benommen. Wie ein kleines Kind brauchst du mich trotzdem nicht zu behandeln. Oder wie eine Mimose, die nichts aushalten kann.« Sie hieb die Gabel in den Kuchen, verspürte aber keinen Appetit.

»Ich bitte, es mir nachzusehen«, sagte Eugen. »Ich mag mich falsch entschieden haben, aber ich habe es nicht aus böser Absicht getan, sondern weil ich mich um dich sorge.«

»Das weiß ich.«

»Gut. Sind wir dann also wieder Freunde?« Sachte umfasste er ihr Kinn und drehte ihr Gesicht zu sich. »Sanne, ich habe selbst erst vor Kurzem Gewissheit erlangt. Als der Bericht der Staatssicherheit eintraf, war die illustre Dame bereits über alle Berge. Ich hielt es für unnötig, dich noch damit zu belasten, zumal mitten im Examen. Wenn das falsch war, tut es mir leid.«

»Die Staatssicherheit hat sich mit Birgit befasst?«

»Natürlich. Dafür ist sie ja da. Vereinzelt mögen diese Werwölfe harmlos wirken. Aber sie treten in Rudeln auf und sind gefährlicher als die Pest. Du hast Brecht gelesen. ›Der Schoß ist fruchtbar noch, aus dem das kroch.‹ Wenn wir nicht wachsam sind, wenn wir nicht Tag und Nacht aufpassen, sind sie bald wieder überall.«

Werwölfe, so nannte man die im Untergrund verborgenen Nazis, die schwieriger auszurotten schienen als ein Nest von Ratten. Noch verhielten sie sich still, warteten ab, bis ihre Stunde gekommen war, aber ihre Gegenwart war spürbar wie die Fäulnis in den alten Wänden. Man hätte alle Häuser niederreißen und neu – ohne einen einzigen der alten Steine – aufbauen müssen, um dem Herr zu werden. Eugen hatte recht. Sie mussten wachsam sein.

»Es ist also wahr, dass die KgU faschistisch unterwandert ist?«

»Ohne Frage. Sie arbeiten Hand in Hand mit dem westdeutschen Geheimdienst, dieser Organisation Gehlen. Gehlen selbst war SS-Sturmbannführer, hat den Überfall auf die Sowjetunion vorbereitet und ist für unzählige Verbrechen dort verantwortlich.«

»Und warum ist er nicht ausgeliefert worden?«

Eugen stieß ein schnaufendes kleines Lachen aus. »Warum wohl? Weil die Amerikaner auf einen Mann, der für den Auslandsnachrichtendienst der SS gearbeitet hat, nicht verzichten wollen. Dessen Erfahrung ist Gold wert für sie, die machen sie sich zunutze. Du darfst eines nicht vergessen: Für die Amerikaner sind nicht die Faschisten der Feind, sondern wir. Deshalb ist es eben nicht harmlos, wenn jemand gern RIAS hört und zu amerikanischen Rhythmen tanzt wie deine Freundin Birgit. Der RIAS ist die Kommunikationszentrale dieser Leute, zwischen Geschwätz und Geklimper verbreiten sie ihre Propaganda, geben codierte Botschaften aus, und kein Amerikaner hindert sie daran.«

Ein Knall ließ sie zusammenzucken. Hille hatte mit dem Sahnelöffel auf den Tisch geschlagen, dass weiße Spritzer sich über der Tischdecke verteilten. »Kann das nicht einmal aufhören? Das ist doch kein Leben, ständig Angst zu haben, wo jetzt wieder einer von denen auftaucht. Ständig daran zu denken, ständig mit der Erinnerung herumzulaufen. Ich dachte, wir wollten feiern. Warum hast du denn Thomas nicht mitgebracht, Sannchen? Und dein Geschenk hast du auch noch nicht ausgepackt.«

Ehe Sanne antworten konnte, hatte Eugen seine elegante Hand über die raue, gerötete von Hille gelegt. »Du hast recht. Heute ist ein Feiertag, den wollen wir uns von Subjekten wie der Ahrendt nicht verderben lassen. Ich habe selbst auch noch eine feierliche Nachricht, aber zuerst einmal verdient das Geschenk gebührende Bewunderung.«

»Es ist nichts Besonderes.« Hille verschränkte die Arme vor der Brust. »Nur eine Kleinigkeit. Was zu trinken hatte ich auch besorgt, aber natürlich nichts so Feines wie du.«

Sie ging zum Spind, nahm eine Flasche Goldenen Nektar heraus und stellte ihn neben den Kuchen auf den Tisch. Sanne mochte den Wein, der aus Ungarn stammte, nicht besonders. Er war ihr zu süß, zu klebrig am Gaumen, aber die Mühe, die Hille sich gab, um ihr eine Freude zu machen, beschämte sie. Sie hatte sie immer beschämt. Einmal, als Sanne ihr gesagt hatte, sie solle sich nicht so für sie abrackern, hatte Hille erwidert: »Warum denn nicht, Sannchen? Ich hab doch nur dich.«

Eugen nahm die Flasche, um sie zu entkorken. »Sehr schön, Hille. Aber bitte nicht aus Gläsern, die nach Kalkablagerungen schmecken.«

»Andere haben wir nicht.«

Er stand auf, ging zum Geschirrschrank und kam nach einigem Suchen mit zwei verzierten Souvenir-Gläschen zurück, die Hille als Gratifikation in ihrem Bekleidungshaus geschenkt bekommen hatte. Sie hatten sie noch nie benutzt. »Besser als nichts. Zumindest können wir damit auf unser Fräulein Lehrerin anstoßen.« Er schenkte den Wein ein, schob Hille und Sanne je ein Glas zu und griff selbst nach seinem Cognac, den er aber nur hob, ohne davon zu trinken. »Auf deine Zukunft, Sanne.«

Sanne nippte am Glasrand, dann zog sie das Geschenk heran und wickelte es aus. Es war ein Halstuch aus einem rot und violett geblümten Kunststoff, versehen mit dem Etikett einer HO-Warenhalle, die Hilles Institut belieferte.

»Mal was Mädchenhaftes.« Hilles Stimme klang verlegen.

»Es ist sehr schön«, rang Sanne sich ab. Sie würde es umbinden, ihr war ihre Kleidung so gut wie egal.

»Gefällt es dir wirklich?«

Sie nickte. »Vielen Dank, Tante Hille. Du hättest für mich nicht so viel Geld ausgeben sollen.«

Hille zuckte die Schultern. »Einer muss dir doch eine kleine Freude machen, wenn du's so weit bringst.«

Sätze wie dieser fielen zwischen ihnen allen dreien. Den Satz, der dazugehörte, aber nicht ausgesprochen wurde, hörte Sanne trotzdem: *Ich bin es deinem Vater schuldig.*

Eugen nahm ihr das Tuch weg, befühlte den Stoff und ließ ihn fallen. »Sehr hübsch, Hille. Und dein Kuchen sieht bestens gelungen aus. Ich hätte dann auch noch etwas, ehe ich mich leider wieder auf den Weg machen muss.« Er wartete einen Augenblick, dann wandte er sich Sanne zu und suchte ihren Blick. »Wie gesagt bin ich vorhin aufgehalten worden. Becher wollte etwas unter vier Augen mit mir besprechen, ehe er es der Kommission für Erziehung bekannt gab.«

»Du bist befördert worden«, sagte Hille.

Eugen schnaufte. »Gott bewahre. Ich habe auf dem Stuhl, auf dem ich sitze, Arbeit genug.« Er war Bechers rechte Hand. Eine weitere Beförderung hätte praktisch bedeutet, dass er dessen Platz übernahm. »Um mich geht es nicht«, sagte er, ohne Sannes Blick loszulassen. »Es geht um deinen Vater.«

Sannes Herz begann augenblicklich, spürbar zu klopfen. Das war immer so. Für gewöhnlich wurden Erwähnungen des Vaters vermieden, aber sooft es sich nicht umgehen ließ, klopfte ihr das Herz. Sie war daran gewöhnt.

»Dein Vater gehört zu den Männern, die Becher einer besonderen Ehrung für würdig hält«, fuhr Eugen fort. »In seinem Fall fand er es angemessen, eine Schule nach ihm zu benennen. Nachdem er meine Meinung dazu eingeholt hat, ist die Sache sofort der Kommission vorgelegt worden, die sich einstimmig dafür aussprach. Es geht um eine Schule in Mitte, die nach einem neuen von Pädagogen entwickelten Konzept gestaltet wird und ein Modell für den Aufbau der sozialistischen Schule darstellt. Was meinst du? Hätte das deinem Vater gefallen?«

»Eine Grundschule?« Sannes Gaumen wurde trocken.

»Nicht ganz«, erwiderte Eugen. »Eine Einheitsschule, in der alle Kinder zehn Jahre lang bleiben und zusammen lernen.«

Ja, dachte Sanne, das hätte ihm gefallen. Bildung für alle, ohne Aussonderung. Keine kleinen Menschen mehr, die bereits bei der Geburt durch den Rost fallen, abgeschrieben sind, ohne dass irgendwer sich darum schert.

»Wenn das Modell sich bewährt, wird eines Tages das gesamte Schulsystem so funktionieren. Aber die Volker-Engel-Schule wird immer die Erste bleiben, die es gewagt hat.«

Sanne fuhr zusammen. Aus dem Augenwinkel sah sie hinüber zu Hille, die bleich geworden war.

»Damit komme ich zu meiner Frage«, sagte Eugen. »Die feierliche Eröffnung soll im August stattfinden, rechtzeitig zum neuen Schuljahr. Es wird ein Gedenkstein enthüllt, eine Art Skulptur, die Becher in Auftrag gibt. Die Kommission hat bereits alles genehmigt, aber das Ganze hat ja nur Sinn, wenn damit Menschen erreicht werden.«

»Was denn für Menschen?«, fragte Hille. »Schulkinder?«

Eugen warf ihr einen Blick zu und überging die Frage. »Becher und die Kommission wünschen, dass ihr bei der Eröffnung anwesend seid und dass eine von euch ein paar Worte spricht. Du als Tochter, Hille als Schwester und Ilo, die als Witwe das Band durchschneiden wird.«

»Das geht nicht«, rief Hille. »Das steht sie nicht durch, nicht mal, wenn es ihr bis dahin besser geht. Sie hat wieder nichts gegessen, sie hat nicht schlafen können, ist die ganze Nacht wie ein Tier im Zimmer auf und ab gelaufen. Heute früh hat sie zu mir gesagt: ›Warum darf ich denn nicht sterben, Hille? Wenn es mehr wehtut, als man aushält, warum stirbt man dann nicht?‹«

Eugen erhob sich, stützte dabei die Hände auf den Tisch, als wäre sein so vitaler Körper auf einmal totes Gewicht. Sein Hinken, das er sonst blendend kaschierte, zeigte sich beim ersten Schritt. »Lass das meine Sorge sein. Ich rede mit ihr.«

Sanne und Hille streckten beide die Hand aus, um ihn zu hindern, doch er verließ bereits ein Bein nachziehend den Raum.

10

August

»Du hast einen Knall«, sagte Jobst. »Den hattest du schon immer. Mit den Jahren wird es allerdings bedenklich.«

Aus dem Radio plätscherte zuckrige Musik, unterbrochen von der sirupsüßen Stimme, die die Ansagen machte. Kelmi hatte im Grunde nichts dagegen. Er hörte selbst gern RIAS, mochte die beschwingte amerikanische Tanzmusik und die unerschütterliche gute Laune, die aus dem Lautsprecher rieselte, doch die ewigen Grußsendungen, die seine Mutter liebte, machten den stärksten Mann schwach.

»Lieber Hans-Georg, zu deinem dreißigsten Geburtstag wünsche ich dir alles Gute und dass wir uns bald alle in einem vereinten Deutschland wiedersehen. Deine Tante Irmchen.«

Für den ärmsten Hans-Georg knödelte Lale Andersen *Blaue Nacht, o blaue Nacht am Hafen*, gefolgt von Rudi Schuricke mit *Heimat, deine Sterne*, das für die »geliebte Gudrun« eingespielt wurde.

»Von der Maas bis an die Memel. Eines Tages, geliebte Gudrun, wird die Heimat wieder die Heimat sein. Dein gedenkt dein Peter.«

Kelmi war es schier unmöglich, sich auf das, was die Mitglieder seiner Familie zu ihm sagten, zu konzentrieren. Kurz erwog er, seine Mutter zu bitten, das Radio auszuschalten. Andererseits konnte er sich das Gesagte auch zusammenreimen, und wenn er ehrlich war, legte er keinen besonderen Wert darauf.

»Liebe Birgit. Für dich ein Lied aus der toten Stadt, das du immer so gern gemocht hast. Melde dich doch einmal wieder bei Onkel Dietmar und Oma Karo im schönen Kreuzberg. Wir wüssten gern, ob du noch mit Otti in eurer alten Wohnung wohnst.«

Kelmi horchte auf. Etwas an dieser Nachricht klang entschieden anders als an den üblichen Grußbotschaften. Weshalb bemühte man einen amerikanischen Radiosender, wenn man wissen wollte, ob ein Bekannter noch in seiner Wohnung wohnte? Kelmi hätte zum Telefon gegriffen, und wenn der Betreffende keinen Anschluss hatte, hätte er sich auf seine Kreidler K50 geschwungen und wäre kurzerhand bei ihm vorbeigeknattert. Das Musikstück, das aus einer toten Stadt stammen sollte, passte auch nicht zu den schluchzenden Schmachtliedchen, die in diesem Programm sonst gespielt wurden. Es war ein Duett aus einer Oper, Musik, wie sie sein Vater hörte, wenn er sich allein in seinem Arbeitszimmer einschloss. Die Stimme der Frau traf nicht jeden Ton, hatte aber eine süffige, tiefe Kraft, die Kelmi einen köstlichen Schauder über den Rücken sandte.

»Glück, das mir verblieb,
Rück zu mir, mein treues Lieb.
Abend sinkt im Hag,
Bist mir Licht und Tag.«

Sein Vater stand auf und schaltete das Radio aus. »Seit wann bist du denn unter die Musik-Liebhaber gegangen, Theodor-Friedrich? Ach, ich vergaß. Du würdest auch dem Gras beim Wachsen zuhören, um dem zu entgehen, was deine Familie dir zu sagen hat.«

Seine Mutter verzog das Gesicht, als würde sie jeden Augenblick anfangen, *Heimat, deine Sterne* zu singen. »Wir meinen es doch nur gut mit dir, Junge. Du weißt, wir haben zu dir gehalten und dich, so weit es uns möglich war, unterstützt. Aber du kannst von deiner Familie nicht erwarten, dass sie tatenlos zusieht, wie du dein Leben ruinierst.«

»Warum denn nicht?« Jobst grinste. »Ist doch sein Geld. Lasst es ihn in diesen Laden im Osten stecken, wenn's ihm Spaß macht. Sobald er pleite ist, plumpst er schon wieder auf den Boden der Tatsachen.«

Wie Eltern so unfair sein konnten, einen ersten Sohn kurz und knackig Jobst zu nennen, auf den zweiten hingegen mit Theodor-Friedrich so viele nutzlose Silben wie nur möglich zu häufen, war Kelmi unbegreiflich. Vermutlich hatten die seinen geahnt, dass sie nach dem wohlgeratenen ersten für den zweiten einen Namen brauchen würden, der ihnen Platz für alle leidgeprüften Seufzer der Menschheitsgeschichte bot. Leonard, sein Banknachbar in der ersten Klasse, der sich das Ungetüm von Namen nicht hatte merken können, hatte irgendwann angefangen, ihn Kelmi zu rufen, und dabei war es geblieben. Inzwischen drehte sich Kelmi manchmal um, sobald von Theodor-Friedrich die Rede war, um sich zu vergewissern, dass der Kerl nicht hinter ihm stand.

»Wie kannst du so etwas Herzloses sagen«, wies seine Mutter diesmal allerdings ihren Erstgeborenen zurecht. »Theodor-Friedrich ist dein Bruder.«

»Das ist mir bekannt«, erwiderte Jobst gelassen. »Aber der bleibt er ja auch, wenn er das Geld von Onkel Fritz im nächsten Gully versenkt hat.«

»Und wenn die da drüben zumachen?«, rief seine Mutter. »Wenn sie ihn nicht mehr rauslassen? Im Rest von Deutschland braucht man bereits für jeden Grenzübertritt eine Genehmigung, so einfach von hüben nach drüben, das darf man nur noch in Berlin. Und die Telefonleitungen haben sie auch schon gekappt, man kann seine Freunde dort nicht einmal mehr anrufen, um zu fragen, wie es ihnen geht.«

Jobst grinste immer noch. »Was für Freunde hast du denn im Osten, die du ständig anrufst, um zu fragen, wie es ihnen geht?«

»Nun mal halblang.« Erstaunt fuhr Kelmi herum. Genau das hatte er sagen wollen, doch stattdessen kam es von seinem Vater. »Dass die Ersparnisse meines bedauernswerten Bruders für diese Schnapsidee zum Fenster hinausgeworfen werden sollen, empfinde durchaus auch ich als Tragödie. Aber deswegen in Hysterie zu verfallen, nützt niemandem. Natürlich wird der Russe nicht von heute auf morgen die Grenze zumachen und Bürgern dieses Landes die Rückreise verweigern. So dreist ist nicht einmal Stalin, wir sitzen hier schließlich nicht ohne Schutz. Die Lokalität, die du dir auf dem von diesen Menschen beanspruchten Territorium anschaffen willst, könnten sie allerdings jederzeit konfiszieren. Verstaatlichen nennen sie das, und du stündest ohne einen Pfennig da. Von den Amerikanern hast du kaum Hilfe zu erwarten. Die haben anderes zu tun, als sich um die verlorene Würstchenbude eines unreifen Spinners zu kümmern.«

Eine Würstchenbude hatte Kelmi nicht vor zu eröffnen, aber die Mühe, das seinem Vater zu erklären, machte er sich längst nicht mehr. Sein Vater war Arzt. Sein Großvater war auch Arzt gewesen, desgleichen sein Onkel Wieland, und der jüngste Zugang der Ärzte-Parade war sein Bruder Jobst. Daran war so wenig zu rütteln wie am Schmelzpunkt von weißem Zucker. Der begann bei 186 Grad Celsius sich aufzulösen, und ein männliches Mitglied der Familie Kelm wurde nach Erlangung der Hochschulreife Arzt.

Kelmi war bereits an dieser Erlangung gescheitert. In der zehnten Klasse des nach Kriegsende gerade erst wieder eröffneten Gymnasiums war er sitzen geblieben. Seinen Vater mochte diese Schande härter getroffen haben als die deutsche Kapitulation. Sobald er sich nach dem Schrecken tapfer wieder aufgerappelt hatte, hatte er die Crème de la Crème aller Nachhilfelehrer engagiert, die jedoch an Kelmis Fünfen in Biologie, Physik und Latein nichts hatten ändern können. In Chemie dagegen zeigte er, dass – wie sein Vater sagte – doch etwas in ihm steckte. »Du kannst es ja, du musst nur wollen.«

Kelmi wollte nicht.

Nach der zweiten Ehrenrunde schickte sein Vater ihn auf ein Internat ins Schwäbische. Es war als Strafe gedacht, doch binnen Kurzem musste der Vater erkennen, dass eben darin sein Hauptproblem mit seinem jüngsten Sohn bestand: Kelmi zu bestrafen war eine Herkulesaufgabe, an der die wackersten Recken scheiterten. Er war ein Raviolo, ein Kartoffelknödel, er stieg in jedem Wasser in die Höhe und schwamm oben. In der schwäbischen Anstalt freundete er sich mit Michaela an, die als Lehrling in der Internatsküche stand und Köchin werden wollte. Kelmi verknallte sich. Ob mehr in Micha oder mehr in das Feuerwerk, das sie zwischen Herd und Hackbrett veranstaltete, wusste er nicht, und es spielte keine Rolle.

Er und Micha verbrachten einen brodelnden, karamellduftenden Frühsommer erster Liebe, und als die Leidenschaft verdampft war, blieben als Essenz eine Freundschaft fürs Leben sowie Kelmis kompromisslose Entschlossenheit, ebenfalls Koch zu werden. Zudem war es ihm gelungen, ein weiteres Mal sitzen zu bleiben, und im Herbst flog er von der Schule, weil er die Lateinstunde dazu genutzt hatte, sich auf einem Feldkocher in seinem Schlafzimmer an einer Crème brûlée zu versuchen.

Die Crème war angebrannt. Aber die harmonische Balance zwischen zarten Vanillenoten und kräftiger Säure von Zitrusfrüchten hatte er bereits passabel hinbekommen.

Kochen war Schaffen, Kochen war Schwelgen, Kochen war Träumen, das man in die Hand nehmen konnte. Einmal angefangen, war Kelmi süchtig geworden, und weder Geld noch gute Worte hätten ihn dazu bewogen, aufzuhören. Sein Vater warf ihn aus dem Haus, und Kelmi konnte es ihm nicht einmal verübeln. Wenn ein Mensch seinen Stern gefunden hatte und damit den Stern eines anderen vom Himmel riss, war das nichts, das man leichthin wegsteckte. Kelmi zog zu Michaela, die in einem Hotel an der Krummen Lanke eine Anstellung und ein Zimmer gefunden hatte. Ihrer Fürsprache verdankte er es, dass sie ihn dort als Küchenjungen nahmen.

»Du bist die Kirsche auf dem Sahnehäubchen, Micha. Die Allerbeste.«

»Quatsch. Ich bin eine dämliche Kuh, die sich die Konkurrenz unter der eigenen Nase heranzieht.«

»Und warum tust du etwas derart Dämliches, du liebes Jungrind?«

»Das weißt du selbst. Weil du zu gut bist, um es nicht zu tun.«

Nach vier Wochen bekam Kelmi einen Lehrvertrag angeboten, den sein Vater unterschreiben musste. Kelmi fuhr nach Friedenau und erklärte dem Vater noch in der Haustür: »Ich bitte dich, deine Unterschrift unter diesen Wisch zu setzen, damit ich nicht drei Jahre verschwenden und von der Hand in den Mund leben muss. Wenn du es aber nicht über dich bringst, hilft es auch nichts. Dann binde ich mir das eben ans Bein und besorge mir mit einundzwanzig einen neuen Vertrag.«

Es war kein Versuch gewesen, seinen Vater zu erpressen. Es war nicht mehr und nicht weniger als die Wahrheit.

Seine Mutter weinte und flehte ihn an, wieder nach Hause zu kommen. »Schuld an alledem ist dieser verfluchte Krieg und dann die Blockade, all der Hunger, den die Kinder leiden mussten. Diese Gier aufs Essen, die werden sie nie wieder los.«

Wirklichen Hunger hatte Kelmi nie gelitten, aber er glaubte zu wissen, was die Mutter meinte. Kochen war Schönheit, Kochen war Sinnlichkeit, fern von Lebensmittelmarken und Ersatzprodukten. Kochen war Fülle, war die Hoffnung auf ein Leben, das wieder verspielt und üppig, lustvoll und genießerisch sein durfte, das mehr gerettet hatte als die nackte Haut. Wenn Kelmi am Herd stand, vergaß er, dass draußen seine Stadt noch in Trümmern lag, dass Menschen fehlten und nicht wiederkamen, dass Soldaten mit Maschinengewehren die Straßen kontrollierten und das Land in zwei Hälften zerrissen war. Kochen war Trost und brachte Leute zum Lächeln. Kelmi gab seiner Mutter einen Kuss und schob sich an ihr vorbei in die Küche. »Hast du schon einmal eine Pavlova probiert, Mütterchen? Gib mir zwei Stunden Zeit, und du hast eine auf dem Tisch.«

Sein Vater unterschrieb den Vertrag, und Kelmi zog wieder nach Friedenau. Die Kelms waren keine Familie, die schwarze Schafe dauerhaft aus ihrem Schoß verstießen. Mit Onkel Fritz, Vaters ältestem Bruder, der den Arztkittel an den Nagel gehängt hatte, um Archäologe zu werden, hatten sie sich schließlich auch arrangiert, und ein Koch war immerhin kein Verbrecher oder Arbeitsscheuer. Sie arrangierten sich. Kelmi lernte zu Ende und wurde im Hotel *An der Krummen Lanke* übernommen. Sein Vater konzentrierte sich auf den Umbau des Seitenflügels zur Einliegerwohnung, damit Jobsts Verlobte Sabine – Sabsi genannt – nach der Hochzeit mit einziehen konnte. War dann erst einmal ein Enkelkind – vorzugsweise ein männliches – geboren, das der Tradition gemäß Arzt werden konnte, mochte er anfangen, die Schlappe mit Kelmi zu verschmerzen.

So wie die Bundesrepublik seit der Währungsreform begann, sich in ihrem Leben als halbierter Staat einzurichten und sich sogar behaglich zu fühlen, richteten sich auch die Kelms ein und wagten vorsichtig, sich vor neuen Erschütterungen sicher zu fühlen.

Bis aus heiterem Himmel Onkel Fritz starb. Und sein Erspartes, von dem niemand gewusst hatte, dass er es besaß, in Gänze Kelmi hinterließ.

Michaela hatte recht gehabt: Kelmi war gut in dem, was er machte, und das Hotel erhöhte mehrmals sein Gehalt, um ihn zu halten. Er konnte die Leute gut leiden und kochte gern in der modern ausgestatteten Küche, doch mit der Zeit ergriff ihn Rastlosigkeit. An den immer gleichen Gerichten, die er zubereitete, gab es nichts mehr zu verbessern, zu experimentieren, die Gäste, zumeist Geschäftsreisende, schlangen sie in Eile hinunter, weil man eben etwas essen musste, reisten ab und vergaßen sie. Was ihm vorschwebte, war etwas völlig anderes: ein Tempel des Genusses. Ein Ort, den Menschen aufsuchten, um alles Kopfzerbrechen vor der Tür zu lassen und sich sinnlichen Freuden hinzugeben.

Ein eigenes Restaurant.

Michaela bestärkte ihn, ebenso wie die Schar seiner Freunde, die sich bei jeder Gelegenheit von ihm bekochen ließ. Woher aber hätte er das Kapital nehmen sollen? Seinen Vater darum zu bitten, war sinnlos, und eine Bank vergab keinen Kredit an einen Dreiundzwanzigjährigen, der kaum Berufserfahrung besaß. Nun aber schien das Geld ihm wie von der Hand eines freundlichen Schicksals in den Schoß gefallen. Daran, dass ein wie auch immer geartetes Schicksal ihm freundlich gesonnen war, hegte Kelmi nicht den geringsten Zweifel. Wäre es anders gewesen, wäre er nicht für etwas aufgespart worden, hätte er gar nicht erst überlebt.

Seine Freunde waren Feuer und Flamme. Michaela hatte ebenfalls genug von dem Hotel, und ihr letzter Geliebter, der nach der Affäre mit ihr zur Liebe seines Lebens zurückgekehrt war, war ein Flamenco-Gitarrist, der die Gäste des neuen Restaurants mit seiner Musik verwöhnen würde. Klänge, die eigens geschaffen wurden, um Gerichte zu ergänzen, ihre Düfte zu intensivieren, ihren Farben und Texturen zu schmeicheln und ihrem Geschmack die Krone aufzusetzen. Dazu sollte Wandmalerei kommen, die die Speisenden in ein südliches Paradies der Sinnesfreuden entführte. »Italien«, entschied Luis, der Gitarrist. »Nichts ganz Anständiges. Nichts ganz Erlaubtes. Hübsche Nackte, die sich lassen Trauben in Münder gleiten und lieben Gott guten Mann sein. Danach sehnen sich Leute nach all der Kaputtschlagerei.«

Luis hatte als Sechzehnjähriger im Spanischen Bürgerkrieg gegen Franco gekämpft und verloren. Er hatte exakt die Vision beschrieben, die Kelmi im Kopf hatte, und die Liebe seines Lebens – Ewald, ein Kamerad von den Internationalen Brigaden – war als brotloser Künstler bestens geeignet, die Wände des Restaurants entsprechend zu verzieren.

Um jeglichen Posten, den Kelmi zu vergeben haben würde – vom Tellerwäscher bis zum Oberkellner –, rissen sich bereits weitere Freunde. »Linke Spinner«, nannte sein Vater seine Leute, »vom Osten bezahlte Tagediebe«, aber Kelmi mochte seinen Haufen und traute jedem von ihnen etwas zu. Wenn man Menschen tun ließ, was sie tun wollten, waren sie darin auch gut, dafür war schließlich er selbst das lebendigste Beispiel. Seinen Stab hatte er also zusammen, und alles, was noch fehlte, war die passende Lokation.

Die zu finden stellte sich als schwieriger heraus als erwartet, und binnen Kurzem machte sich Ernüchterung breit. Berlin war eine gigantische Baustelle, allerorts wurde restauriert, erweitert, neu errichtet, aber noch fehlte Wohnraum an allen Ecken und Enden. Und die zur Verfügung stehenden Geschäftsräume genügten nicht einmal ansatzweise für das Heer der Abenteuerlustigen, die mit dem neuen Geld und der neuen Anbindung an den Westen ein neues Leben beginnen und eine Existenz gründen wollten.

Zudem wollte Kelmi keine Geschäftsräume. Er wollte etwas mit Charakter, eine verfallene Villa, ein ausgedientes Tanzcafé, etwas, das Geschichten erzählte und Geheimnisse barg. Wochenlang kurvte er mit jeweils einem Freund auf dem Gepäcksitz der Kreidler durch Berlin, besichtigte jedes zu vermietende Gebäude und erstattete anschließend dem Rest der Meute, der voller Spannung wartete, Bericht. Solange der Humor durchhielt, war seine Mäkeligkeit der allgemeine Treppenwitz.

»Und? Nehmen wir's?«

»Ausgeschlossen. Unserm Kelmi war die Türklinke von der Toilette nicht genehm.«

»Was ist mit dem Dachgarten in Steglitz?«

»Keine Chance. Kelmi hat Angst, ihm könnte 'ne Taube in den Coq au vin scheißen.«

Inzwischen zeigte der Humor die ersten Anzeichen von Ermüdung. Vor allem, weil Kelmis Vorstellungen und der Inhalt von Onkel Fritzens Sparstrumpf nicht wie Öl und Essig miteinander harmonierten. Während eine ergebnislose Besichtigung sich an die andere reihte, hatte er sich über die Ausstattung, die er für den Anfang brauchen würde, informiert und feststellen müssen, dass sein Startkapital damit so gut wie verschlungen sein würde. Er konnte unmöglich etwas Teures mieten, selbst dann nicht, wenn es ihm gefiel. Und gefallen wollte ihm ja nichts. Das, was er im Kopf hatte, war nicht einmal klar und konkret umrissen, und doch wusste er bei jedem ersten Schritt durch eine Tür: *Das ist es nicht.*

Die Freunde begannen auszuschwärmen, sich umzuhören. Was sie ihm vorschlugen, sah er sich an, weil sie sich so viel Mühe gaben und kein Mann, der seine Sinne beieinanderhatte, solche Freunde verprellt hätte. Tatsächlich aber wusste er bei jedem Objekt, von dem sie ihm erzählten, im Voraus: *Das ist es nicht.*

Bis Leonard, Freund und Banknachbar der ersten Klasse, ihm einen Zeitungsschnipsel und ein altersblasses Foto brachte. »Wahrscheinlich erklärst du mich jetzt für verrückt, und wahrscheinlich bin ich's auch, aber da ist drüben im Osten diese Ruine, die mal das angesagteste Café von Berlin gewesen sein soll. Alfred Braun, sagt der dir was? War so ein Radiosprecher, Funk-Stunde Berlin, vor den Nazis wohl ein ganz heißer Feger. Meine Oma hat für den geschwärmt. Der hat auf dem Balkon von dem Café zu Silvester immer das neue Jahr begrüßt, und sie hat unten gestanden und geschmachtet. Und dieser süße Käfer hier hat da gesungen. Sag bloß, das hört sich nicht dufte an.«

Er hatte Kelmi das ausgefranste, verblichene Foto hingeschoben. Mit viel Mühe war eins der ausladenden zweistöckigen Kaffeehäuser im Wiener Stil darauf zu erkennen, die vor 33 so beliebt gewesen waren. Kelmi hatte sich damit beschäftigt, weil er von der überladenden, überzuckerten Verschwendung begeistert war und etwas davon in sein Repertoire übernehmen wollte. Auf dem Balkon war der Sprecher von der Funk-Stunde zu sehen, den er vage zu erkennen glaubte, und daneben stand ein schmales, blondes Mädchen in einem hellen Kleid.

Schmale, blonde Mädchen gab es viele, und das Foto war schlecht. Dennoch schien es Kelmi unmöglich, an dem Gesicht nicht hängen zu bleiben.

»Wer ist die?«

»Ilona Konya. Irgend so ein Revuesternchen, das ganz hoch aufgeschossen und dann abgestürzt ist.«

»Wieso abgestürzt?«

»Keine Ahnung.«

Das Foto des alten Gebäudes erzählte eine Geschichte und barg ein Geheimnis. Kelmi fuhr sich mit der Zungenspitze über die Lippen. Er hatte Blut geleckt.

Auf der Kreidler fuhr er zur Amerika-Gedenkbibliothek, war erschlagen von der Fülle der Bücher, die mit Geld aus dem Marshallplan für die Berliner angeschafft worden waren, und suchte nach Material über Ilona Konya. Er fand nichts, blätterte ersatzweise in mehreren Bildbänden und schwelgte in der Pracht, der Vielfalt und Fröhlichkeit, die Unter den Linden mit seinen Cafés und Tanzdielen, Einkaufspalästen und Leuchtreklamen einst ausgestrahlt hatten. Der Wunsch, es mit eigenen Augen zu sehen, festzustellen, was von dem zerschlagenen Glanz noch spürbar war, erwachte in ihm. Laut Leonard war ein Teil der Straße enttrümmert, neu bebaut und genutzt, doch dazwischen gab es noch immer Ruinen wie die des *Kranzlers*, die auf ihre Wiedererweckung warteten.

»Im Osten ziehen die Leute in leer stehende Häuser einfach ein und restaurieren sie sich selbst«, hatte Leo erzählt. Er hatte Onkel und Tante drüben, die er häufig besuchte. Kelmi dagegen war nach dem Krieg nie mehr im Ostteil der Stadt gewesen. »Wir fahren da nicht noch hin und servieren dem russischen Mörderpack unsere Devisen auf dem Silbertablett«, deklarierte sein Vater, während seine Mutter fürchtete, »der Russe« würde in dem Moment, in dem ihr Sohn die Demarkationslinie überquert hatte, sämtliche Grenzübergänge schließen und ihn auf Nimmerwiedersehen gefangen halten. Hätte Kelmi unbedingt fahren wollen, hätte er es trotzdem getan, aber es hatte nie einen Grund gegeben.

Jetzt gab es einen.

Aus der Bibliothek nahm er sich nur ein paar Abenteuerschinken mit, die er zum Leidwesen seines Vaters unter der Bettdecke verschlang. Die Recherche nach Ilona Konya musste er verschieben, denn vordringlicher war, in Erfahrung zu bringen, ob er als Bürger der Bundesrepublik die Möglichkeit hatte, das Grundstück mit der *Kranzler*-Ruine zu pachten oder zu erwerben. Leo zufolge kostete im Osten alles »einen Appel und ein Ei«, er würde also hoffentlich genug Kapital übrig behalten, um einen Teil des Gebäudes restaurieren zu lassen. Das Ergebnis würde einen geisterhaften Zauber haben, etwas von einer Zeitreise, zurück in die blühenden Jahre, in denen die Augen der Welt auf das in Tanz und Taumel sich drehende Berlin gerichtet waren.

Als Erstes wollte er Unter den Linden 25 jedoch besichtigen. Er brannte darauf. Leonard, der von den Fahrten auf der Kreidler nicht genug bekommen konnte, hatte vorgeschlagen, am Sonntagvormittag »rüberzumachen«, aber Kelmi hatte ihm einen Gegenvorschlag gemacht: »Weißt du was, Leo? Nimm du die Kreidler am Sonntag, mach dir mit deiner Moni einen schönen Tag am Wannsee, und ich fahre mit der U-Bahn in den Osten und sehe mir die Sache mal an. Man muss nur Friedrichstraße aussteigen und laufen, richtig? Kinderspiel.«

Kelmi war die Geselligkeit in Person. »Allein geht der nicht mal aufs Scheißhaus«, war in der Schule gewitzelt worden, was nicht völlig der Wahrheit entbehrte, da er und Leo auf dem stillen Örtchen Lateinaufgaben abzuschreiben pflegten. Was aber die Ruine Unter den Linden betraf, so war ihm auf einmal daran gelegen, sie allein zu sehen. Ohne den Chor seiner Freunde im Hintergrund, ohne all die Ratschläge, Meinungen, Bedenken und Jubelrufe. Unter sämtlichen Objekten, die er in diesen Wochen besichtigt hatte, war keines gewesen, bei dem nicht die Stimme in seinem Hinterkopf bereits im Voraus gemurmelt hatte: *Das ist es nicht*. Bei diesem aber schwieg die Stimme. Kelmi wollte allein in den Osten fahren, vor dem Haus Unter den Linden 25 stehen und feststellen, ob sich von einer zauberhaften Frau namens Ilona Konya, die hier neben einem Radiosprecher das neue Jahr begrüßt hatte, noch etwas erahnen ließ.

Also hatte er seiner Familie mitgeteilt, dass er morgen in St. Marien nicht dabei sein würde. Alle Kelms waren am Vormittag in die Kirche zu einer sogenannten Stellprobe beordert worden, damit bei Jobsts Hochzeit im September auch niemand an der falschen Stelle hustete. Dem Spektakel hätte sich Kelmi auch ohne Café *Kranzler* nur zu gern entzogen. Sein Bruder, den er bei aller Verschiedenheit zwischen ihnen schrecklich gut leiden konnte, würde es ihm nicht übel nehmen, von der patenten Sabsi ganz zu schweigen. Er würde sich den beiden zu Ehren in einen Smoking zwängen lassen, als Trauzeuge ein paar unangemessene Witze zur Rede erklären, und damit war es genug.

Tatsächlich nahmen nicht nur Jobst und Sabsi, sondern auch seine Eltern die Nachricht von seiner Abwesenheit geradezu gelassen hin. Den Sturm löste erst seine Erklärung aus, und im Nachhinein wünschte sich Kelmi, er hätte sich eine Lüge einfallen lassen. Ein nettes Mädchen, das ihn an just diesem Vormittag ihren Eltern vorstellen wollte. Im Prinzip hatte er nicht das Geringste gegen Lügen, sondern schätzte ihren diplomatischen Wert. Er war nur so erbärmlich lausig in der Ausführung.

Auch diesmal war die Wahrheit aus ihm hinausgeschwappt, ehe er Zeit gehabt hätte, einer Lüge Hand und Fuß zu verleihen.

»Du hast einen Knall«, hatte Jobst gesagt. »Den hattest du schon immer. Mit den Jahren wird es allerdings bedenklich.«

Dann war der übliche Redeschwall der Mutter über von finsteren Russenhorden blockierte Grenzen erfolgt, und anschließend hatte der Vater seinen armen Bruder bedauert, dessen Geld zum Fenster hinausgeworfen wurde. Er bedauerte den Bruder sonst nie. Kelmi nahm an, dass es ihm bereits wehtat, ihn auch nur zu erwähnen.

Die Debatte setzte sich fort. Sabsi beispielsweise führte ins Feld, dass er ihres Wissens einen Wohnsitz in der DDR brauchen würde, um auf deren Gebiet ein Geschäft zu betreiben. »Und dann haben die Leute da drüben ja auch kein Geld. Das Drei-Pfund-Brot zum Beispiel, das an diesen Ständen nahe Friedrichstraße angeboten wird, kaufen ausschließlich Westler, die sich die Hände reiben, weil sie mit so billigem Gebäck ein Schnäppchen machen. Für die Ostler dagegen ist es zu teuer. Wovon sollen sie sich also die Gerichte in deinem Luxusrestaurant leisten?«

»Ich werde nicht nur teure Gerichte anbieten«, erwiderte Kelmi, der darüber noch nicht nachgedacht hatte, aber genau das liebte – die Ideen, die einem kamen, wenn man einfach so ins Blaue hinein fantasierte. »Auch eine Kartoffelsuppe kann köstlich sein, wenn man sich ihr mit Liebe widmet.«

Sabsi, die ein bemerkenswert netter Kerl war, grinste. »Ist das der Grund, warum ein Prachtexemplar wie du noch immer unbeweibt herumläuft? Widmest du zu viel von deiner Liebe deinen Kartoffelsuppen?«

»Du sagst es, Sabine, du sagst es.« Seine Mutter stöhnte. »Theodor-Friedrich ist ein lieber Junge, aber er verrennt sich immer so.«

Kelmi erwiderte das Grinsen seiner künftigen Schwägerin, deren Taille ihm kaschiert vorkam. War womöglich Doktor Kelm der Fünfte schon unterwegs? Er ertappte sich bei einem Anflug von Freude. Er mochte Kinder gern, und diesem Haus würde Leben guttun. »Ich bin der Überzeugung, Kartoffelsuppen brauchen unsere ungeteilte Zuwendung nicht weniger als große Liebesgeschichten. Beste Zutaten. Sorgsamste Zubereitung. Das alles will Weile haben.«

»Beste Zutaten im Osten?« Sabsi zog die Stirn kraus. »Und vom Verkauf von Meister-Kartoffelsuppen an Leute ohne Geld willst du deine Kosten decken?«

»Das wird sich finden«, sagte Kelmi. »Ich werde ja auch anderes anbieten – hochpreisige Spezialitäten, zu denen Geschäftsleute aus dem Westen ihre Besucher einladen, um ihnen ein Kuriosum unserer Stadt zu zeigen. Ich könnte mein Restaurant ›Die Brücke‹ nennen, und mit der Zeit entsteht womöglich eine Art Treffpunkt zwischen Ost und West. Unter den Linden.« Inzwischen hatte er über den legendären Prachtboulevard so viel gelesen, dass ihm das zu passen schien wie Rosmarin zur Röstkartoffel. *Unter den Linden* war damals, als die Welt noch heil gewesen war, das Herz Berlins gewesen. Sein Restaurant konnte zwischen der rechten und der linken Herzkammer eine Verbindung, eine neue Blutbahn schaffen. »Immer wird ja Berlin auch nicht geteilt bleiben«, fügte er hinzu. »Und wenn es wieder vereint ist, wird meine Brücke ein echtes Stück Geschichte.«

»So kann man es auch ausdrücken.« Sein Vater griff nach seinem Zigarettenkasten und steckte sich fahrig eine an. »Mein Sohn lässt sich eine Ruine im Osten aufschwatzen, will auf Trümmern Kartoffelsuppe und Kaviar servieren und verstößt dabei gegen sämtliche Gesetze, die der Russe täglich aus dem Boden stampft. Dass das ein Stück Geschichte wird, ist anzunehmen, und ich muss deine verzweifelte Mutter dann demnächst davon abhalten, dich irgendwo in einem sibirischen Gulag zu besuchen.«

»Was hat das jetzt mit sibirischen Gulags zu tun?«

»Das ist ja nun ein offenes Geheimnis«, erwiderte sein Vater. »Zumindest, wenn man sich ein wenig über das Weltgeschehen informiert hält, statt seine Nase in Kochtöpfen zu versenken und ab und zu Moped zu fahren. Wer dem Russen nicht passt, den schickt er auf Nimmerwiedersehen in seinen Gulag. Die Leute verschwinden dort, als hätten sie nie existiert. Ich dachte, in dieser Familie wüssten wir über das, wozu Stalin fähig ist, besser Bescheid, als uns lieb ist.« Sein Mund und seine Augen wurden schmal, als hätte er etwas Bitteres gegessen. »Aber meinem Herr

Sohn ist das noch nicht Abschreckung genug, der muss in sein eigenes Verderben laufen, und was er damit seiner Mutter antut, interessiert ihn nicht.«

Kelmi stand auf. Was jetzt kam, wollte er sich nicht anhören, auch wenn er seinen Vater verstand. Er vermischte Dinge, die nicht zusammengehörten, rührte Vergangenheit in Gegenwart, bis ein so zähflüssiger Brei entstand, dass er den Weg in die Zukunft verstopfte. »Ich will das Gelände ja nicht morgen gleich kaufen«, sagte er. »Vorerst sehe ich es mir nur einmal an. Vielleicht ist es für meine Zwecke ja gar nicht geeignet, und diese ganze Diskussion erübrigt sich. Und jetzt kümmere ich mich um unser Abendessen, einverstanden? Jemand Lust auf eine improvisierte Bouillabaisse à la Kelmi?«

Es war einer dieser Momente, in denen er seinen Schutzraum, die von Düften, Farben und Geräuschen gefüllte Kapselwelt einer Küche brauchte. Wenn er Ingwer kandierte und löffelweise in Orangenmarmelade tropfen ließ, wenn er eine Honigglasur anrührte und auf zartes, schieres Fleisch strich, fügten sich um ihn die Dinge zusammen, und Zerbrochenes begann zu schillern, als wäre es wieder ganz.

11

Dass Sanne die Ansprache würde halten müssen, hatte im Grunde von Anfang an festgestanden. »Ich bin für so was ja nicht geboren«, hatte Hille gesagt. »Und von deiner Mutter kannst du das nicht verlangen.«

Sanne war dafür auch nicht geboren, aber ihre Bedenken wischte Eugen vom Tisch: »Du bist die Tochter einer Schauspielerin. Außerdem stehst du ab September tagtäglich vor einer Horde Halbwüchsiger und hast ihnen die Grundlagen des sozialistischen Lebens nahezubringen. Um etwas anderes geht es doch nicht. Du sprichst über das, wofür dein Vater gekämpft hat. Über seinen Mut. Seine Entschlossenheit. Das, was wir von seinem Vorbild lernen können.«

Also hatte Sanne sich hingesetzt und versucht, eine solche Rede zu schreiben. Über des Vaters Menschenliebe. Seinen Wunsch, allen Menschen Zugang zu Bildung zu verschaffen, die Chance, das eine Leben, das sie hatten, zu nutzen, ihre Träume zu verwirklichen und glücklich zu sein. Mit jeder Zeile, an der sie sich quälte, wuchs ihre Überzeugung, dass sie dem nicht gewachsen war, dass sie vor dem Rednerpult in Tränen ausbrechen und kein Wort herausbringen würde. Es tat zu sehr weh. Es war nicht zu ertragen. Sie schrieb es trotzdem zu Ende.

Irgendwie brachte sie die Tage bis zur Verleihung, die für den letzten Sonntag im August angesetzt worden war, herum. Es waren noch Ferien, sie bereitete Unterrichtseinheiten vor, die sie ab September in der Max-Planck-Oberschule geben würde, und las sich in die Themen des Lehrplans ein. Am letzten Abend vor der Feier ging sie ins *Tanja*, halb in der Hoffnung, sich abzulenken, und halb, weil sie Thomas schon allzu lange vertröstete.

Er war deswegen ein wenig verschnupft, ließ sich mit etwas Mühe jedoch versöhnen, bestellte ihnen beiden ein Bier und legte den Arm um sie. Ein schöner Abend wurde es trotzdem nicht.

Sie saßen im Kreis ihrer früheren Studienkameraden und Genossen von der FDJ, doch die Hitze, die seit Tagen wie eine Dunstglocke über der Stadt lag, dämpfte die Stimmung. Eine gewisse Lustlosigkeit machte sich breit, eine Müdigkeit, die rastlos zugleich war. Marion, ein Mädchen, das aus Ostpreußen stammte und mit etlichen geflüchteten Verwandten in einem Neubau im Prenzlauer Berg wohnte, beklagte sich über die Stunden, die sie vor der Kaufhalle nach Fleisch angestanden hatte. »Meine Großtante hatte Geburtstag, sie hatte sich endlich mal wieder Königsberger Klopse gewünscht. Kalbfleisch wollt ich dazu nehmen, sollte ja was Besonderes sein.«

»Kochklopse heißen die«, unterbrach sie Thomas. »Königsberg gibt es nicht mehr. Die Stadt, von der du sprichst, heißt Kaliningrad und liegt in der Sowjetunion.«

»Darum geht's doch nicht. Meine Großtante isst die gern, und sie werden halt aus Kalbfleisch gemacht. Wie die heißen, spielt ja dabei keine Rolle.«

»Tut es doch«, sagte Thomas. »Mit deiner Ausdrucksweise unterstützt du die faschistisch unterwanderten Rechtsparteien im Westen, die eine Wiederherstellung der Grenzen von mindestens 1938 fordern.«

Marion stöhnte. »Also schön, dann meinetwegen eben Kochklopse. Fleisch braucht's aber für die einen wie die andern, und nachdem ich mir eine halbe Stunde die Beine in den Bauch gestanden hatte, hieß es schon: Kalbfleisch ist aus. Gut, hab ich mir gedacht, nehm ich eben Schwein. Ihr könnt's euch denken. Noch eine halbe Stunde später schallt's über die Theke: Schwein ist aus. Ich hab in der Schlange gestanden und bloß gebetet: Lieber Himmel, lass sie wenigstens noch Kutteln haben, schmeiß ich halt die in den Fleischwolf, irgendwas wird schon draus werden.«

»Gebetet?«

»Ach Mensch, Thomas«, sagte Marion. »Es ist eine Redensart, weiter nichts. Wenn du einem jedes Wort im Mund herumdrehst, vergeht einem alle Lust, dir was zu erzählen. Ich bin sowieso fertig. Als ich drankam, gab's überhaupt nichts mehr, nicht mal Nieren und nicht den kleinsten Zipfel Wurst.«

Thomas ließ einen taxierenden Blick an ihrer Gestalt hinauf- und hinuntergleiten. Marion war pummelig, hatte ein rundes Gesicht und zu ihrem Leidwesen den Ansatz eines Doppelkinns. »So, als wärst du verhungert, siehst du nicht aus«, sagte er. »Man verhungert nicht, wenn man sich beim Fleisch etwas einschränkt. Im Gegenteil. Es ist sogar gesund, mehr Gemüse zu essen.«

»Ich wollte meinem alten Tantchen eine Freude machen!«, fuhr Marion auf. »Dass wir uns beim Fleisch einschränken, kannst du mir glauben, und wo das Gemüse, das wir essen sollen, zu haben ist, musst du mir auch erst mal erzählen. Mein Vater hatte in Tilsit eine Anwaltskanzlei, wir haben alles verloren, sitzen zu acht in drei Zimmern und sind froh, wenn wir über die Runden kommen.«

»Und warum?«, fragte Thomas und legte den Kopf schräg, als wäre er der Lehrer und sie eine begriffsstutzige Schülerin. »Und warum?«

»Mein Vater war kein Nazi, falls du das meinst«, erwiderte Marion leise. »Schon die Verdächtigung ist absurd, denn sonst hätte er ja wohl kaum in die SED eintreten dürfen, und ich hätte keinen Studienplatz gekriegt. Ich beklag mich ja auch gar nicht. Ich hab nur gedacht, unter Freunden könnt ich ein bisschen Dampf ablassen, ohne dass jedes Wort auf die Goldwaage gelegt wird, als säßen wir hier im Ministerium für Staatssicherheit.«

Ehe Thomas kontern konnte, meldete sich der lustige Paul Aller zu Wort, der kein Bier mehr ergattert und sich – von diesem unbemerkt – das von Thomas angeeignet hatte. »Leutchen, jetzt habt euch mal wieder lieb, ist doch viel zu heiß zum Streiten. Wollt ihr einen von Pauls Witzen hören? Also passt auf. Kommt Oma Piepulke in die Warenhalle, sieht sich um und fragt einen Verkäufer: ›Sagense mal, Männeken, habense hier keine Teppiche?‹ – ›Tut mir leid, gute Frau‹, sagt der Verkäufer, ›da sind Sie falsch. Keine Teppiche haben wir eine Etage höher, hier bei uns bekommen Sie keine Lampen.‹«

Jemand lachte verstohlen, Sanne zuckte zusammen, Marion stieß ein erschrockenes Hüsteln aus. Thomas wollte nach seinem Bier greifen und fand es nicht. Dass Sanne ihm ihres hinschob, ließ er unbeachtet. »Sagt mal, wo bin ich hier eigentlich?«, platzte er los. »Auf einem Treffen von Waschlappen, die demnächst in den Westen abhauen, weil ihnen da die Brause besser schmeckt? Wem schwatzt ihr das ganze Zeug denn nach, das ihr so von euch gebt, den Reportern vom RIAS? Und was dich betrifft,

Paul – ist dir klar, dass ich als stellvertretender Kreisleiter darüber Meldung erstatten müsste?«

»Meldung erstatten klingt ja wie bei Adolf«, stammelte Paul, konnte seinen Schrecken jedoch nicht verbergen. »Ich dachte, wir leben jetzt in einem freien Land.«

»Liebe Zeit, jetzt hab dich nicht so«, sagte Marion. »Es war ein Witz, nichts weiter. Man wird doch wohl noch lachen dürfen.«

Thomas lachte nicht. Stattdessen begann er todernst, den anderen zu erklären, warum der Aufbau der Schwerindustrien im derzeitigen Wirtschaftsplan Vorrang haben musste, während die Leichtindustrien, namentlich die Produktion von Konsumgütern, erst nachziehen konnten, wenn die DDR in diesen Schlüsselgebieten Weltniveau erreicht hatte. Sanne nutzte die nächstbeste Gelegenheit, um sich zu verabschieden. Sie wusste, dass Thomas recht hatte, dass Sprache Bewusstsein formte und dass sie ihm hätte zur Seite stehen müssen. Aber sie hatte am nächsten Morgen eine Rede zu Ehren ihres Vaters zu halten, hatte Mühe, einen klaren Gedanken zu fassen, und wäre dankbar gewesen, wenn das Gespräch an diesem Abend sich auf Belanglosigkeiten beschränkt hätte.

Sie ging nach Hause und konnte nicht schlafen. Um sechs stand sie auf, half Hille bei ihrer Mutter, die schließlich mitgenommen und stumm in einem schwarzen Kleid auf einem Küchenstuhl saß. Sie sah aus wie eine Todkranke, die man aus ihrem Sterbebett gezerrt und noch einmal wie zum Leben ausgestellt hatte. Dabei fehlte ihr körperlich nichts. Sie war gemütskrank, wie ihnen der Arzt nach ihrem Unfall erklärt hatte, dagegen gab es wenig. »Man muss Geduld haben, mit der Zeit wird sie sich schon fangen. Im Augenblick ließe sich doch unser ganzes Volk in Gemütskranke und Überlebenskünstler einteilen.« Das war sechs Jahre her, und Sannes Mutter hatte sich nicht gefangen. Immerhin war es dank Hilles Wachsamkeit zu keinem zweiten Unfall gekommen, und es gab gute Tage. Nur war heute keiner davon.

Hille stellte milchigen Tee und mit Margarine bestrichenes Graubrot vor sie hin, doch sie rührte nichts an. Barbara Ziegler, die wohl Geräusche gehört hatte, klingelte und fragte, ob sie behilflich sein könne. »Ich will mich nicht einmischen. Nur falls Sie mich brauchen. So unter Nachbarn, da muss man sich doch helfen, und Sie sind doch auch immer so nett mit meinem Benno.«

Die Frau war nie anders als freundlich. Sannes Familie aber hatte gelernt, bei all dieser Hilfsbereitschaft unter Nachbarn hellhörig zu werden. Sich für sich zu halten war der sicherere Weg. Auf Barbara Ziegler griffen sie nur im Notfall zurück, und heute war keiner.

Um acht kam Eugen.

Er sah Sannes Mutter auf dem Stuhl sitzen, ging vor ihr in die Hocke und packte ihre Hände. Es wirkte nicht liebevoll, sondern zu gleichen Teilen verzweifelt und brutal. »Zieh das rosa Kleid an«, sagte er. »Tu's für Volker, Ilo, nur noch ein einziges Mal dieses gottverdammte Kleid.«

Sie richtete ihren Blick auf ihn, den Blick, bei dem Sanne immer das Gefühl hatte, die Mutter schaue durch sie hindurch, und sagte: »Mein rosa Kleid, Eugen? Das ist verbrannt. Es ist alles verbrannt. Nur wir nicht. Für uns war kein Feuer mehr übrig.«

»Verdammt, warum hast du mir das nicht gesagt? Ich hätte dir ein neues besorgt. Irgendwie.«

»Das geht nicht, Eugen. Wir können uns ja auch kein neues Leben besorgen.«

Eugen war aufgestanden und hatte sich mit einem tiefen, dunklen Seufzen von ihr abgewandt. Aus seiner Mappe hatte er zwei Bogen mit der Schreibmaschine beschriebenes Papier gezogen und sie Sanne gereicht.

»Was ist das?«

»Deine Rede.«

»Aber die Rede sollte ich mir doch schreiben, ich meine, ich habe mir eine geschrieben, und ich dachte…«

Eugen schüttelte den Kopf. »Becher hat dies hier für dich vorbereiten lassen. So können wir sicher sein, dass nichts schiefgeht.«

»Was soll denn schiefgehen?«, fragte Sanne, die auf die beschriebenen Bogen starrte, auf denen die Zeilen verschwammen.

Eugen räusperte sich. »Dein Vater ist ein sozialistischer Held, Mädchen, es ist von absoluter Wichtigkeit, dass er als solcher herausgestellt wird. Du weißt zum Teufel noch mal selbst, wie gottverdammt dringend wir zurzeit einen brauchen.«

Damit hoffte er wohl, die Sache wäre erledigt, doch gegen jede Erwartung erhob sich Sannes Mutter vom Stuhl. Sie, die sonst an kaum etwas Teilnahme zeigte, nahm Sanne die Blätter aus der Hand und überflog die Zeilen. »Ach, Eugen«, sagte sie, eher traurig als verärgert, »so pathetisch? Muss das denn sein?«

Eugen kniff die Augen schmal zusammen. »Vor der Liebe und dem Tod sind wir verdammt noch mal machtlos«, sagte er. »Die halten wir nicht aus. Deshalb machen wir sie uns klein, indem wir der einen dümmliche Liedchen und dem anderen pathetische Reden schreiben. Wäre das dann geklärt? Können wir jetzt gehen?«

Sannes Mutter sagte nichts mehr. Sie sagten alle nichts mehr.

12

Sie hatte die von Becher aufgesetzte Rede gehalten. Eugen hatte vorher mit ihr geprobt, hatte sie sprechen lassen und dabei sein Gesicht so nah an ihres gebracht, als schicke er sich an, sie zu küssen. »Das musst du aushalten und unbeirrt weitersprechen, dann kann dir nichts passieren. Schauspieler trainieren das stundenlang.«

Sanne war keine Schauspielerin, hatte nie eine sein wollen und besaß zu kaum etwas weniger Talent. Heute aber hatte sie eine sein müssen. Sie hatte von den Bogen, die Eugen aus Bechers Büro mitgebracht hatte, abgelesen, dass ihr Vater der Arbeiterklasse entstammte und mit Stolz im Herzen sein Leben lang Arbeiter geblieben war. Dass er ein unerschütterlicher Kämpfer für die Rechte der Arbeiter gewesen war, las sie mit fremder, zum Zerspringen spröder Stimme von den Zetteln ab, dass er sich von der Gefahr für Leib und Leben nicht hatte abhalten lassen, Widerstand zu leisten, bei Nacht Parolen an Wände zu malen, gefährdete Genossen zu verbergen und im Keller seiner Wohnung verbotene Zeitungen zu drucken.

Im Kohlekeller?, fragte sich Sanne, ohne innezuhalten. Wo Blockwart Greeve, die tückische Wernicke und Lischkas, die Denunzianten, ein und aus gegangen waren? Dass dort zwischen den Kohlekisten eine Druckerpresse gestanden hatte, war unmöglich, doch ihre von Eugen instruierte Stimme las einfach weiter. Sie stockte nicht. Sie brach auch nicht in Tränen aus. Sie trug eine flüssig formulierte Rede über einen Mann vor, den sie nicht kannte. In ihrem Kopf begann keine Spieluhr zu spielen, denn der Mann, der an ihrem Bett gesessen und Gerti Sing-Gans für sie aufgezogen hatte, hatte mit dem, den das Papier »unseren großen Toten« nannte, ja nichts zu tun. Der Mann, der mit kratziger Stimme das Kinderlied mitgesungen hatte, versank im Nebel. Nur eine Druckerpresse ratterte.

Im letzten Abschnitt der Rede wurde zornig beklagt, dass Volker Engels Mörder, die Denunzianten, die ihn ans Messer geliefert hatten, im Westen unbehelligt lebten. Sanne hatte erwartet, dass sich wenigstens dabei ihr eigener Zorn regen würde, das Unverständnis und die Verzweiflung darüber, dass man Line Lischka und ihren Sohn nicht zur Rechenschaft zog. Aber sie spürte nichts. Nicht die geringste Regung. Innerlich erstarrt las sie die Rede bis zum letzten Wort, blieb starr stehen, während der dürre Applaus verhallte, und musste von einem Vertreter der Schuldirektion aufgefordert werden, das Tuch von dem neu geschaffenen Gedenkstein zu ziehen.

Gewidmet dem Andenken von Volker Engel,
Widerstandskämpfer, Mitglied der
Kommunistischen Partei Deutschlands,
der für die sozialistische Idee, die Rechte der Arbeiter
und die Freundschaft der Völker sein Leben opferte.
Geboren am 21. Juni 1904.
Von Denunzianten verraten
und von der Gestapo ermordet am 16. Januar 1945.

Anschließend gab es in der Aula der neu eröffneten Volker-Engel-Schule eine Feierstunde, ein Büfett mit Häppchen, die aufgrund der vorübergehenden Versorgungsengpässe bescheiden ausfielen.

»Ich bringe Ilo nach Hause«, hatte Hille zu Eugen gesagt. »Sie hat sich tapfer geschlagen, aber mehr ist nicht drin. Wenn du sie zwingst, länger hierzubleiben, wird sie anfangen, herumzugreinen, dass die Lischkas es nicht waren und dass ihre Familie ihr den Mann getötet hat, und ich denke nicht, dass du das willst.«

Während ihrer Rede hatte Sanne aus dem Augenwinkel einen Blick auf ihre Mutter erhascht, die in dem zu großen Kleid verschwindend klein wirkte. Hille hatte hinter ihr gestanden und ausgesehen, als hielte sie ihr den Kopf, damit sie nicht in sich zusammensackte. In Wirklichkeit, so vermutete Sanne, hatte sie ihr die Ohren zugehalten.

Eugen hatte Hille mit ihr gehen lassen, und wenig später hatte auch Sanne sich verabschiedet. »Mir ist nicht gut, Eugen. Ich habe mir diese Sommergrippe, die herumgeht, eingefangen.«

Er hatte sich unter den im Saal versammelten Würdenträgern umgesehen und wohl erwogen, ob er sich erlauben konnte, sie nach Hause zu bringen. Sanne hatte den Kopf geschüttelt. »Mach dir keine Sorgen. Die frische Luft wird mir guttun.«

Die Luft war alles andere als frisch. Sie war stickig, wie durch die wochenlange Trockenheit angedickt. Sanne hatte das Gefühl zu taumeln, ging die Seitenstraße hinunter, ohne genau zu wissen, wo sie sich befand. Sie hoffte auf irgendeine Gaststätte, stellte sich vor, in einem leeren, düsteren Schankraum zu sitzen und etwas zu trinken, das schnell zu Kopf stieg. Zur Not Goldbrand, wenn es nichts anderes gab, angeblich wirkte Medizin ja besser, je ekelhafter sie schmeckte. Für gewöhnlich verbot sie sich dergleichen. Sie war Sozialistin, Lehrerin, hatte Vorbild zu sein, nicht sich gehen zu lassen wie ein verwöhntes Luxuspüppchen, das die kleinste Erschütterung in Alkohol ertränkte. Heute aber war sie nicht sie selbst. Die eine Ausnahme würde eine andere Person sich herausnehmen, nicht sie.

Die beiden Gaststätten, an denen sie vorbeikam, hätten ihre Bedürfnisse erfüllt. Sie wirkten düster, trostlos, verlassen. Beide Male hatte sie die Klinke bereits in der Hand, um festzustellen, dass die Lokale geschlossen waren.

Für immer? Weil sich ein Bier am Feierabend zu wenige leisten konnten, obwohl die Preise in Gaststätten subventioniert wurden? Oder nur, weil Sonntag war und die kleine Straße gespenstisch still?

Patzenhofers Destille war auch sonntags geöffnet gewesen, bis auf den letzten Platz vollgestopft mit Männern, die ihre Molle mit Korn tranken, Zigaretten rauchten, durcheinanderlachten, grölten und schwatzten, ehe es nach Hause zum Sonntagsessen ging, als hätte eine unsichtbare Hand sie am Schlafittchen gepackt. Zumindest in den ersten Jahren, als Eugen Sanne noch Geld für Fassbrause gegeben hatte und sie zu klein gewesen war, um über den Tresen zu schauen. Diese Art von Leben musste schön gewesen sein, durchfuhr es Sanne. Eine Kneipe zu betreten und sich gehen zu lassen, sich nicht zu fragen, wer zuhörte, allen und jedem zu trauen.

Hatte es so ein Leben wirklich gegeben?

Ziellos wanderte sie weiter und fand sich Unter den Linden wieder. Die Neue Wache war ganz und gar von Gerüsten umgeben, die eingestürzte Säulenhalle gesichert, das Gebäude von Baufahrzeugen umringt, die am Montag in der Frühe ihre Arbeit wieder aufnehmen würden. Sannes FDJ-Gruppe hatte mit etlichen anderen gegen den Wiederaufbau der Ruine protestiert, hatte gefordert, das einstige Ehrenmal, das faschistischer Propaganda gedient hatte, in Gänze niederzureißen. Unter den wenigen Gegenstimmen war die von Marion gewesen: »Reißen wir dann demnächst alles nieder, was von der Stadt überhaupt noch übrig ist? Vermutlich ist ja durch jedes Gebäude früher oder später mal ein Faschist gelaufen.«

»Ist doch gar keine so schlechte Idee«, hatte Paul Aller gewitzelt. »Wir könnten uns stattdessen Papierhäuser falten, die lassen sich leichter entsorgen, falls wieder mal ein Faschist durchläuft. Ach, ich vergaß – bei uns gibt's ja gar keine mehr.«

Letzten Endes hatte der Kulturoffizier der sowjetischen Kontrollkommission entschieden, die Neue Wache solle stehen bleiben und nach ihrer Restauration zu einem Mahnmal für die Opfer des Faschismus werden.

Würden sie den Namen ihres Vaters dann auch wieder in einen Block aus Stein meißeln und von ihr verlangen, dass sie eine vorgefertigte Rede hielt? Warum konnte sie sich über die Würdigung, die ihm zuteilwurde, nicht freuen, wer, wenn nicht er, hatte denn Ehre verdient?

Weil es nichts nützt, wisperte eine Stimme in ihr, vor der sie erschrak. Weil es nichts daran ändert, dass du ihn bäuchlings liegen siehst, in seiner uralten Hausjacke, auf dem Leib seiner Schwester ausgebreitet, mit kaum Blut auf dem Rücken und dem Kopf, der sich nicht mehr dreht. Weil in dir ein Kleinkind steckt, das seine Spieluhr wiederhaben will und nicht vernünftig mit den Dingen umgeht.

Sie ging weiter, vorbei an einer Baustelle nach der anderen. Die zerbombte Staatsoper war bereits ein Stück weit wieder in die Höhe gewachsen, die Sankt-Hedwigs-Kathedrale hingegen war eine einzige Ruine. Das Prinzessinnenpalais, von dem nur noch Stümpfe standen, wurde abgetragen, um wie das Schloss, das gesprengt worden war, aus dem Bild der Straße zu verschwinden. Stattdessen würden ganz neue Züge entstehen, solche wie die bereits stolz aufragende Botschaft der Sowjetunion, und eines Tages würde vom Alten nichts mehr zu erkennen sein, als hätte es hier nie gestanden, als wären nie Menschen daran vorbeigezogen.

Ohnehin würde Unter den Linden nie wieder Herz der Hauptstadt werden, denn nur ein paar Schritte entfernt, in der einstigen Großen Frankfurter Straße, entstand statt der Prunkstraße des Imperialismus eine Allee, die zu einem sozialistischen Staat passte. Stalinallee. Sie würde für Menschen gemacht sein, für die einfachen Leute, die nach der Arbeit ein wenig Zerstreuung suchten, die sich dort wohlfühlen würden und die Linden vergessen.

Sanne wünschte sich, dass es so käme, und es konnte ihr nicht schnell genug geschehen. Sie hasste die Straße. Sie hätte sie anherrschen wollen und fragen, was sie von ihr wollte, warum sie sie immer wieder zu sich zurückzog. Gleich damals, als sie sich freiwillig zum Enttrümmern gemeldet hatte, war sie hierhergekommen, als liefe ihr Körper gegen ihren Willen an. Die Siegermächte hatten den Faschisten ihren Prachtboulevard vor die Füße geworfen, Unter den Linden hatte kein Stein mehr auf dem anderen gestanden. Eine Trümmerbahn hatte gelegt und mehrmals täglich beladen werden müssen, weil die Schar müder Frauen mit ihren Schaufeln und Schubkarren gegen den Steinschlag der Geschichte nichts ausrichtete.

Sie streunte hin und her wie ein Hund, der nicht wusste, wohin er sich wenden sollte. Dabei wusste sie es doch. An der Kreuzung zur Friedrichstraße, wo ebenfalls ein Grundstück mit den Mauerresten einer Ruine abgesperrt war, würde sie in die S-Bahn steigen und nach Hause fahren. Sich vielleicht eine Stunde hinlegen. Dann sich an den Schreibtisch setzen. Arbeit hatte sie vor Schulbeginn noch genug, und Arbeit war ein Allheilmittel. Arbeit erinnerte daran, dass aus Zerstörtem nichts Neues entstand, wenn man sich zwischen die Trümmer warf und jammerte. Dass das Gejammer niemand hörte und niemand sich darum scherte. Dass man anpacken musste, sich zusammenreißen und an den Haaren aus dem Sumpf ziehen, es sei denn, man wollte darin stecken bleiben.

Ein Mann kam ihr entgegen, eine weiße Papiertüte unter dem Arm. Dem Anschein nach war er aus dem Nichts auf der fast menschenleeren Straße aufgetaucht, doch tatsächlich musste er aus dem abgesperrten Gelände gekommen sein. Sanne wollte ihm ausweichen, doch dazu war es zu spät. Der Schritt, den sie gesetzt hatte, ließ sich nicht mehr zur Seite lenken, und auch der Mann konnte nicht mehr anhalten, sondern prallte frontal in sie hinein.

Sanne war eine große Frau, aber der Mann war noch größer und zudem viel schwerer. Sie versuchte, sich abzufangen, doch dem Aufprall seines Gewichtes war sie nicht gewachsen. Ehe sie jedoch hintübergefallen und rücklings aufs Pflaster gestürzt wäre, hatte er sie an den Armen gepackt und gestützt. Wie ein Doppelwesen auf vier Beinen schwankten sie vor und zurück, kippten schließlich zur Seite und landeten übereinander, er auf dem Hintern, sie auf seinem Bauch.

Der Sturz war gedämpft, tat kaum weh. Nach einer Sekunde der Besinnung fand sie sich dem Gesicht des Mannes gegenüber, nicht mehr als eine Handbreit von ihrem entfernt. Es war ein flächiges, offenes Gesicht, in das eine Unmenge Haare in unbestimmbarer Farbe fiel. Nicht blond, nicht braun. Weit geöffnete Augen, der Blick verstört. So, als hätte er kurz das Bewusstsein verloren und wüsste jetzt nicht, wie ihm geschah.

Das war unsinnig. Der Mann war ein Riesenkerl mit Schultern wie ein Bauarbeiter in der Stalinallee, der würde bei einem so sachten Fall nicht gleich in Ohnmacht sinken. Dennoch sah er

Sanne unverwandt an, als wäre er nicht sicher, um was für ein Geschöpf es sich bei ihr handelte. Schöne Augen, stellte sie fest. Das war noch unsinniger. Augen waren zum Sehen da, nicht um gesehen zu werden.

Einigermaßen erschrocken bemerkte sie, dass sie noch immer zur Hälfte auf seinem Bauch saß. Hastig rappelte sie sich auf die Füße.

Er dagegen blieb sitzen und blickte zu ihr auf. »Es tut mir leid«, sagte er.

»Es war ja nicht Ihre Schuld«, sagte Sanne.

Er stand noch immer nicht auf. Zumindest setzte er sich aber gerade hin und umschlang seine Knie. Er hätte tatsächlich als Bauarbeiter durchgehen können, stämmig und breit und mit Händen wie Schaufeln. Aber er sprach nicht wie einer. »Doch«, sagte er.

»Wie, doch?«

»Doch, es war meine Schuld. Ganz bestimmt.«

»Na schön. Dann waren wir eben beide zur Hälfte schuld, aber wir haben es ja nicht absichtlich gemacht, und es ist ja auch nichts passiert.«

»Doch«, sagte er noch einmal.

Ihr Blick fiel auf die weiße Tüte, die ihm aus der Hand gefallen und zerrissen war. Die Schrippen, die er darin herumgetragen hatte, waren die Straße entlanggekugelt. Eine lag im Rinnstein.

»Ich meine, es ist keinem von uns etwas passiert«, sagte Sanne.

»Um Ihre Brötchen ist es natürlich schade.«

»Das meinte ich nicht.«

»Was dann?« Sie wollte es gar nicht wissen. Ihr Kopf tat weh. Sie wollte, dass diese absurde Begegnung ein Ende nahm und sie so schnell wie möglich nach Hause kam, wo sie sich in ihrem abgedunkelten Zimmer hinlegen konnte.

»Glauben Sie an Zufälle?«, fragte er, statt zu antworten. »Glauben Sie, es läuft auf einer breiten Straße wirklich ein Mensch zufällig in einen anderen hinein?«

Es war diese Frage, die sie nicht beantworten wollte. Sie hämmerte längst in ihrem Hinterkopf, hämmerte so laut und dumpf und heftig wie ihr Herz. Die breite Straße war Unter den Linden, und den Namen des Gebäudes, das auf dem abgesperrten Gelände gestanden hatte, kannte sie, so sehr sie sich wünschte, ihn zu vergessen. Lief auf einer Straße ein Mensch zufällig in einen Menschen hinein? Geschah es zweimal? Auf demselben Flecken?

Der Mann hatte begonnen, seine Brötchen um sich aufzusammeln. Das im Rinnstein ließ er liegen, aber zwei andere hob er auf und wischte sie behutsam an seiner Hose ab. »Was meinen Sie? Kann man bei Ihnen vom Fußboden essen?« Er hielt ihr eines hin. Starker Duft schlug ihr entgegen, und erst jetzt bemerkte sie, dass die Schrippe belegt war. Gelblicher Käse, rote Zwiebelringe und ein rot-weißes Salatblatt quollen zwischen den Hälften heraus. »Es wäre schade um den Gruyère. Kennen Sie Gruyère? Mögen Sie ihn? Ich habe ihn diese Woche zum ersten Mal entdeckt, auf einem Wochenmarkt im Wedding, beim Quartier Napoleon. Ich fahre da gern hin, weil Sie dort alle erdenklichen Herrlichkeiten aus Frankreich bekommen.« Er hob die Brauen. Weil Sanne nichts sagte, sprach er gleich weiter: »Er ist aus Rohmilch, ausschließlich von Rindern aus der Savoie. Möchten Sie mal probieren? Ich finde ihn ganz köstlich, würzig, erdig, als könnte man die herbere Luft der Berge darin schmecken, die Härte des Bodens und die trockene Hitze. Für einen Imbiss an einem Tag, an dem man ohne warme Mahlzeit auskommen muss, ist er geradezu ideal.«

Sanne konnte nicht fassen, dass ein erwachsener Mensch in der Lage war, einen derartigen Schwall von Worten über einen Käse abzusondern. Noch weniger fassen konnte sie, dass sie Hunger verspürte. Ohne zu überlegen, griff sie nach der Schrippe und biss hinein.

»Und? Was denken Sie?«

»Denken?« Sanne schluckte, ohne zu kauen. Statt noch einmal abzubeißen, wozu es sie drängte, gab sie ihm das Brötchen zurück. »Um ehrlich zu sein mache ich mir über Käse nicht so viele Gedanken wie Sie. Ich mache mir gar keine. Man isst, weil man eben essen muss, aber man zerbricht sich doch nicht noch darüber den Kopf.«

»Natürlich nicht.« Wieder zuckten seine Brauen. »Im Gegenteil. Gutes Essen soll Ihrem Kopf und Ihrem Körper guttun. Machen Sie sich über das, was Sie zu sich nehmen, wirklich keine Gedanken?«

»Nein. Das ganze Gerede über irgendwelche Nahrungsmittel, die es im Konsum nicht gibt und für die man Schlange stehen muss, geht mir auf die Nerven. Haben die Leute nichts anderes im Kopf, denken sie mit dem Bauch?«

Der Mann schwieg eine Weile, in der er nichts tat, als zu ihr aufzusehen. »Ich würde gern für Sie kochen«, sagte er. »Und dabei mit Ihnen über Denken mit dem Bauch reden.« Er schob das angebissene Brötchen zurück in die zerrissene Tüte, stand endlich auf und hielt Sanne die Hand hin. »Ich heiße Kelmi. Eigentlich Theodor-Friedrich Kelm, aber bis man das ausgesprochen hat, gerinnt einem ja die Mayonnaise. Ich bin Koch.«

Dass ein derart kräftiger Mann sein Geld damit verdiente, in Töpfen zu rühren und Käsebrote zu schmieren, kam Sanne wie eine typisch westliche Verschwendung vor.

»Und Sie?« Er nahm ihre Hand.

»Susanne Engel. Lehrerin.«

Er lächelte. Entblößte kerngesunde Zähne. »Wie wundervoll. Das hätte ich selbst erraten sollen.«

»Dass ich Lehrerin bin? Wieso?«

»Oh, nein, vor Lehrern fürchte ich mich«, beteuerte er und tat so, als wollte er sich vor einer Maulschelle ducken. »Dass Sie Engel heißen, hätte ich wissen sollen. Und dann auch noch Susanne.«

Er hielt noch immer ihre Hand in seiner. Sie zog sie ihm weg. »Unsinn«, murmelte sie.

»Meine Großeltern hatten in ihrer Wohnung überall Bilder hängen. Wenn ich als Steppke dort war, machte mein Großvater abends das Licht aus, setzte mich auf seine Schultern und trabte mit mir durch sämtliche Zimmer. Aus den Gestalten auf den Bildern wurden wilde Räuber, Piraten, Gespenster, die wir bekämpften – und zum Schluss befreiten wir die wunderschöne Prinzessin, die im Wohnzimmer über der Chaiselongue hing. Sie hatte blassgoldene Haut, so wie Maibutter, und dunkles Haar, das ihr über den Rücken floss. Von den ganzen Bildern war dieses mein liebstes. Dass es eine Kopie von Corinths *Susanna im Bade* war, habe ich erst etliche Jahre später erfahren.«

Sanne wusste nicht, wer Corinth war, sie hatte auch der Beschreibung des Bildes kaum folgen können. Alles, was sie erkannte, war der Ton, in dem er von seinen Großeltern erzählte, einen Ton, der sich nicht amüsierte, sondern mühsam gegen Schmerz kämpfte. Wie konnte er etwas, das in ihm solchen Schmerz auslöste, einer Fremden auf der Straße erzählen?

»Seitdem heißen alle schönen Frauen bei mir Susanna«, sagte er, noch immer im selben Ton.

»Ich heiße Sanne.«

»Wenn es Ihnen lieber ist, auch das. Ansonsten könnten Sie Rache nehmen und mich Theodor-Friedrich nennen.«

Ich nenne Sie gar nichts, wollte sie sagen, doch in diesem Moment entdeckte sie das Buch, das er ebenfalls beim Sturz verloren haben musste und das aufgeblättert auf der Straße lag. Irgendein Schund, eine dicke Schwarte mit einem Segelschiff auf dem Deckblatt. Gerald Ahrendt. *Der Mut des Kapitäns.* Sannes Hand, die es ihm hatte zeigen wollen, erstarrte.

Er folgte ihrem Blick. »Oh, mein Schinken. Und dabei ist es nicht mal meiner, sondern stammt aus der Bücherei.« Er hob es auf und schob es sich in den Hosenbund. »Es ist mir peinlich.

Was eine Lehrerin über einen denkt, der so etwas liest, will ich lieber nicht wissen.«

»Dass Sie beim Lesen nicht Ihr Hirn gebrauchen wollen, sondern nur aus Ihrer Wirklichkeit flüchten«, versetzte Sanne. »Lesen zu können ist ein Privileg. Es ärgert mich, wenn es verschwendet wird.«

Er senkte den Kopf. »Eine von diesen sanften Lehrerinnen, die auch die dummen Kinder ermutigen, sind Sie nicht gerade, oder?« Als er aufblickte, war alle Zerknirschung schon wieder verschwunden. »Sagen Sie mir trotzdem, ob Sie an Zufälle glauben? Daran, dass Männer zufällig in Frauen hineinlaufen, die zufällig Sanne heißen? Obwohl mir Suse besser gefiele. Dürfte ich Suse sagen?«

»Nein!«, rief Sanne entsetzt.

»Ich verstehe.«

»Und natürlich ist es ein Zufall, wenn ein Mann in eine Frau hineinläuft, und wenn es zweimal in derselben Straße passiert, ist es noch immer ein Zufall, egal, wie wer heißt. Was soll es denn sonst sein? Vorsehung, Schicksal, Bestimmung? Mit solchem Quatsch braucht mir niemand zu kommen, das ist alles nur dazu gedacht, Leute einzululen, damit sie ihr Leben nicht selbst in die Hand nehmen.«

»Ich verstehe«, sagte er wieder. »Aber das meinte ich nicht.«

»Was dann?« Das hatte sie ihn gerade eben schon einmal gefragt.

Sein Gesicht verzog sich. Sehr langsam, Zug um Zug, breitete sich darüber ein Lächeln, das vor nichts haltmachte. »Dass ich in Sie hineingerannt bin, war kein Zufall, kein Schicksal und auch keine Vorsehung«, sagte er. »Ich habe es absichtlich gemacht.«

Sie standen sich gegenüber. Sanne war zu perplex, um auf eine Erwiderung zu sinnen.

Er ließ die Brötchentüte fallen und nahm ihre Hände in seine. »Sie werden mir jetzt mit Ihrer strengen Lehrerinnstimme erklären, dass Sie gehen müssen«, sagte er. »Entweder Sie sind wütend, oder Sie halten mich für einen unsäglichen Hanswurst, den Sie niemals wiedersehen wollen, und das darf nicht sein, Susu. Das darf einfach nicht sein.«

»Was soll das?«

»Wenn Sie nicht mögen, dass ich Sie Suse nenne, nenne ich Sie Susu. Susi und Sanne können alle Susannen der Welt heißen, aber Susu sind nur Sie. Und Sie müssen mich wiedersehen.« Er ließ eine Ihrer Hände los und hob die seine. »Sagen Sie nicht Nein, ich beschwöre Sie, geben Sie mir noch eine Chance. Ich komme morgen wieder hierher, ich warte den ganzen Tag, und Sie kommen, wann immer es Ihnen passt, in Ordnung? Wenn Sie mich dann immer noch zum Haareraufen finden, ist gar nichts geschehen. Sie sind nur zufällig einem komischen Hansel begegnet, den man ein paar Schritte weiter schon wieder vergisst.«

Gerade hatte Sanne in ein Brötchen gebissen, obwohl sie nicht hatte beißen wollen, und jetzt geschah ihr schon wieder dasselbe: Sie musste lachen. Obwohl sie nicht lachen wollte.

Er lachte mit ihr, seine bierbraunen Augen weit. »Wollen wir es so machen?«, fragte er. »Als wenn es Zufall wäre? Wir treffen uns Unter den Linden.«

Dritter Teil

November 1933

*»Und dann fiel auf einmal der Himmel um.
Ich lachte und war blind.«*

Inge Müller

13

»Was meint ihr, kann ich mich damit sehen lassen?« Ilo tanzte in Unterröcken und Strümpfen in die Stube und hielt sich ihr grünes Chiffonkleid vor. Es war neu, sie hatte es von ihrer Gage von der Funk-Stunde gekauft. Viel Kleidung kaufte sie nicht mehr, aber dies war eine besondere Gelegenheit. Ein schöner Tag, wie sie ihn alle brauchten. »Neben Hans, dem Herzensbrecher, darf ich schließlich nicht zu fad daherkommen.«

Die zwei dunklen Köpfe hoben sich. Die zwei schmalen Gesichter, das kleine wie aus dem größeren geschnitten, sahen ihr entgegen. Volker saß mit Suse im Ohrensessel, von dem die naseweise Suse immer wissen wollte, wo er seine Ohren hatte, sah sich mit ihr ein Buch an und zog dabei zum hundertachtundachtzigsten Mal die Spieluhr auf, die Volker kaum weniger zu lieben schien als Suse. Er hatte sie ihr bei Wertheim in der Rosenthaler Straße gekauft, an dem Tag, an dem Ilo ihm im *Kranzler* gesagt hatte, dass in ihr sein Kind war. Eine flauschige Gans mit lächelndem Schnabel und einer blau-weißen Schleife um den Hals, die *Suse, liebe Suse* spielte. Wenn sie allein waren, hatte er die Spieluhr Ilo auf den Bauch gelegt, damit das Kind das Lied kennenlernte, und dass das Kind eine Suse war, hatte für ihn von Anfang an festgestanden.

Der Anblick der beiden war eine Hand, die sich um Ilos Herz legte und es kurz fest drückte. Ein Händedruck vom Glück. Sie würde sich nie daran gewöhnen.

Solchen wie uns kann gar nichts geschehen. Wir haben doch so viel durchgestanden, obwohl die Leute die Hände über dem

Kopf zusammenschlugen, die Wirtschaftskrise, nur Wochen vor Suses Geburt, das verlorene Konto mit meinen angesparten Gagen, die unbezahlten Möbel, all die Anfeindungen, und wir waren glücklich dabei. Wir sind auch jetzt glücklich. Heute ist ein schöner Tag. Wir stehen das durch.

»Na, ihr beiden? Was sagt ihr?«

»Darin bist du schön, Mutti«, rief Suse und klopfte auf die aufgeblätterte Buchseite. »Wie der Grashüpfer aus meinem *Biene-Maja*-Buch.«

Ilo musste so sehr lachen, dass sie das Kleid fallen ließ. Das Komische an Suse war nicht so sehr das, was sie sagte, sondern dass sie es mit dem Ernst und der Gewichtigkeit ihres Vaters sagte und dabei ihr kleines Gesicht genauso ernsthaft verzog.

Alles ist gut, dachte sie. Solange ich diese zwei Lieblingsmenschen bei mir habe, kriegen wir den Rest schon hin.

In ihrer Unterwäsche tänzelte sie über das Kleid hinweg auf ihren Mann und ihre Tochter zu und legte die Arme um sie beide. Die Spieluhr – Gerti Sing-Gans getauft – spielte noch immer ihr Lied. Aus einem Impuls heraus stimmte Ilo ein:

»Suse, liebe Suse, was raschelt im Stroh?
Das sind die lieben Gänschen, die hab'n keine Schuh.«

Volker – ein wenig heiser – sang ebenfalls mit, und Suse – laut und fröhlich und unmusikalisch – krakeelte über alles hinweg:

»Der Schuster hat Leder, kein' Leisten dazu,
Darum kann er auch nicht machen, den Gänschen die Schuh.«

Das sind wir, dachte Ilo, die lieben Gänschen, die keine Schuhe brauchen, um glücklich zu sein.

»Und?«, fragte sie, als das Terzett mit Spieluhr verklungen war. »Wie lautet nun das Urteil über meinen Aufzug als Trauzeugin? Die Stimme meiner Tochter habe ich ja schon vernommen, aber was sagt mein Mann?«

Sie sah Volker in die Augen, er nahm die Brille ab, und zwischen seinem Blick und ihrem verwischte die Grenze. Sie waren seit mehr als vier Jahren verheiratet, sie zogen ihr Kind auf und rackerten sich durchs Leben, aber wenn sie sich unverhofft gegenüberstanden, war noch immer überall das Café *Kranzler*. Der zu kleine Tisch, unter dem sich ihre knochigen Knie stießen. Ihre Hände, die nirgendwo Platz finden wollten als eine auf der andern.

»Ach, Ilo«, sagte Volker. »Du weißt doch, dass ich in diesen Sachen als Ratgeber nichts tauge. Ich finde dich immer schön. Auch wenn du den Kittel von Frau Lischka anhättest. Nicht wahr, Suse, unsere Mutti ist immer die Schönste, auch im Kittel von Omi Lischka?«

Suse warf sich im Sessel zurück und hielt sich beim Kichern den kleinen Bauch. »Im Kittel von Omi Lischka, hahaha, Mutti im Kittel von Omi Lischka!«

Karoline Lischka war die Hauswartfrau, die vorn im Parterre wohnte. Ihr Mann war von einer Straßenbahn totgefahren worden, und seither kämpfte sie darum, seine Hauswartstelle zu behalten. Ihr Sohn war ein Taugenichts, der beständig mit dem Gesetz in Konflikt geriet, und die Tochter hatte einen Menschen geheiratet, der sich Schriftsteller nannte, mit seinem Schreiben jedoch kaum eine Mark verdiente. Der einzige Lichtblick war ihr Enkel Othmar, ein Junge von zehn, um den sie sich kümmerte, wenn der Vater einmal mehr im Gefängnis saß. Er hing mit rührender Liebe an seiner Großmutter und spielte, sooft er in der Adalbertstraße auf Besuch war, hingebungsvoll mit der kleinen Suse.

Line Lischka erledigte bei Nacht Bügel- und Ausbesserungsarbeiten, um ihre ungeratenen Kinder zu unterstützen und ihrem Enkel ab und an etwas zuzustecken. Aus den Flicken, die bei diesen Arbeiten abfielen, stoppelte sie sich die Kittel zusammen, in denen man sie über den Hof schlurfen sah.

Suse lachte darüber. Aber sie liebte die alte Dame von Herzen. Von keinem Spaziergang kam sie heim, ohne mit ihren kleinen Fäusten an Frau Lischkas Tür zu hämmern und zu rufen: »Omi Lischka, ich bin wieder da!« Und jedes Mal öffnete Line Lischka die Tür und hielt Suse eine rot und weiß gestreifte, wie ein Spazierstock gebogene Zuckerstange hin. »Nun schau doch mal, Suse, was die lieben Gänschen bei mir für dich abgegeben haben.«

Ilo spreizte die Beine und stemmte die Hände in die Hüften. »Ich will's aber von dir wissen, mein lieber Herr Gemahl. Wir haben so lange nicht mehr gefeiert, wir hauen heute auf den Putz, und dazu sagst du mir gefälligst, worin du deine Frau am liebsten sehen magst. Und wenn's Line Lischkas Putzkittel ist, dann lauf ich so, wie ich bin, nach unten und borg ihn mir.«

Volker wand sich. Und Ilo war verrückt nach ihm. Er starrte zu Boden, kratzte sich den Kopf, dass alles Haar zu Berge stand, und als er endlich aufsah, stammelte er: »Dein grünes Kleid sieht sehr hübsch aus, mein Allerliebstes. Aber wenn du wirklich willst, dass ich eines aussuche – dann zieh das rosa Kleid an.«

Es war für die Jahreszeit viel zu dünn, zu fipsig, schon ein bisschen abgeschabt, besonders an der Spitze am Ausschnitt, und im Grunde kam sie sich darin inzwischen kindisch vor. Aber für Volker war es das Kleid, das zu ihr gehört hatte, als er sich in sie verliebt hatte, das Kleid ihrer ersten, sorglosen Zeit, und sie liebte ihn dafür.

»Ich zieh's an«, sagte sie. Sie würde das grüne für eine andere Gelegenheit aufheben, vielleicht für das Konzert im Sendesaal der Funk-Stunde, über das Alfred Braun im Sommer mit ihr gesprochen hatte. »Und ihr zwei macht euch jetzt auch fertig, ja? Bei dem Wetter fährt der Bus langsam, und wenn ich zu spät komme, muss die ganze Hochzeit warten.«

»Darf Gerti Sing-Gans mitkommen, Mami? Sie zieht sich ganz alleine an, und sie kann mir helfen, die Blumen auszustreuen.«

Eugen und Sido heirateten nur auf dem Standesamt, wie Ilo und Volker es vor vier Jahren getan hatten. Aber so, wie Sido damals ein Mädchen aus dem Kinderchor mit einem Blumenkorb der Braut vorweggeschickt hatte, so hatte jetzt Ilo einen kleinen Korb vorbereitet, aus dem Suse Rosenblätter auf Sidos Weg streuen sollte.

»Gerti Sing-Gans darf mit«, antwortete sie ihrer Tochter. »Aber mit dem Singen sollte sie besser bis zum Empfang warten, abgemacht?«

Eugen hatte die Terrasse des Wintergartens für die Feier gemietet. Er wollte sich nicht lumpen lassen, und recht hatte er. Wenn eine Frau eine Märchenhochzeit verdient hatte, dann war es Sido. Darüber, dass Eugen ihr verziehen hatte, dass sie noch Freunde waren, die jetzt, wo ihnen der Wind entgegenblies, zusammenstanden, war Ilo zutiefst erleichtert. Hätte man sie vor die Wahl gestellt, so hätte sie ihrer Liebe zu Volker alles geopfert, doch es tat gut, gerade jetzt nicht allein zu stehen. Freunde wie Eugen und Sido machten vieles erträglicher, es war ein Glück, sie nicht verloren zu haben.

Ihren Weggang hatte Eugen verschmerzt. Seit er den vielversprechenden, aus Hamburg stammenden Schauspieler Hans Otto vertrat, war es für ihn beruflich noch einmal mächtig bergauf gegangen. Hans sah gut aus, gefiel im Schauspielhaus am Gendarmenmarkt als stürmischer Liebhaber und jugendlicher Held, und vor zwei Jahren hatte ihm Eugen sogar einen Filmvertrag besorgt. Er selbst bestand zwar darauf, er wolle mit der UFA nichts mehr zu tun haben, aber für Hans versprach er sich eine Zukunft dort. Überdies war Hans ein Pfundskerl, den man einfach gernhaben musste. »Wärst du zwanzig Jahre jünger, bekämst du mich zur Schwiegermutter«, hatte Ilo zu ihm gesagt, und er hatte erwidert: »Dann gebe ich mir Mühe, mich die nächsten zwanzig Jahre frisch zu halten.«

Hans war Kommunist wie Volker. Das hatte die beiden Männer verbunden, und durch seine Vermittlung hatte auch Eugen sich mit Volker ausgesöhnt. Ilos Familie hingegen hatte ihr nicht vergeben. Ihre Schwester Marika hatte ihre kleine Nichte noch nie gesehen, und ihre Mutter weigerte sich, sie in ihrer Wohnung zu besuchen oder ihren Mann in ihrem Haus zu empfangen. Manchmal trafen sie sich in der Stadt zum Essen, und zwei-, dreimal hatte sie Suse in eine Konditorei eingeladen. Suse ging jedoch nicht gern hin, sie ging nirgendwo gern hin, wo sie nicht alle drei zusammen sein konnten, und auch Ilo war nicht wohl dabei.

»Ich komme mir an dir wie eine Verräterin vor«, hatte sie zu Volker gesagt. »Wir gehören zusammen. Wenn sie einen von uns nicht haben will, sollte sie den anderen auch nicht bekommen dürfen.«

»Das wäre mir aber nicht recht«, hatte Volker erwidert. »Dir deine Familie wegnehmen, das will ich nicht. Würdest du mir meine denn wegnehmen wollen?«

»Und wenn Hiltrud sich nicht mit mir abgefunden hätte?«, hatte Ilo gekontert. »Würdest du sie dann trotzdem treffen und dir womöglich anhören, wie sie schlecht von mir spricht?«

Keine Antwort war auch eine Antwort. Volker war aufgestanden, hatte ihr Gesicht in die Hände genommen und sie auf Wangen und Lippen geküsst. »Ich will, dass du glücklich bist, Ilo. Ich bin glücklich mit dir und Suse, ich brauche deine Mutter nicht dazu.«

In den ersten Jahren hatte Ilo geglaubt, sie brauche sie auch nicht. Nachdem ihre Töchter sie enttäuscht hatten, hatte die Mutter ihre Liebe auf Felix, den einzigen Sohn, geworfen, und abgesehen davon, dass Marika ihr leidtat, dachte Ilo an sie alle nicht allzu oft. Jetzt aber, wo die Welt so viel kälter geworden war, wo Hass und Feindschaft bei jedem Gang über die Straße spürbar waren, regte sich die Sehnsucht, in dem kleinen Kreis, der zu ihnen gehörte, geborgen zu sein.

Vielleicht würde die harte Haltung der Mutter ja mit der Zeit aufweichen. Immerhin hatte sie Suse zum Geburtstag ein Geschenk geschickt, ein prachtvolles Kinderbuch von Kiepert am Knie, das der Kleinen gefallen würde. Ilo würde ihr vorschlagen, zum Dank für die Großmutter ein Bild zu malen. Suse war als Malerin so wenig begabt wie beim Gesang – ihren windschiefen Häusern, ihren Strichmännchen und Riesensonnen konnte unmöglich ein Mensch widerstehen.

Ilo ging, um sich umzuziehen, und eine Viertelstunde später standen sie alle geschniegelt und gespornt bereit. Volker hatte sich auf Eugens Drängen einen ordentlichen Anzug geliehen, und Suse steckte in einem spanischen Flamenco-Kleid, das sie mit Hiltrud bei Tietz ausgesucht hatte. »Viel zu teuer«, hatte Hiltrud geschimpft, aber das Geld, das Ilo ihr geben wollte, nicht angenommen.

Hiltrud, die ein solcher Stinkstiefel sein konnte, wurde zur Liebenswürdigkeit in Person, wenn es um ihre Suse ging. Hatte Ilo Engagements, kam sie in die Wohnung in der Adalbertstraße, um Suse zu hüten und im Haushalt auszuhelfen. Sie brachte Schnuffeken mit, worüber Suse in Freudengeheul ausbrach, denn sie und Schnuffeken waren zwei, die sich gesucht und gefunden hatten. Unter dem Küchentisch baute sie ihre Stofftiere auf und spielte mit Schnuffeken Zoo, wobei sie ihr die Eigenheiten jedes Tieres höchst oberlehrerhaft erklärte. Und wenn sich abends alle zusammenfanden und Karten spielten oder zu dem, was das Radio brachte, sangen und tanzten, schien die kleine Wohnung vor Glück zu platzen.

Wir haben es richtig gemacht, dachte Ilo, während sie zu dritt die Straße hinunterspazierten und Suse mit »Eins, zwei, drei, hoch« an ihren Händen hüpfen ließen. Und Sido und Eugen machen es auch richtig. Eugen hatte Sido gebeten, seine Frau zu werden, sobald die ersten Schwierigkeiten aufgetreten waren: »Dann heiraten wir eben. Wollen doch sehen, wer es dann noch wagt, das Maul aufzureißen oder dich auch nur scheel anzusehen.«

Sido, die bei der Freien Volksbühne inzwischen zum festen Ensemble gehörte, hatte abgelehnt. »Du hast genug für mich getan, Eugen. Dass du dich verpflichtet fühlst, mich zu heiraten, um mich vor Schwierigkeiten zu bewahren, will ich nicht.«

»Und ich will nicht, dass kluge Frauen dummes Zeug schwatzen«, hatte Eugen erwidert. »Ich will dich heiraten, um dich bei mir zu haben, und Punkt.«

Er hatte recht. In seiner herrlichen Wohnung mit der verglasten Terrasse und dem Blick über den Viktoria-Luise-Platz war Sido ohnehin so gut wie zu Hause. Weshalb sollten sie also nicht heiraten, wenn ihr das Unannehmlichkeiten ersparte? Sido lehnte trotzdem noch einmal ab, und die Unannehmlichkeiten ließen nicht auf sich warten. Die Volksbühne wurde Joseph Goebbels' Propagandaministerium unterstellt und dem Reichsverband Deutsche Bühne einverleibt. Für die begonnene Spielzeit war Sido nur in einer Produktion, in einer winzigen Nebenrolle besetzt worden, ohne dass jemand ihr dafür Gründe nannte. Davon zu leben und ihre Mutter, die an Arthritis litt, zu unterstützen, war nicht möglich. Zudem wurde ihr mitgeteilt, dass in ihrer Akte Papiere fehlten, von denen ihre Weiterbeschäftigung abhing.

Sido gab sich alle Mühe, sich nichts anmerken zu lassen, doch sie lief mit allzu stark geschminkten Augen umher, und Ilona war sicher, dass sie in den Nächten weinte.

»Ich frage dich nicht mehr«, hatte Eugen gesagt. »Du heiratest mich, und damit endet diese Diskussion.«

Der Bus kam. Beim Einsteigen spürte Ilo die Blicke, die sie und ihre Familie trafen. Keine feindlichen Blicke, beruhigte sie sich.

Eine Familie in festlicher Kleidung, noch dazu mit einem so süßen Kind wie Suse, sahen die Leute sich eben gern an. Außerdem hatten sie bis zum Rathaus Schöneberg, wo die standesamtliche Trauung stattfand, ja auch nur ein paar Stationen zu fahren.

»Ich bin da nicht mehr gewesen seitdem«, bemerkte Volker unvermittelt. Wenn er »seitdem« sagte und den Rest des Satzes in der Luft hängen ließ, bedeutete das immer: seit Januar. Seit alles sich geändert hatte.

Nicht alles. So zu denken war hysterisch. Regierungen wechselten, und das Wesentliche, das, was das eigene Leben betraf, blieb dennoch gleich. Dass sie alle möglichen Papiere beibringen mussten, um ihre Engagements zu behalten, nachweisen, wer ihre Großeltern waren, wo und wann sie getauft worden waren, war zwar lästig, aber es erschütterte die Welt nicht in den Grundfesten.

»Jetzt fang nicht wieder an, Teufel an die Wand zu malen«, sagte Ilo, die in dem Rathaus nie gewesen war. »Ich wette, es ist noch alles so, wie du es kennst.«

Es war nicht alles so, wie Volker es kannte. In der Brandenburghalle, wo sich die Hochzeitsgesellschaft sammelte, stand gleich beim Eingang eine schwarzmarmorne Büste Adolf Hitlers.

Volker blieb stehen. »Da gehe ich nicht hinein.«

»Jetzt stell dich nicht an. Der Tag gehört Sido und Eugen, den willst du ihnen ja wohl nicht verderben.«

»Guck mal, der Onkel!«, rief Suse. »Der mit dem doofen Schnurrbart, der bei Fleischer Sühnke an der Scheibe klebt.«

Ilo drängte Volker in den Saal und ließ Suse noch mal hüpfen, um sie abzulenken. »Da seid ihr ja!«, rief sie übertrieben fröhlich der Gesellschaft entgegen. »Sagt nicht, wir kommen zu spät. Da ist man einmal Trauzeugin, und prompt setzt man es in den Sand.«

»Nein, ihr kommt nicht zu spät.« Eugen, elegant im nachtblauen Smoking mit Kummerbund, löste sich aus dem Pulk. Er wirkte angespannt, nervös, aber so hatte Volker vor seiner Hochzeit auch gewirkt. »Zumindest seid ihr nicht die Letzten, die kommen. Hans ist noch nicht da. Dabei wollte er schon vor einer halben Stunde hier sein, um seine Rede mit mir durchzusprechen.«

»Ich mache mir Sorgen um ihn.« Jetzt trat auch Sido vor, die ein karminrotes Ensemble samt einem kleinen Hut mit Schleier trug und wie immer bildhübsch aussah. »Es ist nicht seine Art, andere warten zu lassen. Er ist sonst die Pünktlichkeit in Person.«

14

Ilos Nachtmütze Volker war eingesprungen. Er glühte regelrecht vor Stolz, als Eugen ihn fragte, ob er seinen Ausweis dabeihabe und den Platz des fehlenden Trauzeugen ausfüllen wolle. In gewisser Weise hatte Ilo nicht unrecht: Etwas hatte dieser Kerl an sich, das einen geradezu dazu zwang, ihn ins Herz zu schließen. Auch wenn er ein Traumtänzer war, der sich in der Wirklichkeit weniger zurechtfand als eine Kuh auf der Klaviertastatur, und auch wenn es unverzeihlich war, zu was für einem Leben er das Ausnahmetalent Ilona Konya verdammt hatte.

Zwei Zimmer und Küche im finstersten Kreuzberg. Windeln waschen, Haferbrei kochen, ab und an ein kleines Konzert in der Funk-Stunde, zu Uhrzeiten, zu denen kein Mensch Radio hörte. Ilo wurde dabei immer schöner, eisklarer, schwereloser. Das, was sie hätte werden können und nicht werden würde, schnitt Eugen noch immer ins Fleisch. Aber er hatte sich geschworen, sich abzufinden. *Glücklich ist, wer vergisst, was nicht mehr zu ändern ist.* Außerdem hatte er andere Sorgen.

Wenigstens war die Hochzeit ohne weitere Hindernisse über die Bühne gegangen. Sido hatte sie verschieben wollen, aber Eugen fühlte sich gehetzt, war sicher, keinen ruhigen Atemzug mehr zustande zu bekommen, ehe sie die Sache hinter sich hatten. Sido machte sich Sorgen um Hans Otto. Eugen machte sich keine, oder zumindest gab er vor sich selbst vor, sich keine zu machen. Hans hatte Ärger mit dem Theaterleiter, Hanns Johst, aber wer hätte mit diesem unsäglichen Ober-Nazi keinen Ärger gehabt? In seiner Unaufgeregtheit war Hans der richtige Mann, um damit fertigzuwerden.

Er würde sich nicht vertreiben lassen. Angebote aus Wien und Zürich hatte er abgelehnt, sein Platz war hier, das hatte er Eugen versichert. Und Hans war keiner, der sich so einfach ins Wanken bringen ließ. Dass er sich davongemacht hatte, war also auszuschließen. Zudem war Hans verheiratet, Mie, seine Frau, war zwölf Jahre älter als er und hatte einen Jungen von zehn, die wollte hier nicht weg. Vermutlich hatte etwas ihn aufgehalten, eine Aktion seiner Genossen, zu der er sich hatte hinreißen lassen, und Eugen würde ihn zusammenstauchen, wenn er Zeit dazu fand.

Während der Trauzeremonie hatte er kaum die geforderten Antworten stammeln können und war bei jedem Geräusch in seinem Rücken zusammengezuckt. Am heftigsten, als der Kleinmensch, Ilos Tochter, diese vermaledeite Spieluhr aufgezogen hatte. Eugen mochte den Kleinmenschen, auch wenn es ihn mit Entsetzen erfüllt hatte, wie die Schwangerschaft Ilos makellosen Leib hatte aufquellen lassen. Das Mädel kam nach Volker Engel. Es war vollkommen unbegabt, seiner Mutter so wenig ähnlich wie nur möglich und gesegnet mit der Grazie eines Klapperstorchs. Seinen umkämpften Seelenfrieden würde dieses eher drollige Geschöpf niemals bedrohen.

Die Spieluhr allerdings tat es. Er fuhr herum wie gestochen, und auch als der Kleinmensch die komische Plüschente hochhielt und alles in Gelächter ausbrach, raste sein Puls weiter, und es gelang ihm nicht, sich zu beruhigen.

Sido, seine Braut auf dem Lehnstuhl neben ihm, legte ihm die Hand auf den Arm. »Was ist denn, Lieber? Die kleine Suse hat gedacht, sie macht uns damit eine Freude.«

Eugen gab ihr keine Antwort, sondern bedeutete dem Standesbeamten, trotz des Aufruhrs fortzufahren. Sie sollte nicht wissen, dass er sich fühlte, als werde jeden Augenblick jemand den Saal stürmen und ihnen die Hochzeit verbieten. Warum hätte irgendwer das tun sollen? Sidos Stellung am Theater war gefährdet, was absurd und empörend genug war, aber es konnte ihr ja wohl kaum jemand das Recht absprechen, sich zu verheiraten.

Es hatte ihr niemand das Recht abgesprochen. Die Zeremonie war vollzogen worden, der Empfang im Wintergarten geriet zum rauschenden Fest, das noch andauerte, als das Brautpaar aufbrach, und jetzt saßen sie als Mann und Frau im Zug nach Stralsund. Dort würden sie übernachten, ehe sie in der Frühe die Fähre nahmen und nach Hiddensee übersetzten. Die Hochzeitsnacht verbringen. Natürlich war das eher bedeutungslos, schließlich lebten sie seit bald drei Jahren so gut wie zusammen, und Eugen hätte gern über sich selbst gelacht, weil es ihm auf einmal bedeutsam erschien.

Aber er lachte nicht. Sido lachte auch nicht. Er hatte Champagner und ein sehr leichtes Abendessen aus kaltem Huhn, Salat und weißem Brot in ihr Abteil bestellt, und eine Zeit lang tranken sie schweigend und rührten das Essen nicht an.

»Hiddensee im November«, versuchte es Eugen schließlich. »Vielleicht war das nicht meine beste Idee. Etwas anderes als Sturm und Regen werden wir kaum zu Gesicht bekommen.«

»Das macht mir nichts aus«, erwiderte Sido. »Mir ist nach Sturm und Regen zumute. Und nach dem Meer.«

Eugen erging es genauso, deshalb hatte er Hiddensee gebucht. Er wollte das tobende Meer sehen, sich vom Heulen des Windes taub brüllen lassen, Kraft spüren, die sich um diese größenwahnsinnigen Hampelmänner und ihren Wunsch, alles niederzutrampeln, einen Dreck scherte.

»Ein Gesicht wie eine glückliche Braut auf der Hochzeitsreise ziehst du trotzdem nicht gerade«, sagte er.

»Ich mache mir Sorgen, Eugen. Hans verdankt dir so viel, und er ist nicht einmal zum Empfang gekommen.«

»Schauspieler sind eben ein undankbares Pack.« Er versuchte zu grinsen. »Du grübelst zu viel über das, was andere Leute treiben. Das ist nicht gut für den Teint.«

Manche Theaterleiter gaben Fragebögen aus, in die Agenten die speziellen Eigenheiten ihrer Klienten eintragen sollten. In die Spalte *Besondere Fähigkeiten* hätte Eugen in Sidos Bogen »freudloses Lachen« eintragen können. Es war ihr Markenzeichen, keine brachte es darin zu solcher Meisterschaft wie sie. »Hältst du es für ausgeschlossen, dass sie ihn abgesägt haben? So wie sie mich absägen wollen? Er hat für Mie zu sorgen und für den Jungen. Daraus, dass er Mitglied der KPD war, macht er ja kein Geheimnis.«

Leider nicht, verkniff sich Eugen. Ebenso verkniff er sich den Hinweis, dass Hans' Stellung sich mit der ihren nicht vergleichen ließ. Sie war Charaktercharge. Solide, verlässlich, ersetzlich. Hans dagegen gehörte zu den Lieblingen der Berliner, war auf dem Weg nach ganz oben, und nicht einmal Johst, der innen und außen so braun war, dass er aus dem Mund nach Scheiße stank, wollte sich seiner entledigen. Außerdem – und das würde er Sido auch nicht sagen – ließ sich das, was die Nazis an Hans auszusetzen hatten, aus der Welt räumen. Gegen das, was ihr anhaftete, war dagegen kein Kraut gewachsen.

Er machte sich selbst Sorgen. Aber er wollte sich keine machen. Wenn man mit dem Sorgenmachen erst einmal anfing, gestand man dieser Brut des Schwachsinns Bedeutung zu, gab seine Nonchalance auf, die Gewissheit, dass so etwas in diesem wilden, freien, aufgeklärten Deutschland nicht passieren konnte. Es war eine Laune, nicht mehr als ein Auswuchs, der mit der nächsten Wahl verschwunden sein würde wie Hugenberg, den sein Busenfreund Hitler samt seiner Partei vom Tisch gewischt hatte.

Der Zug hielt mitten auf der Strecke an. Draußen war es längst stockfinster, tobten Wind und Regen. Ein Schaffner steckte den Kopf zur Abteiltür herein, entschuldigte sich für einen Signalausfall, der sie für einige Zeit hier festhalten würde, und erkundigte sich, ob sie noch etwas wünschten.

»Wo sind wir denn?«, fragte Eugen. Vor dem Fenster war nichts zu erkennen, keine Silhouette, kein Leben, nur regengepeitschte Schwärze.

»So genau kann ich Ihnen das auch nicht sagen«, erwiderte der Schaffner. »Irgendwo in der mecklenburgischen Pampa.«

Eugen stellte fest, dass er das wilde, freie, aufgeklärte Deutschland nicht sonderlich gut kannte. Dass er Berlin damit meinte, das Hitler verhasst war. Er bestellte noch eine Flasche Champagner. Als der Kellner, der sie gegen die leere austauschte, gegangen war, sagte er zu Sido: »Iss doch etwas. Bis wir im Hotel sind, ist die Küche womöglich schon geschlossen; und wir bekommen höchstens noch eingetrocknete Kanapees.«

Wahrscheinlich war das nicht. Er hatte den *Stralsunder Hof* gebucht, das teuerste Haus am Platz, darin die Suite für Hochzeitsreisende, die für sie vorbereitet sein würde. Rosen aus dem Treibhaus, französischer Wein und belgische Pralinen. Alle erdenklichen Leute rieten derzeit, man solle sein Geld beisammenhalten, aber Eugen hatte gewollt, dass Sido sich einmal im Leben wie eine Prinzessin fühlte.

»Dass er meiner Frau den Hochzeitstag verdirbt, setze ich dem verdammten Hans auf die Rechnung«, knurrte er. »Vermutlich ist er mit irgendwem versackt, und wenn wir zurück sind, kommt er angekrochen wie die Reue in Person. Du kannst mir glauben, Johst will ihn um jeden Preis halten. Er hat eigens deshalb das Gespräch mit mir gesucht. Alles, was er verlangt, ist, dass Hans sich ein bisschen weniger weit aus jedem Fenster hängt.«

»Und wenn Hans das ablehnt?«

»Sido.« Er goss ihr Champagner ein, schob ihre Hand, die sie über das Glas halten wollte, einfach beiseite. »Hans lass bitte meine Sorge sein, ja? Ich bin sein Agent, und ich wäre dir dankbar, wenn du mir zutrauen würdest, dass ich diese Dinge im Griff habe. Dein Agent bin ich übrigens auch. Wir genießen jetzt unseren Regenurlaub, vergessen einmal das ganze Pack, das uns in Berlin am Rockzipfel hängt, und wenn wir zurückkommen, stelle ich bei der Reichstheaterkammer noch einmal einen Aufnahmeantrag für dich. Den halte ich Heinz Hilpert unter die Nase und erkläre ihm, dass ich in der nächsten Spielzeit mindestens drei Verpflichtungen erwarte, wenn er nicht will, dass wir uns nach einer neuen Wirkungsstätte umsehen.«

Sie trank nun doch. Nippte, stellte das Glas ab, nahm es auf und nippte wieder. »Ich kann doch diesen Nachweis nicht erbringen, Eugen.«

»Pfeif auf diesen Nachweis. Du bist jetzt Eugen Terbruggens Frau, du brauchst keine Nachweise darüber, wer deine Urgroßtante dritten Grades war.«

Es war schon nach neun, als sie Stralsund erreichten. Der Regen war sachter geworden, die Abendkälte schneidend, und auf dem Bahnhof erstarb letztes Leben. Kioske schlossen, fliegende Händler schafften ihre Karren und Bauchläden von dannen, Gepäckträger und Reisende zerstreuten sich. Eugen hatte über das Hotel einen Träger vorbestellt, konnte aber niemanden mit einem Schild entdecken. Vermutlich war dem Mann die Warterei zu lang geworden. Glücklicherweise fand sich noch einer, ein ältlicher Träger mit einer Karre, auf die er ihre beiden Koffer und Sidos Hutschachtel unter Stöhnen auflud. »Wohin?«

»*Stralsunder Hof*. Ich hatte einen Wagen bestellt.«

Stralsund war Eugen als blühende Hansestadt voller Sommerfrischler und Bewunderer der prachtvollen Altstadt geschildert worden, doch vor dem Bahnhofsportal herrschten Finsternis und gähnende Leere. Es war November, es war spät und ein Wetter zum Davonlaufen. Einen Wagen fanden sie nicht, obwohl der Träger mit ihren Koffern mehrmals die Straße auf und ab trottete. »Tja, da werden die Herrschaften wohl zu Fuß gehen müssen. Sehr weit isses aber nich.«

Sido hakte sich bei Eugen ein. »Es macht mir nichts aus, Lieber. Im Gegenteil. Nach der langen Fahrt tut ein kurzer Fußweg gut, und umso gemütlicher wird es im Hotel sein.«

Es war ihre erste Reise, alles ging schief, und sie hielt die Ohren steif wie ein tapferer kleiner Soldat. Er hatte es sich anders gewünscht, nahm sich vor, sie im Hotel und auf der restlichen Reise für alles zu entschädigen. Ihre Suite hatte Meerblick und ein Himmelbett. Sie wusste, dass er ihr das, was sie sich am meisten wünschte, nicht geben konnte, doch zum Ausgleich sollte sie alles andere bekommen.

Das Hotel stand in einer Seitenstraße, die zum Hafen führte, hinter dem Rathaus, das geradezu unheimlich in die Nacht ragte und an mittelalterliche Tribunale denken ließ. Dagegen wirkte das Hotel, im Stil hanseatischer Patrizierhäuser gehalten, hell verputzt und mit maritimen Motiven verziert, behaglich und einladend. Schmiedeeiserne Laternen beleuchteten den Eingang, wo ein Page bereitstand, um sich um ihre Koffer zu kümmern. »Herr und Frau Schultze aus Hannover?«

»Nein, Herr und Frau Terbruggen aus Berlin«, entgegnete Eugen und wollte sich schon an dem Pagen vorbeidrängen, damit Sido ins Warme kam. Aus der Empfangshalle schlug ihnen gelbliches Licht entgegen und der Duft nach Harz, den Kaminfeuer verströmen.

»Warte doch«, rief Sido leise und zupfte an seinem Ärmel, aber Eugen schob sie kurzerhand durch die Tür. Sie sah mitgenommen aus, das kecke Hütchen, das er ihr zu ihrem Reisekostüm gekauft hatte, vom Regen durchweicht. Das Feuer in dem großen Kamin auf der Linken knisterte, und auf dem Empfangstisch standen zwei hohe Vasen mit Kiefernzweigen und Christrosen. Der Mann, der dahinter wartete und ein dunkles Sakko mit dem Emblem des Hotels auf der Brusttasche trug, blickte auf und lächelte Eugen und Sido entgegen.

»Herzlich willkommen im *Stralsunder Hof*. Für unser Wetter müssen wir uns leider entschuldigen, aber wir werden unser Bestes tun, um Ihnen den Aufenthalt bei uns dennoch zu einem Genuss zu machen.«

Eugen wollte sich bedanken, doch der Page kam ihm zuvor. »Chef, das sind nicht die Leute aus Hannover.« Von ihrem Gepäck trug er kein Stück bei sich, sondern hatte es vor der Tür im Regen stehen lassen. »Da ist wohl was schiefgelaufen ...«

»Wir sind Eugen und Sidonie Terbruggen aus Berlin«, schnitt ihm Eugen das Wort ab. »Und wenn es recht ist, würden wir jetzt gern auf unsere Suite. Wir haben eine unerquickliche Reise hinter uns und waren nicht eben erfreut, als wir den bestellten Wagen Ihres Hauses bei unserer Ankunft nicht vorfanden.«

»Eugen, bitte ...« Sido zupfte wieder an seinem Ärmel, aber er beachtete sie nicht. Stattdessen wartete er darauf, dass der Empfangschef das Gästebuch unter dem Tresen hervorzog, damit er sich eintragen konnte. Und dass er ihnen eine gebührliche Entschädigung anbot. Eine der älteren Flaschen seines Weinkellers war das Minimum.

»Es ist mir höchst unangenehm«, sagte der Mann. »Wie es aussieht, wurde eine Nachricht, die wir Ihrem Reisebüro haben zustellen lassen, nicht weitergeleitet. So leid es mir für Sie tut, ich kann Sie in unserem Haus nicht beherbergen. Ihre Buchung wurde bereits vor zwei Wochen storniert. Man hätte Sie darüber in Kenntnis setzen müssen.«

»Meine Buchung storniert? Was soll denn der Blödsinn? Ich habe ganz bestimmt nichts storniert, ich brauche heute Nacht ein Hotel in Stralsund, weil ich morgen früh mit meiner Frau auf die Fähre nach Hiddensee gehe, und ich habe das Ganze vor Monaten ordnungsgemäß gebucht und bezahlt.«

»Das Geld ist Ihrem Reiseveranstalter rückerstattet worden«, sagte der Mann, ohne Eugen anzusehen. »Sie müssen sich an Ihren Veranstalter wenden. Der Fehler liegt nicht bei uns.«

»Natürlich liegt der Fehler bei Ihnen!«, rief Eugen außer sich. »Sie können doch nicht ein Zimmer, das Sie dem einen Gast vermietet haben, einem weiteren versprechen, und wenn plötzlich beide anreisen, werfen Sie einen vor die Tür. Ich verlange, auf der Stelle in das von mir gebuchte Zimmer geführt zu werden. Wenn diese Leute aus Hannover noch eintreffen, setzen Sie sich mit denen auseinander, ich bin jedenfalls nicht bereit, auf meine Rechte zu verzichten.«

»Sie verstehen mich nicht«, sagte der Mann, noch immer mit der leisen, leicht näselnden Stimme, die begann, Eugen zur Weißglut zu treiben. »Wir haben kein Zimmer doppelt belegt, das entspricht nicht unserem Geschäftsgebaren. Ihr Zimmer wurde storniert, weil sich die Bestimmungen geändert haben.«

»Ich pfeife auf Ihre Bestimmungen! Dann buche ich es eben hier und jetzt noch einmal, und von mir aus bezahle ich es auch noch einmal, obgleich das für Sie Konsequenzen haben wird. Alles, was ich will, ist, dass meine Braut sich auf unserer Hochzeitsreise nicht länger die Beine in den Bauch stehen und vor Kälte zittern muss.«

»Ich bedaure, mein Herr. Den geänderten Bestimmungen zufolge sehe ich mich leider nicht in der Lage, Ihnen in unserem Haus ein Zimmer zu vermieten.«

Eugen wollte auf den Schnösel zustürmen, er hätte ihn am liebsten am Schlips gepackt und ihn über den Tresen gezerrt, aber Sido ergriff seinen Arm und hielt ihn mit erstaunlichen Kräften fest. »Jetzt lass uns doch gehen, Eugen. Es hat ja keinen Sinn, es wird nur immer erniedrigender für uns alle.«

Sie zog ihn aus der Tür, ehe er dazu kam, sich zu widersetzen. Der Gepäckträger, der auf sein Geld wartete, war vor dem Regen unter das Vordach geflüchtet, hatte ihre Koffer und Sidos Hutschachtel jedoch auf dem Gehsteig stehen lassen. Eugen stürmte an ihm vorbei. Entschlossen, ihm keinen Pfennig zu geben und ihr Gepäck eigenhändig bis zum nächsten Hotel zu schleppen, packte er die beiden Koffer.

»Eugen«, rief ihm Sido kaum hörbar hinterher.

Er drehte sich um und sah sie in ihrem blauen Kostüm mit passendem Mantel aus dem Kaufhaus des Westens im Portal stehen. Ihr sorgsam zurechtgemachtes Gesicht war tränenüberströmt.

»Ich hab's gesehen, als wir angekommen sind«, sagte sie. »Aber du warst ja nicht aufzuhalten.«

Rechts neben dem Portal, über dem Glaskasten mit der Speisekarte, hing ein metallenes Schild an der weiß verputzten Mauer: *»Juden unerwünscht«*.

15

Auf das Wellblech des Daches prasselte Regen. Nein, hatte der Bahnwärter, der seinen Schuppen abschloss, um nach Hause zu gehen, bedauert, er könne den Herrschaften nicht behilflich sein. Es gebe ein Fremdenverkehrsamt, aber das habe erst am Morgen wieder geöffnet, und nach allem, was er gehört habe, werde man ihnen dort auch keine Unterkunft vermitteln.

Damit bestätigte er, was Eugen inzwischen befürchtete. Gut eine Stunde lang waren sie in zunehmendem Regen kreuz und quer durch die Stadt gestolpert, hatten von eleganten Strandhotels bis zu schäbigsten Pensionen alles abgeklappert und überall die gleichen Schilder vorgefunden. Am Ende, vor einem Gasthaus, aus dessen Schankraum Licht und Lärm auf die Straße drangen, hatte Eugen vor Erschöpfung und Verzweiflung gesagt: »Warum gehen wir nicht einfach trotzdem rein und nehmen für die eine Nacht ein Zimmer. Fragen stellen wird schon niemand, du siehst ja gar nicht danach aus.«

Vor seinen Worten erschrak er nicht weniger als sie.

»Wonach sehe ich nicht aus?« Durch den Regen blickte sie ihm ins Gesicht. »Danach, dass meine Vorfahren Juden waren, dass auch mein Vater als Jude gilt, der evangelisch getauft war und für dieses Land von einer Mine zerrissen worden ist? Und wonach sieht mein Mädchenname *Teitelbaum* aus, wenn ich ihn in ein Gästebuch schreibe? Oder soll ich vielleicht einfach ›geborene Müller‹ eintragen? Ich kann das nicht, Eugen. Meine Familie verleugnen. Lieber wäre mir, du würdest ohne mich ins Hotel gehen. Schließlich bist nicht du das Problem, sondern ich, und ich finde mich schon zurecht.«

»Red kein Blech!«, hatte er sie angefahren. »Wir gehen zum Bahnhof zurück, irgendwer wird sich dort ja wohl herablassen, uns zu helfen.«

Hatte es zuerst so ausgesehen, als wäre der Bahnwärter der letzte Mensch auf dem Bahnhof, so bildete sich, während sie mit ihm verhandelten, rasch eine Traube um sie. Zwei Straßenkehrer mit Besen, der noch immer nicht bezahlte Gepäckträger, ein Mann in Straßenanzug und Staubmantel. Die Männer begannen, untereinander zu reden, erwogen Pensionen, Privatleute, die Fremdenzimmer vermieteten.

»Nützt alles nichts«, befand schließlich der Bahnwärter. »Selbst wenn jemand Sie nehmen würde, jetzt mitten in der Nacht kriegen Sie doch keinen rausgeklingelt. Aber leid tun Sie mir, das können Sie mir glauben. So was auf der Hochzeitsreise, wer braucht denn das?«

»Mir tun Sie auch leid«, sagte der Mann im Staubmantel. »Ich schäme mich für meine Stadt, und ich schäme mich, Ihnen nichts Besseres als den Schuppen für die Bahnwärter anzubieten. Aber mir sind die Hände gebunden. Und hier in der Halle kann ich Sie unmöglich diese abscheuliche Nacht verbringen lassen.«

Er war der Stationsvorsteher. Da es eine andere Möglichkeit nicht gab und Sido sich kaum noch auf den Beinen halten konnte, willigte Eugen schließlich ein. Der Vorsteher schloss ihnen den Schuppen auf, in dem die Bahnwärter Kleidung und Gerätschaften aufbewahrten und ihr Mittagbrot verzehrten. Es gab keine Heizung, aber es war trocken, und die Männer trugen einen Stapel Decken, Handtücher, einen Laib altbackenes Brot und eine Kanne Wasser herbei.

»Ich bitte Sie, mir zu glauben«, sagte der Vorsteher. »Das ist alles, was sich auf die Schnelle auftreiben ließ.«

Sie glaubten ihm. In einem Winkel zwischen den Spinden wickelten sie sich in die Decken. Aufs Dach prasselte Regen, als stünde die kleine Hütte unter Beschuss. Um weniger zu frieren, drängten sie sich aneinander, so nah, wie sie sich in fünf Jahren, seit dem Tag vor dem UFA-Gelände, nie gewesen waren. So nah, wie Eugen überhaupt keinem Menschen je gewesen war.

Er hatte nichts zu trinken als das womöglich zu Eis erstarrte Wasser. Nachdenklich stellte er fest, dass er schon seit einer ganzen Anzahl von Jahren keine Nacht mehr erlebt hatte, in der er zum Einschlafen nichts zu trinken gehabt hatte.

Die geschliffene Kristallkaraffe auf seinem Nachttisch, von Helene, seinem Mädchen, wöchentlich frisch mit edlem schottischem Malt gefüllt. Wie weit war er jetzt davon entfernt, wie tief konnte ein Mensch innerhalb von einer Handvoll Stunden sinken?

Ihnen würde nichts übrig bleiben, als die Nacht bis zum Morgen auszuhalten.

Und genau das will ich, dachte Eugen. Selbst wenn ich etwas hätte, um mich zu betäuben, ich würde es nicht anrühren.

Um Sidos willen wollte er es aushalten. Sie war es doch, die es in ganzer Härte traf, und vor Mitleid mit ihr drehte sich alles in ihm um. Er hasste nichts mehr, als gedemütigt zu werden, er hätte jedem einzelnen dieser hochnäsigen Empfangschefs, die ihnen heute Nacht die Tür gewiesen hatten, an die Gurgel gehen wollen, ihnen zeigen, dass er einmal, als Halbstarker, ein gefährlicher Kerl gewesen war, dass er selbst entschieden hatte, etwas anderes zu sein, und dass er diese Entscheidung wieder umkehren konnte.

Mit seinem Mädchen ging man so nicht um, Eugen Terbruggens Mädchen behandelte man nicht, als wäre es nichts wert.

Aber es war doch Sido, die die volle Wucht der Schläge abbekam, Sido, die nirgendwohin fliehen konnte, weil die Falle, in der sie saß, ihr eigener Körper, ihre eigene Abkunft war.

Das war hysterisch. Es musste hysterisch sein, er durfte über einer Nacht am Abgrund nicht die Nerven und noch weniger die Kontrolle verlieren. Er drückte Sido noch fester an sich, glaubte jäh, Ilo zu hören, die *Glück, das mir verblieb* sang. »Es tut mir so leid, Sido. Es tut mir so unendlich leid.«

»Es ist doch nicht deine Schuld.« Sie hatte schon lange aufgehört zu weinen.

»Du wirst es vergessen.« Er presste sie an sich. »Ich verspreche dir, wenn wir erst auf Hiddensee sind, werde ich das Innerste zum Äußersten kehren, damit du es vergisst. Wir werden tun, was immer uns einfällt, wir werden jeden Pfennig, den wir je eingenommen haben, verprassen, wir werden Hundertmarkscheine zu Strohhalmen rollen und dadurch Mojito trinken, damit er uns die Schädel vernebelt ...«

Auf Hiddensee gab es keinen Mojito, fiel ihm ein. Auf Hiddensee gab es nichts als ein paar Dörfer, kleine Läden und Gasthöfe, die vermutlich im besten Fall Korn ausschenkten.

»Nein, Eugen.« Er hatte Sidos Hand genommen, und jetzt erwiderte sie seinen Druck so fest, dass es ihr wehtat. »Wenn ich mir etwas wünschen darf, dann lass uns gar nicht mehr nach Hiddensee, sondern morgen früh nach Hause fahren. Es nützt ja nichts. Wie es hier ist, wird es anderswo auch sein, und bitte sei mir nicht böse – um das noch einmal durchzustehen, fühle ich mich nicht stabil genug.«

Erleichterung durchflutete Eugen, eine unerwartete Woge. Ihm war nicht klar gewesen, wie sehr er sich vor der Weiterreise gefürchtet hatte, vor einer weiteren Demütigung, vor der er sie nicht würde schützen können. Er küsste behutsam ihr Haar, das noch nass war, strich es im Dunkeln glatt. »Weißt du was, meine Liebe? Ich finde, das ist eine grandiose Idee. Zu Hause haben wir unsere herrliche Wohnung mit sämtlichem Luxus, wir können uns ans Telefon hängen und uns aus dem Lysander kommen lassen, worauf auch immer wir Lust haben, wir können uns volllaufen lassen, womit wir wollen, wir können ...« Ein Einfall kam ihm: »Wir fahren morgen zurück und lassen niemanden wissen, dass wir da sind. Wir riegeln uns in der Wohnung ein und genießen die Hochzeitsreise in unserem Heim.«

Er war nicht sicher, spürte aber etwas an seiner Wange und glaubte, er habe ihr freudloses Lachen gehört. »Ach, Eugen. Was willst denn ausgerechnet du Hansdampf in allen Gassen zwei Wochen lang in einer Wohnung mit mir?«

Vergessen, dachte er. Wieder heil werden. Überwintern, bis der Spuk vorbei ist.

»Ist die Frage nicht ein bisschen sonderlich, Frau Terbruggen? Was soll ein Mann auf der Hochzeitsreise mit seiner Frau denn wohl wollen?«

Sie drückte seine Hand, schwieg eine Weile, sah an die Decke aus Wellblech, auf die die Schüsse des Regens krachten. »Du musst das nicht tun«, sagte sie dann. »Dein Leben an meines fesseln. Das, was du heute erlebt hast, brauchst du nie wieder zu erleben. Du bist ein leuchtender Stern. Und ich bin einer, der vom Himmel gezerrt wird, obwohl er den Aufwand gar nicht wert wäre. Du weißt genau wie ich, dass ich keinen neuen Antrag bei der Reichstheaterkammer stellen kann. Ich habe keinen Ariernachweis. Und wer keinen Ariernachweis hat, bleibt vor der Tür. Dass Hilpert mich in der *Minna* noch hat spielen lassen, hat er aus Kulanz getan, die ich ihm hoch anrechnen muss. Ich muss jeden kleinsten Gefallen, den jemand mir erweist, in Zukunft hoch anrechnen. Und das will ich auch. Es ist nur nicht immer so leicht, wie ich es gern hätte.«

»Sido.«

»Nein, lass.« Sie stieß seine Hand beiseite und drehte sich unter den Decken weg. »Damit, dass ich Hilpert für Almosen dankbar sein muss, kann ich leben. Aber dir nicht. Ich will nicht dein Klotz am Bein sein, das Gewicht, das dich hindert, in den Olymp aufzusteigen, in den du dich dein Leben lang träumst und kämpfst. Ich kann zurück zu meiner Mutter ziehen. Über kurz oder lang würden wir vielleicht versuchen, in die Schweiz zu gehen. In Zürich lebt eine Cousine meines Vaters, die uns zur größten Not wohl helfen würde.«

Er sah ihren Hinterkopf an, das dichte, zerraufte Haar, das er nicht anders als wohlfrisiert kannte, und wusste, dass sie recht hatte. Wollte er auf diesem entsetzlich mühsamen Weg weiter bergauf steigen, würde er ihr Gewicht nicht lange schleppen können. Vielleicht waren die Nazis bald von der Bildfläche verschwunden. Wenn aber nicht – musste er dann nicht frei sein, um sich durchzuschlagen, und wäre sie in der Schweiz nicht besser aufgehoben?

Durch das Dunkel glaubte er, sie in dem grünen Auto zu sehen, ihr Gesicht vor seinem, sein Blick benebelt vom Alkohol, den sie herbeigezaubert hatte, um ihm die Schlappe zu erleichtern. Dass er ihr nichts schuldig war, hatte sie gesagt, nicht viel anders als heute, dass sie ihn nicht belasten wollte, und vor ihm hatte sich eine Leere und Einsamkeit erstreckt, der er sich nicht gewachsen fühlte.

Es war kalt. Er zog sie wieder an sich. Vergrub sein Gesicht in ihrem Haar und brachte seinen Mund an ihr Ohr. »Wir fahren morgen nach Hause«, sagte er. »In unsere Wohnung. Wenn du vorläufig nicht auftreten kannst, weil die Reichstheaterkammer dir die Aufnahme verweigert, kommen wir eben mit meinem Geld zurecht. Wir beide und deine Mutter. Wir haben mehr als genug.« Er küsste ihren Hals.

»Warum, Eugen? Das, was heute Nacht passiert ist, könnte erst der Anfang sein, und was zwingt dich dazu, dir das anzutun?«

Von all den Dingen, die er ihr hatte geben wollen, den Treibhausrosen, den Pralinen, dem Prinzessinnenleben in Luxushotels, war nichts mehr übrig. Auch ihren Platz in der Welt der Bühne, für den sie so hart gearbeitet hatte, würde er ihr nicht zurückgeben können. Ihm blieb nur das, was sie sich am meisten gewünscht hatte und von dem er sicher gewesen war, dass sie es von ihm nicht bekommen konnte.

Der Regen wurde sachter, schien sich durch die Nacht zu entfernen. Todmüde und überwach lagen sie beieinander, hörten einer die Atemzüge des andern. Eugen streichelte Sidonies Hand, die in seiner lag wie ein kleines Tier. »Ich liebe dich«, sagte er.

16

Dezember

Keuchend, mit schmerzenden Lungen, rannte Ilo die Straße entlang und riss die Haustür auf. Kurz musste sie stehen bleiben, sich an der Wand abstützen und nach Luft ringen. Vom Weinen und Rennen pfiff ihr Atem wie der einer Tuberkulosekranken. Den Brief hielt sie noch in der Hand, mit zwei spitzen Fingern umfasst. Jule Jänisch, der bei der Funk-Stunde morgens, mittags und abends die Nachrichten sprach und seit dem plötzlichen Ausscheiden von Alfred Braun so etwas wie die Seele des Senders war, hatte ihr den gegeben.

»Ich sag's dir lieber selber, Mädchen, ehe es dir ein anderer, womöglich einer von den Neidern, um die Ohren haut. Die beiden Adventskonzerte mit dir, die sind abgesagt, also brauchst du heute auch nicht zu proben. Das gilt natürlich nur vorläufig. Du weißt, wir alle hier lieben dich, wir wollen dich an Silvester wieder auf dem Balkon vom *Kranzler*. Versuch, das in Ordnung zu bringen, ja? Sobald die Sache geklärt ist, sag mir Bescheid, das mit dem Programmchef regle ich dann schon.«

Sie hatte den Brief kaum lesen können, die Worte waren ihr vor den Augen verschwommen. Warum er an den Sender geschickt worden war, nicht zu ihr nach Hause, wer ihn geöffnet hatte und wie er in Jules Hände gelangt war, wusste sie nicht.

Frau Ilona Konya-Engel
Berlin-Kreuzberg
Adalbertstraße 12

Gemäß dem Reichskulturkammergesetz vom 1. November 1933 lehne ich Ihren mir zur Entscheidung vorgelegten Aufnahmeantrag ab, da über Ihre Eignung im Sinne der nationalsozialistischen Staatsführung Zweifel bestehen.
Sie verlieren dadurch mit sofortiger Wirkung das Recht zur Berufsausübung auf den unter die Zuständigkeit der Reichskulturkammer fallenden Gebieten.
Gegen diese Entscheidung steht Ihnen das Recht der schriftlichen Beschwerde zu.

Gezeichnet: Otto Laubinger,
Präsident der Reichstheaterkammer

»Geh mal erst nach Hause, Mädchen«, hatte Jule gesagt. »Komm zu dir, lass dich von deinem Männe in den Arm nehmen, dann fällt euch schon ein, wie das Kind zu schaukeln ist. Das Ganze kann ja nur ein Irrtum sein, ich meine, selbst bei den Reichsalleswissern wird ja mal 'ne Akte in die falsche Kiste rutschen.«

Sie hatte seinen Rat befolgt und war so gut wie den ganzen Weg gerannt. Dabei würde Volker nicht einmal zu Hause sein. Seine Klasse hatte eine Weihnachtsaufführung, und anschließend hatten sie sich in der Stadt treffen wollen. Unter den Linden. In der Straße wurde jetzt viel gebaut, sie sollte gut anderthalb Kilometer länger und um einiges verbreitert werden, um die Ost-West-Achse einer neuen Weltstadt zu werden. Ilo und Volker hatten die alte Weltstadt gemocht, deshalb waren sie letzthin nicht mehr dort gewesen, aber mit der Zeit wuchs die Sehnsucht nach ihrem geheimen Ort.

Sie hatten beschlossen, sich nach Feierabend dort zu treffen, um rasch einen Mokka zu trinken und Weihnachtseinkäufe zu machen. Wenn Volker »Weihnachtseinkäufe« sagte, dann meinte er Spielzeug und Bücher für Suse. Er hatte sich wie ein Kind darauf gefreut, aber jetzt würde es besser sein, das Geld zusammenzuhalten. Die Gage für die Konzerte, mit der sie gerechnet hatten, würde nicht eintreffen. Vielleicht würde überhaupt kein Geld, das sie mit ihrer Arbeit verdiente, mehr eintreffen.

Es ist nicht das Ende der Welt, beschwor sie sich. Es ist ein Irrtum. Aber war es einer? Anders als Sido hatte sie den geforderten Ariernachweis problemlos erbracht. Von ihrer Mutter wusste sie, dass sowohl sie als auch Marika längst in die Kammer aufgenommen waren. Wenn es also an ihrer Herkunft nichts auszusetzen gab – was, anders als ein Irrtum, konnte es dann sein?

Wusste sie es? Wollte sie es nicht wissen? Wenn es das war, was sie im verborgensten Innern fürchtete, würden sie dann demnächst überhaupt noch ein Einkommen haben? Wovon sollten sie Suse ernähren, die in ihrer kleinen heilen Welt so unwissend und selig lebte, wovon die Wohnung halten, ihren Zufluchtsort?

Durch Grübeleien kam sie nicht weiter, fantasierte sich womöglich Schlimmeres zurecht als das, was wirklich vorlag. Sie würde dorthin gehen müssen, in die Wilhelmstraße, wo diese Leute saßen. Jetzt gleich? Bestimmt musste man doch morgens in der Frühe kommen, sich in eine Schlange stellen, schließlich mussten Tausende von Künstlern, die bisher wie die Vögel auf dem Feld gelebt hatten, jetzt diesen Antrag stellen.

Zudem fühlte sie sich elendig schwach. Sie wollte tun, was Jule ihr geraten hatte, sich von ihrem Mann umarmen lassen und zu sich kommen. Oben in der Wohnung würden jedoch nur Suse und Hille sein, die die Kleine hütete, und Hille war der letzte Mensch, dem Ilo jetzt in die Arme laufen wollte. Auch wenn sie seit Suses Geburt Frieden hielt, wenn sie sich nach außen gab, als hätte sie sich mit Ilos Existenz abgefunden, traute sie ihr nicht über den Weg. Gewiss war Hille noch immer sicher, dass die ungeliebte Schwägerin ihren Bruder in sein Unglück stürzen würde. Dieser Brief war in ihren Augen vielleicht der Anfang vom Ende.

Wo Hille politisch stand, wusste Ilo nicht. Sie nahm an, sie hatte dazu überhaupt keinen Standpunkt, doch dass jemand sich mit Obrigkeiten anlegte, war ihr zuwider. Selbst wenn der Betreffende gar nichts dafür konnte.

Die Tür der vordersten Parterrewohnung öffnete sich.

»Mutti!«

Ilo fuhr herum und fand sich ihrer Tochter gegenüber, die mit Othmar, Line Lischkas Enkel, in den Hausflur trat. Wie immer sah sie ganz und gar reizend aus, trug ein grünes, pelzbesetztes Mäntelchen mit passendem Muff und Mütze. Sie und Volker waren zwei Narren, die ihr Kind mit Geschenken überschütteten, weil es ihnen solchen Spaß machte. Neulich Nacht hatte Volker gesagt, er würde Suse gern einen ganzen Bauernhof schenken, damit sie ihre eigenen Gänschen hatte, oder ein Zirkuszelt, bis oben hin voller Zauberer, Clowns und Artisten.

Volker. Ihr Kommunist. Wenn es um seine Tochter ging, wäre er wohl lieber ein König gewesen, der seinem Prinzesschen die Welt zu Füßen legte.

Suse riss sich von Othmars Hand los, rannte mit kleinen, trommelnden Schritten auf sie zu, und Ilo ging in die Hocke und fing sie in ihren Armen auf. Warum sie nicht oben bei Hille war, würde sie sich später fragen. Den warmen, festen Kinderkörper spüren, den vor freudiger Erregung hämmernden Herzschlag, war für den Augenblick alles, was sie brauchte.

»Mutti, ich geh mit Otti auf den Weihnachtsmarkt! In den Lustgarten! Und die Leute, die mich da mit Otti Karussell fahren sehen, werden alle denken, Otti ist mein großer Bruder.«

»Es ist Ihnen doch recht, Frau Engel?«, fragte Othmar verlegen. Er trug die Uniform der Hitlerjugend, und einmal mehr fragte sich Ilo, wie man es bei solcher Kälte in derart knappen Höschen aushielt. »Ihr Mann hat mir Geld gegeben und gesagt, ich soll mit der Kleenen gehen, weil er doch noch arbeiten muss.«

»Mein Mann?«

Othmar nickte. »Ich mach's wirklich gern, Frau Engel. Mir ist's nicht lästig oder so. Ich hab die Kleene gern.«

»Ich weiß, Othmar. Und Suse hat dich auch gern.« Ilo langte in ihre Manteltasche, fischte eine halbe Handvoll Münzgeld heraus und gab es dem Jungen. »Macht euch eine tolle Sause, ihr zwei. Wie Bruder und Schwester. Aber um sieben, zum Abendbrot, seid ihr zurück.«

»Wir essen doch Zuckeräpfel, Mutti!«, rief Suse, griff wieder nach Othmars Hand, winkte und war gleich darauf fort.

Ilo hatte Mühe, sich aus ihrer Erstarrung zu lösen. Erst als sie sich anschicken wollte, die Treppe hochzusteigen, sah sie, dass die Tür der hinteren Wohnung ebenfalls offen stand. Egon Greeve trat heraus, ein Mann, der vermutlich mit zwanzig schon ausgesehen hatte wie fünfzig und der mit seiner gebrechlichen Mutter in der Wohnung lebte. Er betrieb den Tabakwarenhandel im Haus gegenüber, aber sonderlich gut schien das Geschäft nicht zu gehen, denn es war ständig geschlossen und Greeve dort nicht anzutreffen.

Der Mann war Ilo unangenehm. Kurz nach ihrem Einzug hatte er sich regelrecht aufgedrängt, ihr einen Kohleeimer nach oben zu tragen, und war dann so dicht hinter ihr hergegangen, dass sie seinen Atem im Nacken gespürt hatte. Dazu ständig Berührungen – eine Hand oder Schlimmeres – am Hintern. Seither mied sie ihn. Zu Nikolaus und zu Ostern hatte er ihnen Süßigkeiten für Suse vor die Tür gestellt, und Ilo hatte sich nicht einmal bedankt.

»Ah, Frau Engel.« Er trug eine Hakenkreuz-Binde am Ärmel, mit der Ilo ihn noch nicht gesehen hatte. »Gut, dass ich Sie treffe. Wie Sie vielleicht wissen, bin ich vom Führer persönlich für diesen Häuserblock zum Blockwart bestellt und vereidigt worden, und als solcher obliegt es mir, die Spenden vom Eintopfsonntag einzusammeln.«

»Vom Eintopf was?« Ilo kam sich vor wie in einer grotesken Komödie gefangen. Hatte sie früher in einer solchen gespielt, so hatte sie sich beständig gefragt, ob jemand dem wirren Blödsinn folgen konnte.

»Sie brauchen nicht so scheinheilig zu tun, Frau Engel. Die Pflicht, den Eintopfsonntag abzuhalten, um bedürftigen Volksgenossen unter die Arme zu greifen, ist überall bekannt gegeben worden. Sie haben einmal im Monat statt Ihrer üblichen Prasserei ein schlichtes deutsches Eintopfgericht auf den Tisch zu bringen. Das kann ein guter Teller Löffelerbsen sein oder auch eine Nudelsuppe, aber keine fremdländischen Sperenzchen. Das eingesparte Geld kommt Menschen zugute, die nicht so fein raus sind wie Sie, und der Führer selbst ist sich dafür nicht zu gut. Wenn also Ihr Mann sich weiterhin weigert, seinen Beitrag für die Volksgemeinschaft zu leisten, sehe ich mich gezwungen, Meldung zu erstatten, so leid mir das für Ihre kleine Tochter täte.«

Vor der Art, wie er *kleine Tochter* aussprach, hätte Ilo sich schütteln wollen. Über ihrem Kopf hörte sie das Klicken, mit dem ein Türriegel entsichert wurde. Ohne Zweifel Ilse Wernicke, die immer zur Stelle war, wenn sich im Haus etwas regte, sich nie entgehen lassen würde, wenn ein anderer zu Schaden kam.

»Was sind wir Ihnen schuldig?« Beim Griff in ihre Manteltasche fiel ihr ein, dass sie ihr gesamtes Kleingeld Otti gegeben hatte. Und dass ihr Portemonnaie leer war. Dass ihr Portemonnaie vermutlich leer bleiben würde, weil ihr Mann sich weigerte, die Spielregeln der neuen Machthaber zu befolgen.

»Fünfzig Pfennige.« Egon Greeve hielt die Hand auf. »Wenn Sie es nicht bei sich haben, komme ich am besten gleich mit Ihnen nach oben und kassiere es ab.«

»Nein, das geht nicht!«, rief Ilo. Sie wollte den Mann nicht noch einmal in ihrer Wohnung haben, fühlte sich regelrecht panisch bei dem Gedanken. So wie Suse, die sonst ein vernünftiges Mädchen war, aber Angst hatte, das Goldlöckchen aus ihrem Bilderbuch könnte ihren Kinderstuhl zerbrechen.

»Es wird gehen müssen, wenn Sie sich eine Meldung ersparen wollen. Das hier ist kein Spaß, Frau Engel. Sie und Ihr Mann, Sie machen sich das ganze Leben zum Spaß, aber das wird Sie noch teuer zu stehen kommen.«

»Lassen Sie doch die arme Frau Engel.« Aus der Nachbarwohnung kam Line Lischka in ihrem Flickenkittel geschlurft, der Ilo jäh wie das schönste Kleidungsstück der Welt erschien. »Das sind doch fleißige Leute, die Engels, er arbeitet, sie arbeitet, und das Kind ist immer wie aus dem Ei gepellt. Wenn Sie's gerade nicht bei sich haben, leg ich's Ihnen aus, Frau Engel. Warten Sie. Ich hol's gleich.« Sie tauchte in die muffige Höhle ihrer Wohnung ein, kam postwendend zurück und hielt ein Fünfzigpfennigstück in die Höhe.

»Es ist mir so peinlich. Ich weiß nicht, wie ich Ihnen danken soll.«

»Ach Unsinn«, winkte Line Lischka ab. »In einem Haus, unter Nachbarn, da hilft man sich eben, und ich hab doch Ihre Suse so gern. Mein Otti, der ist ja ganz närrisch mit ihr. Wirklich wie Brüderchen und Schwesterchen sind die zwei, obwohl die Suse ja eine ganz Feine ist und er ...«

»Ihr Otti ist auch ein ganz Feiner«, sagte Ilo und bedankte sich noch einmal.

Blockwart Greeve sah sich widerstrebend gezwungen, das Geldstück zu nehmen. »Nur damit Sie's wissen, Frau Engel, damit ist's nicht getan. Ihren Beitrag zur Volksgemeinschaft können Sie nicht mit ein paar Pfennigen ableisten, und hinter Ihrer Tür wirtschaften Sie weiter, wie es Ihnen passt. Sie haben am Eintopfsonntag ein Eintopfgericht auf den Tisch zu bringen, der Führer hat es so angeordnet, und es wird jeder kontrolliert …«

»Wie wollen Sie denn das kontrollieren?«, rutschte es Ilo heraus. »Kommen Sie mit Ihrem Führer in meine Wohnung, sehen Sie in meine Töpfe?«

Was in ihren Töpfen brodelte, war meist von Hille gekocht, und die tischte ständig Eintopf auf. Mohrrübensuppe, die mochte Suse am liebsten, dazu brauchte kein Sonntag zu sein.

Greeves Gesicht schien sich mit jedem Wort stärker zu röten, und Ilo wünschte, sie hätte sich das Gesagte wieder die Kehle hinunterwürgen können. Erneut kam ihr Line Lischka zu Hilfe. »Jetzt lassen Sie mal die Frau Engel gehen, die kommt ja von der Arbeit und muss sich noch um ihren Haushalt kümmern. Sie hatten doch gesagt, Sie interessieren sich für die Zigarettenbilder von meinem August. Wollen Sie sich die nicht gleich mal ansehen, wo wir uns sowieso gerade über den Weg laufen?«

Ilo entwischte, ohne abzuwarten, was Greeve antworten würde. Im Laufen nahm sie sich vor, morgen aus dem Sender irgendeine der Schlagerplatten mitzubringen, die Line Lischka so gern hörte. Joseph Schmidt. *Ein Lied geht um die Welt.* Erst als sie alle vier Treppen hinaufgerannt war und atemlos vor ihrer Wohnungstür stehen blieb, fiel ihr ein, dass sie morgen ja gar nicht in den Sender fahren würde.

Statt zu klingeln, schob sie ihren Schlüssel ins Schloss. Sie drehte ihn leise, verspürte ein plötzliches Misstrauen, das sie nicht kannte. Im Flur brannte kein Licht.

»Hiltrud?«

Aus der Küche hörte sie kein Geräusch, es hing kein Duft nach Gekochtem in der Luft, doch aus der Stube drang das Rascheln von Papier. Mit drei Schritten stand sie in der Tür. »Was machst du da?«

»Ilo. Liebste. Ich wollte mich gerade auf den Weg ins *Kranzler* machen …«

Volker saß auf dem Sofa, der niedrige Tisch mit Papieren und Blaupausen übersät. Er hatte sich sichtlich nicht gerade auf irgendeinen Weg machen wollen, sondern eines der Blätter beschriftet, das er bei ihrer Ankunft rasch unter den Tisch segeln ließ. Volker war hoffnungslos unpraktisch. Wenn irgendein Mensch zur Geheimniskrämerei nicht geeignet war, dann er. Die bereits beschriebenen und durchgepausten Papiere hatte er offenbar auch außer Sicht schaffen wollen und dabei den gesamten Stapel umgestoßen. Ilo begriff innerhalb von Sekunden.

»Das darfst du nicht, Volker. Du darfst das nicht tun.«

Sie ging zum Tisch und hob eines der Blätter auf. In einem lächerlichen Versuch, seine Handschrift zu verstellen, hatte er darauf geschrieben:

Arbeiter, lasst euch nicht einlullen.
Die Hitler-Partei ist nicht auf eurer Seite.
Kollegen, die nicht einverstanden sind, werden vom
    Arbeitsplatz weggeholt und verschwinden.
Fragt, wo Teddy Thälmann ist.
Steht auf. Schließt euch zusammen. Stürzt die Hitler-Partei.

»Gustav hat die in seiner Laube abziehen wollen«, murmelte Volker. »Aber der Abziehapparat hat den Geist aufgegeben. Wir haben jeder versprochen, bis heute Nacht hundert von Hand zu schreiben.«

»Und dann?«

»Werfen wir sie in Briefkästen. Streuen sie bei Borsig und AEG vor den Werktoren aus. Da, wo die Leute sie sehen, wenn sie morgen früh zur Schicht kommen.«

»Das darfst du nicht!« Sie schrie jetzt. Riss die Papiere vom Tisch und warf sie alle auf den Boden. »Der Greeve und weiß

Gott wer noch haben dich doch schon auf dem Kieker. Um ein Haar wäre der hier hochgekommen, wenn Frau Lischka mir nicht geholfen hätte.«

»Othmar Lischka ist mit Suse auf dem Weihnachtsmarkt«, murmelte Volker. »Ich musste doch Hillchen da raushalten und wusste mir sonst keinen Rat, sonst hätte ich unsere Kleine nicht mit ihm gehen lassen. Der Othmar ist in der Hitlerjugend.«

»Ja, er ist in der Hitlerjugend«, schrie Ilo. »Alle Jungen sind in der Hitlerjugend, das ist nämlich jetzt Vorschrift wie diese komische Spende, die man für Eintöpfe abgeben muss. Und wenn man sich nicht daran hält, so wie du, dann wird man gemeldet, und niemand will wissen, was dann passiert.«

Außer Atem verstummte sie, starrte auf den Boden, auf das mit Volkers Schrift bedeckte Papier.

»Ich muss das doch machen, Ilo«, sagte Volker, die Stimme wie erstickt. »Teddy Thälmann ist in der Wohnung von Freunden verhaftet und verschleppt worden. Obwohl er aufgrund seiner Stellung Immunität besaß. Seit März wird er gefangen gehalten, niemand darf zu ihm, weder seine Frau noch seine Tochter, und seinen Anwalt haben sie auch verhaftet.«

Ilo blickte auf. »Teddy Thälmann geht uns nichts an«, sagte sie hart. Sie musste sich Wort für Wort dazu zwingen. »Was da vor sich geht, ist schlimm. Es wird Zeit, dass dem ein Ende gemacht wird. Aber du kannst deinem Thälmann nicht helfen. Dein Freund Gustav vielleicht, der gewitzt ist und mit allen Wassern gewaschen und der außerdem keine Familie hat, aber nicht du. Thälmann ist kein Freund von dir, niemand, für den du verantwortlich bist. Suse und ich dagegen wollen nicht die nächste Frau und die nächste Tochter sein, die ihren Mann und Vater nicht besuchen dürfen und nicht wissen, wie es um ihn steht.«

»Aber wenn jeder so denken würde …«

»Jeder ist mir egal«, schnitt sie ihm das Wort ab. »Ich will, dass du so denkst. Für uns. Wenn du dich zwischen einem Genossen, mit dem du nie ein Wort gewechselt hast und für den sich ja wohl das Ausland einsetzen wird, und uns entscheiden musst, nimm uns. Liebst du uns, Volker? Dann muss dir diese Liebe jetzt wichtiger sein als dein Gewissen.«

Er sah zu ihr auf. Dann sprang er plötzlich vom Sofa, lief um den Tisch und umarmte sie. »Ich liebe euch über alles.« Vor Verzweiflung brach ihm die Stimme. »Du und Suse, ihr seid mein ganzes Leben. Aber es geht doch auch um euch. Um das Land, in dem Suse aufwachsen wird.«

Sie zog sein Gesicht auf ihre Schulter nieder, sog seinen Duft ein, streichelte sein Haar. »Lass sich darum andere kümmern. Für dich, für uns ist das viele Nummern zu groß, und auf irgendeiner Liste stehst du bereits. Mir hat die Funk-Stunde heute gekündigt. Wir verlieren mein Einkommen, ich darf nicht mehr auftreten, weil meine Aufnahme in die Kammer widerrufen worden ist. Ohne Begründung. Jule Jänisch hat gesagt, ich soll dort vorsprechen, es müsse ja ein Irrtum vorliegen, aber jetzt glaube ich an keinen Irrtum mehr.«

»Nein, Ilo! Nicht das.« Sein ganzer Körper verkrampfte sich wie in Schmerzen. »Für das, was ich tue, können sie doch nicht dich bestrafen.«

»Offenbar können sie doch. Und wie denkst du dir das überhaupt? Dich und mich, das gibt es nicht mehr. Was einem von uns zustößt, stößt uns allen dreien zu. Ich verlange von dir, dass es aufhört, Volker. Dass du vor mir keine Geheimnisse mehr hast, denn sonst fühle ich mich in dieser Welt, die ich gar nicht mehr begreife, allein. Du darfst nicht unser Leben für Teddy Thälmann riskieren.«

Er zog sie fester an sich, lehnte seine Wange an ihre. »Fühl dich nicht allein, mein Liebstes auf der Welt. Ich verspreche es dir. Alles, was du gesagt hast. Verleugnen, woran ich glaube, und bei denen mitlaufen, wie es vor Angst schon so viele Genossen tun, das kann ich nicht, und ich finde, so einen Vater hat unsere

Suse nicht verdient. Aber ich werde Gustav sagen, dass ich mich an nichts mehr beteilige, das meine Familie in Gefahr bringt.«

Sie strich ihm den Nacken, der schweißnass und verspannt war. »Lass uns hier aufräumen, ja? Alles Verdächtige beseitigen. Dem Greeve trau ich nicht und den Wernickes auch nicht. Der Mann soll bei der SS sein. Als ich gerade die Treppe hochgelaufen bin, kam es mir vor, als würden hinter allen Türen Riesenohren lauschen. Vielleicht ist es gut, eine Zeit lang außer den Lischkas und den Dombröses niemandem mehr zu trauen.«

»Othmar Lischka ist auch bei denen, Ilo.«

»Othmar Lischka ist ein Kind, das sein Leben lang herumgestoßen worden ist und sich trotzdem zu einem guten Kerl gemausert hat«, beschied ihn Ilo.

»Sein Vater soll in die Partei eingetreten sein, als sie ihn das letzte Mal aus dem Gefängnis entlassen haben.«

»Bestrafen wir jetzt Kinder für ihre Väter? Nein, Volker, so geht es nicht. Wenn wir niemanden mehr haben, dem wir trauen können, werden wir verrückt.«

»Du hast recht«, sagte er. »Suse liebt Othmar. Wie sollte ich ihm da nicht trauen?«

Ilo schenkte ihm ein mühsames Lächeln. »Machen wir uns ans Aufräumen. Und dann muss ich zusehen, dass ich irgendetwas zustande bringe, das sich als Abendbrot anbieten lässt, ehe unser hungriges Raubtier einfällt.«

Gemeinsam begannen sie, die auf dem Teppich verstreuten Papiere aufzusammeln. Ilo öffnete die Klappe des Kachelofens und stopfte sie alle ins Feuer, auch die Blaupausen, die unter Fauchen und Qualmen in Flammen aufgingen.

»Ilo«, begann Volker.

»Nein«, sagte sie, »entschuldige dich nicht. Ich weiß, was du bist. Ein Mann mit Anstand. Fast wünschte ich mir, ich würde dich weniger lieben, ich wäre in der Lage, ohne dich zu leben und dich tun zu lassen, wozu dich dein Gewissen treibt.«

Er ballte Papiere in den Fäusten, stand in seiner Hausjacke, die Hille ihm gestrickt hatte, da und sah aus, wie keiner unter Ilos Kollegen einen jugendlichen Helden hätte spielen können. »Es geht ja nicht nur um Thälmann«, presste er heraus. »Es geht um so viele. Der Hans, Ilo, der Hans ist auch verschwunden. Er ist zu Eugens Hochzeit nicht gekommen, weil sie ihn verhaftet haben. Zuletzt ist er im Lysander gesehen worden, diesem Restaurant in Eugens Haus. Er wollte Eugen dort noch erwischen, um seine Rede als Trauzeuge mit ihm zu besprechen. Stattdessen sind sechs SA-Leute über ihn hergefallen, haben ihn aus dem Lokal und in einen Wagen gezerrt. Am helllichten Tag. Seitdem fehlt von ihm jede Spur.«

»Hans Otto?«, fragte Ilo ohne Begreifen. »Den nettesten Burschen vom ganzen Schauspielhaus?«

Volker nickte. »In Gefängnissen, in denen er gesichtet wurde, hat man angeblich nie von ihm gehört. Kein Anwalt kann ihn vertreten, denn es weiß ja niemand, was man ihm eigentlich vorwirft. Über seine Verhaftung gibt es keinerlei Aufzeichnung, aber von Genossen, die zur selben Zeit in Haft waren, wissen wir, dass er an verschiedenen Orten gewesen ist. Er wird gefoltert, sagen sie, bekommt die Zähne ausgeschlagen und die Finger gebrochen, damit er uns alle verrät. Mie ist außer sich. Sie läuft von einer Behörde zur andern und muss sich dort auslachen lassen. Der hat sich davongemacht, ihr junger Galan, wird ihr erzählt, und sie täte gut daran, ihn aus ihrem Gedächtnis zu streichen.«

Ilo stopfte die letzten Papierbälle ins Feuer, lief zu ihm und klammerte sich an seine Schultern. »Großer Gott, wo sind wir denn hineingeraten, Volker? Versprich mir, dass du mir nie mehr etwas verschweigst, dass du mir immer sagst, was du tust, wo du hingehst, dass ich immer wissen werde, wo ich dich finden kann.«

»Das versprech ich dir.« Sie hielten sich aneinander fest.

»Und wenn du nicht anders kannst – wenn du doch etwas tun musst, von dem du weißt, dass ich's nicht will, dann erzählst du's mir, ja? Nichts ist so schlimm, wie über dich im Ungewissen zu sein.«

»Ich erzähle dir alles«, versprach er. »Und ich tu nichts mehr, das du nicht willst. Du und ich und Suse, wir verkriechen uns hier in unserer Höhle, wie die drei Bären, bis es vorbei ist. Es wird ja vorbeigehen. Die Genossen in der Sowjetunion und in der ganzen Welt werden uns ja helfen.«

»Bestimmt, Liebling. Wir müssen nur warten.«

»Und das mit deiner Arbeit, Ilo ...«

»Scht. Das vergiss, das bekommen wir schon hin. Vielleicht kann Eugen mir helfen. Oder ich stelle einfach einen neuen Antrag bei der Reichsmusikkammer, wo ich doch sowieso nicht mehr spielen, sondern nur noch singen will.«

An der Wohnungstür klopfte es. Suse und Otti. Ilo hatte kein Abendbrot vorbereitet und sah sich außerstande, wie sonst zu *Patzenhofer* zu laufen und drei Paar Würste mit Kartoffelsalat zu besorgen. Sie wollte überhaupt nicht mehr nach draußen, nur sich, wie Volker gesagt hatte, mit Mann und Kind in ihrer Höhle verschanzen.

War genug Brot da? Würde sich Suse mit einer Käsestulle begnügen? Sie wuchs so schnell, dass man zusehen konnte, und hatte ständig Hunger, doch vermutlich hatte sie sich im Lustgarten mit Zuckerzeug vollgestopft und war für heute satt.

Vor der Tür aber standen nicht die beiden Kinder, die vom Weihnachtsmarkt kamen. Es war Eugen, der davorstand. »Ist dein Mann da? Ich muss mit ihm sprechen.«

Volker trat aus der Stube. »Eugen. Nett, dass du vorbeischaust. Wo ist denn Sido?«

»Daheim. Es geht ihr nicht gut.« Ohne sich um Ilos Versuche, ihm den Weg zu versperren, zu scheren, drängte er sich an ihr und an Volker vorbei durch den Korridor und betrat die Stube. Ein letztes der amateurhaft verfertigten Flugblätter lag vergessen auf dem Teppich. Eugen hob es auf, warf einen Blick darauf und riss es in der Mitte durch. »Damit ist Schluss, Volker.« Im Licht der Deckenlampe wirkte sein Gesicht gespenstisch bleich. »Damit ist auf der Stelle Schluss, oder ich mache dich kalt.«

»Es ist Schluss«, stammelte Volker. »Ilo und ich haben gerade darüber geredet, und ich habe es ihr versprochen.«

»Ganz und gar Schluss«, erwiderte Eugen. »Du verkehrst nicht mehr mit den Gestalten, die du deine Genossen nennst. Du verhältst dich unauffällig, trittst dem Nationalsozialistischen Lehrerbund bei, gibst acht, dass du dich an jede kleinste Regel hältst. Wenn dich jemand nach Hans Otto fragt, den hast du nur flüchtig gekannt, von dem weißt du nichts. Ich meine es ernst, Volker. Bring Ilo und den Kleinmenschen in Gefahr, und ich mache dich kalt.«

»Was ist denn mit dem Hans?«, rief Ilo dazwischen.

»Mit dem Hans ist gar nichts.« Eugen ließ die zwei Hälften des Flugblattes zu Boden segeln. »Den Hans gibt es nicht mehr. Der Hans ist tot.«

17

August 1935

»Und jetzt – alle lächeln!« Der Fotograf rückte die Kamera auf dem Stativ noch einmal zurecht und drückte auf den Auslöser. Sobald er die Aufnahme im Kasten hatte, klatschte er in die Hände und spendete ihnen Applaus. »Na, das nenne ich aber gekonnt. Als würden Sie von morgens bis abends nichts anderes tun, als vor der Kamera Modell zu stehen. Damit haben Sie sich ein wunderbares Andenken an diesen besonderen Tag geschaffen. So eine fotogene Familie. Und dann auch noch bei herrlichstem Hitlerwetter. Der kleinen Maus noch einmal meinen allerherzlichsten Glückwunsch.«

»Ich bin keine kleine Maus«, verwies ihn Suse ungnädig. »Ich bin ein Schulmädchen.«

Das ungehörige Benehmen, die von Volker ererbten zornig gefurchten Brauen standen zu Suses Niedlichkeit in einem so verblüffenden Gegensatz, dass es schwerfiel, ihr böse zu sein. Sie sah goldig aus in ihrem gelben Sommerkleidchen, mit einem passenden Band im dunklen Haar, in weißen Strümpfen und schwarzen Lackschuhen. In den Armen hielt sie die Zuckertüte mit der seidigen Schleife, die Hiltrud aus einem Rest des Kleidstoffs gefertigt hatte. Zudem hatte sie es sich nicht nehmen lassen, ihr die Tüte zu füllen.

Üppig zu füllen. Schokolinsen und Sahnebonbons, kandierte Datteln und Mandeln, Lutscher, Zuckerstangen, ein Päckchen Butterkekse und eine Tafel Schokolade, eine Apfelsine und ein Schächtelchen mit Buntstiften. Überall hieß es jetzt, man dürfe die Kinder nicht so verzärteln und verwöhnen, sie sollten streng herangenommen werden und auf die Härte des Lebens vorbereitet. Wenn unter den Kolleginnen darüber geredet wurde, fand Hiltrud immer, dass das richtig gedacht war. Kinder mussten gehorchen lernen, denn wer nicht gehorchte, dem erteilte das Leben eine böse Lektion.

Sobald sie aber mit Suse zusammen war, schmolzen all die Gedanken und Vorsätze zur richtigen Erziehung dahin. Ja, gewiss, Suse war allzu frech und verhätschelt und hätte statt der vielen Geschenke ab und an ein paar hinter die Ohren bekommen müssen wie alle Kinder. Was jedoch Suse vor allem war, das wusste keiner besser als Hiltrud: schlecht erzogen vielleicht, aber ein feiner kleiner Mensch.

Wäre Suse anders gewesen, hätte Hiltrud dieses ganze Gewese um den Schulbeginn womöglich unerträglich gefunden. Von zu Hause kannte sie das nicht. Man ging zur Schule, ging irgendwann nicht mehr hin, und keinen interessierte es. Jetzt aber standen sie hier und ließen ein Foto zur Erinnerung machen, um es zu den Bildern von Hochzeiten, Taufen und Trauerfeiern ins Familienalbum zu kleben.

Hiltrud versuchte sich vorzustellen, wie dieses Foto von sieben lächelnden Menschen aussehen würde. Eine richtige Familie waren sie ja nicht, aber wenn sie an ihre Schwester Gertrud oder an die böse Verwandtschaft ihrer Schwägerin dachte, war das nicht das Schlechteste. Links und rechts außen standen der Theatermensch Eugen, der so wie sie Suses Taufpate war, und seine Frau Sidonie, Ilonas Freundin. Der Theatermensch war Hiltrud noch immer nicht ganz geheuer. Er sah zu gut aus, um ihm zu trauen, und war keiner, dem ihr gutgläubiger Bruder Volker gewachsen war.

Immerhin aber half er Volkers Familie durch seine Beziehungen aus der Patsche, und seine Frau war eine Seele von Mensch. Eine von denen, die noch ein Katzenjunges, das jemand in der Regentonne ersäuft hatte, herausfischte, begrub und beweinte.

Zwischen den beiden, in der Mitte, standen Volker und Ilona als Eltern, ein schönes Paar, da mochte man sagen, was man wollte. Köpfe drehten sich nach den beiden, und Hiltrud konnte sich eines gewissen Stolzes nicht erwehren. Dass jeder Mann auf dem Schulhof sich an die Seite des Paradiesvogels Ilona wünschte, war unverkennbar. Aber wer hatte es geschafft, an ihrer Seite zu stehen? Kein anderer als ihr Bruder Volker.

Er hatte sich etwas geschaffen, auch wenn er so vieles jetzt wieder durch Einfalt verlor. Er war eben ein besonderer Mann, und sosehr Hiltrud sich gegen Ilona gesträubt hatte, musste sie bekennen, dass es schön war, die beiden miteinander zu erleben. Selbst für sie, die es quälend fand, Paare zu erleben, ihr Gezänk, ihre Kälte, ihr Schweigen. Ilona und Volker redeten unentwegt, und die kleine Suse stimmte seit dem ersten Wort, das sie herausgebracht hatte, ein. Dass Leute in der Lage waren, miteinander so unentwegt ein Gespräch zu führen, dass es so viel gab, das ein Mensch dem anderen zu sagen hatte, versetzte Hiltrud in

Erstaunen. Ja, sie hatte auf eine gewöhnlichere Frau für ihren Bruder gehofft, eine, die nicht so himmelhoch von ihr selbst entfernt war und der sie glauben konnte, dass sie Volker liebte.

Jetzt aber, wo sie Volker mit ihr sah, durchfuhr sie: War es denn nicht das, was ich ihm gewünscht habe, auch wenn es nicht hält? Mehr Glück, als für gewöhnliche Menschen in einem kleinen Leben zu bekommen ist?

Sie selbst hatte mit Schnuffeken abseits stehen wollen. Sie passten nicht ins Bild, und wer hätte das sabbernde Schnuffeken auf so einem Bild auch haben wollen? Ihre Suse aber hatte empört gerufen: »Wo willst du denn hin, Tante Hille? Ich habe schon alles entschieden. Du stellst dich zwischen Mutti und Tante Sido, aber Schnuffeken muss vorn bei mir stehen!«

Auf den Platz, der für das neue Schulkind vorgesehen war, hatte der Fotograf eine Schiefertafel mit der Aufschrift »*Mein erster Schultag 1935*« gestellt. Dorthin hatte Suse Schnuffeken gezogen und ihr ein schief geratenes Gebilde aus Pappe in den Arm gedrückt. »Deine Zuckertüte, Schnuffeken. Die hab ich dir gebastelt, und Otti und ich haben schon seit drei Wochen all unsere Süßigkeiten reingesteckt. Weil du doch auch eingeschult wirst. Ich lerne morgens alles von den Lehrern, und du lernst es nachmittags von mir.«

Sie war ein kleiner, feiner Mensch, ihre Suse, sie hatte eine Güte an sich, die ein Erwachsener ihr erst einmal nachmachen musste und von der Hiltrud manchmal einen Kloß im Hals bekam. Wenn sie ein wenig verwöhnt wurde, würde das kein Biest wie Gertrud aus ihr machen.

Volker trat vor, um den Fotografen zu bezahlen, und in die Gruppe geriet Bewegung. Über den ganzen Schulhof verstreut standen und gingen solche Gruppen, Eltern und Anverwandte, die stolz auf ihre Kinder waren. Ich bin auch stolz auf meines, dachte Hiltrud und sah Schnuffeken zu, die strahlend und schniefend neben Suse stand und Süßigkeiten aus ihrer Schultüte gegen welche von Suse tauschte. Schnuffeken war ein Kind, das keiner gewollt, keiner gebraucht hatte, also hatte Hiltrud sie sich genommen, und ihr war sie recht, so wie sie war.

Wenn jemand Schnuffeken etwas Gutes tat, erging es Hiltrud nicht anders als jeder Mutter: Sie war gerührt, war von Herzen dankbar. Sie würde es Suse nicht vergessen, dass sie Schnuffeken wie einen Menschen behandelte, egal, was in Zukunft geschah.

Ich bin für dich da, kleine Suse. So wie Schnuffeken sich auf dich verlassen kann, verlass du dich auf mich.

»Und wo gehen wir feiern?«, rief Eugen, als stünde er auf einer Bühne. »Wir waren seit einer Ewigkeit nicht mehr im *Csárdás*, kann man denn da noch hin?«

»Wärt ihr mir böse, wenn ich nicht mitkäme?«, fragte seine Frau. »Ich habe Kopfschmerzen, bestimmt von der Hitze.«

»Das ist ja wohl nicht dein Ernst.« Eugen schwang zu ihr herum und griff nach ihrem Arm. »Nicht heute, Sido. Nicht auch noch heute. Wir graben uns zu Hause ein, gehen nirgendwo mehr hin, kochen von früh bis spät im eigenen Saft und grübeln über unser Elend nach. Und wenn es ein einziges Mal einen fröhlichen, harmlosen Grund gibt zu feiern, diesen kleinen Menschen da, das Kind von Freunden, für das es nun mit dem freien Leben vorbei ist, dann sollen wir wieder nicht mitgehen, uns wieder um ein paar Stunden bringen, in denen wir auf andere Gedanken kämen?«

»Du sollst doch mitgehen.« Dass Sidonie Terbruggen um jedes Wort ringen musste, entging Hiltrud nicht. »Nur weil ich mich nicht wohlfühle, will ich doch dir nicht die Einschulung von deinem Patenkind verderben. Schließlich hast du ja recht. Als jüdisch Versippter musst du schon genug entbehren, verlierst deine Kunden und verpasst dein Leben.«

Stille trat ein und breitete sich um sie aus. Als litten sie alle an einer ansteckenden Krankheit, schlugen die Gruppen, die den Schulhof verließen, einen Bogen um sie.

Eugen starrte seine Frau an, kämpfte, um sich zu sammeln, sagte endlich: »Wir gehen beide nach Hause. Wenn dir nicht gut ist, musst du dich natürlich hinlegen, und solche Worte will ich nie wieder von dir hören.«

Volker trat zu ihnen und legte die Arme um sie beide. »Ihr dürft nicht gehen«, sagte er. »Es wäre für Suse kein richtiges Fest, wenn wir nicht alle zusammen wären. Wir feiern bei uns. In der Adalbertstraße. Nur ein paar Würstchen und Salat von *Patzenhofer*, Hillchen hat Bienenstich gebacken, und Ilo hat eine Pfirsichbowle gemacht.«

Sidonie wandte sich zu ihm um. Sie lächelte, und über ihr Gesicht rannen ein paar Tränen. »Wirklich, Volker?«

Volker nickte. »Wir fanden, wir sollten es so machen, wie Suse es sich wünscht, und Suse ist am liebsten bei uns zu Hause. Unsere Nachbarn, die Dombröses und die Lischkas, will sie auch dabeihaben, und das käme uns im Lokal ganz schön teuer zu stehen. Jetzt, wo ich weniger arbeite, müssen wir aufs Geld natürlich achten, doch zum Ausgleich bleibt mir mehr Zeit mit meinen Lieben.«

Hilfslehrer. Notnagel. Dazu hatten sie ihn degradiert. Wie es ihn kränkte, ließ er sich nicht anmerken, sondern machte es mit sich allein ab. Ihr Bruder war keiner, der Frau und Kind im Stich ließ und aus dem Fenster sprang wie dieser Schauspieler, mit dem er verkehrt hatte. Zu dessen Beerdigung hatte niemand gehen dürfen, aber Volker hatte es sich nicht verbieten lassen.

»Weißt du was, Volker Engel?«, fragte Sidonie. »Meine Freundin Ilona hat eine ganze Menge bemerkenswerter Dinge in ihrem erst kurzen Leben zustande gebracht, aber du bist ihr Geniestreich. Ich weiß nicht, was ich anfangen würde, wenn ich keine Freunde wie euch hätte.«

Hiltrud begriff. Sidonie Terbruggen war Jüdin. In einem Lokal zu sitzen war für Juden kein Vergnügen mehr, selbst dort nicht, wo sie noch Einlass fanden.

Ihr Mann verzog den Mund. »Mit Dosenpfirsichen verpanschter Wein? Und das muss wirklich sein?«

Sie lachten alle. Ilona stieß Eugen den Ellbogen in die Seite. »Ehe dein zarter Magen von meiner Bowle Krämpfe bekommt, borge ich mir von Greeve, dem Suffkopf, eine Tasse Korn.«

Das wäre sträflicher Leichtsinn gewesen. Dieser Blockwart Greeve war hinterhältig. Er beobachtete jede Wohnung, schrieb sich auf, wer hinein- und hinausging, und hatte neulich erst im Treppenhaus geprahlt, er habe ein Ehepaar im Hinterhaus als Judenfreunde gemeldet, weil dort ein Mann mit krummer Nase und jüdischem Käppchen zu Besuch gekommen war. Hiltrud hielt nichts davon, sich mit Obrigkeiten anzulegen, aber Ilona hatte es ja nicht ernst gemeint. Und außerdem sah man Sidonie Terbruggen gar nichts Jüdisches an.

Sie hakten sich beieinander ein, vier Freunde, wie Hiltrud nie welche gekannt hatte, und folgten gemeinsam den Kindern, Suse und Schnuffeken, die Hand in Hand schon vorausgesprungen waren.

Hiltrud ging an der Seite, hielt ein wenig Abstand, tat so, als würde sie Ilonas dargebotenen Arm nicht bemerken. Sie gehörte nicht richtig dazu. Nur ein bisschen. Aber das machte ihr nichts aus. Ganz so nah wie die andern brauchte sie es nicht, sie hatte das, was ihr das Liebste war, bei sich, sie sah, dass es ihm gut ging, und das war genug. Um darüber, ob sie glücklich war, nachzudenken, hatte sie in ihrem Leben nie Zeit gehabt, aber wenn überhaupt je, dann war sie es jetzt.

Vierter Teil

Januar 1953

»*Und was wird aus unseren Freunden,*
Und was noch aus dir, aus mir?
Ich möchte am liebsten weg sein
Und bleibe am liebsten hier.«

Wolf Biermann, Als wir ans Ufer kamen

18

Jedes Mal, wenn er im Begriff stand, einen Verbrecher zu stellen, wurde sein Herz zum Presslufthammer. Dumpfe Schläge in sich überschlagender Geschwindigkeit prasselten gegen seinen Brustkorb, die Luft wurde knapp, und zu Anfang hatte er mehrmals befürchtet, er werde stürzen und einen Infarkt erleiden. Mit der Zeit aber war ihm klar geworden, dass diese Erregung ihm guttat, dass sie geradezu das Elixier war, das ihn am Leben hielt und weitertrieb. Schweiß brach ihm aus, und er atmete in kurzen, schnellen Stößen.

Sie standen vor der Wohnung. Ilsestraße 16, seit Monaten observiert. Das Netz aus geheimen Informatoren, das er um sich aufgebaut hatte, hatte die benötigten Beweise lückenlos erbracht. Zuweilen versetzte es ihn in Zorn, dass sie gezwungen waren, so lange zu fackeln. Aber dies war ein Rechtsstaat, und das blieb er auch für die, die ihn nicht verdienten. Nicht weil es wünschenswert war, Mörder mit Samthandschuhen anzufassen, sondern weil dieser Staat es seiner Würde schuldig war.

Jetzt aber war der Augenblick zum Zugriff gekommen.

Sie waren zu fünft. Er selbst, sein Unteroffizier als Assistent und drei Offiziere der Volkspolizei, die die Festnahme durchführen würden, darunter ein sommersprossiger Junge von höchstens zwanzig. Er sorgte immer dafür, dass sie zu fünft waren. Es war wie ein Zwang, dem er nachgeben musste, so wie er zu jeder dieser Einsätze Schwarz trug.

Anders als der überwiegende Teil der Führungsoffiziere war er nicht hauptberuflich für die Staatssicherheit tätig, sondern verrichtete vordergründig seine Arbeit für Bechers Kulturbund, der in absehbarer Zukunft in ein Kultusministerium übergeleitet werden würde. Er trug auch die Uniform nicht, die Reithose, Offiziersstiefel, die Bluse mit silbernen Kragenspiegeln und weinroten Paspeln. Wohl war ihm darin ohnehin nicht, und für seine Arbeit wäre sie ihm hinderlich gewesen. In seinem privaten Kreis, den er bewusst klein hielt, wusste niemand, dass er diese zweite Tätigkeit ausübte. Er war ein gut abgerichteter Hütehund bei Tag und ein reißender Wolf in der Nacht.

Er hatte es sich selbst so gewählt. Nicht um des Geldes willen. Seine Einnahmen genügten zur Befriedigung all seiner materiellen Bedürfnisse. Dieses hier war er einer anderen Seite von sich schuldig. Seiner inneren Hölle, der Glut, die in ihm schwelte und jede zartere Regung verbrannte. Hätte er ihr nicht von Zeit zu Zeit durch diese Einsätze Kühlung zugeführt, hätte sie über kurz oder lang ihn selbst verbrannt. Vielleicht würde er ihr das eines Tages gestatten, würde es sogar herbeisehnen, aber erst wenn er erledigt hatte, wozu er noch hier, wozu er aufgespart worden war, während die anderen gestorben waren.

Nach dem Krieg, in den Monaten, die zur Gründung der DEFA hinführten, der Film-AG der DDR, hatte man ihn in dem volkseigenen Betrieb, der den gesamten Besitz der UFA Babelsberg übernehmen würde, einen leitenden Posten angeboten. Produktion, Regie, was immer sein Herz begehrte. Sein Herz aber begehrte nichts. Der Quell seiner filmischen Fantasie, der in den Weimarer Jahren nicht zu sprudeln hatte aufhören wollen, war völlig versiegt. Er hatte nur noch einen Film vor Augen, wieder und wieder denselben Ablauf von Szenen, und der gehörte auf keine Leinwand. Er gehörte in seinen Kopf, in dem er gefangen war, und sonst nirgendwohin.

Er saß gut dort, wo er saß. Kulturpolitik. Darüber ließ sich erzieherisch auf Menschen einwirken. Und in der Zeit, in der andere ihren Hobbys nachgingen oder sich der Faulenzerei hingaben, ging er auf die Jagd. Wer er war, warum er tat, was er tat, wussten nicht einmal die, die am engsten mit ihm zusammenarbeiteten. Hier hatte er keinen Namen, und Namen zählten hier nichts, weil jeder, mit dem man sich vorstellte, falsch sein und man sich morgen einen neuen zulegen konnte. Was hier zählte, waren Entschlossenheit, schnelles Handeln, Mitleidlosigkeit.

Sie waren bereit.

An der Tür hing ein Kranz aus vertrockneter Tanne, mit roten Bändern und hölzernen Äpfeln verziert. Das Klingelschild war getöpfert, entstammte sichtlich ungeschickten Kinderhänden, von den Eltern liebevoll unterstützt. Ein Haus, eine lachende Sonne, vier Strichmännchen. Alles knallbunt. Er hatte einst ein solches Bild besessen, das der Kleinmensch gemalt hatte. Vielleicht malten alle Kinder so.

Geisenbaum

Die Schrift hatte ein Erwachsener gestaltet.

Claus, Elvira, Veronika, Michael

Freundliche Namen. Als läge hinter der Tür eine freundliche Welt. Aber die Welt dahinter war auf beispiellose Grausamkeit gebaut, sie war aus dem Glas der Lüge und stand im Begriff zu zerplatzen. Er drückte auf den Klingelknopf.

Ein Mann öffnete. Er trug einen pfeffer- und salzfarbenen Pullover, der an der Brust gestopft war, eine Brille, die Haare lockig und zu lang.

»Herr Claus Geisenbaum?«

»Der bin ich.« Der Mann lächelte wie einer, der sich nichts vorzuwerfen hatte und deshalb keinen Grund sah, sich vor Obrigkeiten zu fürchten. Dass es solche Männer in Deutschland gab, hörte nie auf, Eugen zu verblüffen. »Womit kann ich behilflich sein?«

Es roch nach Talkumpuder und leicht verbranntem Essen. Aus einem der Zimmer drang das Weinen eines Säuglings.

»Sie mit gar nichts«, erwiderte Eugen. »Wir möchten Ihre Frau sprechen.«

»Oh, da kommen Sie im falschesten Moment.« Er lachte auf. »Nun ja, wo ein fünf Monate alter Stammhalter regiert, ist es immer der falsche Moment, nicht wahr? Meine Frau macht gerade unseren Sohn fürs Bett fertig. Das kann eine Weile dauern. Warum kommen Sie nicht herein und warten im Wohnzimmer auf sie? Für die Unordnung muss ich mich entschuldigen. Unsere Tochter hat ihr Weihnachtsgeschenk ausprobiert. Eine Puppenküche. Serviert wurden Linsensuppe und Schokoladeneis.«

Mit einem weiteren Lachen wollte er sich umdrehen und vorausgehen, um ihnen den Weg in den genannten Raum zu weisen. Ehe er entkam, trat der Ranghöchste der Volkspolizisten vor und packte ihn am Arm. »Wir sind nicht gekommen, um uns Einzelheiten aus Ihrem Familienleben anzuhören, Herr Geisenbaum. Wir wollen Ihre Frau sprechen. Jetzt.«

Die Fröhlichkeit rutschte dem Mann vom Gesicht wie eine Maske.

»Lassen Sie«, sagte Eugen zu dem Polizeioffizier. Er würde sich nie dazu hinreißen lassen, Familien mitzubestrafen. Deshalb ließ er im Vorfeld ermitteln, ob eine Mitwisserschaft bestand oder nicht. Bei diesem Mann war sie auszuschließen, zumindest soweit die Fakten ihnen zugänglich waren. Was eine Frau ihrem Mann in der Intimität der gemeinsamen Nächte anvertraute, in denen Kinder gezeugt, mit Dämonen gerungen und Albträume durchgestanden wurden, blieb ein Geheimnis, das die meisten Paare mit ins Grab nehmen würden. Und zu Geisenbaum gewandt: »Holen Sie Ihre Frau. Wir werden sie nicht länger als unbedingt nötig aufhalten.«

Ohne noch etwas zu sagen, ging Geisenbaum in das Zimmer, aus dem das Schreien des Kindes drang. Kurz darauf erschien eine blonde Frau in geblümtem Kleid, das Gesicht gerötet, das helle Haar zurückgebunden. Auf dem Arm trug sie einen Säugling, der sich zusammengerollt hatte und leise wimmerte. An ihr Bein schmiegte sich ein Mädchen von vielleicht fünf Jahren mit blonden, geflochtenen Zöpfen.

»Elvira Geisenbaum?«, fragte Eugen. Sein Herz raste, über seinen Nacken perlte der Schweiß, und in seinen Ohren rauschte sein Blut. Dies war die Sekunde des Jägers, der sein Wild endlich aufgetrieben hatte. »Geborene Prellwitz?«

Die Frau nickte. Ihre Kiefermuskeln traten scharf und hart heraus, und ihre Schulterpartie vollführte eine Bewegung nach hinten, so als hätte sie kurz erwogen zu flüchten und den Gedanken verworfen. Sie wusste, was kam. Wusste, dass sie alle wussten und dass ihr Spiel zu Ende gespielt war.

»Geboren in Osjorsk, seinerzeit Darkehmen, Ostpreußen?«

Wieder nickte sie, presste rasch die Lippen auf den Kopf des Säuglings und umklammerte die Hand der Tochter.

»Ihre Papiere, nehme ich an, sind auf der Flucht verloren gegangen und mussten nach Ihrer Ankunft in Berlin neu ausgestellt werden?«

»In Mecklenburg.« Ihre Stimme war brüchig wie von der langen Trockenheit ausgedörrter Boden. »Ich hab erst in Mecklenburg gewohnt, hab da meinen Mann kennengelernt. Mein Mann ist Bauingenieur, hat hier Arbeit bekommen. In der Stalinallee. Deshalb sind wir dann her.«

»Mit den falschen Papieren«, hielt Eugen fest.

Die Frau sagte nichts. Ihre Augen wurden weit.

»Mit den Papieren meiner Frau ist alles in Ordnung«, mischte Claus Geisenbaum sich ein. »Das war damals, vor unserer Hochzeit, eine elende Rennerei, weil ihr ja alles fehlte, aber aus Osjorsk wurden schließlich die nötigen Nachweise geschickt. Sie können das beim zuständigen Amt in Mecklenburg nachprüfen lassen.«

»Das haben wir getan«, sagte Eugen. »Herr Geisenbaum, nehmen Sie Ihrer Frau das Kind ab. Vielleicht wollen Sie Ihre beiden Kinder an einen Ort bringen, wo Sie nicht Zeugen dieses Vorgangs zu werden brauchen.«

»Ich bleibe hier bei Elli«, erwiderte der Mann, nahm aber immerhin seiner Frau den kleinen Jungen aus den Armen. »Wir bleiben alle zusammen. Was immer gegen sie vorliegt, eine Unregelmäßigkeit bei der Passausstellung oder dergleichen, wird sich ja aufklären lassen. Es war doch damals alles ein einziges Durcheinander, das kann man Elli nicht zum Vorwurf machen. All diese Menschen, die aus dem Osten kamen, diese Fluten von Menschen …«

»Ihre Frau ist nicht aus Ostpreußen gekommen«, sagte Eugen. »Sie stammt aus der Region, das ist richtig und der Akzent nicht zu verleugnen, aber im Frühsommer 1945 kam sie von weniger weit her. Aus einem Ort in Brandenburg.«

»Nein!«, schrie die Frau, in die endlich Leben geriet. »Claus, nimm die Kinder und geh mit ihnen spazieren, geht irgendwo essen, Moni braucht ihr Abendbrot. Kommt erst wieder, wenn es dunkel ist. Ich will nicht, dass ihr das hier hört.«

Eugen wandte sich Claus Geisenbaum zu und stellte ihm mit seinem Blick eine Frage.

Geisenbaum presste die Lippen zusammen und schüttelte den Kopf. Das kleine Mädchen begann zu weinen und sich am Rock der Mutter festzuhalten, während der Junge in den Armen des Vaters verstummt war.

»Claus, ich flehe dich an.«

»Sie sind keine geborene Elvira Prellwitz«, sagte Eugen, während sein Herz zu den Worten die Trommeln schlug. »Ihr Name ist Magdalene Schliepe, geboren am 12. September 1920 in Prudnoje, seinerzeit Brindlacken. Von Mai 1939 bis April 1945 waren Sie beschäftigt im Frauen-Konzentrationslager Ravensbrück.«

Die Frau schrie auf. Jedes Mal, wenn er einen von ihnen schreien hörte, war es Eugen, als hörte er als Echo die Schreie ihrer Opfer, der Menschen, die sie geschlagen, getreten, mit Eiswasser übergossen hatten, denen sie ihre Kinder vom Leib gerissen, die sie halb verhungert zur Arbeit gepeitscht und die sie in den Tod geschickt hatten. Wann immer der verlorene Chor dieser Todesschreie ihn heimsuchte, waren ihm die Schreie der Täter eine Wohltat, die heilsamer, schmerzlindernder wirkte als Musik.

»Mami.« Das kleine Mädchen weinte. »Mami, Mami, Mami.«

»Sag ihnen, dass das nicht wahr ist, Elli.« Jetzt war es der Mann, der flehte. »Schick sie weg, sag ihnen, dass sie die Falsche haben, erzähl ihnen von den Polinnen, die du in eurem Heuschober versteckt hast.«

Die Schreie der Frau brachen ab. Sie räusperte sich. Versuchte zu sprechen, und als kein Ton kam, räusperte sie sich noch einmal. Nach dem dritten Mal begann wieder das brüchige, knochentrockene Krächzen. »Ich war noch nicht mal achtzehn. Auf dem Dorf. Immer unter Vaters Fuchtel. Ich wollt raus. Was erleben. Mal ein bisschen eigenes Geld haben.«

»Was erleben?« Eugen drängte es, sich auf sie zu stürzen, die Fäuste zu ballen und sie zu schlagen. Bis Blut kam. Aus dem Mund, aus der Nase, zuschlagen, bis das Gesicht dieser Person, die tatsächlich glaubte, sie könne sich aus dem, was sie getan hatte, herausreden, nicht mehr erkennbar war. Einen Faustschlag für jedes Wort, das erklären sollte, für was es keine Erklärung gab.

Er blieb jedoch stehen und schloss die Hände umeinander. Er respektierte den Staat, den er vertrat, er würde diesem Staat keinen Schandfleck aufsetzen. Dieser Staat kämpfte, er war umgeben von Feinden, die beständig Salven auf seine verwundbaren Flanken abfeuerten. Ihm durften nicht auch noch seine eigenen Leute in den Rücken fallen, weil sie nicht in der Lage waren, sich zu beherrschen. Die erbärmliche Kreatur, die sich vor seinen Augen wand, war das nicht wert.

»Weil Sie etwas erleben wollten, und weil Sie das Leben mit Ihrem Vater auf dem Dorf satthatten, haben Sie sich um eine Stellung im KZ beworben, verstehe ich Sie richtig?« Seine Stimme war ruhig. Von dem fliegenden Puls am Hals würde niemand etwas hören. »Da hatten Sie ja dann Erlebnisse genug. Leichenberge. Gefolterte, die keine Kraft mehr zum Brüllen hatten. Mädchen, an deren Beinen Experimente mit Gasbrand durchgeführt wurden, bis ihnen auf den Knochen kein Stück heiler Haut blieb. Das war doch was. Da hatte man was zu erzählen. Und wenn Sie doch wieder Langeweile überkam, konnten Sie selbst Hand anlegen. Mit dem Stock. Mit der Nilpferdpeitsche. Mit dem Köter der Aufseherin, der sich auf entkräftete Zwangsarbeiterinnen hetzen ließ.«

»Nein, nein, Elli.« Claus Geisenbaum weinte. »Sag, es ist nicht wahr, sag endlich, es ist nicht wahr. Wir haben doch die Kinder, wie kannst du den Kindern denn so etwas antun?«

»Mein Mann ist Parteimitglied«, krächzte die Frau. »Sein Vater im Widerstand und hingerichtet in Plötzensee. Er ist ein guter Kerl. Der kann das nicht aushalten. Schicken Sie den doch hier weg.«

»Sie sind es, die hier wegkommt, Fräulein Schliepe«, sagte Eugen, da die Eheschließung der Person aufgrund von Dokumentenfälschung keine Gültigkeit besaß. »Sie sind verhaftet, zur Last gelegt werden Ihnen Verbrechen gegen die Menschlichkeit. Wünschen Sie zum Tatbestand noch etwas vorzubringen?«

Das kleine Mädchen mit den Zöpfen hatte sich ganz in den Rock seiner Mutter gewickelt und weinte noch immer. »Ich war in der Essensausgabe«, sagte die Frau. »Ich hab niemanden geschlagen. Getreten erst recht nicht. Eine Ohrfeige mal, wenn eine in der Küche was stehlen wollte, das schon. Aber das musst ich ja machen, sonst wär die Aufseherin gekommen, und der Diebin wär Schlimmeres passiert.«

Eugens Magen krampfte sich zusammen. Ehe es ihn würgte, ließ er die Frau stehen und wandte sich dem jungen Offizier der Volkspolizei zu. Er legte ihm die Hand auf die Schulter. »Abführen«, sagte er. »So weit möglich nehmen Sie Rücksicht auf das Kind.« An seinen Assistenten gerichtet fuhr er fort: »Sie fahren zurück ins Ministerium und erstellen unverzüglich den Bericht.« Der junge Mann nickte. Eugen, der die Frage in seinem Blick bemerkte, fügte hinzu: »Ich habe noch zu tun, ich komme später nach.«

Er musste nach diesen Verhaftungen allein sein, forsch ein Stück gehen und tief atmen, bis sein Herzschlag sich wieder beruhigte, sein System vom Zustand höchster Erregung herunterschaltete auf das sich schleppende Fahrwasser, die mühsame Kleinarbeit des Alltags.

Natürlich wusste er, dass das, was er hier vollbrachte, eine Ersatzbefriedigung war. Er erwischte die Kleinen, die, die tatsächlich nicht viel mehr als zugeschaut und mit Häme Wassersuppe an Verhungernde ausgegeben hatten, während die Großen drüben, auf der anderen Seite, längst wieder in Amt und Würden saßen. Er hörte dennoch nicht auf. Er stürzte sich mit all seiner Kraft auf die Kleinen, die Mitläufer, die Ich-hab-doch-nur-Sager, als ließe sich dadurch wettmachen, dass die, um die es ihm ging, nicht bestraft werden würden.

Ein Wandregal in seiner Wohnung war gefüllt mit Aktenordnern, die seinen Schriftverkehr mit westlichen Behörden enthielten. Er hatte alles versucht und nichts bekommen als hohle, blasierte Antworten, die den Mord noch einmal begingen, noch einmal die Familie zerstörten, die er als die seine betrachtet hatte.

In Hunderten von Briefen, Tausenden von salbungsvoll bedauernden Worten wurde ihm beteuert, dass ein gehässiges altes Tratschweib und ein versoffener Versager, die ihrem Nachbarn die Gestapo auf den Hals gehetzt hatten, strafrechtlich nicht zu verfolgen waren.

Es lag keine Straftat vor.

Und wenn eine vorgelegen hätte, so wäre deren Verfolgung Angelegenheit dieser Farce namens Bundesrepublik Deutschland, nicht der Deutschen Demokratischen Republik.

Wäre es denen im Westen ernst mit ihrem Bekenntnis zur Demokratie gewesen, so hätte dies ihrer aller Angelegenheit sein müssen:

Die Ausmerzung des Faschismus mit Stumpf und Stiel.

Ohne Mitleid. Ohne Rücksicht auf Geschlecht und Alter, auf heulende Kinder, bettelnde Ehemänner oder schlurfende Greisinnen.

Die Toten hatte er nicht zu schützen vermocht, er hatte versagt und konnte nichts mehr für sie tun. Auch nicht für die, die tot in einem noch atmenden Körper gefangen waren.

Seinen Kampf focht er für die, die eine Chance hatte.

Für Susanne.

Was seine Generation versäumt, verpatzt, in Trümmer gelegt hatte, ließ sich nicht mehr geraderücken.

Aber Susanne war er es schuldig, dass er jetzt nicht wieder etwas versäumte, bis durch ein Loch im System die braune Pest eindrang, dass er über dieses Land wachte, sich nichts entgehen ließ.

Damit Susanne eines Tages gesund wurde und den lähmenden Schmerz überwinden lernte. Damit sie leben konnte.

19

Dieser Winter mit Kelmi.

Dieser gänzlich verrückte, gänzlich falsche, gänzlich die Wirklichkeit verhöhnende Winter.

Es war einfach nichts richtig an dem Menschen. Weder seine Herkunft noch seine politische Haltung, weder sein Beruf noch seine Art zu sprechen oder sein Musikgeschmack. Nicht einmal sein Name. Nichts.

Am ersten Sonntag war Sanne nicht hingegangen. Weshalb hätte sie hingehen sollen, Unter den Linden, was hatte sie dort zu suchen, und was wollte sie mit einem wildfremden Mann aus dem Westen, der absichtlich in Frauen hineinrannte, ihnen Geschichten von seinen Großeltern erzählte und hymnenhafte Reden auf einen stark riechenden Käse hielt?

Am zweiten Sonntag war sie auch nicht hingegangen. Die Schule fing an, sie hatte auf einen Schlag alle Hände voll zu tun, wollte ihre Sache richtig machen, den Schülern, die vor ihr aufgereiht in dem saalartigen Klassenraum saßen, etwas mit auf ihren Weg geben. Las sie Erwartung in ihren Gesichtern, Neugier, Hoffnung oder nichts als Langeweile? Sie hatte es sich nicht so schwer vorgestellt, in diesem Beruf, der in ihrer Vorstellung immer der ihre gewesen war, auf einmal tagtäglich ihren Mann zu stehen. An der Bluse ein Schild zu tragen, auf dem »*Fräulein Engel, Staatsbürgerkunde*« stand. Sich dreißig Namen auf einmal merken zu müssen, mit jedem dieser dreißig Namen ein Gesicht, eine Persönlichkeit zu verbinden und es auszuhalten, dass dreißig Blicke ihr folgten, ob sie aus einem Lehrbuch vorlas, sich nach einem Kugelschreiber bückte oder sich zur Tafel drehte, ihnen den Rücken zuwandte.

Zudem bereiteten sie und Thomas mit ihrem FDJ-Kreis die Feierlichkeiten für den Tag der Republik im Oktober vor. Es gab ständig Streit in der Gruppe, viel häufiger und heftiger als in den Jahren zuvor. Gerhard Scherbaum war als Kreisleiter zurückgetreten. Die Gründe kannte niemand. Da, wo Gerhard gewohnt hatte, war er nicht länger gemeldet. Thomas, der auf seinen Platz nachrückte, war davon ausgegangen, dass der Beitrag des Kreises sich wie in den vergangenen Jahren auf die Teilnahme an der FDJ-Demonstration durch den Stadtkern, namentlich die im Bau befindliche Stalinallee, beschränken würde. Es galt Banner zu fertigen, Flugschriften zu entwerfen und eine Liste von Sprechern aufzustellen.

Der kleine Pulk, die Zelle, die sich innerhalb ihrer Gruppe um Paul Aller und Marion Templin gebildet hatte, kam jedoch mit einer anderen Idee: »Warum bauen wir kein Podium auf und halten eine öffentliche Diskussion ab?«, hatte Marion vorgeschlagen. »Über das, was junge Leute sich wünschen zum Beispiel, was sie sich für ihre Zukunft erträumen und was sie vom Staat dafür an Unterstützung brauchen. Wir könnten Politiker einladen, Personen des öffentlichen Lebens, und ihnen unsere Fragen vorlegen.«

»Das ist nicht unser Thema«, hatte Thomas den Vorschlag abgeschmettert. »In einer historischen Situation wie der unseren sollte unsere Frage nicht lauten: Was kann unser Staat für uns tun? Sondern: Was können wir für unseren Staat tun?«

»Von mir aus auch das. Diskutieren wir eben darüber, was wir für unseren Staat zu tun bereit sind und was uns zu weit geht. Hauptsache, das Ganze ist frei und öffentlich, und jeder, der Lust hat, kann sich daran beteiligen.«

Dass es darum ging, eine Errungenschaft – die Gründung des neuen, des friedlichen, demokratischen Deutschland – zu feiern, nicht, unorganisierte Diskussionen mit Passanten anzuzetteln, konnte Thomas Marion und ihren Leuten nicht vermitteln. Susanne machte sich viele Gedanken. Sie war Lehrerin, es wäre auch ihre Aufgabe gewesen, verständlich zu machen, worum es bei den geplanten Feierlichkeiten ging. Die Liebe zu ihrem Land in den Herzen der Genossen und auch in denen ihrer Schüler zu verankern. Erneut stand sie vor einer Aufgabe, die sie sich so schwierig, ja geradezu unlösbar nicht vorgestellt hatte. Um an fremde Männer zu denken, die behaupteten, sie wollten Unter den Linden für sie kochen, hatte sie gar keine Zeit.

Sie dachte an ihn, als der Regen einsetzte, als das Licht draußen trüber wurde und die Schwermut ihrer Mutter allumfassender. Als die Versorgungsengpässe sich zuspitzten, der beschleunigte Aufbau des Sozialismus größere Opfer forderte, dachte sie an ihn, als die Schüler ihrer Klasse über die Schulspeisung schimpften und ihr Fragen stellten, die so einfach nicht zu beantworten waren. Als Thomas sich beklagte, weil sie ihn ständig vertröstete, als er wieder von Heirat, FDGB-Ferienplätzen und freien Wohnungen für Lehrerehepaare zu reden begann, während sie nichts als erschöpft war und in Ruhe ihr Bier trinken wollte, da dachte sie auf einmal an den fremden Mann.

Als sie nach den Feiern zum Tag der Republik noch immer an ihn dachte und an einem regnerischen Sonntag das Gefühl hatte, ausbrechen zu müssen, das Kreisen ihrer Gedanken in denselben immer tieferen Furchen nicht länger zu ertragen, fuhr sie hin.

Nach Unter den Linden.

Natürlich erwartete sie nicht, ihn dort anzutreffen. Seit ihrer Begegnung waren acht Wochen vergangen, und seinen Namen, der kein Name war, hatte sie so gut wie vergessen.

Er aber war da. War auf einem dieser Mopeds gekommen, von denen die Jungen in ihrer Klasse schwärmten, und hatte einen riesigen Rucksack dabei.

»Susu! Heute ist mein Glückstag. Jetzt müssen wir uns nur noch ein halbwegs trockenes Eckchen suchen, dann schmeiße ich das Herdfeuer an.«

»Das ist nicht Ihr Ernst.«

»Doch, natürlich.« Er war bereits abgestiegen, schob das Moped nahe an die Ruine von Unter den Linden 25 und lehnte es an die Absperrung. »Hier?« Aus dem Rucksack holte er eine Art Sonnensegel, das er an Moped und Bauzaun befestigte. Viel Staat war mit seinem Regenschutz nicht zu machen, er aber schien damit zufrieden und setzte sich darunter auf das nasse Pflaster. »Setzen Sie sich zu mir? Ich weiß, es gibt Köche, die hassen es, wenn man ihnen bei der Arbeit zusieht. Meine Kollegin Micha würde auf so jemanden am liebsten mit dem Tranchiermesser losgehen, aber mir macht es gar nichts. Im Gegenteil. Ich freue mich über Topfgucker und über Sie ganz besonders. Ich finde, Kochen ist Kommunikation. Begegnung. So wie Essen.«

Er griff wieder in den Rucksack und förderte einen verbeulten Feldkocher zutage.

»Sie müssen wirklich verrückt sein. Sie können doch nicht hier auf der Straße Ihr Mittagessen fabrizieren.«

»Ach, auf die Straße bin ich selbst nicht scharf, und meine Soupe à l'oignon könnte sich natürlich mehr Raffinesse erlauben, wenn ich einen ganzen Herd zur Verfügung hätte. Da ich aber nicht erwarte, dass Sie mich zu sich nach Hause einladen oder mir in mein Zuhause folgen würden, bin ich eben ein Teufel und fresse Fliegen.«

Nacheinander befreite er ein Hackbrett, ein schmales Messer und ein Säckchen mit beinahe violetten Zwiebeln aus dem Rucksack. Unbekümmert begann er, die Zwiebeln aus ihrer Schale zu pellen, behutsam, flink und geschickt, ohne die glänzende Haut zu verletzen.

»Sie konnten doch überhaupt nicht wissen, dass ich komme!«, rief Sanne.

»Doch«, sagte er und teilte die Zwiebeln in hauchdünne Streifen. »Ich wusste es. Zumindest habe ich mir eingeredet, ich würde es wissen.«

»Und auf dieses vage Eingerede hin sind Sie heute hier mit Ihrer Kücheneinrichtung aufgekreuzt?«

»Fast richtig«, erwiderte er. »Ich bin jeden Sonntag hier mit meiner Kücheneinrichtung aufgekreuzt.«

»Jeden Sonntag? Mit all diesem Zeug?«

»Mit der Ausrüstung schon. Aber nicht immer mit den gleichen Zutaten. Ich habe mir vorgenommen, jede Woche ein anderes Gericht für Sie vorzubereiten, und hoffte, mir damit die Wartezeit zu verkürzen. Letzten Sonntag gab es Risotto al limone und am Sonntag zuvor Kalbsgulasch in Morchelrahm. Wären Sie heute wieder nicht gekommen, hätte ich Ihnen nächste Woche mein erstes Experiment mit einer portugiesischen Muschelpfanne präsentiert.«

Er hatte dem Rucksack ein Stück Butter entnommen, das er geradezu verliebt aus dem Papier wickelte. Sanne bewunderte die sattgelbe Farbe und hasste sich dafür. Die Schwärmerei von West-Lebensmitteln, die dort drüben angeblich aus allen Regalen quollen, machte sie wütend. Ihre Schüler verglichen den Inhalt der Pakete, die ihre West-Verwandten ihnen schickten, und wer solche Verwandte nicht hatte, stand abseits.

Als gäbe es nichts Wichtigeres.

Der Verrückte, der sich Kelmi und sie Susu nannte, hatte den Feldkocher angezündet, einen schimmernden, kupfernen Topf darauf gestellt und begonnen, die Butter zu schmelzen. Der Duft stahl sich durch den dünnen Regen und etwas von der Wärme auch.

»Das ist eine solche Verschwendung«, brach es aus ihr heraus.

Von der Butter, die er mit einem Holzlöffel sachte schaumig rührte, drehte er sich nach ihr um. Sein Grinsen war schief. »Ach nein. Verschwendet wird bei mir nichts. Drüben auf der anderen Seite, in einer Wohnung hinter dem Bahnhof Friedrichstraße, wartet Sonntag für Sonntag eine gierige Meute meiner Freunde darauf, dass ich das Gericht, was ich Ihnen nicht servieren durfte, stattdessen an sie verfüttere. Heute wird meine Horde von Gierschlunden allerdings enttäuscht sein.«

»Sie sind wirklich verrückt, oder?«

»Meine Freunde behaupten es zumindest. Meine Verwandten drücken sich nicht immer so zartfühlend aus.«

»Sie kennen mich überhaupt nicht.«

Er klopfte auf das Pflaster neben sich. »Das müssen wir ändern, Susu. Glauben Sie mir, wir müssen das unbedingt ändern.«
Er hatte auch ein Sitzkissen für sie mitgebracht, eine Flasche Wein und das knusprigste Weißbrot, das sie je gegessen hatte. Was daran schön war, vor einer Ruine auf der Straße zu sitzen, sich nass regnen zu lassen und zuzuschauen, wie ein Verrückter Suppe kochte, würde sie sich noch Wochen später fragen. Wenn ein Volkspolizist vorbeikäme, würde er sie verscheuchen, wenn nicht gar ihre Personalien überprüfen und ihre Namen notieren. Aber es kam keiner. Nur Passanten, die stehen blieben und gafften. Kelmi sprach jeden an, kannte keine Hemmungen, setzte eine mit Einkaufstaschen beladene Frau und einen Mann mit Aktenkoffer als Vorkoster für seine Suppe ein.

Die geriet sämig, beinahe schokoladenbraun glänzend. Er füllte sie in zwei hohe Schalen und krönte sie mit Scheiben von dem Brot, die er in geriebenem Käse gewälzt und auf dem Topfboden geröstet hatte. Sanne, die sie nicht einmal hatte probieren wollen, vermochte nicht zu glauben, dass etwas so gut schmecken konnte. Sie wollte es auch nicht glauben. Essen war Treibstoff. Man füllte ein, was nötig war, und ließ den Körper es verbrauchen. Das, was der Mensch namens Kelmi veranstaltete, hatte mit Treibstoff nichts zu tun. Sobald Sannes Schüssel leer war, breitete sich in ihrem Mund Enttäuschung aus.

»Ich muss gehen«, sagte sie. Jetzt, wo die wärmende Suppe verzehrt war, wurde es kalt. »Bitte kommen Sie nicht mehr am Sonntag hierher. Das hier war nett von Ihnen. Komisch und nett. Aber Sie und ich haben nichts gemeinsam. Sie gehören hier nicht her mit Ihrer tragbaren Küchenausrüstung und Ihrem französischen Käse.«

»Ach ja, Gruyère«, fiel er ihr ins Wort. »Den hatte ich Ihnen das letzte Mal zum Probieren gegeben, richtig? Für heute habe ich mich für einen aus beinahe derselben Region entschieden, der aber noch schärfer ist. Comté. Was meinen Sie? Ist das zu der frischen Süße von roten Zwiebeln der richtige Kontrapunkt?«

»Sie haben überhaupt nicht zugehört, was ich gesagt habe, oder?«

»Doch«, beteuerte er. »Sie wollen gehen, haben Sie gesagt. Das fand ich so schrecklich, dass ich gleich wieder weggehört habe.«

»Ich habe es aber ernst gemeint.«

»Ich auch, Susu. Und ich widerspreche Ihnen entschieden.« Er wandte sich ihr ganz zu, sah sie aus bierbraunen Augen ohne jede Zurückhaltung an. »Ich bin Koch, in meinem Fach versteht man etwas von Dingen, die zusammenpassen. Es sind nicht die, die sich gleichen, die sind es in den seltensten Fällen. Es sind die, die sich herausfordern, die einander im Widerstreit das Beste entlocken und die sich am Ende ergänzen.«

»Ich bin aber keine von Ihren Käsesorten, die sich in irgendwelchen scharf-süßen Kontrapunkten mit Ihren Zwiebeln verbindet.«

Er lachte, und dieses Lachen, in dem nur Fröhlichkeit lag und kein Spott, fand in ihrem Kopf einen Widerhall. Eine Erinnerung, die sie nicht einordnen konnte und wollte. »Ich weiß das, Susu. Meine Familie stöhnt über meine ewigen Vergleiche aus dem Kochtopf genauso wie Sie. Aber die Welt der Küche ist für mich so reich, so vielfältig, sie scheint mir immer das richtige Beispiel bereitzuhalten, mit dem ich mir das Leben erklären kann. Es ist viel leichter für mich, mir das alles in Käse und Zwiebeln und Butter und Gewürz zu übersetzen, in etwas Gefälliges, das ich begreifen kann, statt es so gewaltig und wuchtig zu belassen, wie es sich vor mir aufbaut.«

»Aber damit reden Sie alles klein.«

»Nicht als Koch«, sagte er und klopfte sich auf den Bauchansatz, der sich anders als bei dem mageren Thomas unter seinem Hemd abzeichnete. »Nicht als einer, für den gutes Essen das Größte ist. Aber dennoch, wissen Sie, was ich jetzt am liebsten tun möchte? Mich irgendwo mit Ihnen in eine trockene, gut geheizte Kneipe setzen und stundenlang reden. Über uns, über unsere Freunde, unsere Familien, alles, was zu uns gehört. Ganz ohne Käse, das verspreche ich Ihnen. Großes Käseliebhaber-Ehrenwort.«

Sie musste lachen, und statt wütend zu werden, tat es ihr um seine rührenden Bemühungen leid. Sie war keine Frau, die flirtete, und verkehrte nicht mit Männern, die es taten, doch es war beileibe nicht so abschreckend, wie sie es sich vorgestellt hatte.

»Das geht nicht, Kelmi. Ich werde zu Hause erwartet. Und ich bin außerdem wirklich der Meinung, dass es sinnlos ist.«

Er verzog den Mund, in seinen Augen ein Funkeln.

»Was ist daran komisch?«

»Nichts. Ich freu mich. Sie haben Kelmi zu mir gesagt.«

»Wie auch immer ...«

»Nein.« Er hob eine Hand. »Sagen Sie nicht noch einmal, es ist sinnlos. Das sagen meine Verwandten auch, sooft ich versuche, Ihnen von meinen Plänen zu erzählen, diese traurige Ruine da hinter uns wieder aufzubauen.«

»Warum denn das?«

»Weil ich ein Restaurant daraus machen will. Nicht irgendeines, sondern *mein* Restaurant, das, was in meinem Kopf schon fix und fertig dasteht, das mein Freund Ewald mit seinen Wandgemälden verzaubert und dessen Menü, das meine Freundin Micha mit mir entworfen hat, auf Gäste wartet.«

»Hier?«, entfuhr es Sanne perplex. »Sie wohnen im Westen und wollen im Osten ein Restaurant aufmachen?«

»Ich habe es gesehen und mich verliebt«, sagte er. »Mein Herz hatte an dem Tag wohl seinen Kompass nicht dabei.«

»Sie sind ...«

»Nein, sagen Sie es nicht. Genau das werfe ich meiner Familie vor: Nicht dass sie meine Idee nicht mögen, dass sie mich lieber im Ehrfurcht gebietenden Arztkittel als mit der komischen Kochmütze gesehen hätten, sondern dass sie mir keine Chance geben, es ihnen zu erklären. Wer zuhört, begibt sich in Gefahr, überzeugt zu werden. Sie bringen den Mut dazu auf, nicht wahr, liebe Susu? Sie werden mich nicht einfach für verrückt und unsere Freundschaft für sinnlos erklären, ohne mir Gelegenheit zu geben, Ihnen das Gegenteil zu beweisen.«

»Ich habe keine Zeit, mich mit Ihnen in eine Kneipe zu setzen.« Ein Gefühl der Panik erfasste sie, und sie war nicht sicher, was es auslöste, die Vorstellung, hier nicht rechtzeitig wegzukommen, oder die Vorstellung, ihr könnte genau das gelingen. »Und außerdem sind wir nicht befreundet.«

»Ich mit Ihnen schon«, erwiderte er. »Nur Sie mit mir noch nicht. Ich bin aber sicher, dass ich das ändern kann, wenn Sie mir von der Zeit, die Sie nicht haben, doch ein bisschen schenken würden.«

Geradezu kindisch heftig schüttelte sie den Kopf. »Morgen ist Montag, ich muss meinen Unterricht vorbereiten, und meine Familie wartet mit dem Essen auf mich.«

»Ihre Familie? Nicht Mann und Kinder, oder, Susu? Bitte nicht Mann und Kinder.«

»Meine Mutter und meine Tante«, versetzte sie wütend. Was ging ihn das an? Warum behauptete sie nicht, ihr Mann sei Sekretär beim Kulturbund und ihre Tante hüte ihr Baby? Er fantasierte sich schließlich auch allen erdenklichen Unsinn aus den Fingern, ohne mit der Wimper zu zucken.

Übertrieben erleichtert atmete er aus. »Dem Himmel sei Dank. Mütter und Tanten haben Geduld.«

»In Ihrer Welt vielleicht, aber in meiner lässt man Menschen nicht unnötig warten, sondern hält sich an Absprachen.« Sanne stand auf. Trotz des Kissens war ihr Hintern nass, und der Heimweg würde eine Qual werden. »Deshalb gehe ich jetzt. Dass Sie sich aufgrund von falschen Erwartungen so viel Mühe gemacht haben, tut mir leid, aber ich habe Sie um diesen ganzen Zirkus nicht gebeten.«

Er stand ebenfalls auf, versperrte ihr in ganzer Größe und Breite den Weg. Der typische Westler, dachte sie, gesund, kräftig, wohlgenährt, wie aus einer von diesen amerikanischen Propagandazeitschriften.

»Sie haben wirklich keine einzige Stunde Zeit für nur noch ein Glas Wein und ein bisschen Erzählen mit mir?«

»Das habe ich doch gesagt.«

»Eine halbe Stunde?«

»Nein, auch keine halbe Stunde, überhaupt nichts. Haben Sie das jetzt verstanden?«

Ohne das Gesicht zu verziehen, sah er sie an. »Ich muss es Ihnen aber beweisen, Susu. Dass das mit uns sinnvoll ist, dass es das Sinnvollste ist, was uns passieren konnte. Wenn Sie mir keine Stunde geben, muss ich versuchen, es in einer Minute zu schaffen. Eine Minute hat jeder. Nicht einmal die Pünktlichkeit in Person kann eine Minute als Zuspätkommen deklarieren.«

Mit seinem raumgreifenden Selbstbewusstsein trat er einen Schritt auf sie zu, obwohl im Grunde kein Schritt mehr zwischen sie passte. Sie hätte zurückweichen können. Während der gesamten Zeit, in der er sehr langsam sein Gesicht dem ihren näherte, hätte sie beiseitetreten, sich umdrehen und nach Hause gehen können. Aber sie rührte sich nicht. Sie blieb reglos stehen und hielt den Kopf still, bis sein Mund den ihren berührte.

Unter den Linden. Vor der Ruine des *Kranzler*s und unter den Blicken von allen erdenklichen Leuten.

So begann der Winter mit Kelmi.

20

Ehrlichkeit, Geradlinigkeit, darauf legte Sanne Wert. Man betrog und täuschte keinen Menschen, der einen immer anständig behandelt hatte, und sie hätte Thomas umgehend sagen sollen, was mit ihr los war. Ihm reinen Wein einschenken, wie man das nannte. Warum sie es nicht tat, war schwer zu erklären. Hätte eine Freundin ihr derart verschwurbelte Gründe aufgezählt, hätte sie sie scharf ermahnt, sich nicht herauszureden.

Zum einen war der Winter hart für Thomas. In der Gruppe, ja, im gesamten Kreis stieß er auf heftigen Gegenwind, und zwar nicht bei denen, die er ohnehin als seine natürlichen Gegner fürchtete. Genossen, die aus Akademikerfamilien stammten, hielten sich im Großen und Ganzen an die ausgegebene Linie, wobei nur Marion Templin, die er »das Junkerkind« nannte, eine Ausnahme machte. Die, die sich seiner Führung widersetzten, waren die, für die er sich engagierte, um deren Rechte er kämpfte: die Söhne und Töchter der Arbeiter, die ihm doch hätten dankbar sein müssen.

Unentwegt wurden die Versorgungsengpässe auf den Tisch gebracht. Die Produktion von Konsumgütern, die hinter der Schwerindustrie noch immer zurückstehen musste, die Badehosen und dünnen Kleider, die es im Sommer nicht gegeben hatte, die jetzt aber die Läden füllten, während man nach Wintermänteln und dicken Pullovern vergeblich suchte. Immer wieder die leeren Regale von Konsum und HO. Fett, Fleisch und Zucker waren rationiert, bei Butter und Margarine waren jedoch sogar die knapp bemessenen Rationen kaum zu bekommen.

»Meine Oma hat neulich nach Kartoffeln angestanden«, erzählte Paul Aller. »Drei Stunden lang, 'ne Frau von achtundsiebzig. Und als sie mit ihrem knappen Pfündchen nach Hause kam und Wasser aufsetzen wollte, um endlich was in den Bauch zu kriegen, gab's Stromsperre. Wenn die zu mir sagt, da war's bei Adolf ja noch besser, soll ich die dann etwa melden, Thomas? Ist das dein Ernst? Ich glaub, ich streich dem armen Altchen lieber 'ne Butterstulle, meinst du nicht? Ach, vergessen. Butter gibt's bei uns ja auch nicht. Na, dann gibst du mir vielleicht eines von den hübschen Ulbricht-Bildchen, die wir überall aufhängen sollen, damit ich ihr das aufs Brot pappen kann.«

»Ich würde meine Verwandten melden, wenn sie etwas derart Infames, Faschistoides von sich geben würden«, sagte Thomas hinterher zu Sanne, das Gesicht vor Erregung gerötet, der Atem in schnellen Stößen.

»Ich glaube, eine fast Achtzigjährige, die nach drei Stunden Schlangestehen einen dummen Spruch von sich gibt, ist deshalb nicht gleich faschistoid«, versuchte Sanne ihn zu beruhigen, obwohl sie ihn verstand. Es tat weh, so etwas zu hören, es war wie ein Schlag ins Gesicht, als wäre all die Arbeit, die sie sich machten, verfehlt. Barbara, ihre Nachbarin, die oft so rührend mit ihrer Mutter half, beklagte sich häufig in ähnlicher Weise. Ihr Sohn Benno sei laufend krank, weil er zu wenig Vitamine bekomme. »Gegen die Nazis kann man ja sagen, was man will, aber für die Kinder haben die wenigstens gesorgt.«

Dass die Nazis Millionen von Kindern in aller Welt in den Tod geschickt hatten, dass sie den Nazis das zerstörte Land samt seiner Versorgungsengpässe zu verdanken hatten, fiel dabei unter den Tisch. Mit wie viel Einsatz Sanne und ihre Genossen auch versuchten, den Leuten deutlich zu machen, welchem Grauen sie entronnen waren und auf welch gutem Weg sie jetzt vorangingen, wie man sich um sie bemühte, sie beschützte, für sie plante – die Leute hörten sich das an und rannten anschließend in den Westen, um Butter und Bananen zu kaufen. Dass sie damit imperialistische Tendenzen unterstützten, Faschisten, die längst wieder wie die Maden im Speck saßen, interessierte sie nicht.

Sanne machte sich Sorgen. Bei aller Richtigkeit, die die Erklärungen des Zentralkomitees hatten, bei allem Vorrang, den der Aufbau des Sozialismus haben musste – keine alte Frau sollte drei Stunden lang nach ein paar Kartoffeln Schlange stehen müssen. Und ihr Kumpel Paul sollte nicht fürchten müssen, dass jemand seine Großmutter dafür anzeigte.

»Wehret den Anfängen«, presste Thomas heraus. »Ich würde jeden melden, von dem ich so etwas in Erfahrung bringe. Jeden. Sogar dich.«

Vermutlich sollte das bedrohlich klingen, und vermutlich hätte ihm eine scharfe Erwiderung gebührt, aber Sanne hörte in der ganzen Aufplusterei vor allem Verzweiflung. Über etwas anderes sprach er kaum, aber Sanne entnahm es auch dem Ungesagten: Er fand sich in dem gewählten Lehrerberuf nicht zurecht. Die Autorität, auf die er den Schülern gegenüber setzte, strahlte er nicht aus, sie nahmen ihn nicht ernst, sondern rissen kaum verhohlen Witze über ihn, die ihn kränkten.

Es war kein guter Moment, um ihm von Kelmi zu erzählen. Ihn zu belügen war respektlos, nicht achtend, aber ihm die Wahrheit zu sagen kam ihr jetzt, wo sie davorstand, auf einmal grausam vor.

Das noch größere Problem bestand jedoch in der Frage: Was gab es denn überhaupt zu erzählen, wie sah die viel zitierte Wahrheit aus?

Sie traf sich mit einem anderen Mann. Unter den Linden. Sonntag für Sonntag, auch an Tagen, an denen sie vor Thomas behauptete, sie müsse Unterricht vorbereiten oder werde bei ihrer Mutter gebraucht, weil Barbaras Benno wieder krank geworden sei. Das Lügen war nicht fair. Aber davon abgesehen – was machten sie denn? Gab es wirklich etwas, das sie Thomas hätte erzählen müssen, etwas, das die Grenzen ihrer Beziehung verletzte, weshalb es nicht ihr Geheimnis bleiben durfte?

Nach jenem Kuss vor dem *Kranzler* hatte sie Kelmi gesagt, etwas Ähnliches dürfe nicht wieder passieren, oder sie würde nicht mehr kommen. Für ihre Begegnungen hatte sie Regeln aufgestellt, an die er sich zu halten hatte: Sie würde nicht mit ihm in den Westen fahren, und sie würde ihn nicht zu sich nach Hause einladen. Allein der Gedanke, er könne dort Eugen über den Weg laufen, versetzte sie in Schrecken. Berührungen waren verboten. Komplimente und Anzüglichkeiten ebenfalls, wobei Kelmi vorgab, nicht sicher zu sein, was damit gemeint war.

Kelmi war gut darin, dergleichen vorzugeben. Er war noch besser darin, sich in den Grenzen, die sie ihm zog, Schlupflöcher zu suchen. Er war eben Kelmi. Disziplinlos. Querköpfig. Schwierig zu greifen und noch schwieriger, festzunageln. Im Großen und Ganzen blieb das Verbotene jedoch verboten, und hätte sie die winzigen Schritte über die abgesteckte Demarkationslinie Thomas gebeichtet, wäre sie sich alberner vorgekommen als ein Schulmädchen.

Ich habe mein Weinglas umgestoßen, und er hat Salz über die Flecken auf meinem Rock geschüttet.

Er hat gesagt, er findet es toll, dass ich so große Füße habe. Er hat kleine. Er ist ein Riese von einem Mann, und ich bin eine Frau, aber einmal haben wir eine Stunde lang unsere Schuhe getauscht.

Mir hat der Wind mein Kopftuch weggerissen. Er hat es aufgefangen und erst sich umgeknotet und dann mir.

Das waren Kindereien, so etwas erzählte man niemandem, mit dem man ernsthaft an einer gemeinsamen Zukunft arbeitete. Was aber sollte sie Thomas zur Antwort geben, wenn er sie fragte, was sie an all diesen Sonntagen mit den vielen Stunden Zeit anfingen?

Sie wanderten durch Berlin.

Von Unter den Linden über Baustellen, Ruinen, Steinwüsten, durch neue Wohnviertel und wie in einer Zeitkapsel erhaltenes Altes, durch enttrümmerte, aber noch nicht neu bebaute Straßenschluchten.

Ab und zu gingen sie in ein Lokal, weil Kelmi darauf brannte, ihm unbekannte Gerichte kennenzulernen, doch meist wollte er genauso schnell, wie er hineingegangen war, auch wieder hinaus. »Gastronomie braucht Umgebung. Sie ist wie eine schöne Frau – wenn sie nicht verwöhnt wird, wenn keiner ihr schmeichelt, verkümmert ihr Flair.«

Sanne ging sowieso nicht gern, weil sie für Restaurantbesuche kein Geld hatte und sich nicht von ihm einladen lassen wollte. Also fanden sie sich binnen Kurzem von Neuem auf der Straße wieder. Einmal, als das Wetter schön gewesen war, ein goldener

Nachmittag im späten Oktober, war er mit ihr auf seinem Moped herumgekurvt, aber dabei musste sie die Arme um seine Taille schlingen, um sich festzuhalten, und später beschloss sie, das nicht noch einmal zu tun.

Dabei war auch das reichlich kindisch. Sie war schon bei etlichen Genossen hinten auf dem Fahrrad mitgefahren und hatte sich an deren Taille festgehalten. Nur verkehrten hier, in ihrer Welt zwischen FDJ, Universität und Kollegium, Männer und Frauen als Kameraden, Wesen, die Köpfe hatten, aber keine Körper. Über die Taillen ihrer Genossen hatte sie sich keine Gedanken gemacht und hätte keine beschreiben können, während sie über die von Kelmi dachte, dass sie ziemlich füllig war, aber fest, nicht weich, und dass sie das Gefühl mochte, sie zu umfassen.

Das Kribbeln unter der Bauchdecke, wenn sein Körper sich in eine Kurve legte und der ihre wie aus eigenem Willen die Bewegung mittat.

Fortan gingen sie zu Fuß. Eine Straße hinauf und die nächste hinunter. Dem Wetter trotzten sie, solange es möglich war, und sobald es unmöglich wurde, stiegen sie in Bus oder Straßenbahn. Unterwegs spielten sie Wettspiele.

»Wenn es an der nächsten Station noch immer regnet, entscheide ich, bis wohin wir fahren.«

»Wenn an der nächsten Station eine Frau in Gelb zusteigt, entscheiden nicht Sie, sondern ich.«

»Gelb ist eine Farbe mit Charakter. Einer Frau, die Gelb tragen kann, macht so leicht keiner etwas vor.«

»Steht solcher Unsinn vielleicht in einem von Ihren Kochbüchern? Was hat das mit der Frage zu tun, wo wir aus der S-Bahn steigen?«

Vor Lachen verpassten sie nicht selten beide Stationen, die, die er gewollt hatte, genau wie die ihre. Bis die Bahn an der Endstation anhielt, Kelmi die Arme ausbreitete und sich erst dann erinnerte, dass Berührung verboten war. »Ich hab ja gar nicht gewusst, dass Berlin so groß ist. Man fährt und fährt, man verquatscht sich mit einem schönen Mädchen, und wenn man aussteigt, ist immer noch Berlin.«

Sie wanderten um den Müggelsee. Als sie am folgenden Sonntag noch einmal kamen, war er zugefroren.

»Und jetzt haben wir keine Schlittschuhe!«, rief Kelmi hingerissen.

»Sie können Schlittschuh laufen?«

»Solange ich etwas nicht ausprobiert habe, gehe ich grundsätzlich davon aus, dass ich es können könnte.«

Er borgte sich welche von irgendwelchen Freunden, seine nur eine Größe größer als ihre. Auf dem Eis wirkte er wie ein Bär, der versuchte, auf den Hinterbeinen zu tanzen. Tapsige Grazie. Er fiel hintüber, landete auf dem Hintern und blieb verdutzt sitzen. Seine grüne Pudelmütze war ihm vom Kopf gefallen, das Haar stand wirr in alle Richtungen. Sanne musste lachen, und als ihr das Lachen nicht im Bauch, sondern in der Brust wehtat, wusste sie, dass es gefährlich war.

Sie konnte sich nicht herausreden, nicht behaupten, es sei alles harmlos gewesen, grüne Kleine-Jungen-Mützen und Geschwätz über gelb gekleidete Frauen, und sie hätte ja nichts gewusst. Sie hatte es gewusst. An einem vor Kälte glitzernden Tag auf dem Müggelsee, vor einem seltsam graziösen Bären von Mann, der auf dem schneebedeckten Eis saß, hatte sie es mit einer Schärfe, die klar wie der Tag war, einen Augenblick lang gewusst.

Sie fuhren nicht noch einmal dorthin. Ins Kino wollte Suse nicht, daran war etwas verfänglich, also wanderten sie wieder durch die Straßen. In der Dämmerung verliefen sie sich in einem Gewirr aus Seitengassen, wo die flackernden Straßenlaternen trübe blieben und die Häuser aussahen, als hätten sie sich geduckt, geschwärzt und ganz still verhalten, damit der Krieg sie verschonte. Hinter kaum einer Scheibe brannte Licht, und doch regte sich hier ein Vorhang, huschte dort ein Schatten vorüber, verriet anderswo ein Umriss die Nähe fremden Lebens.

Kelmi begann unvermittelt zu rezitieren:

>*»Wie oft wirst du geseh'n*
>*Aus stillen Fenstern,*
>*Von denen du nichts weißt.*
>*Durch wie viel Menschengeist*
>*Magst du gespenstern*
>*Nur so im Geh'n?«*

Kälteschauer rannen über Sannes Rücken. »Hast du dir das ausgedacht? Jetzt eben? Einfach so?« Dass sie sich duzten, hatte sich irgendwann eingeschlichen, sie wusste nicht, wie oder wann.

Er schüttelte den Kopf. »Ich muss bedauern. Der, der es sich ausgedacht hat, ist leider seit vierzig Jahren tot. Christian Morgenstern.«

»Liest du oft Gedichte?« Sanne war sicher, keinen Mann zu kennen, der auf solche Idee gekommen wäre.

»Nicht oft genug. Aber gern. Ich versuche in meiner Küche zu dichten. Einen Zusammenklang zu erzeugen, der dichter ist, als jede Zutat für sich genommen wäre. So dicht, dass wir uns davon eingehüllt und gemeint fühlen.«

»Warum sagst du dauernd so komische Sachen? Ich meine, Sachen, die kein Mensch erwartet?«

»Wenn das, was ich sage, schon erwartet wird, bräuchte ich mir ja nicht die Mühe zu machen, überhaupt zu reden, oder?«

»Reden macht dir doch keine Mühe!«, rief sie. »Du redest ununterbrochen, es ist bei dir wie bei anderen Leuten das Atmen.«

Er grinste. »Ich kann sogar beides gleichzeitig.«

Sie boxte ihn in die Rippen und erschrak, als vor ihrem geistigen Auge ein Schild hochschnellte: Berühren verboten.

Er redete in der Tat ohne Punkt, ohne Komma, und sie redete mit. Dass so viel Gerede in ihr steckte, erstaunte sie. Nicht immer wusste sie hinterher, worum das viele Reden sich gedreht hatte. Dann aber gab es Tage, da konnte sie nicht fassen, was er ihr anvertraute, was sie ihm anvertraute, Dinge, von denen sie, solange sie sich erinnerte, mit keinem Menschen gesprochen hatte.

Er erzählte ihr von seiner Familie, seinem Bruder, der geheiratet hatte, seiner Schwägerin, die ein Kind erwartete, den vielen Verwandten, die seit Generationen in ein und demselben Haus gewohnt hatten und unter denen die Männer so gut wie alle Ärzte waren.

»Nur mein Onkel Fritz. Der war nicht Arzt. Er hatte zwar Medizin studiert, aber noch auf der Universität hatte er sich diesen Vogel in den Kopf gesetzt, er müsse irgendwo im Ägäischen Meer eine versunkene Stadt ausgraben. Als in dem Meer keine Stadt zu finden war, hat er anderswo gesucht. Er ist durch die halbe Welt gegondelt, doch die vertrackte Stadt hat sich nicht auftreiben lassen. Wenn er sie gefunden hätte, hätten wir ihn vielleicht als Genie gefeiert, aber so blieb er unser verrückter Onkel. Er wohnte bei uns im Dachboden. Mein Bruder und ich haben als Kinder immer geblödelt: ›Onkel Fritz ist im Oberstübchen. Aber nicht ganz richtig.‹«

Die Geschichte hätte komisch sein sollen. Dass sie es nicht war, wusste Sanne ohne ein Wort der Erklärung.

»Er war harmlos«, fügte Kelmi hinzu. »Politik hat ihn nicht interessiert. Wenn wir zusammen wandern waren, hat er Steine aufgesammelt und sie hinterher in seinem Oberstübchen untersucht. Jobst und ich haben immer ein Markstück bekommen, wenn er in unsere Rucksäcke auch noch Steine stopfen durfte und wir sie für ihn nach Hause trugen.«

Sein Onkel Fritz war tot.

Er hatte Kelmi das Geld vererbt, mit dem er die Ruine des *Kranzler*s in ein Restaurant verwandeln wollte. »Warum, weiß ich nicht. Verrückte Vögel müssen zusammenhalten, nehme ich an.«

Als sie sich das nächste Mal trafen, begann Sanne, ihm von ihrer Mutter zu erzählen. »Sie leidet an Schwermut. An manchen Tagen kann sie nicht aufstehen. Aber an anderen ist sie ganz normal.«

»Wird sie behandelt?«

Sanne schüttelte den Kopf. »Ihr Arzt würde alles für sie tun, er hat früher für sie geschwärmt, aber er sagt, gegen diese Art von Schwermut ließe sich wenig tun. Frische Luft, Bewegung und eine bessere Ernährung höchstens, aber meine Mutter geht nicht gern nach draußen. Sie mag sich nicht bewegen, und Essen ist ein Problem mit ihr.«

»Das muss hart für dich sein«, sagte er.

»Eigentlich nicht.« Sanne zuckte die Schultern und spürte plötzlich jene seltsame Verlorenheit, nach deren Grund sie nicht forschte. »Es ist meine Tante, die die meiste Arbeit mit ihr hat. Sie opfert sich für sie auf, obwohl sie sich früher nicht einmal besonders gut verstanden haben. Meine Mutter kann nicht immer gut allein bleiben. Oft springt unsere Nachbarin Barbara ein, aber wenn sie keine Zeit hat, muss meine Tante sich freinehmen, und dann wird es für ihre Brigade im Bekleidungshaus schwierig, die Arbeitsnorm zu erfüllen.«

»Das mit der Arbeitsnorm musst du mir erklären«, sagte er. »Ich habe das schon gehört, aber ich fürchte, ich habe nicht mal im Ansatz verstanden, wie es funktionieren soll.«

Die verlorene Traurigkeit verflog, und Sanne fühlte sich wieder auf sicherem Boden und in ihrem Element. »Die Arbeitsnormen stellen das Herzstück der sozialistischen Planwirtschaft dar«, erklärte sie. »Wir wollen nicht, dass Menschen sich abrackern müssen, um Dinge zu produzieren, die sie nicht brauchen und die ihnen dann mithilfe von Werbung aufgeschwatzt werden. Sie sollen durch ihre Arbeit ihre Bedürfnisse befriedigen, sich das verschaffen, was sie zum Leben benötigen. Deshalb planen wir im Voraus, was die Bevölkerung innerhalb einer Zeitspanne braucht, und setzen dementsprechend die Mengen fest, die jeder Betrieb erwirtschaften muss. Das sind die Arbeitsnormen. Sie sind so berechnet, dass der Bedarf knapp gedeckt ist. Brigaden, die ihre Norm übererfüllen, erhalten Prämien ausgezahlt.«

»Ich bin beeindruckt«, sagte er. »Du hast das so verständlich erklärt, dass selbst ein Ignorant wie ich es versteht.«

Sie hatten nicht mehr als ein paar verrückte Sonntage miteinander verbracht, und doch hörte sie bei ihm im Gesagten schon das Ungesagte. Spürte verborgenes Unbehagen hinter offenem Lächeln. »Du glaubst, dass das nicht funktionieren kann, richtig? Ihr alle glaubt das, weil es das ist, was die Amerikaner euch glauben machen wollen. Aber darlegen, warum es nicht funktionieren sollte, kann keiner von euch. Es ist ein gutes System. Menschen arbeiten für das, was sie brauchen, nicht für das, was Konzerne verkaufen wollen.«

»Liebe Susu«, sagte er. »Du bist gern zur Schule gegangen, nicht wahr?«

»Schrecklich gern.«

»Ich nicht, muss ich gestehen. Ich lasse mich nicht gern belehren, probiere meine Siebensachen lieber selbst aus, auch wenn ich dabei auf die Nase falle. Ich fürchte, so geht es den meisten Menschen. Und am allerwenigsten mögen sie über das belehrt werden, was sie brauchen, was sie sich wünschen und wovon sie träumen. Ihr habt schon recht, wir knallen uns unsere Wohnungen mit einer Menge Zeug voll, die kein Mensch braucht. Aber ist es nicht herrlich, sich Dinge anzuschaffen, die man nicht braucht, die keinen Zweck erfüllen, sondern nichts als Spaß machen? Ist es nicht herrlich, Geld auszugeben, weil es einem gerade in den Sinn kommt und man es in der Tasche stecken hat?«

»Das ist nur herrlich für die, die sich loses Geld in ihren Taschen leisten können«, verwies sie ihn scharf. »Leute wie deine Ärzte-Familie mit ihrer Villa und ihren Mietshäusern dürfen verprassen, so viel sie wollen, aber das funktioniert einzig und allein, solange die große Masse ausgebeutet wird und in bitterer Armut lebt.«

»Liebe Susu«, begann er noch einmal. »Mit einem weißen Band in deinem schwarzen Haar wärst du das reinste Schneewittchen, und bitte lass uns nicht streiten. Du hast sicher recht. Ich habe von Politik keinen blassen Schimmer, ich bin von der Schule geflogen und schwatze, was mir einfällt. Du dagegen bist eine kluge Frau Lehrerin, die sich gewissenhaft über alles Gedanken macht, ehe sie darüber spricht.«

Sanne hatte sich auch nicht streiten wollen, und in jenen ersten Wochen war es damit noch getan gewesen. Erst als das neue Jahr – 1953 – begann, war es immer öfter vorgekommen, dass sie aus einem Streit über Politik keinen Ausweg fanden, dass sie weiter rechten, hin und her argumentieren und einander angreifen mussten, bis ihre gemeinsame Zeit vorbei war und sie sich betreten und traurig gegenüberstanden.

Damals aber hatte er so flüchtig, dass es gerade noch nicht verboten war, seine Hand über ihre gelegt und gesagt: »Bitte erzähl mir doch weiter von deiner Mutter. War sie schon immer so? Oder hast du sie auch anders gekannt?«

»Ich hab sie anders gekannt.« Die Antwort tat noch mehr weh als die Frage. »Als ich Kind war, hat sie immer gelacht. Über alles Mögliche. Sie ist morgens früh durch die Wohnung gegangen, hat in jedem Zimmer, an jedem Fenster gelacht, und wenn wir sie gefragt haben, was komisch ist, hat sie gesagt: Nichts. Ich freu mich. Weil ich euch hab.« Sie stockte.

»Großartig«, sagte Kelmi. »Ich glaube, das mache ich nach. In meiner Familie sagen wir uns zwar regelmäßig, dass wir uns auf den Geist gehen, aber dass wir uns freuen, uns zu haben, habe ich noch nie gehört. Wir sind uns wohl sicher, dass die anderen es wissen. Dabei sollte man in jedem Zimmer, an jedem Fenster ein Fest daraus machen.«

»Ich glaube«, sagte Sanne, »sie war ein bisschen wie du.«

»Wie ich? Wirklich?« In seinen Augen war ein Funkeln. »Stand sie auch gern mit einem Sammelsurium von Zutaten vor ihrem Herd und wollte Gedichte nachkochen?«

»Im Leben nicht«, rief Sanne. »Kochen hat sie gehasst. Sie war Sängerin, obwohl sie, als ich größer wurde, kaum noch gearbeitet hat. Aber gesungen hat sie immer. Und uns zum Singen angestiftet. Das, was mich an dich erinnert, ist diese Zuversicht, die sie hatte. Sie machte sich nicht gern Sorgen, hat darauf vertraut, dass das Leben es gut mit ihr meint.«

»Stimmt«, sagte Kelmi, »darauf vertraue ich auch. Felsenfest.«

»Aber das ist Unsinn«, erwiderte Sanne. »Das Leben ist ja kein Geschöpf, sondern nur das, was wir Menschen daraus machen. Wir sind selbst dafür verantwortlich, und wohin es bei meiner Mutter geführt hat, sieht man ja. Als ihr angeblich so wohlmeinendes Leben ihr über dem Kopf zusammengebrochen ist, hatte sie nicht die Kraft, es zu ertragen.«

»Susu«, sagte er und nahm, verboten oder nicht, ihre Hand. »Du bist ein kluges Mädchen, du kennst deine Mutter, und von dem, was du sagst, trifft sicher vieles zu. Aber Vertrauen ist kein Unsinn. Wenn wir dem Leben nicht vertrauen, wenn wir uns von Feinden umgeben glauben, die uns übelwollen, wie sollen wir denn dann zur Ruhe kommen und genießen?«

Darauf fiel Sanne keine Erwiderung ein, und in der Woche, die folgte, begriff sie, warum: Sie kam nicht zur Ruhe. Sie strebte nicht danach, und das Wort genießen war ihr suspekt. Es klang, als wäre es für die Werbung eines Unternehmens erfunden worden, das übertreuerte Lebensmittel, Alkoholika oder Luxusreisen verkaufen wollte. Kelmi aber fing am Sonntag darauf, als sie vor Schneeregen, nebliger Kälte und der rastlosen, ziellosen Hektik auf dem Alexanderplatz in ein Café flohen, noch einmal mit ihrer Mutter an.

»Sie war Sängerin, hast du gesagt. Weil wir uns in lauter anderen Sachen verzettelt haben, ist mir erst auf dem Heimweg eingefallen, wie aufregend das ist. Was hat sie gesungen? Mein Vater liebt Opern. Vielleicht kennt er sie.«

»Sie ist im Radio aufgetreten«, erwiderte Sanne, halb wünschend, das Thema zu beenden, und doch nicht imstande, es kurzum zu tun. »Funk-Stunde Berlin. Der Leiter der Abteilung hat sie verehrt, er hätte sie am liebsten rund um die Uhr dort singen lassen. Dann ist er über Nacht verhaftet worden und kam nicht mehr zurück, und ihr Lieblingskollege, der die Nachrichten sprach, wurde vom Mikrofon weg aus dem Sendesaal gezerrt und verschleppt. Danach gab es dort niemanden mehr, der sich für sie einsetzte. Sie bekam zwar irgendwie die Zulassung der Kammer, wurde aber kaum noch engagiert.«

Tropfnass und durchgefroren blieben sie vor dem Pult stehen, das hinter dem Eingang des Cafés aufgestellt war. Das Schild darauf gebot in steiler, schwarzer Schrift: »Hier warten. Sie werden platziert.«

»War er Jude?«, fragte Kelmi. »Der Lieblingskollege?«

Sanne schüttelte den Kopf. »Er war auch kein Kommunist, kein gar nichts, nur einer von diesen Künstlern, die sich um kein Gestern und kein Morgen scheren.«

Kelmi schwieg und wartete ab, stellte seine Frage mit den Augen.

Urplötzlich war Sanne zum Weinen, wie es den Frauen ihrer Familie manchmal geschah. »Nichts«, gab sie zur Antwort auf die unausgesprochene Frage. »Er hat gar nichts getan. Mir hat er einmal am Ende einer Nachrichtensendung einen Gruß bestellt: ›Und das war wie immer Ihr Jule Jänisch mit den Frühnachrichten der Funk-Stunde Berlin. Das Wetter morgen wird heiter bis wolkig, kein Niederschlag zu erwarten, und Ilona Konyas kleiner Tochter, dem schwarzäugigen Susannchen, wünsche ich einen schönen Tag.‹ Ich bin vor Stolz fast geplatzt, ich dachte, man müsste etwas unfassbar Wunderbares sein, wenn man im Radio erwähnt wurde.«

Sie kam sich lächerlich vor, und der Drang zu weinen ließ sich kaum noch bezwingen.

»Muss man auch«, sagte Kelmi. »Man muss die unfassbar wunderbarste Susu von Berlin sein, andernfalls schert sich das Radio um einen keinen Käse.« Er legte den Arm um sie, zog sie an die beruhigende Schwere seines Körpers und hielt sie fest. Als sie halbherzig versuchte, zur Seite zu weichen, flüsterte er zu ihr hinüber: »Das ist nicht Berühren, sondern Erste Hilfe. Gesetzlich vorgeschrieben. Kann nicht verboten sein.«

Bis auf zwei Tische, an denen müde Paare unbestimmten Alters in ihren Tassen rührten, war das Café leer. Kellner, die vorüberschlurften, wandten keinen Blick nach dem Pult, wo Gäste darauf warteten, platziert zu werden. Sanft verstärkte Kelmi den Druck auf Sannes Hüfte und trat mit ihr vor.

»Es ist ja Platz genug, und da keiner von uns drei Jahre alt ist, sind wir, denke ich, in der Lage, uns selbst zu platzieren.«

Der Kellner, der bisher völlig unbeteiligt gewirkt hatte, schoss herum wie eine getretene Schlange. »Sie werden platziert!«, fuhr er Kelmi und Sanne an. »Stehen bleiben und warten.«

»Meine Freundin und ich wollten uns nur mit einem heißen Getränk aufwärmen und dazu ein Stück Torte essen«, sagte Kelmi freundlich. »Wir hatten nicht vor, in feindliches Territorium einzumarschieren.«

Verwirrt hielt der Kellner inne. »Sie werden platziert«, bellte er nach einer Weile von Neuem. »Wenn es Ihnen bei uns nicht gefällt, gehen Sie doch woanders hin, da werden die Ihnen dasselbe erzählen.«

»Wir hatten ja noch gar keine Zeit, auszuprobieren, ob es uns bei Ihnen gefällt. Vielleicht sind wir kurz davor, unser neues Lieblingscafé zu entdecken, aber wenn wir es gar nicht erst betreten dürfen, müssen wir wohl dumm sterben.«

»Hören Sie auf zu sabbeln, Mann«, platzte der Kellner los. »Ich hab zu tun, kapiert?«

Kelmi schirmte die Augen mit der Hand ab, reckte sich auf die Zehenspitzen und blickte sich in dem fast leeren Schankraum um. »Ja, natürlich«, sagte er. »Sie ertrinken in Arbeit, da können Sie nicht auch noch neuen Gästen auf ihre Sitzplätze helfen. Aber gerade deshalb wollten wir Ihnen die Mühe ja ersparen, indem wir uns als mündige Bürger erweisen, die in der Lage sind, sich selbst auf einen Stuhl zu setzen.«

Sanne wollte einschreiten, von Kelmi verlangen, dass er den Mann in Ruhe ließ, ehe die Situation eskalierte. Die Verärgerung des Kellners zerplatzte jedoch wie eine Seifenblase. Er sah Kelmi an und wischte sich über die Stirn. »Jetzt versteh ich. Westler, was? Von Tuten und Blasen keine Ahnung. An deiner Stelle würd ick vermutlich auch den ganzen Tag damit verplempern, dumm rumzuschwatzen, denn andere Probleme hätt ick ja nich. Na, dann kommense mal mit, Männekin. Dass unsere Westler auf den Genuss von unserer Gourmetküche verzichten müssen, woll'n wir ja nu nicht.«

Damit machte er kehrt, trottete an einen der vor dem Fenster aufgereihten Tische, und nach einer Sekunde des Zögerns folgte ihm Kelmi. Bohnenkaffee sei aus, erklärte der Kellner, noch ehe sie welchen bestellt hatten. Mit Malz könne er dienen, auch mit Tee, heiße Schokolade dagegen sei derzeit in der ganzen Stadt nicht zu bekommen.

»Danke, ich probiere das gerne«, sagte Kelmi. »Und dazu hätte ich gern ein Stück Schwarzwälder Kirsch.«

»Ist aus«, erwiderte der Kellner.

»Oh, wie schade. Aber Käse-Sahne reizt mich nicht weniger.«

»Ist auch aus.«

»Ich verstehe. Bei Ihnen herrscht offenbar rasender Andrang. Wollen Sie mir vielleicht lieber sagen, was nicht aus ist, und ich entscheide mich dementsprechend?«

»Bienenstich«, sagte der Kellner.

»Das ist ein Wort«, erwiderte Kelmi. »Also zweimal Malzkaffee mit Bienenstich.«

»Macht dir das Spaß?«, fuhr Sanne ihn an, sobald der Kellner seines Weges geschlurft war. »Der Mann versucht nur, seine Arbeit zu machen, du bist ihm haushoch überlegen und spielst das aus.«

Sie war wütend gewesen, doch zu Beginn des Winters hielt Wut nie lange vor. Zu Kelmis nettesten Eigenschaften gehörte es, dass er sich über das, was sie sagte, wirklich Gedanken machte. Wer zuhört, läuft Gefahr, überzeugt zu werden, hatte er gesagt und ließ diese Maxime auch für sich selbst gelten. »Du hast recht«, sagte er nach kurzem Überlegen. »Wenn ich den Mann von oben herab behandelt habe, entschuldige ich mich. Ich wollte das gar nicht. Mir fällt es nur schwer zu verstehen, warum von acht Kuchenangeboten auf einer Speisekarte lediglich eines verfügbar sein soll und weshalb Gäste in einem leeren Lokal warten müssen, bis jemand sie platziert. Ist das nicht unnötige Gängelei?«

»Wenn du nur ein Stück Kuchen essen willst – wozu brauchst du dann eine Riesenauswahl?«, fragte Sanne zurück. »Ist es nicht wichtiger, dass erst einmal alle satt werden? Und was du Gängelei nennst, ist unser Wunsch, sicherzustellen, dass alle vom Kuchen etwas abbekommen, dass nicht die Stärksten, Lautesten, Schnellsten sich von den Sitzplätzen bis zum Warenangebot alles schnappen, während die Schwachen, Alten, Kranken, die, die nicht perfekt funktionieren, zurückbleiben und leer ausgehen.«

Wieder überlegte er und nickte schließlich. »Klingt gut und richtig. In meinem Restaurant soll sich trotzdem jeder Gast seinen Platz selbst aussuchen können. Und die Wahl haben. Ich glaube, ich bin nach dieser Freiheit, die Wahl zu haben, ein bisschen süchtig.«

»Im Faschismus hat niemand die Wahl«, sagte Sanne. »Er kann sich nicht aussuchen, was er sagt, wie er sein Geld verdient, wer seine Freunde sind und wie er seine Kinder erzieht. Nicht einmal, ob er lebt oder stirbt.«

Kelmi spitzte die Lippen, wie um durch die Zähne zu pfeifen. »Das ist eine ziemlich dicke Keule, um ein Gespräch über Kuchenauswahl totzuschlagen, oder? Aber ich denke, ich verstehe, was du meinst, und werde mir in Zukunft Mühe geben, eurer Art zu leben mit mehr Respekt zu begegnen. Dafür musst du mir jetzt weiter von deiner Mutter erzählen. Sie heißt nicht wirklich Ilona Konya, oder?«

»Ilona Konya-Engel. Warum soll sie so nicht heißen?«

»Weil ihre wundervolle Tochter nicht an Vorsehung, Schicksal und Bestimmung glauben will. Nach dieser Ilona Konya habe ich gesucht, Susu. Ich bin sogar in eine Bücherei gegangen, obwohl ich doch ein Banause bin, der nur Schundromane über wilde Freibeuter und opfermutige Kapitäne liest.«

Jäh sah Sanne das Buch vor sich, das ihm an ihrem ersten Sonntag aus der Hand gefallen war. Gerald Ahrendt. Es spielte keine Rolle. So selten war der Name vermutlich nicht, und wenn doch, dann handelte es sich um einen dieser Zufälle, die nichts zu bedeuten hatten. »Warum hast du meine Mutter gesucht?«

»Ich habe sie singen hören.« Seine Augen leuchteten. »Im Radio, genau einen Tag, bevor ich in dich hineingerannt bin. Ich bin, was Musik betrifft, genauso ein Banause wie bei Büchern, höre am liebsten *Handjive* und solche Sachen, nach denen man in seiner Küche den Kochlöffel schwingen und Groove und Rhythmus in die Pfanne bringen kann. Meinem Vater zufolge ist bei mir Hopfen und Malz verloren, aber dieses Lied von deiner Mutter hat mich aus den Schuhen gehauen.«

»Was war das denn für ein Lied?« Im nächsten Atemzug wünschte sich Sanne, sie hätte nicht gefragt.

Er lehnte den Kopf zurück, schloss halb die Augen und begann zu intonieren:

»Glück, das mir verblieb,
Rück zu mir, mein treues Lieb.
Abend sinkt im Hag,
Bist mir Licht und Tag.«

Sanne hasste es, in der Öffentlichkeit Aufmerksamkeit zu erregen, und sie hätte dieses Lied nie wieder hören wollen. So wenig wie das Gezirpe ihrer Spieluhr, *Suse, liebe Suse.* Es schnürte ihr die Kehle zu und drückte ihr auf die Augen. Sie wollte nicht vor ihm in Tränen ausbrechen, sie hatte es nie vor einem Fremden getan, der nicht den Grund dafür kannte und darüber Schweigen bewahrte, doch der Damm war längst gebrochen. Das Verrückteste, das ganz und gar Unglaublichste war, dass sich zugleich in ihrem Bauch ein Lachen bildete, das mit ähnlicher Kraft aus ihr herausbrach.

Kelmi konnte nicht singen. Sein Gesang war scheußlich, die Melodie des Liedes kaum zu erkennen, und er rollte dabei mit den Augen. Sanne gluckste, schluchzte und verschluckte sich, war vor Tränen blind und krümmte sich vor Lachen vornüber.

Kelmi sprang auf, kam zu ihr und klopfte ihr auf den Rücken. Als er den trägen Kellner sah, schrie er zu ihm hinüber: »Wir brauchen ein Glas Wasser! Sofort!«

Es dauerte lange, bis Sanne sich beruhigt hatte. Sie trank Wasser, dann bemerkte sie die Wärme von Kelmis Körper an ihrem. Er hatte sich an ihre Seite gesetzt und stützte sie. »Es tut mir leid«, stammelte sie.

»Unsinn. Mir tut es leid. Meine Schwägerin Sabsi sagt auch immer, wenn ich singe, fallen die Fliegen von der Wand, aber dass es so schlimm ist, hätte ich nicht gedacht.«

Sie rieb sich die Augen und sah ihn an.

Er verschluckte sein Lächeln und wurde ernst. »Es tut mir wirklich leid. Ich habe dir nicht wehtun wollen.«

»Du hast es nicht wissen können.«

»Ich will es aber wissen«, sagte Kelmi. »Das ist mein Problem: Ich will alles wissen, was dich betrifft. Also bohre und bohre ich wie der kleine Axel in seiner Nase und merke nicht einmal, dass ich dir längst ein Loch in die Haut gebohrt habe. Und dass du weinst.«

Sanne schüttelte den Kopf. »Ich habe zu wenig geschlafen. Und ich habe eine harte Woche in der Schule hinter mir. Am besten, ich gehe nach Hause und ruhe mich aus.«

»Das tust du am besten nicht.« Er legte den Arm um sie und drückte ihr den Kopf sanft auf seine Schulter nieder. »Deine Mutter hat dieses Lied gesungen, als es ihr noch gut ging, ja? Als sie noch die Mutter war, die du gekannt hast? Es muss hart sein, jemanden zu verlieren, den man so sehr braucht – und dabei sitzt er doch neben einem und sollte sich mit ein paar Worten zurückrufen lassen. So wie früher.«

Sanne schniefte, rieb sich wieder über die Augen und gab sich Mühe zu grinsen. »Soll das eines von deinen Kochgedichten werden?«

Er grinste zurück und flüsterte in ihr Ohr:

»Ich hab dich so lieb.
Ich würde dir ohne Bedenken
Eine Kachel aus meinem Ofen schenken.

Ehe du fragst: Verfasst von Joachim Ringelnatz. Aber aufgesagt und Susu Engel zugeeignet von Kelmi Kelm.«

Sie musste lachen.

»Ein bisschen gelacht hast du vorhin auch, hab ich recht? Ein ganz kleines bisschen?«

»Ich weiß selbst nicht«, sagte sie. »Du machst mich im Kopf wirr.«

»Ich finde das gar nicht wirr«, sagte er. »Mein Opa Piepenhagen hat immer gesagt: ›Manche Sachen sind so traurig, die kann ich nur lachend ertragen.‹«

»Dein Opa Piepenhagen?«

Er nickte. »Und die Oma Piepenhagen hat dazu geschimpft: ›Was der wieder redet, der alte Mann. Der lacht noch, wenn der Totengräber ihm das letzte Hemd anziehen will, und vor Schreck fällt der arme Kerl dann selbst tot um.‹«

»Hast du sie wirklich so genannt – Oma und Opa Piepenhagen?«

»Hab ich wirklich. Ein lustiger Name, oder? Sie waren auch lustige Leute.« Seine Stimme war nicht lustig. Sie hatte auf einen Schlag aufgehört, lustig zu sein.

»Ist das der Opa, der mit dir auf den Schultern durch die Zimmer galoppiert ist?«, fragte Sanne und ertappte sich bei demselben Zwiespalt, den er ihr vorhin gestanden hatte. Sie fragte andere Menschen sonst so etwas nicht, bohrte nicht in Dingen, die sie nichts angingen, aber sie wollte alles von ihm wissen.

»Der war es«, sagte Kelmi. »Sie hatten diese riesige Gartenwohnung in Charlottenburg, vier Meter hohe Wände und alles voller Bilder. In meiner Kindheit konnte man dort zwei komplette Indianerstämme unterbringen oder mit Christopher Columbus um die Hälfte der Erde segeln. Nur dass es im Wilden Westen und auf Columbus' Flaggschiff keine Oma gab, die Schokoladenpudding kochte. Wie waren deine Großeltern, Susu? Hast du sie auch so gern gemocht wie ich?«

»Ich hab sie so gut wie gar nicht gekannt«, sagte Sanne. Die Mutter ihres Vaters war gestorben, als sie zu klein gewesen war, sich zu erinnern, und sein Vater war ein knurriger alter Mann gewesen, den sie nur selten besuchten. An Großvater Konya erinnerte sie sich auch nicht, und Großmutter Konya, die im Westen wohnte, durfte nicht erwähnt werden.

Wenn Sanne je an sie dachte, dachte sie an das verbrannte Buch mit den drei Bären.

»Wie schade«, sagte Kelmi. »Ich war nirgendwo so gern wie bei Oma und Opa Piepenhagen. Mein Opa hat im Vorgarten

Gurken angebaut, die sich rollten, und die Oma hat vor sich hin gewettert, weil sie die nicht einlegen konnte. Der Opa und ich waren ganz begeistert von den Rollgurken. Wir wollten eine züchten, um sie dem Bäcker als Zuckerschnecke aufzuschwatzen, wir wollten zwei weltberühmte Gurkenzüchter werden, und nebenan am Gartenzaun stand der kleine Axel Witthuhn und bohrte in der Nase. Der hatte es auf der Lunge, durfte nicht weit reisen, also stand er hinter dem Tor und sah sich an, wer vorüberging. Ich reise am Gartenzaun, hat er gesagt, der kleine Axel mit seinen sieben Jahren, und manchmal haben mein Opa und ich uns dazugestellt und sind mitgereist. Du wirst nie erwachsen, hat die Oma immer mit dem Opa geschimpft. Es war ein Paradies für Kinder, die nie erwachsen werden.«

Und jetzt?

So etwas fragte man nicht, selbst wenn man alles wissen wollte. Er sprach in der Vergangenheit, erzählte keinen Witz, den der lustige Opa letzte Woche gerissen hatte, und erwähnte kein bevorstehendes Familienfest, auf dem er die beiden bald wiedersehen würde.

Er würde sie nicht wiedersehen.

Der lustige Opa und die lustige Oma waren tot.

Sie standen in dem kahlen, trübe beleuchteten Raum wie Jule Jänisch, den die Faschisten verschleppt hatten, weil er, der Frauenschwarm, heimlich einen Mann geliebt hatte. Tante Schnuffeken haute mit ihrer Kuchengabel auf die graugrün gestrichene Wand ein, und die Frau, die auch noch dabeistand, trug ein gelbes Kostüm. Gelb war eine Farbe mit Charakter. Sannes Vater stand nicht. Er lag in seiner nur leicht mit Blut befleckten Hausjacke bäuchlings am Boden.

Sanne sprang auf. »Ich will jetzt gehen.« In dem Café voller Toter war für Lebende kein Platz.

Er holte ihre Mäntel vom Ständer, half ihr behutsam wie einer Kranken in den ihren. »Alles in mir wehrt sich dagegen, dich allein zu lassen. Ich würde gern bei dir bleiben. Haben die hier keine Fremdenzimmer? Draußen schüttet es wie aus Eimern.«

»Für ein Fremdenzimmer brauchst du eine Genehmigung«, sagte Suse. »Du hast nur eine Tageserlaubnis.« Es war das Falsche. Ich übernachte mit dir in keinem Fremdenzimmer, hätte sie sagen müssen. Und wenn es wie aus Fässern schüttet.

»Ich bin ja nur ein freundlicher Suppenkasper, der niemandem etwas Böses will«, sagte er. »Ich wette, ich bekomme diese Genehmigung im Handumdrehen. Wozu braucht ihr so etwas überhaupt? Weshalb muss ich diese Stapel von Anträgen ausfüllen und Dokumente einreichen, um nach Wochen einen abschlägigen Bescheid zu erhalten und den Tanz von vorn zu beginnen? Nur weil ich gern ein Ruinengrundstück pachten und in ein Schmuckstück von Restaurant verwandeln will? Ist es nicht schön, wenn Leute euch besuchen wollen? Du erzählst mir so oft von dem herrlichen Leben, das ihr euch hier aufbaut, von der Gerechtigkeit, den erfüllten Bedürfnissen – warum dürfen wir denn nicht alle kommen und uns das anschauen?«

»Machst du dich über mich lustig?«

Er legte einen Schal, den er ihr geschenkt hatte, um ihren Hals und schlang ihn so, dass sie es warm hatte, zu. »Im Gegenteil. Ich mache mich über dich traurig, du schwarzäugiges Susannchen«, sagte er. »Ich werde dich die Woche über, die wieder lang wie ein Jahr sein wird, vermissen. Willst du wirklich mit mir in keinem Fremdenzimmer übernachten? Wir geben falsche Namen an und tun so, als wären wir nicht wir?«

»Nein.«

»Darf ich dich dann wenigstens an einem Tag zwischendurch sehen? Gehst du am Mittwoch mit mir ins Kino, kommst du am Freitag mit zu Micha, die in ihrer Mini-Bude ihren Geburtstag feiert?«

»Auch nein.«

»Verstehe. Da lässt sich dann wohl nichts machen. Treffen wir uns also nächsten Sonntag Unter den Linden.«

Sanne kam die Woche, die vor ihr lag, auch so lang wie ein Jahr vor.

Ihre Tassen mit Malzkaffee und ihre Bienenstiche blieben stehen.

21

Der Winter war hart. In den dunklen Monaten ging es Ilo grundsätzlich elender als im Sommer, wo in die schmalen Fenster der Wohnung Licht fiel, aber in diesem Jahr hatte etwas sich verändert. Mit der Veränderung wusste niemand umzugehen, nicht einmal die sonst so patente Barbara, die Hille oft als Retterin in der Not erschienen war.

Hatte es Hille bisher Mühe gekostet, Ilo genug Essbares, Nahrhaftes, Vitaminhaltiges einzuflößen, um ihren papierzarten, geradezu verschwindenden Körper bei Kräften zu halten, so fing diese von einem Tag zum andern an, alles in sich hineinzustopfen. Bei Tisch ließ sie sich den Teller so lange auffüllen, bis nichts mehr da war, und wenn Hille sie anschließend fragte: »Hat es dir geschmeckt, Ilo, bist du satt geworden?«, schüttelte sie heftig den Kopf und gab zur Antwort: »Mir ist, als wenn ich gar nichts gegessen hätte. Gibt's denn im Haus keine Bockwurst mehr? Mit Löffelerbsen? Zur Not geht auch Brot, dick mit Butter und Käse. Und mit einem Gürkchen, wenn du hast.«

Hille rannte, um aus der Speisekammer herbeizuschaffen, was sich finden ließ. Anfangs hatte diese Entwicklung sie gefreut: Ilo aß, Ilo würde gesünder werden, sich nicht jede Verkühlung, die herumging, zuziehen und am Ende eine Lungenentzündung bekommen wie im letzten Winter. Wenn sie nachts auf ihrer Hälfte des Bettes wartete, bis sie Ilos Atemzüge in die ruhigeren des Schlafes übergehen hörte, und dann flüsternd mit ihrem Bruder zu sprechen begann, sagte sie: »Ich hab's dir versprochen, Volker.

Auf deine Ilona pass ich auf, die halt ich am Leben, egal, was es mich kostet. Und schau sie dir jetzt mal an. Richtig moppelig wird sie. Eine gesunde Frau. Wenn du noch irgendwo bist – mach dir keine Sorgen. Ich hab Schnuff nicht hüten können und dich nicht, ich hab euch beide auf dem Gewissen. Aber für Ilona bin ich da.«

Dann jedoch begann Ilo nach Dingen zu verlangen, die Hille ihr nicht bieten konnte. Zartbitterschokolade. Kandierte Mandeln. Butterstollen. An die Zutaten war kein Drankommen. Besonders über das, was für den Stollen fehlte, regten die Leute, die beim Bäcker Schlange standen, sich auf. Hille regte sich nicht auf. Sie erbeutete ein feines Weißbrot und im HO ein Achtelpfund Butter, die sie Ilo dick auf die Brotscheibe strich. Obendrauf kam Rübensirup. Wie im Krieg.

Ilo schmatzte beim Essen. Über ihren Rocksaum, der noch kürzlich die Hüften hinuntergerutscht war, quoll Fleisch. Wenn es so weiterging, würde sie neue Kleidung brauchen. Hille fertigte sich alles selbst, schneiderte auch Blusen und Röcke für Suse, aber für Ilo war das doch nicht gut genug. Im Bekleidungshaus hatte sie Anrecht auf verbilligte Ware, doch woher einen Wintermantel, einen Wollrock, ein Paar dicke Strümpfe nehmen, wenn nichts davon am Lager war?

Binnen Kurzem begannen Hille und Suse, ernsthaft Hunger zu leiden. Wenn sie von der Arbeit kamen, hatte Ilo sich meist bereits sämtliche Vorräte in der Wohnung einverleibt. Passte Barbara auf sie auf, so verteidigte sich diese: »Ich hab ihr ja gesagt, ach Gott, Frau Engel, alles können Sie doch nicht in sich reinstopfen, wo der Ulbricht uns gerade zu viel zum Verhungern lässt. Aber wenn sie kurz vorm Weinen ist und mir erzählt, ihr Magen knurrt so? Was soll ich machen, ich kann das arme Ding ja nicht darben lassen. Vorhin hab ich ihr zwei Äpfel geholt, die ich für meinen Benno aufgespart hatte, damit der mit seinem ewigen Husten mal was Frisches kriegt. Die hat sie samt Griebsch mit zwei Bissen verschlungen. Ihr muss es ja wirklich an was fehlen, sonst wär ihr von dem vielen Essen längst schlecht.«

War das Haus leer gefressen, ging Hille mit dem, was noch an Marken da war, einkaufen. In den Läden gab es nur noch die Reste des Tages, einen einzigen Becher Joghurt in dem mit Eis gepolsterten Regal für Milchprodukte. Davor drängten sich Menschen mit leeren Einkaufstaschen und ereiferten sich. Hille ereiferte sich nicht. Sie dachte an Suse, die nach der Arbeit noch in Versammlungen rannte, damit es den Leuten besser ging. Sie opferte sich auf und litt unter der ewigen Unzufriedenheit, auch wenn sie es nicht eingestand. Auch unter dem Gerede von Barbara litt sie, aber wie sollten sie ohne sie zurechtkommen?

Hille nahm den Joghurt. Suse aß ihn gern, und mit dem Joghurt im Korb konnte sie zumindest so tun, als wäre alles normal und ginge seinen Gang.

Suse, die machte ihr auch Sorgen. Sie wollte Sanne genannt werden, aber in Gedanken kam Hille von dem Namen, bei dem sie sie in der guten, in der kurzen glücklichen Zeit gerufen hatten, nicht weg. Ihren jungen Mann, einen gewissenhaften Kerl, der ihr ein passables Leben bieten würde, brachte sie so gut wie überhaupt nicht mehr mit nach Hause. Sie gehe in ihrer Arbeit auf, sagte sie, ewig und drei Tage die Arbeit. Aber an Sonntagen arbeitete kein Mensch, schon gar keine Lehrerin, und Suse, die sich sonst immer um die Familie gekümmert hatte, war seit Neuestem Sonntag für Sonntag unterwegs.

Sie wird eben selbstständig, versuchte Hille sich einzureden. So wie Volker selbstständig geworden war, damals, ohne dass sie ihn hätte aufhalten können. Was gut für sie war, das wollten die Jungen allein wissen, und Hille hätte sich für Suse freuen sollen. In den harten Jahren, während sie unter der Last, überlebt zu haben, fast zerbrochen waren, hatten sie sich allzu sehr aneinandergeklammert. Jetzt war eben die Zeit gekommen, die Umklammerung zu lockern und Suse Raum für ihr eigenes Leben zu lassen. Wenn sie mit Thomas Dankert aus war, hatte Hille nichts dagegen. Thomas war der Richtige für sie, daran hielt sie sich fest, einerlei, was Eugen redete.

»Der Langweiler kann ihr nicht das Wasser reichen«, hatte Eugen gesagt, doch Hille wusste es besser. Eugen wollte in Suse um jeden Preis ein Ebenbild der verlorenen Ilo sehen, seiner Göttin aus den goldenen Zwanzigerjahren, aber Suse war anders. Wenn jemand sie kannte, dann war es Hille, die sie praktisch ins Leben zurückgepflegt und ihren Weg ins Erwachsensein begleitet hatte. Sie kam ohnehin mehr nach Volker. Und das, was sie hatte durchleiden müssen, hatte aus ihr ein ernstes, vernünftiges Mädchen gemacht, das keine Abenteuer nötig hatte. Gefahr hatte sie in ihrem kurzen Leben genug gekannt, und Langeweile bei Tag war Balsam gegen die Angst der Nacht. Deshalb war Hille sicher, dass Suse mit Thomas Dankert die richtige Wahl getroffen hatte.

Nur schien diese Wahl nicht länger zu gelten.

Seit Oktober war Thomas Dankert aus ihrer aller Leben verschwunden. Hilles Sorge wuchs, und sie hatte niemanden, um sie zu teilen. Ilona durfte nicht belastet werden, und Barbara ging die Sache nichts an. Also hoffte Hille auf ein Gespräch mit Eugen. Der aber kam in diesem Winter nur selten, weil seine Behörde in ein Ministerium umgewandelt wurde und die Vorbereitung so viel Zeit in Anspruch nahm. Außerdem musste er in einer Strafsache, die als Schliepe-Fall durch die Zeitungen ging, als Zeuge aussagen. Was Eugen mit dieser Schliepe zu tun hatte, entzog sich Hille, aber was Eugen betraf, entzog sich ihr so manches.

Dass der Fall solche Wellen schlug, lag daran, dass die Straftäterin Schliepe eine noch junge blonde Frau war, die zwei noch kleine blonde Kinder hatte. So etwas rührte die Leute. Die beiden Kinder waren nicht hässlich, nicht missgestaltet, sie lallten nicht und schnieften nicht durch die Nase, deshalb taten sie den Leuten leid. Der Mann der Schliepe sollte in der Nacht am Stalin-Standbild ein Transparent mit der Aufschrift »Meine Kinder weinen nach ihrer Mutter, Freiheit für Magdalene Schliepe« befestigt haben. Eugen rieb die Sache auf. Bei seinen kurzen Besuchen wirkte er gehetzt und geistesabwesend.

Im Januar erfolgte das Urteil: Magdalene Schliepe wurde wegen Verbrechen gegen die Menschlichkeit zu zwanzig Jahren Zuchthaus verurteilt. Die Länge der Haftzeit hatte Hille schockiert. Wenn sie wieder herauskam, würden ihre Kinder erwachsene Menschen sein und sie nicht mehr kennen.

Sie hatte Suse gefragt: »Muss das denn sein, dass sie diese Mutter für so lange Zeit einsperren? Sie hat doch gestanden und Reue gezeigt.«

»Das ist keine Mutter, Tante Hille. Das ist eine Faschistin. Vor solchen müssen wir die Bürger unseres Landes schützen. Auch ihre Kinder.«

»Faschistin? Ich denke, das gibt's bei uns nicht. Steht in der Zeitung nicht immer, wir sind der Staat, den Deutschlands Antifaschisten begründet haben?«

»Der sind wir ja auch.« Suse klang müde. »Aber Nazis sind glitschig wie Aale, die rutschen durch jedes Schlupfloch. Deshalb müssen wir auf der Hut sein. Es darf keine Schlupflöcher geben.«

Statt weiterer Worte hatten sie einander angesehen, und in ihren Blicken hatte gelegen, was immer darin lag: die unausgesprochenen Namen. Das Andenken derer, die sich nicht mehr wehren konnten.

Eugen kam erst nach Neujahr. Ilo schlief, Suse war wie jeden Sonntag aus, und Hille nutzte die Gelegenheit: »Es gibt etwas, das ich mit dir besprechen muss. Ich habe Angst, Susanne trifft sich mit einem anderen Mann.« Es klang wie aus einem der seichten Kinofilme, in die Ilona und Volker sie ein paarmal geschleppt hatten und mit denen sie nichts anzufangen wusste.

»Nicht mit Thomas Dankert, meine ich. Mit niemandem, den wir kennen.«

Eugen lachte auf. »Wenn du sonst keine Probleme hast, dürftest du zu den glücklichsten Frauen dieses Staates gehören. Warum soll sie sich nicht mit jemandem treffen? Sie ist mit dieser Schlafmütze ja nicht verheiratet, und wenn sie euch den anderen nicht vorstellt, dann ist es eben nichts Ernstes und vergeht wieder. Solange sie ihren Beruf und die politische Arbeit nicht vernachlässigt, ist das ihr gutes Recht.«

»Es ist etwas Ernstes«, sagte Hille. »Und sie vernachlässigt alles. Ihr Kreis hat heute eine Fahrt zu dieser Jugendhochschule am Bogensee unternommen. Suse ist aber nicht mitgefahren. Sie hat ihren Rucksack gepackt, damit wir glauben, sie fährt, doch der Rucksack steht noch in ihrem Zimmer.«

Hille schämte sich. Es kam ihr schäbig vor, Suse auszuspionieren und an Eugen zu verraten, aber in ihrer Angst um das Mädchen sah sie keinen anderen Weg.

Das war der Augenblick, in dem Eugen aufhorchte. »Sanne lügt euch doch nicht an. Sie ist der ehrlichste Mensch, der mir je begegnet ist.«

»Sie *war* der ehrlichste Mensch.«

»Kann sie den Rucksack nicht vergessen haben?« Er unterbrach sich selbst und schüttelte den Kopf. »Wohl nicht. Vergessen passt noch weniger zu ihr als lügen.«

»In letzter Zeit vergisst sie auch Dinge«, sagte Hille. »Sie ist zerstreut. Wenn sie hier bei uns sitzt und Karten spielt, ist sie gar nicht richtig da. Sie geht spät schlafen, das hat sie nie getan. Und sie trägt einen weißen Schal aus einem Seidengarn, den sie ganz bestimmt nicht im HO-Warenhaus gekauft hat. Ich bin vom Fach. So was gibt's bei uns nicht.«

»Noch was?« Eugen sah aus, als würde er gleich einen Block aus der Tasche ziehen und sich Notizen machen.

»Am zweiten Weihnachtsfeiertag ist sie auch weggegangen.«

»Das muss ja nichts zu bedeuten haben. Wenn der Zirkus um Weihnachten runtergeschraubt wird, ist das ganz in unserem Sinn. Ein Feiertag ist doch mehr als genug, oder nicht?«

»Susanne war immer bei ihrer Familie«, erwiderte Hille. »Jetzt hat sie behauptet, sie trifft sich mit ihrer Studienfreundin Rosi Schulz. Dabei war diese Rosi nie ihre Freundin, und ich bin anderntags deren Mutter über den Weg gelaufen. Rosi war über Weihnachten bei ihren Großeltern im Erzgebirge.«

»Oho.« Eugen zog die Stirn in Falten. »Wie es aussieht, ist unsere brave Sanne tatsächlich unter die Lügnerinnen gegangen. Nicht gut. Aber vermutlich auch nicht das Ende der Welt. Familienangelegenheiten sind nicht mein Fachgebiet, aber ich nehme an, das kommt vor, wenn Kinder erwachsen werden.«

»Suse ist nicht erwachsen«, entfuhr es Hille, obwohl das über eine dreiundzwanzigjährige berufstätige Frau eine seltsame Aussage war. »Suse ist verliebt.«

Eugen schnaufte. »Mit Verlaub, liebe Hille. Hältst ausgerechnet du dich für eine Expertin auf dem Feld?«

Das war grausam, aber an Hille, die daran gewöhnt war, glitt es ab. »Sie ist so verliebt, dass es keine Expertin braucht«, gab sie zurück. »Sie trällert sogar morgens im Bad. Ihr Haar hat sie sich schneiden lassen, und letzten Sonntag trug sie es in einem weißen Band.« Während sie sprach, fiel Hille auf, dass sie sich genau das für Suse hätte wünschen sollen: Fröhlichkeit. Ein bisschen sorglose Jugend. Sie war nicht fähig dazu. Ihre Angst um die Nichte war allzu groß.

Ich bin doch Volker im Wort. Seine Suse war doch sein Ein und Alles – wenn ihr ein Leid geschehen würde, könnte ich mich selbst keinen Tag mehr ertragen.

Langsam, in Gedanken versunken nickte Eugen. »Ich habe Sanne bisher für verlässlich gehalten«, sagte er. »Aber wenn du, die du ja nicht zur Hysterie neigst, dir Sorgen machst, werde ich das nicht leichtfertig abtun, sondern mich sicherheitshalber darum kümmern. Du bist so nett und bewahrst darüber Stillschweigen, haben wir uns verstanden?«

Hille nickte. »Was wirst du tun?«

»Ich finde heraus, was im Busch ist«, erwiderte Eugen. »Ich setze jemanden auf sie an.«

In den nächsten Wochen hörte Hille nichts von ihm. Der Schnee, der selbst Ruinen und verlassene Baugrundstücke verschönt hatte, zerschmolz zu unansehnlichen schwarzen Haufen. Die Leute jammerten, weil ihnen der Brennstoff ausging. Hässliche Witze kreisten. »Wissen Sie, was die Pfeiffer'sche im Konsum gesagt hat?«, fragte Barbara, die mit Benno vom Einkaufen kam. »Der Winter hat seine Arbeitsnorm übererfüllt. Kriegt der jetzt 'ne Prämie, oder sperren sie den weg, weil er die Planwirtschaft sabotiert?«

Hille, die im Keller gewesen war, gab Benno ein Zehnpfennigstück und schickte ihn, die Kiepe mit den Briketts hochzutragen. »Sie sollten so nicht vor dem Jungen reden«, wies sie die Nachbarin scharf zurecht, sobald er außer Hörweite war. »Er ist erst sieben. Was, wenn er solche Sachen in der Schule nachplappert?«

»Ja, was?«, fragte Barbara zurück. »An der Schliepe sieht man ja, dass die nicht davor zurückschrecken, unschuldige Kinder zu bestrafen. Aber in meinen eigenen vier Wänden und vor meinem eigenen Jungen lass ich mir trotzdem den Mund nicht verbieten. Wo kommt man denn da hin, wenn man überall gleich Verrat wittert und nirgendwo sagen kann, was man denkt?«

Hille hätte ihr darauf antworten können. Sie wusste in allen Einzelheiten, wo man dabei hinkam, aber sie würde nicht ausgerechnet Barbara davon erzählen. Sie hätte sie auch fragen können, ob sie in den zwölf Jahren des Hitlerreiches den Mund genauso mutig aufgemacht hatte, doch das ließ sie ebenfalls bleiben. Wie so oft beschlich sie der Gedanke, dass Barbara gegen das Hitlerreich vermutlich nichts einzuwenden gehabt hatte, während sie jetzt über jeden fehlenden Apfel jammerte. Sie hätten sich von Barbara trennen müssen, aber wo sollten sie jemand anderen finden, der so liebevoll mit Ilo umging und für seine Hilfe kaum Geld nahm?

»Die Wohnung unten wird übrigens frei«, schwatzte Barbara weiter. »Da haben die von der Stasi alles versiegelt, aber irgendwann werden die das ja wohl freigeben. Ihre Sanne will doch heiraten. Wär das nicht was für das junge Paar?«

Das war es, was Hille an Barbara am meisten abschreckte: das Über-alles-Bescheid-Wissen, das Ausspionieren der Nachbarn, die gespitzten Ohren, die sie in jedem Winkel hatte. »Ich wusste gar nicht, dass die Bertholdis ausgezogen sind«, erwiderte sie betont desinteressiert.

»Ausgezogen!« Barbara ließ ihr meckerndes Gelächter ertönen. »So kann man's auch nennen. In den Westen rübergemacht haben die. Republikflucht. Und wer will's ihnen verdenken? Ganz ehrlich, Fräulein Engel, ich würd's mir auch überlegen, wenn ich mit dem Benno nicht von der Hand in den Mund leben müsste, sondern mal zwei Pfennige sparen könnte, um mir drüben was aufzubauen. Das hier ist doch kein Leben. Da macht man doch, dass man wegkommt, solange die einen noch lassen.«

»Was meinen Sie damit, solange die einen noch lassen?«

»Ach, das wissen Sie schon, was ich damit meine. Drüben in der Zone haben die die Klappe schon zugemacht, und in Berlin werden sie nicht mehr lange damit warten.«

»Das ist Quatsch«, beschied sie Hille. Was drüben in der Zone geschah, hatte mit Berlin nichts zu tun, denn Berlin war schließlich eine einzige Stadt. Man setzte sich in die U-Bahn und fuhr, wohin man wollte. So war es immer gewesen, und eine Stadt ließ sich ja nicht in zwei Hälften teilen.

»Das werden Sie schon sehen, dass das kein Quatsch ist«, trumpfte Barbara auf. »Was sollen die denn sonst machen? Denen laufen die Leute weg. Seit Jahresbeginn sollen schon wieder fünfzigtausend nach drüben sein, jede Menge Fachkräfte, die die hier dringend brauchen. Wenn sie nichts unternehmen, stehen die irgendwann allein da mit ihrem Arbeiter- und Bauernstaat, der Ulbricht, die hässliche Fratze, der Pieck, der sein eigenes Leben verfilmen lässt, und der Grotewohl, die Marionette, die den Mund nicht aufkriegt.«

»Mutti, mir ist kalt!«, rief Benno von oben.

»Huch, da hab ich mich wohl mal wieder mit Ihnen verplauscht«, rief Barbara erschrocken. »Machen Sie's gut, Frau Engel, man sieht sich, grüßen Sie Ihre Lieben.«

Das war das Problem mit dieser Frau: ihre Herzlichkeit, die eine ebenso ersehnte wie trügerische Harmonie verbreitete. Hille kehrte in ihre Wohnung zurück.

Drei Tage später, an einem Sonntagabend, als sie begann, sich um Suse, die noch nicht daheim war, zu sorgen, kam Eugen. Er brachte einen Präsentkorb voller Delikatessen mit, die man in keinem Konsum zu sehen bekam. Belgische Pralinen, Schweizer Käse, feiner Räucherschinken.

»Gib den Ilo, sag, sie soll sich's schmecken lassen«, sagte er schon im Korridor zu Hille. »Ich habe mit dir zu reden.«

Ilo stürzte sich in der Küche auf den Inhalt des Korbes, und Hille und Eugen gingen ans Fenster im Schlafzimmer. Eugen zündete für sie beide Zigaretten an. Hille rauchte nur selten, doch jetzt tat der Geschmack nach ungefiltertem, unparfümiertem Tabak ihr gut.

»Suse ist noch nicht da«, sprudelte es aus ihr heraus. »Ich habe solche Angst. Wenn sie nicht wiederkommt, weiß ich nicht einmal, wo ich sie suchen oder was ich der Polizei sagen soll.«

Im nächsten Augenblick sah sie Suse um die Ecke biegen. Sie rannte die Straße entlang, Haar und Rock und Mantel flogen, und sie sah nicht mehr aus wie ihre kleine, ernsthafte Suse, sondern wie ihre Mutter, Ilona, die ins Leben ihres Bruders gestürmt war, ohne sich um das Geringste zu scheren.

»Du hattest recht«, sagte Eugen, den Blick ebenfalls auf Suse gerichtet. »Und wir haben diesmal allen Grund, uns zu fürchten.

Der Mensch, mit dem Sanne sich trifft, ist nicht koscher, und diese Treffen müssen schnellstmöglich und auf Dauer unterbleiben.«

»Ist er verheiratet?« Hille hörte ihre Stimme zittern. »Jemand, der ihr wehtun wird?«

»Damit wären wir fertiggeworden«, sagte Eugen und zog an seiner Zigarette. »Leider ist die Lage ernster. Es ist ein Westler.« Ehe sie zu einer Antwort ansetzen konnte, hatte er ihren Arm umfasst und sie zu sich gezogen. »Aus einer Familie von Faschisten, der Onkel einer von Hitlers persönlichen Protegés. Aber du musst dich nicht ängstigen, Hillchen. Ich habe die Sache im Griff. Der Kerl verschwindet. Wir lassen den Mördern nicht noch unsere Sanne.«

Niemand hatte sie mehr Hillchen genannt. Niemand in all den Jahren.

22

März

Seit das neue Jahr begonnen hatte, wurde es zwischen Sanne und Kelmi zunehmend schwieriger. Nicht nur der Streitigkeiten wegen, sondern auch, weil er wieder und wieder die gesetzte Grenze überschritt. Er legte die Arme um sie, er strich ihr mit einem hellen Lachen Haar aus dem Gesicht, er legte im Sprechen, besonders im Streiten seine Hand auf ihre.

Wenn sie zusammenzuckte und die Hand zurückzog, fragte er: »Wovor hast du Angst, Susu?«

»Das weißt du selbst. Wenn etwas passiert, ich meine, zwischen uns – es wäre für niemanden gut.«

»O doch«, erwiderte er. »Für mich wäre es sogar sehr gut, es wäre das Beste, was mir passieren könnte. Noch besser, als wenn die heiß geliebte Regierung deines heiß geliebten Staates sich endlich dazu durchringen würde, mir ein Stück nutzloses Land mit ein paar Steinen darauf zur friedlichen Nutzung zu verpachten. Und für dich wäre es auch gut, Susu. Du kannst mir vertrauen. Ich würde alles tun, damit es für dich auch gut ist. So gut wie meine rosa Nugatpralinen.« Er schob ihr eine davon in den Mund. »Und noch viel besser.«

»Das eben kann ich nicht«, rief sie. »Dir vertrauen. Thomas ja. Aber nicht dir.«

Sie sehnte sich nach ihm. Bei jedem Streit griff der Gedanke, er könne nicht wiederkommen, wie eine eiskalte Hand nach ihr, doch zugleich machte er ihr Angst. Sie fühlte sich ihm ausgeliefert, wie sie es bei Thomas niemals empfunden hatte. Sie hatte auch niemals befürchtet, Thomas könne ihr wehtun, Kelmi dagegen tat ihr unentwegt weh. Mit jedem Satz, den er aussprach und der von Neuem bewies, dass sie aus zwei unvereinbaren Welten stammten, mit jedem Spott über ihr Land, ihre Regierung, ihre blaue Bluse mit dem FDJ-Emblem.

Er tat ihr weh, wenn er an Sonntagabenden aufbrach, später und später, dann jedoch in höchster Eile, ehe die letzte U-Bahn in Richtung Friedrichstraße fuhr. Er tat ihr weh, wenn er am nächsten Sonntag wiederkam, ihr in seinem Norwegerpullover gegenüberstand und mit einem Schlag deutlich machte, dass er die Woche mit Menschen verbracht hatte, die sie nicht kannte und nie kennenlernen würde. Er tat ihr weh, wenn er die Grenzpfähle, die sie aufgesteckt hatte, überrannte und sie berührte, und tat ihr noch mehr weh, wenn sie sich ihm entzog.

»Warum?«, fragte er unermüdlich. »Warum hast du denn gar kein Vertrauen ins Leben? Wann hast du das verloren? Der Glauben daran, dass etwas auch gut ausgehen könnte, der fehlt dir genauso wie deinem Staat.«

»Wir glauben nicht«, wehrte sich Sanne. »Wir kämpfen darum, dass es diesmal gut ausgeht. Oder zumindest nicht wieder böse.«

»Und das genügt dir – nicht wieder böse?«

»Was ist denn mit euch?«, fuhr sie ihn an. »Ihr kämpft um gar nichts, sondern seht morgens früh in der Zeitung nach, ob die Amerikaner euch noch mit Bananen füttern. Und solange es dabei bleibt, ist euch egal, wie es ausgeht.«

Sie stritten zu viel. Immer wieder über dasselbe. Er tat ihr weh, weil er war, wie er war, weil er vor dem Reden nicht nachdachte, sondern stets von Neuem in die gleichen Wunden traf. Am ersten Märzsonntag wollte er mit ihr essen gehen, um zu feiern, dass ein neuer Monat begann, dass bald Frühling sein würde, ihr erster Frühling zusammen. Er zählte noch eine Reihe weiterer belangloser Gründe auf und bedachte nicht, wie sie sich fühlen musste. »Seit ein paar Wochen hat meine Mutter sich aufs Essen verlegt«, erzählte sie ihm. »Meine Tante gibt ihr alles, was sie auftreiben kann, weil es meiner Mutter dann besser geht und sie manchmal lacht. Schon morgens früh, vor der Arbeit, stellt sie sich nach Fleisch an, und hinterher fährt sie quer durch die Stadt, weil es irgendwo Kartoffeln ohne Marken gibt. Dabei lebt sie selbst praktisch von trocken Brot. Glaubst du, ich kann das tagtäglich sehen und dann Freude daran haben, mich im Restaurant mit dir vollzustopfen?«

»Aber warum sagst du denn nichts?«, rief er ehrlich erstaunt. »Ich hätte euch doch etwas mitgebracht, wenn ich gewusst hätte, dass ihr es so knapp habt. Ich könnte euch jeden Sonntag etwas bringen und unter der Woche ein Paket schicken ...«

»Wir sind aber keine von denen, die sich von der Westverwandtschaft dicke Pakete schicken lassen und dann mit ihren Orangen und ihrem Ketchup prahlen!«, schrie sie ihn an.

Er blieb ruhig. Verzog nur das Gesicht. »Ketchup, wie ekelhaft. Ich hätte euch meine selbst gekochte, in Gläser abgefüllte Tomatensoße geschickt. Die ist auf frischen Bandnudeln aus Hartweizen einfach ein Genuss. Essen kann durchaus einfach sein, solange man jede Zutat mit Sorgfalt auswählt und behandelt. Die Italiener kochen so, bei ihnen liegt die Raffinesse allein darin, dass sie aus einer guten Zutat, einer Fleischtomate, einem Bündel frisch gepflücktem Basilikum, das Beste herausholen.«

»Verdammt, ich will dein ewiges Gerede über Essen nicht mehr hören! Hast du überhaupt mitbekommen, was ich dir erzählt habe? Oder interessiert dich das nicht, solange du deine Vorträge über italienische Tomaten halten kannst?«

Betroffen senkte er den Kopf. »Es tut mir leid, Susu. Es tut mir ganz furchtbar leid. Ich bin ein Trampel. Kelmi, der Elefant im Porzellanladen. Aber dass mich nicht interessiert, was du von deinem Leben erzählst, das darfst du nicht glauben. Weißt du, was wir tun? Wir holen deine Mutter und deine Tante ab und nehmen sie mit ins Restaurant. Dann hat deine Tante mal von der Küchenarbeit Pause, und ich kann die beiden endlich kennenlernen.« Er grinste sie an. »Ich verspreche auch hoch und heilig, dass ich deiner Mutter nicht meine Gesangskünste vorführen werde.«

Ihm böse zu sein war schwierig, weil er nichts böse meinte. Und weil er tatsächlich nicht verstand, warum er ihre Mutter und Tante Hille nicht kennenlernen konnte. Als Kompromiss ging Sanne schließlich mit ihm essen, in ein Restaurant an der Französischen Straße, das Roter Platz hieß und dessen Wände mit Fotografien aus dem Leben Josef Stalins geschmückt waren.

»Unglaublich, dieser Personenkult«, sagte Kelmi. »Ich stelle mir gerade vor, ich würde bei uns in eine Kneipe gehen, in der alles mit Bildern von Truman beim Skilaufen und beim Kuscheln mit kleinen Mädchen voll hängt.«

»Ich warne dich«, sagte Sanne. »Wenn du vorhast, weiter an unserer Art, unsere Restaurants zu führen, herumzumäkeln, gehe ich.«

»Habe ich nicht vor. Ich werde das, was in diesem Restaurant das Schönste ist, in höchsten Tönen loben. Die schöne Susu. Außerdem gibt es bei uns ganz bestimmt solche Truman-Kneipen. Nur würde da vermutlich jemand *Ami go home* an die Türe pinseln.«

»Zu uns habt ihr Leute geschickt, die bei Nacht und Nebel *Iwan go home* an Türen gepinselt haben.«

»Haben wir?«

Sanne nickte. Die Sache war vor Kurzem durch die Presse gegangen. »Dabei haben diese Soldaten, die ihr als *Iwan* verhöhnt, ihr Leben riskiert, um uns vom Faschismus zu befreien. Ist das eure Art, mit Menschen umzugehen? Warum lasst ihr uns nicht in Ruhe, wo ihr doch angeblich so freiheitlich und friedlich denkt? Warum haben wir nicht das Recht zu leben, wie wir wollen – anders als ihr?«

Er nahm ihre Hände und streichelte sie. »Mein Vater würde dir jetzt erklären, dass ihr gern so leben würdet wie wir, dass man euch nur daran hindert. Mein Bruder würde dir erklären, dass quer durch Deutschland die Trennlinie zwischen den Blöcken verläuft und wir schweres Geschütz auffahren müssen, wenn wir nicht wollen, dass euer Stalin uns überrollt. Aber das hast du ja alles schon hundertmal gehört und wirst es dadurch, dass es dir noch einmal vorgebetet wird, nicht überzeugender finden. Deshalb erkläre ich, der von Dingen, die man nicht schälen, häckseln und anbraten kann, wenig versteht: Wir können euch nicht in Ruhe lassen, weil bei euch die schönsten Frauen wohnen. Du bist heute schöner als je. Gehen wir Donnerstagabend ins Kino?«

»Das weißt du doch. Nein.«

»Ja, das weiß ich. Mein dummes Gehirn weigert sich nur, es sich zu merken. Also Sonntag? Unter den Linden?«

Sie nickte.

Am Donnerstag, kurz nach Beginn der dritten Stunde, wurde Sannes Unterricht unterbrochen. Josef Bäumler, der Direktor, betrat mit einer Schar ihr unbekannter Männer das Klassenzimmer. »Hier haben Sie also Fräulein Engel, eine unserer besten Lehrkräfte, trotz ihrer Jugend. Das Vorbild ihres so grausam hingemordeten Vaters gibt ihr die Kraft.« Lächelnd wandte er sich an Sanne: »Fräulein Engel, ich habe hier eine Abordnung Reporter von der *Frau von heute*. Sie kennen ja die Zeitschrift, die sich der Lebenswirklichkeit der modernen sozialistischen Frau verschrieben hat. Die Herren bereiten gerade eine Serie über Frauen im Berufsalltag vor, und sie würden die erste Folge gern einer so bemerkenswerten jungen Frau wie Ihnen widmen.«

Sanne stammelte irgendetwas zur Antwort. Das Letzte, was sie wollte, waren irgendwelche Zeitungsleute, die in ihrem Leben herumbohrten, doch wie es aussah, ließ es sich nicht verhindern.

»Wir wollen Sie gar nicht stören«, erklärte einer der Reporter, ein junger Mann, der begonnen hatte, zwischen den Schulbänken auf und ab zu schreiten. »Es geht, wie gesagt, ja um Ihren Alltag. Sie würden also mehr oder weniger wie gewohnt weitermachen, wir würden ein bisschen Mäuschen spielen, vielleicht ein, zwei Fragen stellen und dabei ein paar Fotos schießen. Wäre Ihnen das recht?«

Und wenn ich Nein sage?, schoss es ihr durch den Kopf. Aus der ersten Reihe vernahm sie ein Kichern. »Ja, natürlich.«

»Wunderbar. Dann bauen wir nur rasch etwas um, damit die Beleuchtung gut steht, und dann legen wir los.«

Was der Mann »etwas umbauen« genannt hatte, vollzog sich in Windeseile und lief auf eine komplette Neugestaltung des Klassenraumes hinaus. Eine Schar Möbelpacker in grauen Overalls stürmte den Raum und wartete kaum ab, bis die Schüler sich erhoben, ehe sie die uralten, zerfurchten und abgewetzten Pulte und Bänke hinausschleppten.

»Was soll denn das? Ohne Bänke können wir ja wohl kaum weitermachen.«

Der Mann sandte ihr ein Lächeln, sagte aber nichts. Gleich darauf kehrten die Packer mit einem Klassensatz neu gefertigten Schulmobiliars in glattem Birkenholz zurück. An die stockfleckigen Wände wurden Landkarten und Schautafeln gehängt, und auf ihrem Lehrerpult landete ein Diaprojektor, für den bei der letzten Budgetplanung kein Geld da gewesen war. Als Sanne ihn anhob, hätte sie ihn um ein Haar wieder fallen lassen. Er war federleicht. Ein Modell aus Blech. Mittlerweile hatten die Möbelpacker die zerschlissenen Vorhänge durch neue aus ansprechend gemustertem Stoff ersetzt.

Der Tag fiel ihr ein, an dem sie zur Einführung in der Aula empfangen worden war. Der Raum war viel kleiner gewesen, als sie es in einer künftigen Eliteschule erwartet hätte, eine Wand rußgeschwärzt, von den drei übrigen schälte sich die Tapete. Die Stuhlreihen waren zusammengestoppelt, und außer drei Porträts von Stalin, Ulbricht und Max Planck gab es keinen Schmuck.

Direktor Bäumler, der auf das zusammengezimmerte Podium trat, hatte das Erstaunen in ihrem Blick womöglich bemerkt. »Wir begrüßen Sie an der Erweiterten Oberschule Max Planck, liebes Fräulein Engel«, hatte er gesagt. »Einer Institution, an der sich jeglicher Einsatz auf die Qualität des Lernens und die Erziehung unserer Jugend zu mündigen, kampfbereiten Bürgern drehen soll. Auf Schönheit allerdings«, der Schwenk seines Armes hatte den Raum beschrieben, »auf Schönheit werden unsere Zöglinge noch auf viele Jahre hinaus verzichten müssen. Wir erteilen damit den jungen Menschen eine schmerzhafte, einprägsame Lektion: Seht, auf was der Wahn der Faschisten ein einst blühendes Gemeinwesen reduziert hat, begreift, wie lange es dauern wird, es neu zu errichten. Legt Hand an und wehrt der Gefahr des Faschismus in allem, was ihr tut.«

Sanne hatte das gefallen. Jetzt aber hatte sich ihr enges, schäbiges Klassenzimmer in einen Muster-Unterrichtsraum nach westlichem Vorbild verwandelt. Durch die Reihen der Schüler ging eine Frau, die jeden musterte und an Einzelne Kämme und Bürsten, Halstücher, Hemden und Pullover austeilte.

Das geht nicht, wollte Sanne rufen, das ist Betrug, das sind ja nicht mehr wir. Stattdessen zog einer der Männer sie zum Lehrerpult und schob sie wie eine Requisite zurecht. »Und jetzt ein Lächeln, liebes Fräulein Engel. Zeigen Sie unseren Leserinnen, wie freundlich Sie Ihre Schüler zu fleißigem Lernen ermuntern.«

Wie sie die Fotoserie und die Befragung, die den ganzen Schultag über andauerten, hinter sich gebracht hatte, ohne zu schreien, zu wüten, alles hinzuwerfen, war Sanne ein Rätsel. Wie konnte Direktor Bäumler etwas derart Verlogenes zulassen? Und was war falsch an der Arbeit, die sie täglich leisteten – warum war die nicht gut genug, in der *Frau von heute* dargestellt zu werden?

Bäumler trat zu ihr, während sie ihre Tasche packte. Die Zeitungsleute waren endlich abgezogen, und auch die Schüler hatten sich auf den Heimweg gemacht. »Ich weiß, so etwas ist nie sehr angenehm«, sagte er. »Aber man hat uns ausdrücklich um ein positives, optimistisches Bild gebeten. Die Menschen haben solche Berichte derzeit nötig. Es stärkt ihre Immunität gegen westliche Propaganda. Wussten Sie, dass gerade unter den Hausfrauen und Müttern ein überdurchschnittlich hoher Anteil an RIAS-Hörerinnen vermutet wird? Dem müssen wir etwas entgegensetzen. Das verstehen Sie doch, nicht wahr, Fräulein Engel?«

Sanne nickte und kam sich wie eine Lügnerin vor. Eilig lief sie die Treppe hinunter, hatte das Gefühl, in dem stickigen, nach Schweiß und Kreide stinkenden Gebäude nicht mehr atmen zu können. Es wurde schon dunkel, und der Schulhof lag wie ausgestorben. Nur am Tor stand im leichten Regen ein Mann.

Kelmi.

An diesem Abend ließ sie sich in seine Arme fallen und erschrak erst später. Zu spät. Alle aufgestellten Grenzen waren ihr gleichgültig, sie war nur froh, nicht allein zu sein. Aneinandergeschmiegt zogen sie durch die Straßen, bis sie eine leere, düstere Kneipe fanden. Sanne machte keine Bemerkung darüber, dass

Kelmi für sein Westgeld anstandslos eine Flasche bulgarischen Rotwein erhielt, und Kelmi ließ unerwähnt, dass der Wein scheußlich schmeckte. Sie tranken ihn einfach. Und hielten sich an den Händen. »Wenn uns beiden zum Heulen ist, dann heulen wir eben«, sagte er. »Der Barmann sieht nicht aus, als würde er dadurch den Schock seines Lebens davontragen, und sonst ist ja niemand hier.«

Ihm war zum Heulen, weil er zu einem Treffen mit Vertretern des Amtes für Handel und Versorgung bestellt worden war und sich davon erhofft hatte, endlich die Genehmigung zu erhalten und das zerbombte *Kranzler* pachten zu dürfen. Stattdessen war ihm mitgeteilt worden, dass sein Antrag endgültig abgelehnt werde und er keinen neuen stellen dürfe. »Andernfalls wird es Ihnen untersagt, das Territorium der Deutschen Demokratischen Republik zu betreten.«

»Ich wäre gern wütend«, sagte er. »Aber ich bin nur fürchterlich traurig. Warum hat sich niemand angesehen, wie schön wir alles gemacht hätten? Die Wandbilder, die Ewald entworfen hat, die Gerichte, die Geschichten erzählen. Mir kommt's vor, als wäre ein Mensch gestorben. Dabei ist nur ein verrücktes Restaurant, das es noch gar nicht gab, an der Mauer der Bürokratie zerschellt.«

Sanne erzählte ihm, warum ihr zum Heulen war, und stellte fest, dass es ihr genauso ging. Sie wollte wütend sein, aber in ihr wogte ein Meer von Traurigkeit. Sie trösteten sich. Weniger mit Worten, die sich nicht finden lassen wollten, als indem sie auf der schmalen Bank zueinander rutschten. Es vertrieb die Kälte, die sich in ihr ausgebreitet hatte, linderte das Gefühl, haltlos durch eine Welt zu treiben, die sie nicht mehr erkannte.

Morgen, dachte Sanne. Morgen nach der Arbeit gehe ich zu Thomas und sage ihm die Wahrheit. Nach der Verlogenheit des Tages ertrug sie nicht länger, selbst eine Lüge zu leben. Was sie ihm zu sagen hatte, wusste sie jetzt: Wir können nicht mehr zusammen sein, Thomas. Es gibt einen anderen Mann. Was aus ihr und Kelmi wurde, hatte damit nichts zu tun. Selbst wenn sie nie etwas anderes tun würden, als in Kneipen Händchen zu halten, hatte Thomas Ehrlichkeit verdient.

Die Kneipe schloss. Wie nichts war die Zeit verstrichen, die Nacht war kalt, und es fuhr keine Bahn mehr. Als hätten sie sich eigens dazu in diese Lage begeben, schlossen Sanne und Kelmi sich in die Arme, drängten sich zusammen und küssten sich.

»Susu«, sagte Kelmi, als sie Atem holten, »geh diese eine Nacht mit mir in ein Hotel. Du bestimmst, was wir tun. Nur loslassen will ich dich nicht. Nicht heute Nacht.«

Sie wollte ihn auch nicht loslassen. »Aber es geht doch nicht. Du hast keine Genehmigung, und bei uns kann man nicht einfach so in ein Hotel spazieren. Die Zimmer, die es gibt, sind im Voraus ausgebucht, und um diese Uhrzeit nimmt einen niemand mehr auf.«

»Dann komm mit mir nach drüben«, raunte er. »Nur ein paar Schritte. Hinter dem Bahnhof Friedrichstraße hat mein Freund Leo seine Wohnung. Er ist verreist. Ich habe seinen Schlüssel.«

»Warum hast du seinen Schlüssel?«

»Weil ich schon etliche Male bei ihm übernachtet habe, wenn ich von dir kam«, sagte er. »Wenn ich nur an dich denken wollte, nicht nach Hause fahren, nicht noch mit jemandem reden.«

Hand in Hand gingen sie durchs Dunkel. An der Sektorengrenze saßen zwei Grenzpolizisten in einem Wachhäuschen und dösten vor sich hin. Niemand kontrollierte sie, verlangte Kelmis Passierschein zu sehen oder fragte nach Sannes Papieren. »In der ganzen Zeit, seit ich hier hin und her gondle, bin ich nur einmal kontrolliert worden«, erzählte Kelmi ihr dicht an ihrem Ohr. »Vermutlich kämen sie sich allzu absurd dabei vor – Leute kontrollieren, die in ihrer Stadt eine Straße entlanggehen.«

Wo die Grenze verlaufen musste, ragte ein Schild auf: »Ende des demokratischen Sektors von Groß-Berlin in 1 m«. Einen

Atemzug lang zauderte Sanne vor dem Schritt über die gedachte Linie. Dann sprang sie mit einem Satz darüber hinweg. Kelmi zog sie wieder an sich.

»Es kommen so viele von euch. Sie kaufen ein, besuchen Verwandte, sehen sich Filme im Kino an. In der Firma von meinem Freund Leo arbeitet ein Mann aus Köpenick, der fährt jeden Tag hin und her. Und du, Susu? Du bist wirklich noch nie im Westen gewesen?«

Sanne schüttelte den Kopf. Ihr Herz jagte. »Ich habe früher im Westen gewohnt. In Kreuzberg. Nach der Schule bin ich jeden Tag über die Friedrichstraße nach Hause gegangen.«

Jeden Tag. Bis zu dem Tag.

»Aber dann musst du doch noch Freunde hier haben«, begann Kelmi. »Verwandte, die du besuchen willst.«

»Nein. Niemanden.« Als der Krieg zu Ende gewesen war, hatten sie keinen mehr gehabt. Nur Eugen, der sie aus dem zerbombten Haus im Wedding in die Boxhagener Straße geholt und für sie gesorgt hatte, solange sie selbst es nicht konnten. Warum also etwas hinzufügen? Sie tat es trotzdem. »Meine Großmutter und eine Tante von mir leben wohl noch im Westen. Genau weiß ich es nicht. Wir verkehren nicht mit ihnen.«

»Warum nicht? Weil sie im Westen wohnen?«

»Nein.« Das Wort klang hart in der Nacht, die etwas Sanftes hatte, trotz Kälte und Regen schon eine Ahnung vom Frühling. »Weil meine Mutter glaubt, sie hätten …« Die Worte, die fehlten, ließen sich nicht aus ihrer Kehle zwingen.

»Was glaubt deine Mutter?«

»Dass sie ihr das Schlimmste getan haben, was ihr im Leben passiert ist.«

»Und was das ist, sagst du mir nicht?«

Sanne schüttelte den Kopf. »Ich bekomm's nicht raus.«

Er zog sie an sich. »Quäl dich nicht. Ich kann darauf warten. Jahre, wenn du willst.«

»Es ist nicht wahr«, sagte Sanne. »Eugen hat Jahre damit zugebracht, der Sache nachzugehen, und die beiden trifft keine Schuld. Aber meine Mutter ist eben nicht gesund. Sie hat sich in den Kopf gesetzt, dass die wahren Täter unschuldig sind, und dabei bleibt es für sie.«

»Deine arme Großmutter. Deine arme Tante.«

»Meine arme Mutter«, sagte Sanne.

»Ja, das auch.« Sacht schob Kelmi sie in eine Seitenstraße und vor die Tür eines hohen Hauses. »Wir sind da, meine Liebste. Statt des Königreiches, das man seiner Schönen zu Füßen legen möchte, biete ich dir eine Einzimmerwohnung mit Duschbad und Blick auf die Stadt.«

Die Wohnung war winzig und mit einem Sammelsurium von Möbeln vollgestellt. In der Küche gab es eine Art Bartisch mit zwei hohen Hockern, auf dem verbleibenden Platz konnte man sich kaum um sich selbst drehen. Kelmi nahm Sanne den Mantel ab, hüllte sie in eine karierte Wolldecke und zündete zu der schwachen Deckenbeleuchtung zwei Kerzen an. Urplötzlich verbreitete sich eine Geborgenheit, ein Gefühl, beschützt und geliebt zu werden, wie es Sanne nur noch dunkel in Erinnerung war.

Das Gefühl, sich in einer Bärenhöhle zu verkriechen, in die kein Goldlöckchen eindringen konnte.

»Noch Wein?« Kelmi hielt eine Flasche im Korbmantel hoch, auf der im goldenen Zwielicht Staub schimmerte. »Und darf ich aus den kümmerlichen Vorräten, die der Banause Leo sein Eigen nennt, für meine Königin rasch etwas zaubern?«

Seine Stimme war warm, der süße Unsinn, den er fortwährend schwatzte, war noch wärmer, und Sanne musste lachen. »Ich bin Sozialistin, keine Königin.«

Er küsste ihre Nase. »Zu Befehl, Genossin. Ich zaubere ein gänzlich antimonarchistisches Mahl.«

Kelmi, der kochte, das war wie der Jongleur im Zirkus, den sie mit ihrem Vater gesehen hatte. Er schien alles gleichzeitig zu tun und dabei die Gerätschaften durch die Luft zu wirbeln – Wasser aufsetzen, gelben Käse und Zwiebeln würfeln, Eier aufschlagen, Öl in Tropfen einlaufen lassen und zu einer rahmigen Soße verquirlen, dazwischen Knoblauch hacken und Sanne, die mit ihrer Decke auf einem der Barhocker saß, weitere Kostproben des Weines einschenken. Heraus kam ein warmer Nudelsalat, den er auf runden, dünnen Scheiben schwarzen Brotes servierte. »Voilà! Mitternachtsfest à la Kelmi. Einen wackeren Koch schreckt nichts, nicht einmal die traurige Leere in der Speisekammer seines Freundes.«

Sie aßen, tranken und küssten sich. Als Teller und Gläser leer waren, zogen sie ins Zimmer, in das Bett unter dem Fenster um. Ihre Köpfe und Herzen waren nicht leer, und ihre Körper waren nicht satt. Während sie sich liebten, tanzten über ihre Glieder Lichttupfen, gesandt von der Hälfte der Stadt, in der Sanne aufgewachsen war.

23

Er war vor ihr aufgestanden, um Brötchen zu backen. Deren zarter Duft, vermischt mit dem bitteren von Kaffee und dem herben von der Liebe, umnebelte sie, als der Wecker rasselte. Gestellt haben musste er ihr den, denn sie war in der Nacht zu keiner vernünftigen Handlung mehr fähig gewesen. Sechs Uhr. Genug Zeit, um sich herzurichten und rechtzeitig in der Schule zu sein. Ein paar Sekunden lang, während noch wohlige Reste des Schlafes sie umfingen, war sie erfüllt von nichts als Dankbarkeit.

»Kelmi, du bist unglaublich!«

»Und das sagst du schon, bevor du mein Drei-Minuten-Ei auf gekräutertem Weißbrot probiert hast?«

Er kam splitternackt mit einem beladenen Tablett ins Zimmer, und sie erschrak davor, wie schön sie ihn fand: einen ausladenden, nicht ganz schlanken Mann, der sich auf zu kleinen Füßen mit verblüffender Grazie bewegte, dem das dichte Haar ins Gesicht fiel und der mit bierbraunen Augen und entblößten Zähnen lächelte. Er stellte das Tablett auf den Boden und kroch wieder zu ihr ins Bett. »Erst essen oder erst lieben? Ei und Kaffee werden kalt, ich dagegen bleibe selbst mit einem Eisbeutel hitzig.«

Sie liebten sich trotzdem zuerst. Dieses Wort »lieben« statt »miteinander schlafen« hatte sie in der vergangenen Nacht von ihm gelernt und übertrieben gefunden, doch das andere kam ihr jetzt unsinnig vor. Sie schliefen ja nicht. Sie betrugen sich, als würden sie nie wieder schlafen, nicht einmal, als sie vor Erschöpfung keuchend liegen blieben.

»Ich liebe dich«, sagte er.

»Sag das nicht.«

»Warum nicht? Ich hätte es dir auch sagen können, als ich auf meinem Campingkocher versucht habe, Zwiebelsuppe für dich zu panschen, als ich mich gefühlt habe wie ein elender Hund, dem nach sechs Wochen Streunen jemand den Kopf streichelt. Ich liebe dich. Der Traum, der mich über die Sektorengrenze und in die Arme von Susu Engel gespült hat, ist ausgeträumt, weil ich ein Restaurant in Berlins anderer Hälfte nur eröffnen dürfte, wenn ich in diese Hälfte umziehen würde. Aber ich habe längst einen anderen. Dich.«

»Augenblick. Sie würden dir das *Kranzler* geben, wenn du bei uns wohnen würdest? Aber für dich kommt das nicht infrage?«

»Iss dein Ei, mein Süßes.« Er küsste sie. »Wenn ich dich jetzt anschaue, mitten hinein in dein hungriges Morgengesicht, dann kommt alles für mich infrage. Nur dich verlieren nicht. Lass uns derart existenzielle Entscheidungen nicht vor dem Frühstück treffen, einverstanden? Einer wie ich ist mit leerem Magen zu jedem Wahnsinn fähig.«

Er stieg aus dem Bett, schaltete an der Radiotruhe herum, bis beschwingte Musik erklang, und kehrte dann zu ihr zurück, um abwechselnd sie und sich mit Bissen vom Frühstück zu füttern. Sanne hätte sich hingeben wollen, vergessen, dass ein Leben außerhalb dieser Wohnung existierte, doch mit jeder Minute, die auf dem Zifferblatt des Weckers verrann, drang dieses Leben zurück in ihr Bewusstsein: Ihre Familie würde sie seit gestern Abend vermissen. Sie lag mit einem Mann, den ihre Leute nicht kannten, in einem Bett im Westteil der Stadt und hatte keinerlei Papiere bei sich. Wenn an der Sektorengrenze heute Kontrollen vorgenommen wurden, würde man sie nicht zurück nach Hause lassen. Sie würde nicht zur Arbeit erscheinen. Hille und Eugen, ihre Mutter und Thomas, kein Mensch würde wissen, wo sie war.

In ihre Gedanken hieb ein Gongschlag, der die Musik unterbrach.

»Guten Morgen, meine Damen und Herren. Hier ist RIAS Berlin, eine freie Stimme der freien Welt. Es ist sieben Uhr, Sie hören die Nachrichten. Wie in der vergangenen Nacht aus der sowjetischen Hauptstadt bekannt wurde, ist der Diktator Josef Stalin gestern Abend gegen zweiundzwanzig Uhr im Alter von vierundsiebzig Jahren verstorben.«

Den Rest hörte sie nicht. Stalin war tot. Gerade jetzt, wo in allen Bereichen des Lebens Aufruhr, Verunsicherung und Zweifel herrschten, hatte die sozialistische Hälfte der Welt den Mann verloren, auf dem ihre Hoffnungen ruhten. Sooft Ulbricht in seinen Ansprachen von Stalin gesprochen hatte, hatte er ihn den Vater der DDR genannt, und genauso kamen Sanne ihr Staat und ihr Volk jetzt vor – wie vaterlose Kinder, die nicht länger wussten, wohin der Weg führte, die in Panik umherrannten, weil sie die Einsamkeit um sich nicht ertrugen.

Sie hatte den Schmerz, der alles andere erdrückte, am eigenen Leib erlebt: aufwachen und begreifen, dass der Vater nicht wiederkommen würde, dass die Hand, mit der man Halt suchte, leer blieb, dass es den Menschen, der einen ins Leben gewünscht hatte, nicht mehr gab. Wenn ein Vater sein Kind nicht länger schützte, wenn Stalin die DDR nicht länger schützte, wohin trieb sie dann, wohin schwemmte sie das reißende Meer?

»Habe ich richtig gehört?« Kelmi stellte das Tablett ab, setzte sich auf und schwang die Beine aus dem Bett. »Stalin ist tot?«

Sanne, die nur ihr Hemd trug, lief zum Radio und drehte sinnlos an den Knöpfen, als ließe sich ein anderer Sender finden, der die Nachricht als Lüge entlarvte. Auf einer Frequenz wurde getragene Musik wie für eine Trauerprozession gespielt, aber klaren Empfang bekam sie erst wieder, als sie zurück zu dem gottverdammten RIAS drehte, den in ihrem Staat angeblich mehr Menschen hörten als jeden eigenen Sender.

»Hier ist RIAS Berlin, eine freie Stimme der freien Welt. Aus aktuellem Anlass wiederholen wir eine Durchsage. Wie gestern Nacht aus Moskau verlautbart wurde, ist der sowjetische Diktator Josef Stalin in den Abendstunden des 5. März im Alter von vierundsiebzig Jahren einem Schlaganfall erlegen ...«

»Der Diktator?«, rief Sanne. »Der Diktator Josef Stalin? Ist das eure Art, einem Toten Respekt zu zollen, dem Oberhaupt eines fremden Staates, dem Mann, der Europa vom Faschismus befreit hat?«

»Ich fürchte, ich muss nach Hause.« Als hätte Sanne nichts gesagt, stand Kelmi auf. »Mein Vater hat seit einer Ewigkeit auf diesen Augenblick gewartet. Ich nehme an, er hätte uns jetzt alle gern bei sich.«

»Dein Vater hat seit einer Ewigkeit darauf gewartet, dass Stalin stirbt?«

Nackt stand er vor ihr und hob die Hände. »Mich musst du nicht fragen. Ich verstehe es auch nicht, denn es ändert ja nichts, bringt keinen Toten zurück. Aber für meinen Vater ist es wohl so eine Art Genugtuung, ein Stück Frieden, das er machen kann. Ich fahre besser rasch zu ihm. Du könntest mitkommen, bei meiner Familie bist du ein fester Begriff, aber du wirst ja zur Arbeit müssen. Wir sehen uns am Sonntag. Unter den Linden. Oder hättest du etwa schon morgen für mich Zeit?«

»Du fährst nach Hause, um mit deiner Familie Stalins Tod zu feiern.« Sanne war übel, sie wünschte, sie hätte nicht all die schweren Speisen gegessen, wo sie sonst meist ohne Frühstück aus dem Haus ging. »Womöglich nennt ihr Stalin einen Diktator wie dieser Radiosprecher, ihr habt nicht die mindeste Achtung vor ihm!«

»Aber er war doch ein Diktator.« Kelmi hob die Brauen. »Komm schon, Susu, was immer du ihm zugute hältst, daran führt kein Weg vorbei. Wer weiß, vielleicht wird jetzt bei euch so manches gelockert, und ich darf doch noch meine Brücke zwischen Ost und West eröffnen.«

»Ich will das nicht«, warf sie ihm entgegen. »Dass ihr in eurer Überheblichkeit bei uns Restaurants eröffnet, um uns dummen Ostlern zu zeigen, wie man so etwas macht. Mir sind unsere Restaurants lieber. Mir ist unser Leben lieber. Stalin hat dafür gesorgt, dass unser Land vor Faschisten sicher ist, und ich erlaube niemandem, ihn einen Diktator zu nennen.«

»Warum landen wir eigentlich in jedem Gespräch beim Faschismus?«

»Weil du Stalin mit Hitler gleichsetzt, weil du unser System mit dem Faschismus vergleichst!«

»Aber das tue ich doch gar nicht.« Kelmi, der noch immer nackt war, wirkte eher verwundert als empört. »Ich bin kein Politologe, ich wäre zu solchem Vergleich nicht einmal in der Lage. Ich sehe mir beides an, und wenn ich feststelle, dass Dinge übereinstimmen, dann interessieren mich die Gründe. Einer besteht vielleicht darin, dass man sich nicht im Mai 45 über Nacht neue Menschen backen konnte? Es ist doch nicht alles weiß, was nicht schwarz ist, Susu, und dass etwas besser ist als Faschismus, heißt doch noch lange nicht, es ist das Gelbe vom Ei.«

Sie wollte von dem, was er redete, nichts mehr hören, sie wollte weg von ihm, zurück in ihre eigene, sichere Welt.

»Stalin hat auch Menschen spurlos verschwinden lassen«, sagte Kelmi. »Stalin hat auch Leben zerstört und Löcher in Familien gerissen. Du bist eine kluge, gebildete Frau. Wenn du dir zwei Minuten Zeit nimmst, dich zu besinnen, wirst du selbst feststellen, dass es für dich keinen Grund gibt, den soeben Verblichenen in den Himmel zu heben, und dass deine Erregung mit Stalins Tod nichts zu tun hat. Wenn du willst, halte ich dich dabei in den Armen. Ich täte nichts lieber als das.«

»Doch. Zu deinem Vater rennen«, versetzte sie ätzend.

»Der muss eben warten. Wenn es um dich geht, muss bei mir jeder warten. Zur Not stelle ich ein Schild auf: ›Sie werden platziert‹.«

Er breitete die Arme aus und trat auf sie zu, doch ehe seine Hände sie erreichten, wich sie zur Seite. »Fass mich nicht an! Geh zu deinem Vater, um mit ihm zu feiern, ich gehe nach Hause, um mit meinen Leuten zu trauern.«

»Susu, komm doch zu dir. Ich habe Stalin nicht umgebracht, und was immer ich über ihn denke, hat mit dir und mir nichts zu tun.«

»O doch, das hat es!«, rief sie, sammelte ihre Kleider vom Boden und zog sich ungeschickt, mit klammen Fingern an. »Wir gehören nicht zusammen, stehen in unterschiedlichen Lagern, und genau das habe ich dir von Anfang an gesagt.«

»Ich kann nicht glauben, dass ich dich solchen Unsinn reden höre. Ich stehe in überhaupt keinem Lager. Ich bin ein Koch, der so verknallt ist, dass er die Suppe versalzt, ich habe die schönste Nacht meines Lebens hinter mir und renne plötzlich gegen eine Wand, weil irgendwo ein Kerl gestorben ist, den keiner von uns kennt. Das kann doch nicht sein, Susu. Mensch, Mädchen, ich würde für dich durch jedes Herdfeuer tanzen. Ich will mit dir zusammen sein, und Hitler und Stalin und Gott und sein Onkel, die haben sich dabei nicht einzumischen.«

Sanne fingerte am Verschluss ihres Büstenhalters, fühlte sich schutzlos und ließ ihn schließlich offen. Erst als sie sich Bluse und Pullover über den Kopf gestreift hatte, gewann sie ein wenig

Sicherheit zurück. »Komm nicht mehr zu mir«, sagte sie. Sie würde in der Schule bitten, telefonieren zu dürfen, würde im Bekleidungshaus anrufen oder bei Eugen im Ministerium und versuchen, ihre Familie zu beruhigen. Anschließend musste sie den Schülern beistehen, die Stalins Tod tief verunsichern würde, musste ihnen erklären, dass das Werk eines Menschen nicht starb, dass es an ihnen lag, das, was Stalin begonnen hatte, fortzuführen.

Sie musste ihr Leben wieder in den Griff bekommen.

»Versuch nicht mehr, mich zu sehen«, sagte sie. »Auch nicht Unter den Linden. Es wäre sinnlos, denn ich komme nicht mehr dorthin.«

»Ich komme trotzdem!«, rief er. »Das lasse ich mir weder von dir noch von Stalin verbieten, und das, was hier gerade passiert, ist doch wohl nicht wahr. Sind wir Hummer, hat uns jemand in zu heißes Wasser geschmissen?«

Sanne ging an ihm vorbei aus der Tür. Was er ihr nachrief, hörte sie nicht mehr.

24

Juni

»Und so taufe ich dich im Namen des Vaters, des Sohnes und des Heiligen Geistes auf den Namen Georg-Hubertus.«

Willkommen in der Familie, Kelmi Nummer zwei, dachte Kelmi. Dass sein Neffe und frisch gebackener Patensohn bei der Prozedur zu brüllen begann, konnte er ihm nicht verdenken. Jobst und Sabsi waren einfach unfair, einen so kleinen Kerl, der zudem einen ganz patenten Eindruck machte, mit einem solchen Ungetüm von Namen zu befrachten, wobei Sabsi glaubhaft behauptete, daran unschuldig zu sein.

Er trat vor, als der Pfarrer ihn heranwinkte, und bekam den noch immer brüllenden Täufling in die Arme gelegt. »Na komm«, sagte er, ohne eine Chance, sich Gehör zu verschaffen. »Georg alleine ist doch gar nicht so übel. Und was wäre, wenn jeder, der mit einem hirnrissigen Namen gestraft ist, solchen Lärm veranstalten würde? Kein Wichtigtuer könnte mehr eine Rede halten, denn niemand würde auch nur ein Wort hören.«

Fasziniert betrachtete er das krebsrote, verzerrte Gesichtchen seines Neffen. Wie viel Kraft in dieser winzigen Persönlichkeit steckte, wie viel wütender Wille zu leben. Dass er zum Weinen nie einen übleren Grund als seinen affigen Namen haben würde, wünschte ihm Kelmi, während er sich der Prozession anschloss und ihn in die Kirchenbank zurücktrug. Von dem frommen Wunsch ließ sich der Kleine jedoch nicht beschwichtigen. Vermutlich ahnte er, dass er unerfüllbar war.

Wenn sich die da oben keinen neuen Krieg einfallen lassen, sondern uns in Frieden vor uns hin wursteln lassen, bekommen wir das meiste schon hin, versicherte er dem zornbebenden Menschlein stumm. Und he, dass du Arzt werden musst, ist nicht das Ende der Welt. Es gibt sogar Leute, die werden gern Arzt, und vielleicht kriegst du ja noch einen Bruder, der dir das Arztwerden abnimmt.

Oder einen Cousin.

Der Gedanke an diese – jetzt verlorene – Möglichkeit erweckte flüchtig den Wunsch in ihm, in Klein Kelmis Gebrüll einzustimmen. Ein Kind von ihm und Susu wäre vermutlich nicht Arzt geworden, sondern alles erdenklich andere. Eine kochende Wanderlehrerin, die im Unterricht sang. Aber das Kind von ihm und Susu würde es nun nie geben. Mit einiger Mühe beherrschte er sich und erlebte den Rest des Gottesdienstes als Pantomime, weil das Organ des Täuflings den Ton daraus löschte.

»Du bist erlöst, Patenonkel.« Kaum war der Segen gesprochen, trat seine Schwägerin Sabsi zu ihm und nahm ihm die kostbare Last aus den Armen. »Für die erste Prüfung in der Rolle hast du dich nicht schlecht geschlagen.«

Mit ein paar schnappenden Schluchzlauten beruhigte der kleine Junge sich in den mütterlichen Armen. »Donnerwetter«, bemerkte Kelmi bewundernd. »Sag bloß, mein Stoffel von Bruder kann das auch.«

Sabsi lachte. »Das kannst sogar du eines Tages. Die Fähigkeit, unseren Nachwuchs zu trösten, hat die Natur uns in die Wiege gelegt, damit wir überleben.«

Leider nicht auch die Fähigkeit, die Wunschmutter des Nachwuchses mit unserer Unwiderstehlichkeit an uns zu fesseln, dachte Kelmi. Die Traurigkeit kam inzwischen in Wellen. Sie hatte ihn nicht mehr ununterbrochen im Griff. Er war in der Lage, seine Arbeit in dem neuen Restaurant am Kurfürstendamm akzeptabel zu erledigen, mit seiner Familie zivilisiert zu verkehren und seinen Freunden gepflegt auf die Nerven zu gehen. Das bedeutete aber nicht, dass ihm die Trauer weniger fundamental vorkam. Er betrauerte nicht das Ende einer schönen, verliebten Zeit, wie er sie mit Michaela durchlebt hatte, sondern die Chance seines Lebens, die er verpasst hatte. Die Welt ging auch davon nicht unter. Aber sie fühlte sich nicht mehr so glänzend, so vielversprechend, so erfüllt von Möglichkeiten an.

Zweimal war er am Sonntag nach drüben gefahren, war Unter den Linden an mit Trauerfloren verhängten Fassaden vorbeigetaumelt, als triebe er in einem Meer, und hatte unter allen Gesichtern nur das eine gesehen, das fehlte. Am dritten Sonntag hatte er bereits seinen Rucksack für die Fahrt gepackt, dann jedoch bemerkt, dass ihm die Kraft und die Hoffnung fehlten. Susu war keine Frau, die mit leeren Drohungen um sich warf. Wenn sie sagte, sie würde nicht kommen, dann kam sie nicht. Sein verbissenes Sonntagsritual war die sinnlose Weigerung, loszulassen. Sie wollte ihn nicht mehr sehen.

In einer Kolonne von Wagen fuhren sie von der Kirche zurück zu ihrem Haus. Kelmi hatte das Moped nehmen wollen, es jedoch auf den gequälten Blick seines Vaters hin gelassen. Er freute sich darauf, Michaela zu sehen, die sich seit der Schlappe mit seinem Restaurant mit einem selbstständigen Service versuchte und für die Taufe engagiert worden war. Während die Übrigen in der Halle mit Champagner anstießen, entwischte er, um sie zu suchen.

Auf dem Gang, der zur Küche führte, kam sie ihm bereits entgegen. »Da bist du ja endlich. Ich muss dich sprechen.«

»Was ist Sache? Ragout fin angebrannt?«

»Da drüben in deinem Osten«, versetzte Micha, »da ist was angebrannt. Ich dachte, das würde dich interessieren.«

»Weshalb sollte es?«, fragte er und war schon dabei, ihr in die Küche zu folgen. Sie hatte das Radio aufgedreht, doch zurzeit wurde irgendeine Sportsendung übertragen. »Jetzt sag schon, was passiert ist.«

»Du hast mir doch das mit diesen Arbeitsnormen erklärt«, sagte Micha. »Dieses Herz der Planwirtschaft, das deine Zonen-Süße so vom Hocker haut.«

»Sie ist nicht mehr meine Zonen-Süße. Zone ja, süß auch ja, aber nicht mehr mein. Was ist mit den Arbeitsnormen?«

»Die sind erhöht worden. Im RIAS sagen sie, die Leute können jetzt praktisch keine Prämien mehr bekommen, und ohne diese Prämien verdient man da drüben zum Leben zu wenig und zum Sterben zu viel.«

All das wusste Kelmi selbst. So sehr er sich von Nachrichten aus der DDR hatte fernhalten wollen, so wenig war es ihm gelungen. »Hast du das gerade eben erst im Radio gehört?«

»Nein«, sagte Micha, drückte ihm einen Quirl in die Hand und schob ihn vor eine Schüssel, in der Eigelb schwamm. »Mach mir die Knoblauchsoße für meine Garnelen, dann reden wir weiter. Im Radio gehört habe ich, dass in Dörfern rund um Berlin

Leute den Aufstand proben. Es soll Demonstrationen geben, Plakate und Banner der Partei sind beschädigt worden, und in einer Möbelfabrik hat die Sonntagsschicht die Arbeit niedergelegt.«

»Und woher weiß der RIAS davon?« Susu hatte ihm mehr als einmal versichert, dass der von Amerikanern kontrollierte Sender Ereignisse erfand, um in der DDR Aufruhr zu schüren und dem Ansehen der Ulbricht-Regierung zu schaden.

»Keine Ahnung.« Michaela klang verschnupft. »Ich bin nicht von der Rundfunkprüfstelle, ich dachte eben, es interessiert dich.«

Kelmi begann, das Eigelb zu verquirlen. »Sei kein Frosch. Es interessiert mich. Auch wenn es mir lieber wäre, wenn es das nicht täte.«

»Ja, so ein Korb ist nicht so leicht wegzustecken. Gerade bei dir wundert mich aber, dass du dich kampflos damit abfindest. Ich hätte gedacht, dein unerschütterliches Selbstbewusstsein würde dich nach der Abfuhr erst recht auf die Pirsch schicken. Und ich hatte, um ehrlich zu sein, den Eindruck, dir wäre es mit der Dame aus dem Arbeiter- und Bauernstaat verteufelt ernst.«

Kelmi blickte von der Eimasse, die nicht schaumig werden wollte, auf und in Michas gerötetes Gesicht. »Mir ist es mit ihr verteufelt ernst. Aber was soll ich machen? Ihr ist es verteufelt ernst mit Stalin, und vielleicht hat das meinem Selbstbewusstsein einen Knick verpasst. Außerdem kann ich mir auch bis an mein Lebensende Unter den Linden die Beine in den Bauch stehen, wenn sie dort nicht auftauchen will, nützt mir das weniger als nichts.«

»Sag mal, hat dir diese Ost-West-Affäre nicht nur das Herz, sondern auch noch das Hirn vernebelt?« Michaela ließ den Löffel sinken und stemmte eine Hand in die Hüfte. »Hat deine Stalin-Jüngerin keine Wohnung? Geht sie nirgendwo arbeiten, kennst du sonst keinen Ort, wo sie zu finden ist? Wenn du mir erklären würdest, nach allem, was mit deinem Onkel passiert ist, könntest du dir eine Beziehung zwischen euch nicht mehr vorstellen, würde ich das verstehen. Aber wenn du dich auf diese dämliche

Straße stellst und weinst, weil sie da nicht vorbeikommt – tut mir leid, Kelmi, da frage ich mich, ob bei dir jemand eingebrochen ist und vergessen hat zu klauen.«

»Ich kann mir alles zwischen uns vorstellen«, sagte Kelmi. »Ich habe es nur satt, dass an meiner Liebe zu einem zauberhaften Mädchen Stalin und Hitler, mein toter Onkel, ihre kranke Mutter, die Weltverschwörung gegen den Kommunismus, die Weltverschwörung gegen den Faschismus und womöglich auch noch Nord- und Südkorea und die Frage der Wiederbewaffnung hängen. Wir hatten überhaupt keine Zeit, uns umeinander zu kümmern, herauszufinden, wer wir sind, wenn uns nicht dieses Riesengewicht an den Füßen klebt. Das hätte ich mir gewünscht: eine Chance. Einen Tag, an dem wir beide allein gewesen wären, ohne Hitler, Stalin und zwanzig Jahre Vergangenheit.«

»Unter den Linden«, bemerkte Micha trocken.

»Wie bitte?«

»Unter den Linden hättest du dir diesen Tag gewünscht. Da aber irgendetwas deinen steilen Zahn daran hindert, dort vorbeizukommen, steckst du lieber auf, hältst elegische Vorträge und versaust meine Soßen.«

Er ließ sich den Quirl abnehmen. »So einfach ist es nicht.«

»Hättest du Spaß daran, wenn es das wäre?«

Kelmi trat vor das Gewürzregal und suchte unter den Gläsern, ohne die Etiketten zu lesen. »Sie weiß das von meinem Onkel nicht, Micha. Sie weiß nicht einmal das von meinen Großeltern Piepenhagen und dem kleinen Axel.«

»Sag mal – tickt es bei dir wirklich nicht mehr ganz richtig?« Sie zerrte ihn am Ärmel seines Smokings herum. »Uns kaust du ein Dreivierteljahr lang mit dieser Frau die Ohren ab, und ihr erzählst du nicht einmal das Wichtigste, das, was bei dir an der Wurzel sitzt?«

»Vielleicht wollte ich nicht, dass es bei mir an der Wurzel sitzt«, erwiderte Kelmi. »Vielleicht wollte ich für uns einen ganz neuen Anfang. Unbelastet. Oder ich war einfach feige und hatte Angst, es bringt sie gegen mich auf, wenn ich es ihr erzähle.«

»Es bringt sie gegen dich auf, dass du deine Verwandten verloren hast? Dass du selbst fast draufgegangen wärst, dreizehn Stunden lang neben deinen erschlagenen Großeltern und dem erschlagenen siebenjährigen Nachbarssohn unter Trümmern verschüttet lagst, ehe diese Leute vom Luftschutzbund dich gefunden haben?«

Kelmi befreite sich und trat einen Schritt zurück. Es gab wenige Situationen, in denen ihm die Düfte guten Essens nicht angenehm waren, aber diese war eine davon. »Wie gesagt, es ist nicht so einfach«, brachte er heraus. »Für Susu war die Bombardierung Berlins ein Akt der Befreiung. Nein, reiß nicht gleich empört den Mund auf, Micha, ich glaube, das ist Teil des Problems. Wir sind alle so schnell, wir sehen nur unsere Seite, nur unsere Trauer, das, was wir durchgemacht haben. Wenn das unsere richtig ist, muss das andere falsch sein, also wird der Graben zwischen uns immer tiefer. Erinnerst du dich, dass es im letzten Frühjahr diese Note von Stalin gab, diesen Vorschlag, über die Wiedervereinigung zu verhandeln, wenn Deutschland neutral und unbewaffnet bliebe? Das ist doch heute schon völlig undenkbar, dabei ist es kaum ein Jahr her.«

»Wie du vorhin erwähntest, ist da so ein Krieg in Korea im Gange, in dem die kommunistische Hälfte eines Landes die andere einfach überrannt hat«, bemerkte Michaela spitz. »Mit ihrem mächtigen Verbündeten im Gefolge. Dass das nicht eben Vertrauen in Angebote von kommunistischen Machthabern schürt, dürfte begreiflich sein.«

»Ist es«, murmelte Kelmi. »Und so werden wir uns eben wieder bewaffnen, und die anderen bewaffnen sich auch. Die ganze Welt teilt sich in zwei Blöcke, und die Mauer zwischen uns wird höher, bis wir einander darüber hinweg nicht mehr erkennen können. So wie die Mauer zwischen Susu und mir. Hast du daran jemals gedacht, Micha? Dass diese Teilung endgültig sein könnte? Nordkorea und Südkorea. Bundesrepublik und DDR?«

Die Sportsendung endete mit der Verkündung der Mannschaftsaufstellung für das WM-Qualifikationsspiel, das Deutschland nächste Woche in Oslo bestreiten würde. Nicht Deutschland, verbesserte er sich in Gedanken. Nur die Bundesrepublik.

»Du bist nicht mehr du selbst, Kelmi. Du klingst wie ein Pfarrer, der eine Beerdigung abhält.«

»Ich weiß«, sagte Kelmi. »Wenn ich das Trauerspiel betrachte, das ich aus deinen Eiern gemacht habe, sollte ich vielleicht umsatteln.«

Ein Radiosprecher gab einmal mehr bekannt, dass man RIAS Berlin höre, eine freie Stimme der freien Welt.

»Wie uns durch informierte Quellen aus der SBZ zugetragen wird, ist es in mehreren Dörfern in Brandenburg zu Protesten und Demonstrationen gegen die angekündigte Erhöhung der Arbeitsnormen gekommen. Derzeit ist unklar, wie die Staatsgewalt auf die Vorfälle reagiert, ob die Lage unter Kontrolle ist und ob die Protestaktionen sich auf Berlin ausweiten könnten.«

»Du hast recht«, fiel Kelmi dem Sprecher ins Wort. »Ich fahre zu ihr. Ich muss ihr wenigstens sagen, dass ich sie lieb habe, wie ein jungfräuliches Olivenöl eine Stiege reifer Tomaten lieb hat, dass ich diese Mauer zwischen uns nicht akzeptiere und dass ich daran nicht mitbaue.«

»Jetzt gleich musst du ihr dieses ganze Zeug sagen? Während eurer Familienfeier? Dein Vater bekommt einen Herzinfarkt.«

»Dienstag«, sagte Kelmi. »Morgen haben wir im Restaurant ein Jubiläum, da kann ich mir nicht freinehmen. Aber am Dienstag fahre ich hin.«

25

Nach dem Klingeln um zwölf ging Sanne ins Lehrerzimmer, um wie jeden Tag ihre Brote zu Mittag zu essen. Ihr Fachbereichsleiter, Werner Petersen, der verschiedentlich versucht hatte, mit ihr anzubändeln, sprach sie an, als sie im Begriff war, das Zimmer wieder zu verlassen.

»Sie gefallen mir gar nicht«, sagte er. »Wenn Sie so weitermachen, fallen Sie uns noch vom Fleisch.«

»Mir geht es gut«, erwiderte Sanne knapp. »Ist etwas Wichtiges? Sonst würde ich gern zurück in meine Klasse, ich habe noch ein Tafelbild fertigzustellen.«

»Ich habe jetzt ein Motorrad«, sagte Petersen stolz. »Aus dem Westen, mein Schwager ist da in der Branche. Wollte nur, dass Sie's wissen, falls ich Sie nachher schnell nach Hause fahren soll. Sie gehen doch immer durch Unter den Linden, und da soll es zu Krawallen gekommen sein. Also fahren Sie mal besser mit mir, wir wollen ja nicht, dass Ihnen etwas passiert.«

»Was denn für Krawalle?«

»Genaues weiß niemand.« Petersen zuckte die Schultern. »In der Stalinallee sollen die Bauarbeiter sich beschwert haben. Wegen der Normenerhöhung. Da sind wohl Leitern umgeschmissen worden und Plakate abgerissen.«

Es würde sich wieder beruhigen. Vor ein paar Tagen waren aus Brandenburg ähnliche Vorfälle gemeldet worden. Die Arbeitsnormen schmeckten den Leuten nicht, sie sahen nicht ein, dass der beschleunigte Aufbau des Sozialismus auch unliebsame Maßnahmen erforderlich machte, und es war nicht so, dass Sanne es ihnen nicht nachfühlen konnte. Bei ihr zu Hause wurde auch jeder Einkauf dreimal überdacht, und ohne das zusätzliche Fleisch, Obst und Fett, das Eugen für ihre Mutter schickte, wären sie nicht zurechtgekommen. Sanne schämte sich, diese Geschenke anzunehmen, sie wollte nicht mehr haben als andere, doch

Essen schien derzeit das Einzige, das der Stimmung ihrer Mutter aufhalf. Die Demonstranten in den Dörfern hatten sich wieder beruhigt. Auch die in der Stalinallee würden sich beruhigen, und in ein paar Monaten hätte sich die ganze Lage beruhigt. Sie mussten nur durchhalten. Die Ruhe bewahren und das Schlimmste überstehen, dann würde alles gut.

Sanne fuhr zusammen, als ihr klar wurde, wann sie die Worte, mit denen sie sich in Gedanken zu beruhigen suchte, schon einmal gehört hatte. Sie wischte die Erinnerung beiseite.

»Vielen Dank für Ihr Angebot«, sagte sie zu Petersen. »Mein Freund holt mich ab.«

Den Freund gab es nicht mehr. Noch am Morgen nach Stalins Tod hatte sie Thomas die Wahrheit gesagt, obwohl es rein faktisch keinen Grund mehr dazu gab. Sie hatte gehofft, er würde wütend werden, sie eine Betrügerin schimpfen, doch stattdessen ließ er todtraurig die Schultern hängen. »Glaub nicht, dass ich das nicht gespürt habe«, hatte er gesagt. »Ich bin zwar nur der dumme Thomas, aber dass du dich nach Glanz und Gloria sehnst, wie sie dir weder unser Staat noch ein Mann wie ich geben kann, ist mir seit Langem klar. Kein Wunder. Deine Mutter war ja auch keine Arbeiterin.«

Sanne hätte ihm gern entgegnet, dass ihre private Beziehung mit ihrer politischen Haltung nichts zu tun hatte und dass er ihre Mutter gefälligst aus dem Spiel lassen sollte, doch letzten Endes beließ sie es dabei. Sie hatte ihn verletzt, nicht umgekehrt, sollte er glauben, was er wollte, wenn es ihm Genugtuung verschaffte.

Werner Petersen ging das alles nichts an. Hätte er erfahren, dass sie frei war, hätte sie womöglich keine Ruhe mehr vor ihm gehabt. Außerdem war sie nicht frei. Sie war allein, das war nicht dasselbe. Und sie wollte es bleiben. Einen Augenblick lang hatte es sich angefühlt, als kehre sie mit Kelmi in die Wärme und Zärtlichkeit ihrer Kindheit zurück, doch damit war auch das Übrige auferstanden: die Angst, das Entsetzen, die Traurigkeit, unter deren Last sich nichts tun ließ, als in Trümmern zu stochern. Sie war dem nicht gewachsen. Und ihr Koch aus dem Westen, der sich über anderes als Tomaten nicht gern Gedanken machte, wäre es erst recht nicht gewesen.

Sie ließ Petersen stehen und kehrte in ihre Klasse zurück. Die Klingel ertönte, und sie musste ohne ihr Tafelbild mit dem Unterricht beginnen. Die Verfassung der DDR. Eine halbe Stunde verging ohne Zwischenfälle. Dann klopfte der Sekretär der Direktion an die Tür. »Entschuldigen Sie, Fräulein Engel. Weisung von Direktor Bäumler. Sie sollen die Klasse nach Hause schicken. Der Schulbetrieb ist für heute beendet. Wenn Sie so weit sind, erwartet Direktor Bäumler Sie in seinem Sprechzimmer.«

Unter den Schülern entstand ein Gejohle. Warum die Schule ausfiel, war den Jugendlichen egal, solange sie nur den engen Bänken entkamen. Wie in Trance machte Sanne sich auf den Weg zum Zimmer des Direktors. Bäumler saß an seinem Schreibtisch, auf dem zwei Telefonapparate standen. Den Hörer des einen hielt er an sein Ohr gepresst, während er erregt in die Sprechmuschel sprach: »Ja, das ist machbar, selbstverständlich, in dieser Lage ist alles machbar. Ich rufe das Kollegium morgen vor Schulbeginn zu einer außerordentlichen Besprechung zusammen, falls ich von Ihnen bis dahin keine andere Weisung erhalte.« Der Hörer des zweiten Apparats lag auf dem Tisch. »Für Sie«, zischte er Sanne zu. »Kreisleitung FDJ.«

Thomas.

Sie nahm den Hörer auf.

»Sanne? Ist alles in Ordnung mit dir, geht es dir gut?« Thomas' Atem ging heftig, er sprach, als würde er gehetzt.

»Sicher. Was soll mit mir denn nicht in Ordnung sein?«

»Hier ist die Hölle los. Hast du kein Radio gehört?«

»Das geht im Unterricht schlecht.« Thomas selbst unterrichtete nicht länger, sondern war auf einen undankbaren Posten in der Schulverwaltung abgeschoben worden.

»Ja, natürlich. Also hör zu: Provokateure aus dem Westen haben sich unter die Leute in der Stalinallee gemischt und ein paar Brigaden in eine Art Aufstand gehetzt. Die Protestler haben eine Kolonne gebildet, die durch ganz Mitte marschiert und mit dem üblichen Geschrei versucht, die Bevölkerung da reinzuziehen.«

»Mit was für üblichem Geschrei?«

»Ach, du weißt schon, weg mit den Arbeitsnormen, höhere Löhne, Bananen aus dem Westen, alles, was der RIAS ihnen vorbetet. Auf jeden Fall ist diese Meute unterwegs zum Haus der Ministerien. Wir sollen sofort dorthin, unsere Leute mobilisieren und eine Gegenkundgebung auf die Beine stellen. Wir kommen mit dem Bus bei dir vorbei. Sanne, wir brauchen dich!« Es klang wie: Ich brauche dich. Und vermutlich war es so auch gemeint.

»Ja, ja«, hörte Sanne sich murmeln. »Ich warte unten. Ich bin gleich da.«

Bäumler, dem Schweiß in mehreren Rinnsalen die Stirn hinunterlief, telefonierte schon wieder und hob lediglich eine Hand zum Gruß. Noch immer wie in Trance lief Sanne aus dem Schulgebäude. An der Straße wartete sie auf den weiß lackierten Kleinbus, der in ihrem FDJ-Kreis für Ausflugsfahrten und Reisen zu Tagungen benutzt wurde. Als das Gefährt um die Ecke bog, sah sie durch die schmalen Fenster, dass es mit Menschen vollgestopft war. Sie selbst musste mit vereinten Kräften hineingezerrt werden, ehe die Tür sich wieder schließen ließ. Eingequetscht kauerte sie zwischen den Genossen. Manche wie Marion und Rosi trugen die blauen Hemden ihrer Uniformen. Andere wie sie selbst und Thomas waren in Zivil.

Thomas legte den Arm um sie, weil sich anders nicht sitzen ließ. Paul Aller grinste ihr zu, wirkte aber nicht amüsiert. Der Bus fuhr nicht auf geradem Weg durch Unter den Linden zum Haus der Ministerien, sondern nahm weiträumig Umwege. Als sie die Einfahrt zur Leipziger Straße schließlich erreichten, verstopften Menschenmassen ihnen den Weg.

Sanne stockte der Atem. Ein paar Brigaden aus der Stalinallee, hatte Thomas gesagt, und sie hatte mit einigen Hunderten gerechnet. Die Menge, die sich nicht nur vor dem Haupteingang des Gebäudes, sondern über die gesamte Länge der Straße zusammenballte, mochte hingegen gut und gerne zehntausend Menschen umfassen. Beileibe nicht nur Bauarbeiter und Zimmerleute. Unter den Versammelten befanden sich Frauen, alte Leute, Müllleute mit Schaufeln, gesetzte Herren in Anzügen, ganze Familien mit Einkaufstaschen. Einige hielten in Eile zusammengebastelte Transparente und Banner in die Höhe. »Wir Bauarbeiter fordern Normsenkung«, las Sanne in schiefen Buchstaben. Auf einem anderen, das ein hochgewachsener Mann allein trug, stand: »Spitzbart, Bauch und Brille sind nicht Volkes Wille.«

Das ging gegen Ulbricht. Er sei kein Adonis, hatte Birgit über ihn gelästert, aber kam es darauf denn an? Walter Ulbricht hatte vor den Nazis fliehen müssen, war über Prag und Paris bis nach Moskau gejagt worden, hatte aus dem Schützengraben den deutschen Soldaten zugerufen, sie sollten kapitulieren, überlaufen, dem Morden ein Ende machen.

Zählte das nichts mehr? War der mutige Einsatz eines Mannes vergessen, weil er nicht attraktiv war und wenig Charisma besaß?

»Nieder mit der Regierung!«, skandierten die Massen. »Ulbricht muss weg!«

Aus sämtlichen Nebenstraßen quollen unablässig Zuströme von Menschen hinzu.

»Los, Ulbricht, komm raus, wenn du dich traust!«

»Wir wollen Grotewohl sehen!«

»Ulbricht und Grotewohl raus!«

Der Fahrer des Busses drückte mit voller Kraft auf die Hupe und fuhr wieder an.

»Bist du verrückt?«, schrie Paul Aller. »Du kannst doch die Leute nicht umfahren.«

»Wir müssen da durch«, beschied ihn Thomas. »Wir sind zum Tor bestellt.«

»Aber deshalb kannst du doch keine Menschen niederwalzen lassen. Mensch, mein Vater ist Zimmermann in der Stalinallee. Der ist vielleicht hier dabei.«

»Wenn mein Vater hier dabei wäre, würde ich mich in Grund und Boden schämen«, sagte Thomas.

Die Versammelten machten keine Anstalten, sich vom Hupen und Motorgrollen des Busses einschüchtern zu lassen. Im Gegenteil. Sie begannen gegen Wände und Frontscheibe zu hämmern. Ein Mann schlug mit dem Holzstab seines Transparents auf das Dach, dass es scheppterte und das Fahrzeug hüpfte.

»Aussteigen, Endstation!«

Gelächter ertönte.

»Fahr zu, du Idiot!«, schrie Thomas den Fahrer an. Der hupte noch einmal, konnte sich aber nicht dazu durchringen, aufs Gaspedal zu treten.

»Mir reicht's, ich steige aus«, sagte Paul, zwängte sich an Sanne vorbei und stieß die Tür auf. In der einen Sekunde, in der er hinaussprang, drang der Lärm wie eine Woge ins Innere. Als tobe dort draußen das Leben, während die Genossen im Innern vor Schreck erstarrt waren. Dann krachte die Tür ins Schloss. Sanne versuchte, sich zu recken und durch das Seitenfenster zu sehen, wohin Paul verschwand, doch die Menge hatte ihn bereits aufgeschluckt.

»Er hat recht«, sagte sie zu Thomas, der ansetzte, sich nach vorn durchzudrängen, um den Fahrer zur Weiterfahrt zu zwingen oder das Steuer selbst zu übernehmen. Sie erwischte ihn am Ärmel. »Wir können nicht weiterfahren. Du willst ja wohl nicht, dass jemand verletzt wird.«

»Wenn von diesen Kriminellen einer verletzt wird, werde ich bestimmt keine Träne vergießen.« Thomas' Augen waren schmal, das Gesicht verzerrt, und man musste ihn sehr gut kennen, um zu wissen, dass der Hass, mit dem er sprach, enttäuschter Menschenliebe entsprang.

»Das sind doch keine Kriminellen«, sagte Marion. »Leute wie Pauls Vater protestieren, weil es ihnen schlecht geht, weil sie von ihrem Lohn nicht leben können, weil sie sich Sorgen um ihre Familien machen.«

»Und warum haben die bei Hitler nicht protestiert?«, schrie Thomas. »Auf welcher Straße waren die denn alle und haben sich widersetzt, als ihre Freunde und Nachbarn abtransportiert wurden, welchen Lastwagen voller Menschen, die in den Tod gefahren wurden, haben die denn aufgehalten?«

Sanne krallte sich in seinen Arm, hängte sich mit ihrem ganzen Gewicht daran, um ihn zurückzuhalten. Vielleicht hatte sie in ihrem Leben nie einen Menschen so gut verstanden wie ihn. Er hatte recht, und dennoch musste sie ihn an dem, was er vorhatte, hindern. »Es hat doch keinen Sinn, Thomas. Wir erreichen nichts, wenn wir die Leute noch provozieren. Siehst du die Gruppe da vorn? Das sind welche von unseren.« Am anderen Ende der Straße hatte eine Abordnung der FDJ ihr Fahrzeug verlassen und schob sich im Block durch die Menschenscharen. Sie bekamen ein paar Püffe und Stöße ab und mussten sich Schimpfworte anhören, bewegten sich im Großen und Ganzen aber unbehelligt auf das Scherengitter vor dem Haupttor zu. »Lass uns aussteigen. Anders haben wir keine Chance.«

Sie zog ihn zu sich herum, suchte seinen Blick und sah, wie sein Widerstand in sich zusammensackte. »Also schön. Steigen wir aus. Kurt, Ludwig, Helga, ihr verteilt euch unter den Aufrührern. Achtet auf jedes Wort, das gesprochen wird, macht euch Notizen, wo ihr Namen aufschnappt, schreibt sie euch auf. Wenn die Provokateure glauben, sie kommen damit davon, haben sie sich geschnitten. Wir Übrigen schlagen uns zum Tor durch, wo uns hoffentlich endlich Polizei zu Hilfe kommt.«

Dicht zusammengedrängt verließen sie den Schutz des Busses. Gebrüll empfing sie. Sanne war es, als würden Schläge auf sie niederprasseln. Sie hätte die Arme über dem Kopf zusammenschlingen wollen, um sich zu schützen, doch sie zwang sich, sie an den Leib zu pressen und weiterzugehen. »Weiter, weiter. Sie tun uns ja nichts. Geht weiter.« Vielleicht konnten sie etwas bewirken, wenn sie das Tor erreichten, dafür sorgen, dass sich die Lage beruhigte. Es durfte niemandem etwas geschehen, keine Gewalt zur Anwendung kommen. Wenn sie es schafften, alle Beteiligten heil aus dieser Sache herauszubringen, würden die Probleme sich lösen, die Fronten sich wieder versöhnen lassen wie zwei Jungen, die sich auf dem Schulhof prügelten und die man als Lehrkraft dazu bewegen musste, miteinander zu sprechen. Solange kein Blut floss, solange nichts Unheilbares zerstört war, war es möglich, dass sie Freunde wurden.

Sannes Herz raste vor Angst, doch sie ging wie eine Marionette weiter. Ihre Schritte schienen ihrem eigenen Takt zu folgen, wie im Rhythmus eines Abzählreims:

> *Keiner, der*
> *Böses will,*
> *Darf zu uns*
> *Herein.*

Hinter dem Scherengitter stand eine klägliche Einheit der Volkspolizei bereit, die FDJ-Gruppen auf das Gelände zu schleusen. Es kam zu einem Handgemenge, als ein paar Demonstranten versuchten, mit einzudringen, doch den Polizisten gelang es, sie zurückzudrängen.

»Habt ihr Angst!«, brüllte es ihnen hinterher. »Ulbricht und Grotewohl, seid ihr zu feige, euch Berlins Arbeitern zu zeigen?«

Sanne löste sich aus dem Pulk, der Anweisungen von einem Funktionär entgegennahm, lief zu einem anderen, der aus dem

Gebäude kam, und verstellte ihm den Weg. Peter Schneeweiß, früherer FDJ-Bezirksleiter, sie kannten sich von Delegiertenkonferenzen. »Ulbricht und Grotewohl müssen nach draußen«, rief sie. »Wenn sie mit den Leuten sprechen, wenn sie anbieten, über die Arbeitsnormen noch einmal zu verhandeln, wird der Aufruhr sich legen.«

»Ulbricht und Grotewohl sind gar nicht drinnen«, erwiderte Peter Schneeweiß ohne Bewegung in der Stimme. »Die SED-Führung hat irgendwo eine Sitzung. Es ist versucht worden, die beiden herzubeordern, doch sie sind nicht abkömmlich.«

»Aber sie müssen kommen! Sie dürfen das Vertrauen der Leute nicht verlieren, es sind doch unsere Genossen.«

»Tja«, kam es von Peter, »da ist nun aber wohl nichts zu machen. Mich musst du entschuldigen, ich habe hier für Platz zu sorgen. Es kommt nämlich gleich der Selbmann nach draußen. Den haben sie verknackt, mit denen zu reden.«

Fritz Selbmann war Minister für Schwerindustrie. Ein ruhiger, schwerfälliger Mann, der als Bergarbeiter begonnen und unter den Nazis zwölf Jahre in Zuchthaus und Konzentrationslager überlebt hatte. Sanne mochte ihn gern, er war in der Weimarer Zeit ein Freund ihres Vaters gewesen. Würde aber ausgerechnet er das Format besitzen, auf die aufgebrachten Massen einzuwirken und ihnen neues Vertrauen einzuflößen?

Selbmann kam. Er ging ein wenig gekrümmt. Vier Männer trugen ihm einen Tisch voraus, den sie hinter dem Scherengitter platzierten. Um hinaufzusteigen, benötigte der Minister Hilfe. »Liebe Genossen«, begann er. Niemand beachtete ihn.

»Wo ist der Spitzbart?«, brüllte einer der Demonstranten. »Dich will hier keiner.«

»Ulbricht und Grotewohl raus!«

»Freie und geheime Wahlen, weg mit der SED!«

»Jetzt hört mir doch zu«, rief Selbmann, »ich bin doch selbst ein Arbeiter.«

»Das hast du aber vergessen!«

Gelächter verhöhnte den Mann, der Mühe hatte, auf dem Tisch zu stehen, ohne zu schwanken.

»Liebe Kollegen, was ich euch zu sagen habe, ist …«

»Du bist nicht unser Kollege!«

»Wenn du's wärst, wärst du nicht so fett geworden.«

»Verschwinde, Verräter.«

Eine Handvoll Männer in Maurerkluft riss das Scherengitter beiseite und versuchte, den Tisch zu erklimmen. Im letzten Augenblick halfen die Männer von der Volkspolizei dem zitternden Fritz Selbmann herunter und schafften ihn in Richtung Gebäude.

Peter Schneeweiß eilte vor und zurück und blickte sich um. »Brauch schnell mal ein hübsches Mädchen. Üppig. Blond.« Er packte Marion an der Schulter. »Du! Steig da nach oben, erzähl ihnen, was du willst, nur halt sie ruhig.«

»Wenn sich nicht gleich der Ulbricht zeigt, rufen wir den Generalstreik aus!«

Applaus brandete auf. Sanne reckte sich, sah über Köpfe hinweg und entdeckte in der wogenden Menschenmenge ein Gesicht. Ihr Herz vollführte einen Satz, als risse es an seiner Verankerung. Birgit Ahrendt. Es war keine Täuschung. Sie hätte die einstige Freundin unter allen Umständen erkannt, auch mit kurz geschnittenen Haaren und kantigeren Zügen.

Birgit erkannte sie auch. Dessen war Sanne sicher. Ihre Blicke trafen sich, dann verschwand ihr Gesicht in der Menge.

In der Zwischenzeit hatte Marion den Tisch erklommen. Was sie sagte, ging in Buhrufen und Pfiffen unter.

»Weg mit der FDJ!«

»Runter vom Tisch mit dir, Mädel.«

Mit zwei Handgriffen löste Marion ihr Halstuch und warf es in die Menge. Einen Herzschlag lang hielt das Lärmen inne. Dann, als Marions Uniformjacke hinterherflog, schlug die Feindseligkeit in jubelnden Beifall um.

»Seid vorsichtig, Kollegen!«, schrie Marion mit aller Kraft ihrer Lunge über das Gegröle hinweg. »Nennt keinen beim Namen! Auf der Straße sind Spitzel verteilt, die schreiben sich auf, was ihr sagt.«

26

Niemand hatte Marion ein Haar gekrümmt, solange sie auf dem Tisch gestanden hatte. Verhaftet worden war sie erst, als längst andere Redner zu den Leuten sprachen und niemand sah, was weiter hinten geschah. Dass auch Paul Aller festgenommen worden war, erfuhr Sanne am Abend, in der Tucholskystraße, wo das *Tanja* für Laufkundschaft gesperrt worden war, um dem verstörten FDJ-Kreis Zuflucht zu bieten. Sanne hatte nicht mitgehen wollen, sie hatte nur Thomas' Betteln nichts entgegenzusetzen gewusst und hörte kaum, was gesprochen wurde.

Am späten Nachmittag hatte Ulbricht im Rundfunk bekannt geben lassen, dass die Erhöhung der Arbeitsnormen zurückgenommen werde. Ob es jemand gehört hatte, war fraglich. Überall in der Stadt brachen neue Protestherde aus. Gerüchten zufolge hatte der Polizeipräsident bei der sowjetischen Kommandantur um Unterstützung nachgesucht, war jedoch abgewiesen worden. Wladimir Semjonow, der Hochkommissar, sollte gesagt haben, die Arbeiter werden sich gewiss beruhigen, denn schließlich lebten sie unter deutlich besseren Bedingungen als ihre Kollegen in Moskau oder Leningrad.

»Das Ganze hat ja auch etwas mit dem Tod von Stalin zu tun«, murmelte Thomas hörbar erschöpft. »Solange er die Hand über uns hielt, hätte der Westen sich so was nicht getraut, und wenn die Nachfolge erst einmal richtig geregelt ist, es nicht mehr zwischen Chruschtschow, Malenkow und Berija hin und her geht, wird er sich so was auch nicht wieder trauen.« Niemand trug etwas bei, niemand half ihm, das Gespräch am Laufen zu halten, die düstere Stimmung aufzuhellen. Gegen die Scheiben prasselte Regen. »Das ist zu unserem Vorteil«, versuchte er es noch einmal. »Bei Regen gehen die Leute nach Hause. Außerdem werden verstärkt Störsender eingesetzt, damit die Provokationen des RIAS nicht empfangen werden können. Bis morgen früh wird dieser Irrsinn sich also hoffentlich totgelaufen haben.«

Sanne schleppte sich auch nach Hause. Jedes Glied tat ihr weh. Hille war außer sich, brach in Tränen aus, und Sanne wünschte, sie hätte mitweinen können. »Ich hab gedacht, ich sehe dich nicht wieder, Sannchen. Ich hab gedacht, dir muss was passiert sein, und ich hab schon wieder nicht aufgepasst.«

Barbara, die aus unerfindlichen Gründen bei ihnen herumsaß, während Benno zu ihren Füßen mit einem Auto spielte, nickte heftig. »Ihre Tante ist sogar losgerannt, um Sie zu suchen, Fräulein Sanne. Ich hab versucht, sie zu beruhigen, hab ihr gesagt, die Arbeiter, die tun doch Ihrem Mädel nichts, die kämpfen schließlich nur für unser aller Rechte, aber sie hat vor Angst ja kein Wort mehr gehört. Während sie unterwegs war, war übrigens ein junger Mann hier und hat nach Ihnen gefragt.«

Sannes Mutter, die teilnahmslos dabeigesessen hatte, hob den Kopf. »Der junge Mann war sehr reizend«, sagte sie. »Er hat das hier für mich mitgebracht.« Sie wies auf eine Art Vase, die auf der Anrichte stand. Blumen, dachte die todmüde Sanne. Aber in Braun, Schwarz und Weiß? Es war ein Bukett aus Schokolade, jedes Blatt filigran gearbeitet, die Kelche so verlockend geöffnet, dass man daran hätte riechen wollen. Dass ihre Mutter den Strauß nicht verschlungen hatte, wunderte Sanne, bis sie erfuhr, dass der Besucher noch weitere Präsente mitgebracht hatte, die den Tag nicht überlebt hatten: Salami, Käse, irgendwelche Nudeln mit Soße. »Ich bin endlich einmal satt«, erklärte die Mutter. »Dem jungen Mann habe ich gesagt, er solle doch hier auf dich warten, aber dann kam Hille und hat ihn rausgeworfen.«

»Wir haben jetzt andere Sorgen«, sagte Hille. »Morgen früh soll es ja wohl am Strausberger Platz einen Aufmarsch geben.«

Sanne stemmte sich in die Höhe. Ihr Körper gehorchte ihr kaum, ihr Hals brannte, erschwerte ihr das Schlucken, und gegen ihre Schläfen schlugen Hämmer. »Ich gehe ins Bett. Ich fürchte, ich kann mich nicht länger auf den Beinen halten.«

»Du darfst morgen nicht in die Schule!«, rief Hille. »Bitte, Sanne, ich halt's nicht aus, wenn dir was zustößt, und wer weiß, ob nicht noch Panzer kommen.«

»Weshalb denn Panzer?«, fragte Sanne in der Tür. »Es ist ein von außen provozierter Protest, der aber schon abflaut und sich jetzt, wo die neuen Normen zurückgenommen sind, ganz legen wird.« Bei sich aber dachte sie: Ich gehe morgen wirklich nicht zur Schule. Ich melde mich krank, ziehe mir die Decke über den Kopf und tauche erst auf, wenn das Leben wieder normal geworden ist.

Als sie in der Frühe flüchtig aus wirren Träumen schreckte, glühte ihr Schädel, während die Glieder ihr vor Kälte zitterten, ihre Kehle schmerzte zum Zerreißen, und sie hätte nicht einmal aufstehen können, wenn sie gewollt hätte. Hille nahm sich ebenfalls frei und zog los, um einen Arzt aufzutreiben, der Hausbesuche machte.

Den Tag über klingelte es des Öfteren an der Tür. Jedes Mal riss das Geräusch Sanne aus fiebrigem Schlaf, und im ersten Erwachen bildete sie sich ein, an ihrem Bett sitze Kelmi. Er nahm sie in die Arme, flößte ihr ein Getränk ein, das die Schmerzen linderte, und in ihrem Körper machte sich Erleichterung breit. Sie war nicht allein. Sie würde nie wieder allein sein. *Wenn wir nur durchhalten, wir zwei zusammen, wenn wir das Schlimmste überstehen, dann wird alles gut.* Eingehüllt in die Gewissheit, geliebt und beschützt zu sein, schlief sie wieder ein.

Als sie endlich richtig erwachte, ohne in Halluzinationen von Kelmi wegzugleiten, saß der von Hille aufgetriebene Arzt an ihrem Bett und maß ihre Temperatur. Es war Norbert Winkler.

»Wie spät ist es?«

»Fast sechs.«

»Bin ich wieder in Ohnmacht gefallen?«

Der Arzt schüttelte den Kopf. »Nein, keine Aufregung. Sie haben sich eine im Volksmund Sommergrippe genannte Infektion eingefangen, und Ihr Körper hat sich Ruhe verschafft. Darum, dass Sie diesen Tag verpasst haben, werden Sie im Übrigen nicht wenige Bürger unseres Landes beneiden.«

Er gab ihr eine Lösung zum Gurgeln, die ihrer wie wund gescheuerten Kehle guttat, und drängte sie, ein wenig von Hille zubereitete Bouillon zu sich zu nehmen. »Sie brauchen Kraft. Schließen wir einen Handel? Sie geben sich Mühe, ein bisschen zu essen, und ich beantworte Ihnen Ihre Fragen.«

Nach dem ersten Widerwillen tat die Bouillon ihr gut. Die Beantwortung der Fragen nicht, aber sie hatte keine Wahl. Norbert Winkler erkundigte sich mehrmals, ob sie nicht warten wolle, bis sie sich besser fühle. Sanne zwang sich zu verneinen, und er erzählte ihr, was an diesem 17. Juni in ihrer Stadt, ihrem Staat, der Welt aus Sicherheit, die sie zu schaffen hatte helfen wollen, geschehen war.

Seit sieben Uhr in der Frühe hatten überall im Land Menschen die Arbeit niedergelegt, waren zusammengeströmt, durch die Straßen gezogen, hatten Polizeiketten, die sie aufhalten sollten, niedergerannt und in ihrem Weg geparkte Mannschaftswagen umgestoßen. Kreisratsgebäude und Bürgermeistereien wurden besetzt, Gefängnisse gestürmt und Insassen befreit. Vom Brandenburger Tor hatte ein tollkühner Kletterer die rote Fahne heruntergerissen und vor aller Augen verbrannt. »Ein faschistischer Putschversuch, heißt es bei uns im Rundfunk«, sagte Winkler. »Geduldet und unterstützt durch die USA.«

»Und ist es das?« Sannes Stimme krächzte.

»Das kann ich Ihnen leider nicht beantworten«, erwiderte der Arzt. »Ich habe auf dem Weg hierher eine Gruppe junger Männer skandieren hören: ›Uns bezähmt ihr nicht mit Brot, wir schlagen alle Russen tot.‹ Und ich gebe zu, darüber einigermaßen bestürzt zu sein. Ich habe auch im Radio gehört, dass das Columbia-Haus in Brand gesteckt worden ist und dass Wagen der Volkspolizei mit Steinen beworfen wurden. Die meisten Leute, die mir begegnet sind, sahen jedoch eher aus wie meine Patienten und Nachbarn, Leute, die vor meiner Tür die Straße neu pflastern. Sie hatten Transparente bei sich, auf denen mehr Lohn, bessere Versorgung und freie Wahlen gefordert wurden. Eher wenig faschistische Forderungen, denke ich, doch wie gesagt, ich bin nur ein Beobachter.«

Wir bekommen das hin, hatte Sanne zu diesem Zeitpunkt noch geglaubt, und die Krankheit machte etwas in ihr weich. Wir müssen den Leuten mehr Wärme, mehr Zuversicht geben, das Gefühl, dass ihnen bei uns nichts geschehen, dass es ihnen gut gehen wird, auch wenn es länger dauert als erhofft. Vielleicht ist Ulbricht wirklich der falsche Mann, vielleicht braucht es einen, dem sie, schon wenn er lächelt, glauben können, dass er es ernst mit ihnen meint.

Sie hatte noch immer Fieber. Als sie die Augen schloss, um im Geiste die Genossen, die infrage kamen, durchzugehen, sah sie ihren Vater vor sich.

»Soll ich weitererzählen?« Norbert Winkler wechselte den feuchten Wickel um ihre Stirn. »Oder wollen Sie sich ausruhen? Es ändert nichts, wenn Sie den Rest erst morgen oder in drei Tagen erfahren. Es hilft höchstens Ihrer Genesung auf.«

Der Versuch, den Kopf zu schütteln, löste eine Welle von Schmerz aus. Norbert Winkler verstand sie dennoch. »Schon gut. Wenn Sie darauf bestehen, erzähle ich Ihnen den Rest.«

Kurz nach Mittag war der Ausnahmezustand und damit das Kriegsrecht verhängt worden. Die DDR, ihre kleine, tapfere Bärenhöhle von einem Staat, hatte damit faktisch aufgehört zu existieren. Die Sowjetunion hatte das Steuer wieder übernommen. Bereits seit dem Vormittag marschierten Truppen und rollten Panzer über Plätze, auf denen dicht gedrängt Menschen den Aufstand probten.

Es hatte Tote gegeben. Wie viele, konnte der Arzt ihr nicht sagen. »Unter den Linden hat jemand in eine Pfütze ein Holzkreuz genagelt und eine Mütze darüber gehängt. Aber ob da jemand gestorben ist? Wer weiß. Dass beide Seiten das, was geschehen ist, ausschlachten werden, wissen Sie sicher noch besser als ich.«

Nein, dachte Sanne, vom Fieber übermannt, ich wollte nichts ausschlachten. Ich wollte ein Haus, in dem Menschen in Frieden leben, in dem nie der Tod an die Tür klopft, niemand auf dem Weg nach Hause sich vor dem fürchtet, was ihn erwartet.

»Und jetzt?«

»Wie es aussieht, ist jetzt Ruhe«, antwortete der Arzt. »Der Ausnahmezustand bleibt vorerst bestehen, desgleichen werden wohl die sechshundert Panzer der Roten Armee nicht sofort wieder abgezogen. Aber soweit ich es beurteilen kann, gibt es keine Gefechte mehr in den Straßen. Sie dürfen ans Aufstehen sowieso erst denken, wenn Sie fieberfrei sind, was vor dem Wochenende nicht der Fall sein wird. Bis dahin ist sicher alles mehr oder minder beim Alten. Dass sich ein solcher Aufstand wiederholt, erscheint mir zumindest unwahrscheinlich.«

Nicht nachdem Panzer ihn niedergewalzt haben, lautete der Rest, den er nicht aussprach. Sanne behielt die verbleibenden Fragen für sich. Er musste gehen, hatte andere Patienten zu versorgen, und sie war ihm dankbar, dass er sich Zeit für sie genommen und mit ihr gesprochen hatte, auch wenn sie sicher war, dass er sie nicht mochte.

Die nächsten zwei Tage verbrachte sie zwischen Wachen und Schlafen, versorgt von Hille, die jammerte, weil sie so gut wie nichts aß. Am dritten Tag war ihr Appetit noch immer nicht zurückgekehrt, aber sie brachte Hille zuliebe ein wenig Brot hinunter. Am Abend kam Eugen. Etwas in Sanne hatte auf ihn gewartet.

»Bleib liegen«, sagte er beim Betreten ihres Zimmers und setzte sich vor den Schreibtisch, ohne den Stuhl näher an ihr Bett zu rücken. »Geht es dir besser?«

Sanne nickte.

»Hille sagt, du sollst übers Wochenende auf alle Fälle im Bett bleiben, am besten sogar noch bis Mitte nächster Woche.«

»Nächste Woche gehe ich wieder zur Arbeit«, krächzte Sanne.

»Das wäre gut, sofern du dich stark genug fühlst«, sagte er. »Wie du dir denken kannst, brauchen wir derzeit jede Hand. Jeden Kopf vor allem. Jeden besonnenen, über Zweifel erhabenen Menschen, der diesem Land ein Stück Stabilität zurückgibt.«

»Was ist es gewesen?«, fragte Sanne. »Wirklich ein faschistischer Putschversuch?«

Eugen nickte. »Vom Westen gesteuert. Der RIAS rühmt sich jetzt, er hätte zurückhaltend berichtet. In Wahrheit hatten die Drahtzieher ihre Agenten längst eingeschleust, ehe wir wussten, wie uns geschah.«

»Die Arbeitsnormen«, begann Sanne. »Ging es nicht vielleicht doch nur darum, um ein bisschen Unzufriedenheit?«

Eugen winkte ab. »Ein willkommener Aufhänger. Ungeschickt von Ulbricht. Aber dass der Mann kein glänzender Taktiker ist, ist uns ja nichts Neues. Eine ehrliche Haut ist er, und seinen Fehler hat er korrigiert, sobald die ersten Proteste laut wurden. Das hielt die Lawine natürlich nicht auf, denn um die Arbeitsnormen scherten sich die Hetzer einen Dreck. Ein Keil sollte in unseren Staat getrieben werden, in diesen noch jungen, noch nicht erstarkten Keim, das Einvernehmen zwischen Volk und Regierung, und so weh es mir tut, das einzugestehen, genau das ist auch gelungen. Das Zerstörte wiederherzustellen wird uns viel Kraft kosten, die wir für anderes benötigt hätten.«

»Es hat Tote gegeben?«

Eugen nickte, hielt den Kopf gesenkt, als wäre er ihm zu schwer. »Das war nicht zu vermeiden. Die sowjetische Kommandantur hat abgewartet, solange es irgend möglich war.«

»Wie viele?«

»Darüber streiten sich die Geister. Du wirst die abenteuerlichsten Übertreibungen zu hören bekommen, aber ich nehme nicht an, dass es viel mehr als fünfzig waren.«

Sanne schloss die Augen und sah einen toten Menschen auf dem Bauch liegen. Sah den einen fünfzigmal. Machte die Augen nicht wieder auf.

»Was ist mit denen, die verhaftet wurden?«

»Die, die aus den gestürmten Gefängnissen geflüchtet sind, sind wieder dorthin verbracht worden«, antwortete er. »Bezeichnenderweise übrigens zum größten Teil Nazi-Verbrecher. Von den faschistischen Provokateuren hoffen wir, einen beträchtlichen Anteil erwischt zu haben. Beileibe nicht alle, ich mache dir darin nichts vor. Wollten wir uns vor allen schützen, müssten wir uns einmauern, Sanne. Solange unsere Leute frei mit denen verkehren, die ihre Faschisten nicht bekämpfen, wird es immer wieder Löcher im Netz geben, durch die sie schlüpfen können.«

Sanne rief sich die Menge in der Leipziger Straße in Erinnerung, die auf das Haus der Ministerien zugeströmt war, und sah wiederum Birgits Gesicht, das zwischen all den anderen stillstand. Hatte sie sich bisher noch manchmal über die Identität der einstigen Freundin zu belügen versucht, so war jetzt keine Täuschung mehr möglich. Sie war auf eine Agentin hereingefallen, die einer faschistisch unterwanderten Gruppe angehörte.

»Sieh mich an, Sanne«, befahl Eugen. »Ich bin gekommen, weil ich über diese Löcher im Netz mit dir sprechen muss.«

Sie öffnete die Augen und spürte, wie ihr auf der Stirn der Schweiß ausbrach. »Zwei meiner Genossen sind auch verhaftet worden. Marion Templin und Paul Aller. Die beiden sind ganz bestimmt keine Faschisten, höchstens durch Provokateure irregeleitet. Kannst du für mich herausfinden, ob sie inzwischen wieder auf freiem Fuß sind?«

Eugen fixierte sie und ließ ihren Blick nicht los. »Darum geht es jetzt nicht. Ich bin nicht hergekommen, um über die Templin und diesen Aller zu sprechen. Viel schwerwiegender ist die Tatsache, dass du dich ein Dreivierteljahr lang heimlich mit einem Mann getroffen hast, der besagten Kreisen entstammt. Mit einem gewissen Theodor-Friedrich Kelm, wohnhaft Westberlin, Friedenau, Schmargendorfer Straße 12. Ich gehe doch recht in der Annahme, dass dir der Mann ein Begriff ist?«

»Woher weißt du das?«, stammelte Sanne. »Wie lange ich mich mit ihm getroffen habe, wie er heißt, wo er wohnt …«

»Auf diese Frage habe ich dir exakt zwei Antworten zu geben«, erwiderte Eugen. »Hier hast du die erste: Wenn du mir eine solche Frage stellst, hast du noch nicht begriffen, dass wir unsere Augen überall haben müssen, sofern wir nicht von Neuem überrollt werden wollen. Weißt du, wie harmlos es damals anfing, wie viele die Nazis für harmlose Clowns hielten? Ich bekenne mich schuldig. Ich gehörte auch zu denen, die den Zirkus mit einem Achselzucken abtaten. Als junger Mann wäre mir sowieso nicht eingefallen, mir für den Dreck von anderen den Arsch aufzureißen. Der einzige Dreck, der mich damals scherte, war mein eigener.«

Kurz schwieg er, und Sanne glaubte, die Toten zu spüren, die einer nach dem andern in den Raum einzogen.

»Mein Leichtsinn hat mich alles gekostet, was ich hatte«, fuhr er fort. »Du kannst mir glauben, dass ich denselben Fehler nicht noch einmal begehe. Und damit zur zweiten Antwort: Wenn du mir eine solche Frage stellst, hast du noch nicht begriffen, wie ernst ich das Versprechen nehme, das ich deinem Vater gegeben habe. Ich werde dich vor diesen Leuten schützen, Sanne. Um jeden Preis, und wenn es sein muss, auch gegen deinen Willen.«

»Vor diesen Leuten?«, rief Sanne. »Aber Kelmi ist doch Koch, er interessiert sich nicht für Politik. Dass er verdrehte Ansichten hat, liegt nur daran, dass er in seinem Wolkenkuckucksheim von nichts etwas mitbekommen hat.«

»Aha.« Eugen sah sie so lange an, bis sie seinen Blick nicht mehr ertrug und sich zur Seite drehte. »Der Mann, den du so possierlich als ›Kelmi‹ betitelst und der angeblich nichts mitbekommen hat, ist der Neffe von Fritz Willibald Kelm, einem Leib- und Magenkumpan von Adolf Hitler, NSDAP-Mitglied seit 1933. Er selbst ist am 16. Juni mit einem Tagespassierschein über die Friedrichstraße eingereist, vorgeblich, um einen Besuch bei dir zu machen.«

»Den hat er auch gemacht! Er hat Mutter Schokolade gebracht, sie steht noch in der Stube.«

Eugen winkte ab. »Ist mir bekannt. Nur ist mir ebenso bekannt, dass der Mensch nach dem verfehlten Besuch nicht wieder ausgereist ist. Stattdessen ist er an mehreren Orten gesehen worden, an denen die Provokationen ihren Anfang nahmen, und zwar am besagten 16. Juni ebenso wie am 17., als die Rote Armee eingreifen musste und es zu den bedauernswerten Todesfällen kam. Über seine Absichten besteht kein Zweifel, so leid es mir für dich tut. Ich muss dich eindringlich bitten, deine Bekanntschaften in Zukunft gründlicher zu prüfen. Du bist Lehrerin, Sanne. Du trägst Verantwortung, und gerade von dir hätte ich nicht erwartet, dass du blauäugig einem antikommunistischen Volksverhetzer in die Arme torkelst.«

Sanne spürte das Fieber, das sich aus ihrem Schädel von Neuem in Körper und Gliedern verbreitete. Sie spürte die Hitze, die ihr Gaumen und Kehle austrocknete und das Sprechen zur Anstrengung machte. »Ist Kelmi … ist Theodor-Friedrich Kelm jetzt wieder im Westen? Oder ist er noch hier? Wisst ihr darüber Bescheid?«

»Er ist in der Nacht des 17. Juni beim Versuch, in den Westen zurückzukehren, verhaftet worden«, erwiderte Eugen. »Dir weitergehende Auskunft zu erteilen bin ich leider nicht berechtigt.

Du kannst von Glück sagen, wenn es dir erspart bleibt, in der Sache befragt zu werden.«

Sanne klapperten die Zähne, und zugleich glaubte sie, die Hitze nicht länger zu ertragen.

»Zum Ausgleich kann ich dir jetzt, wo wir die Sache hinter uns haben, etwas zum Verbleib der zwei Genossen sagen, nach denen du mich gefragt hast. Vielleicht ist es dir ja eine Warnung, dir das Schicksal derer vor Augen zu halten, die sich von Leuten wie Kelm verführen lassen.«

»Was ist mit Marion und Paul?« Sannes Stimme krächzte.

»Marion Templin ist in das zentrale Untersuchungsgefängnis der Staatssicherheit überführt worden, dessen Standort ich dir aus naheliegenden Gründen nicht nennen kann. Ihre Familie, die es gewohnt war, sich kraft ihres Namens Vorteile zu verschaffen, versucht dergleichen auch jetzt, doch wird die Dame um eine Haftstrafe nicht herumkommen. Davon wird sie nicht sterben. Im Fall Paul Aller steht es leider schlechter. Der Mann hat einen Volkspolizisten angegriffen und ist dabei ums Leben gekommen.«

Fünfter Teil

Oktober 1940

»Sie hatten kein Haus
Sie hatten kein Bett
Sie liebten sich draußen vorm Tor.
Hinter ihnen die Stadt starb den Bombentod
Rot überm Rauch kam der Mond hervor.«

Inge Müller

27

Krieg war. Schon seit mehr als einem Jahr.
Ilo gehörte zu den wenigen Frauen, die Glück hatten. Sie hatte keinen Sohn, ihren Bruder, der an die Front geschickt wurde, hatte sie bereits vor zehn Jahren verloren, und ihr Mann war so kurzsichtig wie ein Maulwurf und wurde ohne Federlesens ausgemustert.

Sido hatte in gewisser Weise noch mehr Glück. Eugens Jahrgang war der letzte, der nachgemustert wurde, und an dem kerngesunden Eugen fand niemand etwas auszusetzen. Vielleicht wäre er ja selbst dann geschickt worden, wenn er eine krumme Schulter oder ein Problem mit den Augen hätte nachweisen können. Es gingen Gerüchte, man würde Männer, die als jüdisch versippt galten, unter allen Umständen für tauglich erklären, denn sobald sie fielen, erlosch das Anrecht ihrer Frauen auf Schutz für Mischehen. In jedem Fall kam Eugen nach Frankreich, und nach nicht ganz acht Wochen kam er auch schon wieder zurück.

Zu diesem Zeitpunkt hörte man noch wenig von Toten und Verwundeten, der ganze Krieg schien ein einziger Siegeszug, den Hitler quer durch ein schreckstarres Europa antrat. Eugen aber hatte ein Querschläger die linke Kniescheibe zertrümmert. Sein eleganter Gang, dem einst die Ballettmädchen des Wintergartens hinterhergeschmachtet hatten, war ein für alle Mal verloren, und an die Front brauchte er nicht mehr zurück.

»Ich habe überhaupt Glück«, sagte Sido und rührte in ihrer Kaffeetasse, aus der sie noch keinen Schluck getrunken hatte.

»Ich habe euch, ich habe Eugen, lauter menschenfreundliche Gefährten, die einen Klotz am Bein wie mich nicht fallen lassen.«

»Du bist kein Klotz am Bein. Red nicht solchen Blödsinn.«

Eugen hatte Ilo gebeten, Sido zu einer gemeinsamen Kaffeestunde zu überreden. Sido ging so gut wie nicht mehr aus dem Haus, und Eugen hasste es, sie allein zu lassen. Wenn er die wenigen Klienten, die ihm die Treue hielten, jedoch nicht auch noch verlieren wollte, kam er nicht umhin, gelegentlich die Wohnung zu verlassen und manchmal sogar für Tage zu verreisen. »Sag, du bestehst darauf, dass sie kommt«, hatte er zu Ilo gesagt. »Nimm kein Nein als Antwort hin. Sie braucht Ablenkung, andere Gedanken, oder sie versinkt mir noch völlig in Düsterkeit. Erzähl ihr, was der Kleinmensch in der Schule anstellt, irgendetwas zum Aufheitern. Wenn sich überhaupt ein Mensch seine Heiterkeit bewahrt hat, dann du, auch wenn ich mich frage, wie du das machst.«

Sehr einfach, hätte Ilo ihm antworten können. Ich bin glücklich. Was auch geschieht, ich habe Volker, ich habe Suse, und solange ich Volker und Suse habe, kann ich nichts anderes als glücklich sein. Wo wir zusammen sind, finden sich selbst in einem Meer von Schwärze immer wieder Inseln. Im Sommer radelten sie zum Baden an die Havel, bauten sich einen Drachen, um ihn steigen zu lassen, gingen nachts auf die Pirsch, und Volker erklärte Suse die Sterne. Schön war es auch, wenn sie gar nichts Besonderes machten. Bei *Patzenhofer* nur rasch Bier und Brause tranken, obwohl das Geld knapp war, oder am Küchentisch beisammensaßen und eines der von Volker und Suse selbst erdachten Denkspiele spielten, bei denen Ilo unter Gelächter verlor.

Ilo war immer ein geselliger Mensch gewesen, doch seit das Leben so dunkel und hart geworden war, hatte sie es am liebsten, wenn sie, ihre kleine Familie, unter sich waren. Wer kam, kam mit schlechten Nachrichten: Eugen hatte wieder einen Klienten verloren, die Kollegen von der Funk-Stunde, die jetzt Reichssender Berlin hieß, waren noch immer ohne Nachricht von Jule Jänisch, Hille quälte sich mit Ängsten um Schnuffeken, und Lutz Dombröse war aufs Amt bestellt und zu seiner Gesinnung befragt worden.

Ilo lagen alle diese Menschen am Herzen, und dass sie litten, tat ihr weh. In ihrem verborgensten Innern hegte sie jedoch den selbstsüchtigen Wunsch, all das Leid von ihrer Familie fernzuhalten. Suse war erst zehn, noch ein Kind, auch wenn sie altklug wie ihr Vater daherschwatzte. Und Volker hatte es schwer genug und hielt es tapfer aus. In den Lehrerbund einzutreten hatte er nicht über sich gebracht, also hatten sie ihn aus dem Schuldienst entlassen. Den Abend, an dem er bleich wie ein Geist, der um sich nichts wahrnahm, nach Hause gekommen war und seine Bücher auf den Küchentisch geworfen hatte, würde sie nie vergessen.

Sie selbst kam damit zurecht, dass sie kaum noch Engagements erhielt, obwohl sie in die Reichskulturkammer schließlich doch noch aufgenommen worden war. Sie hätte gern mehr Geld gehabt, um ihre Lieben mit guten Dingen zu überhäufen, aber ihre Lieben waren genügsam, und wenn es zu einer Bockwurst oder einem Eis im Volkspark reichte, fehlte ihnen nichts zum Glück. Ilo fehlte auch nichts. Sie war Ilo, die gern sang, Frau von Volker, Mutter von Suse, und all das blieb sie auch, ohne Sängerin zu sein.

Volker aber war Lehrer, wie Eugen und Sido Theatermenschen waren. Bei manchen Menschen war der Beruf so sehr mit dem Wesen verschmolzen, dass man ihnen ein Stück von sich selbst herausriss, wenn man ihnen den Beruf raubte. »Ich weiß nicht, wie du damit fertigwerden sollst«, hatte sie an jenem Abend zu Volker gesagt. »Ich habe Angst, dass du mir daran zerbrichst.«

Genau das hatte Volker aus seiner Verzweiflung gerissen. »Wie soll ich denn zerbrechen?«, hatte er gesagt und sie in die Arme genommen. »Ich habe dich. Ich habe euch. Ich bin noch immer der größte Glückspilz von Berlin, und ich wünschte nur, ich könnte besser für euch sorgen.«

Gleich am nächsten Morgen war er losgezogen, um sich Arbeit zu besorgen, hatte es tagaus, tagein probiert und seine Ansprüche beständig heruntergeschraubt. Am Ende hatte sich ein Fabrikant für Lampenschirme, der Heimarbeit vergab, seiner erbarmt. Volker bekam die Rohlinge und Stoffe nach Hause geliefert, klebte sie zusammen und erhielt sein Geld, wenn der Lieferant die Ware abholte. Die Demütigung schien Ilo ungeheuerlich, aber Volker nahm sie mit bemerkenswertem Gleichmut hin: »Ein Gutes hat es doch. Ich bin zu Hause und habe mehr von euch.«

Anderes setzte ihm schwerer zu. Seine Freunde und Genossen verschwanden. Fritz Selbmann und Gustav Pahnke waren verhaftet worden, andere hatten aus Deutschland fliehen müssen. Am härtesten traf ihn das Schicksal Hans Ottos. Jahrelang hatten er und Eugen darum gekämpft, es aufzuklären. Offiziell hatte der fröhliche Hans, der für eine Familie zu sorgen hatte, Selbstmord begangen, hatte sich aus dem Gebäude der Gauleitung in der Voßstraße aus dem Fenster gestürzt. Der Tod des Berliner Theaterlieblings wurde nicht einmal öffentlich bekannt gegeben, und es war verboten, zu seinem Begräbnis zu gehen.

Volker und Eugen weigerten sich, an Selbstmord zu glauben. Zeugen, die sie schließlich auftrieben und die mit Hans inhaftiert gewesen waren, gaben ihnen recht. Hans war wochenlang im Gestapo-Hauptquartier in der Prinz-Albrecht-Straße gefoltert worden, damit er untergetauchte Genossen verriet. Als seine Peiniger einsehen mussten, dass sie aus ihm nichts herausbekommen würden, verlegten sie ihn in die Voßstraße, stürzten ihn aus dem Fenster und schändeten sein Andenken. Das Schlimmste für Volker war, dass er darüber schweigen musste, den toten Freund nicht verteidigen noch irgendetwas unternehmen durfte, um das Verbrechen anzuprangern.

Er hatte es Ilo versprochen. Die Sicherheit seiner Familie musste ihm über alles gehen, daran hielt er sich, und Ilo bewunderte ihn dafür. Er gab sich alle Mühe, gegen keine Vorschrift zu verstoßen, bei der Verdunkelung, ja, selbst bei der Beflaggung, die ihn bis zum Erbrechen ekelte, keinen Fehler zu begehen und nirgendwo anzuecken. Dass er litt, sah sie, auch ohne dass er es ihr sagte. Sie wollte das Leid der anderen von ihm fernhalten, wollte ihm wenigstens hier in ihrer Wohnung die heile Welt aus Suses Schulbüchern, Spielen, Geschichten und Liebesnächten bewahren.

Wo es aber um Sido ging, war das nicht möglich. Die Last, die Sido zu tragen hatte, wog schwerer als ihrer aller Lasten zusammen. Hätten sie Sido das bisschen Hilfe, das sie ihr geben konnten, verweigert, so wären sie keine Menschen mehr gewesen, sondern hätten sich zu den Unmenschen gesellt. Zu denen, die kein Mitleid kannten, keine Menschengefühle.

Ilo hatte sie eingeladen. An einem kostbaren Sonnabendnachmittag, der sonst der Familie gehörte. Sie hatte von Hilles Pflaumenkuchen zwei Stück aufgehoben und Kaffee und Likör besorgt, obwohl es sie die für ein Wochenend-Bier mit Volker aufgesparten Marken kostete. Sido sollte sich wichtig fühlen. »Du bist mein Lieblingsbesuch«, hatte sie gesagt, hatte jedoch Volker und Suse mit den Dombröses in den Schrebergarten geschickt, wo Suse beim Ernten von Äpfeln, Birnen und Bohnen helfen und mit dem Dackel herumtoben durfte.

Jetzt saß sie mit Sido am gedeckten Küchentisch und sagte: »Du bist kein Klotz am Bein. Red nicht solchen Blödsinn.«

You're my special girlfriend. Das Lied war längst verboten und verbrannt, und Ilo kam sein Titel nicht über die Lippen. Als sie der Freundin die Hand tätscheln wollte, zog Sido sie ihr weg. »Bin ich keiner? Ich fand Klotz am Bein so passend für mich. Wann immer ich miterlebe, wie Eugen sein Bein nachzieht und sich dabei einen Schmerzlaut verbeißt, denke ich: Das ist deine Frau, die daran hängt. Dein Klotz.«

»Jetzt treibst du es wirklich zu weit!«, rief Ilo. »Dafür, dass Eugen von einem französischen Querschläger verwundet worden ist, kannst ja wohl du nichts. Es hat mit dir überhaupt nichts zu tun.«

»Hat es nicht? Und dessen bist du dir sicher? Es kommt mir bis heute so seltsam vor, Ilo. Eugen liebt dich über alles, Eugen hätte splitternackt im Regen getanzt, um dich für sich zu gewinnen, aber du kennst ihn gar nicht. Du hast keine Ahnung, wer er eigentlich ist. Eugen ist berechnend, kühl und klug – solange ihn keine Leidenschaft packt und das alles verbrennt. Eugen rennt nicht nach sechs Wochen Krieg, der kaum einer ist, in einen französischen Querschläger, es sei denn, es ist das, was er will.«

»Du meinst, er hat sich aus freiem Willen das Bein zerfetzen lassen? So verdreht ist nicht mal Eugen.«

»Mit dem zerfetzten Bein kann ihn niemand mehr an die Front schicken«, erwiderte Sido zum Fenster gewandt, vor dem sich schon der Abend senkte und das Ilo gleich würde verdunkeln müssen. »Das bedeutet, er kann nicht fallen, und mir kann der Status als Frau in privilegierter Mischehe nicht entzogen werden. Siehst du jetzt, was für ein unverschämtes Glück ich habe? Erst heiratet mich dieser Mann, bevor die Ehe mit Juden verboten wird, dann verweigert er die Scheidung, obwohl man ihm dafür das Blaue vom Himmel verspricht, und zu guter Letzt fängt er sich auch noch einen Heimatschuss, damit seine Frau nicht ohne Schutz in der Wildnis steht. Schade ist nur, dass der arme Eugen selbst so gar kein Glück hat. Gerade hat die Kammer ihm wieder gedroht, ihm seine Lizenz als Agent zu entziehen. Seine Schwiegermutter bekommt mit ›J‹ gestempelte Lebensmittelkarten, von denen eine gebrechliche Greisin nicht gesund bleiben kann, und ihr Zimmer im Judenhaus ist feucht, also schläft und isst sie bei Eugen.«

»Bei euch«, verbesserte Ilo, die sich bemühte, ihre Betroffenheit zu verbergen. »Dass ihr deine Mutter in eure Wohnung aufnehmt, versteht sich doch von selbst.«

»Nur dürfen wir sie offiziell gar nicht aufnehmen«, erwiderte Sido. »Wenn von den Nachbarn jemand spitzkriegt, dass die alte

Dame im Obergeschoss gar nicht Eugens arische Tante ist, ist er genauso geliefert wie wir.«

Ilo dachte an ihre eigenen Nachbarn, an die gehässige Wernicke, deren Mann bei der SS war, und an Blockwart Greeve, der Leute schon als Judenfreunde meldete, wenn er sie auf der Straße im Gespräch mit einem dunkelhaarigen Fremden sah. Das Risiko, das Eugen einging, die Opfer, die er brachte, waren ihr nie bewusst gewesen. »Dass Eugen mich liebt, ist Quatsch«, sagte sie zu Sido. »Er liebt dich, und zwar wie verrückt. Ja, du hast Glück, wir haben beide Glück, denn wie kann man kein Glück haben, wenn man so geliebt wird? Dass wir eine böse Zeit erwischt haben, lässt sich nicht ändern, aber die böse Zeit geht vorbei. Die Liebe nicht.«

Endlich wandte sich Sido ihr zu. Ihr Gesicht schien vor Schmerz entstellt. »Ich halte es nicht mehr aus, Ilo. Die Liebe. Das, was Eugen für mich tut. Ich weiß, dass geplant wird, künftig auch Paare in Mischehen in Judenhäuser umzusiedeln. Dann verliert Eugen seine geliebte Wohnung, für die er sowieso das Geld kaum noch zusammenbringt. Ich will, dass er sich scheiden lässt. Ich habe es ihm hundertmal gesagt, aber er hört mich nicht einmal an. Sprich du mit ihm. Mach ihm klar, dass es das einzig Vernünftige ist.«

Ilo überlegte. »Nein, es ist nicht vernünftig«, sagte sie dann. »Allein sein, Liebe wegwerfen kann nicht vernünftig sein, denn wozu soll man dann noch all das andere bewahren? Wohnungen, Geld, hübsche Dinge, was ist das alles denn wert, wenn einem niemand bleibt, um es zu teilen?«

Sidos Augen wirkten riesengroß, als hätte sie seit Tagen nicht geschlafen. Ihr Blick war auf Ilo gerichtet, starr und ausdruckslos. »Ilo, sie holen mich ab«, flüsterte sie. »Sie bauen jetzt Lager in den besetzten Gebieten, in die sie Juden verschleppen. In Böhmen. In Polen. Überall.«

»Aber doch nicht die Frauen aus Mischehen!«, rief Ilo. »Befass dich nicht damit, versuch, das zu verdrängen, das betrifft dich nicht.«

»Jetzt noch nicht«, flüsterte Sido. »Aber wenn der Krieg so weiter läuft, gibt es bald nichts mehr, das sie sich nicht erlauben können. Wir sind ihnen ein Dorn im Auge, wir Juden in Mischehen, ein Fleck, den sie auswischen wollen. Und als Nächstes kommen die jüdisch Versippten dran. Die, die nicht hören wollten.«

»Ganz bestimmt nicht.« Ilo sprang vom Stuhl auf und packte Sido bei den Schultern. »Es gibt schließlich immer noch Gesetze.«

Bar jeder Freude lachte Sido auf.

Ilo ließ sich wieder auf den Stuhl fallen, griff nach dem Pfefferminzlikör, den sie bei *Patzenhofer* bekommen hatte, und goss zwei Stamper randvoll. »Du darfst dich da nicht so hineinsteigern, Sido, du machst dich kaputt.«

»Ich hätte so gern ein Kind gehabt«, sagte Sido. »Eines wie deine Suse. Eugen hat gesagt, wenn du ein Kind willst, bitte sehr, dann bekommen wir eines, aber ich habe gedacht: Es wäre doch, als wüsste man, dass man eine tödliche Krankheit in sich trägt, und trotzdem bekäme man ein Kind, obwohl man weiß, dass man die Krankheit dem armen Wurm vererbt.«

»Du hast aber gar keine Krankheit! Ihr seid beide gesund, ihr seid noch nicht alt, ihr übersteht das hier.«

Sido wollte etwas erwidern, doch Lärm aus dem Hausflur hielt sie ab. Rufen, Lachen, flinke Schritte auf der Treppe. Volker und Suse. Ilo stand auf, füllte den Kessel mit Wasser und setzte ihn auf den Herd. Es war ein kühler Herbsttag, sie würde den beiden Kamillentee kochen. Selbst wenn sie ihn nicht tranken, war es ein schönes Gefühl: Etwas zuzubereiten, weil jemand nach Hause kam, oder selbst nach Hause zu kommen und vom Duft von Tee empfangen zu werden.

Die Tür schwang auf. Ilo trat in den Flur, und Suse sprang ihr entgegen, hielt eine hölzerne Kiepe in die Höhe. »Mutti, schau mal, die schönen Birnen, die wir gepflückt haben! Äpfel haben wir auch, aber aus denen kocht uns Frau Dombröse Apfelmus.«

Hinter ihr kam Volker herein, das Haar windzerzaust, die Wangen gerötet, ein glücklicher Vater nach einem schönen Tag mit seinem Kind. »Tante Sido ist da«, raunte Ilo hastig und küsste ihre Tochter auf den Kopf. »Sei nett zu ihr, schenk ihr eine von deinen Birnen, sie ist ein bisschen traurig.«

Suse lief in die Küche, rief aufgeregt Sidos Namen, und Ilo lehnte sich gegen Volker und genoss die Sekunde Erleichterung, als sie seine Arme um sich spürte. »Meine Allerliebste. Du hättest mitkommen sollen. Es war so schön.«

Ihr Gesicht lag auf seinem Herzen, unter der Wange spürte sie den kräftigen Schlag. Wir überstehen das, dachte sie. Alles. Uns kann gar nichts geschehen.

»Ich wäre furchtbar gern mitgekommen. Aber Sido hat mich gebraucht.«

»Ja. Natürlich. Es muss ihr elend gehen. Immer wenn ich daran denke, was diese Leute ihr antun, wird mir schlecht vor Wut.«

»Ich weiß. Bitte bleib ruhig. Sido braucht uns ruhig.«

Er senkte den Kopf, küsste sie auf den Mund. »Versprochen. Danke, dass du dich um sie kümmerst.«

»Warum bedankst du dich dafür?«

»Weil du ein wundervoller Mensch bist. Weil du mir guttust. Uns allen guttust. Ich liebe dich.«

Ilo hörte Suse drinnen mit Sido plappern und Sido sogar flüchtig lachen. Sido liebte Suse. Sie war ihr Ersatzkind und verstand sich besser darauf, sie aufzuheitern, als jeder Erwachsene. Flüsternd berichtete sie Volker, was ihr Sido von Eugen erzählt hatte.

»Eugen ist ein Teufelskerl«, sagte Volker. »Damals, in der ersten Zeit, habe ich mich mit ihm nicht ganz leicht getan, aber heute bin ich stolz, ihn zum Freund zu haben. Kommt er Sido abholen? Ich könnte schnell bei *Patze* ein paar Bier besorgen, er gibt sie mir ohne Marken, und wir haben die schönen Birnen von Dombröses. Wir machen uns einen netten Abend, was meinst du?«

»Eugen ist mit einem Klienten in Cottbus«, sagte Ilo. »Aber ich glaube, für Sido wäre es schön, wenn sie noch ein bisschen bleiben könnte. Sie ist so verzweifelt, Volker. Wir müssen sie auf andere Gedanken bringen.«

»Sie bleibt, solange sie will. Ich bringe sie später nach Hause, so weit zu gehen ist das ja nicht. Wie wär's mit *Schlesischer Lotterie*? Oder noch besser *Ich packe meinen Koffer*? Dabei kommen einem die anderen Gedanken ganz von allein.«

Ilo wollte ihm zustimmen, dankbar, dass er wie sie bemüht war, ihre Tochter zu schützen, den Trost für Sido in einen fröhlichen Spieleabend umzuwandeln. Das Heulen der Sirene schnitt ihr das Wort ab. Seit sechs Wochen ging das, seit Hitler Britannien bombardierte und die Briten zurückschossen. Seit sie ihre Fenster verdunkeln und das Licht löschen mussten, um den Bombern kein Ziel zu bieten. »Fliegeralarm!«, rief Suse, kam aus der Küche gelaufen und hielt schon den Koffer in der Hand. »Wir müssen in den Keller!«

Dieses Kind war so unglaublich patent. Dass für den Gang in den Luftschutzkeller ein gepackter Koffer mit dem Nötigsten bereitzustehen hatte, wäre Ilo entgangen, aber Suse hatte es in der *Sirene*, dem Blatt vom Luftschutz, gelesen und der Liste entsprechend gepackt.

Wie immer, wenn die Sirene ging, wenn sie alle daheim waren und den Gang in den schützenden Keller antraten, sandte Ilo, die sonst nicht sehr fromm war, ein Stoßgebet zum Himmel: »Lieber Gott, bitte mach, dass Maman, Papa und Marika beizeiten in den Keller gehen, mach, dass Hille Schnuffeken in den Keller schaffen kann, dass Eugen in Sicherheit ist und dass uns allen nichts passiert. Danke, lieber Gott, Amen.«

»Ausgezeichnet«, sagte Volker zu Suse, lächelte und legte den Arm um sie. Dann hob er die Stimme, rief gegen das Heulen der Sirene in Richtung Küche: »Sido, magst du ein paar von den Birnen mitbringen? Warum sollen wir es uns nicht schmecken lassen, wenn wir schon da unten hocken müssen?«

Suse hüpfte an seiner Hand. Gleich darauf erschien Sidos schmal gewordene Gestalt in der Tür. Sie übergab Suse die Birnenstiege. »Beeilt euch, geht ohne mich«, sagte sie. »Ich dachte, ihr wüsstet, dass ich in keinen Luftschutzkeller darf.«

28

Sie hatten Sido praktisch in den Keller gezwungen, hatten sie alle drei an den Armen gepackt und gezerrt, Suse heftiger als ihre Eltern.

»Du liest doch so viel!«, war Sido herausgeplatzt. »Hast du das Schild nicht gelesen, das vor diesen Kellern befestigt ist? ›Juden und Haustieren ist das Betreten des Luftschutzraumes verboten.‹«

Ilo sah, wie Volker ansetzte, ihr zu widersprechen. Die Verordnung galt nicht für sie, genauso wenig wie das Verbot, sich auf Parkbänke zu setzen oder mit der Straßenbahn zu fahren. Jüdinnen aus privilegierten Mischehen waren davon ausgenommen, und natürlich wusste Sido das und ging, wann immer die Sirene bei ihr zu Hause am Viktoria-Luise-Platz ertönte, mit Eugen in den Keller. Dass sie jetzt Bedenken hatte, verstand Ilo dennoch. Daheim wusste jeder, dass sie die jüdische Frau von Eugen Terbruggen war, hier aber musste sie fürchten, ihre Freunde in Verruf zu bringen.

Anders betrachtet war es völlig absurd. Wer, der die hübsche, stilsicher gekleidete Sido betrachtete, wäre auf die Idee gekommen, dass sie Jüdin war? Jemand, der in ihre Augen sah, durchfuhr es Ilo. Das Gehetzte, Verzweifelte darin verriet, was die so mühsam komponierte Erscheinung verbarg.

Die Lösung fand wie so häufig Suse. »Ach, das Schild meinst du«, rief sie. »Das beachten wir nicht. Die Dombröses könnten ja auch nicht ohne Fritsche in den Keller, und der Herr Greeve sagt nichts. Der mag Fritsche gern.«

Jeder andere hätte es sich vielleicht verbeten, mit einem Dackel verglichen zu werden, aber Sido war überrumpelt, musste lächeln, und in der Zeit hatten Suse, Ilo und Volker sie aus der Tür gezogen.

»Es kennt dich doch niemand«, flüsterte Ilo, ehe sich die Türen der übrigen Wohnungen öffneten. »Du bist meine Cousine aus Thüringen. So eine hat jeder.«

»Nein«, sagte Sido, wehrte sich aber nicht länger, sondern folgte ihnen die Stufen hinunter. »Ich gehe in eurer Wohnung seit zehn Jahren ein und aus, und wer was mitbekommt, können wir nicht wissen. Wenn ich euch für mich lügen lasse, hängt ihr mit drin, also sagen wir die Wahrheit, oder ich gehe nicht mit. So wie Fritsche, der Dackel. Der sagt ja auch nicht, er ist ein Elefant.«

Hintereinander durchquerten sie den Kohlekeller. Vor der einstigen Waschküche, die zum Luftschutzraum umfunktioniert worden war, trafen sie ein, als sich bereits der größte Teil der Hausgemeinschaft darinnen befand. Die meisten drängten sich auf den zwei schmalen Bänken an den Längsseiten des Hauses. Lutz Dombröse, der seine Krücken noch in der Hand hielt, kämpfte sichtlich mit Schmerzen und hielt die freie Hand auf seinen Beinstumpf gepresst. Seine Frau winkte, lächelte, hatte im Schoß ein Körbchen Äpfel und ihren Dackel zwischen den Beinen. Blockwart Greeve stand an der linken Wand stramm, trug eine Art Reithose und auf dem Hemdsärmel die Hakenkreuzbinde. Seine Mutter kauerte in der Ecke und schnarchte. Ilse Wernicke sprach auf Frau Schmidtke und deren Schwester ein. Ihr Mann, der bei der SS war, hatte sich glücklicherweise seit Beginn des Luftkrieges noch nicht blicken lassen.

Greeve schoss herum, als sie eintraten. »Darf ich erfahren, was das soll, Herr Engel? Sie sind der Haushaltsvorstand, Sie haben über die Vorschriften im Alarmfall informiert zu sein.«

Sido wollte das Wort ergreifen, aber Volker drängte sie sacht zurück und trat vor Greeve hin. »Natürlich bin ich darüber informiert«, sagte er freundlich. »Unsere Wohnung ist vorschriftsmäßig verdunkelt, und wir finden uns vollzählig im Luftschutzraum ein. Unserer Freundin, Frau Terbruggen, sind Sie gewiss schon begegnet, sie besucht uns ja häufig. Da sie auch heute bei uns zu Besuch war, begleitet sie uns.«

Greeve starrte Sido an, und seine Miene verfinsterte sich. »Wie nett, Sie wieder einmal zu treffen«, rief Lotte Dombröse, stand auf und streckte Sido die Hand hin. Der Dackel kläffte. »Sie haben sich in letzter Zeit viel zu rar gemacht.«

Sido ergriff die dargebotene Hand und nickte mit gequältem Lächeln. »Mein Mann ist Arier«, sagte sie sodann zu Greeve. »Ich bin berechtigt, im Angriffsfall einen Schutzraum aufzusuchen.«

Was Greeve knurrte, konnte Ilo nicht verstehen, denn zeitgleich öffnete sich noch einmal die Tür, und die Lischkas betraten den Raum. Nicht nur Line und Otti, sondern auch ihr Sohn Dietmar, der für die enge Kammer viel zu groß wirkte. Den Geruch nach Alkohol und billigem Tabak, den er verströmte, bildete sie sich womöglich nur ein, weil sein Gesicht mit der geröteten Haut und den aufgetriebenen Poren danach aussah. Er war ihr zuwider, dazu hätte es nicht auch noch des Parteiabzeichens bedurft, das er neuerdings im Knopfloch trug.

Die Sirene heulte.

»Alle hinsetzen«, bellte Greeve. »Der Sache gehe ich nach, und in Zukunft verbiete ich Ihnen, Juden in den Schutzraum meines Hauses einzuschleppen. Haben Sie das verstanden, Engel?«

Sido wollte etwas erwidern, aber Ilo zog sie neben sich auf die Bank. Volker quetschte sich mit Suse an ihre Seite. Ilo spürte die Anspannung seines Körpers, das Beben, das ihm durch die Glieder rann, während er mit aller Kraft versuchte, sich zu beherrschen. Sie strich ihm über die Schulter, wiederholte immer wieder dieselbe Bewegung, um ihn zu bestärken. Suse, die verstört wirkte, drängte sich auf der anderen Seite in seinen Arm.

Dann erfolgte die Detonation. Der Einschlag schleuderte Ilo gegen die Wand. Er war so laut, als würde der gesamte Raum in Stücke gesprengt. Schrille, spitze Schreie ertönten, einer davon kam von Ilo selbst. Wie lange es dauerte, bis wieder Ruhe einkehrte, hätte sie nicht zu sagen vermocht.

Sie hatten auch in anderen Nächten schon Einschläge gehört, doch so nah war ihnen noch keiner gekommen. Jeder der Anwesenden, die sich aneinanderklammerten oder ihren eigenen Körper umschlungen hielten, mochte sich dasselbe fragen: Wie nah war es gewesen? War die Bombe in ihr Haus eingeschlagen, würden sie alle, wenn die Entwarnung ertönte und sie nach oben eilten, kein Dach über dem Kopf mehr haben, keine Zuflucht, die ihre Geschichte bewahrte und ihnen Geborgenheit gab?

Der Dackel winselte. Suses leises Weinen klang nicht viel anders. Ilo langte über Volker hinweg, um nach der Hand ihrer Tochter zu greifen, aber Otti war schon neben sie gerückt und hatte in Großer-Bruder-Manier den Arm um sie gelegt. »Is ja schon vorbei, Kleene. Und nüscht passiert. Vielleicht vorn an der Straße, das könnt schon möglich sein, aber nich hier bei uns.«

Suse saß zwischen ihn und ihren Vater geschmiegt und hörte auf zu weinen. Die Spannung im Raum ließ sich nahezu greifen. Dass das da draußen die Wahrheit war, dass es ihr Leben verändern würde, drang womöglich erst in diesem Augenblick zu ihnen durch.

»Sagen Sie mal, habe ich da eben richtig gehört, Herr Greeve?« Die schnarrende Stimme war die von Dietmar Lischka. »Sie lassen in dem Haus, in dem meine alte Mutter wohnt, Juden in den Keller? Und Sie bilden sich ein, ich würde das dulden? Damit Sie's wissen, als ich gehört habe, dass man Sie zum Blockwart gemacht hat, habe ich gleich zu meiner Mutter gesagt: Wer ist denn auf die Schnapsidee verfallen? Ein Blockwart, das muss ein Mann sein, der Haltung an den Tag legt, der den nationalsozialistischen Gedanken verkörpert, kein Waschlappen, der beim ersten Anpusten umkippt.« Er erhob sich, setzte zwei schwere Schritte auf Sido zu und baute sich vor ihr auf. »Du machst, dass du verschwindest, Jüdin. Los, raus hier, und lass dich nicht wieder blicken, ehe mir noch was ganz anderes einfällt.«

Sido zitterte. Sie versuchte, aufzustehen, sackte aber auf die Bank zurück. Ilo umfasste ihren Arm, so fest sie konnte. Sie mussten hier weg, egal, was sie oben erwartete, alles andere würde die Sache noch schlimmer machen. »Lass uns gehen«, sagte sie leise, doch bevor sie sich gemeinsam erheben konnten, stand Volker auf. Er trat so dicht vor Dietmar Lischka hin, dass ihre Körper sich beinahe berührten. Der seines Gegners erschien in etwa doppelt so breit wie der seine.

»Sie lassen meine Familie und meine Freunde in Frieden«, sagte Volker. »Was sind Sie eigentlich für ein Mensch, dass Sie Frauen, Kinder, Kranke, Leute, die Ihnen nie etwas getan haben, da oben in den Bombenhagel jagen wollen? Sind Sie überhaupt einer? Ich habe mich noch nie geschämt, ein Mensch zu sein, aber wenn ich Sie betrachte, widert unsere gesamte Art mich an.« Ilo schrie auf, wollte Volker zurückreißen, ehe Lischka zuschlagen konnte, aber der hatte den Schlag schon selbst pariert. »Fassen Sie mich nicht an!«, rief er. »Ich ekle mich sonst vor mir selbst, ich bekäme das nie wieder abgewaschen.«

Im Tumult hätte Ilo nicht sagen können, wie viele Menschen ihr halfen, Volker, der wie ein Tier auf den Größeren losspringen wollte, von ihm wegzuzerren und festzuhalten. Frau Schmidtke samt Schwester war dabei, Lotte Dombröse, Sido. Lutz Dombröse humpelte auf seinen Krücken zur Tür und entsperrte die Riegel. Irgendwie gelang es ihnen, Volker an Lischka vorbei und in den Gang zu schaffen. Sido folgte mit Suse. Dombröse schob jemanden zurück in den Raum und lehnte sich gegen die Tür.

»Gehen Sie alle nach oben«, keuchte er. »Überlassen Sie das hier mir.«

»Sie werden die Polizei holen«, sagte Sido tonlos. »Gleich nach der Entwarnung. Der dicke Nazi und der Blockwart.«

»Überlassen Sie sie mir«, sagte Dombröse noch einmal und berührte kurz Sidos Hand. »Machen Sie sich keine Sorgen, ich bekomme das hin. Der Greeve ist gar nicht so schlimm, der will nur hofiert werden, wichtig genommen, und außerdem braucht er Geld. Der Lischka ist gefährlicher. Aber Geld braucht der auch, und um scharf auf die Polizei zu sein, hat er zu viel Dreck am Stecken. Vermutlich genügt es ihm, auf den Putz zu hauen und alle in Angst zu versetzen.«

»Ilse Wernicke«, murmelte Ilo. »Ihr Mann ist bei der SS.«

»Aber er ist nicht da«, erwiderte Dombröse in einem Ton wie Balsam. »Und die Wernicke ist zwar eine Klatschbase vor dem Herrn, aber im Grunde lechzt sie danach, wer mit wem poussiert, nicht, wer im Kohlekeller einen Hitlerwitz erzählt. Meine Lotte wird ihr flüstern, dass Sie, Herr Engel, mit Frau Terbruggen ein Verhältnis haben, dann hat sie was, um sich zu echauffieren. Und Sie versuchen, die Ruhe zu bewahren. Der Schrecken von dem Bombeneinschlag sitzt uns in den Knochen, und ich denke, alles andere wird sich für diesmal noch geradebiegen lassen.«

»Ich kann das nicht Ihnen aufbürden.« Volker stand da wie erstarrt. »Am Ende bringen Sie sich noch selbst in Schwierigkeiten.«

Dombröse klopfte ihm auf die Schulter. »Keine Sorge, Genosse. Ich bin ein Krüppel, den ganzen Tag im Haus, ich kenne meine Pappenheimer und weiß, wie ich wen zu fassen kriege. Wir Genossen müssen zusammenhalten. Hätten wir's vor 33 getan, säßen wir jetzt nicht bis zum Hals in der Tinte.«

»Sie sagen es«, erwiderte Volker. »Ich kann nicht ausdrücken, wie leid es mir tut. Ich hatte meiner Frau fest versprochen, die Familie nicht noch einmal in Gefahr zu bringen, aber als der Kerl auf unsere Freundin losgegangen ist, habe ich nicht mehr gewusst, was ich tat.«

»Das war nicht zu übersehen«, sagte Dombröse. »Und Sie müssen damit rechnen, dass Ihnen so etwas wieder passiert. So hart es ist, Herr Engel, ich denke, Sie sollten jede Begegnung mit Greeve und vor allem mit Lischka vermeiden. Mit dem Mann ist nicht zu spaßen. Kommen Sie nicht mehr in den Schutzraum. Versuchen Sie, eine andere Lösung zu finden.«

»Das werde ich tun«, sagte Volker wie erloschen. »Ich weiß nicht, wie ich Ihnen danken soll.«

»Vergessen Sie's.« Lutz Dombröse zog die Tür wieder auf, sandte sie alle mit einer Handbewegung von dannen und verschwand im Keller.

Schweigend machten sich Volker, Ilo, Sido und Suse auf den Weg ins Parterre. Im Aufgang blieben sie stehen, blickten durch das zur Hälfte geöffnete Tor auf die Straße und sahen die Rauchsäule in die sternklare Nacht steigen. Das getroffene Haus musste in der Straße direkt hinter der ihren liegen. Schwarze Aschefetzen trieben mit einem Stoß kalten Windes in den Flur. Ilo wollte nach oben in ihre Wohnung. Sie wünschte sich sämtliche Riegel vor ihrer Tür und sämtliche Decken über ihrem Kopf.

»Ich will dich um Verzeihung bitten«, sagte Volker. »Ich will euch alle um Verzeihung bitten, aber ich weiß, ich habe kein Recht dazu.«

»Red keinen Blödsinn«, sagte Ilo, trat zurück und nahm seine Hand.

Sie liebte ihn, weil er war, wie er war, sie hätte keinen Mann, der anders war, ertragen. In den Keller aber würde sie ihn um keinen Preis noch einmal lassen, und jedes Stück Papier, das durch seine Hände ging, würde sie künftig kontrollieren.

29

November 1942

»Du musst jetzt aufstehen, Schnuff. Dich anziehen. Ich habe dir die Bluse mit den roten Blumen hingelegt, die trägst du doch so gern.«

Aus leeren Augen starrte Schnuffeken sie an. Sie lag zusammengekrümmt in ihrem Bett, das Hiltrud ihr in den Winkel neben die Küchenbank gezwängt hatte, weil Gertrud nicht in einem Zimmer mit ihr schlafen wollte. »Die ekelt mich. Das ewige Geschniefe. Und waschen kann die sich ja auch nicht, wenn ich daran bloß denke, wird mir schlecht.«

Schnuffeken hatte sich immer gern gewaschen. Es hatte ihr Spaß gemacht, nur seit sie aus dem Krankenhaus gekommen war, konnte sie es nicht mehr, und Hiltrud tat es für sie.

»Ich hab dir Tee gemacht«, sagte Hiltrud und schob die Tasse auf den Nachttisch. »Auch deine Kekse dazu.«

Im dritten Kriegsjahr war guter Tee nur noch selten zu bekommen. Zucker für die Kekse, die Schnuffeken liebte, noch seltener. Hiltrud legte sich krumm. Jede Mutter hätte sich krummgelegt. Erst recht jede Mutter, deren Kind so tief in der Seele krank und untröstlich traurig war wie Schnuffeken.

»Wir müssen uns ein bisschen beeilen, mein Mäuschen.« Sie strich Schnuffeken über das fusselige, vom Kissen platt gedrückte Haar. Wenn man sie nicht buchstäblich auf die Füße zog, blieb sie Tag und Nacht im Bett und stierte an die Wand. Manchmal weinte sie, aber das sah nur Hiltrud. Für die Übrigen waren die Laute von Schnuffekens üblichem Schniefen nicht zu unterscheiden, und darauf, dass aus ihren Augen Tränen liefen, gab niemand acht. Die Übrigen. Der Vater, der schuld daran war, dass Schnuffeken ihr heiteres, liebenswertes Wesen und das Funkeln in den Augen verloren hatte, und Gertrud, Kriegerwitwe und angeblich ausgebombt, samt ihrer Tochter, die mit ihren vierzehn Jahren bereits so ausgekocht wie ihre Mutter war.

Renee war das Mädchen getauft worden, weil Gertrud eine schlichte Renate nicht genügt hatte. Renate wurde sie jetzt, wo französische Namen verpönt waren, natürlich gerufen. Und die Bombe, die sie angeblich aus ihrer schicken Wohnung mit Bad, Balkon und allem Drum und Dran zurück unter das elterliche Dach getrieben hatte, war in Wirklichkeit die Tatsache gewesen, dass ihr Mann ihr nichts als Mietschulden hinterlassen hatte, die sie nicht begleichen konnte.

Du bist ungerecht, ermahnte sich Hiltrud. Gertrud und Renate haben Schweres durchgemacht, sie gehören zur Familie, und du bist ihnen Liebe schuldig. Aber ihre Mahnung verhallte ungehört. Keine Mutter hätte einen Menschen lieben können, der für ihr Kind nur Verachtung empfand.

»Weißt du nicht mehr? Heute ist Suses Geburtstag.« Lockend hob sie die Teetasse, hielt sie Schnuffeken hin. »Dreizehn wird sie schon. Eine junge Dame. Du hast dich doch so darauf gefreut.«

Das war nicht wahr. Früher hätte sich Schnuffeken gefreut, früher, in den guten Tagen, hatte sie von Besuchen bei Volker, Ilona und Suse nicht genug bekommen können. Dann aber war ihnen von Amts wegen mitgeteilt worden, dass man Menschen wie Schnuffeken nicht einfach so, im Schoß der Familie, vor sich hin leben lassen konnte, sondern dass sie entmündigt und dass ein Vormund für sie bestellt werden musste. Hiltrud hatte das eingeleuchtet. Schnuffeken war ein Kind, auch wenn sie Kleidergrößen wie eine Frau trug, sie brauchte jemanden, der auf sie aufpasste, und dieser Jemand war Hiltrud. Umso verblüffter war sie, als ihr Vater sich zum Vormund bestellen ließ, denn für den Vater war Schnuffeken ja nie mehr gewesen als eine Last.

Selbst das hatte ihr am Ende eingeleuchtet. Er war immerhin der Vater, und wenn er sich auf diese Rolle besann, würde es

Schnuff, die so gern geliebt wurde, glücklich machen. Dann aber war sie eines Tages von der Arbeit gekommen, und Schnuffeken war ihr nicht entgegengelaufen. Aus der Küche war kein glückliches Krakeelen gedrungen, und der Kinderstuhl mit dem Tablett war leer.

Es war der schlimmste Tag in Hiltruds Leben gewesen. Der war es noch immer. »Die haben sie abgeholt«, hatte der Vater vor sich hin geknurrt. »Ich hab's unterschrieben. Das muss gemacht werden, haben sie gesagt, und richtig ist das ja. Sechzigtausend Reichsmark, wer soll das denn bezahlen, da muss ja wohl aufgepasst werden, dass es nicht immer noch mehr von denen gibt.«

Hiltrud hatte die Plakate gesehen, die an Litfaßsäulen und in Schaukästen hingen. Ein Arzt war darauf abgebildet und ein Kranker, der hilflos im Rollstuhl hing und vor sich hin glotzte. *»Dieser Erbkranke kostet die Volksgemeinschaft sechzigtausend Reichsmark«* stand darunter. Damit wurde dafür geworben, dass Erbkranke keine Kinder bekommen, ihre Erbkrankheiten nicht weitergeben, sondern sich sterilisieren lassen sollten. Das wird schon seinen Sinn haben, dachte Hiltrud, auch wenn ihr vor dem Gedanken an das, was dazu den Menschen getan werden musste, graute.

An Schnuffeken aber hatte sie dabei nicht einmal flüchtig gedacht. Schnuffeken war schließlich nicht erbkrank. Sie war als ganz gesunde, rosige Irmtraud Ilse zur Welt gekommen und hatte nur das Pech gehabt, sich mit irgendetwas anzustecken. Außerdem war sie vollkommen harmlos, und dass sie die Volksgemeinschaft sechzigtausend Reichsmark kosten sollte, kam Hiltrud vor wie ein Witz. Sie war es, die für Schnuffekens Unterhalt aufkam, und sie würde im Leben keine sechzigtausend Reichsmark zusammenbringen.

Als sie ihr Schnuffeken zurückbrachten, war sie nicht mehr sie selbst. Hiltrud wollte die Bilder vergessen. Tagelang hatte sie Angst gehabt, Schnuffeken würde ihr sterben, aber sie war noch jung, und ihr Körper war erstaunlich stark. Nur ihre Seele war nicht mehr, was sie gewesen war, und wurde nicht wieder gesund.

»Willst du nicht doch ein bisschen trinken, Süße?« Sie hob noch einmal die Teetasse vor Schnuffekens Gesicht.

Schnuff gab einen maunzenden Laut von sich und drehte sich weg. Damit stand fest: Sie würde nicht zu bewegen sein, sich anzukleiden und Hiltrud auf die Geburtstagsfeier zu begleiten. Hiltrud musste aber dorthin. Sie konnte nicht Volker und Suse enttäuschen, sie hatte aus den kläglichen Zutaten, die sich hatten auftreiben lassen, einen Bienenstich gebacken und Suse als Geschenk einen blauen Rock genäht.

»Wenn du nicht mitwillst, muss ich allein gehen«, sagte sie zu Schnuffekens Rücken. »Wirst du es dir gut gehen lassen, bis ich wieder da bin? Wirst du dich auch nicht langweilen?«

Eine Antwort bekam sie nie. Sie strich Schnuff noch einmal über die Haare, dann stand sie mit bleischweren Gliedern auf, räumte den Tee ab und ging hinüber in die Stube, die Gertrud und ihre Tochter sich teilten. Gertrud war ausgegangen. Sie würde bald wieder einen Mann finden, und wenn die gesunden Männer in ihrem Alter noch so rar gesät waren. Renate saß am Fenster und nutzte das Licht, um irgendetwas mit ihren Fingernägeln anzustellen.

»Ich gehe zu Onkel Volker«, sagte Hiltrud. »Ich hatte Schnuffeken mitnehmen wollen, aber sie fühlt sich nicht wohl.«

Renate schnaufte.

Hiltrud sammelte drei Markstücke aus ihrer Rocktasche. »Würdest du mir auf sie achten? Ich hätte nicht gern, dass sie hungrig bleiben muss oder dass sie ...«

»Ich weiß schon.« Renate nahm ihr die drei Mark ab und steckte sie ein. »Dass sie in ihrem eigenen Dreck liegt.«

Hiltrud war nicht wohl dabei, Schnuffeken jemandem zu überlassen, dem sie so wenig am Herzen lag, aber was blieb ihr übrig? Mit ihrem Vater verglichen war Renate das kleinere Übel.

Gerade als sie aus der Tür trat, kam er ihr hinterher und fragte: »Verdrückst du dir und hängst die Idiotin wieder mir auf? Ick brauch meinen Sonntag. Wenn einer mir sagen tät, wo man die hingeben könnte, wär die längst weg, dat kannste mir glauben.«

Mit bleischwerem Herzen machte sich Hiltrud auf den Weg. Hätte sie nicht Suse versprochen, für ihre Geburtstagsfeier Kuchen mitzubringen, wäre sie umgekehrt, doch kaum war sie angekommen, fiel etwas von ihr ab. Es war immer so warm in Volkers Wohnung, es herrschte eine Art von Fröhlichkeit, die Hiltrud nie, nicht einmal vor dem Krieg, gekannt hatte, und die paar Stunden Ablenkung taten ihr gut. Obwohl Volker und Ilona so gut wie kein Geld mehr verdienten, hatte Suse ein paar Schulkameradinnen eingeladen, dazu Eugen und Sidonie Terbruggen, ihren alten Spielkameraden Othmar und die Nachbarn Lutz und Lotte Dombröse mit ihrem Hund.

Es gab Buletten, in denen kaum Fleisch war, eine höchst eigenwillige Art von Kartoffelsalat, und dazu gesellten sich Hiltruds Kuchen und der Apfelmost, den Lotte Dombröse beigesteuert hatte. Volker, dem wohl der Umgang mit Kindern fehlte, hatte ein Spiel vorbereitet, bei dem die Gäste sich auf einem Bein oder auf allen vieren quer durch die Wohnung bewegen und an verschiedenen Stationen Fragen beantworten mussten. Wer die richtige Lösung wusste, bekam von Ilona eine aus Pappe geschnittene Medaille umgehängt. Das Ganze spielte sich unter mächtigem Gelächter und Gekreische ab, und Hiltrud kam nicht umhin, ihren Bruder zu bewundern, der trotz Krieg und Not und dem Ärger, den er sich eingehandelt hatte, all das für sein Kind auf die Beine stellte.

Die Erwachsenen tranken Bier und lachten auch. Sogar die Terbruggens, die anfangs so angespannt gewirkt hatten, wurden zunehmend gelöster, und gegen Abend, als Ilona das Radio einschaltete, tanzten sie miteinander, dass man weder das lahme Bein des Mannes noch die Traurigkeit der Frau sonderlich bemerkte.

Die Frau war Jüdin. Es gab gewiss nicht mehr viele Orte, an denen sie sich frei und unbeschwert bewegen durfte, doch bei Volker und Ilona war sie stets willkommen. Hiltrud wollte von dem, was mit den Juden offenbar zu geschehen hatte, am liebsten nichts wissen und auch mit niemandem darüber streiten. Was verstand sie davon? An Gesetze hatte man sich zu halten, ob sie einem in den Kram passten oder nicht. Dass aber ihr Bruder seine Freunde nicht fallen ließ, egal, wer oder was sie waren, zeugte von Charakter und imponierte ihr.

Ein Gedanke sprang sie an: Und wenn sie Schnuffeken nähme und hierher, zu Volker, zöge? Die Wohnung war klein, aber in der Stube würde sich für ein Bett noch Platz finden. Ilona konnte nicht kochen, da war Hiltruds Hilfe ohnehin willkommen, und wenn sie ihren Lohn zu Miete und Haushaltsgeld dazubutterte, mochte es ihnen allen das Leben erleichtern. Schnuffeken würde vielleicht wieder aufblühen, wenn sie unter Menschen lebte, die sie lieb hatten, egal, ob sie sabberte, schniefte oder sich beschmutzte. Suse hatte Hiltrud gleich an der Tür gefragt, warum Schnuff nicht mitgekommen war. »Ich wollte doch den Mädchen aus meiner Klasse zeigen, wie gut sie schon lesen kann.«

»Schnuffeken kann doch nicht lesen.«

»Und ob sie es kann«, hatte ihr Suse widersprochen. »Hilde und Elke wollen es mir auch nicht glauben, aber Schnuff erkennt schon sechzehn Worte. Und jedes Jahr lernt sie neue. Ich habe ihr Bildkarten gemacht, mit denen kann sie üben, und wenn ich sie abfrage, zeigt sie immer die richtige.«

Hiltrud nahm sich vor, mit Volker über den Umzug zu sprechen. Nicht heute, wo Gäste da waren, aber an einem der kommenden Tage. Der Vater würde sie nicht aufhalten, er wäre froh, wenn er Schnuffeken vom Hals hätte, und um seinen Haushalt würde sich künftig eben Gertrud kümmern müssen, der das vielleicht sogar gut bekam.

Da war ein wenig Zuversicht in ihren Plänen, eine Spur von Geborgenheit. Sie brach spät auf, hatte einen Schwips von dem Schnaps, den Eugen zutage gefördert hatte, und Gewissensbisse, denen die Hoffnung jedoch abhalf. Sie würde Schnuffeken nicht länger lieblosen Händen überlassen müssen, sooft sie das Haus verließ. Stattdessen würde ihr Kind ein Zuhause haben, eine wirkliche Familie, ein Bett inmitten des Geschehens, an das sich Suse, wenn sie von der Schule heimkam, mit ihren Bildkarten setzte. Eine Last fiel von Hiltrud ab. Wie groß sie gewesen war, wie schwer und wie lastend, wurde ihr erst auf diesem Heimweg bewusst.

Als sie in ihre Straße einbog, sah sie am Rinnstein einen grauen Krankenwagen. Sie dachte sich nichts dabei. Das Haus war ja bis unter das Dach vollgestopft mit Leuten, da kam immer mal etwas vor. Der sonst düstere Hausflur war grell erleuchtet, und durch das Treppenhaus drangen ihr Stimmen entgegen. Mit einem Schlag begriff sie, dass dies keine anderen Leute, sondern sie selbst betraf, und rannte los.

Der Vater in seinen Filzlatschen, Gertrud und Renate drängten sich in der Tür. Davor stand eine Frau, die den Mantel über einen weißen Kittel geworfen hatte und um den Hals ein Stethoskop trug. Sie hielt einen Aktenordner unter dem Arm und reichte dem Vater die Hand. »Machen Sie sich keine Sorgen, Herr Engel. Ihre Tochter ist bei uns in besten Händen.«

»Nein!«, schrie Hiltrud, machte auf dem Absatz kehrt und rannte die Treppe wieder hinunter, stolperte auf den letzten Stufen und schlug lang hin.

Als sie sich aufgerappelt hatte, hatte die Ärztin sie eingeholt. »Bitte beruhigen Sie sich. Mein Name ist Cäcilie Zarek. Und Sie sind Hiltrud Engel, richtig? Ich habe schon gehört, dass Sie sehr an Ihrer kleinen Schwester hängen.«

»Ich sorge für sie«, schrie Hiltrud, »sie geht nur mich an, fällt niemandem zur Last.«

Sie riss sich von der Ärztin, die ihren Arm genommen hatte, los und rannte hinaus auf die Straße. Mit beiden Fäusten hämmerte sie gegen die hinteren Türen des Krankenwagens. »Aufmachen! Meine Schwester fährt nicht mit Ihnen! Geben Sie mir meine Schwester heraus!«

Wieder holte die Ärztin sie ein, versuchte, sie am Arm zu packen, aber Hiltrud stieß sie weg. Sie hämmerte weiter auf die Türen ein und schrie, bis sie die Kräfte verließen. Schwer atmend musste sie innehalten. Vorn in der Fahrerkabine wurde ein Fenster heruntergekurbelt, und der Kopf eines Mannes erschien. »Wat is denn nu Sache, Frau Doktor?«

»Fahren Sie zu«, erwiderte die Ärztin. »Ich regle das hier und komme mit den Papieren nach.«

»Nein!«, schrie Hiltrud noch einmal und umklammerte die Kanten des Wagens mit den Händen, glitt aber ab und musste hilflos zusehen, wie das Fahrzeug davonfuhr, ihr das Liebste entführte, was sie hatte. Den Sinn ihres Lebens, der nur denen sinnlos erschien, die Schnuffeken nicht kannten. Ihr Schreien und Keuchen ging in ein Weinen über, an dem sie zu ersticken glaubte.

»Bitte, Frau Engel. Sie dürfen sich nicht so aufregen, Sie kippen mir ja hier auf der Straße um.« Erneut nahm die Ärztin sie beim Arm, zog sie zurück auf den Gehsteig, und diesmal besaß Hiltrud nicht die Kraft, sich zu wehren.

»Geben Sie sie mir wieder«, bettelte sie. »Ich verspreche, sie wird niemanden stören, auch meinen Vater nicht mehr. Ich ziehe mit ihr zu meinem Bruder, ich sorge dafür, dass sie gar nicht auffällt, dass sie den Staat auch nichts kostet, nur geben Sie sie mir zurück.«

»Aber Frau Engel. Was denken Sie denn von uns? Dass wir die Kranken aus ihren Familien reißen und nicht mehr zurückgeben?« Die Ärztin lachte auf. »Das Gegenteil ist der Fall. Wir sind heilfroh über jeden, den wir als geheilt entlassen können, sodass sein Bett für einen Verwundeten frei wird. Selbstverständlich bekommen Sie Ihre Schwester wieder, sobald es ihr besser geht.«

Jäh bemerkte Hiltrud, wie kalt die Nacht war. »Aber sie ist doch nicht krank.«

»O doch, liebe Frau Engel. Ich weiß, es ist nicht leicht, so etwas bei einem geliebten Menschen hinzunehmen, aber ich fürchte, ich kann Ihnen die Wahrheit nicht ersparen. Ihre Schwester ist ein sehr krankes Menschlein. Hätte Ihre junge Nichte nicht die Geistesgegenwart besessen, ein Lokal aufzusuchen und uns zu verständigen, hätte sie diesen Tag womöglich nicht überlebt.«

»Aber …«, war alles, was Hiltrud herausbrachte.

»Ihre Schwester hat einen Krampfanfall erlitten. Dabei hätte sie ersticken oder sich am Kopf verletzen können. Dank schneller Hilfe ist sie für heute über dem Berg, aber bei Menschen mit erblicher Fallsucht kann so etwas immer wieder vorkommen.«

»Erbliche Fallsucht?«

Die Ärztin nickte. »Wussten Sie das nicht? Die Diagnose ist bereits 1935 gestellt worden, ehe der Eingriff vorgenommen wurde.«

Die Straßenlaterne war erloschen. Durch das Dunkel sah Hiltrud zu der Ärztin auf, die ihr begütigend zulächelte. »Nun mal Kopf hoch, liebe Frau Engel. Wir leben ja nicht mehr in grauer Vorzeit, als Menschen mit dieser Erkrankung zu einem elenden Dahinvegetieren verurteilt waren. Unsere moderne Medizin ist zu so vielem in der Lage. Ebendeshalb kommt Ihre Schwester ja nun zu uns. Damit wir sie gründlich von Kopf bis Fuß untersuchen und entscheiden können, was am besten für sie zu tun ist.«

»Und wenn Sie … wenn Sie das entschieden haben, bekomme ich sie zurück?«

»Selbstverständlich.« Das Lächeln der Ärztin wurde breiter. Sie war im Grunde eine angenehme Person, dachte Hiltrud. Vertrauenswürdig. Und vertrauen musste man ja, oder man wurde verrückt. Sie selbst ging ihrer Arbeit nach, bezahlte ihre Steuern, sie und Schnuffeken verstießen gegen kein Gesetz. Weshalb sollten sie also nicht darauf vertrauen, dass die staatliche Gesundheitsfürsorge dazu da war, ihnen zu helfen? Die Ärztin war hier in der Kälte zurückgeblieben, um mit ihr zu sprechen, das zeugte schließlich davon, dass Schnuffeken ihr nicht gleichgültig war.

»Sobald wir eine Behandlung gefunden haben, die bei Ihrer Schwester anschlägt, kommt sie zu Ihnen zurück. Schließlich ist nichts einer Heilung förderlicher als der liebevolle Schoß der Familie, nicht wahr?«

»Und darf ich sie besuchen? Ich könnte ihr morgen früh Sachen bringen, ihr Spielzeug, an dem sie hängt, ihre wollenen Nachthemden.«

»Morgen noch nicht, liebe Frau Engel. Lassen Sie sie erst einmal zur Ruhe kommen und sich eingewöhnen. Bei uns ist ja für alles, was sie braucht, gesorgt.«

»Aber bald?«, fragte Hiltrud.

Die Ärztin lächelte noch einmal. »Aber sicher doch, liebe Frau Engel. So bald wie möglich. Gute Nacht.«

30

Februar 1943

»Es tut mir leid, Herr Terbruggen. Wäre es nach mir gegangen, hätte ich Ihnen die Treue gehalten, aber bei der UFA hat man mir dringend nahegelegt, mir einen anderen Agenten zu suchen. Ich sehe mich gezwungen. Sie verstehen? Ich bin ja selbst nicht völlig unbelastet.«

»Natürlich verstehe ich«, murmelte Eugen. »Letztendlich ist jeder ja sich selbst der Nächste.«

Rolf Rothmann strahlte. Ein Bürschlein von sechsundzwanzig und im Grunde farblos. Eugen hatte ihn von der Pike an aufgebaut, hatte ihm beigebracht, was man in diesem Geschäft wissen musste. »Das Hemd ist einem nun mal näher als die Hose, nicht wahr? Ich wusste, dass Sie mir da keinen Stein in den Weg legen würden. Sie wissen ja, wie es heute aussieht. Wenn man nicht über jeden Zweifel erhaben ist, verliert man im Nu seinen Status und findet sich an der Ostfront wieder.«

»Ja, ja.« Eugen stand auf. Er war versucht, den Mann zu fragen, welche Steine er ihm denn in den Weg hätte legen sollen, aber was hätte er damit gewinnen können? Rothmann war sein letzter Klient. Aus seinen neuen Verträgen stand noch eine Zahlung aus, danach würden er und Sido ohne Einkünfte sein. Er würde es Sido nicht sagen. Das war das Wichtigste – dass er einen Weg fand, ihren Unterhalt zu bestreiten, ohne dass Sido davon erfuhr. Es gibt so ziemlich nichts mehr, das ich nicht täte, stellte er mit einiger Verwunderung fest. Von mir aus klebe ich Lampen zusammen wie Volker, nur müssen sie mir dafür einen Raum stellen, damit meine Frau nichts davon mitbekommt. Sie würde an Schuldgefühlen zerbrechen. Sie zerbricht jetzt schon daran.

»Alles Gute für Ihre Zukunft.« Der grinsende Rothmann streckte ihm die Hand hin. »Und frohe Weihnachten natürlich.«

Diese winzige Genugtuung gönnte sich Eugen – in die dargebotene Hand nicht einzuschlagen. »Dann mal dasselbe für Sie«, warf er Rothmann hin, drehte sich um und ging in Richtung Bahnhof Potsdam davon.

Der Abend war kalt und der Weg, den er zu fahren hatte, weit. Unterwegs kaufte er ein, in dem Milchladen, dessen Inhaber ihn noch immer für eine Art Gott der Theaterwelt hielt und ihm Käse, Milch, Quark unter dem Ladentisch zurücklegte. Mein letzter Liebesdienst, dachte Eugen. Ein Viertelpfund Käse, den meine Frau gern isst, den sie früher gern gegessen hat, den zu essen sie sich vielleicht wird überreden lassen. »Wie ärgerlich«, sagte er. »Ich muss meine Geldbörse in Babelsberg vergessen haben.«

Der Inhaber lächelte. »Das ist doch keine Sache, Herr Terbruggen. Bezahlen Sie eben ein andermal, Sie laufen mir ja nicht weg.«

Als er endlich am Viktoria-Luise-Platz aus der U-Bahn stieg, flohen die letzten Passanten durch wirbelndes Schneetreiben. Er ging die vier Treppen zu Fuß, mied schon seit Monaten den Fahrstuhl. Steckte seinen Schlüssel ins Schloss und rief im Türaufschieben Sidos Namen. »Ich bin zu Hause, Liebes. Ich habe dir Butterkäse mitgebracht.«

Kälte schlug ihm entgegen. Ehe er aufgebrochen war, hatte er im Vorderzimmer, das er einmal Salon genannt hatte, ein Brikett nachgelegt, Sido aber war nicht dazu zu bewegen, für sich allein zu heizen. Sie nahm sich Stück für Stück weg, versuchte, so wenig wie möglich zu existieren, verbrauchte so gut wie kein Essen, kein Gas, keinen Strom, schlich auf leisen Sohlen, sprach nur das Nötigste. Aus dem Haus ging sie überhaupt nicht mehr. Das letzte Mal war der Kindergeburtstag bei Engels gewesen, und dazu hatte er sie moralisch regelrecht erpresst: »Ich tue für dich, was ich kann, ich versuche alles, um dieses Leben aufrechtzuerhalten, und du bringst es nicht einmal über dich, dich mir zuliebe diesen einen Nachmittag zusammenzureißen?«

Der Zweck heiligt die Mittel, hatte er sich später einzureden versucht, weil der Nachmittag schön gewesen war, weil Sido gelöster gewirkt und sogar mit ihm getanzt hatte. Als er sie hinterher, ehe sie zu Bett gingen, gefragt hatte, ob sie es nicht genossen habe, ob es ihnen beiden nicht guttue, ab und an unter Menschen zu gehen, hatte sie erwidert: »Ich ertrage mich selbst nicht, wenn ich etwas genieße und mir etwas guttut. Ich sehe meine Mutter vor mir, der gar nichts guttut. Die vielen Kinder, die nie mehr Geburtstag feiern.«

Ihre Mutter war Anfang des Jahres deportiert worden. Sie hatte Sido, die sich hatte melden wollen, um mit ihr zu gehen, beschworen, vernünftig zu bleiben. Sie sei alt, ihr mache es nichts aus, und Theresienstadt sei viel eher ein Getto als ein Lager, eine Wohnsiedlung für alte Juden. So weit Eugen es hatte überprüfen können, entbehrte das nicht völlig der Wahrheit. Ihm tat es leid für die Mutter, aber das Hemd war ihm näher als die Hose, nicht anders als Rothmann und allen anderen. Er wollte, dass Sido blieb, wo sie war, hier, wo er sie schützen konnte, auch wenn es ihn sein letztes Stück Substanz kostete.

Sie würden es durchstehen.

Allzu lange konnte es nicht mehr dauern. Das Kriegsglück war längst dabei, sich zu drehen. Im vergangenen Juli hatten die alliierten Truppen bei El Alamein den Vormarsch der Deutschen aufgehalten, das war der Anfang vom Ende. Und jetzt Stalingrad. Eine Viertelmillion eingekesselt und verloren. Selbst Goebbels hatte umschwenken müssen, aus dem rauschhaften Siegeszug einen heldenhaften Opfertod machen, pathetisch in Szene gesetzt mit Wagners *Götterdämmerung*. Der Zusammenbruch des Tausendjährigen Reiches war nah, und wenn es Stalin war, der ihnen den bescherte, dann würde Eugen eben künftig an jedem Jahrestag der Befreiung sein Glas auf Stalin heben. Auf Stalin, auf Churchill, auf Roosevelt – es war ihm egal, solange sie sich nur beeilten.

Abend für Abend versuchte er, seine Frau davon zu überzeugen, dass die Befreiung nicht mehr lange auf sich warten lassen würde, und Abend für Abend hatte er damit weniger Erfolg. Ihr bisschen Hoffnung verlosch wie die Kräfte ihres Körpers. Manchmal kam es ihm vor, als bräuchte er selbst alle Kraft, um sie aufrecht zu halten.

Stalin oder wer auch immer musste die Beine in die Hand nehmen.

»Sido? Wo bist du, Liebes?«

Sie war im Salon, mit seinem atemberaubenden Panoramafenster einst der schönste Raum ihrer Wohnung. Eugen hatte ihn in schwarzem Marmor zu blendend weißen Wänden ausstatten lassen und als einzigen Schmuck Lithografien von nackter, harter Ausdruckskraft aufgehängt. Das Zimmer hatte ihn selbst verkörpert, seinen Stilwillen, sein Lebensgefühl. An Sommerabenden hatte er an diesem Fenster gestanden und in seinem versilberten Shaker Mojitos gemixt.

Jetzt war der Raum fast leer. Ein Stück nach dem anderen hatte er verkauft, um die Wohnung, um ihren Lebensstandard zu halten. Die erzielten Preise waren elend, der Markt praktisch zusammengebrochen, weil seit Jahren jüdischer Besitz zu Spottpreisen ihn überschwemmte. Besitz von Verzweifelten, die hofften, sich damit ein Visum, eine Passage in die Freiheit zu erkaufen. Er selbst und Sido hätten dasselbe versuchen sollen, doch als die Einsicht ihm gedämmert hatte, war es längst zu spät gewesen.

Die geschmiedete Stehlampe, die er liebte und die ihm in ihrer grazil-erotischen Schlankheit immer als eine Abstraktion von Ilona Konya erschienen war, stand noch da, aber Sido hatte sie nicht eingeschaltet. Der Raum lag im Dunkeln, das Lichtermeer Berlins, das einst in allen Farben zu ihnen heraufgefunkelt hatte, war erloschen. Die einzige Beleuchtung entstammte der ab und an aufflammenden Spitze von Sidos Zigarette. Sie saß auf dem Fenstersims. Die Kälte sprang Eugen an wie ein Tier. Beide Flügel des großen Fensters standen sperrangelweit offen.

»Sido!«

Sie wandte ihm das Gesicht zu, rauchte, blies eine schmale Wolke ins Zimmer. »Ach, Eugen. Einen anstrengenden Tag gehabt?«

»Einen guten Tag!«, rief er. »Wir haben etwas zu feiern. Diesen Schaumwein, den wir für die Siegesfeier aufgehoben haben, den köpfen wir jetzt und kaufen demnächst neuen. Rothmann hat meinen Vertrag verlängert, und nicht nur das. Er hat mir einen Kollegen vermittelt, diesen kleinen Kölner, der am Schiffbauerdamm solche Erfolge feiert, ich habe dir doch von ihm erzählt…«

Die Lügen sprudelten aus seinem Mund, als wäre in seinem Innern ein Schlauch geplatzt. Er konnte gar nicht mehr damit aufhören. »Und wer weiß, Verena Kahlweide sucht auch einen neuen Agenten. Rothmann sagt, sie hat sich bei ihm nach mir erkundigt.«

»Wie schön, Eugen«, sagte Sido, als lobe sie ein Kind. »Ich freue mich für dich.«

»Freu dich für uns beide. Liebeneiner will mir auch ein paar von seinen Leuten zuschanzen. Du weißt ja, er war immer scharf darauf, mich doch noch zur UFA zu holen. Seit …«

»Seit Kurt Gerron weg ist«, sagte Sido.

Gerron war Jude. Mit seiner Familie war der Riese des deutschen Films bereits 1933 geflohen. Wolfgang Liebeneiner hingegen versah ein hohes Amt in der Reichsfilmkammer. Er hatte gerade einen Film über einen Arzt gedreht, der sich mit Gift seiner kranken Frau entledigt und dies als Akt der Menschlichkeit feiern lässt.

»Verdammt, es ist nicht meine Schuld«, brach es aus ihm heraus. »Ich habe Gerron nicht ins Exil gejagt und Liebeneiner auf keinen Sessel gehievt, ich bin nur ein mickriger Schauspielagent, der versucht, mit dem verdammten Blatt, das ihm das Leben ausgeteilt hat, das Spiel zu überleben.«

Er holte Atem. Berlin war so still. In den alten Zeiten hatte man das Fenster keinen Spalt weit öffnen können, ohne die Großstadt tosen zu hören.

»Ich weiß, Eugen«, sagte Sido. »Es tut mir leid.«

»Sei nicht albern. Ich habe eingekauft. Warum machst du nicht das Fenster zu, schließt diese Nordpoltemperaturen aus, und wir kriechen zum Abendessen ins Bett?«

»Ja, es ist kalt«, sagte Sido. »Den ganzen Tag war es wieder so kalt. Den ganzen Winter schon. Meine Mutter ist tot.«

»O nein«, entfuhr es ihm. »Sido, das tut mir so leid.«

Ihre Mutter war über siebzig gewesen, sie hatte die Tochter erst spät bekommen. Eugen war diese ganze Leidenschaft zwischen Eltern und Kindern fremd. Er selbst hatte seinem Elternhaus nicht schnell genug entfliehen können. Noch nach all den Jahren verblüffte es ihn, wenn ihn einmal wöchentlich Eva Konya aufsuchte, um an seinen Lippen zu hängen, während er ihr Bericht über das Befinden ihrer Tochter Ilona erstattete. Das Verblüffendste war, dass Ihre Majestät, einst die herrschsüchtigste Xantippe der Revuewelt, dabei regelmäßig in Tränen ausbrach, weil das Schicksal der unter Wert verheirateten Tochter ihr das Herz umdrehte. Sie gab Eugen Geld dafür, und er konnte sich nicht leisten, Geld auszuschlagen, also ließ er sich darauf ein, auch wenn er nichts davon verstand.

Sidos Mutter war für ihre Tochter putzen gegangen und hatte sich fortwährend dafür verflucht, ihrem Kind ein so fatales Erbe aufgeladen zu haben. »Dein Vater war doch Kriegsteilnehmer, hatte das Eiserne Kreuz. Hätte der nicht mich, sondern eine Arierin geheiratet, hätte gewiss niemand gewagt, unser Mädchen zu behelligen.«

Dass das jeder Logik entbehrte, hatte man ihr nicht erklären können. »Liebe braucht keine Logik«, hatte Sido zu dem Thema bemerkt.

»Hast du mich gehört, Sido?« Er machte zwei Schritte auf sie zu. »Es tut mir unendlich leid.«

»Herzversagen.« Sido hielt ein Stück Papier in die Höhe, offenbar ein amtliches Schreiben. »Aus hygienischen Gründen ist sie bereits verbrannt. Kannst du mir erklären, was an meiner Mutter unhygienisch war? Sie hatte den reinsten Waschzwang, solange sie hier gewohnt hat, war ständig die Seife alle. Ihr Besitz ist auch aus hygienischen Gründen verbrannt. Die Übersendung der Urne ist nur gegen eine Gebühr möglich.«

»Die bezahlen wir selbstverständlich«, sagte Eugen, machte einen weiteren Schritt auf sie zu und sah sich im Zimmer nach etwas um, das sich noch zu Geld machen ließe. Die Stehlampe. Was lag schon daran?

»Ach, wozu denn?«, fragte Sido. »Auf den Kamin wirst du sie dir ja wohl nicht stellen wollen, und wer weiß, wo man Behälter mit jüdischer Asche noch bestatten darf.«

»Sido!«

Als er noch einen Schritt machte, hob sie die Hand. »Nein, komm nicht näher.« Mit ihren schönen, ruhigen Augen, die er aus der kurzen Entfernung in jeder Einzelheit erkennen konnte, sah sie ihn an. »Hab Dank für alles, Eugen. Du hast dich aufgeopfert wie kein Zweiter und wie es dir vor zehn Jahren wohl auch niemand zugetraut hätte. Aber jetzt ist es genug. Irgendwann musst du durchatmen dürfen und die Chance bekommen, dir dein Leben wieder aufzubauen. Du warst so stark. So wie der arme Hans, denkst du noch an ihn? Der hätte auch nicht aufgegeben, er hätte Mie und den Jungen nicht im Stich gelassen, und er hätte so gern noch gelebt.«

Sie ließ den Brief aus Theresienstadt fallen und warf den noch brennenden Rest der Zigarette aus dem Fenster. Dann kippte sie sich selbst hinterdrein, verlagerte einfach ihr Gewicht und verschwand.

31

Auf der Straße standen Kinder, die fürs Winterhilfswerk sangen. Die Melodie erinnerte Ilo an *Tochter Zion, freue dich*, aber Weihnachten war ja vorbei. Außerdem war das Lied schon vor Jahren verboten worden. *Hohe Nacht der klaren Sterne* und so weiter hießen die Verquastungen, die man jetzt zu singen hatte, denn die Töchter Zions sollten nichts mehr zum Freuen haben. Zum Lohn für ihren eher dürftigen Gesang gingen die Kinder mit Blechdosen und Körben auf Passanten zu und baten um Geldspenden und warme Kleidung.

Ihre Suse war nicht dabei, und darauf war Ilo in diesem Augenblick nichts als stolz. An anderen Tagen wurde der Drang, ihre Tochter anzuhalten, sich bei all diesen Veranstaltungen des BDM doch zumindest blicken zu lassen, oft übermächtig, weil es allzu gefährlich war, sich abzusondern. Heute aber dachte sie: Und wenn wir alles in unserem Leben falsch gemacht hätten, wir haben ein feines, mutiges Mädchen aufgezogen. Wenn dieses

Land, das vor Scham auf Jahre im Boden versinken muss, je eine Chance bekommt, sich daraus hochzukämpfen, dann, weil es junge, gerade gewachsene Menschen wie unsere Suse gibt.

Tränenblind rannte sie in ihr Haus und die Treppen hinauf. Im zweiten Stock öffnete sich die Tür. Lotte Dombröse. »Bitte entschuldigen Sie, Frau Engel. Meinem Mann geht es nicht gut, ich möchte ihn nicht gern allein lassen. Ob Ihre Suse wohl rasch Fritsche für uns ausführen könnte?«

Ilo wischte sich über die Augen, was so gut wie nichts nützte. »Tut mir leid«, quetschte sie heraus. »Suse ist bei einem Schulkameraden auf einer Geburtstagsfeier.« Für gewöhnlich hätte Ilo sich selbst angeboten, den netten Dombröses zu helfen. Sie war froh, dass es im Haus noch Menschen gab, denen sie sich nachbarschaftlich verbunden fühlte, aber heute wollte sie nichts als hinter ihrer Tür verschwinden.

»Ach«, sagte Lotte Dombröse, »mir war, als hätte ich sie gerade die Treppe hochkommen hören.«

»Sie ist nicht da«, versetzte Ilo unwirscher als gewollt, weil sie die Tränen, die ihr in die Augen schossen, nicht länger aufhalten konnte. »Warum fragen Sie nicht bei Lischkas? Otti ist ja so gut wie immer da, er hilft Ihnen sicher gerne.« Othmar Lischka war aufgrund eines Herzfehlers ausgemustert worden. Ein Grund, froh zu sein, wenn man an die unzähligen Toten in Stalingrad dachte, aber Line Lischka hatte vor Kurzem Ilo ihr Leid geklagt: »Jungen sind untereinander ja so grausam, da ist einer, der nicht zum Militär darf, gleich als Feigling verschrien. Und dann weiß doch der Otti auch nicht, was er sonst machen soll. Mit der Schule war's ja nicht so richtig was bei ihm, und jetzt hängt er eben in der Luft.«

»Von den Lischkas halten mein Mann und ich uns fern«, sagte Lotte Dombröse. »Und wenn ich Ihnen einen Rat geben darf, dann sollten Sie dasselbe tun. Wegen Fritsche keine Sorge. In den paar Minuten, die ich mit ihm auf der Straße bin, wird meinem Mann schon nichts passieren.«

Ilo verabschiedete sich hastig und lief weiter. Sie hätte Suse heute nicht hinunter zu Dombröses geschickt, selbst wenn sie daheim gewesen wäre, hätte sie sie am liebsten von der Geburtstagsfeier abgeholt, aus der feindlichen Welt zurück in ihre Burg. Natürlich kam das nicht infrage. Die Geburtstagsfeier war wichtig für Suse. Sie war allzu anders, zumal in einer Zeit, in der Abweichung den Tod bedeuten konnte, und wurde nicht oft eingeladen. Sie gab es nicht zu, behauptete, sie sei ganz zufrieden, aber Ilo war selbst einmal ein junges Mädchen gewesen und wusste, wie viel die Anerkennung durch Gleichaltrige in diesem Alter bedeutete.

Zudem war dieser Maximilian Bauer, der zu der heutigen Feier eingeladen hatte, kein gewöhnlicher Gleichaltriger für Suse. Sie war dreizehn, sie war reif und wach, und sie war in den schlaksigen blonden Jungen, der im Sport so gut war und in Mathematik, ein bisschen verliebt. Ich hätte mir das für dich gewünscht, dachte Ilo, während ihr neue Sturzbäche von Tränen aus den Augen schossen, dass du einfach jung sein darfst, albern, verschossen, so wie wir es waren, trotz Krieg und Inflation und alledem, Sido und ich.

Sido und ich.

Jede Silbe hallte von den Wänden zurück und traf Ilo wie ein Schlag, obwohl sie die Worte nicht ausgesprochen hatte.

Sie kramte blind den Schlüssel aus der Tasche und schloss ihre Tür auf. Klingeln wäre leichter gewesen, aber sie wollte Volker nicht derart verzweifelt in die Arme fallen, sondern erst überlegen, wie sie es ihm am besten sagte. Als sie in den Korridor trat, hallten ihr Stimmen entgegen. Lotte Dombröse hatte also richtig gehört: Suse war schon zu Hause.

Die Erleichterung war sofort ausgewischt, als sie vernahm, wie ihr Mädchen weinte. Suse war ein allzu tapferes kleines Geschöpf, sie weinte selten, und ein Schluchzen, wie es jetzt aus der Küche drang, hatte Ilo zuletzt von ihr gehört, als sie fünf Jahre alt gewesen war. Damals war sie über einen kaputten Bärenstuhl in einem Kinderbuch in Tränen ausgebrochen.

Der Geburtstag von Maximilian Bauer war offenbar nicht verlaufen, wie Ilo es Suse gewünscht hatte. Und so wie Ilo ihre Tochter kannte, war dieses herzzerreißende Weinen nicht der Tatsache geschuldet, dass der junge Herr Bauer ihre Banknachbarin Luise womöglich lieber mochte als sie.

»Du hast das Richtige getan«, hörte sie ihren Mann sagen. »Auch wenn ich mir vorstellen kann, wie hart es für dich gewesen sein muss.«

»Als ich das Bild von Hitler gesehen hab«, brachte Suse zwischen Schluchzern heraus, »über dem Tisch, wo wir alle sitzen und Sahnetorte essen sollten, ist mir schon komisch geworden, doch ich hab mir gedacht: Dafür kann ja der Max nichts, was seine Eltern sich für Bilder an die Wände hängen. Aber dann hat Siegmund diese Zeitung auf den Tisch gelegt, den *Stürmer*, weißt du, der immer in den Glaskästen liegt und in dem Juden gezeichnet sind wie böse, eklige Ungeheuer. Das ist ganz richtig, dass sie den Herrn Kurth weggeholt haben, hat er gesagt, der hat nach arischen Mädchen gelechzt, und die Luise und mich hat er vorn an der Tafel begrabscht.«

Erneut brach sie in haltloses, kindliches Weinen aus. »Das ist nicht wahr, Vati, das ist kein bisschen wahr. Das habe ich ihnen allen gesagt, und dann hab ich geschrien, dass Herr Kurth nicht so aussieht wie die Bilder im *Stürmer*, und Tante Sido schon gar nicht. Die anderen haben gelacht, Max am lautesten, und dann wollte ich dort nicht mehr bleiben.«

»Das hätte ich auch nicht gewollt«, sagte Volker. »Ich bin froh, dass du nach Hause gekommen bist. Ich hätte dich gerne abgeholt, und am liebsten würde ich jetzt Gerti Sing-Gans für dich vom Hängeboden holen.«

Unter Tränen musste Suse lachen. »Gerti Sing-Gans. So ein Blödsinn, Vati. Ich bin doch kein kleines Kind mehr.«

Ilo durchquerte den Korridor, betrat die Küche und sah ihren Mann und ihr Kind dort stehen. Sie hielten sich in den Armen. Volker trug die Stirnlampe umgeschnallt, die er während der Verdunkelung benutzte, um sich alles Mögliche aus Büchern herauszusuchen und aufzuschreiben. Das Material sollte später, in der neuen Zeit, an deren Kommen er fest glaubte, helfen, den neuen Staat, die wieder erkämpfte Freiheit zu beschützen. »Nur wenn wir wissen, wie es geschehen konnte, können wir sicherstellen, dass es nicht wieder geschieht.«

Jetzt aber war die Lampe ausgeschaltet, und er konzentrierte sich allein auf Suse. »Nein, ein kleines Kind bist du wirklich nicht mehr. Wir Großen könnten uns von dir so manche Scheibe abschneiden.«

»Und dass ich Max heute Morgen noch gern mochte – das ist nicht so schlimm?«, fragte Suse, noch immer gegen das Weinen kämpfend.

»Ich glaube, dass man jemanden gern mag, ist überhaupt nie schlimm«, sagte Volker. »Und vertrauen müssen wir ja auch – man kann ja nicht hinter jedem freundlichen Gesicht etwas Böses wittern, sonst kommt man vor lauter Angst vor Bösem gar nicht mehr zum Leben. Vielleicht ist es für den Augenblick, so lange, bis die Zeiten sich ändern, ein ganz guter Rat, vor Leuten mit Hitler-Bildern in der Wohnung Angst zu haben. Wo keines hängt, so wie hier bei uns oder bei Onkel Eugen und Tante Sido, können wir uns ein bisschen sicherer fühlen. Und jetzt schauen wir zwei mal, was sich in unserer Höhle an Essbarem finden lässt, einverstanden? Schließlich hast du armes Ding ja nichts von der Torte abbekommen.«

»Ach, das macht mir gar nichts«, gab Suse trotzig zurück. »Tante Hilles Bienenstich schmeckt viel besser, und unter dem Hitler-Bild ist mir sowieso der Appetit vergangen.«

Ilo ertrug es nicht länger. Sie hatte sich überlegen wollen, wie sie es Volker und später Suse schonend beibringen konnte, aber jetzt wollte sie nur noch bei den beiden sein und ihre erdrückende Last nicht mehr alleine tragen.

Sie rief ihre Namen und lief in die Küche. »Volker, Suse. Sido ist tot.«

Die beiden fingen sie auf. Sie klammerten sich aneinander, und nachdem Ilo stockend und in Fetzen erzählt hatte, was mit Sido geschehen war, konnte keiner von ihnen mehr weinen. Als wären die Tränen eingefroren. Oder versteinert.

»Da möchte man auch nicht mehr leben«, sagte Volker. »Unter Menschen, die sich so etwas antun, wie soll man da je wieder leben wollen?«

»Das darfst du nicht sagen!«, schrie Ilo ihn an. »Wir haben uns, wir sind auch Menschen, wir wollen miteinander hundert Jahre leben!«

»Aber die arme Sidonie ist tot!«, rief er gequält. »Und dabei hat sie immer so aufgepasst, niemandem zur Last zu fallen, niemanden zu stören, niemandem etwas wegzunehmen.«

Die letzten Silben verschluckte bereits das ohrenbetäubende Heulen der Sirene.

»Fliegeralarm«, schrie Suse darüber hinweg und lief los, offenbar heilfroh, etwas zu tun zu bekommen. Mit dem Koffer in der Hand kam sie zurück. Noch immer bestand sie darauf, diesen Koffer gepackt zu halten, mit ihren Pässen, mit Wäsche zum Wechseln, den Büchern, die sie gerade lasen, und ihren Lieblingsspielen. Sie stellte ihn unter den Küchentisch, lief zum Spülstein und füllte die Emaillekanne mit Wasser.

Ilo lief auch los, holte drei gestapelte Wolldecken aus der Stube und sammelte in der Küche ihre Kissen von den Betten. Vor dem Tisch stieß sie um ein Haar mit Volker zusammen, der in den Händen das Hackbrett mit dem angeschnittenen Brotlaib hielt. »Du hast recht«, kam es stimmlos von ihm. »Ich will mit euch hundert Jahre leben. Ich will nicht, dass wir sterben.«

»Wir sterben nicht.«

Sie krochen unter den Tisch, drängten sich zusammen und hüllten sich in die Decken. Alles wird gut, dachte Ilo, die den warmen Leib ihres Mannes und den ihrer Tochter an ihrem eiskalten spürte. Die Sirene heulte. Unten auf der Straße gingen die letzten Lichter aus und tauchten die Stadt in Finsternis. *Glück, das mir verblieb,* summte sie, *rück zu mir, mein teures Lieb.* Sie hielt ihre beiden Liebsten fest und wiegte sich mit ihnen. Wenn wir nur durchhalten, wir drei zusammen, wenn wir das Schlimmste überstehen, dann wird alles gut.

Sechster Teil

Mai 1956

*»Es fängt ja im Winter der Frühling schon an.
Das will ich, dein Weib sein, und du sei mein Mann.
Mir wächst unterm Herzen ein Menschlein von dir.
So hab ich dich sicher, auch wenn ich dich verlier'.«*

Wolf Biermann, Bildnis einer jungen Frau

32

Endlich Pause.

Redlich erschöpft schlurfte Kelmi in das Zimmer neben dem Kühlraum, das sie sich mit uralten bequemen Sesseln und Fussbänken als Pausenzimmer eingerichtet hatten, ließ sich in seinen Lieblingssessel fallen und langte nach seinem Buch. Ewald und Michaela saßen bereits und entspannten sich ebenfalls. Ewald, der Maler, der seine Zweitberufung zum Kellner entdeckt hatte, beugte sich über seinen Skizzenblock, und Michaela, die mit Kelmi die Küche betrieb, hatte allerlei Hochglanzprospekte aus dem Reisebüro um sich verstreut und blätterte in einer nicht minder glänzenden Illustrierten.

Sie blickte kaum auf. »Unten klar Schiff?«

Kelmi nickte. »Nächste Raubtierfütterung erst um halb sechs.«

Sie grinsten sich an, atmeten übertrieben tief durch und wandten sich wieder ihrer Beschäftigung zu.

Bewusst hatte Kelmi sich entschieden, das *Susanna im Bade* zwar am Nachmittag geöffnet zu halten, um kein beim Essen entsponnenes Gespräch abzuwürgen und Gäste vor die Tür zu setzen, die Küche aber nach dem mittäglichen Andrang zu schließen. Ein Restaurant zu betreiben, das höchsten Ansprüchen genügte, hatte etwas von Hochleistungssport. Kelmi wollte, dass seine Mannschaft Zeit hatte, sich von der Anspannung zu erholen und Kräfte zu sammeln, um abends frisch und ausgeruht die neuen Gäste zu begrüßen. Im *Susanna* sollte niemand gehetzt oder routiniert abgefertigt werden. Trotz Wirtschaftswunder war es für die meisten Berliner noch immer etwas Besonderes, zum Essen auszugehen, und dementsprechend wollte Kelmi jeden einzelnen Gast auch behandelt wissen.

Somit konnte, wer wollte, nach dem Mittagessen zwar an seinem Tisch sitzen bleiben, bekam auf Wunsch an der Bar auch einen Drink und eine Schale Salzmandeln serviert, aber die Gerichte auf der Tageskarte wurden erst zum Abend wieder frisch zubereitet.

Dienst an der Bar versah heute Leo, dessen Cocktails es mittlerweile zu einiger Berühmtheit gebracht hatten, und im Gastraum gab sich Luis einer Turtelei mit seiner spanischen Gitarre hin – einer leisen Improvisation, als wäre er mit dem Instrument allein.

Die Gäste liebten es.

Ewald, Micha und Kelmi durften sich guten Gewissens ausruhen, alle viere von sich strecken und die Seele baumeln lassen.

Kelmi konnte es nicht verhehlen. Er war stolz auf das *Susanna*, er hatte Mühe, vor Stolz nicht aus sämtlichen Nähten zu platzen. Das geschichtsträchtige Kaffeehaus, die zu neuem Leben erweckte Ruine war es nicht geworden, und dass er diesen Traum hatte begraben müssen, hatte ihm ziemlich hart zugesetzt. Eine Zeit lang hatte er geglaubt, er sei dadurch von hochfliegenden Träumen geheilt. Schließlich musste nicht jeder Koch sein eigenes Restaurant betreiben, und sein Konzept, das gar keines war, hätte vermutlich ohnehin nicht funktioniert.

Bis zum Winter 53 hatte er genug damit zu tun gehabt, die sechs Wochen Haft im Untersuchungsgefängnis der Staatssicherheit, den Schrecken und die Traurigkeit hinter sich zu lassen. Er hatte sich vorgenommen, an seinem Arbeitsplatz, den er glücklicherweise nicht verloren hatte, sein Bestes zu geben, Zeit mit seinen Freunden zu genießen und dem kleinen Georg ein brauchbarer Patenonkel zu sein.

Dann aber hatte Michaela wieder einmal den Liebhaber gewechselt und mit einem Anwalt angebändelt, der sich auf die Rückführung enteigneter Immobilien und Unternehmen spezialisiert hatte. Nach einer wilden Nacht in seinen Armen stand sie morgens um sechs mit Brötchentüte bei Leo, bei dem Kelmi inzwischen praktisch wohnte, auf der Fußmatte.

»Gibt's Kaffee?«, forderte sie ohne Federlesens. »Am besten meldest du dich im *Bijou* heute krank. Ich habe da etwas, das du dir wirst anschauen wollen.«

»In der Tüte? Laugenstangen und Schusterjungen schaue ich mir immer gern an, aber nur, wenn sie durchgebacken sind, nicht klietschig in der Mitte.«

Michaela schüttelte den Kopf. »Nicht in der Tüte. In Kreuzberg. Mach Kaffee und zieh dich an.«

Sich zu sträuben war zwecklos gewesen. Sie fuhren zum Moritzplatz. Kelmi konnte sich nicht erinnern, nach 45 je hier gewesen zu sein. Der runde Platz, an dem sich einst elegante Geschäftshäuser, angesagte Kneipen und Restaurants aneinandergereiht hatten, gehörte zu dem vor Kriegsende am heftigsten bombardierten Stadtkern und glich jetzt einem Kuriosum: Auf der östlichen Hälfte waren die Überreste von Altbauten stehen geblieben und machten einen traurigen, verlassenen Eindruck, auf der westlichen hingegen herrschte rege Bautätigkeit. Zwischen kahl geschlagenen Grundstücken wuchsen erste Neubauten in die Höhe und muteten in ihrer Umgebung geradezu futuristisch an.

Der wie zerborstene S-Bahnhof mit seinem Zugang zur U-Bahn, der zu einer geplanten Achse zwischen Ost und West gehörte, war nie eingeweiht, sondern nach Fertigstellung als Bunker genutzt worden. Als die Bombe ihn traf, hatten die niederstürzenden Trümmer sechsunddreißig Menschen unter sich begraben.

Es war kein schöner Ort, aber einer mit Geschichte und Charakter. Einer, der für Berlin stand, weil er nichts ausspare. Ihren einstigen fröhlichen Größenwahn, der in den Resten der Wertheim-Fassade noch trübe glitzerte, so wenig wie ihren Untergang und ihre Traumata. Es war ein Ort, wie Kelmi ihn gesucht hatte.

Hinzu kam der U-Bahnhof, an dem ebenfalls eifrig gebaut wurde und der doch noch etwas von seinem Traum mit der Brücke hatte: Wenn der Betrieb eines Tages aufgenommen wurde, würde er der Letzte auf westlicher Seite sein.

»Dir werden die Augen aus dem Kopf fallen«, hatte Michaela ihm prophezeit und ihn zu dem zweistöckigen Haus mit dem halb verfallenen Dachstuhl gezerrt, das sich zwischen zwei deutlich größere, zum Teil zerstörte Gebäude zwängte. Kelmi fielen nicht die Augen aus dem Kopf. Viel hätte jedoch nicht gefehlt, und er hätte sie betastet, um sicherzugehen, dass sie sich noch an Ort und Stelle befanden.

Es war nicht das *Kranzler*. Aber es war, seit seine Verliebtheit ins *Kranzler* ein so wenig rühmliches Ende genommen hatte, das erste Gebäude, das ihn inspirierte. Er konnte es kaum erwarten, es von innen zu sehen.

»Für die Pompeji-Bilder eignet es sich nicht«, dachte er laut vor sich hin. »Da muss irgendetwas anderes hin, das zur Geschichte passt, aber auch üppig, sinnlich und ein bisschen verboten.«

»Aha«, kam es von Michaela. »Da ich mir so etwas schon dachte, habe ich für heute Mittag einen Termin mit Calvin gemacht.«

»Wer ist Calvin?«

»Mein Teilzeit-Mann fürs Leben. Eigentlich heißt er Carl-Heinz, aber Leute, die sich mit den ihnen gegebenen Namen nicht abfinden, dürften dir ja sympathisch sein. Calvin vertritt den jüdischen Eigentümer, dessen Familie hier vierzig Jahre lang einen Kunsthandel betrieben hat. Unten eine Galerie, die bei der Schickeria in aller Munde war, oben Lager und private Ausstellungsräume für betuchte Kunden. Der Mann hatte auf eine finanzielle Entschädigung gehofft, hat stattdessen aber die Immobilie zurückerhalten. Er lebt in New York, will sich Deutschland ein für alle Mal vom Hacken putzen und ist froh, wenn ihm die Klitsche einer abnimmt.«

»Einer nimmt sie ihm ab«, sagte Kelmi.

»Das habe ich Calvin auch gesagt«, hatte Michaela erwidert und ihn zurück zu ihrem Auto gezerrt.

Calvin war ein netter, patenter Mensch, dem Michaela ihre Gunst ruhig länger hätte leihen können. Der momentane Teilzeit-Mann, ein Fleisch-Großhändler, erwies sich als weniger praktisch, weil seine Ware nicht Kelmis Vorstellungen von Qualität entsprach. Der Notar hingegen hatte damals den gesamten Kaufvorgang für ihn abgewickelt, ohne einen Pfennig in Rechnung zu stellen. Ein Haus zu erwerben, das das bisherige Leben auf den Kopf stellen würde, erwies sich als erstaunlich unkompliziert. Vier Wochen nach Beginn des neuen Jahres wurde Kelmi zur Eintragung ins Grundbuch bestellt, und einen Tag später erhielt er Schlüssel und Dokumente.

In der Zwischenzeit hatte er sich mit der Geschichte des Hauses befasst, mit der Galerie, ihren Vernissagen, die in Kaiserzeit und Republik beliebte Treffpunkte der begüterten Boheme gewesen waren, den ausgestellten Bildern und den Kunden, die sie gekauft hatten.

Der Gründer der Galerie hatte offenbar eine Schwäche für Corinth gehabt und ihm während seiner Berliner Jahre mehrere Ausstellungen gewidmet. Der arme Corinth. Er hatte so viel Patriotismus an den Tag gelegt, so viel brave Ehrfurcht vor der deutschen Kunst, doch das hatte ihn nicht bewahrt. Zehn Jahre nach seinem Tod hatten die Nazis sein Spätwerk als »entartet« geschmäht, beschlagnahmt und auf Nimmerwiedersehen ins Ausland verkauft. Um zu erklären, warum das eher biedere Frühwerk in jene expressionistische Explosion von Farben und

Formen umgeschlagen war, hatten sie ihm einen Schlaganfall angedichtet, den er nie gehabt hatte.

Kelmi war ein Kunstbanause, der Bilder danach bewertete, ob er sie sich hingehängt hätte oder nicht. Corinth hätte er sich hingehängt. Zumindest ein Bild von ihm. Als die Freunde das erste Mal zur Planung zusammentrafen und Leo als Namen für das Restaurant *Max und Moritz* vorschlug, erwiderte Kelmi: »*Susanna im Bade*. Ich fürchte, darüber gibt es mit mir keine Diskussion.«

Anfangs hatte Ewald, der auf die Dekadenz römischer Fresken stand, den neuen Ansatz wenig inspirierend gefunden, doch während der Monate, in denen die Restaurierungsarbeiten sich in die Länge zogen und Kelmi bei einer Bank nach der andern um einen Kredit kämpfte, waren ihm Ideen gekommen. Als der einstige Galerieraum schließlich nutzbar war, hatte er ihn mit seinen leuchtenden Bildern entblößter, intim mit sich selbst beschäftigter Schönheiten in etwas zwischen Boudoir und Badehaus verwandelt, das Kelmi unwiderstehlich fand.

Er selbst war – von Michaela unterstützt – mit der Erstellung des gastronomischen Konzepts beschäftigt. Kochen wollte er, wie er sein Leben lang gekocht hatte: Nicht an eine Cuisine gebunden, sondern frei und wild darauf, sich aus den kulinarischen Traditionen sämtlicher Kulturen anzueignen, was ihm gefiel.

Ewald protestierte, ihm war das Konzept nicht politisch genug. Kelmi aber gelang es, ihm zu vermitteln, dass es etwas von dem Berlin hatte, das sie verloren hatten, ohne es je wirklich erlebt zu haben, von den offenen Toren, in die wahllos aus allen Himmelsrichtungen Einflüsse strömten und die Struktur der Stadt reich machten, zu einer Palette mit unbeschränkter Auswahl.

»Das ist so rückwärtsgewandt.«

»Es ist nostalgisch. Aber die Küche, die Michaela und ich daraus kreieren, ist modern, jung und gewagt, ein Abenteuer, in das man sich stürzt, wenn man mit solcher Vielfalt vor der eigenen

Haustür lebt und dafür offen ist, dem Fremden nicht mit Furcht, sondern mit Neugier begegnet. Dass wir als junge Berliner Unternehmer darin unsere Zukunft sehen, ist unsere politische Aussage, gerade weil sie keine ist.«

Kelmi war sich nicht sicher, ob Ewald damit zufrieden war, aber wie sie alle brauchte er Geld, und die Zusammenarbeit in ihrem Kreis machte Spaß. Im Hochsommer 54 eröffnete das *Susanna im Bade* seine Tore. Mit seinen begrenzten Mitteln hatte Kelmi nur die Räume restaurieren lassen, die er brauchte, und der Prunk inmitten von Verfall, der strahlende Glanz aus Kristallleuchtern neben blind geschwärzten Scheiben machte einen Teil des Charmes aus. Auf der Speisekarte, die er nach Saison, Gelegenheit und Laune wechselte, gesellten sich deftige russische Suppen zu mediterraner Fülle entlehnten Vorspeisen, Hauptgerichte, die asiatischen Würzzauber französisch verschlankten, zu orientalischen Desserts, kombiniert mit einheimischen Früchten und scharfem Käse aus den Ardennen.

Hinzu kam Luis' Musik. Ein bisschen Flamenco, ein bisschen Klezmer, ein bisschen revolutionärer Marschgesang und das ein oder andere schmachtende Liebeslied zwischen Fado, Tango und Jazz. Da Luis sich für alles begeisterte, aber nichts richtig konnte, entstand eine Mischung, die ganz seine eigene war und zu den Düften aus der stets geöffneten Küche passte.

Die Menschen, die sich von dieser Mischung herbeilocken ließen, waren ähnlich: neugierig, begeisterungsfähig, ganz sie selbst. Ohne Übertreibung ließ sich sagen, dass das *Susanna* praktisch über Nacht zu einem Erfolg wurde. An den Krediten würde Kelmi noch Jahre abzahlen, und an Zutaten sparte er nicht, doch es bestand kein Zweifel daran, dass das Restaurant sich halten würde, dass seine Vision Wirklichkeit geworden war.

Den Dachstuhl hatte er zur Hälfte restaurieren lassen, sich mithilfe seiner Freunde ein Zimmer hergerichtet und den verfallenen Teil gesichert und bepflanzt. Eine Dachterrasse in Ruinen.

»Ziemlich atemberaubend für einen Kerl, der so harmlos daherkommt wie du«, hatte Michaela gesagt.

Jetzt blätterte sie abwechselnd in ihrer Illustrierten und einem der Prospekte, die sie sich aus dem Reisebüro besorgt hatte. Alle Welt träumte derzeit von Urlaub in Italien, und Michaela war entschlossen, sich den Traum in diesem Sommer zu erfüllen. Ihr Teilzeit-Fleischer war verheiratet und reiste mit der Familie an den Bodensee, also hatte sie versucht, stattdessen Kelmi zum Mitfahren zu überreden. »Das kulinarische Paradies. Zurück nach Hause rolle ich dich. Du kannst mir doch nicht erzählen, dass du da nicht hinwillst?«

Das wollte Kelmi durchaus irgendwann, aber nicht jetzt, nicht mit Micha, der er nur die Chancen auf einen Urlaubsflirt vermasseln würde. Für den Augenblick war er zufrieden mit seinen Reisen am Herd, und außerdem wollte er das *Susanna* nicht mitten im Sommer zwei Wochen lang schließen müssen. Warum er so erdenschwer an seiner Scholle klebte, wusste er selbst nicht. Früher hatte er sich leicht gefühlt, an keinen Ort gebunden, doch mit der Existenzgründung kam vielleicht Bodenständigkeit.

»Umbrien«, murmelte Michaela. »Schon mal gehört? Die Orte sehen entzückend aus mit all diesen kleinen Geschäften, aber ich wollte mir ja einen von den neuen Badeanzügen kaufen. Einen blauen mit Punkten.«

»Was hindert dich? Sind in den Orten mit den entzückenden Geschäften nur Badeanzüge mit Streifen en vogue?«

»Idiot«, versetzte Michaela. »Umbrien liegt nicht am Meer.«

Ewald blickte von seinem Skizzenblock auf, rollte mit den Augen und zeichnete weiter.

»Verona. Stadt der Liebe. Gleiches Problem«, räsonierte Michaela weiter, warf den Prospekt missmutig beiseite und nahm sich wieder die Illustrierte vor.

Kelmi wartete kurz ab, ob sie gedachte, ihn in noch weitere Details ihrer Urlaubsplanung einzubeziehen. Als von ihr nichts mehr kam, griff er nach seinem Buch und schlug es auf. *Unter der Flagge des Totenkopfes.* Nicht gerade der Bildung zuträgliche Literatur, das war ihm klar, aber er hatte nun einmal eine Schwäche für diese Schmöker, die ihn in die schönsten Nächte seiner Kindheit zurückbeförderten.

Er hatte nicht mehr als eine halbe Seite gelesen, als Ewalds Stimme ihn aus der Illusion schreckte. »Das ist doch wohl nicht dein Ernst. Gerald Ahrendt? Ich unverbesserlicher Optimist hatte gehofft, jemand hätte sich die Mühe gemacht, diese Nazi-Schwarten aus dem Verkehr zu ziehen.«

»Nazi-Schwarte?« Einigermaßen überrumpelt starrte Kelmi auf das Buch. »Gerald Ahrendt, geboren 1895 in Weimar«, stand auf der Innenseite des Einbands, »schreibt Geschichten von unerschrockenen Abenteurern, wie er sie selbst als Junge gern gelesen hätte, Geschichten vom Opfermut und der Treue wahrer Helden, die weder ihre Gefährten noch ihr Vaterland jemals im Stich lassen würden. Ahrendt ist Mitglied der Reichsschrifttumskammer und lebt mit seiner Frau und seiner Tochter in Berlin.«

Also schön. Das Buch war unter den Nazis gedruckt worden, und hätte er vorab diese pompöse Biografie gelesen, hätte er es in der Bibliothek vermutlich stehen lassen. Er schämte sich ein wenig, weil ihn die Anzahl blonder Recken und edler Heldentode unter den Freibeutern nicht stutzig gemacht hatte, aber selbst jetzt erschien ihm die Geschichte allzu plump, zu sehr schlicht gestrickte Unterhaltung, um den Ausdruck Nazi-Schwarte zu rechtfertigen.

»Es ist nur eine harmlose Piratengeschichte«, verteidigte er sich lahm. »Dämlich, ich weiß, aber mich erinnert es an meinen Opa, der mir solche Geschichten unter der Bettdecke erzählt hat. Ich habe vor Furcht gezittert und konnte nicht genug davon bekommen.«

Sein Grinsen wurde nicht erwidert. »Werd erwachsen, Kumpel«, sagte Ewald. »Dieser Ahrendt war ein übles Kanonenrohr, einer, der zu allem Ja und Amen gesagt, in seinen Schundromanen Propaganda verbreitet und Gedichte zu Führers Geburtstag verfasst hat. Vermutlich hat er auch Kollegen ans Messer geliefert. Welcher Nazi hat das nicht gemacht?«

»Manchmal habe ich das Gefühl, bei diesem Volk leidet die eine Hälfte an Gedächtnisschwund und die andere an Verfolgungswahn.« Michaela stand aus ihrem Sessel auf und schnappte sich das Buch. »Den Kleine-Jungen-Kitsch, den Kelmi sich zu Gemüte führt, als Nazi-Propaganda zu bezeichnen halte ich für ein eindeutiges Symptom von Letzterem.«

Ewald antwortete nicht gleich, sondern rieb erst seine Brille sauber und setzte sie wieder auf. »Ist es auch Verfolgungswahn, wenn man verfolgt worden ist?«, fragte er. »Wo ist da der Wahn? Das musst du mir erklären.«

Ewalds Vater war Jude. Er hatte die Nazizeit im Untergrund überlebt und die Hälfte seiner Familie verloren. Kelmi verstand, was er meinte, und die Frage spielte in seinem Gedächtnis eine Saite an, deren Klang er zu vergessen versucht hatte.

»Warum landen wir eigentlich in jedem Gespräch bei Faschismus?«

»Weil du Stalin mit Hitler gleichsetzt, weil du unser System mit dem Faschismus vergleichst!«

Ob in Michas Gedächtnis dieselbe Saite angespielt wurde, oder ob sie wirklich zufällig in diesem Augenblick ihre Zeitschrift zuschlug und das Titelbild sah, würde Kelmi nie erfahren. »Apropos«, sagte sie. »Sieh mal, ist das nicht deine Zonen-Süße? Die, die auch ständig und überall Nazis gesehen hat und um derentwillen du um ein Haar im Gulag gelandet wärst?«

Um ein Haar im Gulag war übertrieben. Dass es in den sechs Wochen seiner Haft Momente gegeben hatte, in denen er – begründet oder nicht – um sein Leben gefürchtet hatte, hätte Kelmi jedoch nicht abstreiten können.

Michaela stieß die Zeitschrift zu ihm hinüber, und Kelmis Herz vollführte einen Satz. Es handelte sich um die *Bunte Illus-*

trierte, ein Blatt, dessen Titel meist Aufnahmen von der Operettenhochzeit Prinzessin Sorayas mit dem Schah von Persien oder von Hildegard Knef ohne Badeanzug zierten. Auf dieser Ausgabe war jedoch ein dunkelhaariges, todernstes Mädchen im zu kurzen Mantel abgebildet, das zwischen einer klobigen Art von Grabstein und einem Straßenschild stand, ein Papier mit beiden Händen umklammert und den Blick darauf gerichtet hielt. Das Bild war unscharf, körnig, durch Vergrößerung wie verwaschen, aber das Mädchen hatte Kelmi schon durch strömenden Regen, Schneetreiben, Nebel, wütende Menschenmassen und über eine unsichtbare Grenze hinweg erkannt.

Er würde sie immer erkennen, egal, unter welchen Umständen, das begriff er, während er das verschwommene Foto betrachtete. Er würde sie immer erkennen, weil sein Herz beschlossen hatte, dass sie sein Mädchen war. Was immer sie beschlossen hatte. Was immer das Leben beschlossen hatte. Was immer ein Mensch namens Eugen Terbruggen, was Walter Ulbricht, Konrad Adenauer, Nikita Chruschtschow und Dwight Eisenhower beschlossen hatten, seinem Herzen war das egal. Es konnte sich nicht einmal die vielen Namen merken.

Das Mädchen auf dem Bild war Susanne Engel, die sich selbst Sanne nannte und die er Susu genannt hatte, die er Susu nennen würde, bis er niemanden mehr irgendwie nannte. Ihr Haar war nass, das sah er trotz der schlechten Bildqualität und wollte es trocken reiben, wollte ihren Kopf an seine Brust ziehen und mit seinen beiden Händen über ihr Haar streichen, bis es getrocknet war. Ihr Blick ließ sich auf der miesen Aufnahme nicht erkennen, und trotzdem glaubte er, ihn auf sich zu fühlen, diesen hoch konzentrierten, von Argwohn erfüllten, sich keine Sekunde lang Freiheit gewährenden Blick.

In der rechten oberen Ecke des Titelblattes war wie angeklemmt eine Art Passfoto aufgedruckt. Es zeigte einen Mann mit dunklem Haar, schmalem Gesicht und runder Brille. Kelmis

Herz vollführte einen weiteren Satz. Der Mann auf dem Bild sah so sehr aus wie Susu, dass er beinahe aufgelacht hätte. Das dichte Haar, der Ernst, die in Falten gezogene Stirn, das alles war gleich. Ilona Konya, die Mutter, der er in ihrer Wohnung begegnet war, hatte ihrer Tochter den Schmelz ihrer Lieblichkeit mitgegeben, dem weder die Ausuferungen des Körpers noch der Zahn der Zeit etwas anhaben konnten. Alles andere aber hatte Susu ohne jeden Zweifel von diesem Mann ererbt. Von ihrem Vater.

Unter der Collage prangte in grellen Lettern eine Schlagzeile: »Volker Engel und Konsorten – die hausgemachten Widerstandskämpfer der DDR«.

33

»Wieso liest du eigentlich so was?«, hatte er Michaela angefahren. »Mein Nazi-Piratenbuch ist schlimm genug, und ich bring's morgen in die Bibliothek zurück und nehme nie wieder eines mit. Aber von dir habe ich gedacht, du bist die Verkörperung der modernen, selbstständig denkenden Frau, die keine Klatschblätter anfasst, geschweige denn das, was darin abgedruckt steht, für bare Münze nimmt.«

Der Artikel war kurz. In diesen Zeitschriften waren Artikel immer kurz, weil ihre Käufer die Blätter als eine Art Bilderbuch für Erwachsene betrachteten und sich mit langen Texten nicht abgemüht hätten. Ein Abschnitt berichtete darüber, wie Volker Engel in der DDR für seinen Widerstand gegen das Naziregime geehrt wurde, einen Widerstand, der ihn der offiziellen Version zufolge das Leben gekostet hatte. Schon an der Stelle hatte Kelmi gestockt. Er hatte gewusst, dass Susus Vater nicht mehr lebte, er hatte auch zu wissen oder vielmehr zu spüren geglaubt, dass zwischen ihr und dem Vater ein besonderes Band bestanden hatte, aber er hatte ganz und gar nicht gewusst, dass die Gestapo ihn erschossen hatte.

In seiner Wohnung, nur ein paar Minuten Fußweg von hier. In der Wohnung, die Susu als ihr Zuhause gekannt hatte, in der sie geboren und aufgewachsen war.

Im nächsten Abschnitt wurde behauptet, mit Volker Engels Status als Widerstandskämpfer werde ein regelrechter Kult betrieben, inszeniert von Eugen Terbruggen, dem Staatssekretär des Kultusministers, sowie von Engels Tochter, einer linientreuen Lehrerin. Eine Schule und letzthin sogar eine Straße seien ihm gewidmet worden, zwei Gedenksteine aufgestellt. Engel, so hieß es, sei nur einer von zahllosen gefeierten Antifaschisten, deren Namen vor Beginn dieser kultischen Verehrung kein Mensch je gehört habe und deren Leistung im Widerstand nicht nachzuweisen sei.

»Wer an den zahllosen Gedenksteinen, feierlich umbenannten Gebäuden und Erinnerungstafeln vorbeigeht, möchte meinen, die gesamte DDR sei von nichts als Widerstandskämpfern bevölkert«, schrieb der Verfasser des Artikels. »Und genau diesen Eindruck wollen die Verantwortlichen auch erwecken.«

Volker Engel, so hieß es weiter, sei ein bedeutungsloser, aus dem Schuldienst entlassener Lehrer gewesen, der seiner Kurzsichtigkeit wegen ausgemustert worden sei und sich mit seiner Familie eben durchgeschlagen habe wie Tausende anderer Bürger auch.

»Genügt es, dass jemand kein Mitglied der NSDAP war und dass ihm, soweit bekannt, nichts zur Last gelegt werden kann, um ihn in der unfreien Hälfte Deutschlands zum Widerstandskämpfer zu erheben?«

Damit war der Textteil des Beitrags so gut wie zu Ende. Auf sechs Seiten aufgebläht wurde er durch Bilder von Susus Mutter und der verkniffen ins Leere starrenden Tante, die in strömendem Regen auf der Gedenkfeier standen, von Eugen Terbruggen, der mit Akten unter den Armen ein Gebäude verließ, von einem mit Kränzen geschmückten Grabstein und einer Gestapo-Einheit, die eine Wohnung stürmte.

Drei Sätze standen als Abschluss darunter: »Um den Weg für die Einigung Deutschlands frei zu machen, muss die andere Hälfte ihre Dämonen schlafen legen. Man schafft sich kein Volk von Helden, indem man gewöhnliche Bürger zu solchen erklärt. So sehr der verfrühte Tod von Volker Engel zu bedauern ist, handelt es sich zweifellos um ein tragisches Versehen, nicht um die Folge einer todesmutigen Tat.«

Kelmi wischte sich das Blatt vom Knie. »Was für ein Schund.« Er konnte nur an Susu denken, sah ihr verstörtes, tief verletztes Gesicht vor sich und hätte den Schmierfinken in der Luft zerfetzen wollen.

»Augenblick mal.« Michaela erhob sich und sammelte die Zeitschrift vom Boden auf. »Du magst mein Chef sein, aber ich bin immer noch ein freier Mensch und darf lesen, was ich will. Wenn ich die Dauphine-Kartoffeln anbacken lasse, kannst du mir dumm kommen. Wenn dir nicht passt, dass ich Schund lese, kannst du dich an die eigene Nase fassen, sonst nichts. Abgesehen davon lese ich das Zeug gar nicht. Ich sehe mir nur die Bilder an. Die von der Riviera. Nicht von Nazi-Gedenkfeiern. Wenn mich das Thema die Bohne interessieren würde, hätte ich deine Susi nämlich heute früh am Kiosk schon bemerkt, und wir hätten dieses Theater hinter uns.«

Obwohl ihm längst klar war, dass sie recht hatte, begehrte Kelmi noch einmal auf: »Und wie würdest du dich fühlen, wenn jemand so etwas über deinen Vater schreibt? Über deinen toten Vater, der sich nicht mehr wehren kann?«

»Ich habe keinen toten Vater«, erwiderte Michaela. »Auch keinen lebenden, soweit ich weiß. Und zu deiner weiteren Information: Ich bin nicht als Journalistin bei der *Bunten* tätig, sondern als unterbezahlte Köchin in einer Pinte, die nach der fraglichen Dame ja wohl benannt worden ist.«

Ewald pflückte ihr die Zeitung aus der Hand. »Der Fall ist mir bekannt«, sagte er, nachdem er eine Weile darin geblättert hatte. »Susanne Engel ist das Mädchen aus Ostberlin? Die, für die du wochenlang auf der Straße gekocht hast?«

Kelmi nickte.

»Hättest du mir sagen sollen«, brummte Ewald. »Dass mich solche Fragen gescheiterter Entnazifizierung interessieren, ist ja nichts Neues. In diesem Fall war juristisch allerdings nichts zu machen. Die Angehörigen haben jahrelang darum gekämpft, dass hier jemand für die Tat belangt wird. Die alte Nachbarin und ihr Sohn, die den Mann denunziert haben.«

»Wofür denunziert?«, fragte Micha.

»Volker Engel hat auf handgefertigten Flugblättern die Berliner aufgefordert, die Waffen niederzulegen, sich dem Volkssturm zu verweigern und Hitlers Morden endlich ein Ende zu machen.«

»Und weshalb behauptet die *Bunte* dann, er wäre kein Widerstandskämpfer gewesen?«, fuhr Michaela dazwischen. »Unser Kelmi bellt zwar die falschen Leute an, aber dass ihn das aufregt, kann ich verstehen. Und die Wut von diesen Angehörigen auch. Warum kann man denn diese Denunzianten nicht belangen, wenn bekannt ist, wer sie sind?«

»Weil Denunziation kein Strafbestand ist«, antwortete Ewald. »Bei uns werden Schriftsteller mit Literaturpreisen bedacht und als freidenkende Geister gefeiert, die versteckte Juden der Gestapo ausgeliefert haben. Und selbst wenn wir einen Strafbestand daraus machen könnten – wie bestrafen wir ein ganzes gottverdammtes Volk? Glaubt ihr, das frage ich mich nicht oft genug, wenn ich da draußen den beflissenen Kellner gebe – wen von meinen Leuten hat der Kerl auf dem Gewissen, dem ich da Krebsfleisch auf Toast serviere?«

Und Susu?, dachte Kelmi. Hat sie nicht mit mir in den Westen gewollt, um sich nicht bei jedem Blick in ein Gesicht zu fragen: War es der? Oder der?

»Diese Horden von Denunzianten«, fuhr Ewald fort, »die haben die Nazis sich doch systematisch herangezogen. Und der Deutsche, namentlich der Preuße, ist ja ein Mensch, der gewissenhaft lernt, was seine Obrigkeiten von ihm erwarten. Wäre es mit der Entnazifizierung jemandem ernst gewesen, hätte man sich hüben wie drüben je einen Satz neuer Bürger anschaffen müssen.«

Sie schwiegen alle drei. Kelmi hatte über derlei nie nachgedacht. Als der Krieg zu Ende ging, hatte er – nach seiner Bergung aus Bombentrümmern – mit einem Schädelbruch in der Klinik gelegen und überhaupt nicht viel gedacht. Die Klinik war überfüllt gewesen, man hatte Ärzte und Pflegepersonal gebraucht, Leute, die Nahrungsmittel und Medikamente heranschafften, andere, die sich um Formalitäten kümmerten, Flüchtlingen Wohnraum zuwiesen, verlorene Pässe ersetzten, dafür sorgten, dass Kinder wieder zur Schule gehen konnten, dass Polizisten Verbrecher verfolgten, dass Renten ausgezahlt und Lebensmittelkarten ausgestellt wurden.

Woher hätte man diese Leute nehmen sollen, hätte man jeden ausgesondert, dessen Weste nicht blütenweiß war? Die Erkenntnis war frappierend: Menschen wie Susu, die hinter jeder Straßenecke das Böse witterten, hatten nicht unrecht. Wer Angst hatte, verfolgt zu werden, litt nicht zwangsweise an Verfolgungswahn. Ich hätte es wissen sollen, damals, dachte Kelmi. Das, was mit deinem Vater passiert ist, und das, was dich hindert zu vertrauen. Ich hätte nichts ändern können, aber ich wäre anders mit dir umgegangen. Zumindest hoffe ich das.

»Drüben haben sie jemanden im Fall Engel belangt«, sagte Ewald. »Einen Enkel der Denunziantin. Er war in der HJ, in mehreren Organisationen, es war nicht schwierig, ihm Verbrechen gegen die Menschlichkeit nachzuweisen. Drüben scheint das immer weniger schwierig zu sein, und davon, dass hier bei uns rechte Seilschaften wie diese Kampfgruppe gegen Unmenschlichkeit dagegen Amok laufen, lassen Faschistenjäger auf der anderen Seite sich nicht beirren.«

»Ich habe jetzt keine Lust mehr«, sagte Michaela mit belegter Stimme. »Ich brauche meine Pause zur Erholung. Wenn ich noch länger über Denunzianten und Nazis, die an jeder Ecke lauern, nachdenke, bin ich heute Abend nicht in der Lage, jemandem sein Lendensteak blutig zu braten. Was sollen wir denn machen? Manchmal wünschte ich mir, uns hätte alle der Esel im Galopp verloren, wir müssten über niemanden, von dem wir stammen, etwas wissen.«

»Ist die Frage ernst gemeint?«, fragte Ewald. »Willst du wirklich wissen, was wir machen sollen?«

Michaela nickte.

Ewald tippte auf den Artikel, auf die letzten drei Zeilen. »Uns eine Zeit lang schämen vielleicht. Ehe wir uns hier wie dort von Neuem in die Brust werfen. Dafür kämpfen, dass Nazi-Verbrecher verfolgt werden, dass DDR und BRD dabei zusammenarbeiten, sich nicht auf politische Differenzen herausreden. Das, was geschehen ist, aufarbeiten. Nichts schlafen legen. Was uns im Nacken sitzt und giftig atmet, sind keine Dämonen, Micha. Es sind Mörder, und Mörder gehören vor Gericht.«

Michaela nahm ihm die Zeitschrift ab und überflog den Artikel. »Findet solche Zusammenarbeit überhaupt nicht statt?«, fragte Kelmi. »Und könnte die Tochter eines Nazi-Opfers aus dem Osten auch keine Anzeige wegen Verleumdung gegen eine westliche Zeitung erstatten, wenn dessen Leistung im Widerstand herabgewürdigt wird?«

»Schwierig«, erwiderte Ewald. »Du sprichst von Susanne Engel, richtig? Falls dich das tröstet: Sie wird von diesem Geschmiere ja vermutlich nichts erfahren.«

»Würdest du es nicht erfahren wollen?«, hakte Kelmi zurück. »Wenn jemand einen deiner Verwandten verleumdet? Als mein Onkel verleumdet und zu Unrecht angeschuldigt wurde, ist mein Vater von Pontius zu Pilatus gerannt, um ihn von den Vorwürfen reinzuwaschen. Würdest du das nicht auch tun wollen?«

»Doch, sicher«, antwortete Ewald. »Aber …«

»Kein Aber«, sagte Kelmi. »Susu muss zumindest die Möglichkeit haben, sich zu entscheiden. Ich muss es ihr sagen. Wirst du nächsten Sonntag hier allein fertig, Micha? Ich fahre nach Ostberlin.«

»Du hast ja einen Knall«, rief Michaela. »Du bekommst nie und nimmer eine Tageserlaubnis.«

»Werden die neuerdings kontrolliert? Früher hat sich kein Mensch darum geschert.«

»Dein Früher ist verdammt noch mal drei Jahre her. Um den Vater von deiner Stalinistin tut's mir leid, aber dich kennt die doch überhaupt nicht mehr. Die große Liebe wird's von ihrer Seite sowieso nicht gewesen sein, denn ansonsten hätte sie ja wohl mal einen Finger gerührt, während du in diesem Gruselknast verschwunden warst.«

»Das ist egal«, sagte Kelmi, obwohl es das nicht war. Es tat immer noch weh, sooft er versucht hatte, sich einzureden, dass Susu von seiner Verhaftung vielleicht nichts gewusst hatte, dass sie unmöglich wissen konnte, wie oft er nach seiner Freilassung vergeblich versucht hatte, eine Tageserlaubnis zu einem Besuch zu erhalten. Einmal, an einem Regentag im September, hatte er auf die Erlaubnis gepfiffen. Er hatte auch auf seine Angst gepfiffen, auf die immer wiederkehrenden Albträume, in denen drei Uniformierte ihn auf den betonierten Boden einer Zelle niederprügelten. Busse und Straßenbahnen durften seit dem 17. Juni nicht mehr zwischen Ost und West verkehren, aber U- und S-Bahn pendelten weiter wie eh und je. Er hatte die U-Bahn bis Friedrichstraße genommen und war nach Unter den Linden spaziert, als wäre nichts gewesen.

Aber es war etwas gewesen.

»Für uns wäre es ein Kinderspiel, Sie als feindlichen Agenten und Provokateur vor Gericht zu stellen«, hatte der Mann am Tor des Gefängnisses zu ihm gesagt, während Kelmi noch die Binde um die Augen und die Handschellen um die Gelenke getragen hatte. »Dass wir Sie gehen lassen, geschieht unter einer Bedingung. Sie lassen sich hier nicht mehr blicken. Sie kümmern sich um Ihren eigenen Dreck. Sie vergessen, dass Sie einer Frau namens Susanne Engel je begegnet sind.«

Der Mann war Eugen Terbruggen. Wenig später war Johannes R. Becher als Kultusminister vereidigt worden, und das Fernsehen – das Gerät hatte Jobst ins Haus geschleppt, der in der modernen Technik seine Göttin verehrte – hatte eine kurze Rede gebracht, die Terbruggen gehalten hatte. Kelmi war kein Meister im Erkennen von Stimmen, hätte aber Terbruggens Stimme nicht verkennen können.

Er verkannte auch Terbruggens Warnung nicht. Der Mann hatte es ernst gemeint, daran war nichts zu rütteln, aber an jenem Sonntag hatte Kelmi dem allen zum Trotz nach Ostberlin fahren müssen. Es noch einmal sehen. So wie er sich lange gewünscht hatte, er hätte Oma und Opa Piepenhagen noch einmal sehen können, um zu begreifen, dass sie nicht mehr lebten. Im strömenden Regen hatte er vor der Ruine des *Kranzler*s gestanden, war sich lächerlich vorgekommen und hatte vielleicht gerade deshalb zum ersten Mal um alles weinen können.

Um den Aufstand, der von Panzern niedergewalzt worden war, um die Menschen, die dabei gestorben waren, um die Träume derer, die hier einen freien, menschlichen Staat hatten aufbauen wollen. Darum, wie schwierig alles war, wie fast unmöglich, selbst wenn man das Beste wollte. Um Susu und sich, die damit nichts und doch alles zu tun hatten.

Es war eine Erlösung gewesen. Wenig später war ihm das *Susanna im Bade* in den Schoß gefallen, und er hatte begonnen, sich zusammenzuflicken und wieder nach vorn zu blicken.

Jetzt würde er noch einmal nach drüben fahren müssen. Nicht um seinet-, sondern um Susus willen.

»Das ist egal«, sagte er ein zweites Mal zu Micha. »Ich muss ihr diese Sache von ihrem Vater erzählen, damit sie entscheiden kann, was sie tut.«

»Du dringst doch gar nicht erst bis zu ihr vor«, sagte Micha. »Vermutlich ist dieser Terbruggen nicht nur ihr Schießhund, sondern auch ihr Sugar Daddy. Willst du, dass der dich wieder einlocht? Weißt du, dass deine Mutter einen Herzanfall hatte? Sie hat uns zum Schweigen verpflichtet, wollte nicht, dass du damit belastet wirst, aber ehe du uns die ganze Hölle noch einmal zumutest, begehe ich lieber Verrat.«

»Ich muss trotzdem mit Susu sprechen«, sagte Kelmi und versuchte zu verbergen, wie bestürzt er war. »Sie und ihre Familie haben ein Recht darauf, von dem Artikel zu erfahren.«

»Du bist lebensmüde!«, rief Micha. »Nach diesem Aufstand sind Todesurteile vollstreckt worden, ist dir das überhaupt klar? An Leuten, denen weit weniger vorgeworfen wurde als Spionage und Volksverhetzung. Willst du gern der Nächste sein? Weißt du, dass Leute in diesen Gefängnissen verschwunden, dass sie in die Sowjetunion geschafft worden sind, ohne dass sich ihre Spur verfolgen lässt?«

»Woher hast du denn das?«, fragte Ewald. »Aus der Springer-Presse?« Micha würdigte ihn keiner Antwort, und Ewald erwartete keine. »Der weidlich ausgeschlachtete Juni-Aufstand ist lange her«, fuhr er fort. »Da ist ein blutjunger Staat, der sich von allen Seiten bedrängt sah, in Panik geraten, und die Sowjets, denen gerade ihr Übervater ins Gras gebissen hatte, gleich mit. In Moskau tobte das Chaos, aber inzwischen sitzt Chruschtschow dort fest im Sattel. Im gesamten Block wird Entstalinisierung betrieben, die Einzelstaaten werden erwachsen, und die Umklammerung lockert sich.«

»Ach, wirklich?«, schoss Michaela zurück. »Und was war vor sechs Wochen in Georgien? Waren da nicht auch sowjetische Panzer, die eine Demonstration niederwalzten, gab es nicht auch

Tote und Verhaftete, über deren Verbleib noch immer kein Mensch etwas weiß?«

»Und was weißt du sonst über den Verbleib von Leuten in Georgien?«, fragte Ewald. »Hast du, bis die Berichte quer durch RIAS, *Bild* und *Welt am Sonntag* wanderten, so genau gewusst, dass eine Sowjetrepublik mit Namen Georgien überhaupt existiert?«

»Willst du damit sagen, unsere Berichterstattung lügt?«

»Ich will damit sagen, dass Berichte grundsätzlich über den Berichterstatter mehr aussagen als über das Thema, dem sie gelten. Über Georgien äußere ich mich nicht, weil ich aus der Entfernung unmöglich beurteilen kann, wie weit das, was bei uns ankommt, den Fakten entspricht. Ich habe nur Kelmi sagen wollen, dass inzwischen auch auf der anderen Seite viel Wasser die Spree runtergeflossen ist. Dass die Leute da auf Kleinwagen und Fernsehapparate sparen wie hier. Und höchstwahrscheinlich vergessen haben, dass ein geschmackloser Mensch, der über Bratkartoffeln Kokos raspelt, mal ein paar Wochen lang bei ihnen eingebuchtet saß.«

»Wenn du es da so toll findest«, fuhr von Neuem Micha dazwischen, ehe Kelmi zu Wort gekommen wäre, »warum gehst du dann eigentlich nicht rüber, Ewald?«

»Ja, warum eigentlich nicht?« Ewald ließ sich nicht aus der Ruhe bringen. »Abwegig ist der Gedanke ja nicht, nachdem man zwar drüben den Paragrafen 175 ebenso wenig außer Kraft setzt wie hüben, aber immerhin angeordnet hat, einen Mann, der es wagt, einen Mann zu lieben, wegen Geringfügigkeit nicht mehr strafrechtlich zu verfolgen. Vielleicht gehe ich ja irgendwann. Oder ich bleibe. Ich habe mein Leben hier, meinen Liebsten, meine unterbezahlte Arbeit, die Bruchbude, die ich mein Zuhause nenne. Und ich erlaube mir, von keinem der zwei deutschen Staaten vollends begeistert zu sein. Erhalte ich dafür deine Genehmigung?«

Sie schwiegen sich an. Michaela, die ein nationalsozialistisches Waisenheim überlebt hatte, spielte gern das oberflächliche Wirtschaftswunderweibchen, aber hinter ihrer Stirn rotierte es.

»Meint ihr, wir könnten die Probleme der Gesamtwelt und ihre Lösung geringfügig vertagen?«, fragte Kelmi. »Ich muss runter, meine jungen Seezungen und Morcheln vorbereiten. Gibt es eigentlich etwas, das mehr Versprechen, mehr zarte Möglichkeiten in sich trägt als ein Frühlingsgericht? Daneben wüsste ich gern immer noch, ob ihr euch imstande seht, am nächsten Wochenende für mich den Laden zu schmeißen. Die Gnocchi in Safranbutter, die ich neu auf die Sonntagskarte nehmen wollte, können wir ja noch eine Woche verschieben.«

»Kelmi.« Michaela löste die Spange an ihrem Hinterkopf und ließ das rötliche Gold ihrer Haarpracht wie einen Schleier um ihr Gesicht fallen, während sie sich ihm zuwandte. »Du bist verrückt. Du hast deine sozialistische Prinzessin drei Jahre lang nicht gesehen. Drei Jahre lang liebt man nicht jemanden, den man schon nicht mehr kennt, das ist unmodern, gehört in Dornröschens Zeiten. Man stiftet auch nicht jemanden an, über Ost-West-Grenzen hinweg einen Zeitungsverlag zu verklagen, der so oder so am längeren Hebel setzt, und in einen brennenden Stall, dem sie einmal entronnen sind, rennen nicht mal Rindvieher. Aber wenn du das alles auf die Frage reduzieren willst, ob ich dir nächsten Sonntag deine Klöpse aus Kartoffeln und Grieß rollen kann, dann lautet die Antwort ja. So viel bringe ich gerade noch fertig.«

34

Sanne würde nicht hingehen. Auf gar keinen Fall. Die Postkarte, die er in einen Briefkasten hinter der Grenze mit einer DDR-Briefmarke versehen und eingesteckt haben musste, warf sie weg. Eine alberne Geste, das war ihr selbst klar, denn die Worte, die auf dem Schwarz-Weiß-Bild des *Kranzlers* von 1930 gestanden hatten, verschwanden damit ja nicht aus ihrem Kopf.

Liebe S(usu)anne.
Unangenehm das hier. Aber es gibt etwas, das ich mit dir besprechen muss.
Um dich und mich geht es nicht, das verspreche ich, sondern um deinen Vater.
Lange wird es nicht dauern, das verspreche ich auch, und bringe keine Zwiebelsuppe mit.
Wir sehen uns unter den Linden?
TFK(elmi)

Mit ihrem Vater hatte Theodor-Friedrich Kelm nichts zu schaffen. Er hatte nicht das Recht, ihn zu erwähnen, ihn sich zu eigen zu machen, als trügen nicht Familien wie die seine Schuld an dem, was Familien wie der ihren geschehen war. Er hatte auch nicht das Recht, so zu tun, als wären keine drei Jahre vergangen, als hätte Sanne nach dem Zusammenbruch nicht die Zähne zusammengebissen, die versprengten Trümmer eingesammelt und ihr Leben noch einmal aufgebaut.

Es war nicht einfach gewesen. Die Einsamkeit, die damals, 1945, zwischen Trümmern, unter stummem Geschrei über sie hergefallen war, hatte sie wiederum eingeholt. Ihre FDJ-Gruppe war nur noch eine organisatorische Einheit, kein Kreis von Freunden mehr gewesen, zweigeteilt, erfüllt von Argwohn, verstummt aus Schrecken oder Scham. Thomas, dem man im Angesicht der Krise Versagen vorwarf, wurde als Leiter abgelöst. Halbherzig hatte er eine Liaison mit Rosie begonnen, doch sobald sich herausgestellt hatte, dass weder in Beruf noch Partei erhebliche Fortschritte von ihm zu erwarten waren, hatte ihre Bewunderung für ihn ein sang- und klangloses Ende gefunden.

Sanne traf ihn noch manchmal, wenn sie aus alter Loyalität ins *Tanja* ging, doch es gab keine Vertrautheit mehr zwischen ihnen. Im Grunde, so stellte sie fest, hatte es nie eine gegeben, nur das Wissen, auf derselben Seite zu stehen, auf der richtigen Seite, in sich denselben Hass auf dieselben Feinde zu spüren und dieselbe Angst davor, dass diese sich erneut erhoben. Einst hatte Sanne geglaubt, das genüge. Einst hatte sie nicht für möglich gehalten, es könnte für sie etwas anderes geben.

Als sie aufgrund der Altersgrenze von fünfundzwanzig aus der FDJ ausschied und in den Demokratischen Frauenbund wechselte, war sie erleichtert. Sie kam mit Männern ihres Alters fortan wenig zusammen, konzentrierte sich auf die Arbeit und geriet nicht in Versuchung, sich in die ungeschützte Zone der großen Gefühle noch einmal zu begeben. Werner Petersen, der Fachbereichsleiter, der sich allzu laut und einmal zu oft über die Zuwendungen seiner Westverwandtschaft gefreut hatte, war entlassen worden, und Direktor Bäumler hatte dessen Stellung Sanne übertragen.

»Wenn ich in ein paar Jahren in den Ruhestand gehe, werde ich diese Schule bei Ihnen in guten Händen wissen, Fräulein Engel. Welche Stricke auch reißen mögen, bei Ihnen kann ich mir sicher sein, dass Sie über jeden Zweifel erhaben sind.«

Sannes Beförderung entlastete Hille, die sich künftig für keine Prämien mehr krummlegen musste, um die Kosten des Haushalts zu bestreiten. Sie blieb eine fleißige Frau, die ihrer Arbeit pflichtbewusst nachging, doch mit demselben Pflichtbewusstsein konnte sie sich künftig freinehmen, wann immer sie nicht wagte, Sannes Mutter allein zu lassen. Darüber hinaus wurden diese Gelegenheiten seltener. Die Mutter war mit Essen beschäftigt. Indem sie schweigend Essen in sich hineinstopfte und die Ausdehnung ihres Körpers vorantrieb, schien sie eine Beschäftigung gefunden zu haben, wie andere strickten oder Zimmerpflanzen hegten. Da sie keine Todessehnsucht mehr zu erkennen gab, wurde Barbaras Hilfe nicht länger benötigt. Die klingelte dennoch des Öfteren bei ihnen oder hoffte im Hausflur auf einen Schwatz über Bennos diverse Krankheiten, doch zumeist gelang es den Engels, ihr auszuweichen.

Auch die Lage im Staat hatte sich beruhigt. Die Versorgung besserte sich, zwar nicht über Nacht, jedoch Schritt für Schritt. Es gab Reiseangebote. Es gab mehr Auswahl an Waren. Für verdiente Mitglieder von Brigaden bestand die Möglichkeit, sich auf eine Liste setzen zu lassen und einen Fernseher oder sogar einen Kleinwagen zu ersparen. Aufstände wie an jenen zwei Tagen im Juni waren nicht noch einmal vorgekommen.

Und es durften nie wieder welche vorkommen. Die Erinnerung daran hing in Sannes Gedächtnis wie ein schwarzer Vorhang aus Blei. Dass ihr Staat – ihr brandneuer, blitzsauberer, den Menschen und ihrem Glück gewidmeter Staat – das Blut seiner Bürger vergossen hatte, war noch immer unfasslich, eine Wunde, an das sie nicht rühren durfte, ohne von Neuem nach Atem zu ringen und alles in Zweifel zu ziehen, jeden Schritt, den sie seit den Tagen in den Trümmern gegangen war.

Das durfte nicht sein. Es kostete allzu viel Kraft. Die Parteiführung hatte Reue gezeigt und aus ihren Fehlern gelernt, und dasselbe musste jedes einzelne Mitglied der Massenorganisationen tun, selbst die, die persönlich betroffen waren. Ich bin nicht wirklich persönlich betroffen, sagte sich Sanne. Paul Aller war nicht mein Bruder, ich hatte gar keinen, mein Liebhaber war er auch nicht, sondern nichts als ein netter, lustiger Kerl, von dem sie nicht glauben konnte, dass er nicht mehr da war. Dass er etwas Böses getan hatte. Dass seine kleinen, runden, vergnügten Eltern ihren kleinen, runden, vergnügten Sohn nicht mehr hatten. Um den guten Weg, den sie seither gegangen war, nicht zu gefährden, durfte sie daran nicht denken.

Stattdessen bemühte sie sich, nach vorn zu schauen, auf das Tag um Tag sich verbessernde Leben. Etliche Vorschriften wurden gelockert, aus dem Kulturleben berichtete Eugen von aufgehobenen Zensurbestimmungen und neuen Impulsen, die die DDR unter die führenden Kulturnationen der Welt katapultieren würde. »Wer heute bei uns ins Kino geht, bekommt jetzt schon eine Qualität geboten, die er drüben vergeblich sucht«, sagte er. »Die BRD verhindert die Teilnahme unserer Produktionen an den Filmfestspielen von Cannes nicht ohne Grund: Sie weiß, dass wir besser sind.«

Vielleicht brach gerade tatsächlich die Zeit an, in der die Bürger der Ostblockländer begriffen, dass sie das bessere Los gezogen hatten. Ja, in Georgien war es zu Zusammenstößen zwischen Demonstranten und Polizisten gekommen, auch in Teilen Polens, und in Ungarn formierte sich eine starke liberale Bewegung, die bis in die Spitze der Regierung für Querelen sorgte. Hier, in ihrer deutschen demokratischen Republik, wuchs jedoch die Zufriedenheit. Zumindest unter all denen, die nicht den beständigen Verführungsversuchen westlicher Propaganda verfielen.

Diese Propaganda blieb ein Problem. Vom RIAS bis zu den knalligen Plakaten an Westberliner Schaufenstern, von denen Ostberliner sich locken ließen wie von Hamelns Rattenfänger, selbst wenn man sie zwang, ihr gutes Geld zu einem Kurs von eins zu sieben umzutauschen. Die Kaufkraft, die der eigenen Wirtschaft damit abgezogen wurde, war dabei noch nicht einmal das größte Übel. Viel schlimmer waren die Ströme von Menschen, die noch immer über die Berliner Stadtgrenze gen Westen abwanderten. Allein im vergangenen Jahr eine Viertelmillion. Wissenschaftler, Ärzte, Lehrer. Menschen, die an ihrem Platz gebraucht wurden. Ihre Entscheidung erfüllte Sanne mit einer Traurigkeit, die der einer verschmähten Liebenden gleichkam.

Thomas hatte anders auf die enormen Zahlen von Republikflüchtlingen reagiert. Nicht mit Traurigkeit, sondern mit Zorn. »Ich verstehe nicht, warum man diese verdammten Grenzübergänge nach Westberlin, in diesen Pfahl im Fleisch des Sozialismus, nicht einfach verrammelt und mit bewaffneten Männern besetzt.«

»Unser Land ist doch kein Gefängnis«, hatte Sanne erwidert und sich noch trauriger gefühlt.

»Und was sollen wir sonst tun? Die verdammte BRD überflügeln, damit die ewigen Miesmacher zufrieden sind?«

»Ich denke, mit mehr Unterdrückung kommen wir auf keinen Fall weiter«, hatte Sanne sich um einen vorsichtigen Ausdruck bemüht. »Die Partei hat damals, nach dem Aufstand, Fehler eingestanden und allzu radikale Bestimmungen zurückgenommen. Meinst du nicht, wir sind jetzt auf einem guten Weg?«

Thomas hatte sie mit jener Art von Überheblichkeit angesehen, die sie früher, als sie als Paar gegolten hatten, zur Weißglut getrieben hatte. »Diese sogenannten Fehler hat unsere Parteiführung doch nicht eingestanden, weil es wirklich Fehler waren, sondern weil das verdammte Volk da draußen nicht reif dafür ist.«

Sanne war froh, wenn sie Gesprächen mit Thomas aus dem Weg gehen konnte. Sie hatte Ermutigung nötig, nicht Missmut. Zudem verstörte es sie, dass Thomas die Teilung Deutschlands, auf die sich ein Siegel nach dem anderen legte, nicht zu beunruhigen schien. Im vergangenen Jahr hatte sich die BRD endlich gezwungen gesehen, Farbe zu bekennen und ihre im Geheimen längst voranschreitende Wiederbewaffnung mit der Gründung der Bundeswehr offenzulegen. Daraufhin war in diesem März auch in der DDR die Gründung einer Nationalen Volksarmee bekannt gegeben worden.

War nicht etwas Falsches daran, das »Nie wieder Krieg«, das der Schwur von Buchenwald gefordert hatte, damit zu sichern, dass beide Seiten sich für einen Kriegsfall rüsteten? War nicht etwas falsch daran, Millionen für Bewaffnung auszugeben, wo es noch immer an Wohnraum für Eltern mit kleinen Kindern fehlte? Daran zu rütteln mochte jedoch blauäugig sein. Mit Thomas sprach sie darüber nicht, aber Eugen hatte erst vor ein paar Wochen zu ihr gesagt: »Täusch dich nicht. Es herrscht kein Frieden zwischen uns, es herrscht kalter Krieg, und du solltest besser als jede andere wissen, warum nichts anderes herrschen kann.«

Er hatte sie in den Korridor ihrer Wohnung geführt und auf den gerahmten Abdruck des Schwures von Buchenwald gezeigt, den er selbst ihr zum Tag der Staatsgründung geschenkt hatte:

»Solange Faschismus und Militarismus nicht restlos vernichtet sind, wird es keine Ruhe und keinen Frieden bei uns und in der Welt geben.«

Es war ein nützliches Geschenk. Wenn Sanne sich erschöpft fühlte, wenn die Überzeugungsarbeit, die sie Tag für Tag zu leisten hatte, ihr allzu schwer auf den Schultern lastete, stellte sie sich vor das gerahmte Blatt und las die Worte des Schwures ganz durch:

»Wir stellen den Kampf erst ein, wenn auch der letzte Schuldige vor den Richtern der Völker steht. Die Vernichtung des Nazismus mit seinen Wurzeln ist unsere Losung. Der Aufbau einer neuen Welt des Friedens und der Freiheit ist unser Ziel. Das sind wir unseren gemordeten Kameraden und ihren Angehörigen schuldig.«

Um dieses Schwures willen war ihr Staat gegründet worden, und um dieses Schwures willen mussten sie unermüdlich darum kämpfen, ihn zu stärken. Sanne war es ihrem Vater schuldig. Deshalb hatte sie sich dazu bewegen lassen, auf der Feierstunde zur Benennung der Volker-Engel-Straße in Karlshorst ein weiteres Mal eine von Bechers pompösen Reden zu halten. Deshalb erklärte sie mit scheinbarer Engelsgeduld ihren Schülern wieder und wieder, worin der Kern des Faschismus bestand: »Faschismus ist die offene, terroristische Diktatur der reaktionären, menschenfeindlichen Elemente des Finanzkapitals. Deshalb können wir ihn nicht als völlig besiegt betrachten und uns nicht vor ihm in Sicherheit wiegen, solange in der anderen Hälfte unseres Landes der Kapitalismus, der ihn hervorgebracht hat, weiter wuchert und blüht.«

Viele ihrer Schüler – junge Leute mit Träumen von Mopeds und Bluejeans – weigerten sich, davon etwas zu begreifen. Soweit es sie betraf, war Faschismus ein düsteres Märchen, das dem Nebel grauer Vorzeit entstammte. Kapitalismus hingegen war das, was im Schlaraffenland hinter der Grenze herrschte und seine Bürger mit Tonnen von Bananen, Schokolade, modischen Hemden und amerikanischen Schallplatten überschüttete.

Ihnen das Gegenteil beizubringen, gegen ihre wilden, ahnungslosen Sehnsüchte anzugehen war quälend mühsame Kleinarbeit, die nur winzige, kaum erkennbare Fortschritte zeitigte. Oftmals kam Sanne so müde nach Hause, dass sie Mühe hatte, nicht beim Abendbrot einzuschlafen. Ebenso bleiern müde hatte sie vor zwei Tagen in der einstigen Horst-Wessel-Straße gestanden, die nach dem Krieg zu einer *Durchgangsstraße* gemacht worden war und nun den Namen ihres Vaters tragen sollte. Jedes Wort der Rede hatte ihr wie ein Gewicht auf der Zunge gelegen, das auszustoßen Kraft kostete. Einer Idee von Bäumler zufolge waren zwei ihrer Schulklassen zu der Gedenkfeier geführt worden, obwohl Feiertag war, ein leuchtender Frühlingsmorgen, an dem jungen Leuten der Sinn nach anderem stand. Sanne konnte sich nicht hindern, in ihre gelangweilten Gesichter zu sehen, die Geringschätzung wahrzunehmen, ja, sogar Zeichen von Hohn.

Es tat ihr weh. Befeuert von Eugen hatte sie sich eingeredet, sie erweise ihrem Vater einen Liebesdienst, könne noch etwas für ihn tun, was ihr ansonsten unmöglich war. Dass die Feierstunde auf Christi Himmelfahrt fiel, das als Feiertag nur erhalten blieb, weil es landauf, landab als Vatertag begangen wurde, war Eugen zufolge ein Zufall. Als kleines Mädchen hatte Sanne am Vatertag Bilder gemalt und in staksigen Buchstaben Gedichte verfasst:

> *»Lieber Vati, an dich denk ich*
> *Und das Bildchen hier dir schenk ich.«*

Sanne konnte nicht malen. Dichten noch weniger. Über die peinlichen Verse hatte ihr Vater vor Freude geweint. Während sie jetzt die nicht weniger peinlichen pathetischen Worte der Rede verlas, glaubte sie zu spüren, wie der Vater ihr entglitt. Wie weit er ihr schon entglitten war. Was von ihm steckte noch in den großen Worten von Unerschrockenheit im Angesicht des Todes, von Opfermut für die Sache des Sozialismus? Von dem Mann, der eine Spieluhr aufgezogen, der sich beim Sprechen und Denken die Haare zerzaust hatte, der über kindische Knittelverse in Tränen ausgebrochen war und sich die Brille putzen musste, war nichts darin zu spüren. Manchmal fragte sie sich, ob sie noch wusste, wie er ausgesehen hatte, nicht tot auf dem Küchenfußboden, sondern lachend am Frühstückstisch.

Sie hätte aufschreien wollen, weil von ihrem Vater nichts mehr übrig war als die hohlen Worte und weil die verächtlichen Blicke, das Gähnen und Grinsen ihrer Schüler ihr selbst die noch entrissen.

Blitzlichter zuckten, obwohl der Tag so hell war. Ein Blasensemble spielte *Auferstanden aus Ruinen*, die Hymne, die Johannes R. Becher der DDR geschrieben hatte. Becher war Eugens Vorgesetzter. Gerede zufolge, das Sanne verschiedentlich zu Ohren gekommen war, hatte Becher zu kämpfen. Angeblich hatte er sich ein wenig zu vehement für Georg Lukasz eingesetzt, den Kultusminister des umstrittenen und inzwischen abgesetzten ungarischen Ministerpräsidenten Imre Nagy. Eugen sprach nicht darüber, doch wenn er in diesen Wochen überhaupt einmal Zeit hatte, dem Haushalt in der Boxhagener Straße einen Besuch abzustatten, war ihm die Anspannung anzumerken.

»Da vorne«, hörte sie trotz der Blasmusik in ihrem Rücken die Stimme einer Frau, »da war das Altersheim von Esther Katzenellenbogen. Warum haben sie die Straße eigentlich nicht nach ihr benannt? War denen der Name zu lang?«

»Nur Jüdin«, erwiderte eine andere, »keine Kommunistin. Das reicht nicht. Glaubst du etwa, nach einem von den Alten, die von hier verschleppt worden sind, ist irgendwo auch nur ein Rinnstein benannt?«

»Hätte einer mich gefragt, hätten sie die Straße überhaupt nicht umbenennen dürfen«, erklang nun wieder die Stimme der Ersten. Die Musik war zu Ende, und der Frau musste jäh bewusst geworden sein, dass jeder sie hören konnte. Kurz schwieg sie, dann sprach sie langsam und mit Betonung jeder Silbe weiter: »Für mich bleibt die Horst-Wessel-Straße die, in der ich meinen Vater zum letzten Mal gesehen habe. Die hatten ihm sein Gebiss weggenommen. Er ist in den Laster gestiegen und hat mir mit seinem leeren Mund noch zugegrinst. Die Schokolinsen, die ich ihm mitgebracht hatte, die hat er gar nicht mehr essen können, und daran, dass das in der Horst-Wessel-Straße war, ist in hundert Jahren nichts zu rütteln.«

Sanne hielt sich an den Blättern ihrer Rede fest und hatte Angst, vornüberzukippen. Einfach die Kraft zu verlieren und vor den Augen der Zeitungsfotografen umzufallen. Sie starrte nach vorn und sah ungläubig, wie jemand sich aus dem Pulk löste und zu ihr auf das Podium stieg. Eugen. Geradezu behutsam nahm er sie beim Ellbogen und half ihr hinunter.

Hatte ausgerechnet er, der sich selbst keine Schwäche gestattete, bemerkt, dass sie nicht mehr konnte, dass sie kurz davor gestanden hatte, vor den gezückten Kameras wieder einmal in Ohnmacht zu sinken?

»Ich habe schlecht geschlafen«, murmelte sie entschuldigend. »Viel Arbeit in der Schule. Es geht auf die Zeugnisse zu.«

»Schon gut«, sagte Eugen. Ausgerechnet Eugen sagte: »Schon gut.«

Er überquerte die abgesperrte Fahrbahn mit ihr und führte sie in weitem Bogen an der Menge vorbei. Hinter der Biegung stand ein lindgrüner Wartburg 311, der vor Fabrikneuheit glänzte.

»Deiner?«

Eugens Schulterzucken wirkte geradezu verlegen. »Zurzeit wird von mir offenbar erwartet, dass ich an sechs Orten gleichzeitig präsent bin. Man tut, was man kann. Ein eigener fahrbarer Untersatz wurde allerdings unumgänglich. Ich gehöre nicht zu der Art von Mensch, der sich von einem Chauffeur herumkutschieren lässt.«

Wieder einmal hatte sie sein Hinken nicht bemerkt. Galant half er ihr in den Wagen. Unvermittelt fragte sie sich, wie alt er eigentlich war. Da er der Agent ihrer Mutter gewesen war, musste er ein wenig älter sein als diese, doch anders als sie hatte er etwas Altersloses. Das Haar ihrer Mutter war grau und schütter wie Spinnweben. Das von Eugen hingegen war noch immer von demselben seidigen Schwarzbraun, das sie als Kind an ihm gekannt hatte, tadellos geschnitten, nur nicht länger pomadisiert.

»Ich hätte gern mehr Zeit«, sagte er im Anfahren. »Du hättest es wahrlich verdient, aber im Augenblick kommt es mir vor, als müsste ich mir jede Minute, die ich nicht mit Arbeit verbringe, buchstäblich aus den Rippen schneiden. Ich komme aber am Sonnabend. Das versteht sich von selbst.«

»Sonnabend?«

»Deine Mutter hat Geburtstag.« Er blickte geradeaus auf die Straße. »Ein Mai-Kind. Würde ich mich nicht weigern, mich von derlei Projektionen einfangen zu lassen, hätte ich seinerzeit gesagt: Wie hätte Ilona Konya in einem anderen Monat geboren werden können?«

»Ich hatte überhaupt nicht daran gedacht«, murmelte Sanne. Es gab keine Entschuldigung dafür. Dass ihre Mutter selbst sich an den Tag nicht zu erinnern schien, hätte für sie umso mehr Grund sein müssen, daran zu denken. Sie würde Sonnabend nach der Schule Kuchen besorgen. Viel Kuchen. Am Ende der Auguststraße war eine neue Großbäckerei eröffnet worden.

»Du musst dich um nichts kümmern«, sagte Eugen. »Ich lasse uns ein paar Kleinigkeiten liefern, von der Firma, die Empfänge für das Ministerium ausstattet. Nichts Besonderes. Aber die Portionen sind reichlich bemessen.« Ohne Ankündigung fuhr er an den Straßenrand und würgte seinen neuen Wagen abrupt ab. »Zum Teufel mit der ewigen Hetze. Gehen wir wenigstens einen Kaffee trinken.«

In dem Lokal, in das er sie schleuste, schien er Stammgast zu sein. Ohne Wartezeit schoss ein Kellner auf sie zu und geleitete sie an einen Fenstertisch. Zwei Tassen Kaffee bekamen sie ebenfalls im Handumdrehen. Eugen rührte in der seinen. Sanne hielt sich an der Wärme der ihren fest, obwohl es nicht kalt war. Die Lippen spitz zu machen und das heiße, koffeinhaltige Gebräu einzusaugen half ihr.

»Du reibst dich auf«, sagte er. »Du hättest längst Anrecht auf Urlaub. Was glaubst du, wofür wir die Ferienplätze zur Verfügung stellen, wenn nicht, um Leute wie dich, die sich Tag und Nacht in die Seile hängen, vor dem Zusammenbruch zu bewahren.«

»Mir geht's nicht schlecht«, sagte Sanne. »Nur müde, wie immer vor den Zeugniskonferenzen.«

Er hob den Kopf. »Was hältst du vom Plattensee?«

»Von was?«

»Plattensee. Ungarn. Die Frau eines Kollegen aus dem Ministerium gehört zur Gründungsmannschaft im Reisebüro der DDR. Sie würde mir ein Ferienhaus mit Zugang zum See reservieren. Der Duft der großen weiten Welt ist es sicher nicht. Aber im Augenblick erscheint mir die Aussicht auf Spaziergänge am Seeufer, meinetwegen Kahnfahrten und Sonnenuntergänge bei Weißwein und fangfrischem Fisch geradezu paradiesisch.«

Sanne hatte nicht die Spur einer Ahnung, was sie dazu sagen sollte. »Hast du mich gerade gefragt, ob ich mit dir in den Urlaub fahre?«

»Ich weiß, ich kann keinen gleichaltrigen Reisegefährten ersetzen«, sagte Eugen. »Aber wir kennen uns unser ganzes Leben, wir kommen gut miteinander aus, und wir brauchen beide dringend Erholung. Zudem ist dir ja bekannt, dass ich mich verpflichtet fühle, auf dich zu achten.«

»Das brauchst du nicht«, rief sie schnell. »Ich bin gar nicht der Mensch, der in Urlaub fährt, und du kümmerst dich schon um genug. Danke, dass du an Mutters Geburtstag gedacht hast, und darum, dass diese Straße nach Vater benannt worden ist. Hat übrigens früher dort ein jüdisches Altersheim gestanden?«

Ihre Tassen waren leer. Eugen winkte dem Kellner und bezahlte. »Es würde dir guttun«, sagte er, während er sein Portemonnaie in der Innenseite des Sakkos verstaute. »Mal aus allem rauskommen. An nichts denken.«

Allein die Vorstellung erschien Sanne absurd. »Ich hatte mir vorgenommen, in den Ferien mehr Zeit mit Hille und Mutter zu verbringen. Vielleicht ein paar Ausflüge machen, Hille mal eine Pause verschaffen. Während der Schulzeit bleibt alles an ihr hängen, weil ich neben der Arbeit zu nichts komme. Ich hätte ein schlechtes Gewissen, wenn ich jetzt wegfahren würde, während sie zu Hause sich selbst überlassen sind.«

»Ich könnte mit ihnen reden«, sagte Eugen. »Ich bin sicher, Hille würde dir die Reise gönnen.«

»Das würde sie bestimmt. Aber ein schlechtes Gewissen hätte ich trotzdem.«

Sie standen auf, gingen, verabschiedeten sich bis zum Samstag. Sannes Frage nach dem jüdischen Altersheim war untergegangen. Als sie nach Hause kam, lag die Karte von Kelmi auf der Anrichte in der Küche, wo Hille immer die Post hinlegte. Sanne warf sie weg. Sie würde dort nicht hingehen.

35

Am Samstag fing Eugen noch einmal mit dem Urlaub am Plattensee an, obwohl Sanne der Meinung gewesen war, sie hätte klar gesagt, dass sie nicht mitfahren wollte. Er war ihr Pate. Er war ein Freund ihres Vaters gewesen, und er hielt ihrer Familie die Treue. Weshalb er mit ihr in Urlaub fahren wollte, verstand sie trotzdem nicht. Er sprach mit Hille darüber, als wäre Sanne fünf Jahre alt und er wolle sie zu einem Ausflug auf die Britzer Baumblüte einladen wie vor einer Ewigkeit mit Sido.

»Natürlich haben wir nichts dagegen«, sagte Hille. »Wenn Sanne mit dir nach Ungarn fahren will – warum nicht? Sie ist jung. Heutzutage wollen die Jungen ja alle wegfahren. Meine Kollegin fährt mit ihrer Familie an die polnische Ostsee. Mal was erleben, sagt sie.«

»Vor allem erholen«, erwiderte Eugen. »Der Ort soll sehr ruhig sein. Sanne könnte ausspannen, lange schlafen, gute Luft und gutes Essen genießen. Wenn du für dich selbst einen Ferienplatz beantragen willst, bin ich dir gern dabei behilflich, Hille. Und eine Regelung für Ilo ließe sich auch finden.«

»Ich?« Hille sah ihn an, als wäre sie tatsächlich nicht sicher, ob er mit ihr sprach. »Ich war in meinem Leben nirgendwo in den Ferien, und ich werde nicht noch jetzt damit anfangen. Meine Kollegin, die an die Ostsee fährt, die hat ja ein Kind. Da ist es was anderes. Ist sicher schön für Kinder, so ein Strand wie eine große Sandkiste. Und dann die Eisverkäufer. Kinder lieben das doch, wie ihnen das Eis, wenn es schmilzt, auf die Finger tropft. Aber ich bin eine alte Frau.«

»Du bist nicht viel älter als ich«, protestierte Eugen.

»Wir sind alle alt«, erwiderte Hille. »Wir brauchen an keine Ostsee, um was zu erleben, wir haben schon zu viel erlebt. Fahr mit Sanne, die hat's ja mehr als verdient, dass sie mal ein bisschen Freude hat.«

»Ich will aber nicht fahren!«, brauste Sanne auf. »Ich habe es Eugen neulich schon gesagt, ich dachte, das Thema wäre vom Tisch.«

Sie konnte sich nicht erinnern, jemals mit Eugen oder mit überhaupt einem von ihnen Streit angefangen zu haben, sich gegen etwas gewehrt zu haben, das einer von ihnen beschlossen hatte. Warum ausgerechnet jetzt, wo Eugen sich trotz seiner eigenen Sorgen so viel Mühe gemacht hatte, ihr etwas Gutes zu tun? Die meisten ihrer Kollegen hätten sich um einen Sommerurlaub an einem ungarischen Badesee gerissen.

Eugen und Hille tauschten sichtlich verwundert Blicke. Einen Eugen, der um eine Erwiderung verlegen war, hatte Sanne noch nicht erlebt.

Es war ihre Mutter, die das Wort ergriff. Ihre Mutter, die in dem von Hille genähten Kleid aussah, als hätte sie sich ein geblümtes Zelt angezogen, und die den ganzen Abend über nichts anderes getan hatte, als abwechselnd von Sanne gekaufte Tortenstücke und von Eugen bestellte Hähnchenschenkel sowie mit Mayonnaise verzierte Appetithäppchen in sich hineinzustopfen. Sie hob den Kopf, unter dem kein Hals mehr erkennbar war, wie eine Schildkröte aus dem Panzer, und wandte sich Sanne zu. »Recht so, mein Kleines, das du einmal warst. Du willst nicht fahren, also fährst du nicht.«

Eugen fuhr herum. »Darf ich wissen, warum ausgerechnet du deiner Tochter nicht zuredest? Sie ist nicht dein Besitz, Ilo. Du kannst ihr nicht jedes bisschen Glück vorenthalten und sie hindern, sich ein eigenes Leben aufzubauen.«

Sannes Mutter drehte ihren Schildkrötenkopf. »Ich will sie nicht hindern«, sagte sie. »Sie soll sich unbedingt ein eigenes

Leben aufbauen, und ich wünsche ihr alles Glück der Welt. Aber nicht mit dir, Eugen.«

»Was soll das heißen, nicht mit mir? Soweit ich weiß, bin ich der Einzige, der sich um die Organisation von Sannes Ferien gekümmert hat, und du wirst mir ja wohl keine unlauteren Absichten unterstellen.«

»Befrage dich über deine Absichten selbst. Dazu brauchst du nicht mich.«

Die beiden sahen sich an. Was in diesen Blicken zwischen ihnen hin- und herging, wussten nur sie. Sie hatten so gut wie ihr ganzes Leben miteinander verbracht. »Habe ich kein Recht auf ein bisschen Leben?«, fragte Eugen irgendwann leise, nur für Sannes Mutter bestimmt. »Bin ich kein Mensch mehr, nur noch ein Apparat, der Becher, das Land, die Partei aus einer Tinte nach der anderen hievt, habe ich jegliches andere ein für alle Mal verspielt?«

»Das kann ich dir nicht beantworten«, sagte ihre Mutter sanft. »Soweit es nur mich betrifft, habe ich entschieden: Ja, wir haben jegliches andere ein für alle Mal verspielt. Und wenn wir noch so sehr dagegen waren, wir haben nicht verhindert, dass Brandstifter die Welt in Flammen setzten. Wir, du wie ich, haben die, die wir liebten, nicht beschützt. Für dich entscheiden kannst trotzdem nur du selbst.«

Er senkte den Kopf. »Kann ich das?«, fragte er leise. »Ist das Urteil nicht längst gesprochen?«

»Um dich und mich geht es hier doch gar nicht«, erwiderte Sannes Mutter. »Es geht um mein Mädchen, um meine Suse, die keine Suse mehr sein will. Sie dürfen wir nicht in der Vergangenheit, in der wir uns eingemauert haben, gefangen halten. Wir müssen sie daraus entlassen, Eugen. Indem man Mauern um sie errichtet, über die sie nicht hinwegblicken können, hält man Menschen ja nicht fest. Man macht sie höchstens blind.«

Eugen leerte sein Weinglas. Über die Linie seiner Schultern rann ein Zittern. »Willst du etwa, dass sie wieder einem Nazi in die Arme läuft?«, fuhr er Sannes Mutter an. »Einem von denen, die dir den Mann über den Haufen geschossen haben? Wäre dir das lieber?«

Sannes Mutter lehnte sich zurück. Das pinkfarbene Stück Torte, das als Letztes auf der Platte lag, ließ sie liegen. »Ich will, dass sie jemandem in die Arme läuft«, sagte sie. »Ohne Angst, mit ihrem glücklichsten Lachen und mitten hinein. Dass der junge Mann, der damals mit seinen Schokoladenblumen hier hereingeschneit ist, ein Nazi war, halte ich nebenbei für ausgeschlossen. Mein Mädchen, das mit meinem Mann am Küchentisch gesessen und zur Spieluhr gesungen hat, verliebt sich in keinen Nazi, und dass du meinen Mann als Waffe missbrauchst, verbiete ich dir. Mein Mann war keine Waffe. Er war so viel, und mit manchem hat er mich verrückt gemacht, er war ein Wortbrüchiger, der für ein paar Zettel unser Leben zerstört hat, aber eine Waffe war er nicht.«

Eugen ging zur Anrichte, auf der die Weinflasche stand, und schenkte sich den Rest daraus ein. Er trank im Stehen. Über das Gesicht von Sannes Mutter rannen Fluten von Tränen.

»Für ihren Geburtstag ist das ja nicht gerade schön«, sagte Hille. »Da braucht sie wieder Tage, bis sie drüber hinweg ist. Außer uns hat sie doch keinen. Die Karte von ihrer Mutter will sie nicht mal sehen.«

Sannes Mutter erhob sich halb vom Stuhl, das tränenüberströmte Gesicht grotesk verzerrt. »Von der will ich gar nichts sehen. Nie wieder. Die ist nicht mehr meine Mutter, und Marika ist nicht mehr meine Schwester. Die sind schuldig. Schuldiger als ich.«

»Da siehst du, was dabei herauskommt«, sagte Hille traurig, drückte Sannes Mutter sachte auf den Stuhl zurück und rieb ihr über das Gesicht. »Und falls es dich interessiert: Ich reiß mich auch nicht drum, davon zu sprechen. Volker war mein Bruder. Sterben sollen hätt ja ich, nicht er.«

»Wir sprechen nicht mehr davon«, sagte Eugen hart. »Wir sprechen von gar nichts mehr. Spielen wir Schlesische Lotterie oder irgendeinen anderen Scheiß.«

In welchem dieser Augenblicke Sanne beschlossen hatte, am nächsten Morgen nach Unter den Linden zu fahren, hätte sie nicht zu benennen vermocht. Sie sehnte sich danach, die Harmonie wiederherzustellen, die sie selbst in Stücke geschlagen hatte. Dies hier war doch ihre Familie, und wen hatte sie sonst?

Aber sie stellte sie nicht wieder her. Stattdessen fragte sie Eugen: »In der Horst-Wessel-Straße, ich meine, in der neuen Volker-Engel-Straße – war da eigentlich früher ein jüdisches Altersheim? Ich habe dich das neulich schon einmal gefragt, aber da hast du es vorgezogen, mir keine Antwort zu geben.«

»Ich ziehe das immer noch vor«, sagte er.

»Und warum?«

»Zum Teufel, weil ich weiß, worauf das hinausläuft«, schrie er los. »Ja, dein verfluchtes Altersheim hat da gestanden, und ja, die reizende Aktionsgruppe, die immer wieder Anträge stellt, die Straße nach dieser Katzenellenbogen oder wie sie heißt zu benennen, ist mir bestens bekannt. Der Papierkram, der aus diesen Anträgen erwächst, stapelt sich nämlich bei mir auf dem Schreibtisch. Ich bin müde, Sanne. Habe ich einem von euch eigentlich erzählt, dass man mir mitgeteilt hat, man habe vor, sich Bechers zu entledigen? Darauf, ihn formal seines Postens zu entheben, wolle man verzichten, doch die Gesamtheit seiner Machtbefugnisse würde mir übertragen. De facto heißt das: An Eugen, dem Idioten, bleibt die Arbeit hängen und sonst nichts.«

»Warum habt ihr die Straße denn nicht nach Esther Katzenellenbogen benannt?«, fragte Sanne. »Wenn sie und die alten Leute, die sie betreut hat, von dort deportiert worden sind, wäre das doch angemessen. Mein Vater ist in der Straße ja vermutlich nie gewesen.«

»Zum Teufel, weil das alles nicht so einfach ist, wie ihr es euch denkt. Dein Vater war ein kommunistischer Widerstandskämpfer, ein Vorbild, dem wir nacheifern müssen. Das in die Köpfe der Leute zu hämmern ist hart genug, und manchmal möchte man daran verzweifeln. Von den Millionen von Juden, die ausgelöscht worden sind, will niemand mehr etwas hören. Glaubst du, ich hätte nicht gern irgendwo in dieser verfluchten Stadt eine Sidonie-Terbruggen-Straße? Aber damit ist unser zartbesaitetes Volk ja noch immer überfordert, und es gibt Tage, an denen frage ich mich, ob es je anders sein wird.« Er griff nach der Flasche, schüttelte sie, musste hinnehmen, dass sie leer war. »Gibt es in diesem Haus nichts mehr zu trinken? Würde ich zu unserem zartbesaiteten Volk gehören, würde ich jetzt mit Streik drohen. Oder in den Westen abhauen. Aber ich bin ja nur ich. Nur ein in der Vergangenheit eingemauerter Kulturpolitiker, der jegliches andere verspielt hat.«

»Veilchenlikör«, sagte Hille. »Hat uns Barbara zu Weihnachten geschenkt.«

»An irgendwas muss man ja sterben«, sagte Eugen.

Ich halt's nicht mehr aus, dachte Sanne und wusste nicht, was sie meinte.

»Manchmal wüsste ich gern, was die eigentlich wollen«, murmelte Eugen und trank den milchig fliederfarbenen Likör, den Hille ihm in ein Wasserglas geschüttet hatte. »Die Leute, denen nichts gut genug ist, die nach drüben rennen, bis dieses Land ausgeblutet ist. Haben wir uns seit diesem Aufstand nicht krummgelegt, um ihre Wünsche zu erfüllen? Was meinst denn du dazu, Hille? Hast du zu all diesen Fragen, die unseren Staat betreffen, nichts zu sagen?«

»Ich?« Wieder klang Hilles Stimme, als würde sie tatsächlich bezweifeln, dass sie gemeint war. »Ich hab mit dem, was du da redest, nichts zu tun. Ich streik nicht. Ich hau nicht ab. Ich bin keine gebildete Frau, die was von Politik versteht, sondern eine dumme. Eine wie ich hält sich an Vorschriften, solange es ihren Kindern gut geht. Kinder hab ich zwar nicht, aber Sanne ist das

Kind von meinem Bruder. Solange es ihr in diesem Staat gut geht, geht es mir auch gut und alles soll mir recht sein.«

»Natürlich geht es Sanne in diesem Staat gut«, versetzte Eugen. »Ist sie vielleicht nicht in jeder Hinsicht gefördert worden, hat sie nicht studieren dürfen, was sie wollte, und anschließend einen Arbeitsplatz erhalten, um den jeder Kollege sie beneidet? Wenn sie Kritik hat, soll sie sie äußern. Wir fürchten uns nicht vor Kritik. Sofern man von uns nicht fortwährend Wunder erwartet, gehen wir darauf ein.« Er wandte sich Sanne zu. »Sogar die Gefängnisse sind so gut wie leer«, sagte er. »Diese zwei reizenden Freundinnen von dir, Marion Templin und Birgit Ahrendt, sind auch längst wieder auf freiem Fuß.«

»Birgit Ahrendt?« Jäh sah Sanne ihr Gesicht vor sich, das wie eine Geistererscheinung in der Menge vor dem Haus der Ministerien aufgetaucht war. Also war Birgit damals ebenso wie Marion als Provokateurin verhaftet worden.

»Zehn Jahre hätte die sitzen sollen, aber abgesessen hat sie nicht viel mehr als drei.« Eugen trank Likör, dann ging er zum Spülstein und spuckte ihn hinein.

»Drei?«, fragte Sanne. »Der Aufstand ist doch erst zwei Jahre her.«

»Bei dem Aufstand haben sie und ihr Cousin zu denen gehört, die aus den gestürmten Gefängnissen befreit worden sind. Nazi-Verbrecher, Kindermörder, Spione, eine echte Crème de la Crème. Nach ein paar Tagen waren sie alle wieder dingfest, aber inzwischen sind die meisten von ihnen amnestiert worden.«

Frag nichts mehr, hätte Sanne sich zurufen wollen. Sie hatte das Gefühl, über dünnes Eis zu gehen und es rings um sich knacken zu hören. Sie fragte dennoch: »Aber du hast mir doch erzählt, sie wäre schon damals, vor unserem Examen, in den Westen geflüchtet. Weil aufgeflogen war, dass sie zu dieser Gruppe von Faschisten gehörte – Kampfgruppe gegen Unmenschlichkeit.«

»Habe ich gesagt, sie ist in den Westen?« Eugens Augen wurden schmal. »Vermutlich wollte ich dich schonen, dir nicht mit der Nachricht, dass deine Freundin verhaftet worden war, die Examensfeier verderben. Mittlerweile ist sie ja wirklich im Westen. Es macht also kaum einen Unterschied.«

Aber es machte einen. Er hatte sie belogen, ihr eine Wirklichkeit vorgegaukelt, die es gar nicht gab. Während sie in der Aula auf die Verleihung ihrer Urkunde gewartet hatte, hatte Birgit in einer Gefängniszelle gesessen. Ja, sie hatte Sannes Freundschaft missbraucht, um sie für ihre Faschistengruppe auszuhorchen. Aber sie hatte sich auch in den Trümmern, dort, wo jedes Stochern nach Hoffnung vergeblich war, an ihre Seite gestellt, und aus dem Gefühl, nicht mutterseelenallein zu sein, hatte Sanne die Kraft geschöpft, weiterzumachen.

»Du kannst mir doch nicht erzählen, was dir passt!«, rief sie, dann drehte sie sich um und verließ den Raum. Nicht aus Trotz, sondern weil sie mehr nicht ertragen hätte. Wer Bildung hat, hat Zugang zur Wahrheit, hatte ihr Vater gesagt, und nach diesem Leitsatz hatte sie ihr Leben ausgerichtet. Wie konnte sie auf einmal blind und in Nebeln dastehen, als hätte sie diesen Zugang nie gehabt?

Sie hatte Eugen vertraut. Jetzt aber wusste sie nicht länger, wem und was sie glauben sollte.

Sie würde nach Unter den Linden fahren, weil sie wissen musste, was Theodor-Friedrich Kelm ihr zu sagen hatte. Über ihren Vater. Über Eugen und die Tage nach dem Aufstand. Womöglich über sich selbst.

36

Es regnete in Strömen. Viel wilder als damals. Tagelang war das Wetter frühlingshaft schön gewesen, doch an diesem Nachmittag torpedierten die Tropfen wie Hagel das Pflaster. Sanne sprang aus dem Bus und war im Nu durchnässt. Vor der Ruine des *Kranzler*s stand ein neuer Bauzaun, und dahinter war ein Teil der Schuttberge abgetragen worden. Was für eine Schnapsidee, dachte Sanne, meinte nicht das *Kranzler*, sondern sich selbst. Ein Vordach, um sich unterzustellen, war nirgendwo zu entdecken. Sie würde auf den nächsten Bus warten und nass bis auf die Haut nach Hause fahren.

»Susu!«

Sie fuhr herum und stand Kelmi gegenüber, in seinen Händen der größte Regenschirm, den sie je gesehen hatte. Kaum trafen sich ihre Blicke, verzog er seinen Mund zum Grinsen.

»Ost-Modell. Gerade in der Friedrichstraße gekauft. Dagegen sehen die, die's bei uns gibt, aus wie für Puppenstuben.«

Er zog sie unter den Schirm, und der Regen prasselte wie auf ein Dach. Damit sie ganz im Trockenen stand, legte er die Arme um sie und hielt den Stock des Schirms in ihrem Rücken. Sie wollte nicht zu ihm aufsehen. Ihr Kopf, von dem sie nicht wusste, wohin sie damit sollte, landete an seiner Brust. Es war ganz und gar falsch und fühlte sich an, als wäre es ganz und gar richtig.

»Ach, Susu«, sagte er. »Und ich Trottel dachte, ich wäre über dich hinweg.«

»Ich bin über dich hinweg.«

»Kein Irrtum möglich?«

»Es sind zwei Jahre vergangen.«

»Ich weiß. Ich habe ein Restaurant eröffnet, und mein kleiner Neffe kann schon in der Nase bohren wie Axel Witthuhn am Gartenzaun. Aber als ich eben gesehen habe, wie du mit diesem entschlossenen Susu-Satz aus dem Bus gesprungen bist und gleich darauf so verwirrt dagestanden hast, als wäre dies hier dein erster Regen, hatte irgendeine Riesenhand das alles ausradiert.«

»Lass uns nicht albern sein«, sagte Sanne. »Ich bin gekommen, weil du geschrieben hast, du hättest mir etwas über meinen

Vater zu sagen. Wir sind nicht als Freunde auseinandergegangen, und wir werden auch keine Freunde mehr werden.«

»Ich dachte das auch«, sagte er. »Ich habe mir gesagt: Du hast sechs Wochen lang in einem Gefängnis gesessen, in das du deinen ärgsten Feind nicht sperren würdest, dabei hast du im Leben keinen ärgsten Feind gehabt. Das muss genügen. Vergiss das Mädchen von Unter den Linden, das um dich keinen Pfifferling gibt, und werd erwachsen. Aber so einfach ist es ja nicht. Ich weiß nicht, was damals passiert ist, ich werde es vermutlich auch nicht erfahren. Aber ich bin noch immer dein Freund.«

»Du hast mich belogen.«

»Habe ich das? Vielleicht habe ich mit diesem oder jenem geprahlt, um dir zu imponieren. Aber etwas anderes macht ein verliebter Hahn, der seine dünne Hühnerbrust aufplustert, auch nicht, oder?«

»Du hast mir all diese lustigen Geschichten von deinem Onkel erzählt, der nicht ganz richtig im Oberstübchen war und mit Schmetterlingsnetzen nach versunkenen Städten gesucht hat. Aber dass dieser urkomische Onkel ein Nazi und mit Hitler befreundet war, hast du mir verschwiegen.«

Sie spürte das Zucken, das durch seinen Körper schnellte und jeden Muskel darin spannte. Er ließ sie nicht los, wich nicht einmal zurück, doch zwischen ihnen richtete sich scharf und hart eine Grenze auf.

»Ich habe dir noch etwas verschwiegen«, sagte er. »Mein Onkel hat sich umgebracht. In dem Oberstübchen, wo mein Bruder und ich uns als Kinder seine Skurrilitätensammlung haben zeigen lassen, hat er sich in einen Dolch gestürzt, den er auf Santorin ausgegraben hat. Der Dolch war völlig verrostet und hat ihm eine Blutvergiftung verpasst. Ansonsten hätte er sich mit dem uralten Ding vermutlich nicht viel antun können.«

Sanne, die nass in den Armen eines nassen Mannes stand, wurde kalt. Über so etwas sprach man nicht. Dass dergleichen verschwiegen wurde, war in ihrer Familie nicht anders als in seiner. »Du weißt ja, dass es Tante Sido nicht gut gegangen ist«, hatte ihre Mutter zu ihr gesagt, die Augen gerötet und zu Schlitzen verschwollen. »Leider hat niemand ihr helfen können, niemand machen, dass es ihr besser ging. Deshalb ist sie gestorben, und wir müssen froh sein, dass sie jetzt nicht mehr zu leiden hat.«

Dass das gelogen war, hatte Sanne gespürt. Ihre Mutter, die mit ihrem Vater schimpfte, wenn er Gerti Sing-Gans erwähnte, sprach mit ihr wie mit einem kleinen Kind. Damals hatte sie es hingenommen. Den Erwachsenen fiel es allzu schwer, auszusprechen, wie Tante Sido wirklich gestorben war. Sie hatte auf der Straße gelegen, zerschmettert zwischen Häufchen von schwärzlichem Schnee. Einer von Sannes Klassenkameraden, Ingolf Straube, dessen Vater beim Film war, hatte Wind davon bekommen und sich darüber lustig gemacht: »Die Juden-Ische, mit der deine Sippe so dicke ist, hat sich selbst aus dem Weg geräumt. Applaus dafür. Wann hört man schon mal, dass Juden was Nützliches tun, nur hätte ihr Mann, der jüdisch Versippte, gleich hinterherspringen sollen.«

Damals hatte Sanne – Suse – sich gewünscht, ihre Mutter hätte ihr die Wahrheit gesagt und sie hätte sie nicht von Ingolf Straube erfahren müssen. Aber sie hatte es ihr nicht übel genommen. Nicht nur die Mutter, sondern alle Erwachsenen, die sie kannte und denen sie vertraute, schienen so verstört und verzweifelt, dass sie ihnen nichts hätte übel nehmen können. Sie waren immer die Erwachsenen gewesen, die, die auf Suse aufpassten und ihr halfen. Suse hätte zum Ausgleich gern dieses Mal auf sie aufgepasst und ihnen geholfen, aber weil niemand als Ingolf Straube ihr die Wahrheit gesagt hatte, weil sie sie offiziell gar nicht kannte, war das nicht möglich.

An ihrem Vertrauen hatte das damals noch nicht gerüttelt. Die Erwachsenen hatten sie lieb, ihnen erging es nur elend, weil die Zeiten elend waren, und wenn bessere Zeiten kamen, würden sie ihr wieder die Wahrheit sagen.

Heute stand sie in einem Regen, der hämmerte wie Salven aus Maschinengewehren, und musste sich fragen: War nicht jetzt die beste aller Zeiten, die eine, die sie sich selbst geschaffen hatten? Wenn ihr jetzt immer noch niemand die Wahrheit sagte – wie sollte sie dann jemandem vertrauen?

»Ich hab's dir verschwiegen«, sagte Kelmi gegen das Trommeln des Regens. »So wie du mir verschwiegen hast, wie dein Vater gestorben ist. Hast du gedacht, ich halt's nicht aus, und ich hab gedacht, du hältst's nicht aus? Vielleicht dachten wir, zwischen uns würden schon zu viele Tote umhergeistern und für uns, die noch leben, bliebe kein Platz mehr. Wir sind eine Generation, die im Keller kein Brennholz stapelt, sondern Leichen. Ich weiß es nicht, Susu. Aber es tut mir leid. Ich wünschte, ich hätte den Schneid gehabt, dir zu sagen: Mein Onkel, den ich von Herzen lieb hatte, war Mitglied in der NSDAP.«

Sanne zuckte zusammen. Obwohl die Folge von Buchstaben nach wie vor ihr Leben bestimmte, sprach sie so gut wie nie jemand aus.

»Er war Archäologe«, fuhr Kelmi fort. »Las nie eine Zeitung, sah nie aus dem Fenster nach dem, was auf der Straße geschah, sondern war einzig besessen von der Idee, irgendwo in der Welt Atlantis zu finden. Fünfzehn Jahre lang hat er an die tausend Anträge gestellt, um sich seinen Traum finanzieren zu lassen, und war an die tausendmal an einer Mauer aus Gelächter abgeprallt. Dann kam Hitler. Der der Ansicht war, Atlantis wäre eine Brutstätte von Ariern gewesen und müsse gehoben werden, damit die Nazi-Ideologie ihr eigenes archäologisches Superprojekt bekäme. Mein Onkel konnte so weit gar nicht denken. Für ihn war Hitler nur einer von den Männern an den Schalthebeln, endlich einer, der an sein Atlantis glaubte. Er wurde auf Hitlers Berghof eingeladen, um im privaten Kreis seine Pläne darzulegen. Anschließend stellte man ihm die Finanzierung einer Ausgrabung in Aussicht. Alles, was er dafür tun musste, war, der

Organisation der netten Herren beizutreten. Mein Onkel hat keine Sekunde gezögert.«

»Und das glaubst du?«, fragte Sanne. Leute, die durch den Regen nach Hause eilten, rempelten sie an. »Dass einer sich nicht fragt, wofür die Unterschrift, die er auf einen Antrag setzt, steht, sondern einfach unterschreibt, dass ein Wissenschaftler sich den Antrag nicht einmal durchliest, das ist genug für dich?«

»Vielleicht wollte ich, dass es genug ist.« Kelmis Stimme klang belegt. »Ich mochte meinen Onkel gern. Als ich acht war, ist mir mein Fahrrad gestohlen worden, weil ich zu vertrottelt gewesen war, es anzuschließen. Ich hatte nicht den Mut, es meinen Eltern zu erzählen, also ist er mit mir losgezogen und hat dasselbe Fahrrad noch einmal gekauft. Dieser ehrpusselige Kerl, der jedes Tässchen wie eine alte Jungfer balancierte, hat vor unserer Tür mit einem Nagel den Rahmen zerkratzt, damit mein Vater nicht merkte, dass das Rad brandneu war. Dass ich nicht für den Arztberuf geboren war, hat er als Einziger verstanden, und am Ende hat er mir das Geld für meinen Traum vererbt.«

»Und dass er Parteimitglied war und privat mit Hitler verkehrte, hatte gar keine Folgen?«

»Doch«, sagte Kelmi. »Nach dem Krieg ist er verhaftet und als Verbrecher gegen die Menschlichkeit in ein sowjetisches Gefängnis verbracht worden. Als er nach vier Jahren zurückkam, war er nicht mehr er selbst.«

»Soll mir das leidtun?«, fragte Sanne, die mit allen Kräften dagegen ankämpfte, dass es ihr entsetzlich leidtat. »Kann sich jeder darauf herausreden, er habe ja nur irgendwo vergrabene Städte wiederfinden wollen und zum Zeitunglesen keine Zeit gehabt? Mein Vater hat sich nicht umgebracht. Er ist von denen, die dein Onkel so nett und harmlos fand, erschossen worden.«

Die Grenze zwischen ihnen war eine Mauer aus Gestein, das bröckelte. Vielleicht, weil es nass geworden war. Sanne glaubte zu spüren, wie die Trennwand zwischen seinem Bauch und ihrem zerkrümelte. Seine Muskeln entspannten sich, und er zog sie wieder näher zu sich. »Ich wollte nicht, dass es dir leidtut«, sagte er. »Vielleicht habe ich es dir deshalb nicht erzählt. Ich wollte nur meinen Onkel weiter gernhaben dürfen. Und jetzt stehen wir hier, du mit deinem Vater und ich mit meinem Onkel, und ich will dich weiter gernhaben dürfen. Ich habe dich so fürchterlich gern, Susu. Dagegen kommen dein Vater, mein Onkel, der Schwager von meiner Cousine und der Hund von meinem Friseur nicht an.«

Sie hatte ihn auch so fürchterlich gern. Es war nicht erlaubt. Sie war aus anderen Gründen hier. Aber die anderen Gründe kamen dagegen nicht an. »Ich bin auch noch dein Freund.« Sie stotterte. Jede Silbe einzeln. »Dass ich um dich keinen Pfifferling geb, ist nicht wahr. Ich hab damals Eugen gesagt, sie sollen dich zurück nach Hause lassen. Er hat gesagt, wir müssen die Sache mit diesem Aufstand hinter uns lassen, es darf kein neues Trauma daraus werden, und ich habe gesagt, wenn sie dich nicht gehen lassen, wird eines draus.«

Er senkte den Kopf und blies kleine Inseln in ihr Haar. Als wäre sie eine Tasse heißer Kakao, von dem er probieren wollte, sobald er ihm nicht mehr die Zunge verbrannte. »Ich habe auf dich gewartet«, sagte er. »Unter den Linden. Mir ist gerade klar geworden: Selbst wenn ich eine ganze Reihe von Sonntagen ausgelassen habe – ich warte immer noch.«

Sie mussten beide lachen und erschraken. Ihre Blicke trafen sich. »Was wir hier machen, ist Unsinn. Du wolltest mir etwas über meinen Vater sagen.«

»Ja. Natürlich. Ich habe etwas, das ich dir geben muss, aber es ist hier zu nass. Da geht es kaputt.«

Sanne fror zum Gotterbarmen, sie hätte sich liebend gern in einem gut geheizten Kaffeehaus verkrochen, aber sie schüttelte den Kopf. »Ich gehe mit dir in kein Lokal im Westen, und du gehst mit mir in keines im Osten.«

»Das käme auf einen Versuch an.«

»Gib dir keine Mühe. Du würdest die ganze Zeit Gründe finden, um dich zu beklagen.«

Er überlegte. »Dann eben in der Mitte«, sagte er schließlich. »Auf neutralem Territorium.«

Sie zogen hinüber auf den Bahnhof Friedrichstraße, kauerten sich auf ein gemauertes Bänkchen zwischen Reisenden, die mit ihren Koffern an ihnen vorüberhasteten, und Bettlern und Streunern, die alle Zeit der Welt hatten. Viel wärmer war es hier nicht. Nur trockener und lauter.

Leute quetschten sich in eine Bahn, bis die Türen zuschwangen. Als sie anfuhr, griff Kelmi zögernd in seine Tasche und zog eine zusammengerollte Zeitschrift heraus. »Hier. Ich dachte, du hättest ein Recht darauf, das zu sehen. Vermutlich hat es wenig Sinn, gegen den Burda-Verlag, der dieses Schmierblatt herausgibt, zu klagen, aber wenn du es versuchen willst, würden wir – meine Freunde und ich – dir helfen.«

Suse sah auf das Titelblatt und starrte in ihr eigenes Gesicht. Ihr wurde schwindlig. »Volker Engel und Konsorten – die hausgemachten Widerstandskämpfer der DDR.«

Über dem ihren sah das Gesicht ihres Vaters sie an.

37

Juli

»Ich will mit dir in den Urlaub fahren. Nach Italien. Umbrien. Da gibt es lauter entzückende Geschäfte und blaue Badeanzüge mit Punkten.«

Seit dem Tag, an dem er ihr den Artikel über ihren Vater gebracht hatte, waren sie wieder zusammen. Nicht so, als wäre nichts geschehen. Aber so, als könnte das, was geschehen war, nichts aufhalten. Sie wehrte sich. Er wehrte sich auf seine Art sicher auch. Sein Restaurant lief blendend, er hatte sich ein ansehnliches Leben zurechtgezimmert und brauchte Sanne Engel aus Ostberlin darin so wenig wie sie ihn. Aber sooft sie mit dem Wehren aufhörten und einfach nachgaben, war etwas zwischen ihnen, das süchtig machte.

Er war im Frühjahr 1945 verschüttet worden, als eine amerikanische Bombe das Haus seiner Großeltern getroffen hatte. Er hatte nichts sehen können und doch gewusst, dass das, was neben ihm lag, alles war, was von Oma und Opa Piepenhagen und von dem Nachbarsjungen, den er zum Spielen eingeladen hatte, übrig war. In den endlosen Minuten, Stunden, Tagen und Nächten hatte ihn die Angst um den Verstand gebracht, bald ebenso zu liegen, vielleicht schon jetzt, ohne es zu merken, starr und tot, in der Welt der Lebenden vermisst, gesucht und kurz darauf vergessen. Als er schließlich entdeckt und befreit worden war, hatte er Wochen gebraucht, um zu begreifen, dass er tatsächlich noch lebte.

»Ich habe deshalb nicht Arzt werden können, glaub ich«, hatte er ihr gestanden. »Sooft ich versuche, etwas zu tun, das ich nicht tun will, überfällt mich wieder dieses Gefühl, in der steinernen Falle gefangen zu sein und nicht mehr rauszukommen. Als würde mein zweites Leben zu mir sagen: Nutz mich gefälligst. Umsonst hast du mich nicht bekommen. So ist es jetzt mit dir. Ich habe dich ein zweites Mal bekommen, und das darf nicht umsonst gewesen sein. Ich will mit dir in den Urlaub fahren. Dass es unvernünftig ist, will ich nicht hören. Urlaub ist ja nie vernünftig. Trüffel auf frischen Eiernudeln servieren auch nicht. Wenn man nur Dinge täte, die vernünftig sind, bekäme man seine Einkommensteuererklärung ausgefüllt und sonst gar nichts. Und so was habt ihr hier noch nicht mal, oder? Das ist ja kapitalistisch. Umso besser. Bleibt euch mehr Zeit zur Unvernunft.«

»Das glaubst du nicht ernsthaft, oder? Dass ich mit dir nach Italien fahre?«

»Welches ist der Teil, den ich nicht ernsthaft glauben soll? Spricht etwas gegen Italien oder gegen mich?«

In der Illustrierten mit der Hetze gegen ihren Vater war Werbung für Urlaub in Italien gewesen. Bunte Zeichnungen von verliebten Paaren mit Sonnenhüten, Halstüchern und Ringelhemden, die in Gondeln standen, sich umringt von Taubenschwärmen küssten und auf einer Strandmauer mit den Beinen baumelten.

»Gegen Italien kann gar nichts sprechen«, redete er weiter. »Ich glaube, ich habe bald keinen Bekannten mehr, der noch nicht dort war. Du und ich ausgenommen. Micha fährt nach Neapel. Sie ist im buchstäblich letzten Augenblick Arturo begegnet, der als Gastarbeiter hier ist und froh, dass er in ihrem Käfer mitfahren kann.«

»Mussolini hat den Faschismus in Europa salonfähig gemacht«, sagte Sanne.

»Ich bin mir ziemlich sicher, der ist nicht mehr da. Ein Badeanzug mit blauen Punkten hätte dem nicht gestanden. Dafür aber dir.«

Der Sommer war feuchtkalt, die Hälfte der Ferien schon vorüber. Etwas an dem Gedanken war unendlich reizvoll.

»Hast du dir überlegt, dass es mich meine Stellung kosten könnte, wenn ich so einfach mit dir nach Italien fahre? Und was macht dich eigentlich so sicher, dass ich dorthin will? Dass es da Kunstschätze und Naturschönheiten gibt, die man nicht versäumen darf? Die gibt es nicht nur in Ländern des westlichen Machtblocks und früheren Faschistenstaaten. Eine Kollegin von mir war zum Beispiel in der Tschechoslowakei, im Böhmerwald, wo zwischen Hochmooren die Moldau entspringt. Sie hat uns Bilder von den Nebeln gezeigt, die aus diesen Mooren steigen. Meinst du, weil das Land von Sozialisten regiert wird, kann es an Schönheit mit deinem Italien nicht mithalten?«

»Liebe Güte, Susu.« Seine Augen lachten sie an. »Ich will mit dir verreisen. Tag und Nacht mit dir zusammen sein, Hand in

Hand mit dir vor einem Wunder stehen, abends in einer lauschigen Kaschemme Wein trinken und einheimische Köstlichkeiten probieren, du von meinem Teller und ich von deinem. Ich hab keinen Werbevertrag mit dem italienischen Fremdenverkehrsamt. Wenn du da nicht hinwillst, fahren wir meinetwegen in die moorig vernebelte Tschechoslowakei.«

Sie fuhren nach Rumänien, das jüngst der UNESCO beigetreten war. In einen Ort namens Eforie, der am Schwarzen Meer lag. Eine Bekannte aus dem Frauenbund, die die Reise nicht antreten konnte, war dankbar, dass Sanne ihr den Platz abkaufte, und Kelmi buchte über ein westliches Reisebüro Zugfahrt und Zimmer im selben Hotel. Sein Restaurant schloss er für zwei Wochen. »Noch vor drei Monaten habe ich laut herumposaunt, das würde ich höchstens über meine Leiche tun.«

Die Reise dauerte endlos, sie wechselten fünfmal den Zug und wurden unaufhörlich kontrolliert. Das Hotel war ein scheußlicher Betonriese und in Flügel für Urlauber aus dem Westen und solche aus dem Osten geteilt. Kelmi war schockiert darüber, wie winzig sein Zimmer war. Das von Sanne war nicht einmal halb so groß, und das Bad auf ihrer Etage stank.

Am schlimmsten war das Essen. Es wurde im Erdgeschoss des Hotels in einem riesigen Saal mit schmutzigen Glasscheiben serviert, der an eine Wartehalle erinnerte. Eine Karte gab es nicht, keine Wahlmöglichkeiten, wie Kelmi sie gewohnt war, sondern eine feste Speisefolge, drei Gänge, die von überforderten Kellnern vor die Gäste auf den Tisch geknallt wurden. Eine saure Suppe, in der etwas schwamm, das wie schon einmal gegessen aussah. Ein Nudelgericht mit einer Art Quark als Soße, die Nudeln verkocht und der Quark versalzen, und zum Abschluss ein mit Sirup übersüßter Eisschnee, der in sich zusammenfiel.

»Ich kann das nicht essen«, behauptete Kelmi. »Mein Magen tritt in den Generalstreik.«

Sanne fand es nicht so schlimm. Was ihr zusetzte, waren die Gesichter der Einheimischen, die sich vor den Scheiben versammelt hatten und ihnen auf die Teller starrten. Sie konnte auch nichts essen. Ehe der erste Ferientag zu Ende war, hatten sie sich dreimal gestritten.

Dann aber legte Kelmi das Besteck, mit dem er in dem weißlichen Brei herumgestochert hatte, nieder und nahm Sannes Hände. »Komm«, sagte er leise. »Wir gehen. Irgendwo wird im Ort bestimmt Gebäck verkauft, das warm und frisch ist und in den Händen blättert, und irgendwo anders gibt es einen Keller, in dem ich mit dir sitzen und dunkelroten Wein trinken kann. Das hier ist unser Urlaub. Den lassen wir uns nicht verderben.«

Dass sie das Essen, nach dem die Menschen vor den Scheiben gierten, stehen ließen, tat Sanne weh, aber sie ging dennoch mit ihm. Der Strand hatte sich geleert. Er war breit und schneeweiß, und das Meer war wahrhaftig schwarzblau und rollte mit dem Wind. Es war so warm, dass Kelmi sich die Hemdsärmel aufrollte, und dass sie Gebäck hatten kaufen und Wein trinken wollen, vergaßen sie.

Er zog sich Schuhe und Socken aus, und als sie sich sträubte, hob er sie einfach in die Höhe und stolperte mit ihr ein paar Schritte weit in die Wellen. Ein spitzer Schrei entfuhr ihm. »Himmel und Hölle. Haben die da die Eiswürfel reingeworfen, die im Trinkwasser fehlten?«

Sanne zappelte, er zog ihr die Schuhe von den Füßen und stellte sie neben sich nieder. Sie schrie so laut wie er. Das Wasser war wirklich wie Eis, es machte ihre Füße taub.

»Morgen gehen wir hier schwimmen. Wenn wir rauskommen, glitzern wir, weil wir zu Eis gefroren sind, und die Leute vom Hotel stellen uns in der Vorhalle aus: Kunst am Bau. Die Liebenden vom Eismeer.«

Sie musste lachen. Vor Kälte und weil der Augenblick so verrückt und schön war. »Woher kommt dir eigentlich dieses ganze sinnlose Zeug, das du von dir gibst?«

Er nahm sie bei den Schultern, zog sie zu sich und sah ihr ernst in die Augen. »Ich bin Don Bettyr, der Meeresgott«, raunte er dunkel. »Woher mir meine Kräfte kommen, zeige ich dir heute Nacht.«

Der Himmel über ihnen war übersät von Sternen, ihr Licht von keiner Stadtnähe abgeschwächt, und zum ersten Mal seit mehr als zwanzig Jahren sah Sanne, wie er sich wölbte. Damals war sie mit ihren Eltern an der Ostsee gewesen, und später hatten sie sich an all den Reisen entlanggeträumt, die sie machen wollten, wenn Krieg und Hitler vorbei waren. Einmal um die Welt. Jetzt war sie hier und sah wie damals bis zum Horizont.

»Danke, dass du mit mir hergekommen bist«, sagte Kelmi.

»Danke, dass du mich überredet hast.«

Dass Urlauber aus dem Osten den Trakt der Urlauber aus dem Westen betraten, war verboten, aber Kelmi überredete sie, darauf zu pfeifen. Sie zog zu ihm. Kein Mensch kontrollierte. Er nannte sein Zimmer eine Schuhschachtel, doch seit sie zu zweit darin waren, fand er die Enge schön. Es hatte eine eigene Nasszelle mit Toilette und Waschbecken, auch wenn man sich darin besser nicht drehte, und den weltschmalsten Balkon, auf dem sie nebeneinanderstehen und aus dem siebenten Stock über Strand und Meer sehen konnten.

Der Versuch, im Ort einzukaufen, offenbarte, dass es Länder gab, gegen die die DDR ein Schlaraffenland war. Die meisten Läden waren verrammelt. Sie hatten nichts zu verkaufen. Kelmi trieb dennoch einen gewieften Bauern auf, der bereit war, ihm für seine West-Devisen Waren zu beschaffen und auf seinem Eselskarren in den Ort zu fahren. Cascaval, einen harten, scharf gewürzten Schafskäse, dunkel geräuchertes Rindfleisch, das in einer Paprikakruste gegart und hauchdünn aufgeschnitten wurde, eine Paste aus Avocados, süße gelbliche Pflaumen und Tuica, den Schnaps, der daraus gemacht wurde. Dazu Wein in Korbflaschen mit Griffen dran.

Sanne hatte protestiert, sie wolle sich nicht durch sein Geld verschaffen, was den Einheimischen versagt blieb, aber Kelmi hatte sie in die Arme genommen und gebeten: »Du hast recht, aber lass es uns das eine Mal vergessen, ja? Lass uns nur diese zwei Wochen lang an nichts und niemanden denken, nicht an gestern, nicht an morgen, nur an heute und dich und mich.«

Statt in das Restaurant zu gehen, tischte er ihnen auf einem weißen Betttuch ein Picknick auf. Sie fuhren nach Constanta, der von Tartaren geprägten Hafenstadt, spazierten Hand in Hand die Promenade hinunter, besichtigten römische Ruinen, die kein Krieg zerschmettert, sondern denen allmählicher Verfall in zweitausend Jahren eine neue Form gegeben hatte. Sie lagen zwischen Scharen weiterer Urlauber, kreischenden Kindern und Burgen bauenden Vätern am Sandstrand und schwammen in dem eiskalten Meer.

Schwimmen konnte man es kaum nennen. Die Kraft der Wellen, die nicht einmal hoch wirkten, war gewaltig und drohte, sie mit sich hinaus zu reißen. Ein kleiner Junge lief mit seinem Schwimmreifen hinein, den ihm das Meer aus den Händen schnappte und in erschreckender Geschwindigkeit davonschwemmte. Fassungslos sah der Kleine dem bunten Ring nach, der auf den Wellen tanzte und sich unwiederbringlich entfernte.

»Das bricht mir das Herz«, sagte Kelmi. Sie rannten den gesamten Strand hinunter, bis sie eine Bude fanden, von deren Vordach Wasserspielzeug und Schwimmreifen hingen. Kelmi kaufte einen gelben mit einem Pferdekopf. Als sie zurückkamen, war der kleine Junge am Ufer nicht länger zu entdecken, aber Kelmi fand ihn hinter einem Sonnensegel, wo er in seiner Badehose, der kleine Körper mit Sand bedeckt, stand und weinte. Seine Mutter redete auf ihn ein und war sichtlich kurz davor, die Geduld zu verlieren. Sie sprachen in einer Sprache, die weder Kelmi noch Sanne verstand. Kelmi reichte den Pferdereifen über das Segel in die Sandburg und nickte dem Jungen mit einem

Grinsen zu. Der griff mit beiden Händen danach und stieß einen hohen Laut wie ein glücklicher kleiner Singvogel aus.

»Gehen wir.« Kelmi nahm Sannes Arm. »Ehe es zu Diskussionen oder Peinlichkeiten kommt.«

»Du magst Kinder gern?«, fragte Sanne, während sie über den Strand davongingen.

Kelmi zuckte die Schultern und wirkte auf einmal verloren. »Ich glaube, ich sehe in jedem Jungen den kleinen Axel.« Er wischte sich über das Gesicht, wie um die hilflose Miene abzureiben. »Aber wir wollten die Geister ja zu Hause lassen.«

Er konnte es nicht. So wenig wie sie. Die Sonne hatte sein Gesicht gebräunt, er war ein hübscher, kräftiger, gesunder Mann, nach dem die Mädchen in den knappen Badeanzügen sich umdrehten, aber um seine Augen war eine Blässe, die dort bleiben würde.

Wir sind die Generation mit den Leichen im Keller.

Ihr wurde etwas klar. Ihre Arme schlossen sich um seine Taille. »Ich liebe dich.«

Es war blanker Wahnsinn. Es würde böse enden. Es blieb aber trotzdem so.

Eine Kneipe, in die sie gerne gingen, fanden sie am dritten Abend. Aus purer Neugier waren sie die paar Stufen hinuntergegangen, die in einen Durchgang führten. Überraschend mündete dieser nicht in einen Keller, sondern öffnete sich auf einen kleinen quadratischen Hof hin. Die Pinte hieß *Vrajitoare*, Zur Hexe, und der wilde Wein, der die Mauern bedeckte, nahm ihr die Schäbigkeit. Es gab nicht viel. Nur Rotwein und den Schnaps aus gelben Pflaumen, den die Wirtin einem Stammgast zufolge selbst braute, dazu auf einem aus Kisten genagelten Tresen ein Brett mit geschnittenem Käse, Salzgurken, Wurst und Trockenpflaumen. Die Frau sah aus, als wäre sie hundert Jahre alt, ging vornübergebeugt und nickte beim Sprechen, sodass ihre ungeheure Nase wie ein Schnabel hackte.

Darüber, dass sie ihre Pinte *Zur Hexe* genannt hatte, konnten Kelmi und Sanne nicht aufhören zu lachen.

»Die Alte ist nicht echt, oder? Die haben sie für die Touristen erfunden. Wirst sehen, morgen Abend bedient uns ein Vampir.«

Genau genommen bediente sie gar niemand. Die Handvoll Gäste versorgte sich aus den Krügen mit Getränken, nahm sich etwas von dem Essen vom Brett und ließ dafür Münzen liegen. Kelmi und Sanne liebten es. Sie setzten sich an einen wackligen Tisch an der noch sonnenwarmen Mauer und sahen dem Abend zu, der sein Rot wie einen Vorhang über den sonnenmüden Ort senkte. Wenn Wind aufkam, tanzten die Schatten des Weinlaubs. Ein Mann, der mit seinen zwei Freunden würfelte und ein einziges Glas mit ihnen teilte, stopfte die Reste von Wurst und hartem Brot in seine Hosentaschen, ehe er ging.

»Wenn man nicht reist«, sagte Sanne, »dann ahnt man ja gar nicht, dass die Welt so weit ist. Mein Vater und ich, wir lernten alles aus Büchern. Wir hatten uns in unsere Wohnung eingeigelt, gingen zur Schule, zum Kaufmann, aber sonst gar nie mehr aus, um nicht aufzufallen, um nichts zu sagen, was man nicht sagen durfte, und uns nicht zu gefährden. So lasen wir all die Bücher, blätterten in Atlanten, glaubten, wir lernten dabei die Welt kennen. So wie dein Axel am Gartenzaun. Aber über Rumänien haben wir nur gelernt, dass seine Regierung faschistisch war und mit Hitler gemeinsame Sache machte.«

Kelmi nahm ihre Hand und küsste die Stelle am Gelenk, wo ihr Puls klopfte. »Ich dagegen habe über Rumänien nur gelernt, dass dort Dracula umgeht. So viel anders ist das nicht, oder?«

Sie lachten beide. Nie zuvor hätte Sanne sich vorstellen können, über etwas, das mit Faschismus zu tun hatte, zu lachen, und sie konnte sich auch nicht vorstellen, es wieder zu tun. Das Buch über Dracula hatten er und sein Opa Piepenhagen zu ihrem Lieblingsbuch erkoren, als er ein Junge gewesen war. Er versprach, ihr eine Ausgabe zu besorgen, wenn sie zurück nach

Deutschland kamen. »Auch wenn es dir vielleicht nicht gefallen wird. Ich lese diese ganzen Gruselschwarten rauf und runter noch einmal, aber um so richtig darin einzutauchen, braucht man wohl einen Opa.«

Ihm blieb der Opa für immer. Seit er neben ihm verschüttet worden war, hatte er des Öfteren Kopfschmerzen, und seine vielen Verwandten, die alle Ärzte waren, konnten ihm nicht helfen. Sie fanden die Ursache nicht, vermuteten eine Schädigung, die nicht heilte, und fürchteten, sie würde ihm mit fortschreitendem Alter noch weit größere Probleme machen. Er aber nahm die Schmerzen ohne viel Aufhebens hin, und als Sanne ihm einmal ein Aspirin geben wollte, sagte er: »Ach nein, ich hab es ganz gern. Ich denke dann an Oma und Opa Piepenhagen und finde es eher schön, dass das in meinem sturen Schädel nicht ganz heilt.«

Auf seinem Nachttisch lag auch hier in Rumänien eines der Bücher, wie er sie mit seinem Opa Piepenhagen gelesen hatte, eine Wildwest-Geschichte, das Titelbild grellbunt aufgemacht. Er bemerkte ihren Blick, als sie schweißnass von der Liebe einander in den Armen lagen, und wurde verlegen. »Ich weiß, ich sollte mal etwas Vernünftiges lesen. Wenn wir zurückkommen, gebe ich mir Mühe, ja? Schließlich will ich mich vor meiner klugen Lehrerin nicht blamieren. Aber jetzt ist doch Urlaub …«

»Lies, was du willst«, sagte Sanne. »Ich habe nur an das Buch denken müssen, das du bei dir hattest, als wir uns zum ersten Mal begegnet sind. Es war von einem Gerald Ahrendt. Liest du oft Bücher von dem?«

»Jetzt nicht mehr. Bitte glaub mir, Sanne, ich habe nicht gewusst, dass der Mann die Nazis unterstützt hat. Für mich waren es einfach Piratengeschichten, anspruchslose Unterhaltung für Bahnfahrten und schlaflose Nächte. Seit mein Freund Ewald mir aber erzählt hat, dass dieser Ahrendt Loblieder auf Hitler verfasst hat, habe ich kein Buch von ihm mehr angerührt.«

»Weißt du … weißt du, ob er Familie hat?«

Kelmis Augen stellten eine Frage und öffneten bei Sanne ein Ventil.

»Ich hatte eine Freundin mit dem Namen und frage mich, ob sie seine Tochter ist«, sprudelte es aus ihr heraus. »Birgit Ahrendt. Zumindest habe ich geglaubt, sie wäre meine Freundin. Wir hatten nicht viel gemeinsam, das habe ich zum Schluss selbst begriffen. Aber sie war für mich da, als ich Unter den Linden, in den Trümmern, die ich wegschaffen wollte, zusammengebrochen bin. Sie hat sich einfach neben mich gekniet, und wir haben uns aneinander festgehalten. ›Ich weiß, es ist schlimm‹, hat sie gesagt. ›Besser wird es wohl auch nicht. Aber wenigstens sind wir nicht ganz allein.‹«

Er strich ihr schweres Haar zurück, breitete es auf dem Kissen aus, ohne den Blick von ihr zu wenden. »Und dann, Susu? Was ist dann mit euch passiert?«

»Sie war auf mich angesetzt. Von Anfang an.« Stockend erzählte sie ihm das wenige, das sie wusste. Dass Birgit eine Agentin gewesen war, die ihr über Jahre Freundschaft vorgeheuchelt hatte, um an Informationen über Eugen und vor allem über Becher zu kommen. Über Becher, der jetzt abgesägt war, nur noch wie eine Galionsfigur nutzlos in seinem Sessel saß. Die Informationen, für die Birgit ihre Freundschaft verkauft hatte, waren vermutlich keinen Pfennig mehr wert.

Es war noch immer hart. Unbegreiflich. Was sie ihm noch erzählte, hatte sie bisher nicht einmal vor sich selbst eingestanden: »In der Nazizeit war es so schwierig, Freunde zu haben. Man wusste nie, wem man trauen durfte, und die Welt, in der wir uns bewegten, wurde immer kleiner. Wir haben noch immer zu vielen vertraut. Otti, der Nachbarsjunge, der für mich wie ein großer Bruder war und dem ich all meine albernen Kindergeheimnisse anvertraut habe, ist der Mann, der meinen Vater verraten hat.«

Kelmi nahm ihre Hand. »Er hat verraten, dass dein Vater diese Flugblätter verteilt hat, richtig? Die Zettel, auf denen stand: ›Der

Krieg ist verloren. Verweigert den Mördern endlich den Gehorsam. Geht nicht zum Volkssturm.‹?«

Über die Einzelheiten wusste Kelmi bald besser Bescheid als Sanne. Mit seinen Freunden und einem Rechtsanwalt, der in sein Restaurant zum Essen kam, trug er Fakten zusammen, um eine Klage gegen die Zeitschrift anzustreben, die behauptet hatte, ihr Vater habe die Flugblätter nie geschrieben. Das Ansinnen war aussichtslos. Der Anwalt riet davon ab. Dafür, dass aber Kelmi nicht aufgab, war Sanne ihm unendlich dankbar.

Wie hätte sie selbst denn aufgeben können? Ihr Vater war erschossen worden, er hatte keine Handhabe mehr, sich gegen die, die seinen Tod obendrein sinnlos machten, zur Wehr zu setzen. Und ihre Mutter war mit ihm gestorben, selbst wenn sie tot in ihrem Körper verharren musste. Er hatte nur Sanne. Wenn sie aufgab, war seine Stimme endgültig verhallt.

»Der das verraten hat – das war dieser Otti?«, hakte Kelmi sanft noch einmal nach.

Sanne nickte. »Er und sein Vater. Und seine Großmutter, die ich Omi Lischka genannt habe. Dass sie Nazis waren, wussten wir, aber ich habe Otti trotzdem gemocht. Ich kannte ihn doch mein ganzes Leben. Jetzt hasse ich mich dafür. Vielleicht war ich es, die etwas ausgeplappert hat, irgendeinen Hinweis, der Otti genügte.«

»Du, Susu?« Er umfasste ihr Gesicht. »Aber hast denn du von den Zetteln, von denen nicht einmal deine Mutter etwas ahnte, gewusst?«

In seinen großen, behutsamen Händen schüttelte sie den Kopf. »Mein Vater hat niemandem ein Wort davon gesagt. Ich glaube, das ist es, was meine Mutter nicht verkraften kann. Er hatte ihr versprochen, vor ihr kein Geheimnis mehr zu haben, und sie fühlt sich von zwei Seiten betrogen, von ihrem Mann und von ihrer Familie, in denen sie die Verräter sieht.«

»Und dass die es nicht waren, steht fest?«

Sanne nickte. »Eugen hat jahrelang jede kleinste Spur überprüft. Felix Konya, der Bruder meiner Mutter, war gefallen, und kurz zuvor war ihr Vater gestorben. Die Konyas waren mit ganz anderem beschäftigt, aber meine Mutter hat sich nun einmal darauf versteift. Vielleicht, weil sie selbst Otti vertraut hat und es sich nicht verzeihen kann? Dass man seiner Familie vertraut, kreidet einem ja niemand an, aber Otti rannte tagaus, tagein in der HJ-Uniform herum, und sein Vater war in der Partei. Ich verzeihe es mir auch nicht. Wie habe ich mit dem Menschen auf den Weihnachtsmarkt gehen können, der schuld ist, dass mein Vater starb?«

»Scht.« Kelmi berührte ihre Lippen mit seinen. »Sei nicht so streng mit dir, mein armes Mädchen. Du wolltest jemanden zum Freund haben, was ist daran falsch? Wenn ich meine Freunde nicht hätte, ich wüsste nicht, wo ich wäre. Deinen Hass verdient der, der deine Freundschaft missbraucht hat. Nicht du. Und mit dieser Birgit Ahrendt ist es dir nach dem Krieg noch einmal genauso ergangen?«

Sanne nickte. »Meine Eltern und ich, wir hatten immer nur an ein Hinterher gedacht, in dem wir drei zusammen waren. Als ich sie beide nicht mehr hatte, bin ich mir vorgekommen wie der letzte Mensch auf der verwüsteten Welt. Dabei ist das unfair. Eugen und Hille waren für mich da, sie haben für mich gesorgt wie für ihr eigenes Kind. Aber als Birgit kam, hatte ich plötzlich jemanden, mit dem ich reden konnte. Wir haben uns von den Plänen erzählt, die wir als Kinder hatten, und irgendwann haben wir angefangen, unsere Pläne zu enttrümmern wie die Straßen. Neue zu schmieden. Birgits Vater war Schriftsteller. Sie sagte, sie würde auch gern schreiben. Vielleicht über uns, über zwei Mädchen in einer zertrümmerten Stadt, die neu anfangen. Ich kann nicht glauben, dass das alles gelogen war.«

»Kannst du nicht?« Er streichelte sie. »Ich auch nicht, Susu. Ich habe deine Birgit nicht einmal gekannt, aber ich glaube, sie hat dir die Wahrheit gesagt, und sie hatte dich so lieb wie du sie.«

Als er sah, dass sie vollkommen überfordert war, zog er sie auf dem schmalen Bett an sich, so fest er konnte. »Es tut mir so leid, mein Liebstes, meine arme Susu. Was Gerald Ahrendt betrifft, finde ich alles heraus, was du wissen willst, das verspreche ich dir. Ich bin gut darin. Der reinste Hercule Poirot. Ich habe ja auch über deine Mutter alles herausgefunden, nur weil ich gehört habe, wie sie im Radio ein Lied sang. Oder nein, das stimmt nicht. Wenn ich ehrlich bin, habe ich über Ilona Konya gar nichts herausgefunden, aber ich habe mir ihre Tochter geangelt. *Glück, das mir verblieb* hieß das Lied. Und das Glück liegt hier bei mir. Was will ein Mensch mehr?« Ihr Körper zitterte, entzog sich ihrer Kontrolle, und Kelmi hielt sie noch fester. »Meine arme Susu. Warum ist dir nur so viel Schreckliches angetan worden, und warum kann ich nicht zaubern wie unsere Alte in der Hexenkneipe und den ganzen Schrecken von dir wegblasen? Ich kann dir nur Lieben anbieten. Meinst du, das hilft? Wenn ja, würde ich dich furchtbar gern wild und gierig und die halbe Nacht lang lieben.«

Sie wollte es auch furchtbar gern tun. Ihn lieben und sich um nichts scheren. Sein schwerer, großer Körper umfing sie und trug sie davon. Auf dem Höhepunkt glaubte sie einmal, sie würde Gerti Sing-Gans singen hören, und musste so lachen, dass sie nicht mehr aufhören konnte. Er lachte mit. Sie konnten beide nicht mehr aufhören.

Für die verbleibende Zeit in Rumänien hielten sie es so: Sie tobten sich den Tag über in der Sonne aus, gingen abends zur Hexe, in ihre Kneipe im Weinlaub, und wenn sie nach Hause, in ihr einst nüchternes, von Kelmi mit Muscheln und allerlei Meeresfunden dekoriertes Zimmer kamen, hatten sie selbst Weinlaub um sich, redeten ein bisschen und liebten sich bis zum Einschlafen. Manchmal wachten sie auf. Dann liebten sie sich wieder. Und manchmal war es zum Einschlafen zu heiß. Dann liebten sie sich, bis die Sonne aufging.

Im Hotel freundeten sie sich mit den Kellnern an, die ihnen Kaffee vor die Tür brachten. So brauchten sie den großen Speisesaal nicht zu betreten, sondern konnten mit ihrem Morgengetränk auf der Schwelle des Personaleingangs in der Sonne sitzen. Es war verboten, aber die Kellner drückten beide Augen zu. Für ihre Verschwiegenheit sorgten Westgeld und Kelmis Drängen, sie sollten die zweimal Frühstück, die sie sparten, einpacken und ihren Familien mit nach Hause nehmen.

»Ihr müsst nächstes Jahr wiederkommen«, sagte Nico, der Oberkellner, der fließend Deutsch sprach. »Ihr mit eurer Turtelei habt den schönsten Sommer nach Eforie gebracht.«

»Wir kommen wieder«, sagte Kelmi. »Vielleicht nicht nächstes Jahr, weil wir noch so viel von der Welt zu sehen haben. Aber irgendwann. Und bis dahin habe ich herausgefunden, wie man aus Nudeln und Quark ein delikates Gericht macht. Das bringe ich euch dann bei.«

»Wie du meinst.« Nico zog an seiner braunen Zigarette. »Solange ihr die Sonne wieder mitbringt. Hier ist Sturmland. So viel Sonne hintereinander, so viele zufriedene Urlauber hatten wir noch in keiner Saison.«

An ihrem letzten Tag kam der Sturm zurück. Es regnete Bindfäden und war auf einen Schlag kalt. In dem Hof mit dem Weinlaub würde man nicht mehr sitzen können, aber sie mussten doch noch einmal zur Hexe! Den ganzen Tag über, am leeren Strand, am Saum des Meeres, das jetzt schwarz und aufgewühlt war und in dessen Oberfläche der Regen Krater hieb, hatten sie sich gestritten. Über Kleinigkeiten, alberne, nicht der Rede werte Fragen.

»Willst du ein Eis?«

»Doch nicht bei der Kälte.«

»Die bunten Tücher an dem Stand passen so gut um dein Haar. Sollen wir nicht eines davon als Andenken kaufen?«

»Ich habe dafür kein Geld mehr. Und davon, dass du ständig mit deinem herumschmeißt, habe ich genug.«

Irgendwann, als der bewölkte Himmel sich auch noch verdunkelte und sie aus dem dritten so gut wie leeren Geschäft kamen, ohne etwas gekauft zu haben, nahm er ihre Hand. »Worüber streiten wir, Susu? Doch nicht darüber, dass du dir von mir keinen kitschigen Salzstreuer mit der Aufschrift Eforie kaufen lassen willst, oder doch?«

Sie ließ zu, dass er sie an sich zog, und legte den Kopf an seine Brust, obwohl sie die Geborgenheit, die in der Geste gewesen war, nicht mehr empfand. »Nein, wohl nicht.«

Er küsste ihr Haar. »Weißt du, dass dein Schneewittchen-Schwarz einen roten Schimmer bekommen hat? Und Schneewittchens Haut ist nicht mehr weiß wie Schnee, sondern goldbraun wie Teig mit Butter und Zimt. Na komm, gehen wir zur Hexe. Wenn sie nicht geschlossen hat, wird sie uns ja wohl mit einem Abschiedsbecher im Regen sitzen lassen.«

Die Hexe hatte geschlossen, doch dessen ungeachtet pochte Kelmi an die hölzerne Haustür. Als der Kopf mit der Schnabelnase erschien, erschraken sie beide. Sie hatten im Grunde mit der Frau nie ein Wort gewechselt und wussten nicht, welche Sprache sie beherrschte. Kelmi versuchte es auf Englisch, Sanne auf Russisch. Vrajitoare, die Hexe, reagierte auf keines von beidem.

Irgendwann vollführte Kelmi leicht verzweifelt die Geste des Trinkens, und sie zog die Tür ganz auf und wies in den Hof. »Wein. Ja, ist welcher noch da. Bedienen ihr müsst euch selbst.«

In den zwei vergangenen Wochen hatten sie verblüffend viele Leute getroffen, die Deutsch konnten, aber bei der Hexe hatten sie am wenigsten damit gerechnet. Der Hof lag geschützt, der Regen traf hier schütterer auf. Auf dem Tresen standen das leere, nass geregnete Brett für die Wurst und der Weinkrug, in den es auch regnete. Sanne und Kelmi füllten sich Becher und setzten sich damit an ihren Tisch. Der Stein der Mauer war nicht mehr warm, und der Abend, der sich senkte, war nicht mehr rot.

»Es ist zum Verrücktwerden«, sagte Sanne. »Jetzt, wo ich weiß, dass sie Deutsch versteht, frage ich mich sofort, was sie während des Krieges gemacht hat, ob sie eine Kollaborateurin war. Als wäre die Sprache Deutsch ein Schild auf der Stirn, auf dem steht: Ich habe mit dem Teufel paktiert.«

Kelmi legte sich einen Finger auf die Lippen und wies mit einer Drehung der Schulter nach hinten. Erschrocken sah Sanne, dass die Alte noch da war, dass sie Brett und Krug abräumte und aus dem Augenwinkel ihren Blick erhaschte.

Hatte sie sie gehört?

Was lag daran? Sie würde die Alte wahrscheinlich nie wiedersehen.

»Wir haben uns deswegen gezankt, nicht wahr?«, fragte Kelmi, sobald sie im Haus verschwunden war. »Weil keiner von uns will, dass dies unser letzter Abend ist, und weil man irgendwen dafür anraunzen muss, dass im Urlaub die Zeit zehnmal schneller verfliegt als sonst.«

Sanne nickte, hatte die Hände um ihren Becher verschränkt. Sie wollte es nicht, morgen in fünf Zügen voller Kontrolleure nach Hause fahren und den Herbst erwarten, den Alltag voller Kämpfe, den Schulanfang. Womöglich würde sie Probleme bekommen. In Schule und Frauenbund war sie stets besonders geschätzt worden, weil sie als eine der wenigen über keinerlei Westkontakte verfügte, nicht einmal mit den eigenen Verwandten verkehrte und sich keinen Vorteil verschaffte, nicht einmal eines der begehrten Bananenpakete. Jetzt aber war ausgerechnet sie mit einem Westler in den Urlaub gefahren und hatte sich jeden erdenklichen Vorteil verschafft – ein größeres Zimmer, besseres Essen, Abende in Kneipen, die für Touristen nicht gedacht waren.

Dazu kam Eugen, den sie von ihrer überstürzten Rumänien-Reise nicht einmal persönlich informiert hatte. Daheim in Berlin hatte sie sich noch darauf herausreden können, dass schließlich er ihr etliches verschwiegen, ja, sie sogar belogen hatte, jetzt aber wurde ihr bewusst, wie tief verletzt er sich fühlen musste. Er hatte sie getäuscht, das war richtig, aber er hatte es in bester Absicht getan.

Und was war mit Hille und ihrer Mutter? Entgegen ihrer erklärten Absicht hatte sie die beiden sich selbst überlassen, obwohl es ihrer Mutter seit der durch Sannes Schuld verpatzten Geburtstagsfeier wieder schlechter ging. Sie würde all das geraderücken müssen, sie würde ihr gesamtes Leben geraderücken müssen und wusste doch nicht, wie sie das anfangen sollte.

Im Strom der Gedanken hielt sie inne. Doch. Sie wusste, wie sie es anfangen sollte, und wünschte sich nur, sie hätte es nicht wissen müssen. Um ihr Leben zurück in seine Bahn zu zwingen, um nicht alles zu zerstören, wofür sie, wofür ihr Vater gekämpft hatte, musste sie Theodor-Friedrich Kelm daraus verbannen.

Sie sah zu ihm auf, fand sich wie so oft von der Zärtlichkeit in seinen Augen gefangen und hätte den wildesten Streit aller Zeiten vom Zaun brechen wollen, um dazu in der Lage zu sein.

»Susu«, sagte er und nahm ihre Hände. »Unser Urlaub ist zu Ende, aber unser letzter Abend ist das hier trotzdem nicht. Im Gegenteil. Jetzt fängt es erst an. Wir wohnen keine halbe Welt voneinander entfernt, sondern in derselben Stadt. Ich kann dich nachmittags, ehe ich die Küche öffne, von der Arbeit abholen und dir im *Susanna* dein Abendessen servieren. Und nach Ladenschluss verkriechen wir zwei uns in mein Dachgehäuse und machen Liebe über Berlin. Es wird Zeit, dass du meine Freunde, meine Familie und vor allem deren heimlichen Alleinherrscher, den kleinen Herrn Georg, kennenlernst. Und ich will deinen Haufen kennenlernen. Selbst der allgewaltige Staatssekretär Terbruggen wird sich wohl oder übel mit mir abfinden müssen.«

»Das wird er niemals«, fiel ihm Sanne ins Wort. »Kelmi, du weißt so gut wie ich, dass das keinen Sinn hat. Wir wohnen keine halbe Welt voneinander entfernt, sondern eine ganze.«

»Ach Unsinn. Es gibt doch keinen Grund, den Teufel an die Wand zu malen.«

»Unsere Staaten haben sich wohl kaum gerade Armeen angeschafft, um sich einander anzunähern!«, rief Sanne.

»Herrgott, Susu, du und ich sind doch nicht unsere Staaten. Ganz abgesehen davon gibt es für mich überhaupt keine zwei Staaten, sondern nur zwei Hälften eines Landes, das früher oder später schon wieder zusammenfinden wird. Aber so lange brauchen doch du und ich nicht zu warten. Meine Wohnung ist klein, aber mit dir darin wäre sie der Himmel auf Erden, und es gibt etliche Leute, die hüben arbeiten und drüben wohnen und umgekehrt.«

»Leute, die bei uns als Grenzgewinnler verpönt sind.«

»Ach was. Neider, die sich über andere den Mund zerreißen, weil sie selbst nicht glücklich sind, wird es immer geben. Wir aber wären glücklich, Susu. Du könntest zur Schule zu Fuß gehen …«

»Genau darin liegt das Problem«, fuhr sie ihn an, um die Bilder von ihnen beiden bei der Liebe über Berlin zu vertreiben. »Darin, dass ihr euch hochnäsig hinstellt und erklärt, unseren Staat gibt es für euch nicht. Vermutlich gibt es auch keine Oder-Neiße-Grenze und am besten überhaupt kein Polen, und zum Teufel mit der Tschechoslowakei.«

»Du wirst ungerecht, Susu.«

»Das ist mir egal! Findest du es gerecht, wie du mein Leben verplanst, mir praktisch schon die Koffer in deine entzückende Dachwohnung stellst und dich nicht einmal fragst, was ich mit meiner kranken Mutter machen soll? Geschweige denn, dass du einen Gedanken darauf verschwendest, wovon ich in Zukunft leben soll, wenn ihr euch gnädig herablasst, mir mein Gehalt zu einem Kurs von eins zu sieben umzutauschen. Aber vermutlich wirst du mir darauf gleich antworten, dass sich deine hochwertige Kochkunst in deinem hochwertigen Luxusrestaurant ja verkauft wie warme Semmeln und dass du das kleine Frauchen aus dem armen Osten aus der Portokasse ernähren kannst.«

Die Zärtlichkeit schwand. »Ich habe überhaupt keine Portokasse. Ich zahle einen Kredit ab. Meine Arbeit ist vielleicht nicht so unentbehrlich wie deine, was mir im Übrigen auch mein Vater beständig vorhält, aber sie ist mir nicht weniger wichtig. Und wann ich dich als kleines Frauchen aus dem Osten behandelt habe, wüsste ich gern.«

»Als du meinen Staat als einen vorübergehenden Schluckauf der Geschichte abgetan hast, der sich früher oder später erledigt haben wird. Mein Vater kann mir nichts mehr vorhalten, aber dieser Staat war sein Lebenstraum. Und meiner ist es auch.«

Sie hatte sich außer Atem geschrien und hielt erschrocken inne. Stumm saßen sie einander gegenüber. Die hellen Tage waren nicht nur zu Ende, sie waren schon so weit weg, als hätte es sie nie gegeben. Sanne würde die Nacht auf der Osthälfte des Hotels verbringen, zwischen vier kahlen Wänden, die für einen zweiten Menschen zu eng waren. Die deutsch sprechende Vrajitoare schlurfte aus dem Durchgang, vielleicht, um zu sehen, warum ihre merkwürdigen Dauergäste so brüllten, vielleicht nur, um hinter dem Tresen herumzukramen.

Kelmi stand auf. »Gehen wir ins Hotel und legen uns früh schlafen. Das hier macht uns ja alles kaputt.«

Sanne folgte ihm in ein paar Schritten Abstand. Als sie an der Alten vorbeikam, schoss diese herum. »Du da«, sagte sie und packte Sanne beim Ellbogen. »Bei uns in der Dobrudscha wir haben ein Sprichwort, das ich würd raten zu bedenken, wenn ich deine Mutter wär.«

Sanne wartete.

Die Alte kratzte sich an der Nase. »Sprich nicht übel vom Teufel, denn du weißt nicht, wem du später gehörst.«

38

Mai 1957

»Haben Sie das gehört, Frau Engel?« Barbara Ziegler trat Hiltrud auf dem Treppenabsatz entgegen und wedelte mit dem *Neuen Deutschland*, das sie angeblich nicht las. »Die Amis haben doch gesagt, mit diesem Satelliten, den sie ins All schicken wollen, sind sie so gut wie fertig, und nun schmeißen sich unsere in die Brust und erklären, sie sind angeblich noch viel schneller so weit. Man muss sich doch wundern, wofür unsere so viel Geld haben. Knallen irgendwelche Geschosse ins Weltall, aber für einen Jungen, der's auf der Brust hat, ist nicht mal 'ne Kur an der Küste drin.«

Hiltruds Magen verkrampfte sich. Nie hatte sie es so sehr gehasst, ihre Familie allein zu lassen, wie in diesem Moment. Den Weg bis zum Münzfernsprecher zwei Straßen weiter und zurück war sie gerannt, dass ihr die Lungen brannten, und am liebsten hätte sie die Nachbarin aus dem Weg gestoßen. »Den Satelliten bauen doch die Russen, nicht wir«, keuchte sie stattdessen und sah, wie ihr die Hände, die den Griff der Handtasche umklammert hielten, zitterten. »Und ist denn Ihr Benno immer noch krank?«

»Ach, hören Sie bloß auf«, rief Barbara Ziegler. »Russen oder unsere, das ist doch Jacke wie Hose, und beim Benno ist es wieder Bronchitis geworden. Die geht bei dem nassen Wetter und bei dem, was der Junge zu essen kriegt, so schnell nicht weg.«

»Tut mir leid«, begann Hiltrud, »leider habe ich's heute eilig.« Aber Barbara hatte schon weitergesprochen.

»Übrigens – aus Ihrer Wohnung kommen so komische Geräusche. Ich hab Ihrer Sanne ja nur die Zeitung wiederbringen wollen, die ich mir geborgt hab, weil mein Benno sich doch so für diese Satelliten interessiert. Hab auch geklopft, aber es kam keine Antwort, nur solche Geräusche, als wenn drinnen einer stirbt. Nebenbei, was ich mal fragen wollte: Wie machen Sie das eigentlich, dass die Ihren so wohlgenährt daherkommen? Ich weiß, der Herr Terbruggen bringt immer mal wieder was vorbei, und die Sanne wird ja zu ihrem Verdienst auch noch ganz hübsch was von ihrem jungen Mann bekommen, aber trotzdem ...«

Hiltrud hielt es nicht länger aus. »Ich habe gesagt, ich hab's eilig!«, rief sie, stieß die Frau aus dem Weg und schloss ihre Wohnungstür auf. Darauf, dass nicht nur Ilona, sondern auch Sanne über den sich in die Länge ziehenden Winter an Gewicht zugelegt hatte, spielte Barbara nicht zum ersten Mal an. Bis vor Kurzem hatte Hiltrud das als Ausdruck des Neides abgetan. Barbara war überzeugt, jeder, der ein paar Kilo mehr auf den Rippen hatte als ihr Benno, müsse über geheime Quellen der Nahrungsmittelbeschaffung verfügen. Den Engels neidete sie ihre Bekanntschaft mit Eugen, der als kommender Mann hinter der Regierungsriege gehandelt wurde, und noch mehr wurmte es sie, dass Sanne hatte, was sie sich wohl die letzten zwölf Jahre lang vergeblich erträumt hatte – einen Verehrer aus dem Westen.

Auch wenn Sannes Verehrer auf seinem bunt bemalten Moped schon seit Monaten nicht mehr kam. Sie hatten sich zerstritten, hatte Sanne auf Hiltruds vorsichtige Frage erklärt. Erst über den Aufstand in Ungarn, bei dem es Tote gegeben hatte wie damals in Berlin, über diesen Ministerpräsidenten Imre Nagy, der verhaftet und nach Rumänien verschleppt worden sein sollte, dann über die Zeitschrift, die Sanne verklagen wollte, und über alles Mögliche andere.

Hiltrud wollte darüber froh sein, nicht nur, weil die Gefahr mit der Zeitschrift vom Tisch war, sondern auch, weil so eine Sache zwischen Ost und West eben nicht funktionierte. Selbst wenn sie so gut wie sicher war, dass Ilo recht hatte und der junge Mann mit dem komischen Namen kein Nazi sein konnte. Selbst wenn Sanne mit ihm so glücklich gewirkt hatte, wie Hiltrud sie als Kind gekannt hatte. Nicht mehr Sanne, die todernste Lehrerin, sondern Suse, die an der Hand ihres Vaters gehüpft war. Aber was verstand sie, Hiltrud, denn schon vom Glück?

Die Geräusche, von denen Barbara gesprochen hatte, schlugen Hiltrud entgegen. Als ob drinnen jemand starb. Sie pressten Hiltrud das Herz zusammen, glichen den furchtbarsten Geräuschen, die sie jemals von Menschen gehört hatte – das von Schmerzen gepeinigte Stöhnen ihrer Schwester, der die Ärzte das Frausein herausgeschnitten hatten, und das Röcheln ihres Bruders, der flach auf ihrem Körper liegend sein Leben verlor.

Sanne würde ihr Leben nicht verlieren, versicherte sie sich. Doktor Winkler, den sie Gott sei Dank ans Telefon bekommen hatte, hatte das auch gesagt. Er werde kommen, so schnell er könne, und in der Zwischenzeit solle sie die Ruhe bewahren, denn vom Kinderkriegen sterbe man nicht. Hiltrud war geübt darin, die Ruhe zu bewahren, aber in den paar Augenblicken ihres Lebens, die mit diesem wieder auferstanden, hatte ihre Ruhe versagt. Was wusste denn sie? Damals, als Volker geboren worden war, hatte sie auch geglaubt, ihre Mutter müsse sterben, werde auf dem Küchentisch liegen bleiben und Hiltrud mit dem Berg aus Sorgen und Nöten allein lassen.

Sie riss die Tür zu Sannes Zimmer auf. Ihr Mädchen, Volkers geliebte Suse, lag zusammengekrümmt auf der Seite. Ihr Atem ging rasselnd, unterbrochen von wimmernden Lauten, die nicht klangen, als würde sie den nächsten Morgen erleben.

Nicht auch noch Sanne!

Wenn sie Sanne verloren – wozu dann all die Jahre der Qual?

»Wie geht es dir?«, fragte sie sinnlos. »Ich habe den Arzt erreicht. Er hat noch einen Patienten, den er nicht wegschicken kann, aber dann kommt er sofort hierher.«

Sannes Versuch, etwas zu sagen, endete in winselnden Lauten. Sie krümmte sich zum Ball und schrie auf, als Hiltrud sie zaghaft an der Schulter berührte. Erst als die Welle des Schmerzes offenbar ein wenig abflachte, gelang es ihr, halbwegs verständliche Worte herauszustoßen: »Kein Arzt. Will – allein sein.«

»Hast du denn völlig den Verstand verloren?«, brach es aus Hiltrud heraus. Gleich darauf presste sie sich die Hand auf den Mund. Ein Zimmer weiter schlief Ilo, der es elend ging. Wenn sie aufwachte und sah, was mit ihrer Tochter los war, mochte sie endgültig in einen Zustand eintreten, mit dem Hiltrud nicht mehr fertigwurde. Deutlich leiser, nahe bei Sannes Ohr fuhr sie fort: »Du hättest viel früher zum Arzt gehen müssen. Wir sind doch nicht im Krieg.«

Flüchtig besann sie sich, dass ihre Mutter bereits vor den zwei Kriegen ihren Sohn auf dem Küchentisch zur Welt gebracht hatte, doch das schien mit ihrer heutigen Wirklichkeit nichts mehr zu tun zu haben. Die Leute gingen zum Kinderkriegen in Krankenhäuser. Außerdem war ihre Mutter nicht Sanne, das Einzige, was von Volker geblieben war und das zu hüten Hiltrud sich geschworen hatte.

Nicht noch einmal versagen, nur nicht noch einmal.

Wieder krümmte sich Sanne, keuchte und röchelte wie kurz vorm Ende. Wer sagte einem, dass man an einer Geburt nicht starb? Früher waren die Frauen gestorben. Damals im Wedding, in ihrem Aufgang, hatte eine Mutter von Fünfen die Geburt des Sechsten, das verkehrt herum lag, nicht überlebt.

Ich habe euch doch alle hineingerissen, jeden Menschen, den ich geliebt habe, ich darf doch nicht noch einmal die Schuldige sein!

Nicht bis vor Kurzem, sondern genau bis zum heutigen Nachmittag hatte Sanne verschwiegen, was mit ihr los war. War immer unzugänglicher geworden, mürrisch wie ein Backfisch, hatte ständig behauptet, sie gehe aus, obwohl der junge Mann, den Eugen »Pest und Cholera in einem« nannte, nicht mehr kam. Hiltrud hatte sich Sorgen gemacht, aber da Sanne nicht kränklich wirkte und wie gewohnt ihrer Arbeit nachging, hatte sie sich gezwungen, einmal mehr ihre elende Ruhe zu bewahren. Was vor sich ging, hatte sie erst begriffen, als sie an diesem Nachmittag von der Arbeit gekommen war.

Sanne hatte einen freien Tag, angeblich, weil sie sich gegen irgendetwas impfen lassen musste. Hiltrud war froh gewesen. Sie ließ Ilo zwar noch immer tagsüber allein, konnte sich aber besser auf ihre Arbeit konzentrieren, wenn sie jemanden bei ihr wusste. Dass etwas nicht in Ordnung sein könnte, hatte sie nicht geahnt, bis sie die Wohnung betrat.

Ilo saß am Küchentisch, hatte sich durch Vorräte gefressen, die fürs Wochenende geplant gewesen waren. »Wo ist denn Sanne? Diese Impfung sollte doch heute Vormittag erledigt sein.«

»Sanne hat sich den Magen verdorben«, hatte Ilo erwidert. »Sie ist in ihrem Zimmer, sagt, sie will allein sein.«

Instinktiv war Hiltrud in die Küche zurückgekehrt, nachdem sie Sanne in ihren triefend nassen Betttüchern hatte liegen sehen, und hatte Ilo ihr Schlafmittel in ihre Milch gerührt. Der Arzt hatte es ihnen nur für den Notfall verschrieben, aber um einen solchen handelte es sich eindeutig. Man wusste nie im Voraus, was Ilo verkraftete, und der Anblick der vor Schmerz gekrümmten Sanne war selbst für Hiltrud zu viel.

»Du musst mir sagen, was passiert ist«, hatte sie in Panik auf Sanne eingeredet. »Ich besorge einen Arzt, ich rufe im Krankenhaus an, sie werden wissen wollen, was du gegessen hast.«

Eine Welle des Schmerzes rollte über Sanne hinweg und machte es ihr unmöglich, Hiltrud eine Antwort zu geben. Die aber sah auf sie hinunter und stellte fest, dass sie keine mehr brauchte. Sogar für sie, die von alledem nichts verstand und nie geboren hatte, war unverkennbar, dass Sannes bis zum Platzen aufgetriebener Leib, über dem die Bluse hochgerutscht war, nicht von zu reichlichem Essen kam.

»Du kriegst ein Kind.«

Sanne nickte mühsam. »Sag es keinem. Ich mach das allein.«

Wie verrückt, wie verstört war dieses Mädchen, von dem sie doch angenommen hatten, es sei so klug, gelehrt und besonnen, wie keiner von ihnen gewesen war? Hatte Sanne tatsächlich geglaubt, sie könnte das Kind zur Welt bringen, ohne dass einer von ihnen etwas merkte, weder die Frau, die sie selbst zur Welt gebracht hatte, noch die Tante, die geschworen hatte, sie zu hüten, und nicht einmal Eugen, der überall seine Augen hatte und von Dingen wusste, noch ehe sie geschahen?

Zwölf Jahre lang hatte Hiltrud sich bemüht, sich in allem, was sie tat, nach Sannes Wünschen zu richten, so abstrus sie ihr auch vorkommen mochten. Sie versteht sich eben auf Dinge, von denen unsereins keine Ahnung hat, hatte sie sich gesagt und sich damit begnügt. Heute aber hatte sie auf Sannes Wünsche gepfiffen, obwohl sie gar nicht pfeifen konnte. Sie war aus dem Haus gelaufen, um den Arzt zu rufen, und jetzt saß sie hier, neben der wie um ihr Leben röchelnden Sanne, und hätte sie an den Schultern packen wollen, um den verlorenen Verstand wieder in sie hineinzuschütteln.

»Was wolltest du mit dem Kind denn anfangen, wenn es geboren ist? Es irgendwo verstecken?«

Die Frage schnellte wie ein Gummiband auf sie zurück. Bis eben hatte sie nur Angst gehabt, Sanne könne sterben, doch jetzt drängten weitere Probleme sich auf: Was würden sie mit dem Kind anfangen? Wovon sollten sie leben, wenn Sanne nicht mehr arbeiten konnte? Würde der Mann, der es ihr gemacht hatte, für es aufkommen, würde er Sanne sogar heiraten?

Zu Hiltruds Zeit war ein uneheliches Kind eine Schande gewesen, für eine Familie ein Grund, ihre Tochter zu verstoßen, und dennoch hatte es im Wedding von solchen Kindern gewimmelt. Ihre Geburten verdammten ihre Mütter zu einer Art von Armut und einem Leben im Elend, mit dem verglichen Hiltruds Familie geradezu wohlhabend gewesen war. Hatte sich seither etwas geändert? Änderten diese Dinge sich je? Barbara war ebenfalls von ihrer Familie verstoßen worden und musste sich als Putzfrau durchschlagen, aber sie hatte immerhin ein Dach über dem Kopf und litt trotz des ewigen Gejammers keinen Hunger.

Sie war nur einsam.

»Sie sind meine einzigen Freundinnen«, hatte sie einmal zu Hiltrud und Ilo gesagt, die nicht ihre Freundinnen waren. »Wenn ich mal Hilfe bräuchte – außer Ihnen hätt ich keinen, zu dem ich gehen könnt.«

An jenem Abend bei ihrem ewigen Veilchenlikör hatte sie Hiltrud – Ilo war schon ins Bett gegangen – auch gestanden, wer Bennos Vater war. »Er hat keinen. Ich sag mir immer, der Benno ist nur meiner, der gehört keinem sonst. Vom Russen hab ich ihn. Kann ja der Benno nichts für und ich auch nicht. Als ich's hier auf der Polizei hab melden wollen, dass mir der Russe Gewalt angetan hat, hat mir der Polizist ins Gesicht gelacht und gesagt: Habt halt den Krieg verloren, Nazi-Schlampe. Mein Vater hat mich rausgeschmissen. Wirst ja wohl den Rock gehoben haben vor dem Besatzer-Dreck, hat der gesagt. Aber den Benno, den hab ich trotzdem lieb.«

Sanne krümmte sich, schrie auf und krallte die Hände in die Tücher.

Warum tut man das?, fragte sich Hiltrud und hatte es sich schon unzählige Male gefragt. Warum klammert man sich so sehr an dieses Leben, das man kaum erträgt? Die Antwort war jedes Mal dieselbe: Weil es immer wieder noch einen Menschen gab, den man nicht zurücklassen mochte. Damals, als sie sicher gewesen war, dass sie sterben wollte, war ihr plötzlich die kleine Suse in die Quere gekommen, ihre Suse, die zwar schon fünfzehn Jahre alt gewesen war, aber immer noch ein Kind. Hiltrud hatte sich vorstellen müssen, wie ihrer Suse die Tränen über das Gesicht liefen, weil nach ihrer Tante Sido nun auch ihre Tante

Hille nicht mehr bei ihr hatte bleiben wollen, und hatte den Plan, daheim im Wedding aus der Dachluke ihres Hauses zu springen, klammheimlich aufgegeben.

»Ich hab dich lieb, Tante Hille«, hatte Suse gesagt und die Arme um Hiltrud geschlungen, die stumm und teilnahmslos in Volkers Küche gesessen hatte. Es war die Feier ihres fünfzehnten Geburtstags gewesen, still und traurig, mit Hiltrud und den Dombröses, die Gold wert waren, als einzigen Gästen. Es hatte der letzte Tag ihres Lebens werden sollen, aber der war es nicht geworden. »Ich hab dich lieb, Tante Hille. Frau Dombröse, können Sie nicht bitte meiner Tante Hille auch ein Glas Birnenmus schenken? Sie sieht so traurig aus, ich glaub, sie braucht etwas Süßes, und ich möchte so gern, dass sie wieder lacht.«

Was ihr geschehen war, um sie so traurig zu machen, hatte Hiltrud Suse nicht erzählt. Sie hatte es niemandem erzählt. Es hatte niemand gefragt. Sie hatten alle ihre eigenen, viel bedeutsameren Sorgen.

Dann aber hatte Suse noch etwas gesagt, nur einen kleinen Schwall Worte, aber der hatte ausgereicht, damit Hiltrud verstand: Das kann ich nicht machen. An meiner Traurigkeit sterben und dich zurücklassen. Ich bin hier noch nicht fertig, denn du brauchst mich noch. Du brauchst jeden von uns, den du bekommen kannst, alle Hilfe, die du viel früher von uns hättest haben sollen.

Sie hatte sich ein Lächeln abgezwungen, war mit Lotte Dombröse, die Gold wert war, in deren Wohnung gegangen, um sich nach all den Geschenken für ihr Kind auch noch Birnenmus für sich selbst schenken zu lassen, und war anschließend über ihren Schatten gesprungen.

Und als das alles falsch gewesen war, das Falscheste, das sie hatte tun können, war da noch immer Suse gewesen, die sie brauchte, und sie hatte sich ans Leben klammern müssen, um Suse zu beschützen.

Suse – oder eben Sanne – war auch jetzt noch da. Lag neben ihr und hatte nicht einmal zum Schreien mehr Kraft. Mit einem Schlag besann sich Hille auf das, was sie konnte – das Praktische, Handfeste. Auf die Ankunft des Arztes zu warten nützte nichts, so wie es damals nichts genützt hatte, auf das Ende des Krieges zu warten.

»So wird das nichts«, sagte sie zu Sanne und beschwor Bilder von ihrer Mutter auf dem Küchentisch. »Du musst dich auf den Rücken legen, du musst die Beine breit machen, besser noch, du versuchst, dich aufzusetzen.«

Sie half Sanne, bei der krampfhafte Schmerzanfälle mit völliger Erschlaffung wechselten, in die gewünschte Position und zog sie hoch, sodass sie den Rücken gegen die Kopfstütze des Bettes lehnen konnte. Sie zerrte ihr Rock und Unterhose, alle Lagen von Stoff von den Hüften, dann schob sie sich neben sie und legte ihr den Arm als zusätzliche Stütze um die Taille.

»Du und ich, wir müssen das schaffen, hörst du? Ich hab noch nie ein Kind gekriegt, aber alle Frauen schaffen das. Kühe und Karnickel auch. Wir müssen es aus dir rauspressen. So fest, wie wir können.«

Sanne weinte. »Ich will's nicht haben.«

»Weiß ich ja. Aber da drin kann's nicht bleiben.«

»Ich hab doch keine Ahnung, wie man das macht.«

»Nur pressen.«

»Und dann?«

»Dann werden wir sehen.«

Der Schmerz kam, die Wehe, und Hiltrud presste. Dicht an Sanne gelehnt spürte sie, wie diese ebenfalls presste, wie sie beide zusammen die enorme Kraft, die von irgendwoher kam, in dieses Pressen legten. Als die Kraft wich und sie wieder freigab, hechelten sie wie zwei Hunde nach Atem. Gleich darauf kam eine neue Wehe, und mit der Wehe kam von Neuem die Kraft.

»Pressen, pressen!«

Hiltrud beugte sich vor und sah helles Haar zwischen Sannes dunkler Scham schimmern, wie sie damals dunkles Haar gesehen hatte, das zwischen der hellen Scham ihrer Mutter schimmerte. Sanne schrie aus Leibeskräften, Hiltrud spreizte ihr die Beine auseinander, und aus ihrer Mitte schälte sich ein faustgroßes Köpfchen. Eine winzige Schulter folgte, Hiltrud griff zu, um die zweite zu befreien, und ehe sie begriff, wie ihr geschah, rutschte ihr ein ganz und gar fertiger, mit Schmiere bedeckter kleiner Mensch in die Hände. Hatte es so viel Anstrengung gekostet, ihm über die ersten Zentimeter seines Weges zu helfen, so kam es Hiltrud vor, als wäre er anschließend wie ein Blitz ins Leben geschossen.

Nicht er.

Sondern sie.

Sie war ganz gesund, rosig, und ihr Schrei klang wie ein fröhliches Krakeelen, um sich selbst im Leben zu begrüßen. Das Gesicht war zerknautscht, die Äuglein funkelnd blau, und auf dem Köpfchen sprossen ein paar blonde Fusseln. Was über Hiltrud hinwegging, fühlte sich an wie warmer sommerlicher Wind, eine Brise, die für Augenblicke alles Schwere, Todtraurige davonwirbelte. Aus der Brise wurde ein Sturm, der Hiltrud mit sich riss.

Was verstand eine wie sie denn schon vom Glück?

Alles, alles.

Sie hätte laut lachen wollen, so laut, dass das ganze Haus davon wackelte.

Das Bett wackelte. Schuld daran war Sanne, die versuchte, sich aufzurichten, aber wieder in die Kissen zurückfiel. Sie lachte auch. Nicht laut, sondern stumm lachten die beiden Frauen einander in die Gesichter.

»Ein Mädchen?«

»M-m.«

»Ich will's doch haben.«

»Weiß ich ja.«

Sie lachten wieder. Sannes Zähne klapperten.

Hiltrud griff nach der Daunendecke, die sie damals, als Sanne nach dem Aufstand im Juni 53 so krank gewesen war, auf all ihre Bezugsscheine gekauft und die Sanne vorhin beiseitegestrampelt hatte. Der Bezug hatte von der Nässe nichts abbekommen. Sie wickelte das kleine Menschenmädchen, das sie beide zur Welt gebracht hatten, in ein Ende der Decke, deckte mit dem Rest Sanne zu und legte ihr das Kindchen auf die Brust. Dann streckte sie sich neben ihr aus. Sie schmiegten sich aneinander, drei selige Mädchen, ein altes, ein junges, ein brandneues, denen in diesem Augenblick die Welt gehörte und die sonst keinen Menschen brauchten.

»Wie soll sie denn heißen?«

»Birgit.«

»Schön.«

»Ja, sehr.«

»Birgit Irmtraud?«

Ganz dicht über dem Kindergesichtchen, sodass sie gegenseitig ihren Atem spürten, lachten sie einander in die Augen.

»Schön.«

»Ja, sehr.«

Ich pass auf dich auf, Birgit Irmtraud Engel.

Ich bin hier noch immer nicht fertig. Auf dich und dein Glück pass ich auf.

Siebenter Teil

November 1944

*»Wann wird, was wir wolln gewollt?
Als ich kam, warst du geholt.
Wenn du kommst, bin ich weg.
Werd' dich suchen, Frantisek.«*

Inge Müller

39

Auf dem Postamt Müllerstraße hatte sich Hiltrud ein Postfach gemietet. Sie hatte es gleich damals, nach Suses dreizehntem Geburtstag, eingerichtet und Frau Doktor Zarek die Nummer an die Adresse auf ihrer Visitenkarte geschickt, damit diese ihr postlagernd Nachricht zukommen lassen konnte. Auf diese Weise riskierte sie nicht, dass eine Sendung ihrem Vater, Gertrud oder Renate in die Hände fiel. Der ersehnte Brief, für den sie jeden Tag nach der Arbeit aufs Postamt eilte, war jedoch ausgeblieben.

»Sie wissen, dass ich Ihnen gegenüber zu keiner Auskunft verpflichtet bin?«, hatte die Ärztin gefragt, als Hiltrud sechs Wochen später, kurz vor Weihnachten, mit zwei bis über den Rand beladenen Taschen vor den Toren der Klinik gestanden hatte.

In den Taschen waren Schnuffekens Lieblingskekse gewesen, in denen Hiltrud alles Fett, das ihr zustand, verbacken hatte, ein Hampelmann aus Holz, für den sie in der Spielzeugabteilung eine Menschenschlange aus dem Weg gestoßen hatte, Puls- und Nierenwärmer, die sie aus einem aufgeräufelten Pullover von sich gestrickt hatte, eine Dauerwurst, ein blank geriebener Apfel, Nüsse, ein Glas Kirschmarmelade von Lotte Dombröse, Schnuffekens bunt gemusterte Lieblingsbluse, ihre warmen Nachthemden, ihr Stoffelefant und obendrein eine niedliche Spieluhr, die ein Kinderlied spielte, und ein prachtvolles Bilderbuch mit einer Geschichte von drei Bären, das Ilos Mutter vor Jahren in einem teuren Geschäft gekauft hatte.

Die Spieluhr und das Bilderbuch hatte Suse beigesteuert. »Für Schnuffeken. Weil sie doch im Krankenhaus sein muss. Sag's nicht

Vati, der hebt die Sachen auf dem Hängeboden auf, weil er denkt, ich könnte sie noch mal brauchen, aber ich bin doch dreizehn. Ich brauch keine Sing-Gans und keine Bücher für kleine Kinder mehr.«

Sie hatte noch einen kleinen Zeichenblock, auf den sie Buchstaben gemalt hatte, dazugepackt, damit Schnuffeken lesen üben konnte. Es war so lange her, dass Schnuffeken über etwas Freude bekundet hatte, aber über Sannes Geschenke würde sie endlich wieder in ihren lauten, kehligen Kinderjubel ausbrechen. Zumindest hoffte Hiltrud das.

Hergefahren war sie, ohne sich zuvor anzumelden. Frau Doktor Zarek hatte ihr zwar versprochen, sie würde ihr Bescheid geben, wann Schnuffeken besucht werden konnte, aber bei den vielen Verwundeten aus dem Krieg, den Bombenopfern und allem, was eine Ärztin zu tun hatte, war sie sicher nicht dazu gekommen. Hiltrud hatte versucht, sich in Geduld zu fassen, aber als Weihnachten so nah herangerückt und das Postfach leer geblieben war, hatte sie nicht länger warten können.

Ihre Familie war nie sonderlich gläubig gewesen. Aber Weihnachten war ein Kinderfest. Dafür, dass Schnuffeken ihre Geschenke bekam – eine Orange, einen Pfefferkuchenmann mit Pfeife, eine bunte Kasperpuppe –, hatte Hiltrud immer gesorgt. Eine Mutter tat so etwas für ihre Kinder, zumindest die Art von Mutter, die Hiltrud gern geworden wäre. Sie hatte gehofft, dass Schnuffeken bis Weihnachten wieder bei ihr sein würde, und die Vorstellung, dass sie stattdessen ohne ein Geschenk im Krankenhaus würde liegen müssen, war unerträglich für sie. Also war sie aufs Reichsgesundheitsamt gelaufen, von einer Stelle zur andern. Wo Schnuffeken lag, hatte man ihr nicht sagen wollen, das dürfe man nur dem gesetzlichen Vormund mitteilen, aber den Namen der Klinik, in der Doktor Cäcilie Zarek tätig war, hatte sie schließlich herausbekommen.

Gleich am nächsten Sonntag hatte sie sich in den Zug gesetzt. Am Tor gab sie dem Portier das bisschen Wechselgeld von der Fahrkarte, damit er Doktor Zarek für sie holte. Die erschien tatsächlich innerhalb von Minuten. »Ich habe Ihnen doch gesagt, ich lasse Sie wissen, wann Ihre Schwester in der Lage ist, Besuch zu empfangen.«

»Aber Sie haben es mich nicht wissen lassen.«

»Ihre Schwester ist noch nicht so weit. Ein Besuch zu dieser Zeit würde sie durcheinanderbringen.«

»Es ist doch Weihnachten«, murmelte Hiltrud und hielt die Taschen in die Höhe.

Die Ärztin seufzte. »Also schön. Ich sorge dafür, dass sie die Sachen bekommt.«

»Kann ich sie nicht sehen? Nur ganz kurz, einmal winken, damit sie weiß, dass ich an sie denke?«

»Sie ist gar nicht mehr hier«, sagte Doktor Zarek. »Wir haben sie verlegen müssen. Wegen der vielen Verletzten nach den Bombardierungen.«

»Aber wo ist sie denn?«, rief Hiltrud erschrocken.

Die Ärztin setzte eine strenge Miene auf und fasste Hiltrud ins Auge. »Sie wissen, dass ich Ihnen gegenüber zu keiner Auskunft verpflichtet bin?«

Hiltrud konnte nur nicken.

»Für alle Anfragen ist ihr Vormund zuständig.«

»Aber dem ist meine Schwester doch egal!«, begehrte Hiltrud auf. »Um sie gekümmert habe immer ich mich, ich bin wie ihre Mutter, Sie müssen mit mir sprechen.«

»Ich muss gar nichts.« Die Ärztin seufzte. »Aber ich lasse mich breitschlagen, weil Sie mir leidtun. Geben Sie die Taschen her, ich werde sicherstellen, dass Ihre Schwester sie erhält und von Ihrem Besuch erfährt. Wenn Sie mir eine Adresse geben, erstatte ich Ihnen auch von Zeit zu Zeit Bericht über ihre Fortschritte.«

»Ich habe Ihnen doch die Nummer von meinem Postfach geschickt.«

»Das muss untergegangen sein. Wir haben schließlich nicht nur einen Patienten. Hier, schreiben Sie es mir rasch noch einmal auf.« Sie reichte Hiltrud Block und Bleistift. »Sie hören von mir. Aber nur, wenn Sie mir versprechen, die Ruhe zu bewahren. Sie handeln im Interesse Ihrer Schwester, indem Sie sich zurückhalten und den Behandlungsprozess nicht stören.«

»Hat die Behandlung denn Erfolg? Geht es ihr schon besser?«

»So etwas braucht Zeit, Frau Wie-war-gleich-der-Name? Rom ist auch nicht an einem Tag erbaut worden.«

Hiltrud hatte von Rom keine Ahnung. Nur von Schnuffeken. »Meine Schwester fehlt mir so.«

»Sie ist nun einmal krank. Wir tun unser Bestes, aber Sie müssen uns schon vertrauen, wenn Sie wollen, dass sie Fortschritte macht.«

Natürlich hatte Hiltrud das gewollt, sie hatte nichts mehr gewollt als das. Also hatte sie beschlossen, Doktor Zarek zu vertrauen, auch wenn es ihr das Herz zerriss, dass sie Schnuffeken zu Weihnachten nicht in die Arme schließen konnte. Zumindest hielt die Ärztin dieses Mal Wort. Kurz nach Neujahr traf in Hiltruds Postfach ein Schreiben ein, in dem sie berichtete, man probiere an Schnuffeken eine ganz neue Behandlungsmethode aus, mit der bei erblicher Fallsucht schon gute Erfolge erzielt worden seien. Auch in Schnuffekens Fall verspreche man sich Besserung und erkenne bereits erste Fortschritte. Wenn die Dinge sich so erfreulich weiterentwickelten, könne man im Frühjahr über einen Besuch nachdenken.

Hiltrud hatte in ihrem Leben nicht viele Briefe geschrieben, aber auf diesen verfasste sie sofort eine Antwort. Bedankte sich überschwänglich, bestellte Grüße an Schnuffeken und erkundigte sich, ob diese sich über die Weihnachtsgeschenke gefreut hatte. Vier Wochen später traf erneut ein Schreiben von Doktor Zarek ein. Hiltruds Schwester habe sich sehr über die Geschenke gefreut, hieß es darin, und die neue Behandlung schlage weiterhin erfreulich gut an.

Wieder antwortete Hiltrud postwendend. Sie fragte, wie denn die neue Klinik heiße, in der Schnuffeken jetzt untergebracht sei. Es müsse ein ausgezeichnetes Institut sein, wenn man ihr dort so sehr helfen könne, schrieb sie, und sie wolle sich gern persönlich bedanken. Außerdem müsse sie natürlich Vorkehrungen für den geplanten Besuch treffen und daher wissen, wohin die Fahrt überhaupt gehe.

Diesmal musste sie etwas länger auf Antwort warten, erhielt aber schließlich wiederum ein Schreiben von Frau Doktor Zarek, in dem diese ihr mitteilte, Schnuffeken werde in der Landes-Heil- und Pflegeanstalt Bernburg betreut. »Es handelt sich um eines unserer besten Krankenhäuser. Sie haben allen Grund, unserer nationalsozialistischen Gesundheitsfürsorge dafür dankbar zu sein, dass Ihre Schwester an einem so fortschrittlichen Institut von hervorragenden Fachkräften versorgt werden kann. Ich muss Sie allerdings dringlich auffordern, von einem Besuch abzusehen, ehe die behandelnden Ärzte einen solchen für vertretbar halten. Andernfalls sehen wir uns außerstande, für Ihre Schwester noch etwas zu tun.«

Hiltrud war entschlossen, sich an die Anweisung zu halten. Sie wollte dankbar sein, wollte sich freuen, dass Schnuffeken Fortschritte machte, nicht mehr litt, sondern ihr fröhliches Wesen zurückgewann. Dass sie ihre Kleine noch immer nicht sehen durfte, war eine herbe Enttäuschung, und als sie Volker fragte, wo Bernburg war, und »Sachsen-Anhalt« zur Antwort erhielt, war sie zuerst erschrocken. Dann aber sagte sie sich, dass gute Kliniken nun einmal nicht um die Ecke lagen, dass allein der Erfolg der Behandlung zählte und der Besuch nur aufgeschoben war, nicht aufgehoben.

Wenn ihr die Kleine allzu sehr fehlte, wenn es unter den Rippen allzu sehr wehtat, stellte sie sich Schnuffeken vor, wie sie die Spieluhr aufzog, wie sie in dem schönen Buch blätterte und wie sie ihr lachend entgegenrannte, um ihr Buch und Spieluhr zu zeigen, wenn sie sich endlich wiederhatten.

Darüber hinaus begann sie den Briefen von Frau Doktor Zarek entgegenzufiebern wie ihre jungen Kolleginnen den Schreiben ihrer Verlobten von der Front. Die Briefe waren immer anders, mal lang und herzlich, gespickt mit kleinen Anekdoten aus

Schnuffekens Alltag, dann wieder knapp und streng darauf verweisend, dass Hiltrud nicht der Vormund sei und man sie nur aus Kulanz informiere.

Der Beamte, der ihr die Schreiben aushändigte, kannte sie bald namentlich, und wie sich herausstellte, war er mit Lutz Dombröse bekannt. Vor seiner Kriegsverletzung hatte Dombröse selbst auf dem Postamt gearbeitet, und seither tauschten die beiden Briefmarken. Hiltrud brauchte am Schalter nie Schlange zu stehen, sondern erhielt ihre Post bevorzugt, auch wenn sie dem netten Beamten wiederholt versicherte, solche Extrawürste seien ihr peinlich, sie halte sich lieber an die Vorschrift. Er stellte sich ihr mit dem Namen Karl Möhring vor, und nach etlichen Wochen Bekanntschaft lud er sie ein, mit ihm einen Kaffee trinken zu gehen. Hiltrud wollte ablehnen, sie ging nie in Cafés, aber Karl Möhring gehörte zu ihrem Warten auf die Briefe von Schnuffeken und damit zum wichtigsten Teil ihres Lebens. Sie willigte ein.

Sie gingen in ein Café am Leopoldplatz. Echten Kaffee gab es schon lange nicht mehr, und der Kuchen war knochentrocken. Auch sonst war der Besuch kein Erfolg. Auf seine Frage nach ihrer Post erzählte Hiltrud ihm von Schnuffeken, den Jahren, in denen sie sich um die kleine Schwester gekümmert hatte, dem plötzlichen Abschied und ihre Sehnsucht nach ihr. »Sie liegt in einer der besten Kliniken des Reiches. Demnächst fahre ich sie besuchen, und dann wird es auch nicht mehr allzu lange dauern, bis ich sie nach Hause holen darf.«

Es tat ihr gut, sich all dies einmal von der Seele zu reden. Volker konnte sie damit nicht kommen, denn der hatte genug mit dem schrecklichen Tod von Sidonie Terbruggen zu schaffen, und Ilo fürchtete, er könne etwas sagen, das man nicht sagen durfte. Hiltrud fürchtete das auch. Die Dinge waren nun einmal, wie sie waren, Volker steigerte sich so leicht in gefährliche Gedankengänge, und daran, dass eine Frau sich umgebracht hatte, trug schließlich die Regierung keine Schuld.

»Und was ist mit Sidonies Mutter? Und mit Hans Otto? Haben die sich etwa auch umgebracht?«

»Sei doch still«, verwiesen ihn Ilo und Hiltrud fast gleichzeitig. Es war günstiger, mit Volker nur noch über harmlose Themen zu sprechen, Suses Erfolge in der Schule oder Lotte Dombröses Eingemachtes. An der Sache mit Schnuffeken hätte er am Ende auch noch etwas zu bemängeln gefunden, oder aber er hätte dafür gar keinen Kopf gehabt.

Mit Karl Möhring glaubte sie, eine bessere Wahl getroffen zu haben, doch sobald sie zu Ende erzählt hatte, überkam sie das Gefühl, dass Karl Möhring sich für Schnuffeken nicht sonderlich interessierte. Für Schnuffeken interessierte sich nie ein Mensch sonderlich. In der Folgezeit bemühte sich Hiltrud zwar weiterhin, Karl Möhring mit Freundlichkeit zu begegnen, lehnte weitere Einladungen jedoch unter Ausflüchten ab.

Der Sommer verging. Der Krieg dauerte an. Im Radio wurden fortwährend Reden übertragen, in denen der Führer oder Goebbels erklärte, dass es keinen anderen Weg gebe und das deutsche Volk bereit sein müsse, Opfer zu bringen. Eine von den Bügelmädchen in Hiltruds Abteilung hatte ihren Verlobten verloren, die schrie plötzlich los, das ganze Gerede sei hohler Mist, und verschwand. Hiltrud übernahm ihre Arbeit. Sie kam jetzt abends später nach Hause, aber wenn sie rannte, schaffte sie es noch aufs Postamt.

Wieder begann die Weihnachtszeit. Nie hätte Hiltrud sich vorstellen können, sie ein zweites Mal ohne Schnuffeken zu verbringen, und sie bettelte Doktor Zarek an, ihr einen Besuch zu gestatten. Die Erlaubnis wurde ihr verweigert, doch sie erhielt einen langen, fröhlichen Brief, in dem die Ärztin berichtete, Irmgard gehe es praktisch täglich besser, im neuen Jahr könne man wirklich beginnen, ihrer Entlassung entgegenzuarbeiten, und über ein Päckchen von Hiltrud, das gern Lebensmittel enthalten dürfe, werde sie sich sicher freuen.

Hiltrud war enttäuscht, doch sie versuchte, sich mit der Zusammenstellung des Päckchens zu trösten. Es gab so gut wie nichts mehr, doch sie hatte ja noch die Dombröses, die ihr Stachelbeergelee vorbeibrachten, und Suse, die eine bunte Fibel aus ihren ersten Schuljahren fand. Hiltrud selbst nähte Schnuffeken eine neue Bluse aus einem Kinderstoff mit bunten Tieren. Ihre Kollegin Berta wurde ausgebombt und verlor ihre zwei kleinen Jungen. Die kann ihren Kindern zu Weihnachten nicht einmal mehr Päckchen packen, ermahnte sich Hiltrud. Also sei du, deren Kind bald nach Hause kommt, ganz still und hör auf, dich zu beklagen. In dem Brief, den sie für Doktor Zarek beilegte, wollte sie schreiben, dass ihre Schwester Irmtraud heiße, nicht Irmgard, doch letzten Endes ließ sie es bleiben. Die Ärztin hatte sicher andere Sorgen, und für Schnuffeken spielte es keine Rolle.

In dem Jahr, das anbrach, 1944, schwand den Leuten die Geduld, und auch Hiltrud fiel das Warten zunehmend schwerer. Doktor Zareks Briefe wurden seltener und kürzer. Aus der Klinik in Bernburg wurde Schnuffeken »aus Sicherheitsgründen« in eine andere in Brandenburg verlegt, und man müsse nun abwarten, wie sie sich in der neuen Umgebung einlebe, ehe man über Hiltruds Besuch nachdenken könne.

Im April starb Hiltruds Vater, und sie schöpfte Hoffnung. Endlich konnte sie die Vormundschaft auf sich übertragen lassen, und wenn dieser Schritt erst vollzogen war, würde sie über ganz andere Handhabe verfügen. Vielleicht hätte man ihr den Besuch ja bereits früher genehmigt, hätte sie die Rechte eines Vormunds innegehabt. Gertrud zog wenig später mit Renate zu einem Mann, der in der Partei ein hohes Amt versah, und war an der Vormundschaft nicht interessiert. Es kamen also nur Hiltrud und Volker infrage, und Volker unterschrieb ihr gern, dass er mit der Übertragung auf sie einverstanden war. Aber die Mühlen der Amtswege mahlten langsam. Im Sommer war ihre Ernennung zum Vormund noch immer nicht durch, und um jeden Brief von Doktor Zarek musste sie regelrecht betteln.

Im September verlor sie die Geduld. Sie fragte die Dombröses um Rat, die sich mit solchen Dingen besser auskannten, und setzte einen Brief in offiziellem Ton auf: Obgleich der Vorgang noch nicht abgeschlossen sei, habe man sie, Hiltrud Engel, künftig als Vormund ihrer Schwester zu betrachten und ihr in vollem Umfang Auskunft zu erteilen. Wenn man sie noch länger hinhalte, sehe sie sich gezwungen, die ärztliche Anweisung zu missachten, und werde sich zu einem Besuch in der Brandenburger Klinik einfinden.

Die Antwort erfolgte beinahe postwendend und enthielt nur drei Zeilen: Schnuffeken gehe es besser. Um einen Besuchstermin werde man sich bemühen, bitte nur noch um ein wenig Geduld. Sie erhalte Bescheid.

Hiltrud verließ das Postamt wie auf Wolken. Im Grunde hätte sie das Postfach nicht mehr gebraucht, jetzt, wo sie allein in ihrer Wohnung wohnte, doch das Ritual des täglichen Nachfragens gehörte inzwischen zu ihrem Leben, ebenso wie die Seligkeit, wenn sie mit dem Brief wie mit einer Trophäe nach draußen eilte. Dass er das Postfach schließen solle, würde sie Karl Möhring erst an dem Tag sagen, an dem Schnuffeken wieder bei ihr war.

Das Wetter wurde übel. Die Nachrichten auch. Männer wie Volker, die ausgemustert waren, sollten sich zum Volkssturm melden. Noch war es ihrem Bruder gelungen, sich davor zu drücken, aber Hiltrud war nicht sicher, ob das richtig war. Natürlich wollte sie nicht, dass Volker in Gefahr geriet, aber Vorschrift war nun einmal Vorschrift, und war die Gefahr nicht weit größer, wenn man sich widersetzte? Seiner Regierung musste man vertrauen, sonst machte man sich mit seinen Zweifeln verrückt. Schließlich war die Regierung dafür da, für das Wohl des Volkes zu sorgen, und auch wenn sie es schlecht machte, hätte man es selbst nicht besser machen können, weil man ja nichts davon verstand.

Die Anspannung wuchs. Auf Hiltruds Arbeit kam es fast täglich zu Gezänk, und selbst die Turteltauben Ilona und Volker stritten sich. Die kleine Suse hing dazwischen und war nett zu jedem, versuchte, ihre Familie beisammenzuhalten. Hiltrud hätte sich gern mehr um sie gekümmert, doch sie hatte mit ihrer eigenen Anspannung zu kämpfen. Wochenlang war sie Abend für Abend vergeblich ins Postamt gelaufen, und an diesem Montag hatte sie sich vorgenommen: Bis zu Suses Geburtstag würde sie sich noch in Geduld fassen, dann aber hatte sie die Warterei endgültig satt. Der Geburtstag war in drei Tagen. Traf bis dahin kein Brief von Doktor Zarek ein, würde sie sich auf den Weg nach Brandenburg machen und Schnuffeken besuchen.

Aufgrund des Kriegsverlaufs waren sämtliche privaten Reisen verboten worden, aber Brandenburg war ja nicht weit. Für eine Frau, die ihre kranke Schwester zwei Jahre lang nicht gesehen hatte, würde es zudem sicher eine Ausnahme geben. Zwei Jahre. Sie konnte es kaum glauben. Wenn wir wieder zusammen sind, versprach sie Schnuffeken in Gedanken, werde ich mich keinen Tag mehr von dir trennen. Ich nehme dich mit zur Arbeit. Jemanden, der beim Bügeln hilft, brauchen wir dringend, und warum sollst du das nicht lernen können? Hauptsache, wir beide sind zusammen. Jeden Tag. Jede Stunde.

Vor dem Schalter für die Postfächer hatte sich eine Schlange gebildet, aber Karl Möhring entdeckte Hiltrud dennoch, sobald sie eintrat. Lächelnd winkte er mit einem Briefumschlag. Hiltrud stürzte so schnell durch die Halle, dass sie auf dem von regennassen Sohlen glitschigen Boden um ein Haar ausgerutscht und lang hingeschlagen wäre.

»Na endlich wieder. Da freut man sich doch gleich mit, wenn man einer Kundin solche Freude machen kann.«

Der Briefumschlag war nicht weiß wie sonst, sondern gelblich braun. Das Papier war dünner, neben der Briefmarke ein verschmierter Stempel, von dem nur noch ein Adler erkennbar war.

Hiltrud riss ihn auf. Für gewöhnlich verließ sie zum Lesen das Amt oder trat wenigstens an die Seite, aber heute konnte sie nicht warten.

Doktor Zarek schrieb ihr manchmal mit der Hand und manchmal mit der Maschine. Der heutige Brief war mit der Maschine geschrieben. Aber er stammte nicht von Doktor Zarek.

Brandenburg/Havel, 6. 11. 44

Herrn und Frau Engel.
Zu meinem Bedauern muss ich Sie hiervon in Kenntnis setzen, dass Ihre Tochter Irmgard Ilse Engel am 4. 11. 44 an einer Lungenentzündung mit Herzmuskelschwäche plötzlich verstorben ist. Aufgrund des geistigen Tiefstands Ihrer Tochter wäre sie dauerhaft anstaltsbedürftig geblieben. Nehmen Sie dieses zum Trost, dass es für Ihre Tochter besser war, durch einen sanften Tod erlöst zu werden.
Aus hygienischen Gründen ist die Feuerbestattung Ihrer Tochter bereits erfolgt. Ebenso war es notwendig, die persönlichen Gegenstände Ihrer Tochter durch Feuer zu vernichten. Die Überführung der Urne kann gegen Übernahme der Kosten beantragt werden.
Hochachtungsvoll
Dr. Friedrich Eberle, Obermedizinalrat

40

Drei Tage später saß Hiltrud in Volkers Küche vor dem Bienenstich, den sie mit der für Schnuffeken ersparten Butter gebacken hatte, und feierte Suses Geburtstag. Daheim im Wedding hatte sie alles vorbereitet. Hatte sich vom Blockwart die Schlüssel zum Dachboden geben lassen, weil sie angeblich Weihnachtsschmuck dort untergestellt hatte, und eine Zange besorgt, mit der sich der seit ewigen Zeiten nicht bewegte Fenstergriff öffnen ließ. Nur den Geburtstag wollte sie noch abwarten. Suse hatte sonst keinen Kuchen.

»Ich hab dich lieb, Tante Hille.« Suse schlang ihr die Arme um den Leib, der seit drei Tagen fror und nicht zu wärmen war. Dann bat sie Lotte Dombröse um ein Glas Birnenmus für Hiltrud, weil die etwas Süßes brauche, damit sie nicht mehr so traurig sei.

»Aber gern.« Lotte Dombröse, die eine schrecklich nette Frau war, lächelte, ehe Hiltrud ablehnen konnte. »Wenn Sie nachher kurz mit in unsere Wohnung kommen, gebe ich es Ihnen gleich.«

»Und eines für Schnuffeken!«, rief Suse. »Nicht wahr, Tante Hille, wir packen doch wieder ein Päckchen für Schnuffeken? Bei der Schulspeisung haben wir Zimtsterne bekommen, die habe ich für sie aufgehoben.«

Hiltruds Stimme war ein Krächzen. »Du hast Zimtsterne für Schnuffeken aufgehoben?«

Suse nickte eifrig. »Auch Schreibpapier. Es gibt ja kaum noch welches, aber ich will doch für Schnuffeken wieder einen Lesebogen machen, wenn ich schon nicht selbst mit ihr üben kann. Ach, Tante Hille, kann Schnuffeken nicht endlich nach Hause kommen? Und wenn das nicht geht – können wir sie nicht besuchen?«

Es gab einen anderen Menschen, dem Schnuffeken fehlte, dem sie nicht völlig gleichgültig war. Hille riss sich zusammen, räusperte sich so lange, bis der Klumpen in der Kehle sie verständlich sprechen ließ, und legte den Arm um Suse. »Weißt du«, sagte sie, »Schnuffeken war sehr schwer krank. Sie hatte immer Schmerzen und war traurig, konnte gar nicht mehr fröhlich sein, wie du und ich sie kannten. Leider hat niemand ihr helfen können. Deshalb ist sie gestorben, und du und ich müssen froh sein, dass es ihr jetzt besser geht.«

Sie sah, wie das schmale Gesicht des jungen Mädchens versteinerte. Wie es wieder zum Gesicht eines Kindes wurde, das die

Umtriebe der Erwachsenen nicht verstand. Ein kleiner, feiner Mensch war ihre Suse, einer, der im Grunde zu gut war für die elende Schlechtigkeit der Welt. Über das versteinerte, fassungslose Gesicht rannen Tränen. Hiltrud versuchte, sie fester an sich zu ziehen, aber Suse schrie auf und riss sich von ihr los.

»Das glaub ich nicht!«, rief sie. »Daran, dass man traurig ist, stirbt man nicht, sonst wären längst alle tot. Es ist so wie bei Tante Sido, ihr erzählt mir das nur, und in Wirklichkeit haben *die* sie umgebracht.«

Hiltrud, Ilona und Lotte Dombröse bemühten sich, Suse zu beruhigen, was nicht dadurch erleichtert wurde, dass Volker ebenfalls in Erregung geriet. »Schnuff war auch meine Schwester. Warum hast du mir nichts davon gesagt?«

»Du hast mich ja nicht gefragt«, versetzte Hiltrud. Dann half sie wieder, Suse zu versichern, dass Schnuffeken wirklich an einem zu schwachen Herzen gestorben war und in einem Urnengrab in Brandenburg begraben lag.

»Und Gerti Sing-Gans?«, entfuhr es der weinenden Suse wie einem kleinen Kind.

»Die mochte sie so gern. Deshalb haben sie ihr die mitgegeben.«

In Hiltruds Kopf aber rumorte nur eines, nur immer wieder dieselbe Folge von Worten: *In Wirklichkeit haben die sie umgebracht.*

Sie würde nach Hause gehen, den Tritt, den sie vor die Dachluke gestellt hatte, wegräumen und dem Blockwart den Schlüssel zurückgeben.

Irgendwann war Suse zu erschöpft, um weiter zu wüten, und weinte nur noch. Von ihrem Vater ließ sie sich schließlich in ihr Zimmer begleiten. Die Gäste brachen auf. Der Dackel der Dombröses hatte inzwischen auf den Küchenfliesen eine gelbliche Pfütze hinterlassen. Lotte Dombröse nahm Hiltrud beim Arm. »Sie kommen doch noch mit und holen sich mein Birnenmus, nicht wahr?«

»Das ist wirklich nicht nötig.«

»Nötig vielleicht nicht. Aber ein bisschen was Süßes schadet doch nie.« Sie schloss ihre Wohnungstür auf, half erst ihrem Mann und drängte dann Hille in den Korridor. Gleich vorn an der Tür hing ein großes Porträt Adolf Hitlers. Die Dombröses waren vernünftige Leute. Ilona und Hiltrud hatten verschiedentlich versucht, Volker zum Kauf eines solchen Bildes zu überreden, doch mit ihm war darüber kein Reden möglich.

»Wollen Sie noch auf einen Tee bleiben? Ich habe nur Kamille da, aber die brühe ich uns gerne.«

Hiltrud schüttelte den Kopf. »Nein danke. Ich bin müde, ich gehe gleich nach Hause.«

»Das verstehe ich gut.« Lotte Dombröse ging in ihre Speisekammer und kam gleich darauf mit dem Glas Birnenmus zurück. »Das mit Ihrer Schwester tut mir leid. Sie beide haben ja so aneinander gehangen, das ging einem richtig ans Herz, das mitzuerleben.«

Hiltrud nickte und nahm ihr das Glas ab. Sie hatte kein Brot im Haus, hatte ja geglaubt, sie würde keines mehr brauchen, aber von dem goldgelben Mus würde sie heute Abend essen. Sie musste bei Kräften bleiben. »Ja«, sagte sie zu Lotte Dombröse. »Als sie mir mitgeteilt haben, dass sie gestorben ist, hab ich nicht mehr leben wollen.«

»Ach, sagen Sie doch nicht so was, liebe Frau Engel. Denken Sie denn gar nicht daran, was Sie Ihrer Familie damit antun würden?«

»Ich sage es ja nicht mehr«, erwiderte Hiltrud und wandte sich zum Gehen. »Ich hab gedacht, eine wie mich, die braucht doch jetzt keiner mehr. Aber heute Abend hab ich begriffen, dass ich hier noch was zu tun hab. Dass ich noch nicht fertig bin.«

Achter Teil

Juni 1961

*»Ich lieg' bloß da im Zwielicht,
Da wird's nie Tag noch Nacht.
Mag sein, vielleicht vergess' ich.
Mag sein, vielleicht auch nicht.«*

Wolf Biermann, Und wenn ich tot bin

41

Sanne und Kelmi gingen über den Festplatz, der Unter den Linden aufgebaut worden war. An ihren Händen hüpfte ihre kleine Tochter. Zur Einweihung der frisch restaurierten Neuen Wache, die fortan als Mahnmal für die Opfer von Faschismus und Militarismus dienen sollte, war die Straße abgesperrt worden. Über die Fahrbahn verteilten sich Buden, in denen kandierte Äpfel, Lose und *Vita Cola* verkauft wurden, zwei Kinderkarussells, ein Stand zum Dosenwerfen und eine Schiffsschaukel.

Von den Fahrgeräten platzte der Lack, den hölzernen Tieren fehlten Schwänze und Ohren, und an den Buden war das Angebot binnen Kurzem ausverkauft. Erneut steckte das Land in einer schweren Wirtschaftskrise, bedingt durch die Scharen von Fachkräften, die ihm den Rücken kehrten und es in einen Teufelskreis jagten. Wo es kaum Hände gab, die mithalfen, konnte es auch keinen Fortschritt geben, und wo es keinen Fortschritt gab, zogen die Leute ihre Hände weg.

Birgit aber bemerkte davon nichts, für sie war der kleine Rummelplatz perfekt. Sie wollte alles ausprobieren, konnte nicht genug bekommen. »Papa, ich will noch mal mit dem Karussell!«

Kelmi lachte. »Noch nicht langweilig? Du warst doch schon dreimal.«

»Ich will mit dem blauen Pferd reiten!«, protestierte Birgit energisch. »Mit dem blauen hab ich noch nicht!«

»Das ist nicht von der Hand zu weisen.« Kelmi grinste. »Wer kann schon von sich behaupten, dass er auf einem blauen Pferd geritten ist? Pass auf, wir warten auf Georg, und dann machen wir uns auf den Weg zum Karussell und schnappen uns das blaue Pferd, einverstanden?«

Sein Neffe Georg war sieben und damit älter als alle anderen Kinder in der Schiffsschaukel. Zweimal hatte er sich erweichen lassen, mit seiner kleinen Cousine, die dabei vor Stolz platzte, sachte zu schaukeln, doch das dritte Mal bestand er darauf, sein Glück allein zu versuchen. Er war in der Gondel aufgestanden und rang verbissen darum, höher als alle Übrigen zu schwingen. Dass das aufgrund einer Sicherheitsvorrichtung am Gestänge der Schaukeln nicht möglich war, versetzte ihn sichtlich in Verdruss.

Sanne war dagegen, den Kindern mehr als eine Runde auf den Geräten zu erlauben. Vor allen Attraktionen bildeten sich rasch lange Schlangen, und dass Georg und Birgit bevorzugt wurden, weil Kelmi seine Börse mit dem Westgeld zückte, war nicht fair. Andererseits war Georg Kelmis Neffe, und wie Kelmi ihn behandelte, ging sie nichts an. Zudem wusste sie, wie sehr es Kelmi freute, dass er Georg heute hatte mitnehmen dürfen. Seine Familie sah es nicht gern, dass ihr kostbarer Kronprinz in die DDR verschleppt wurde, und Kelmi litt darunter, auch wenn er in seiner üblichen Art auftrat, als gäbe es kein Wölkchen, das seinen Himmel trübte.

Sanne entging jedoch nicht, wie viel Mühe ihn die Bewahrung dieser Heiterkeit kostete. Er hing mit einer Liebe an dem Jungen, die sie rührte, er wollte ihm einen schönen Tag bereiten, und vor allem wollte er, dass er und Birgit sich lieb gewannen. Bei Birgit bedurfte es dazu keinerlei Anstrengung, für sie schien ihr großer strohblonder Cousin, der in Bluejeans und Karohemd steckte, längst heller als die Sonne. Georg, der verwöhnte Arztsohn aus Friedenau, war hingegen nicht so leicht zu beeindrucken.

Von dem Getränk, das sie ihm gekauft hatten, hatte er einen Schluck probiert und ihn vor allen Leuten auf den Boden gespuckt. »Igitt. Das soll Cola sein? Das schmeckt ja wie Abwaschwasser!«

»Seit wann weißt du denn, wie Abwaschwasser schmeckt?«, probierte sich Kelmi, dem klar war, dass dem Jungen solche Sätze daheim vorgesprochen wurden, an einer lässigen Antwort. »Bekommst du bei dir zu Hause nichts anderes zu trinken? Außerdem kannst du es einem Fachmann ruhig glauben: Cola schmeckt immer wie Abwaschwasser. Viel anderes ist nämlich nicht drin.«

Sannes Zorn auf den Jungen war ungerecht. Georg war noch ein Kind, zudem kein schlechter Kerl, sondern ausgestattet mit einer Menge guter Seiten, zu denen eine gewisse ererbte Empfänglichkeit für Kelmis Humor gehörte. Von dem Abwaschwasser-Witz hatte er sich noch ablenken und zum Lachen bringen lassen. Die enttäuschende Schiffsschaukel verließ er jedoch mit einem Ausdruck tiefster Abscheu im Gesicht.

»Das blöde Ost-Ding ist ja wohl nur für Kleinkinder«, schimpfte er. »Da solltet ihr mal zu uns rüberkommen, aufs Deutsch-amerikanische Volksfest. Da gibt's richtig dufte Raketen, nicht so verrosteten Kram wie hier.«

Genau das hatte Kelmi vorgeschlagen. Auf den riesigen Jahrmarkt, den die Amerikaner den Westberlinern auf irgendeinen Platz im reichen Zehlendorf gebaut hatten, hatte er mit ihnen allen gehen wollen, doch das hatte Sanne kategorisch abgelehnt: »Nicht mit mir. Und nicht mit meiner Tochter.«

»Sie ist auch meine Tochter«, hatte Kelmi wie so oft traurig erwidert, sich aber gefügt, weil er wusste, dass mit Sanne darüber kein Reden war. Es tat ihr zu sehr weh. Von dieser Spielwiese, auf der die Bewohner der anderen Hälfte sich ihrer Vergnügungssucht hingaben und berauscht Gestern und Morgen vergaßen, schwärmten die Jugendlichen in ihrer Abiturklasse wie vom Himmel auf Erden.

Die Mahnung, dass es einen solchen gar nicht geben konnte, verhallte ungehört. Den jungen Leuten, denen sie Bildung, Wahrheit und Zukunft hatte schenken wollen, genügte es, dass es Coca-Cola, Autoscooter, Popcorn und Cowboystiefel gab. Für diese Seifenblase voller bunt lackiertem Ramsch ließen Menschen ihren Staat im Stich, flohen Wissenschaftler, Ärzte, Lehrer und Künstler aus dem Land, das dringend auf sie angewiesen war. In Sannes Klasse kursierten Sprüche, die witzig sein sollten: »Ulbricht, mach's Licht aus – du bist der Letzte.«

Sanne wusste, sie hätte diese Vorfälle der Direktion melden müssen, damit die Elternhäuser der Jugendlichen untersucht werden konnten. Aber wie hätte sie das über sich bringen sollen? Damit, dass man den Leuten Angst machte, hielt man sie doch nicht fest. Auf Republikflucht standen inzwischen drei Jahre Gefängnis, doch das hinderte die Menschen nicht, über die mehr als hundert Zufahrtswege nach Westberlin zu strömen. Vor vier Jahren, ein paar Monate nach Birgits Geburt, hatte die Regierung schon einmal versucht, Berlin kurzfristig abzuriegeln, doch für eine längere Maßnahme fehlte die Einwilligung der Sowjetunion.

Chruschtschow hatte ein Jahr später in der Berlin-Frage ein Ultimatum gestellt, in dem er von den West-Alliierten verlangte, Westberlin zur Freistadt ohne Militär zu erklären. Andernfalls würden die Sowjets mit der DDR einen separaten Frieden schließen und ihr die Hoheitsrechte über ihre Verbindungswege übertragen. Das Ultimatum war ungehört abgelaufen, und theoretisch wäre es nun denkbar gewesen, dass die Regierung in Moskau Ernst machte. Was aber sollte dann geschehen? Man konnte schließlich kein ganzes Volk auf Dauer einsperren, die Zufahrten nicht unentwegt bewacht halten.

Die Menschen sollten nicht hierbleiben, weil sie Angst hatten, dem Lauf eines Maschinengewehrs gegenüberzustehen, sondern weil dies ihr Staat war, ihre Heimat, die sie liebten, pflegten und selbst gestalteten.

> *»Lasst uns pflügen, lasst uns bauen,*
> *Lernt und schafft wie nie zuvor.*
> *Und der eignen Kraft vertrauend,*
> *Steigt ein frei' Geschlecht hervor.«*

Johannes R. Becher hatte das gedichtet. Der war inzwischen gestorben und hatte zuvor in einer Schrift den Sozialismus als Grundirrtum seines Lebens bezeichnet. Die Veröffentlichung des Textes war verboten worden, doch Eugen, der nun Kultusminister war und des Öfteren zu viel trank, waren die Worte Sanne gegenüber herausgerutscht. »Ich wünschte, ich könnte diesen Kerl, für den ich mich krummgelegt habe, dafür hassen«, hatte er gesagt. »Dafür, dass ich stattdessen wie ein sentimentaler Narr todtraurig bin, hasse ich mich selbst.«

Sanne war auch todtraurig. Drei Millionen Menschen hatten parteiinternen, geheim gehaltenen Schätzungen nach die DDR bisher verlassen, und seit das neue Jahr begonnen hatte, schwoll die Zahl um zweitausend pro Tag. Die tummelten sich jetzt vermutlich zusammen mit Georgs Verwandten auf dem Deutschamerikanischen Volksfest, wo die Schiffsschaukeln bis ins makellose Blau des Himmels schwangen. Kelmi hatte ihren Wunsch, dort mit den Kindern nicht hinzugehen, respektiert und stattdessen diese Eröffnungsfeier vorgeschlagen. »Unter den Linden. Das passt sowieso viel besser zu uns.«

Die meisten dieser Streitigkeiten hatte er in den vergangenen vier Jahren beendet, indem er ihre Wünsche respektierte. Sein Zähneknirschen hörte Sanne dabei jedoch ebenso wie die zornigen Worte, die er sich verkniff:

Es geht doch um Kinder. Was hat es mit Chruschtschow und Kennedy zu tun, wenn zwei kleine Kinder ein bisschen Spaß haben?

Weil ich meinem kleinen Mädchen eine Freude machen will, bin ich ein ausbeuterischer Kapitalist, womöglich gar wieder ein

Nazi und schuld daran, dass die Leute über euren Staat mit den Füßen abstimmen?

Jenes Letzte hatte er sich nicht verkniffen. Er hatte es ausgesprochen, als Birgit ein Jahr alt gewesen war und er mit einer blinkenden, tutenden, amerikanische Lieder singenden Giraffe vor der Tür ihrer Wohnung gestanden hatte, die größer war als Birgit selbst. Sanne hatte ihn angeschrien, sie werde ihr Kind nicht von solchem grotesken Werbeplunder verführen lassen, und Kelmi, der ewig ruhige Kelmi, hatte zurückgeschrien, sie leide unter Verfolgungswahn und sehe in einer albernen Spieluhr ein Instrument der Hölle.

Sie hatte ihm die Tür vor der Nase zugeschlagen wie ein trotziges kleines Kind, hatte sich wie ein trotziges kleines Kind auf ihr Bett geworfen und trotzig und klein um Gerti Sing-Gans geweint. Viel schlimmer aber war, dass ein echtes kleines Kind, das gerade gelernt hatte, auf seinen dicken Beinchen durch die Welt zu stapfen, aus der Küche herübergerannt kam und in Tränen ausbrach, weil es seinen Papa im Hausflur entdeckt hatte und nun durch die geschlossene Tür von ihm getrennt war.

Nach einem Streit wie diesem sahen sie sich manchmal auf Monate nicht. In solchen Zeiten versuchte Sanne, sich einzureden, sie wären ohne ihn besser dran. Sie hatte sich das schon in der Schwangerschaft einzureden versucht, nachdem er ihr erklärt hatte, sein Anwalt vertrete sie in der Klage gegen den Zeitschriftenverlag nicht länger. Einen Prozess anzustreben halte er für sinnlos, da zweifelsfrei feststehe, dass sie nichts in der Hand hätten. Die Journalisten hätten die Sache zwar ins Sensationelle gezerrt und überzeichnet, aber das sei nun einmal ihr Beruf, und gelogen hätten sie nicht. Nach allem, was sich habe ermitteln lassen, habe Volker Engel die fraglichen Flugblätter tatsächlich weder verfasst noch verteilt.

»Wie kannst du so etwas behaupten?«, war Sanne auf Kelmi losgegangen. »Mein Vater ist vor meinen Augen von der Gestapo erschossen worden, ich habe das Flugblatt gesehen, das sein Mörder in der Hand hatte, ich habe gehört, wie er gestanden und die Männer angefleht hat, sie sollten wenigstens uns verschonen, und jetzt stellst du dich hin und erzählst mir, das ist alles gar nicht passiert?«

»Nicht ich erzähle dir das, sondern es ist das, was bei der von uns in Auftrag gegebenen Untersuchung herausgekommen ist. Die Leute, die sie durchgeführt haben, sind auf unserer Seite, Susu. Sie haben einfach nichts finden können. Vermutlich ist schon zu viel Zeit verstrichen, oder die Mörder haben die Spuren zu gut verwischt. Ihre Namen sind ja auch nie bekannt geworden. Nur dass die Familie Lischka deinen Vater denunziert hat, ist aktenkundig, weil es damals im Prozess gegen Othmar Lischka zur Sprache kam.«

»Und weswegen haben Lischkas ihn denunziert?«, hatte Suse geschrien. »Angeblich hat er doch gar keine Flugblätter verteilt, sondern sich nur so zum Spaß vor den Augen seiner Familie erschießen lassen.«

Sie hatte mehr nicht ertragen, hatte ihn aufgefordert zu gehen und aus ihrem Leben zu verschwinden. Danach hatte sie versucht, weiterzuleben, als würde die Schwangerschaft nicht existieren – und als bestünde die Hoffnung, sie verschwinde dadurch. Stattdessen war Birgit geboren worden, und seitdem hatte sie nicht länger ein Problem, sondern zwei.

Birgit und Kelmi.

Liebe war ein Problem. Das größte von allen.

Natürlich waren sie ohne Kelmi besser dran. Sie kamen zurecht. Birgit hatte einen Platz im Kindergarten, nach der Arbeit holte Hille, die ihre Stunden reduziert hatte, sie von dort ab, und Sanne hastete nach der Schule heim, um pünktlich zum Abendritual bei ihrer kleinen Tochter zu sein. Nur hatte ausgerechnet ihre Mutter, die sonst am Leben kaum noch teilnahm, nicht aufgehört, Sanne zu beschwören: Birgit habe ein Recht auf ihren

Vater, er mochte sein, wer er wollte. »Wenn er ein so grauenhafter Mensch ist, wird sie es bemerken, oder nicht? Das ist wie mit der Cola, die wir hier nicht trinken dürfen. Lasst uns doch selbst feststellen, dass sie ungenießbares Gift für uns ist. Und du lass dein kleines Mädchen selbst entscheiden, wer zu ihr gehört und wer nicht. Dein Vater hat es dich immer selbst entscheiden lassen, Sanne.«

Und er ist dafür gestorben, dass ich mich für Otti Lischka entschieden habe, dachte Sanne. Weil aber ihre Mutter wie eine Besessene nicht davon abzubringen war, war schließlich ausgerechnet Hille in den Westen gefahren und hatte durch einen Anruf im Restaurant *Susanna im Bade* Theodor-Friedrich Kelm davon unterrichtet, dass er seit vier Monaten Vater der einzigartigen, die Welt verzaubernden Birgit Irmtraud Engel war. War man nicht selbst als Mitspieler betroffen, mochte einem das vorkommen wie eine dieser Komödien amerikanischer Machart, die Sannes Schüler sich im Westfernsehen anschauten.

So war Kelmi in ihr Leben zurückgekehrt, und als der vertrackteste Haken daran erwies sich, dass sie ohne ihn zwar besser dran, aber nicht glücklicher war. Ohne ihn hätte sie in keinem permanenten Zwiespalt gelebt, sich nicht gefühlt wie im Innern zerrissen, wie der Pfarrer, der Wasser predigte und Wein soff. Ohne ihn wäre sie wie geplant auf den Posten des Direktors nachgerückt, als Bäumler vor zwei Jahren in Pension gegangen war, statt einen Menschen namens Sylvester Grapentin vor die Nase gesetzt zu bekommen, der sie auf den Status einer schlichten Lehrerin zurückstufte. »Es ist nicht so, dass wir Ihre fachlichen Qualitäten nicht schätzen, Fräulein Engel. Es ist die Intensität Ihrer Westkontakte, die uns Sorge bereitet.«

Ohne ihn hätte aber auch niemand sie und ihre Tochter gleichzeitig in die Höhe gehoben und ausgerufen: »Ich bin der stärkste Mann aller Zeiten – ich kann das ganze Glück der Welt zugleich tragen.«

Ohne ihn hätte niemand sechs Wochen nach dem Streit wegen der Giraffe mit einem kaum zwei Hände großen Sandmännchen aus Stoff vor der Tür gestanden. »Für Birgit, Susu. Am Alexanderplatz gekauft.« Er zog es auf, und es spielte sein süßes kleines Lied, das er mit kratziger Stimme mitsang:

»*Sandmann, lieber Sandmann, es ist noch nicht so weit.*
Wir senden erst den Abendgruß.«

Ohne ihn hätte niemand sie in die Arme genommen und mit ihr im Hausflur zum Steinerweichen geheult. Ohne ihn hätte niemand, als Barbara Ziegler die Tür aufklappte, so getan, als zöge er einen unsichtbaren Hut, und erklärt: »Bitte entschuldigen Sie die Ruhestörung. Mein Hamster ist leider heute verstorben.«

Ohne ihn würde jetzt niemand mit einem vorlauten Siebenjährigen und einer verstörten Vierjährigen an den Händen auf einem schäbigen Volksfest stehen und den beiden mit allem Kelm'schen Ernst erklären: »Ich wette, die Rakete auf der Truman Plaza ist nicht halb so fix wie das blaue Pferd Unter den Linden. Schließlich war Wostok auch schneller als Mercury, was, Sportsfreund? Von Sputnik mal ganz zu schweigen.«

Das ließ Georg verstummen. Die sowjetischen Weltraumprogramme Sputnik und vor allem Wostok, mit dem vor zwei Monaten Juri Gagarin als erster Mensch hinaus in den Weltraum befördert worden war, beeindruckten den Jungen, ob er es wollte oder nicht. Für ein paar Augenblicke waren die geschmähten Leistungen des Ostens auf dem Boden vergessen, und diese Augenblicke nutzte Kelmi, um sich mit den Kindern in Richtung Karussell in Bewegung zu setzen.

»Außerdem hat bestimmt keiner von deinen Freunden, die auf der Truman Plaza in der Rakete fahren, so eine dufte Cousine dabei wie du«, sagte er und sandte Sanne über ihre Köpfe hinweg ein ermutigendes Lächeln. »Dufte Cousinen mögen nämlich keine Sachen, die jeder haben kann, und jetzt sag mal ehrlich: Wo auf der Truman Plaza bekommst du ein blaues Pferd mit nur einem Ohr und ohne Schwanz?«

Woher er all den Unsinn, den er von sich gab, so schnell nahm, hätten seine vielen Arzt-Verwandten vielleicht einmal untersuchen sollen. Sannes Problem aber war ein anderes: Der Unsinn machte etwas in ihr wehrlos und weich, und genau so – wehrlos, weich und verletzlich, weil vor ihr Menschen standen, die sie liebte – hatte sie sich nie wieder fühlen wollen.

42

Der Regen brach plötzlich los, tatsächlich aus heiterem Himmel. Noch ehe all das Juni-Blau hinter Schwarz verschwunden war, krachte Donner los, als würde die Stadt bombardiert. Gezackte Blitze zuckten. Leute kreischten, sammelten ihre Kinder und Taschen ein und rannten in Richtung der Haltestellen oder flüchteten in umliegende Lokale. Von denen gab es eindeutig zu wenige, um es auch noch zu versuchen. Sanne und Kelmi besaßen genügend einschlägige Erfahrung, um zu wissen, dass sie nirgendwo mehr einen Platz bekommen würden.

»Los geht's, Sportsfreunde, nehmen wir die Beine in die Hand.« Kelmi hob Birgit auf seinen Arm, barg sie unter seiner Jacke aus olivgrünem Wachstuch, setzte Georg seine Kapuze auf und rannte mit dem Jungen an der Hand los.

Sanne rannte mit und musste lachen. Unter seinen Freunden fühlte sie sich selten wohl, glaubte, ihre Ablehnung zu spüren, so wie ihre Leute ihn ablehnten. Einmal aber, als sie in seinem Restaurant ein Jubiläum gefeiert hatten und sie sich nicht hatte entziehen können, war spät, nachdem der Ansturm der Gäste bewältigt war, eine schöne, beinahe familiäre Stimmung entstanden, und Kelmis Freundin Michaela war herausgeplatzt: »Wisst ihr was? Ihr zwei seid das ideale Paar. Der kernige Bursche und die zarte Elfe – aber im Innern bist du der ideale Mann, und unser Kelmi ist die ideale Frau. Du könntest glatt Kanzler oder so was werden, und ihm könnten wir zur Not sogar beibringen, Warmhaltehütchen für Eier zu häkeln.«

Damals, ein wenig benebelt von einem kribbelnden Getränk, das Prosecco hieß, hatte Sanne gedacht: Nein, wohlfühlen unter diesen Leuten könnte ich mich nicht, weil wir wie auf zwei Seiten der Erde gelebt haben. Aber ich würde es gern. Ich hätte gern noch ein zweites Leben in der Tasche. Und ich liebe diesen Mann, der die ideale Frau ist, auf seiner komischen Dachterrasse Kräutlein und scharfe Paprika züchtet, seiner Tochter Brei aus Entenbrust, Bambus und Honig kocht, damit sie lernt, dass die Welt nicht nur weit ist, sondern weit schmeckt, und ihr anschließend vormacht, wie man im Entengang watschelt.

Erzählten ideale Männer ihren idealen Frauen von den Problemen, die sich ihnen im Beruf stellten? Ihr Vater hatte ihrer Mutter nicht erzählt, dass er seinen Beruf verloren hatte, sie hatte es selbst herausfinden müssen, und Sanne erzählte Kelmi nicht, dass Eugen vor ein paar Wochen zu ihr gesagt hatte: »Ich weiß, du empfindest die Entwicklung, die deine Laufbahn in letzter Zeit nimmt, als ungerecht, und ich kann es dir nicht verdenken. Aber du selbst kennst die Zahlen derer, die wir mit Sorgfalt und Hingabe ausgebildet haben, nur damit sie sich in den Westen davonmachen, solange die Zeugnisse in ihren Taschen noch warm sind. Die erweiterte Oberschule Max Planck hätte gern in dich investiert. Doch solange es aussieht, als würdest du nur darauf warten, dich von einem Menschen zweifelhafter Abkunft wie ein dummes Püppchen nach drüben entführen zu lassen, erscheint ihnen das zu riskant. Um ganz ehrlich zu sein, würde man sich – sollte sich an deiner privaten Konstellation nichts ändern – lieber von dir trennen.«

Sanne war fassungslos gewesen. »Zweifelhafte Abkunft?«, hatte sie Eugen angefahren. »Klingt das nicht genau wie damals,

als kein Schauspieler mehr von dir vertreten werden durfte, weil deine Frau von ›zweifelhafter Abkunft‹ war?«

Eugen hatte sie angesehen, als hätte er gerade begriffen, dass es sich bei ihr um ein ekelerregendes Kriechtier handelte. »Du bist das Kind meines toten Freundes«, sagte er. »Ansonsten hättest du für diesen Vergleich eine sitzen. Zu deiner Information: Nazi wird man, weil man widerlich genug ist, sich dafür zu entscheiden. Jüdin nicht.«

Sanne sah, wie Kelmi die beiden Kinder, ihre Proviantasche und den von Birgit beim Dosenwerfen gewonnenen Bären in die Straßenbahn bugsierte, sah, wie er sich im Einsteigen umdrehte, um ihr, die keine Hilfe benötigte, zu helfen, und dachte: Nein. Was mit seinem Onkel war, weiß ich nicht genau. Er weiß es selbst nicht genau, es ist nicht leicht, es genau zu wissen, vor allem, wenn man es nicht genau wissen will. Aber ich weiß, dass er dafür nichts kann. Er ist politisch nicht so wachsam, wie wir sein müssen, er geht jedem Trick, jeder Täuschung der Propaganda auf den Leim, aber eines ist er nicht, ein schlechter Kerl. Also kann er kein Nazi sein.

Kelmi drehte sich noch einmal um, um sich zu vergewissern, dass sie sicher in der Bahn war, als sich die Türen schlossen. Dann erst schob er Georg auf den einzigen freien Sitzplatz und setzte ihm Birgit mitsamt dem gewonnenen Bären auf den Schoß. »Gut festhalten, Kameraden. Ein Ritt auf blauem Pferderücken ist das reinste Mittagsschläfchen dagegen.«

Sanne schob sich zu ihnen durch, und Kelmi sah sie unter fragend erhobenen Brauen an. »Können wir zu dir? Ich meine, ansonsten wäre mir die ganze Kombo natürlich jederzeit in meiner heimatlichen Klitsche willkommen, aber da ich befürchtete, dass du da nicht hinwillst, wären wir jetzt in die falsche Richtung unterwegs.«

»Natürlich können wir zu mir«, sagte Sanne. »Ich weiß nur nicht, ob das, was wir im Haus haben, deinen und Georgs Ansprüchen genügt.«

»Moment mal, lass mich überlegen.« Er umfasste sein Kinn mit der Hand. »Ihr habt eine Susu im Haus, das genügt mir schon mal. Und ihr habt einen Kelmi im Haus. Falls das dem künftigen Kosmonauten Georg nicht genügt, muss er sich eben im Weltall nach einem besseren Onkel umsehen. Für alle übrigen Bedürfnisse haben wir ja noch einen kaum angerührten Fresskorb und einen Konsum an der Ecke. Ich liebe dich, Susu-Engel. Das war ein schöner Tag, trotz der Sintflut. Und den Abend und die Nacht, die hätt ich jetzt auch noch gern mit euch.«

Ich auch, dachte Sanne, aber wie und wo? Der eine von ihnen konnte nicht im Osten leben und der andere nicht im Westen. Sie stahlen sich von Zeit zu Zeit eine Nacht auf der Seite des anderen, aber sie bezahlten für jede dieser Nächte mit der Furcht vor Konsequenzen.

Er hatte sie hundert- oder tausendmal gefragt: »Warum ziehst du nicht mit Birgit zu mir? Das Haus steckt voller Möglichkeiten. Wenn es dir oben zu klein ist, können wir die übrigen Teile Stück für Stück ausbauen. Ich bin kein reicher Mann, kann euch kein Schloss in den Wolken bieten. Aber meinen zwei Lieblingsfrauen eine gemütliche Höhle einrichten, ich glaube, das kann ich. Willst du es mich nicht versuchen lassen? Ich wüsste nichts, was ich lieber täte.«

Manchmal war die Versuchung so groß. Was, wenn Birgit eines Tages auch Jeans und Coca-Cola und Bananen wollte? Würde sie ihrer Tochter nicht alles wünschen, was sie glücklich machte? Nein, unterbrach sie immer an derselben Stelle ihre Gedanken. Sie würde Birgit zu keinem Menschen erziehen wollen, dem Konsum und Besitz wichtiger waren als der Frieden und die Freiheit, in denen sie lebte. Sie hatten sich wieder einmal gestritten: »Warum verlangst du eigentlich von mir, dass ich meine Heimat aufgebe? Warum machen wir es nicht umgekehrt?«

»Du sollst doch deine Heimat nicht aufgeben. Du arbeitest drüben wie bisher, ziehst nur zum Vater deines Kindes ein paar Straßen weiter, ist das nicht das Normalste von der Welt?«

»Verdammt, ein paar Straßen weiter beginnt ein anderer Staat! Und der heißt nicht drüben oder Zone oder Osten, wie ihr ihn in eurer Überheblichkeit zu nennen pflegt, er heißt Deutsche Demokratische Republik!«

In ihrem Fall hätte sie wohl tatsächlich einen Antrag stellen, hätte Kelmi heiraten und legal ausreisen können. Aber nicht mehr Bürger der DDR sein hieße nicht mehr sie selbst sein. Kelmis Frau, Birgits Mutter, aber nicht mehr Sanne.

Sie stiegen am Ostbahnhof aus und liefen durch den noch immer strömenden Regen. Birgit ritt auf Kelmis Schultern und krakeelte glücklich und falsch durch die Gegend: *Sandmann, lieber Sandmann, es ist noch nicht so weit.*

»Bleibst du mit Georg heute bei uns, Papa, gucken wir alle zusammen das *Sandmännchen*?«

Damit Birgit die geliebte Kindersendung sehen konnte, die jeden Abend zehn Minuten lang vom Deutschen Fernsehfunk ausgestrahlt wurde, hatte Kelmi ihnen letztes Jahr einen Fernseher in die Wohnung gestellt.

»*Sandmännchen*«, empörte sich Georg, »ich bin doch kein Baby mehr.«

»Da dein Cousin kein Baby mehr ist, kann er heute ruhig ein bisschen später nach Hause kommen«, sagte Kelmi zu Birgit. »Also einverstanden. Wenn ihr zwei Hübschen uns zwei Hübschen so nett einladet, bleiben wir zu einem Fußboden-Picknick beim *Sandmännchen*.«

Birgit kicherte. »Du bist ja ein Quatschkopf, Papa. Männer sind doch nicht hübsch.«

In der Boxhagener Straße wollte Birgit absteigen, und Georg entdeckte nun wohl doch Spaß an der Exotik des Abenteuers. Hand in Hand rannten die Kinder voraus. Kelmi legte den Arm um Sanne. »Es ist so schön, sie zu haben. Ich hätte gern noch eines. Oder noch sieben.«

»Du weißt, dass das nicht geht.«

»Nein, weiß ich nicht. Ich habe nachgedacht, Susu. Ich bin vierunddreißig Jahre alt, ich habe mein Junggesellendasein lange genug genossen, und ich will nicht die schönsten Jahre mit meiner Familie versäumen. Immer ein Ende machen müssen, wenn der *Abendgruß* vorbei ist. Ich will Liebe ohne Ende mit euch. Frühstück im Bett. Die erste Hälfte der Nacht mit *Ich packe meinen Koffer* und die zweite mit schönen Schmutzigkeiten. Wir haben es gut miteinander, wir haben es warm und lebendig und keinen Tag langweilig. Das will ich nicht länger verschenken.«

Es gab keine Versuchung, die so wehtat. Sie wollte ihn unterbrechen, wollte ihm sagen, dass sie sich im Kreis drehten, dass sie das hundertmal diskutiert hatten und nur wieder im Streit enden würden. Er aber zog für die Kinder die schwere Haustür auf und sprach weiter, sobald sie die Treppe hinaufstürmten.

»Tante Hille, Tante Hille, ich hab Papa und meinen Cousin mitgebracht!«

»Da es für dich also nicht infrage kommt, zu mir zu ziehen«, sagte Kelmi, »bin ich bereit, es andersherum zu versuchen. Wir müssten allerdings nach einer Wohnung suchen, die näher am *Susanna* liegt, damit ich spätnachts noch problemlos nach Hause komme.«

Sanne hörte alles. Die Angst in seiner Stimme, die Unsicherheit, die gewaltige Anstrengung, die es ihn kostete, diesen Sprung zu wagen – als setze er über eine Mauer hinweg, die er selbst für unüberwindlich gehalten hatte. Sie blieb stehen. Tausend Probleme blitzten wie auf Leuchttafeln in ihrem Hirn auf: Werden wir dann von Westgeld leben, kaufen wir im Westen ein, damit dein Gourmet-Gaumen nicht leidet, was wird mit Tante Hille, was wird Eugen sagen, wie reagiert meine Schule? Aber mit alledem würde sie ihn nicht hier und jetzt überfallen, denn das hatte er nicht verdient. Sie würden dafür Lösungen finden. Kompromisse. Brücken zwischen Ost und West.

War es wirklich sie, die das gedacht hatte?

Kelmi war ihr schon drei Stufen voraus. »Komm zurück«, sagte Sanne und streckte die Hand aus, zog ihn zu sich herunter und presste sich an ihn, wie um im Stehen im Hausflur mit ihm Liebe zu machen. Sie stellte sich vor, wie gleich Barbara Zieglers Tür aufgehen würde, und musste kichern wie vorhin Birgit. Es roch nach Feuchtigkeit in den Wänden und zu lange gekochtem Kohl. Früher war ihr das nicht aufgefallen, erst seit sie Kelmis Dachparadies kannte, in dem es nach Thymian, Minze und frisch angebratenem Knoblauch duftete. Er würde es aufgeben, in ihre Kohlwelt ziehen, um mit ihr zu leben. Sie rieb sich an ihm, stöhnte frei von Anstand. »Ich liebe dich.«

»Ist das ein Ja?« Er verdrehte genauso selig die Augen, wie er es tat, wenn er eine zart gegarte Filetspitze probierte. »Und du hast auch ganz wirklich verstanden, dass ich dich gerade gefragt habe, ob du Frau Kelm werden willst?«

»Frau Engel-Kelm. Ja.«

»Engelkelm ist unwiderstehlich. Ich glaube, ich benenne mich auch um.«

Sie küssten sich. Oben ging eine Tür auf, aber es war nur ihre eigene. »Mama und Papa knutschen.« Die Kinder quietschten vor Lachen.

43

Jedes Mal, wenn sie das kleine Mädchen nach einem Tag mit ihrem Vater wieder vor der Tür stehen sah, überfiel Hiltrud eine lächerlich heftige Woge von Erleichterung. Sie litt unter Albträumen, sah des Nachts Kelm, der seine Tochter in den Westen entführte, sie ihnen nicht wiederbrachte, sie für immer wegnahm. Sie selbst hatte damals Kelm in ihr Leben geholt, weil das, was Ilo gesagt hatte, sich nicht beiseiteschieben ließ. Birgit hatte ein Recht auf ihren Vater, sie hatte ein Recht auf alles, was ein

Kind brauchte, es sollte ihr an nichts fehlen. Nur nahm das Hiltrud nicht die Angst, die Kleine zu verlieren. Angst, die sie durch jede Sekunde, die sie von Birgit getrennt war, begleitete.

Sie war für Sanne und Birgit auf der Welt. Ilona war im letzten Sommer gestorben. Sie hatte einen Schlaganfall erlitten und kurz darauf einen zweiten, den sie nicht überlebt hatte. »War Ihnen nicht klar, wie sehr sie durch ihr Übergewicht gefährdet ist?«, hatte Doktor Winkler Hiltrud voller Erstaunen gefragt. »Ihre übersteigerte Nahrungsaufnahme war genauso eine Suchterkrankung, als wenn sie sich Tag für Tag betrunken hätte, und für ihre Gesundheit kaum weniger gefährlich.«

Also noch ein Mensch, für den Hiltrud nicht gut gesorgt hatte. Sie hatte Ilo zu essen verschafft, was immer sie auftreiben konnte, und geglaubt, sie tue das Beste für sie. Sie wollte das Beste für Birgit tun. Ihre letzte Chance. Etwas wiedergutmachen konnte sie nicht, nur auf der Hut sein, um es dieses letzte Mal nicht wieder falsch zu machen.

Birgit stand mit dem Arztsohn vor ihr, beide mit tropfnassen Haaren und geröteten Wangen. Birgits Augen funkelten vor Vergnügen. Sie war ein besonderes Kind. Gesegnet mit einem Talent zur Lebensfreude. »Mama und Papa knutschen.« Mit ihrem Gekicher steckte sie den Arztsohn an.

Sanne und Kelm kamen ein paar Minuten später. Wenn dieser Riesenkerl durch ihre Tür schneite, war die Wohnung voll. Nicht nur, weil er so ausladend gebaut war, sondern weil er etwas an sich hatte, das sich überall ausbreitete. Strahlend drückte er Hiltrud eine Tüte gebrannte Mandeln in die Hand –»die sind wahrscheinlich zu trocken, aber auf dem Rummelplatz muss man so etwas doch kaufen« – und zog in die Stube weiter, wo er Sessel und Sofatisch beiseiteschob, um in der Mitte des Zimmers eine karierte Decke auszulegen.

Auf der Decke baute er all das Zeug auf, das er wieder einmal aus seinem Rucksack zutage förderte: eine Art Strudel, der angeblich pikant und mit Speck und Zwiebeln gefüllt war, Salat mit Huhn, Radieschen und Walnüssen, um Reis gerollte Weinblätter, eine in irgendetwas getränkte, fast schwarze Schokoladentorte. Männer, die kochten, waren Hiltrud suspekt, erst recht solche, die kochten wie dieser Kelm. Nicht, weil ein Mensch eben essen musste, sondern weil er das Leben als einen einzigen Genuss betrachtete.

Dass das, was er kochte, ein Genuss war, konnte Hiltrud allerdings nicht leugnen. Und dass Kelm ein freundlicher Mensch war, erst recht nicht. Als sie sich mit Birgit im Westen verlaufen hatte, hatte er ihr geholfen. Das war im Sommer 59 gewesen, nach dem Begräbnis von Ilonas Mutter, nicht mehr als ein paar Wochen nach Birgits zweitem Geburtstag.

Ilona hatte nicht hingehen wollen. Natürlich nicht. Für sie würden ihre Mutter und ihre Schwester immer die Unmenschen bleiben, die Volker verraten hatten. Dass das jeden Sinns entbehrte, weil die beiden von dem, was Volker getan oder nicht getan hatte, doch gar nichts gewusst hatten, war für Ilona egal. Sie brauchte einen Schuldigen, und aus irgendwelchen undurchsichtigen Gründen kamen die Lischkas für sie nicht infrage. »Otti hatte Suse lieb, und Frau Lischka hat uns immer geholfen. Ihr Sohn hätte uns damals schon verraten können, nach dem Vorfall im Keller, aber er war nur ein Hund, der bellt und nicht beißt. Meine Familie hingegen hat Volker nie verziehen, dass mit ihm meine Karriere zu Ende war. Eine Karriere, die ich nie wollte, die aber meiner Mutter die Welt bedeutet hat. In ihren Augen habe ich ihr Leben zerstört, also musste sie meines zerstören.«

Hiltrud ließ sie in ihrem Glauben. Sie war schließlich nicht die Einzige, die eine Lebenslüge brauchte, um sich weiterzukämpfen. Dass diese Urgroßmutter aber gestorben war, ohne ihr Urenkelkind je gesehen zu haben, erschien ihr auf einmal falsch. Die Leute gehörten zu Birgits Familie. Sie beschloss, wenigstens zur Beerdigung zu fahren, die auf einem Kirchhof nahe der

Krummen Lanke stattfand. Früher, mit Volker, war sie einmal dort zum Baden gewesen, aber das war fünfzig Jahre her, und die Welt war seitdem eine andere geworden.

Den Besuch der Trauerfeier hätte sie sich sparen können. Von der Familie war lediglich Ilonas verbitterte Schwester übrig, die Birgit keinerlei Beachtung schenkte und tränenüberströmt zu Hiltrud sagte: »Sie können meiner Schwester ausrichten, dass sie jetzt nicht angekrochen zu kommen braucht. Jahrelang hat sie uns geschnitten wegen dieser absurden Anschuldigungen, und wenn sie nun auf einmal Westverwandte braucht, um aus der Falle drüben zu entfliehen, muss sie sich einen anderen Dummen suchen.«

Um die verstörte Birgit zu entschädigen, ging Hiltrud mit ihr an den See, wo sie die Füße ins Wasser baumeln ließen, zwei Enten beim Tauchen zuschauten und die Zeit vergaßen. So etwas war Hiltrud im Leben nicht passiert: Im Handumdrehen wurde es dunkel, Birgit weinte vor Müdigkeit, und obendrein fand sie den Weg zurück zur U-Bahn nicht. Alles, was sie fand, war eine Art herrschaftlicher Villa, die von der Straße zurückgesetzt in einem Garten lag. *Hotel an der Krummen Lanke* stand in geschwungenen Buchstaben über dem Gartentor. Hiltrud musste all ihren Mut zusammennehmen, um mit der quengelnden Birgit und den schmutzigen Füßen das vornehme Gebäude zu betreten und zu fragen, ob sie kurz telefonieren dürfe.

Sie kannte niemanden mehr im Westen, hatte niemandes Telefonnummer. Nur in ihrem Adressbuch die von Theodor-Friedrich Kelm.

»Frau Engel!« Er sprach, als würde ihn ihr Anruf freuen, und entnahm ihrem verlegenen Gestammel im Nu, was ihr passiert war. »Machen Sie sich gar keine Sorgen, das bekommen wir hin. Wo sind Sie? *Hotel an der Krummen Lanke?* Das ist sozusagen ein Geniestreich, besser könnten Sie es gar nicht getroffen haben. Bitte geben Sie mir doch rasch einmal Peter, ja?«

»Was für einen Peter?«

»Den Geschäftsführer. Um alles andere kümmern wir uns, und Sie lassen sich bitte mit Birgit nicht den Tag verderben.«

Mit dem Geschäftsführer sprach er ganze zwei Minuten lang, dann wurden Hiltrud und Birgit, zerrauft, wie sie waren, in einen zum Restaurant ausgestalteten Wintergarten voller eleganter Gäste geführt und an einen Fenstertisch gesetzt. Wenig später stand vor Birgit ein derart gewaltiger Eisbecher, dass sie das Quengeln vergaß, und vor Hiltrud ein Kelchglas mit einem golden perlenden Getränk. Sie bekam eine Speisekarte vorgelegt, wurde geradezu genötigt, alles Mögliche zu bestellen, und nach einer Stunde holte Kelm sie mit einem Auto ab, um sie nach Hause zu fahren.

»Es war uns eine Ehre«, sagte der im schwarzen Seidenanzug steckende Mensch namens Peter. »Bitte beehren Sie uns bald wieder.«

Hiltrud war entschlossen, das unter gar keinen Umständen zu tun, aber Birgit bestand darauf, in den Herbstferien der Kinderkrippe sowohl die Enten als auch das grandiose Eis noch einmal zu besuchen. Ehe Hiltrud es sich versah, waren die Ausflüge an die Krumme Lanke zu einer regelmäßigen Einrichtung geworden. Nur in den Ferien, schärfte sie Birgit allerdings ein. Wäre sie öfter als dreimal im Jahr dorthin gefahren, wäre sie vor Scham in den Boden versunken, denn der Geschäftsführer – für Birgit seit dem zweiten Besuch »Onkel Peter« – weigerte sich, je auch nur einen Pfennig ihres Geldes anzunehmen. Außerdem rief er jedes Mal Kelm an, der sich umgehend in ein Auto setzte und sie nach Hause fuhr. Hiltrud kam sich vor wie eine Schmarotzerin, doch zugleich liebte sie diese seltenen Ausflüge womöglich noch mehr als Birgit. Sie waren ihr Geheimnis, ihre besonderen Großtante-und-Großnichte-Tage, und es war nett von Kelm, dass er dichthielt.

»Ich glaube, meine Nichte wäre nicht sehr erfreut, wenn sie wüsste …«

Er hatte gelacht. »Nicht sehr erfreut dürfte die Untertreibung des Jahres sein. Machen Sie sich keine Sorgen, Frau Engel. Ich habe zwar ein Mundwerk wie Boschs neuer Standmixer, aber zu diesem Thema schweige ich wie ein Stromausfall.«

Er war nett. Gerade jetzt spielte er mit Sanne und den Kindern auf dieser Decke ein albernes Spiel, und viermal helles Lachen hallte durcheinander. Sie hätte ihn für Sanne lieber weniger raumgreifend, überlegen, gefährlich gehabt, doch dieselben Ängste hatte sie auch damals bei Ilona gehegt. Und diese Ilona, der sie keinen Tag Treue zugetraut hatte, hatte Volker in quälender Treue bis in den Tod geliebt. In ihren Tod. Über seinen hinaus. Wie dieser Kelm sich betrug, hatte es ganz den Anschein, als würde er Sanne und Birgit lieben. Wäre er von hier gewesen, nicht aus dem Westen, hätte Hiltrud womöglich lernen können, ihm zu vertrauen.

Mit einem Ploppen zog er den Korken aus einer Weinflasche, schenkte drei Gläser ein und trug eines zu Hiltrud hinüber. »Liebe Frau Engel, ich weiß, als dem Jüngeren steht es mir eigentlich nicht zu, aber darf ich nach all den Jahren trotzdem so dreist sein und Ihnen das Du anbieten? Susu hat mich nämlich vor gerade zehn Minuten zum glücklichsten Mann von sowohl Ost- als auch Westberlin gemacht, und das würde ich gern mit Ihnen …«

»Papa, Papa!«, rief Birgit. »Red nicht so viel, jetzt kommt doch das *Sandmännchen*.«

»Tja, dann müssen wir unsere Brüderschaft natürlich noch einmal aufschieben.« Er zwinkerte Hiltrud zu, und im Nu saßen sie alle vier wie im Kino aufgereiht auf der Decke und verfolgten die Kindersendung auf dem Fernsehschirm.

»Tante Hille! Komm auch!«

Hiltrud setzte sich auf die Sessellehne und wehrte sich vergebens gegen ein Lächeln.

Meister Nadelöhr und die Ente Schnatterinchen, die Birgit besonders liebte, waren gerade auf dem Bildschirm erschienen, als es an der Tür klingelte. »Schaut weiter, ich geh schon«, sagte Hiltrud.

Draußen stand Barbara Ziegler, die Haare ungekämmt, das Gesicht gerötet und schweißbedeckt. »'n Abend, Frau Engel. Dürft ich kurz reinkommen?«

Gar so forsch war sie sonst nicht, sondern schien akzeptiert zu haben, dass sie in der Engel'schen Wohnung kein gern gesehener Gast mehr war. »Das passt gerade schlecht«, begann Hiltrud, aber Barbara hatte sich bereits in die Tür gedrängt.

»Nur schnell zum Fernsehen. Nachrichten. Der Ulbricht soll doch da was gesagt haben.«

»Sie meinen West-Fernsehen, verstehe ich Sie richtig?« In der Tür zur Stube stand Sanne. »Ich dachte, Sie wissen, dass das nicht gestattet ist und in dieser Wohnung auch nicht stattfindet.«

»Nein, nein«, stammelte Barbara eingeschüchtert. »In der *Aktuellen Kamera* bringen sie's wohl auch, hat die Sterzik im Konsum gesagt.«

»Kommen Sie rein«, entschied Hiltrud. Die Frau war ihr weder angenehm noch geheuer, aber sie hatte ihnen geholfen, als sie die Hilfe einer Nachbarin gebraucht hatten. Und heute war es offensichtlich sie, die die Hilfe von Nachbarn brauchte. »Die Nachrichten siehst du dir ja sowieso an, nicht wahr, Sanne?«

Sanne war offenbar zu demselben Schluss gekommen, denn sie gab den Weg in die Stube frei und schickte die Kinder in die Küche, wo die Kisten mit Birgits Spielzeug standen. »Aber nur noch eine Viertelstunde. Dann muss Papa Georg nach Hause bringen.«

Als Barbara sich auf den angebotenen Platz auf dem Sofa setzte, bemerkte Hiltrud, dass sie zitterte. Was konnte es in den Nachrichten denn geben, das sie derart aufregte? Krieg? Vor zehn Tagen hatte alle Welt von dem gescheiterten Gipfeltreffen zwischen Chruschtschow und dem neuen amerikanischen Präsidenten Kennedy geredet, von der Gefahr, die es mit sich brachte, dass bei der Zusammenkunft in Wien überhaupt nichts herausgekommen war. In Sannes *Neuem Deutschland* bekundeten nicht zum ersten Mal Schlagzeilen, die USA mit ihrer starren Haltung zu Westberlin würden einen dritten Weltkrieg riskieren.

Hatte nicht auch sie selbst in letzter Zeit das Gefühl gehabt, eine Spannung balle sich in der Luft, ein Flimmern, das nichts mit der steigenden Temperatur des nahen Sommers zu tun hatte? Aber ein Krieg konnte ja nicht kommen. Nie wieder. Gerade dafür, so erklärten ihr sowohl Sanne als Eugen seit Jahr und Tag, war die DDR gegründet worden, für den Frieden und den Schutz vor Faschisten, was wichtiger war als Bananen, Nietenhosen, Bohnenkaffee und – wie Eugen sagte – sogar wichtiger als Freiheit.

Kelm hatte ein weiteres ihrer Wassergläser mit Wein gefüllt und brachte es Barbara. Die bedankte sich und glotzte zu Kelm auf, als wäre der irgendein Filmstar. In der Zwischenzeit hatte die Nachrichtensendung schon begonnen. Sanne stand von der Decke auf und drehte den Ton lauter. Das Bild war verschwommen, allzu bewegt. »SED-Parteitag in Ostberlin. Pressekonferenz des Staatsratsvorsitzenden der DDR« stand in weißen Buchstaben am unteren Bildrand.

Hiltrud erkannte Ulbricht, der neben einem anderen vor einem Mikrofon saß. Gleich darauf schwenkte die Kamera um und richtete sich auf den Pulk der Zeitungsleute, aus dem sich eine Frau im weißen Pullover nach vorn drängte. Schrieben neuerdings auch Frauen für Zeitungen? Oder hatten sie es in einer Welt, die Hiltrud fremd war, schon immer getan?

»Annemarie Doherr, *Frankfurter Rundschau*«, stellte die Frau sich mit lauter Stimme vor. »Ich möchte eine Zusatzfrage stellen. Herr Vorsitzender! Bedeutet die Bildung einer Freien Stadt Ihrer Meinung nach, dass die Staatsgrenze am Brandenburger

Tor errichtet wird? Und sind Sie entschlossen, dieser Tatsache mit allen Konsequenzen Rechnung zu tragen?«

Hiltrud verstand kein Wort. Wie, wo und warum sollte am Brandenburger Tor denn eine Grenze stehen?

Die Kamera schwenkte wieder auf Ulbricht. »Ich verstehe Ihre Frage so«, begann er mit seinem starken sächsischen Akzent, über den sich Hiltruds junge Kolleginnen lustig machten. »Ich verstehe Ihre Frage so, dass es in Westdeutschland Menschen gibt, die wünschen, dass wir die Bauarbeiter der Hauptstadt der DDR dazu mobilisieren, eine Mauer aufzurichten. Mir ist nicht bekannt, dass eine solche Absicht besteht. Die Bauarbeiter unserer Hauptstadt beschäftigen sich hauptsächlich mit Wohnungsbau, und ihre Arbeitskraft wird dazu voll eingesetzt. Niemand hat die Absicht, eine Mauer zu errichten.«

»Na also.« Sanne stand abermals auf und drehte den Ton wieder leise. »Alles wie üblich nur heiße Luft, die der Westen versprüht, um die Leute bei uns in Angst und Schrecken zu versetzen.«

Sie hatte recht. Ulbricht hatte die Frage der Frau ja in aller Deutlichkeit verneint. Woran lag es also, dass Hiltrud die Erleichterung, die Sanne in Worte gefasst hatte, nicht verspürte?

»Aber wie kommt der denn auf Mauer?«, brachte Barbara heraus. »Von Mauer hat doch die von der *Frankfurter Rundschau* gar nichts gesagt.«

»Das ist richtig.« Der ewig alberne Kelm klang auf einmal todernst. »Es hat sich angehört, als hätte er diese Antwort vorher auswendig gelernt und nur auf die Gelegenheit gewartet, sie anzubringen. Und als müsste er das mit der Mauer uns allen unbedingt einhämmern.«

»Ich habe jetzt genug.« Sanne schaltete den Fernseher aus. »Dass Sie in allem, was der Staatsratsvorsitzende sagt oder tut, den Inbegriff des Bösen wittern, ist ja nichts Neues«, herrschte sie Barbara an. »Tun Sie das fortan bitte in Ihrer eigenen Wohnung, ich möchte nicht, dass meine Tochter Sie hört.« Dann fuhr sie zu Kelm herum. »Und du musst los. Ansonsten kommt dein Neffe zu spät nach Hause, und du darfst in unser gefährliches, von dämonischen Mauerbauern beherrschtes Höllenreich nie mehr einen Schritt mit ihm setzen.«

Kelm wollte ihr antworten, aber Barbara kam ihm mit wie zerdrückter Stimme zuvor: »Da wär noch was. Ich bitt um Entschuldigung, aber ich hab doch sonst keinen, den ich fragen kann.« Sie griff in die Tasche ihres Kittels, fischte einen Schlüssel und ein dickes Bündel Geldscheine heraus und legte beides auf den Tisch. »Ich kann nämlich nicht nach Hause. Die suchen mich. Irgendwer hat denen gesteckt, dass ich mit dem, was unsere Regierung so macht, nicht immer ganz einverstanden bin …«

»Sie meinen, jemand hat Sie an die Staatssicherheit verraten?«, platzte Hiltrud heraus. »Aber wer denn?«

»Das weiß ich nicht«, erwiderte Barbara. »Nur dass Sie's nicht waren, liebe Frau Engel, das weiß ich. Bei Ihnen hab ich mich immer fast wie in einer eigenen Familie gefühlt. Und deshalb wollt ich Sie auch bitten, ob Sie wohl die Miete für mich bei der Wohnungsverwaltung einzahlen könnten?« Sie schob die Geldscheine zu Hiltrud hinüber. »Der Benno ist doch mit seiner Brigade auf Fahrt, und ich will nicht, dass sie den nachher aus der Wohnung werfen.«

Benno war sechzehn und machte eine Lehre zum Klempner. Barbara Ziegler schob den Schlüssel hinterher. »Der Benno ist ja ganz selbstständig. Der kommt schon zurecht, selbst wenn ich in Haft muss. Zur Arbeit geht er immer pünktlich. Wenn Sie vielleicht nur hin und wieder ein Auge drauf hätten, ob er auch was isst?«

44

August

Sie hatten eine Woche in Urlaub fahren wollen. An die Ostsee. Birgit das Meer zeigen. Wie üblich war es Sanne gewesen, die alle möglichen Bedenken angemeldet hatte, während Kelmi sich wie ein Kind darauf freute und sie schließlich ansteckte. Dass jetzt ausgerechnet er es war, der die Reise absagte, war weder verständlich noch glaubhaft.

Sie waren verabredet, um sich eine Wohnung anzusehen. Eine einzigartige Gelegenheit, zwei Zimmer, Küche, Bad und Balkon, so etwas war in den begehrten Wohnstraßen in Mitte praktisch nicht zu bekommen. Bei der Kommunalen Wohnungsverwaltung hatte man Sanne wenig Hoffnung gemacht, obwohl sie ein Kind hatte und somit Dringlichkeit bestand. Dass dann plötzlich doch noch das perfekte Wohnungsangebot auftauchte, verdankte sie zweifellos Eugen, den sie aus der Suche hatte heraushalten wollen. Anfangs war sie wütend gewesen, weil Hiltrud ihn über ihre Probleme informiert hatte, doch letzten Endes überwog die Freude. Sie würde eben dieses eine Mal ein Privileg in Anspruch nehmen, ihre Situation war schließlich heikel genug.

Sanne hätte den Mietvertrag sofort auf dem Amt unterschreiben können, wie es in der DDR jeder tat, dem eine Wohnung zugewiesen wurde. Kelmi aber bestand darauf, die Räume zuerst zu besichtigen. Sie hätte seine Einwilligung nicht gebraucht, da er offiziell nicht mit einzog, sondern seinen Umzug erst beantragen konnte, wenn er eine Adresse nachzuweisen hatte. Natürlich wollte sie dennoch nicht über seinen Kopf hinweg entscheiden. Die ganze Wohnungssuche sorgte ohnehin dafür, dass alte Spannungen zwischen ihnen wieder aufflackerten – und das offenbar in neuer Intensität.

Kelmi hörte nicht auf, bei jeder Gelegenheit diese Pressekonferenz auf den Tisch zu bringen. Dazu fing er mit Barbara

Ziegler an, die inzwischen aufgegriffen und verhaftet worden war.

»Du weißt doch überhaupt nicht, was sie verbrochen hat«, hatte Sanne ihn zurechtgewiesen. »Wir sind kein faschistischer Staat, in dem man festgenommen wird, weil man einen regierungsfeindlichen Witz erzählt hat.« Den Gedanken an Paul Aller, der dabei flüchtig aufblitzte, verdrängte sie. Sie war überzeugt, dass es nur zwei Möglichkeiten gab: Entweder hatte sich Barbara weit mehr zuschulden kommen lassen als harmloses Gerede, oder es handelte sich um einen Irrtum, und sie wäre binnen Kurzem wieder auf freiem Fuß. In der Zwischenzeit kümmerte Hille sich um Benno. Birgit mochte ihn gern. Ein wenig, wie Sanne Otti gemocht hatte, aber auch daran wollte sie nicht denken.

Sie trafen sich Unter den Linden, so wie stets. Bis zur Wohnung hatten sie nicht mehr als zehn Minuten Fußweg. Kelmi wartete nicht wie gewohnt schon am Treffpunkt, sondern kam zu spät. »Was ist denn mit dir los?«, war es Sanne herausgerutscht. Sonst begann er zu strahlen, sobald er sie erblickte, dass es ihr manchmal fast peinlich war, stürmte ihr entgegen und schloss sie in die Arme.

Heute war seine Miene verschlossen, die Züge angespannt, die Augen umschattet. »Ich muss mit dir sprechen, Susu. Es braucht Zeit. Meinst du, wir könnten ausnahmsweise nach drüben gehen und uns irgendwo hinsetzen, wo die Wände keine Ohren haben?«

»Was soll das heißen?«

»Nichts. Vergiss es. Ich würde nur gern eine Viertelstunde lang mit dir ungestört in einer Kneipe sitzen und dabei ein Getränk zu mir nehmen, das Alkohol enthält.«

»Wir haben einen Termin zur Besichtigung der Wohnung.«

Kelmi sah auf seine Uhr. »Ich beeile mich. Versprochen.«

Sie gingen in den *Friedrich,* eine von jungen Leuten frequentierte Kneipe gleich hinter der Grenze. Ohne Sanne zu fragen, bestellte er zwei Gläser französischen Weißwein. Dass er am Vormittag trank, hatte sie nie zuvor erlebt. Kaum waren die Getränke serviert, war er mit seiner Absage herausgeplatzt: »Wir können am 10. nicht nach Warnemünde fahren. Es geht auf gar keinen Fall, und ich weiß nicht so richtig, wie ich dir das erklären soll.«

»Sag mir lieber, wie ich es Birgit erklären soll, die schon seit Wochen ihren Kinderkoffer packt! Erst machst du uns mit deinem Urlaubstick verrückt, und jetzt, wo die Kleine sich freut, ist dir dein Restaurant wichtiger?«

Sie hatte sich auch gefreut. Sie hatte verstohlen ein wenig an Rumänien gedacht und verspürte jetzt einen Druck hinter den Augen, der sie noch wütender machte.

»Um das Restaurant geht es nicht. Ich habe Angst, Susu.«

»Wovor? Dass dich eine Qualle beißt?«

Er lachte nicht, sondern saß mit verschränkten Händen vor ihr und starrte auf die Tischplatte. »Angst macht mir zum Beispiel, dass Ulbricht zu Chruschtschow fährt, dass über den Zweck dieser Reise aber kein Wort berichtet wird. Und dann die Rede von Präsident Kennedy letzte Woche. Die hast du gehört, oder? Die mit den *three essentials*?«

»Natürlich.« Der Amerikaner hatte damit einmal mehr brüsk jeden Vorschlag von sowjetischer Seite vom Tisch gewischt und zugleich versucht, dem Verhandlungspartner den Schwarzen Peter zuzuschustern. Im Grunde hatte er eindeutig mit Krieg gedroht, wie es das *Neue Deutschland* darlegte: Würde einer der drei Punkte, die er als *essentials* für Westberlin genannt hatte, verletzt, so würden die USA mit sämtlichen verfügbaren Mitteln eingreifen. Das hieß im Klartext: mit Waffengewalt. Die drei Punkte bestanden in der Präsenz westlicher Truppen, gegen den Chruschtschow protestiert hatte, im geregelten Zugang zur Stadt und in der Sicherheitsgarantie der Bevölkerung, die nie jemand bedroht hatte. Die geheimen Tätigkeiten, die von Westberlin aus den Bestand der DDR unterhöhlen sollten, die Propaganda, die Einschleusung von Agenten, die Lockangebote erwähnte der Präsident mit keinem Wort.

»Was hat Kennedy mit unserem Urlaub zu tun? Bestimmen darüber jetzt auch schon die USA? Wundern sollte es mich nicht.«

»Ich bin seit dieser eigenartigen Aussage von Ulbricht nicht zur Ruhe gekommen«, entgegnete Kelmi, ohne auf ihre Provokation einzugehen.

»Das ist mir nicht entgangen«, fuhr sie bissig dazwischen. »Du warst regelrecht besessen davon.«

»Ich bin es immer noch. Ich habe seitdem versucht, mich zu informieren. Gründlich. Über das, was sich unter der Oberfläche abspielt.«

»Ausgerechnet du, der sonst in der Zeitung nur die Kochrezepte liest?«

»Verdammt, Susu, hör mir doch erst mal zu!« Gleich darauf entschuldigte er sich. »Es tut mir leid. Ich kann in letzter Zeit kaum noch schlafen. Ich fürchte, meine Nerven sind ziemlich gereizt.«

»Herrgott, sag endlich, worum es geht.«

»Es steht so gut wie fest, dass sich etwas verändern wird«, sagte Kelmi. »In Bezug auf Berlin. Und nicht zum Guten.«

»In Bezug auf Berlin muss sich ja auch etwas ändern«, sagte Sanne. »Zumindest wenn wir verhindern wollen, dass ihr uns ausblutet. Allein im Juli haben mehr als dreißigtausend Menschen Republikflucht begangen.«

»Damit fängt es schon an«, sagte Kelmi. »Wenn man von einer Hälfte seiner Stadt in die andere wechselt, kann das doch nicht Republikflucht heißen. Es heißt Umzug, Susu. Sich selbst auszusuchen, wo man leben will, ist kein Verbrechen. Und es ist auch kein Verbrechen, blöde Witze zu erzählen oder zuzugeben, dass man Walter Ulbricht nicht leiden kann.«

»Wenn du jetzt wieder mit Barbara Ziegler anfängst, gehe ich. Du kennst sie doch überhaupt nicht, du weißt nicht, was sie getan hat.«

»Es ist auch kein Verbrechen, wissen zu wollen, was aus einem Menschen, den man liebt, geworden ist«, fuhr Kelmi unbeirrt fort. »Ihn besuchen, mit ihm sprechen zu wollen, selbst wenn er ein Verbrechen begangen hat. Wir wollten auch wissen, was mit meinem Onkel geschehen war. Mein Vater hat Monate damit zugebracht, nachzuforschen, und ihm wäre dabei vermutlich jedes Mittel recht gewesen.«

»Wovon du jetzt sprichst, weiß ich beim besten Willen nicht mehr. Von deinem Onkel? Wie kommt der auf einmal wieder ins Spiel?«

»Ich spreche von deiner Freundin. Von der, deren Namen du unserer Tochter gegeben hast.«

»Das war gleich nach der Geburt. Ich war wie weggetreten und weiß selbst nicht, warum ausgerechnet Birgit herausgekommen ist. Hille ist dann am nächsten Tag gleich aufs Amt und hat es eintragen lassen. Du weißt doch, wie sie ist, wenn es um Vorschriften geht.«

»Ich wollte mich nicht darüber beklagen«, sagte Kelmi, und einen Augenblick lang wurde seine Stimme weich. »Ich finde, Birgit ist ein schöner Name. Und ich glaube, ich hätte die Namensvetterin gern gemocht.«

»Birgit Ahrendt?«

»Sie ist tot«, sagte er.

Sannes Herz begann zu hämmern, und im Nacken brach ihr der Schweiß aus. »Wie …«

»Sie hat sich das Leben genommen«, sagte Kelmi. »Wie mein Onkel. Nein, ich verallgemeinere damit nichts, ich behaupte nicht, alle Menschen, die bei euch oder in der Sowjetunion im Gefängnis sitzen, bringen sich hinterher um. Aber diese beiden haben es getan. Birgit Ahrendt war gemütskrank, als sie entlassen wurde, sie hat nicht ins Leben zurückgefunden. Ihrer Familie zufolge ist sie seelisch und körperlich misshandelt worden.«

»Dass ihre Familie das sagt, ist ja wohl nicht verwunderlich.«

»Das ist mir bewusst. Ich behandle jede Information, auf die ich stoße, mit Vorsicht. Weißt du aber eigentlich, wer das ist, ihre Familie? Ich hatte dir ja damals in Eforie versprochen, herauszufinden, ob es sich bei meinem Schundautor um ihren Vater handelt. Gleich danach ist dann die Sache mit deinem Vater und der Klage gegen die *Bunte* schiefgegangen, du hast mich verlassen, und als ich dich endlich wiederhatte, war ich Vater des wundervollsten kleinen Mädchens von Groß-Berlin geworden. So leid es mir tut, habe ich darüber Gerald Ahrendt völlig vergessen. Er ist mir erst jetzt wieder eingefallen, als ich nach allem Möglichen zu den innerdeutschen Beziehungen gewühlt habe.«

»Und er ist wirklich Birgits Vater?«

Kelmi nickte. »Meiner Einschätzung nach ein nicht sonderlich intelligenter Schwärmer mit einer wenig angenehmen Schwäche für kernige Recken, Heldentum und Pathos. Über die Frage, ob ihn das zu einem Nazi macht, muss eine Diskussion erlaubt sein, womit ich nicht gesagt habe, dass ich es grundsätzlich bezweifle. Nur haben die, die fragen, was man hätte tun sollen, als man mit einem Volk von Nazis dastand, dann eben nicht unrecht. Und was die Frage angeht, ob es seine Tochter zu einem Nazi macht, ist meine Antwort eindeutig: Nein. Dass ich Koch bin, macht meine Tochter zu keiner Köchin, und für die Tochter eines Nazis gilt dasselbe.«

»Koch ist doch keine Geisteshaltung!«

»Das ist völlig egal, Susu. Für unsere Väter können wir nichts. Für das, was sie getan haben, sind wir nicht verantwortlich, und Birgit Ahrendt war keine Nationalsozialistin. Eher eine junge Sozialdemokratin, die mit der Zwangsvereinigung von SPD und KPD nicht einverstanden war.«

»Aha. Damit war Fräulein Ahrendt also nicht einverstanden. Hätten die Linksparteien sich Anfang der Dreißigerjahre vereinigt, wäre Hitler ...«

»Ich kann es nicht mehr hören.« Kelmis Faust sauste auf den Tisch, dass die Gläser sprangen. »Ja, ich weiß, durch eine Einigung der Linksparteien hätte Hitler womöglich verhindert werden können. Du hast es mir Hunderte von Malen erklärt. Aber man kann nicht aus Angst vor neuen Hitlers alles Unrecht für Recht erklären. Eine Partei zwangsweise in einer anderen aufzulösen ist falsch, Hitler hin oder her. Einen Menschen in einem Gefängnis verschwinden zu lassen, weil man den Verdacht hat, er könnte Hitler unterstützt haben, ist falsch. Wenn es dich wütend macht, dass bei uns Nazi-Seilschaften sich wieder auf Posten gehievt haben und dass die Alliierten das stillschweigend geduldet oder sogar unterstützt haben, bin ich auf deiner Seite. Aber auch das rechtfertigt nicht, Menschen einzusperren, die keine Straftat begangen haben.«

»Wenn du dich nicht beherrschen kannst, möchte ich dieses Gespräch beenden«, sagte Sanne, die das Gefühl hatte, eine Schlinge schließe sich um ihre Kehle.

»Es tut mir leid.« Er trank Wein und wischte mit einer Serviette die Pfütze auf, die er mit seinem Fausthieb verursacht hatte.

»Sprechen wir eigentlich immer noch von Birgit Ahrendt?«

»Von ihr und von ihrem Cousin.«

»Welchem Cousin?« Irgendwer hatte schon einmal einen Cousin von Birgit erwähnt, aber sosehr Sanne sich anstrengte, sie kam nicht darauf.

»Othmar Lischka«, sagte Kelmi. »Gerald Ahrendts Frau ist die Tochter von Karoline Lischka. Dietmar Lischkas Schwester. Die Familie hat verzweifelt versucht, etwas über Othmars Schicksal in Erfahrung zu bringen und ihn aus dem Gefängnis zu befreien, wie es sich die Kampfgruppe gegen Unmenschlichkeit zur Aufgabe gemacht hat. Ob Birgit dabei von Anfang an auf dich angesetzt war oder ob es sich um einen dieser Zufälle handelt, an die hinterher niemand glauben kann, weiß ich nicht. Ob eure Freundschaft ihr wichtig war, auch nicht. Ich würde aber Stein und Bein darauf schwören.«

Sanne biss sich auf die Lippe und schüttelte den Kopf, um ihm zu signalisieren, dass sie von Birgit nichts mehr hören wollte.

Kelmi nickte ihr zu. »Dieser Junge, Othmar, war ganz sicher kein Held«, fuhr er fort. »Er hat die Mitgliedschaft in der Hitlerjugend nicht verweigert, hat sich vermutlich sogar ein bisschen damit gerühmt, weil er endlich einmal irgendwo dazugehören durfte. Er ist noch in eine weitere Vereinigung eingetreten, in der laut Heil Hitler gebrüllt wurde. In irgendeinen Reichs-Radfahrer-Verband oder so ähnlich, da bekam man Karten fürs Sechstagerennen. Ist das ein Verbrechen, Susu? Falls es eines ist, sind wir von Verbrechern umgeben.«

»Das sind wir ja auch«, murmelte Sanne tonlos.

»Ja. Vielleicht. Wenn du es so sehen willst oder sehen musst, lassen wir es dabei. Aber selbst dann haben wir mit unserem Verbrechervolk doch neu anfangen müssen, nach Wegen suchen, ihm ein anderes Denken beizubringen. Respekt vor dem Menschen, seiner Würde und seinen Rechten. Wenn wir jedes Gesetz missachten und die Rechte dieser Leute mit Füßen treten – glaubst du, wir haben die geringste Chance, sie zu überzeugen?«

Dafür, dass ihre Tränen sich nicht aufhalten ließen, hasste sie sich. Als er die Hand nach ihrem Gesicht streckte, schlug sie sie weg. »Othmar Lischka und seine Familie haben meinen Vater denunziert«, presste sie heraus.

»Selbst wenn sie das getan hätten, wäre es kein Strafbestand«, erwiderte Kelmi. »Hast du dir die Protokolle von Othmars Prozess einmal angesehen? Für die Denunziation ist er nicht verurteilt worden, weil das nämlich bei euch wie bei uns gar nicht möglich ist. Um ihn dennoch dranzukriegen, haben sie ihm alle erdenklichen Stricke aus diesen Mitgliedschaften und aus so ungefähr jeder Äußerung gedreht, die er einmal hat fallen lassen. Die wichtigsten Aussagen, auf die sich die Anklage gründet, stammen dabei von eurem Eugen.«

»Das weiß ich alles!« Jetzt war es Sanne, die sich nicht länger beherrschen konnte. »Und war es vielleicht nicht unser Recht? Mein Vater ist tot. Kannst du nicht verstehen, dass wir die, die an seinem Tod schuld sind, dafür wenigstens bestraft sehen wollten?«

»Doch«, sagte Kelmi. »Aber ebendeshalb sitzen Juristen auf Richterstühlen. Keine Angehörigen. Mein Vater nennt Stalin nur *den Mörder* und hätte ihn gern eigenhändig erschossen. Dass ich das verstehen kann, heißt nicht, dass ich ihn dazu ermutigt habe.«

Sanne trank auch Wein, wischte sich die Augen trocken, suchte nach Worten.

»Im Fall Othmar Lischka trägt zur Tragik bei, dass er nicht einmal der Denunziant war«, fuhr Kelmi fort.

»Wer sagt dir das? Seine reizende Familie? Die Mit-Denunzianten?«

»Ich habe mir die Unterlagen noch einmal angesehen, die uns damals, in der Sache mit der *Bunten,* das Investigationsbüro übergeben hat«, antwortete Kelmi. »Es gibt da jede Menge Widersprüche, auf die ich früher schon hätte stoßen können. Nur wollte ich wohl nicht darauf stoßen. Ich hatte dich deswegen verloren, bin als Wrack auf Beinen herumgelaufen und wollte nichts mehr damit zu tun haben.«

»Mich hast du verloren, weil du gesagt hast, mein Vater ist ein Lügner.«

»Das habe ich nicht gesagt. Ich würde auch einen Mann, der die Gestapo belügt, um seine Familie zu schützen, nicht als Lügner bezeichnen, und ich hätte deinen Vater furchtbar gern kennengelernt. Auch wenn er keine Flugblätter verfasst, sondern sich dafür entschieden hat, die Sicherheit seiner Frau und seiner Tochter an erste Stelle zu setzen. Das ist vielleicht die härteste

Wahl, vor der man stehen kann. Ich glaube, ich hätte mich ebenso entschieden wie er.«

»Er hat die Flugblätter geschrieben! Er hat sie verteilt!«

Kelmi zuckte die Schultern. »Lassen wir das bitte auf sich beruhen. Ich werde dazu nichts mehr sagen, und wenn du jemals Fragen hast, frag deine Familie. Eugen und Hille. Ich denke, sie wissen es beide. Ob sie wissen, dass die Lischkas nicht die Denunzianten waren, kann ich dir nicht sagen. Aber die Aussage des Denunzianten liegt drüben bei uns schriftlich vor. Die Nazis waren unglaublich ordentlich. Beweismaterial, das die Drahtzieher betrifft, ist zu großen Teilen vernichtet, doch all diese kleinen Bespitzelungen und Ausspionierereien sind minutiös dokumentiert.«

Sanne war nicht in der Lage, die Frage auszusprechen. Zu ihrer Erleichterung war das auch nicht nötig.

»Die Abfassung der Flugblätter angezeigt hat ein Briefmarkenhändler namens Lutz Dombröse«, sagte Kelmi. »Vor 33 Sozialdemokrat. Die Frau Pazifistin. Davon, dass die Gestapo ihn unter Druck gesetzt hat und er jemanden melden musste, um sich selbst aus der Schusslinie zu bringen, ist auszugehen.«

Sanne schwieg. Sah vor sich eine Tür, die aufschwang, Lotte Dombröses Kopf, ihre Hand, die nach ihr griff, und einen langen Korridor, in dem ein Bild hing. Sie hörte Lutz Dombröse, der schrie: »Großer Gott, doch nicht das arme Kind!«

Kelmi wollte ihr den Arm streicheln, aber sie zog ihn weg.

»Mit seinem System aus Versprechungen und Drohungen, mit Einschüchterung und Angst hat sich Hitler ein Volk von Denunzianten herangezogen«, sagte er. »Um diese Denunzianten zur Besinnung zu bringen, kann es nicht helfen, ihnen von Neuem Angst zu machen. Leuten einzureden, sie würden ihr Land vor Faschisten schützen, indem sie die ledige Mutter von nebenan anzeigen, die herumerzählt, dass sie Ulbrichts Glatze unkleidsam findet.«

Sanne wusste noch immer nichts zu sagen. Sie wollte fort und wusste nicht, wohin. Wem konnte sie noch glauben, zu wem Vertrauen haben? Wo das gewesen war, was sie zu wissen geglaubt und an dem sie sich festgehalten hatte, war jetzt nichts mehr. Als taste man mit der Zunge nach einem Zahn und spüre nur noch einen Hohlraum.

Noch einmal versuchte Kelmi, sie zu berühren. Als sie zurückwich, verschränkte er wiederum die Hände. »Ich liebe dich«, sagte er. »Ich habe mich unendlich darauf gefreut, mit euch in den Urlaub zu fahren, aber ich habe in der momentanen Lage zu viel Angst. Mir ist das Risiko zu groß, tief nach Ostdeutschland hineinzufahren, ohne zu wissen, ob man wieder herauskommt. Ich will mit dir und unserer Tochter leben, Susu, hundert Jahre alt werden und zwanzig Urenkel haben. Aber ich kann es nicht in der DDR tun.«

Die Starre brach auf. Sanne schoss in die Höhe. »Du hast es versprochen!«, schrie sie auf ihn hinunter. »Du hast gesagt, du willst mich heiraten, Birgit redet von nichts anderem mehr, wir haben seit einer halben Stunde einen Termin zur Wohnungsbesichtigung!«

Er blieb reglos sitzen. »Ich will dich heiraten«, sagte er. »Ich will nichts so sehr wie das, und ich flehe dich an, komm mit mir nach drüben. Nicht weil da die Bananen krummer sind und die Cola brauner. Nicht weil es mich schreckt, für dich auf ein bisschen Luxus zu verzichten, sondern weil ich Angst um unsere Freiheit habe.«

45

»Genosse Terbruggen. Wie schön, dass Sie sich so schnell freimachen konnten.« Der Mann stand auf und schüttelte Eugen die Hand. Ludger Kramm. Erich Mielkes persönlicher Referent. Der, neben dem er gesessen hatte, war Hans Bentzien, ein jüngeres, ziemlich unbeschriebenes Blatt aus Halle, das Eugen aus der Kulturkommission kannte. Am Kopf des Tisches saß Erich Honecker, der als Sekretär für Sicherheit dem Zentralkomitee angehörte, und der vierte Mann kam ihm zwar bekannt vor, er konnte ihn im Augenblick jedoch nicht zuordnen. »Ich nehme an, Sie wissen, warum wir Sie herbestellt haben?«

Eugen wusste nichts. Er hatte mit Kramm bisher nichts zu tun gehabt und war daher nicht geübt darin, dessen Miene zu lesen. Seine Arbeit für Mielkes Ministerium für Staatssicherheit spielte sich im Verborgenen ab. Er war als Jäger dort, nicht als Politiker, der mit der rechten Hand des Ministers konferierte. »Ich bedaure«, musste er eingestehen. Es war immer schlecht, wenn man die Karten für das Spiel nicht selbst austeilte, noch schlechter, wenn man das Blatt, das die anderen einem zuwiesen, nicht kannte, und am schlechtesten, wenn man es sich anmerken ließ.

Glücklicherweise schien Kramm wie beabsichtigt zu glauben, dass er log. Er lächelte immer noch und bot Eugen einen Platz an. »Gute Nachrichten, keine schlechten, mein Bester. Wir werden uns gleich aufmachen, um an einer Sitzung des Politbüros teilzunehmen. Für übermorgen ist eine weitere Sitzung anberaumt und eine abschließende dritte am Freitag. Wie Sie daraus schließen dürfen, stehen Sie vor dem ganz großen Sprung. Man hat sich entschieden, Sie an den Vorbereitungen der Aktion Rose zu beteiligen, die der Genosse Honecker leitet.«

Aktion Rose weckte eine vage Erinnerung in ihm. War es dabei nicht um die Enteignung von Tourismusbetrieben gegangen? Aber das musste knapp zehn Jahre her sein, und er selbst hatte nie etwas damit zu schaffen gehabt.

»Herzlichen Glückwunsch«, sagte Kramm. »Ihre Arbeit ist dem Genossen Honecker ausdrücklich empfohlen worden, und dem Genossen Ulbricht ist daran gelegen, Sie nun auch näher kennenzulernen. Am Sonnabend, wenn wir den Sitzungsmarathon hinter uns haben, gibt es ein kleines geselliges Beisammensein in der Residenz am Döllnsee. Sie würden dem Genossen Ulbricht eine große Freude machen, wenn Sie sich uns dabei anschließen könnten.«

»Für diese ganze Rederei haben wir doch jetzt keine Zeit«, meldete der Genosse Honecker sich zu Wort. Er gehörte demselben Menschenschlag an wie Ulbricht – beflissen, strebsam, korrekt, meist übellaunig und bar jeglicher persönlicher Ausstrahlung. Anders als Ulbricht war er jedoch nicht im Exil gewesen, sondern hatte die Zeit des Nationalsozialismus als Widerstandskämpfer im Zuchthaus verbracht. Ein echter Held und über jeden Zweifel erhaben. »Gleich im Anschluss an das Politbüro tagt die Volkskammer, um zu der Aktion ihre Zustimmung zu geben«, knurrte er. »Bis dahin müssen wir alle und jeden auf Linie haben.«

»Ich käme jetzt selbst gern zur Sache«, sagte Eugen. »Dass es sich um eine Wiederaufnahme von Enteignungen im Gastgewerbe handelt, nehme ich nicht an.«

»Und damit liegen Sie richtig, mein Lieber.« Kramms Lächeln blitzte noch einmal auf, dann verlosch es. »Bei der aktuellen, für das bevorstehende Wochenende angesetzten Aktion Rose geht es um deutlich weitreichendere Schritte. Konkret gesagt, um unser nationales Selbstbestimmungsrecht, namentlich um die nötigen Vorkehrungen und entschlossenen Maßnahmen, die notwendig sind, um es auch weiterhin zu gewährleisten. Ihnen als Mitarbeiter des Ministeriums der Staatssicherheit ist zweifellos klar, dass die Wühltätigkeit, die unserem Staat die Lebensadern abgräbt, ein für alle Mal unterbunden werden muss, und zwar so, dass künftig eine undurchlässige Bewachung und lückenlose Kontrolle möglich ist.«

Natürlich war das alles andere als konkret. Es vermied Wörter, die jemand, der mit dem Jargon vertraut war, sich aus den Wörtern, die stattdessen ausgesprochen wurden, erschließen konnte. Für Eugen war es das Wort *lückenlos*, das die Alarmglocken in Gang setzte. Und das Wort *undurchlässig*. Wie konnte eine Bewachung undurchlässig sein? Die beiden Wörter schwangen tatsächlich wie die Glockenschlegel durch seinen Kopf und weckten den dringenden Wunsch, mit dem, was hier vor sich ging, nichts zu tun zu haben.

»Ich bin Kulturpolitiker«, sagte er. Das war es, was er gewollt und geliebt hatte: Kultur. Schönheit. Filmkunst und Ilona Konya. Ohne dass es ihm selbst völlig bewusst geworden war, war ein Teil dieser Liebe auf Ilonas Tochter übergegangen. Ihn selbst hingegen hatte nur eine geliebt, und die war schon lange vermodert, vergessen, nicht mehr wahr.

Ludger Kramm lächelte. »Sie *waren* Kulturpolitiker, mein Lieber. Genosse Bentzien – darf ich an dieser Stelle das Wort an Sie weiterreichen?«

Das Bürschlein war kaum älter als Sanne. Beim Grinsen entblößte er eine Zahnlücke knapp vor dem Mundwinkel. »Sie übergeben Ihre Amtsgeschäfte an mich«, verkündete er stolz wie ein Dreizehnjähriger mit Sportabzeichen. »Habe ich mich klar genug ausgedrückt? Ich bin Ihr Nachfolger im Kultusministerium, Genosse.«

Eugen spürte, wie sein Körper von den Fußsohlen bis in den Schädel erstarrte. Als würde er vereisen. Sein Hirn blieb dabei in hitziger Bewegung, sandte sämtliche Alarmsignale, derer es fähig war, und versuchte, ihn dazu zu bewegen, das einzig Richtige zu tun: Die Starre durchbrechen. Aus dem Raum gehen wie vor mehr als dreißig Jahren in Babelsberg.

Wie um sich selbst zu verhöhnen, erkannte er ausgerechnet jetzt den vierten Mann. Conrad Finke. Corrells Stellvertreter, die hüstelnde graue Eminenz, die in Babelsberg dabei gewesen war.

Damals war es um den Erhalt seiner Würde gegangen, und heute ging es wieder um dasselbe, wenn auch in einer gänzlich anderen Wendung.

»Na, na, Genosse Bentzien.« Ludger Kramm lächelte wieder, trat geradezu tänzelnd hinter Eugen und legte ihm die Hand auf die Schulter. »Sie machen dem Genossen Terbruggen ja Angst. Nein, mein Lieber, Sie sind keineswegs in Ungnade gefallen, das Gegenteil ist der Fall. Sie wechseln ganz zu uns. Ins Ministerium für Staatssicherheit, als Staatssekretär unter dem Genossen Mielke. Ich freue mich darauf, Sie als Partner zu bekommen, was natürlich nicht heißt, dass ich nicht gern mit dem Genossen Finke gearbeitet habe, der seinerseits nun ins Kultusministerium wechselt.« Er nickte in Finkes Richtung und lachte auf. »Wir machen einen Ringtausch, sozusagen. Wie früher in der Volksschule.«

Und ich mache nicht mit, dachte Eugen, der spürte, wie Finke ihn beobachtete. Das waren die Worte, die er aussprechen musste: Ich bedanke mich, Genossen, aber ich mache nicht mit. Er wusste es, seit ihm klar war, wie das Wort, das nicht ausgesprochen werden durfte, lautete. Es war das Wort, das der Genosse Ulbricht auf der Pressekonferenz vor sieben Wochen versehentlich und völlig unnötig von sich gegeben hatte:

»Niemand hat die Absicht, eine Mauer zu errichten.«
Eugen selbst war nicht schuldig geworden. Man konnte nicht schuldig werden, wenn man das Beste wollte, wenn man Tag und Nacht bis zur völligen Erschöpfung kämpfte, um das Beste zu erreichen, wenn man jegliches andere aufgab oder verspielt hatte. Schuldig wurde man erst, sobald man wusste: Der nächste Schritt ist der Schritt zu weit. Und sobald man ihn ging.

»Wir müssen jetzt los«, sagte Honecker. »Wir sind doch hier nicht beim Kaffeekränzchen.«

»Interessant, Sie wiederzusehen«, sagte Finke, ohne Honecker zu beachten. »Anders als der Kollege Gerron, der Sie für talentlos hielt, war ich ja immer der Ansicht, Sie wären zu Großem berufen. Wobei sich das ja nicht widerspricht und man sich höchstens die Frage stellt, wo einer, der zu Großem berufen ist, ohne das passende Talent zu besitzen, dann wohl landet.«

Erich Honecker scharrte lautstark mit seinem Stuhl und stand auf.

»Machen wir uns auf den Weg, Genossen.« Kramms Grinsen glich dem eines freundlichen Gastwirts.

Sie standen alle auf. Überraschenderweise ließ sich Eugens vereister Körper bewegen, wenn er sich auch nicht anfühlte, als gehöre er ihm.

Im Verlassen des Saals legte Kramm den Arm um ihn. »Sie sind in unserem Ministerium ja kein Neuling«, sagte er. »Dass wir über das, was hier beredet wurde, selbst vor unseren Liebsten und Nächsten Stillschweigen bewahren, versteht sich ja von selbst. Glauben Sie mir, mein Lieber, ich weiß, wie hart einen das ankommt, in der jetzigen Gemengelage womöglich mehr als je.«

Nein, das weißt du nicht, dachte Eugen. Du kannst es unmöglich wissen. Mit dem nächsten Schritt, den er setzte, glaubte er, an ihrer aller Gesichter vorüberzuziehen – Sido, Volker, Ilona, Othmar Lischka, Birgit Ahrendt und dann an denen, die noch lebten. Er hatte Dinge getan, die schwer zu rechtfertigen waren, aber er hatte sie im Glauben an das Große, Ganze getan. Für Sido. Für Volker. Für Sanne und ihre Zukunft. Das hier war anders, und er wusste es. Er setzte den Fuß auf, und der Schritt war gemacht.

Sorgsam und leise schloss der Genosse Kramm hinter ihnen die Tür.

46

Sie hatte es damals gespürt. Und sie spürte es jetzt. Der Augenblick, um über den eigenen Schatten zu springen, war gekommen. Was geschehen würde, wusste sie nicht, vielleicht, weil es zu ungeheuerlich war, um es sich vorzustellen.

Sie hatte auch damals wenig Genaues gewusst. Sie war Hiltrud Engel, die sich an die Vorschriften hielt und sich das Zeitunglesen nur angewöhnt hatte, um für ihren klugen Bruder

Artikel auszuschneiden. Wie hätte sie genau wissen sollen, was mit ihrem kleinen Schwesterchen, ihrem Kindchen, ihrem Schnuffeken passiert war, wann und wie und warum? Sie hatte nur gewusst: Sie musste jetzt handeln, musste darum kämpfen, dass wenigstens Volkers Familie, dass wenigstens die kleine Sanne am Leben bleiben durfte.

Lutz Dombröse hatte immer Papier. Er schlug darin Briefmarken ein, die er an Kunden verschickte. Hiltrud hatte sich mit den Dombröses angefreundet, half ihnen mit dem Dackel, wenn sie bei Volker war, und manchmal beim Einkochen. Sie hatte einen Stapel von dem Papier genommen und auf ein Blatt nach dem anderen dieselben drei Zeilen geschrieben: »Der Krieg ist verloren. Hitler ist ein Mörder. Geht nicht zum Volkssturm.«

Erzählt hatte sie niemandem davon. Dass Eugen es wusste, lag daran, dass er dazugekommen war, als sie sich in Volkers Wohnung allein geglaubt und zum Schreiben in die Küche gesetzt hatte. Der von Dombröse entwendete Stapel Papier war längst verbraucht. Sie war bei Nacht losgezogen und hatte die Blätter dort verstreut, wo in der Frühe Menschen sein würden. Vor Fabriktoren. Auf Schulhöfen. Unter den Linden vor Volkers Universität. Sie musste weitermachen. Für Schnuffeken, die tot war. Für Sanne, die leben sollte.

Papier war nicht einmal auf Bezugschein mehr zu bekommen, aber Volker hatte auch immer welches. Er hätte sein letztes Hemd dafür gegeben, weil er nicht leben konnte, ohne etwas aufzuschreiben. Hiltrud hatte von dem, was auf dem Küchentisch lag, einen kleinen Stoß genommen und eben mit der Schreibarbeit begonnen, als Eugen hereinkam. Dass er wie sie einen Schlüssel besaß, hatte sie nicht gewusst.

Um das beschriebene Blatt zu verbergen, war es zu spät. Er hatte es ihr weggenommen und durchgelesen. »Ich hätte so etwas auch tun wollen«, hatte er gesagt und ihr den Text noch ein wenig verbessert, aus »Hitler ist ein Mörder« »Verweigert den

Mördern endlich den Gehorsam« gemacht. »Für Sidonie. Für die Zukunft, wenn es überhaupt eine gibt.«

Es hatte eine gegeben. Dass statt Volker sie diese Zukunft erlebte, war völlig verkehrt und schrie zum Himmel, aber sie hatte sich damit abzufinden. Kneifen galt nicht. Durch ihre Schuld hatten Ilona und Sanne Volker verloren. Da er die beiden nicht länger beschützen konnte, mussten es Hiltrud und Eugen an ihrer Stelle tun.

Sie hatte wie damals das Nachdenken darüber, wie man eine Zukunft gestaltete, anderen überlassen, die etwas davon verstanden. Eugen zum Beispiel. Wenn Eugen es anpackte, konnte es diesmal ja nicht falsch sein. Sie selbst konnte Blusen nähen und Bienenstich backen. Aber nicht beurteilen, wie man ein Land auf den richtigen Weg brachte und dafür sorgte, dass es auf diesem Weg blieb.

Waren ihr Zweifel gekommen so wie damals, als die Panzer durch belebte Straßen rollten, hatte sie sich mit diesen Gedanken beruhigt: Leute wie Eugen sorgten jetzt für das Land. Es würden Fehler vorkommen, denn von Menschen Gemachtes hatte immer Fehler, aber das, was zählte, würde richtig bleiben. Es würde ihnen gut gehen. Nicht so gut, dass man sich nicht sorgen musste, die Butter für den Sonntag aufsparen und den Bohnenkaffee für die Feiertage, sondern so, dass man wusste: All die, die sich abends unter einem Dach zu Bett legten, standen am Morgen auch wieder daraus auf. Ein jeder konnte sich sein Leben einrichten, selbst wenn er ein wenig aus der Art schlug – ob er allzu klug war und zur Universität gehen musste oder nicht erwachsen wurde und fröhlich im Kinderstuhl sitzen blieb. Oder die weite Welt bereisen wollte wie ihre kleine Birgit.

Tierforscher wollte sie werden, hatte sie Hiltrud erzählt. Nach Afrika fahren, wo sich die Affen von Baum zu Baum schwangen, nach Australien, wo die Kängurus hüpften, und auf sämtliche Berge mit Höhlen, in denen Bären hausten. Hiltruds Kolleginnen sagten, ein Kind von vier Jahren hätte noch keine Ahnung, was aus seinem Leben später einmal werden sollte. Aber Volker hatte solche Ahnung gehabt. Und wenn Birgit auch eine hatte, dann wollte Hiltrud, dass ihr die Türen offen standen.

Dass ihr Land im Begriff war, von dem richtigen Weg, den es einst eingeschlagen hatte, abzuweichen und dass es danach nicht zurückfinden würde, hatte Hiltrud vielleicht schon an dem Abend gespürt, als sie alle beim *Sandmännchen* gesessen hatten und Barbara Ziegler gekommen war. In den Wochen danach war ihre Sorge wie ein Wasserstand angeschwollen. Kleine Zeichen hatten dazu beigetragen. Hässliche Plakate, die an Hauswänden auftauchten und Westberlin als Hort von Wühlmäusen und Krankheitserregern darstellten. Andere, auf denen ein Mann sich über eine Art Mauer beugte, während ihm aus der Tasche auf dem Hintern, der auf der hiesigen Seite prangte, Geldscheine quollen. »Grenzgewinnler – pfui Teufel« stand darunter.

Das Plakat, fand Hiltrud, war nicht sonderlich gut gestaltet, weil man im Vorbeigehen kaum begriff, was es aussagen sollte. Es war die Mauer, die sich ins Gedächtnis brannte, die Mauer, die Hiltrud zwang, noch einmal zur Haltestelle zurückzugehen und das Plakat genauer zu betrachten. »Ende des demokratischen Sektors von Berlin« stand auf dem Sims der Mauer. Hiltrud ging nach Hause, und ihre Sorge schwoll an. In der *Aktuellen Stunde* war wieder die Rede von westlicher Propaganda, die darauf ausgerichtet war, Fachkräfte nach drüben zu locken und die DDR auszubluten. Im Gegensatz zu früher wurden ständig Zahlen genannt. Dreißigtausend Menschen allein im Monat Juli. Und warum häuften sich gerade jetzt wieder Meldungen über die faschistische Unterwanderung des Westens, über die seit Jahren kaum noch gesprochen worden war?

Aus Hiltruds Sorge, die anschwoll, wurde Angst. Als die Angst so groß wurde, dass ihr das Atmen schwerfiel, versuchte sie, sich mit Gedanken an den Westler zu beruhigen. Sanne wollte ihn heiraten. Im ersten Augenblick hatte sich Hiltrud erschrocken. Er würde Sanne und Birgit von ihr wegholen – und was blieb dann für sie noch zum Leben übrig? Als der erste Schrecken abklang, begriff sie, dass das keine Rolle spielte. Wenn Sanne und Birgit in Sicherheit waren, wenn ein anderer für sie sorgte und für sie selbst nichts zum Leben übrig blieb, dann war sie endlich hier fertig. Hatte nichts mehr zu tun und durfte gehen.

Die Lawine, die auf ihr Land zurollte, konnte sie heute so wenig aufhalten wie damals. Also musste sie tun, was in ihrer Macht stand, um Sanne und Birgit außer Gefahr zu bringen. Sanne und der Westler suchten eine Wohnung, und man brauchte nur einmal im Konsum Schlange zu stehen, um zu wissen, das man auf eine Wohnung, wie die beiden sie wollten, eher Jahre als Monate warten musste. Sanne hatte keine Jahre Zeit. Ehe sie keine Wohnung gefunden hatten, würden die beiden nicht heiraten, und die Heirat war Sannes Versicherung. Der Staat würde keine Familie teilen. Was auch immer bevorstand, wenn Sanne mit einem Westler verheiratet war, würde man sie und ihr Kind zu ihm ausreisen lassen.

Hiltrud war zum Münzfernsprecher gegangen und hatte Eugen angerufen. Er sträubte sich eine Zeit lang, aber Hiltrud gelang es, ihm klarzumachen, dass er nur zwei Möglichkeiten hatte: Entweder Sanne würde eine Wohnung finden und mit dem Westler in der DDR bleiben, oder sie würde keine finden und damit dem Westler die Möglichkeit geben, sie nach drüben zu locken.

Das schluckte Eugen. Drei Tage später sandte er ihr postalisch Nachricht, dass die Sache mit der Wohnung geregelt sei. Am selben Abend kam Sanne, die in der Schule benachrichtigt worden war, nach Hause wie damals, als sie an den Händen ihrer Eltern gehüpft war. Sie hatte Birgit, die ihr mit ihrem »Mami, Mami!« entgegengelaufen war, in die Höhe geworfen, wieder aufgefangen und sich mit ihr um die eigene Achse gedreht. »Mein Birgelchen. Was sagst du denn dazu? Du und ich und der Papi, wir haben wohl ein Zuhause gefunden.«

»Eine Bärenhöhle«, verbesserte Birgit sie altklug. »Papi hat gesagt, wir ziehen alle zusammen in eine Bärenhöhle.«

»Eine Bärenhöhle, natürlich.« Sanne hatte sich mit der Kleinen auf den Armen gedreht, und zum ersten Mal bemerkte Hiltrud an ihr die Grazie ihrer Mutter, die sie an Volkers Tochter nie vermutet hatte.

»Und Tante Hille kommt auch mit?«, hatte Birgit gerufen, und Hiltrud war warm geworden. Ein bisschen wie damals, als Sanne die Arme um sie geschlungen hatte – ich hab dich lieb, Tante Hille – und ein Päckchen für Schnuffeken hatte packen wollen.

Ich vergess dich auch nicht, mein Kleines. Ganz bestimmt vergess ich dich nicht. Wenn du mich brauchst, bin ich da, aber du wirst mich nicht brauchen. Ob nun hier oder dort, solange du beide Eltern hast, bist du auf der sicheren Seite.

Am nächsten Tag aber war die Hoffnung zerplatzt. Sanne hatte sich mit Kelm zerstritten, ihr Urlaub war abgesagt und die Hochzeit auch. Birgit weinte. Es waren Ferien, das Wetter heiß und trocken, und das Kind war den ganzen Tag in der Wohnung eingesperrt. Die Nachrichten brachten Bilder von lachenden Familien, die ins kühle Nass der Ostsee sprangen. Nichts über Ulbricht bei Chruschtschow und hinterher über die Ergebnisse. Eigentlich gar nichts über Politik. Ruhe vor dem Sturm, dachte Hiltrud, und ihr Inneres krampfte sich zusammen.

Der Westler – Kelm – kam noch einmal. Freitagabend, als Hiltrud dabei war, Birgits Lieblingsessen zuzubereiten. Eierkuchen. Mit Birnenmus. Sie war so in Gedanken, dass sie statt Zucker Salz in den Teig schüttete und alles wegwerfen musste. Birgit saß bei ihr am Küchentisch und malte Tierbilder aus, und Sanne hatte sich in dem Schlafzimmer eingeigelt, das sie sich mit der Kleinen teilte. Sie war immer so stark, dachte Hiltrud. Aber jetzt ist sie, als wäre sie ausgehöhlt, alle Stärke aus ihr herausgekratzt.

An der Tür klingelte es.

»Bestimmt Benno«, sagte Birgit, ohne wie sonst loszustürmen.

»Mal weiter«, sagte Hiltrud. »Ich geh schon.«

Hinter Sannes Tür hatte sich nichts gerührt. Im Hausflur stand der Westler. Kelm. »Ich muss zu Susu.«

»Ich weiß.« Hiltrud wies nach dem Zimmer. Mit einem Satz schoss Kelm an ihr vorbei und rüttelte an der Klinke. Die Tür war verriegelt. »Susu, lass mich rein, ich flehe dich an.«

»Verschwinde aus unserer Wohnung«, rief Sanne. »Du hast dich gegen uns entschieden. Jetzt musst du damit leben und ich auch.«

»Ich habe mich nicht gegen dich entschieden! Nur gegen diesen Staat, der mir Angst macht, dieser Staat bist doch nicht du.«

»Doch, der bin ich. Mir macht dein Staat Angst, ihr macht mir alle Angst.«

Aus der Küche kam Birgit gelaufen. »Papi, Papi!«

Dem Mann lief der Schweiß in Strömen über das Gesicht. »Birgelchen, bitte gib mir und der Mami fünf Minuten Zeit. Ich komme dann gleich und schaue mit dir das *Sandmännchen*.«

»Nein, das tust du nicht«, rief Sanne. »Du gehst nach Hause und lässt uns unseren Frieden. Hille, bitte sag du ihm, er soll hier verschwinden.«

Birgit fuhr zusammen und wich zurück. Von ihrem Vater sah sie auf die geschlossene Tür. Dann brach sie in Tränen aus. Entschlossen trat Hiltrud vor und hob sie auf ihre Arme, sosehr Birgit sich auch wehrte. »Sanne, mach die Tür auf, nimm Rücksicht auf dein Kind, betrag dich nicht selbst wie eines.«

Mit der widerstrebenden Birgit ging sie in die Stube und hörte hinter sich, wie der Riegel zurückgeschoben wurde. »Wir beide schauen jetzt das *Sandmännchen*«, sagte sie zu Birgit. »Lassen wir Mama und Papa ein bisschen allein, dann kommen sie schon wieder zur Vernunft.«

Birgits Körper in ihren Armen erschlaffte. Über ihr Gesicht strömten Tränen. »Mama und Papa sind böse. Ich will mein Sandmännchen. Das, was mir Papa geschenkt hat.«

»Ich hol's dir.« Hiltrud setzte die Kleine auf das Sofa. »Bring dir auch gleich noch deine Milch mit.« Birgits Spielsachen wurden alle in der Küche aufbewahrt, und das Sandmännchen, ihr besonderer Liebling, würde leicht zu finden sein.

»Mein Sandmännchen ist da drinnen.« Birgit weinte und wies in Richtung Korridor. »Bei Mama. In meinem Koffer, den Papa mir gekauft hat, weil er gesagt hat, er fährt mit uns ans Meer.«

Das Weinen wurde stärker, zerriss Hiltrud das Herz. »Ich hol's dir«, versprach sie noch einmal und ging.

Sanne saß in dem Zimmer auf dem Bett. Der Mann, Kelm, stand an die Wand gelehnt, so weit wie möglich von ihr entfernt. Sie hatte die Arme vor der Brust verschränkt. Ein Blick genügte Hiltrud, um zu wissen, dass hier Hoffnung vergeblich war. Sie musste jetzt wissen, was ihnen bevorstand, musste es genau wissen, nicht nur vage ahnen, und ihr war klar, wer imstande war, es ihr zu sagen. Erst einmal musste sie jedoch dafür sorgen, dass das Kind sich beruhigte. »Entschuldigung, ich hole nur etwas für Birgit«, sagte sie, nahm den schicken roten, im Westen gekauften Koffer und ging.

Drinnen in der Stube suchte sie zwischen Büchern, Spielzeug und Birgits zerknittertem Lieblingskleid das Sandmännchen heraus und legte es der Kleinen in den Arm. Birgit drückte es an sich und rollte sich darum zusammen wie ein kleines Tier. Hiltrud schaltete den Fernseher ein, aber das Kind hatte gar keine Kraft mehr, der Sendung zu folgen. Sie musste in den letzten Wochen viel mehr mitbekommen haben, als gut für sie war.

»Weißt du was?«, fragte Hiltrud. »Wo du nun schon deinen Koffer bei dir hast, weshalb übernachtest du nicht heute bei mir? In meinem Zimmer steht ja noch das Bett von Oma Ilona. Und morgen früh habe ich eine Überraschung für dich.«

»Was für eine Überraschung?«

Die Antwort darauf wusste Hiltrud selbst noch nicht. »Wenn ich es dir jetzt schon sagen würde, wäre es ja keine Überraschung mehr.«

Sie bettete Birgit in das große Bett, das sie und Ilona sich jahrelang wie ein Ehepaar geteilt hatten, und spielte bestimmt zehnmal die Melodie des *Sandmännchens* ab:

»*Sandmann, lieber Sandmann, es ist noch nicht so weit.*«
Noch nicht, dachte Hiltrud. Hoffentlich noch nicht. Als Birgit endlich schlief, verließ sie das Zimmer und stieß fast mit Kelm zusammen, der an der Haustür stand. Er sah aus, als wäre er um zehn Jahre gealtert. »Es hat keinen Sinn«, erklärte er. »Mit allem, was ich sage, treibe ich sie derzeit nur noch weiter von mir weg.«

Hiltrud nickte.

»Sie fühlt sich von mir belogen. Von uns allen belogen. Es hat den Anschein, als wäre der einzige Mensch, dem sie noch glaubt, Walter Ulbricht, der verspricht, er habe nicht die Absicht, eine Mauer zu errichten.«

»Wir haben ihr ja sonst nichts gelassen«, sagte Hiltrud. »Was soll sie denn denken? Dass ihr ganzes Leben eine Lüge war?«

»Nein.« Er senkte den Kopf, scharrte mit der Fußspitze über die Dielen. Deren Lack platzte ab. Sie wohnte hier schon so lange. »Hiltrud, ich weiß, Sie mögen mich nicht, und Sie sind dagegen, dass ich Susu und Birgit in den Westen hole. Bitte tun Sie mir trotzdem einen Gefallen. Sagen Sie ihr, wenn sie mich braucht, bin ich Unter den Linden. Jeden Sonntag. Solange es noch geht.«

»Ich sag's ihr«, versprach Hiltrud. »Ich muss noch mal weg.«

Sie gingen beide. Er in seine andere Welt und sie zum Münzfernsprecher. Sie hatte die ganzen Jahre hindurch eine Nummer für den Notfall gehabt, eine Nummer, unter der er für niemanden als sie erreichbar war. »Falls etwas mit Ilo ist. Oder mit Sanne«, hatte er gesagt. »Ruf da an, und du wirst durchgestellt.«

Ob die Nummer noch galt, wusste sie nicht. Aber sie wählte sie trotzdem.

Eine Frauenstimme meldete sich. Ohne einen Namen zu nennen. Hiltrud nannte ihren auch nicht. »Ich möchte Eugen Terbruggen sprechen.«

»Der Genosse Terbruggen ist in einer Sitzung«, erwiderte die Frau.

»Wann kann ich ihn erreichen?«

»Nicht vor Montag. Über das Wochenende ist er für niemanden zu sprechen.«

»Für mich doch. Ich bin Hiltrud Engel. Richten Sie ihm aus, es ist ein Notfall.«

Die Frau sagte nichts mehr. Hiltrud warf ihre letzten beiden Münzen in den Schlitz des Fernsprechers. So schnell, wie der Zähler klickte und Sprechzeit auffraß, so schnell schlug ihr das Herz.

»Hille?« Seine Stimme war rau und leise. »Was ist passiert?«

»Das will ich von dir wissen«, sagte Hiltrud. »Das, was passieren wird. Ich habe nur noch zwei Minuten Sprechzeit.«

»Was soll denn passieren?«

»Das weißt du. Nicht ich. Du musst es mir sagen.«

»Bist du verrückt geworden? Ich kann dir gar nichts sagen.«

»Doch. Wir haben schon Schuld genug. Was du mit dem Land machst, ist deine Sache, dem bist du verpflichtet. Aber ich bin Sanne und Birgit verpflichtet. Du hast mir zu sagen, was los ist, damit ich meine Pflicht erfüllen kann.«

»Zum Teufel, Hiltrud, wenn du zu Sanne ein Wort sagst, wirst du es bereuen. Dann sage ich ihr …«

»Was sagst du ihr dann?«, schnitt ihm Hiltrud das Wort ab, während die kostbare Zeit im Apparat versickerte. »Dass ich die Flugblätter geschrieben habe, nicht Volker? Dass ich schuld bin an Volkers Tod? Ich glaube, das weiß sie längst von Kelm, auch wenn sie es nicht wissen will. Sie hätte es von uns erfahren müssen. Wir hätten nicht alles verschweigen und auf Lügen und

Angst aufbauen dürfen, denn wenn man kein Vertrauen haben kann, wie kann man dann zu Hause sein? Vielleicht ist das ja im Land nicht anders als in unserer Familie, vielleicht laufen uns deshalb die Leute weg.«

»Wir haben doch unser Bestes versucht.«

»Wir haben nicht vertraut. Leute wollen immer selbst wissen, was für sie das Beste ist, glaub ich, aber davon verstehe ich nichts. Ich sage auch Sanne nichts, sie spricht sowieso mit keinem, und was du ihr eines Tages sagst, entscheidest du selbst. Ich will von dir nur wissen, woran wir sind, in alles andere mische ich mich nicht ein.«

»Ich kann dir doch am Telefon keine Staatsgeheimnisse preisgeben. Was glaubst du, was die mit mir machen?« In seiner Stimme, fand sie, war eine Art von Winseln, und ihre Sprechzeit würde jeden Augenblick zu Ende sein.

»Du hast es schon so gut wie getan«, sagte sie. »Dass niemand eine Absicht hat, stimmt nicht, richtig?«

»Es stimmt so vieles nicht.«

»Ich verstehe. Jetzt sag mir noch, wann.«

»Sonntag.« Seine Stimme splitterte. »Morgen Nacht. Ab ein Uhr.«

Im Hörer klickte es noch einmal, dann war die Leitung unterbrochen. Draußen warteten schon zwei Frauen und ein Mann, die ebenfalls telefonieren wollten. Hiltrud ballte die Fäuste, um sich zu sammeln und das Zittern ihrer Hände zu beruhigen. Dann verließ sie die Zelle.

Sanne war erwachsen. An der Entscheidung, die sie getroffen hatte, konnte Hiltrud nicht rütteln, nur hoffen, dass sie zu sich kam, dass sie noch einmal anders entschied und dass es dann nicht zu spät war. Birgit aber war ein Kind und konnte nichts entscheiden, so wenig wie Schnuffeken vor zwanzig Jahren. Erwachsene mussten es für sie tun, und Hiltrud war entschlossen, dass diesmal die richtige Entscheidung gefällt werden würde. Die, die Birgit beschützte.

Auch wenn sie den Schmerz kaum aushielt, wenn sie vom sommerlichen Lärm der Straße nichts hörte, sondern nur Sannes junges Stimmchen: »Ich hab dich lieb, Tante Hille. Ich hab dich lieb-lieb-lieb.«

Ich hab dich auch lieb, mein Susannchen. So sehr lieb. Ich kann nur hoffen, dass die Liebe gewinnt.

Hiltrud schob die Haustür auf. Zumindest wusste sie jetzt, was die Überraschung sein würde, mit der sie Birgit in der Frühe wecken würde.

47

Am nächsten Morgen stand Hiltrud auf, sobald die Sonne aufging, bereitete ein Frühstück zu und schrieb einen Brief. Dann weckte sie Birgit. »Du weißt doch, ich hab dir eine Überraschung versprochen. Wir machen einen Ausflug, was sagst du dazu?«

Birgit sagte nichts. Sie rieb sich die Augen.

»Wir frühstücken unterwegs. Wird das nicht lustig? Sei aber schön leise, ja? Du weißt ja, der Mami ist es gestern nicht so gut gegangen, da lassen wir sie sich heute mal schön ausschlafen.«

Birgit tat, was ihr gesagt wurde. Sie fragte nicht nach und zeigte nichts von der gewohnten Freude auf den Ausflug. Hiltrud steckte das Sandmännchen zu den anderen Dingen in den roten Kinderkoffer und gab ihn Birgit zum Tragen. In die Tasche mit dem Frühstück packte sie noch ein paar Sachen, dann verließen sie Hand in Hand die Wohnung.

Kurz war Hiltrud in Versuchung gewesen, noch einmal nach Sanne zu sehen, aber das hätte nichts besser, sondern nur alles noch schwerer gemacht.

Hand in Hand wanderten sie in den Morgen, traten den weiten Weg mit S- und U-Bahnen an. An einem Samstag dauerte die Fahrt noch länger, weil die Züge seltener fuhren. Während sie an den Haltestellen warteten, aßen sie die Butterbrote und geviertelten Äpfel, die Hiltrud vorbereitet hatte. Birgit wollte erst nichts, aber als Hiltrud sie darum bat, brachte sie mühsam eine Scheibe Brot und ein Stück Apfel hinunter.

»Heb die Brotrinde auf. Mit der haben wir noch etwas vor.« Die U-Bahn kam, und sie stiegen ein. »Sicher weißt du jetzt schon, wohin wir fahren, was?«

Birgit schüttelte den Kopf. Eine Zeit lang schwiegen sie beide. Nur wenige Leute waren so früh am Tag mit der Bahn unterwegs. Ein Mann, der Zeitung las. Ein junges Paar mit einer Badetasche. Als sie in der Friedrichstraße die Sektorengrenze überquerten, vollführte Hiltruds Herz einen Sprung, als risse es sich los. Sie öffnete ihre Handtasche und prüfte noch einmal, ob sie alles bei sich hatte: beide Reisepässe, beide Geburtsurkunden, ihr Adressbuch, das Geld aus der Schublade, in der sie für Weihnachten sparte, und einen Zettel mit der Anschrift des Auffanglagers Marienfelde, wo sich Leute, die aus der DDR kamen, melden mussten. Den Zettel würde sie hoffentlich nicht brauchen, aber das würde sich zeigen.

Am Halleschen Tor stiegen sie um. Und dann noch einmal am Wittenbergplatz.

»Weißt du jetzt, wohin wir fahren?«

Birgit schüttelte den Kopf.

»Wir machen unseren geheimen Ferienausflug. Gehen deine Enten besuchen. Und deinen Onkel Peter.«

Hatte sie gehofft, Birgits Miene würde sich bei der Aussicht aufhellen, so hatte sie sich getäuscht. Dennoch ging die Kleine bereitwillig mit, lief an ihrer Hand die lange Straße zum See hinunter und setzte sich mit Hiltrud ans Ufer, um Brotrinden an die Enten zu verfüttern. Es war ein herrlicher Tag, und an den See kamen immer mehr Leute, die Decken und Handtücher ausbreiteten und unter Gelächter in das kühle Wasser sprangen. Zu Mittag teilten sich Hiltrud und Birgit das letzte Butterbrot.

Während das goldene Licht des Tages sich allmählich ins Rötliche verdunkelte, packten die fröhlichen Badegäste einer nach dem anderen ihre Sachen zusammen und brachen zu Fuß, auf Fahrrädern und Mopeds wieder auf. Nur Hiltrud und Birgit blieben sitzen. Am anderen Ende des Sees versank die Sonne.

»Ich habe noch eine Überraschung für dich«, sagte Hiltrud, während sie sich den Sand vom Rock klopfte und Birgit den Kinderkoffer wieder zum Tragen gab. Die Kleine hatte ihn nur einmal geöffnet, um ihr Sandmännchen herauszuholen, und behielt es unter den Arm geklemmt. »Willst du nicht wissen, was es ist?«

Birgits Kopfbewegung deutete sie als ein Nicken.

»Wir gehen heute bei Onkel Peter nicht nur Eis essen«, sagte Hiltrud. »Wir bleiben über Nacht dort. Eine richtige kleine Ferienreise. Ein Abenteuer.«

»Wir schlafen bei Onkel Peter?« Zumindest war Birgits Interesse geweckt.

Hiltrud nickte. »Du kannst so viel Eis haben, wie du willst. Und im Bett erzähle ich dir eine Geschichte.«

»Du hast doch gesagt, du kannst keine Geschichten erzählen.«

»Heute Abend versuch ich's«, sagte Hiltrud. »Eine Geschichte von drei Bären, die in einer Höhle wohnen.«

Sie betraten das Hotel. Der Geschäftsführer begrüßte sie, als hätte er sie erwartet. »Guten Abend, Frau Engel. Und meine Freundin Birgit. Das ist aber eine Freude.«

Er wollte auf der Stelle Kelm benachrichtigen, aber Hiltrud bat ihn, damit bis zum nächsten Tag zu warten. Sie musste sichergehen. Vielleicht irrte sich ja sogar Eugen, ein Wunder geschah, und alles verlief noch einmal im Sand. Ehe sie keine Gewissheit hatte, brauchte Kelm noch nichts zu erfahren.

»Ich wäre Ihnen dankbar, wenn meine Großnichte und ich heute Nacht ein Zimmer bei Ihnen bekommen könnten. Ich habe allerdings nur mein Geld, das Sie Ostgeld nennen, zum Bezahlen.«

»Aber liebe Frau Engel, ich bitte Sie. Es ist uns eine Ehre, Sie zu beherbergen. Wir hoffen, Sie beide werden sich bei uns wohlfühlen, und alles Weitere kläre ich mit unserem gemeinsamen Freund.«

Darauf hatte Hiltrud gehofft. Für Übernachtungen in feudalen Hotels hätte ihr Geld ohnehin nicht gereicht.

»Können wir sonst noch etwas für Sie tun? Abendessen und vorher unseren Sahneeisbecher wie immer?«

Hiltrud nickte. »Eine Bitte hätte ich noch. Kann ich hier im Haus Radio hören? Später, meine ich, wenn meine Großnichte schläft?«

»Selbstverständlich, gnädige Frau. Wir haben eine Radiotruhe und ein Fernsehgerät im Aufenthaltsraum und schalten Ihnen beides gern ein.«

»Das Radio bitte.« An den Fernseher hatte sich Hiltrud nie richtig gewöhnt. »Meinen Sie, ich könnte auch einen Sender aus der DDR empfangen?«

»Auch das sollte möglich sein.« Der Mann lachte. »Zumindest ist es bei uns ja nicht verboten.«

Sie gingen essen. Zum ersten Mal aß Birgit ihr Eis nicht auf, versuchte auch nicht, so lange wie möglich aufzubleiben, sondern kuschelte sich in ihrem luxuriösen Zimmer mit Blick auf den schlafenden Garten sofort unter das dick gepolsterte Federbett. Es war für die klare Sommernacht viel zu warm, aber Birgit schien zu frieren. Sie drückte ihr Sandmännchen an sich.

»Die Geschichte von den drei Bären.«

Hiltrud erzählte sie ihr.

Hinterher blieb sie noch lange an dem fremden Bett sitzen, bis sie sicher sein konnte, dass Birgit tief schlief. Dann erst schlich sie auf Zehenspitzen aus dem Zimmer und die Treppe hinunter. Im Aufenthaltsraum war sie der einzige Gast. Ein Angestellter schaltete die Radiotruhe für sie ein und drehte so lange an den Knöpfen, bis mit ein wenig Knirschen der Berliner Rundfunk zu hören war. Er bot Hiltrud an, ihr ein Getränk zu servieren, und als sie ablehnte, ließ er sie allein.

Musik plätscherte. Die Sendung hieß *Heitere Melodien zur Nacht* und würde bis zum Morgengrauen übertragen werden. Hiltrud hatte sie Ilo manchmal eingestellt, wenn die nicht schlafen konnte. Die meisten der Lieder waren ihr unbekannt, denn sie hörte daheim nie Radio, aber eines erkannte sie, weil Ilo es früher gesungen hatte. Sie fand es nicht heiter. Die Stunden verstrichen, und der 12. August ging zu Ende. Von Zeit zu Zeit fielen Hiltrud die Augen zu, doch schlafen konnte sie nicht.

Der Uhr an der Wand zufolge war es zehn Minuten nach eins, als die heiteren Nachtmelodien für eine Durchsage unterbrochen wurden:

»Mit sofortiger Wirkung wird entlang der Sektorengrenze eine Ordnung eingeführt, die der Wühltätigkeit gegen die Länder des sozialistischen Lagers zuverlässig den Weg verlegt und rings um das gesamte Gebiet Westberlins eine wirksame Kontrolle gewährleistet. Informationsblätter an die Bevölkerung werden ausgegeben. Den Anweisungen der Ordnungskräfte ist Folge zu leisten.«

Hiltrud schaltete das Radio aus und löschte das Licht. Mit schweren Schritten ging sie nach oben in ihr Zimmer und kroch neben Birgit ins Bett.

Am Morgen stand sie wieder früh auf, zog sich an und bestellte ein Frühstück aufs Zimmer. Auf dem Tisch unter dem Fenster, in das strahlendes Sonnenlicht fiel, richtete sie es hübsch an, ehe Birgit aufwachte.

»Guten Morgen«, sagte sie, als die Kleine die Augen aufschlug. »Schau mal, es gibt frische Brötchen und Erdbeermarmelade.«

»Und nach dem Frühstück fahren wir wieder nach Hause?«

»Weißt du, Birgelchen«, sagte Hille, »ich glaube, du und ich, wir müssen jetzt für eine kleine Weile hierbleiben. Die Politiker machen ein bisschen Theater, das muss man erst abwarten, aber so schlecht geht es uns hier ja nicht, was meinst du? Wir können nachher noch mal zu den Enten gehen, wenn du Lust hast, und ich denke, bis heute Abend wird auch dein Papa kommen.«

»Und uns nach Hause fahren?«

Hiltrud schüttelte den Kopf.

Über Birgits kleines Gesicht strich ein Begreifen, das keines war. »Aber was ist denn mit Mami?«, rief sie.

»Der Mami habe ich einen Brief dagelassen«, sagte Hiltrud. »Damit sie weiß, dass es dir gut geht, dass wir ein bisschen Urlaub machen und sie sich nicht zu sorgen braucht.«

»Kommt sie denn nicht auch? Will sie keinen Urlaub mit uns machen?«

»Doch, Birgelchen.« Hiltruds Stimme krächzte. »Ich glaube, sie kommt noch. Sie kommt schon heute, hoffe ich.«

»Und wenn nicht?« In Birgits Augen flackerte Angst.

Hiltrud legte ihr das Sandmännchen in den Arm und zog sie an sich. »Wenn nicht, dann treffen wir uns alle wieder, sobald dieses Theater von den Politikern vorbei ist. Unter den Linden, weißt du?«

»Wo Mami Papi getroffen hat?«

Hiltrud nickte. »Und Oma Ilona den Opa Volker. Wenn das alles vorbei ist, fahren wir nach Unter den Linden, und die Mami wartet auf uns.«

Nachsatz

In den Morgenstunden des 13. August 1961, zwanzig Minuten nach der Durchsage im Rundfunk, besetzten bewaffnete Einheiten die Bahnhöfe auf der Ostseite Berlins und beendeten damit den freien Nahverkehr zwischen beiden Teilen. Schienenverläufe wurden durchtrennt, Straßen durch Gräben unbefahrbar gemacht und Durchgänge mit Stacheldraht versperrt. Als die Bevölkerung der Stadt erwachte, war die Teilung besiegelt. Mit dem Bau der Berliner Mauer wurde praktisch unmittelbar begonnen. Die *three essentials*, die US-Präsident John F. Kennedy Wochen zuvor formuliert hatte, blieben davon unangetastet.

Den Bürgern Ostberlins – wie der gesamten DDR – war es künftig nicht mehr gestattet, über einen der verbleibenden Grenzübergänge in die andere Hälfte der Stadt zu gelangen, ihre Arbeitsplätze zu erreichen oder ihre Familien und Freunde zu besuchen. In den ersten Tagen nach jenem 13. August gelang es dennoch zweihundertsechzehn Menschen, die Grenze zu überqueren und in den Westteil zu flüchten.

Vielleicht war einer von ihnen Susanne Engel.

Glossar

Aktion Rose. Im Februar 1953 durch die SED durchgeführte groß angelegte Beschlagnahmung und Verstaatlichung von Hotels, Ferienheimen und Dienstleistungsunternehmen in attraktiven Urlaubsgebieten, besonders entlang der Ostseeküste. An die vierhundert Unternehmer wurden festgenommen. Man warf ihnen vor, gegen das Gesetz zum Schutz von Volkseigentum verstoßen zu haben.

Aktuelle Kamera. Nachrichtensendung des Deutschen Fernsehfunks der DDR, die seit 1952 ausgestrahlt wurde. Die Meldungen stammten vom Allgemeinen Deutschen Nachrichtendienst, ADN, der in der DDR beinahe eine Monopolstellung innehatte.

Amerika-Gedenkbibliothek. Eine der größten Bibliotheken Berlins, die 1948 aus Mitteln des Marshallplans finanziert und Berlin von den Amerikanern als Geschenk übergeben wurde.

ATSB. Arbeiter Turn- und Sportbund. Sportverband der Arbeiterbewegung, 1919 aus dem Arbeiterturnerbund mit einer neuen Ausrichtung für Breitensport hervorgegangen.

Bei uns um die Gedächtniskirche rum. Diese fulminante Kabarett-Revue, die das Lebensgefühl der späten Zwanzigerjahre einfing, das Romanische Café in all seiner Unwiederbringlichkeit auf die Bühne stellte und 1927 Premiere feierte, ist nicht meinem kleinen Kopf, sondern dem großen von Friedrich Hollaender entsprungen, der sich wie so viele gezwungen sah, 1933 Deutschland zu verlassen. Ich habe mir dreist herausgenommen, meine Ilo samt Verwandte seinem Werk hinzuzugesellen. In Bewunderung, Herr Hollaender, nicht in Ignoranz.

Berliner Rundfunk. Hörfunksender der DDR, der bereits seit Mai 1945 Sendungen ausstrahlte, stark politisch ausgerichtet war und sich besonders auf Geschehnisse in der Hauptstadt konzentrierte.

Berliner Tageblatt. Das *Tageblatt* erschien von 1872 bis 1939 und war in seiner Aufmachung als Boulevardzeitung wie in seiner linksliberalen Ausrichtung der *Volks-Zeitung* sehr ähnlich.

Berliner Volks-Zeitung. Überregionale Zeitung mit Sitz in Berlin, die von 1904 bis 1944 erschien und sich mit seinen Sensationsmeldungen und dem bunten Strauß des Feuilletons an ein breites, typisches Boulevardzeitungs-Publikum richtete. Bis zur Gleichschaltung galt die *Volks-Zeitung* als linksliberal.

Blockwart. Eigentlich Blockleiter. Volkstümliche Bezeichnung (Blockwarte gab es offiziell nur auf dem Land) für einen nicht hauptamtlichen nationalsozialistischen Funktionär, dem die Aufsicht über einen »Wohnblock« zu etwa 40 – 60 Haushalten, also 150 – 170 Personen, übertragen wurde. Blockwarte mussten den großen »Ariernachweis« erbringen, ihre Abstammung also bis ins Jahr 1800 nachweisen und wurden auf Adolf Hitler vereidigt. Blockwarte, die als »Treppenterrier« verspottet wurden, hatten Spenden einzusammeln und sämtliche Verstöße gegen Verordnungen zu melden, besonders was jüdische Mieter betraf. Dem Hauptschulungsamt der NSDAP nach musste der Blockwart »sich um alles kümmern. Er muss alles erfahren. Er muss sich überall einschalten.«

Brigade. In der sozialistischen Planwirtschaft wurde die kleinste Einheit innerhalb eines Arbeitszusammenhangs als Brigade bezeichnet. So gut wie jeder staatliche Betrieb der DDR war in solche Brigaden genannte Arbeitsgruppen eingeteilt.

Bunte Illustrierte. Früherer Name der *Bunten*, einer seit 1954 erscheinenden illustrierten Zeitschrift aus dem Burda-Verlag. Thematisch konzentrierte sich die *Bunte Illustrierte*, die bald zu den vertriebsstärksten Zeitschriften Deutschlands gehörte, auf Klatsch und Tratsch aus der High Society, brachte jedoch auch Artikel zu politischen und kulturellen Themen.

BZ am Mittag. Erste deutsche Boulevardzeitung, die im Verlagshaus Ullstein von 1904 bis 1943 erschien und sich rühmte, die schnellste Zeitung der Welt zu sein, da sie in der Lage war, bis zu einer halben Stunde vor Erscheinen der Ausgabe noch Nachrichten einzuarbeiten.

Cascaval. Rumänischer Schafskäse

Conférencier. Ansager oder Moderator in einer Revue. Er kündigt nicht nur die einzelnen Darbietungen an, sondern trägt daneben selbst Anekdoten, Bonmots oder kleinere musikalische Einlagen vor.

DEFA. Kurz für Deutsche Film AG. Volkseigenes Filmunternehmen der DDR, das die Anlagen der UFA in Babelsberg übernahm. Gegründet am 17. März 1946. Der erste deutsche Nachkriegsfilm, Wolfgang Staudtes *Die Mörder sind unter uns,* wurde hier gedreht.

Demokratischer Frauenbund Deutschlands. Am 8. März 1947 gegründete Frauen-Massenorganisation der DDR.

Deutsch-amerikanisches Volksfest. Seit 1961 in Berlin – damals auf der Truman-Plaza – gefeiertes jahrmarktsähnliches Volksfest, das unter der Schirmherrschaft der amerikanischen Botschaft bis heute steht und seinerzeit der Förderung der Freundschaft zwischen den US-amerikanischen Streitkräften und der Bevölkerung dienen sollte. Das Fest wurde nicht, wie von mir aus dramaturgischen Gründen behauptet, bereits im Juni 1961, sondern erst im Juli eröffnet und endete am 14. August mit dem Bau der Berliner Mauer.

DNVP. Die Deutschnationale Volkspartei war eine nationalkonservative, rassistisch-antisemitische Partei, die im November 1918 gegründet wurde und bis 1933 bestand. Nachdem der mächtige Medienzar Hugenberg 1928 zum Vorsitzenden gewählt wurde, setzte sich der Rechtsextremismus in der Partei endgültig und umfassend durch und begann eine von Querelen geprägte Zusammenarbeit mit der NSDAP, die sie in die Bedeutungslosigkeit und dann in die Selbstauflösung drängte.

Dobrudscha. Historische, einst von Skythen bevölkerte Landschaft zwischen dem Unterlauf der Donau und dem Schwarzen Meer. Das Gebiet der *Dobrudscha* teilt sich heute zwischen Rumänien und Bulgarien.

Eintopfsonntag. Ab Oktober 1933 durchgeführte nationalsozialistische Propaganda-Aktion. Einmal monatlich sollte jeder Haushalt das traditionelle Sonntagsessen durch ein Eintopfgericht ersetzen. Das dadurch eingesparte Geld, dessen Höhe mit 50 Pfennig festgesetzt wurde, sollte dem Winterhilfswerk gespendet werden. Der Betrag wurde von den Blockleitern/Blockwarten von Tür zu Tür eingesammelt.

Elegante Welt. Glamouröse Frauenzeitschrift mit Beiträgen zu Mode und Gesellschaft, die bereits in der Kaiserzeit etabliert war und bis mindestens 1939 noch erschien.

FDGB. Freier Deutscher Gewerkschaftsbund. Dachverband der Einzelgewerkschaften auf dem Gebiet der Sowjetischen Besatzungszone (SBZ) und später der DDR, gegründet 1945.

FDGB-Feriendienst. 1947 gegründete Institution des Gewerkschaftsbundes, die Urlaubsreisen für Werktätige organisierte und subventionierte und ihre eigenen Ferienheime, Schiffe etc. unterhielt.

FDJ. Freie deutsche Jugend. Hervorgegangen aus in Exil und Widerstand gebildeten Jugendgruppen, wurde die Gründung der FDJ auf den 7. März 1946 festgelegt. Der kommunistische Jugendverband bestimmte die Jugendkultur der DDR und stand Jugendlichen zwischen 14 und 25 offen. Mitgliedschaft war freiwillig, jedoch bestanden erhebliche Nachteile für Nichtmitglieder. Es wird davon ausgegangen, dass im Schnitt etwa achtzig Prozent der DDR-Jugendlichen der FDJ angehörten.

Funk-Stunde Berlin. Erster deutscher Hörfunksender. 1923 gegründet, 1934 in den Reichssender Berlin umgewandelt.

GI. Geheimer Informator, nach 1968 Inoffizieller Mitarbeiter (IM) genannt, war eine Person, die dem Ministerium für Staatssicherheit (»Stasi«) entweder freiwillig oder unter Druck Informationen – meist über Personen – zustellte, ohne offiziell bei dieser Behörde angestellt zu sein.

Goldbrand. In der DDR hergestellter Branntwein-Verschnitt.

Goldener Nektar. In der DDR beliebte Marke ungarischen Weines.

Gulag. Netz aus Straf-, Arbeits- und Sonderlagern in der Sowjetunion, Zwangsarbeitssystem. Der russische Begriff, für den das Kürzel steht, bedeutet übersetzt: Hauptverwaltung von Besserungsanstalten und -kolonien. Im Gulag waren zwischen 1930 und 1953 mehr als 18 Millionen Menschen inhaftiert, von denen schätzungsweise zwischen zwei und drei Millionen ums Leben kamen.

HO. Kurz für Handelsorganisation. 1948 gegründetes staatlich geführtes Einzelhandelsunternehmen für den Verkauf von Gebrauchsgütern und Lebensmitteln. Eine Tochter der HO war die Kette der Centrum-Warenhäuser, und die HO betrieb auch Gaststätten.

Horst-Wessel-Straße. Nach dem von den Nazis zum Märtyrer stilisierten SA-Sturmführer Horst Wessel wurden in Deutschland zahlreiche Straßen benannt. Ebenso üblich war es, solche Straßen nach dem Krieg lediglich als »Durchgangsstraße« usw. zu bezeichnen, bis man sich für einen neuen Namensgeber – in der DDR häufig Widerstandskämpfer des kommunistischen Spektrums – entschieden hatte. Die Horst-Wessel-Straße in Karlshorst, die nach Sannes Vater benannt wird, habe ich jedoch erfunden.

KgU. Kampfgruppe gegen Unmenschlichkeit. 1948 gegründete, von US-Geheimdiensten finanzierte antikommunistische Organisation, die mit militanten Mitteln von Westberlin aus gegen die SED-Regierung kämpfte. Über Sendungen des RIAS wurden Mitglieder in der DDR geworben.

Kiepert am Knie. Berliner Traditionsbuchhandlung seit 1897, beschäftigte in Glanzzeiten bis zu 400 Mitarbeiter, befand sich am Verkehrsknotenpunkt »Knie«, dem heutigen Ernst-Reuter-Platz, und warb mit dem Slogan »Kiepert am Knie – wer hier nicht kauft, kauft nie«. Bis zu ihrem Umzug nach London 1997 wohnte die Autorin dieses Romans der Buchhandlung Kiepert gegenüber, weshalb sie ewig arm blieb. Fünf Jahre nach ihrem Umzug musste die Buchhandlung Kiepert Konkurs anmelden.

Kommunistischer Jugendverband Deutschlands. KJVD. 1920 aus anderen Organisationen begründeter Jugendverband der KPD, Mitglied der Kommunistischen Jugendinternationale. 1933 von den Nationalsozialisten verboten.

Konsum. Kurz für Konsumgenossenschaften, die ab Dezember 1945 in der Sowjetischen Besatzungszone wiedererrichtet wurden, um die Versorgung der Bevölkerung sicherzustellen. Im Konsum wurden Gebrauchsgüter und Lebensmittel zu günstigen Preisen verkauft.

Koreakrieg. Von 1950 bis 1953 andauernder Krieg zwischen Nordkorea und dem verbündeten China einerseits und Südkorea andererseits, der mit einem Angriff Nordkoreas begann. Auf die Politik in Europa hatte dieser Konflikt weitreichende Auswirkungen, da Ängste vor einem vergleichbaren Angriff durch die Sowjetunion dadurch geschürt wurden. Dies mündete in den Entschluss, eine westeuropäische Armee aufzustellen und in naher Zukunft auch bundesdeutsche Truppen zu beteiligen.

Kreidler K50. 1950 erstmals produziertes Moped – Fahrrad mit Motorantrieb – der Firma Kreidler.

Künstlerkolonie Wilmersdorf. Bis 1927 gebaute, teilweise vom Schutzverband deutscher Schriftsteller finanzierte Wohnsiedlung, in der Kunstschaffenden – vor allem Schriftstellern – billiger Wohnraum zur Verfügung gestellt werden sollte. In der Siedlung lebten unter anderem Else Lasker-Schüler, Ernst Busch, Steffie Spira und Ernst Bloch. Inmitten eines konservativen Umfelds stellte die Kolonie eine Hochburg der Kommunisten dar, war den Nazis ein Dorn im Auge und wurde immer wieder Zielscheibe für Übergriffe.

Laubfrosch. Volkstümlicher Beiname für einen Zweisitzer-Personenwagen der Firma Adam Opel, erstes deutsches Auto, das am Fließband gebaut wurde.

Marshallplan. Eigentlich European Recovery Program. 1948 verabschiedetes US-amerikanisches Konjunkturprogramm, mit dem das vom Krieg zerstörte Westeuropa durch Kredite, Lebensmittel und Rohstoffe beim Wiederaufbau unterstützt werden sollte. Die Initiative ging vom US-amerikanischen Außenminister George C. Marshall aus und wurde von Präsident Harry Truman in Kraft gesetzt.

Mercury. Erstes bemanntes Raumfahrtprogramm der neu gegründeten NASA, durchgeführt von 1958 bis 1963.

Meyers Hof. Eigentlich *Meyerscher Hof.* Typische Berliner Kombination aus Gewerbehöfen, Fabrikräumen und Wohnraum. Hinter einem Vorderhaus reihten sich fünf Höfe mit Hinterhäusern hintereinander. Gelegen im Bezirk Wedding, an der Ackerstraße, und im Zuge des Aufstiegs der dortigen Industrieunternehmen (AEG, Osram etc.) gebaut.

MfS. Ministerium für Staatssicherheit, im Allgemeinen Stasi genannt. Der zugleich als Geheimpolizei fungierende Nachrichtendienst der DDR wurde am 8. Februar 1950 auf Beschluss des Politbüros der SED begründet. Wilhelm

Zaisser war der erste Leiter, Erich Mielke sein Stellvertreter. Nachdem es dem MfS nicht gelungen war, die Ereignisse des 17. Juni 1953 vorauszusehen und zu verhindern, verlor es seinen Status als Ministerium und wurde dem Innenministerium unterstellt. Erst 1955 wurde es unter Ernst Wollweber wieder zum eigenständigen Ministerium.

Minister für Kultur der DDR. Kultusminister der DDR war von 1958 bis 1961 – also zwischen dem Tod von Johannes R. Becher und der Ernennung von Hans Bentzien – natürlich nicht der von mir erfundene Eugen Terbruggen, sondern Alexander Abusch, der – wie meine Figur Terbruggen – zuvor unter Becher Staatssekretär gewesen war, faktisch jedoch die Geschäfte bereits leitete.

Nationale Front. Zusammenschluss der Parteien und Massenorganisationen der DDR, 1950 konstituiert.

Nationalsozialistischer Lehrerbund. Parteiorganisation der NSDAP, die bereits seit 1929 bestand und ab 1933 zum alleinigen Verband für Lehrer wurde. Unabhängig von Ausbildung und Stellung hatten sich darin alle Personen zu sammeln, die sich als Erzieher der Jugend verstanden.

NDPD. National-demokratische Partei Deutschlands. 1948 gegründete Sattelitenpartei, durch die nationalsozialistische »Mitläufer« in die sozialistische Gesellschaft eingegliedert werden sollte. Verschiedenen Quellen zufolge stammte der Impuls dazu von Stalin selbst.

Neues Deutschland. Seit dem 23. April 1946 herausgegebene Tageszeitung, vormals Zentralorgan der SED.

Neue Wache. Tatsächlich wurde das 1918 von Karl Schinkel errichtete und im Krieg stark zerstörte Gebäude in der Straße Unter den Linden bis 1961 aufwendig restauriert und sodann bis zur Wende als Mahnmal für die Opfer des Faschismus und Militarismus genutzt. Die feierliche Eröffnung fand allerdings nicht, wie von mir aus dramaturgischen Gründen behauptet, im Juni, sondern erst Anfang August statt.

Neumann-Flasche. Eigentlich Neumann CMV3. Ab 1928 erstes serienmäßig gebautes Kondensator-Mikrofon der Berliner Firma Georg Neumann.

Organisation Gehlen. Nachrichtendienst, der im Juni 1946 von US-Behörden im amerikanischen Sektor gegründet wurde. Die Organisation wurde ausschließlich mit Deutschen besetzt und stand unter der Leitung von Reinhard Gehlen, der SS-Sturmbannführer und Wehrmachtsoffizier an der Ostfront gewesen war. Gehlen gelang es, zahlreiche Kameraden von SS und Gestapo in seine Organisation einzubeziehen, die dadurch eine neue Existenz bekamen und sich der Strafverfolgung entzogen. 1956 wurde aus der Organisation Gehlen offiziell der Bundesnachrichtendienst.

Pionierorganisation Ernst Thälmann. Nach dem ermordeten Vorsitzenden der Kommunistischen Partei benannte, im Dezember 1948 gegründete Kinderorganisation der DDR, deren Leitung der FDJ unterstand. Schulkinder der Klassen 1 – 4 gehörten den Jungpionieren an und stiegen anschließend bis zum Übertritt in die FDJ zu den Thälmann-Pionieren auf. Die Mitgliedschaft galt zwar als freiwillig, war aber so gut wie obligatorisch. Eltern hatten sich einer Mitgliedschaft ihrer Kinder aktiv zu widersetzen, um diese aus den Gruppen fernzuhalten, und es wird von einer Mitgliedschaft von bis zu 98 Prozent der entsprechenden Altersgruppe ausgegangen.

Quartier Napoleon. Im Bezirk Wedding gelegenes Hauptquartier der Forces Françaises à Berlin.

Reichskulturkammer. Nationalsozialistische Institution zur Gleichschaltung des Kulturlebens, im August 1933 auf Initiative von Joseph Goebbels begründet und gesetzlich verankert. Die Reichskulturkammer war in sieben Unterkammern, darunter die Reichstheaterkammer, unterteilt. Wem die Aufnahme in die einzelnen Kammern verweigert wurde, der durfte seinen Beruf nicht mehr ausüben. Voraussetzung für die Aufnahme war ein Ariernachweis.

Reichsluftschutzbund. Nationalsozialistischer, stark propagandistisch genutzter Verband für den Luftschutz, der 1933 das Luftschutzamt auflöste.

Reichstheaterkammer. Unterorganisation der Reichskulturkammer, der sämtliche Theaterschaffende angehören mussten, um ihren Beruf ausüben zu dürfen. Präsident der Kammer, die ihren Sitz in Berlin hatte, war ab 1933 Otto Laubinger, auf den 1935 Rainer Schlösser folgte. Das Presseorgan der Kammer hieß *Die Bühne – Zeitschrift für die Gestaltung des deutschen Theaters.*

RIAS. Rundfunk im amerikanischen Sektor. 1946 von der US-amerikanischen Militärverwaltung gegründeter Rundfunksender mit Sitz in Westberlin. Unter dem Motto »Eine freie Stimme der freien Welt« bestand der RIAS bis 2013.

Ring christlich demokratischer Studenten. Am 25. August 1951 in Bonn gegründete Studentenvereinigung, die aus mehreren zuvor gegründeten Hochschulgruppen hervorging und sich zunächst auf Protest gegen die Hochschulpolitik der SED konzentrierte.

SBZ. Sowjetische Besatzungszone. Auch wenn der Begriff 1949 mit der Gründung der DDR faktisch seine Bedeutung verlor, wurde das Kürzel während der ersten Jahrzehnte des Kalten Krieges in der Bundesrepublik für das Staatsgebiet der DDR weiter benutzt, um den Namen des nicht anerkannten zweiten deutschen Staates zu vermeiden.

Schwur von Buchenwald. Nach der Befreiung des Konzentrationslagers Buchenwald auf der Trauerkundgebung für die dort ermordeten Menschen von ehemaligen Häftlingen unterschiedlicher politischer Ausrichtung und Nationalität in mehreren Sprachen geleisteter Schwur zur kompromisslosen Bekämpfung des Faschismus.

SDS. Sozialistischer Deutscher Studentenbund. Politische Organisation für Studenten, die 1946 in Westdeutschland und Westberlin gegründet wurde und bis 1970 bestand.

Sirene, die. Vom Reichsluftschutzbund herausgegebenes, bei Ullstein erscheinendes Presseorgan zu Themen des Luftschutzes, stark propagandistisch benutzt.

SKK. Sowjetische Kontrollkommission. Löste im Oktober 1949 die Sowjetische Militäradministration (SMAD) als oberste Behörde der sowjetischen Besatzungsmacht in der DDR ab. Blieb bis zur formalen Herstellung der völligen Souveränität der DDR im Mai 1953 im Amt.

Soljanka. Aus russischen und ukrainischen Eintopfgerichten in der DDR entwickeltes beliebtes säuerlich-scharfes Gericht aus Kraut, saurer Sahne und Gurkenlake, dazu Fleisch, Fisch oder Gemüse.

Springer-Presse. Von linksgerichteten Teilen der Bevölkerung abfällig benutzter Begriff für die Presseerzeugnisse aus dem Verlag Axel Springers – u. a. *Bild, Welt, Hörzu, Constanze* –, die während der Nazizeit für die Verbreitung antisemitischer Propaganda Verantwortung trugen, nach dem Krieg in vehementer Weise für eine Wiedervereinigung Deutschlands eintraten und sowohl die DDR als auch Chruschtschows Sowjetunion systematisch verunglimpften.

Sputnik 1. Sowjetischer künstlicher Satellit, der im Oktober 1957 als Erster die Erdumlaufbahn erreichte, damit die amerikanische Raumfahrt hinter sich ließ und sowohl bei den USA als auch im gesamten Westen die als »Sputnikschock« bezeichneten Ängste auslöste.

Stalin-Note. Im März 1952 den Westmächten überbrachte Note, in der Stalin Verhandlungen über die Wiedervereinigung Deutschlands anbot. Bedingung war neutrales, entmilitarisiertes Deutschland. Sowohl die Westmächte als auch die Bundesregierung unter Konrad Adenauer lehnten dies als Störmanöver ab und betrieben weiter die Westintegration der Bundesrepublik.

Studentenrat. Hochschulvertretung, die in der DDR Anfang der Fünfzigerjahre abgeschafft und durch die Hochschulgruppenleiter der FDJ ersetzt wurde.

Stürmer, der. Antisemitisches Hetzblatt, herausgegeben von Julius Streicher, das von 1923 bis 1945 wöchentlich erschien. Die Schrift, die in Schaukästen in den Straßen ausgestellt wurde und sich durch pornografische, bewusst widerliche Darstellungen angeblicher jüdischer Übergriffe auf »arische« Frauen auszeichnete, bereitete propagandistisch dem Holocaust den Weg.

Tag der Republik. Jahrestag der Staatsgründung der DDR am 7. Oktober 1949, der anfangs mit Demonstrationen, Aufmärschen und Militärparaden, später eher mit Volksfestcharakter feierlich begangen wurde.

Tietz am Alexanderplatz. 1904 errichtetes großes Kaufhaus, das zur Warenhauskette der Firma Hermann Tietz gehörte. In den Zwanzigerjahren beschäftigte die Firma bis zu 13 000 Angestellte. Nach der Machtübernahme der Nazis wurden die jüdischen Eigentümer der Kette enteignet.

UFA. Kurz für Universum-Film-AG. Deutsches Filmunternehmen mit Gelände in Berlin-Tempelhof sowie im Potsdamer Stadtteil Babelsberg. Gegründet im Dezember 1917, ab 1927 in den Händen des Deutschnationalen Hugenberg, im März 1937 von den Nationalsozialisten verstaatlicht und bereits vorher zu Propagandazwecken missbraucht. Das Babelsberger Gelände der UFA gehörte ab Mai 1946 der DEFA.

Unser Sandmännchen. Seit November 1955 vom Deutschen Fernsehfunk der DDR produzierte Sendereihe für Kinder, die allabendlich ausgestrahlt wurde, ehe Kinder zu Bett gingen, und eine Dauer von zehn Minuten hatte. Das *Sandmännchen* wird – noch immer mit demselben Titellied – heute von RBB, NDR, MDR und Kika ausgestrahlt.

Verlag für die Frau. Der 1946 gegründete volkseigene Betrieb *Verlag für die Frau* war der einzige Mode- und Ratgeberverlag der DDR. Zeitschriften wie *Pramo* und *Guter Rat* erschienen dort mit als frauenspezifisch empfundenen Themen wie Kindererziehung, Kochen und Mode. Vor allem die enthaltenen Schnittmuster wurden viel genutzt. *Die Frau von heute*, die seit mindestens 1950 im selben Verlag erschien, war hingegen politischer ausgerichtet, brachte z. B. Berichte über Frauen in bisher von Männern dominierten Berufen etc.

Vita Cola. Seit 1958 verkaufte eigene Cola-Marke der DDR, mit der auf die Begeisterung vor allem der jungen Bevölkerung für die amerikanische Coca-Cola reagiert werden sollte.

Volkssturm. Durch einen Erlass Adolf Hitlers vom September 1944 gebildete militärische Formation, die in der Endphase des Krieges die Wehrmacht verstärken und »die Zukunft Deutschlands und seiner Verbündeten« sichern sollte. Dazu verpflichtet waren alle Männer zwischen sechzehn und sechzig Jahren, die bisher noch nicht dienten, sei es, weil sie die Altersgrenze über- oder unterschritten hatten oder unabkömmlich beziehungsweise untauglich gestempelt worden waren. Der Volkssturm wurde nur höchst notdürftig – zu großen Teilen gar nicht – ausgerüstet und bewaffnet. Man geht davon aus, dass sechs Millionen Männer volkssturmpflichtig waren. Wie viele jedoch tatsächlich dienten, ist nicht bekannt.

Wartburg. Ab 1955 im Automobilwerk Eisenach hergestellter Personenkraftwagen, der bis in die Neunzigerjahre produziert wurde.

Werwölfe. Die nationalsozialistische Freischärler-Bewegung Werwolf wurde im September 1944 von Heinrich Himmler begründet, um im Untergrund weiter gegen die vorrückenden Alliierten zu kämpfen. Nach Kriegsende kam es zu zahlreichen Festnahmen von Werwolf-Aktivisten und vor allem in der Sowjetischen Besatzungszone zu Todesurteilen. Der Name Werwölfe hielt sich anschließend als Begriff für im Untergrund agierende Nazis.

Winterhilfswerk. Nationalsozialistische Stiftung des öffentlichen Rechts, die ab September 1933 Sach- und Geldspenden sammelte, um damit bedürftige »Volksgenossen« zu unterstützen. Das Hilfswerk wurde propagandistisch stark ausgeschlachtet und sollte das Gefühl der Zusammengehörigkeit stärken.

Wostok 1. Erster bemannter Raumfahrtflug, bei dem der sowjetische Kosmonaut Juri Gagarin am 12. April 1961 als erster Mensch die Flughöhe von 100 Kilometern überschritt.

CHARLOTTE ROTH

Als wir unsterblich waren

November 1989. Die Ostberliner Studentin Alexandra wird beim Grenzübergang von der Menschenmenge in die Arme eines jungen Mannes gedrängt. Liebe auf den ersten Blick!
Berlin vor dem Ersten Weltkrieg. Die junge Paula setzt sich leidenschaftlich für Frauen- und Arbeiterrechte ein. Ihre Träume teilt sie mit dem charismatischen Studentenführer Clemens. Ihre dramatische Geschichte, die auch die Geschichte unseres Landes ist, wird Jahrzehnte später Alexandras Welt für immer verändern.

Bis wieder ein Tag erwacht

Ein verwunschenes Küstendorf in der Provence in den 1930er-Jahren. Trotz aller Klassenunterschiede wachsen sie gemeinsam auf: Nathalie, die lebenshungrige Bürgerstochter, und Fabrice und Didier, die Brüder vom Schloss. Nathalie ist in Didier verliebt, dieser aber bringt den Mut nicht auf, um sie zu kämpfen. Enttäuscht geht Nathalie nach Paris und begegnet dem Deutschen Alwin. Doch das zaghafte Glück und alle Hoffnung finden ein jähes Ende, als Frankreich über Nacht im Krieg steht. Plötzlich müssen Nathalie und ihre Freunde Entscheidungen treffen, die nicht mehr nur ihr eigenes Schicksal verändern, sondern die Zukunft ihres Landes und sogar der halben Welt.

Wenn wir wieder leben

Das vornehme Ostseebad Zoppot in den 1920er-Jahren. Die vier Freunde Lore, Gundi, Julius und Erik erfreuen die Kurgäste mit flotten Rhythmen und eingängigen Melodien und träumen vom Durchbruch als Musiker. Bald ist ihnen tatsächlich Erfolg beschieden, auf dem Luxusschiff *Wilhelm Gustloff* befahren sie die Meere. Gundi verliebt sich in den Sänger Tadek, aber dann überfällt Hitler Polen, und Tadek schließt sich dem Widerstand an: das Ende einer großen Liebe? Viele Jahre später begibt sich die junge Wanda auf die Suche nach dem, was von den Träumen der jungen Leute übrig blieb.